U0744854

粤海风文丛

学人与学堂

徐南铁 主编

文化的现象批评
现象的文化批评

暨南大学出版社
JINAN UNIVERSITY PRESS

中国·广州

图书在版编目（CIP）数据

学人与学堂/徐南铁主编. —广州：暨南大学出版社，2017. 5
（粤海风文丛）
ISBN 978 - 7 - 5668 - 1899 - 7

Ⅰ. ①学… Ⅱ. ①徐… Ⅲ. ①文艺评论—中国—当代—文集 Ⅳ. ①I206. 7 - 53

中国版本图书馆 CIP 数据核字（2016）第 172139 号

学人与学堂
XUEREN YU XUETANG
主编：徐南铁

出 版 人：徐义雄
策划编辑：李 战
责任编辑：黄少君
责任校对：周海燕
责任印制：汤慧君 周一丹

出版发行：暨南大学出版社（510630）
电　　话：总编室（8620）85221601
营销部（8620）85225284 85228291 85228292（邮购）
传　　真：（8620）85221583（办公室） 85223774（营销部）
网　　址：http：//www. jnupress. com http：//press. jnu. edu. cn
排　　版：广州市天河星辰文化发展部照排中心
印　　刷：佛山市浩文彩色印刷有限公司
开　　本：787mm × 1092mm 1/16
印　　张：23. 875
字　　数：494 千
版　　次：2017 年 5 月第 1 版
印　　次：2017 年 5 月第 1 次
定　　价：60. 00 元

序一：不必藏诸名山，还是置之案头

□ 邵燕祥

《粤海风》改版百期选文，放在一起重读，语境大体依然，立意仍觉警策，可以说不失其现实意义，常读常新。不必藏诸名山，还是置之案头吧。

我不久前为一部杂文大系自选一集，对1986年夏写的《说“三不”》一文的去留，却颇犹疑了一阵。

那篇二十九年前的旧文，围绕领导人重申“不抓辫子，不戴帽子，不打棍子”的承诺，说了一些个人的想法。

这个“三不”，我最初想，该是针对余悸犹存的人们，用以安抚民心的。所谓抓辫子、戴帽子、打棍子，至少是从“文革”前的二十世纪五六十年代就有的问题，故在1961年政策调整时就提出过“三不”来消除影响。但随后阶级斗争的弦越绷越紧，一个个大小运动都要“大批判开路”，口诛笔伐，故态复萌。到了十年动乱，变本加厉，不可收拾。以致经过平反冤假错案、真理标准讨论等一系列务实和务虚的努力，许多人刚刚从“口欲言而嗫嚅”的状态中试步走出来，但仍然感到“辫子”“帽子”“棍子”如习惯势力的阴影在周边浮动。当年的领导有鉴于此，乃重提“三不”的口号，也许更多的是在向某些部门的掌权者发出信号，让他们收手吧。

我在《说“三不”》中，指出在社会政治生活中“抓辫子”“戴帽子”“打棍子”的现象，对照宪法和党章，有辱国格和党格，并说“一个死抱住这一套不放的人，如果是共产党员，那也是不合格的”。因此，我说，对有关部门和干部仅提出“三不”，是“取法乎下”，相当于在公共汽车服务公约中订上“（对乘客）不夹不摔”一样，实在是大大地降格以求，会惹人耻笑。因此，我在文中建议，似可不必再提“三不”这个低标准的“丢人”口号了。

为了论证以“三不”来制止“辫子”“帽子”“棍子”的横行之可笑与可悲，我引了一幅给干部颁发“无亏损奖”“不贪赃奖”“不损公奖”的漫画为例说，如果满足于以“三不”为民主生活的佳境和极致，那就仿佛要对党员干部设立“不抓辫子奖”“不戴帽子奖”“不打棍子奖”；而“能不挨整，于愿足矣”则将被誉为模范公民的模范心理了！

这一番意思不是很好吗？为什么在选与不选上费了踌躇呢？是由于“辫子”“帽子”“棍子”已经销声匿迹，上述议论就如鲁迅说的那样，该与“时弊”一起速朽了吗？环顾周围，还不能这样说。

我是觉得三十年前那篇旧文，在今天看来，已经深感立论太高，过于超前，近乎空话了。

别的不说，当时被视为好玩的“无亏损奖”“不贪赃奖”“不损公奖”之说，今天看来，不像讽刺与幽默，反倒像是正式的建议了。

更重要的在于，当时就“三不”说了些多余的话，不但无助于实际生活中消除“抓辫子”“戴帽子”“打棍子”的现象，反倒参与推动了取消“三不”的提法，遂使原来可以公开声讨的弊端，变成免予追责的隐形常态了。我为自己的幼稚多嘴，颇有些悔之不及。

如是云云，我把那篇《说“三不”》最终留在自选集里，只是为了“存以备考”。

那么，是不是还应建议，重新把“三不”的老口号，作为旗帜高高扬起呢？

我想，中国传统文化讲，“事不过三”，这个“三不”也许在我建议不提它的20世纪80年代，由于出自享有公信的领导人之口，或对某些顽固不化的干部还有些警示作用，在今天不管谁说，恐怕都只能归于空话套话一类，如春风过各式各样的马耳了。

《粤海风》改版之始，已近20世纪末，那时早已不提“三不”了，而舆论环境则“如鱼饮水，冷暖自知”：编者知之，作者知之，多数读者或亦知之。作为一个文化批评的平台，这份双月刊最大限度地吸引了尽可能多的作者和他们的批评性言论，也最大限度地包容了质疑、商榷、辩难、驳论等不同意见。大家常说“真理越辩越明”，即使不提到真理的高度，光说欲求真理所必不可缺的前提条件之真相，也是需要多方互相补充印证，才能充分显示的。要达到这一境地，一份杂志首先是编者（当然作者也不应缺席），除了要具有“雅量”外，还须真正具有求真务实的文明精神。

求真务实谈何容易，它是要在排除“假大空”“瞒”和“骗”的艰难博弈中前进的，“真善美”是在克服“假恶丑”中得以立足的。这才成其为文明精神：文明是一种态度，是一种教养，更是一种精神。

人类是在不断扬弃野蛮的过程中逐步进入文明的。野蛮的特征是崇尚暴力。在原始人里，暴力是本能。随着人类的进化，暴力赋有了多种物质形态，其中包括语言暴力，进而从语言暴力发展出文字暴力。中国历史上十分突出的“偶语弃市”和“文字狱”属之，在中国以言治罪、以文治罪，总之以思想治罪，至少怕已有三千年的历史。直到共产党取得全国政权以前，“左联”中某些“倚势欺人”以鸣鞭为能事者，还曾以“实际解决”恫吓被他们视为敌对的、正在受到蒋介石追剿的鲁迅。从1955年开始的反胡风等运动中，文字暴力总是与政治暴力相辅并行，对被施暴者“实际解决”，这是人们比较熟悉的近事了。

这里我突出地说到文明，并且与野蛮对举。因为就文而言文，我们要看到文字暴力的实质：它是反文化的，更是反文明的；它是野蛮的遗留，更为野蛮开疆拓土。

而操文字暴力以行者，已不是旧日形态的野蛮人，他们可以文质彬彬，他们可以口若悬河，他们可以倚马千言，然而不掩其野蛮本色者，一句话，叫作：不讲理。

本来，在中国传统文化熏陶的观念中，“有理走遍天下，无理寸步难行”，然而在某种特定情势下，却是“有理寸步难行（甚至动辄得咎），无理横行天下”。比如“理论”一词，究其语源，原是动词，如“理论一番”，就是互相据理而论，离开讲道理，理论也者，就是胡搅蛮缠。但恰恰是多年以来，一家之言乃至所谓金口玉言占据了所谓理论的制高点，派生出各式各样不像样而自称“理论”的无知谬说，违情悖理的无理搅三分，这就使有些人的所谓“理论”大大跌价，成为无理之论，其丧失信任也必矣。

与此相连带的是，对人“抓辫子”“戴帽子”“打棍子”的语言暴力、文字暴力实施者，早已不是文盲、半文盲，而多是具有相当学历甚至高学历及各类职称、学衔者。如果说，当年暴力施行者自诩“俺是大老粗”，或仍可予以某种程度的理解和谅解，而这类不复“大老粗”的“识字分子”施暴者，却不可再作等闲看。本来，在传统文化中，尊重有一定文化程度的人，是因为他们不仅识文断字，而且“知书达理（礼)”，“理”所在，通过读书以达之。如果一个识字且不止于识得“之无”的人，不顾常情常理常识一味不讲理而不知脸红，你管他叫“知识分子”?读书人？文化人？都不像。叫他什么好呢?!

在当局重提“三不”直到不提“三不”以后，那些继续以各种方式要弄“欲加之罪”的“辫子”“帽子”“棍子”的，就是这样一些人。

在可以预见的时限内，似乎不可能根除这类人所安身立命的基点。

正是因此，我格外珍视《粤海风》新编百期所经历的十八年，是在特定的语境下跋涉过来的。当代人仍可从这一选集所收的文字中找到一代人思想、智慧、理性的果实，将来的读者或仍可从这些果实中发现一代人凝结的心血。

是为序。

2015 年 6 月 1 日

序二：文化批评的风骨与风格

□丁　帆

在我从事文化与文学批评近四十年的道路上，我始终坚信的是马克思文化批评的怀疑与批判精神，如果没有这种批判的意识，马克思的思想也就不可能成为主义而发扬光大。但是马克思主义的精华，如今在我们的批评界却很难寻觅了，这是一个时代批评的悲哀，也是几代批评家的悲哀。谁来打捞这样的批评精神呢？担任《粤海风》十八年主编的徐南铁就在执着地做着这样的工作。

自20世纪90年代以降，国内人文社科杂志因受制于种种规约，纷纷抹去了观念的棱角和思想的锋芒，各个主编都自觉或不自觉地完成了“华丽的转身”——或成为“传声筒”，或成为“批发商”，唯独失去的是办刊杂志的灵魂：风骨与风格。这不能不说是几十年来各种各样的政治运动所造成的恶果，人们已经习惯了规训与顺从，主编大人只要铲除自己思想深处的异想，不以“独立之思想，自由之意志”为办刊的基本原则，杂志就能活下去，乌纱也就不会掉。

其实，凡是办刊者都知晓这个普通的常识：人文杂志如果没有怀疑与批判的精神做导向，没有犀利和独到新颖的观点做基础，那么，这份杂志一定是失败的。当20世纪90年代人们都在高声呼吁“人文精神”的时候，我们恰恰丢失了人文学科的灵魂，那是一个“丧魂落魄”的时代，只有少数的人和少数的杂志在始终坚定不移地苦苦寻觅着那条人文学科的“黄金通道”——在没有批判的年代里寻找批判的武器，在没有武器的岁月中寻找武器的批判，“破”是手段，“立”才是根本，重建一个有序的启蒙话语体系，成为这一代学人的人文之梦。倘若有一份杂志能够成为发表独特见解的平台，那将是一种什么样的情形呢？大自然的造化就是如此，当《粤海风》以其绰约的风姿款款走近我们时，谁都不敢相信她能够走得这么远。

无疑，一份杂志的好坏优劣往往取决于其主编的办刊思想与办刊方针，但是，我认为更重要的是取决于主编的人文知识积累而形成的正确价值观。只有具备这样素养的人，才有可能把一份刊物办得风生水起，让思想的磁力吸引着一大批优秀的人文学者团结在其周围，并为追求真理和正义而呐喊。我以为《粤海风》之所以十八年来能够在人文学科界有其稳固的地位与声望，当然是与办刊者的学识与胆识分不开的。

就我本人而言，当初给《粤海风》投稿完全是看中这份杂志批判的锋芒，与主编的交流只是投稿时简短的书信往来，甚至直到今天我还没有见到过主编徐南铁一面，但是我们的心走得很近，甚至比那些经常见面的同仁学者们都近，我想，那一定是他的学识和胆识感动着我，也一定是我们有着共同的价值理念。

从105期刊物的1 000余篇文章中遴选出四本书结集出版（此前于2014年已经结集出版了《迎面有声》等三本）的目的是十分清楚的，南铁兄是要为世纪之交的中国千年文化转型期里的一种思潮留下历史的底片，让将来的文化史书写者知道在这个历史时段里还有这么一群文化人在孜孜不倦地追求着他们的文化信仰，坚守着自己的人文底线，虽然我不敢说这就是“中国的脊梁”，但是从一个个闪过的作者面影和一篇篇犀利文章的长镜头中，我以为他（它）们的“风骨”和“风格”是一致的。所谓“风骨”，乃批评之真义也，几十年来，我们把批评与评论混为一谈，中国有“评论家协会”，而无“批评家协会”，就充分体现了把批评泛吹捧化的普遍心理，我并不是说批评就不能进行褒扬式的评论，而将批评与吹捧的评论画等号，就完全歪曲了批评的另一个更重要的内涵，不知从何时起，批评失去了自身的批判锋芒，当文化与文学批评一俟抽掉了批评的内涵，变成了一味的吹捧式的“评论”，成为时代的吹鼓手，成为某种文化意识形态的奴仆，就意味着这个时代的批评死了，文化也就死了！这其实就是一个简单的常识，但是要让人们理解这一文化与文学批评的真义却是一件十分艰难的事情。所谓“风格”，我在这里不是专指文章在审美层次的那种格调，而是把布封的“风格即人”延展到这几本书中的所有文章的一致指向上——把人性的诉求和文化的进步作为批评的本义，批判一切阻碍人类文化进步的不合理现象，为建构一个理想的文化体系与制度而努力。我想，主编这套丛书的南铁兄的初衷应是如此吧。

不要以为文坛上的“评论”十分热闹，其实那数量巨大的评论文章背后只有一种理念支撑却是十分危险的，殊不知，它产生的恰恰是一个时代的文化失去活力的表征，人们看不见的是那种模式化“评论”背后巨大的空洞，一个没有多元批评的文坛是一个行将没落的文化界面，所以，重拾马克思主义的批判精神才是文化与文学批评的首要任务，要知道，一个社会的进步，应该依靠不断洗涤其身上的文化污垢，不断疗治其自身的文化疾病，才能获得不断再生的新细胞，健康地成长，如果连这个常识都不懂，我们的批评家们还能做什么呢?!

南铁兄试图用自己毕生的精力去完成看似并不伟大的工程，虽然并不浩浩荡荡，虽然默默无闻，虽然筚路蓝缕，但是它所折射出来的人文意义却是永恒的。也许在许多年以后，当我们重读这部书系的时候，它会给后人留下一丝惊喜，若是如此，我们也就含笑九泉了！这不是悲壮，而是欣慰。

是为序。

2015 年 4 月 28 日于仙林大学城依云溪谷

序三：思想的发散性无法遮住

□ 蒋述卓

认识徐南铁已经很多年了，知道他做人做事朴实踏实，不事张扬，不扬才露己，也不轻易褒贬他人，只默默地做他的事、写他的文。正如他接手编《粤海风》杂志，默默地一编就105期了，而且每期的卷首语都由他来撰写。如今他从经他手所编的文章中精炼出若干，编为四大册，奉献给读者，也以此表示他对从事编辑工作的欣然谢幕，当然更表示他对自己编辑理念与文化职责的肯定。

南铁编杂志是有他的理念与原则的，也是有他的文化担当与价值追求的。作为一份文化杂志的主编，他立足广东，放眼历史与未来，针对时下的文化问题，在繁烦的约稿、选稿、编稿工作中默默地实现着他的理念与追求。

在广东，从改革开放初期以来，就曾有办思想文化类报刊与杂志的尝试，有的留下来了，成了品牌，如《随笔》《开放时代》；有的虽留下来了，但也作了办刊方向的调整，如《南风窗》；有的则夭折了，如《沿海大文化报》。南铁曾是《开放时代》的副主编，也是《沿海大文化报》的创办人之一。《粤海风》则是在20世纪90年代才在南铁手上竖起文化批评的旗帜。它的出现开始并不特别引人关注，但年复一年，它所编发的文章在思想文化界的影响却日益增加，正如一笔沾了水的墨落在宣纸上逐渐晕染开去，结出了五彩的花，被读者所喜爱、所珍藏。

《粤海风》所编发的文章，不像学术文章那样端着架子说话，有那么多烦琐的注释或参考文献，也不像某些报纸那样搞“标题党”，故意制造些惊世骇俗的话题。它更注重思考的深刻性、思想的发散性和较高的文化品位。当然，它也没放弃学术性，提倡与推崇的也是有“学术的思想”，亦即思想的启发要建立在一定的学术根基之上，讲究忆人议事尽量做到出之有根据、立论有法度，讨论问题时也尽量平心静气，去除火气。所以，不少文章观点是较为内敛的、含蓄的，但思想的发散性确是遮不住的，这就形成了这些文章的内部张力。或许这正是形成《粤海风》杂志的个性与风格所在。正如这沿海地区的风一样，刮台风的时间毕竟是少数，大多数时间是轻拂人面的冷风或者暖风。但沿海的风会带来新意，带来创意，带来变化，确是我们不得不承认的事实。

是为序。

2015 年 5 月 1 日于羊城暨南园

序四： 沙尘吞没不了痕迹

□ 李新宇

这是一套很好的书，值得一读。它是徐南铁从他所主编的100多期《粤海风》中选出来的。

我常常想，那些比较好的报刊，比如《南方周末》，应该定期或不定期地分门别类按专题编辑文集。我的想法当然是读书人的一种私心，因为成堆的报刊实在没有足够的空间保存，分专题做成文集，不仅方便保存，而且翻阅起来也方便。现在，徐南铁这样做了，我当然要表示我的支持，为这套书的出版表示我的祝贺！

《粤海风》是份难得的好刊物，从1997年至今，18年，100多期，很受知识界的欢迎。当然，文化批评刊物，涉及精神立场和价值取向，在这个价值分裂而且颇为混乱的年代，自然是“众口难调”，无论哪一家有个性的刊物，想获得“一致好评”都不大可能。不过，这种情况倒正好成为对刊物的一种检验，什么人喜欢什么刊物，什么刊物为什么样的群体服务，可以一目了然。据我所知，知识界除个别人之外，对《粤海风》的追求、选择和自我定位，都是颇为赞赏的。我所尊敬的董健先生曾经说过这样一段话：“近十多年来，思想文化界的麻木与混乱，虚假与平庸，标征着中国知识分子精神状态的严重恶化，这使我辈仍固守着知识分子价值立场的人感到十分苦闷和寂寞。只有少数刊物给我们以温慰与鼓励，《粤海风》就是其中之一。”（《粤海风》2014年第1期）必然有人不喜欢这样的言论，正如有人不喜欢《粤海风》和《炎黄春秋》《南方周末》等报刊一样，因为如果认定这十多年的思想文化是一片繁荣，形势大好，或者认定它糟透了，远不如“就是好呵就是好”的那个年代；如果认定知识分子已经死了或早就应该死去，或者认定知识分子仍然应该被改造，所谓知识分子的价值立场是应该被彻底打掉的；那么，这“苦闷和寂寞”就是活该，而给知识分子带来“温慰和鼓励”的刊物，自然不是好东西。然而，一个不可否认的时代事实是：董健先生的感受并非个别人的感受，而是许许多多知识分子和文化人的共同感受。当我看到他的这段话时，第一感觉就是：老先生说得太好了！

一份有理想、有追求、有个性的文化批评刊物，能够生存下来，实在不容易。坚持走自己的路子，坚守自己的品格，而且深得读者喜爱，它靠什么？只能是靠刊物的质地，靠它的实际内容，更具体地说，靠它对理想的坚守，靠它所显示的担当，靠它的品格，靠它给读者带来的知识扩展和思想启迪。文章言之有物，使人读之受益，说说容易，做起来并不容易。直面现实问题，揭示历史真相，说说也不容易，做起来就更不容易。然而，《粤海风》坚持了下来，刊物一直保持着清新活泼和可贵的锐气，在一片沉沉暮气之中像一片绿洲，显示着思想文化的生机。

《粤海风》的自我定位是明智的，也是成功的。它没有向当下流行的权威刊物或核心刊物看齐，没有让自身加入死气沉沉的学术期刊队伍，也没有让自己走上取悦大众的道路，没有成为娱乐性的文化快餐。它是名副其实的文化批评期刊，面对知识界，关心的是思想文化问题。与此同时，值得称道的还有它的开放性和前沿性。开放性表现在它的目光和视野，也表现在它的作者队伍来自五湖四海，而且表现在它不拘一格的文体和形式。这里有无可挑剔的学术论文，也有长长短短多种多样的学术随笔，立足于广东这个时代变革的前沿，同时面对全国，容纳知识界的不同声音。刊物显示着一种难得的锐气，有可贵的开拓和创新精神，既能及时反映出时代的矛盾和困惑，也能帮助读者看到一些长期以来被遮蔽和改写的史实，明白一些被涂抹得面目全非的事件背后的真相。未来的学者梳理某些问题的研究时，大概不会忘记许多问题是《粤海风》最先提出的。

众所周知，刊物的面貌往往取决于主编，有什么样的主编，就有什么样的刊物，这话也许并不完全准确，因为主编有时也会无可奈何，无力把刊物办成自己想象的样子，但是，一个没有理想和追求的主编办出的刊物是什么样子，人们却并不陌生。回顾过去的几十年，许多曾经很有影响的刊物，就因为主编退休或更换，便不再受人关注，这也是众所周知的事。《粤海风》得到读者的喜爱，得到知识界的好评，显然与它的主编徐南铁有关。徐南铁这个江西汉子，出任《粤海风》主编时刚刚40岁多一点，正是做事的年纪，而且有才有志有追求，有胆有识有担当，怀揣许多梦想，所以，他不会像一些主编那样为办刊物而办刊物，为做主编而做主编，更不会把精力用于创收赚钱，而是真想为文化建设做点事。正因为这样，他这个主编做得特别用心，因为他知道珍惜自己拥有的一切，比如，他知道珍惜现实给予的言论空间，知道尽量用足它。我们的空间本来就有限，而我们的许多主编们，却常常并不珍惜，满脑子都是那个职位，以及职位所附带的那些利益，而没有理想和追求，没有历史的责任感，这样一来，自然不会有担当的勇气。因此，秋风未起，就担心树叶掉下来砸了脑袋，缩手缩脚，这也不敢碰，那也不敢动，所以，什么开拓，什么创新，什么建设，就都谈不到了。更为严重的是，言论空间的边界在哪里，常常没有明确划定，为安全计，自然是主动远离边界，但这种做法的结果，却是把本来有限的空间弄得更窄。

徐南铁的可贵之处，就在于他是想做事的，所以不会做那样的主编。他是什么样的主编？《羊城晚报》的方唐先生说过："曾闻人说：办杂志可用秀才，办大报必须是将军之才；南铁先生是将军之才办杂志。"真是知人之论，南铁本应是将军。做杂志的主编，亦然可见将军风：知大局，识大势，胆大心细，敢于攻守。因此，他能把有限的主观能动性投入历史的大局和大势之中，使它得到充分发挥。18 年的事实告诉我们，他为自己赢得了更多的空间，为知识界赢得了更多的空间，却并没有因为冲动和莽撞而使刊物与自己一起葬送。

办刊物不容易。18 年，100 多期，风风雨雨，坎坎坷坷，甘苦可想而知。行进的艰难，成功的喜悦，感受最深切的还是主编。所以，一份好的刊物，一份体现了主编意志的刊物，对于它的主编来说，就像是他的孩子。何况，一个人能有多少个 18 年？青春所在，心血所系，回望之际，岂能无情？我想，这也是徐南铁编这套书的心理动因。

所以，最后我要说：敢于直言现实弊端，敢于披露历史真相，有这两点，100 多期《粤海风》已可永存。于沙漠中开出一片绿洲，艰难维持 18 个年头，即使最终被沙尘吞没，也在历史上留下了痕迹，南铁兄应该无憾！

我相信，尽管中国的思想和文化（尤其是学术）正进入一个大跃进的年代，就像 1958 年的钢铁与粮食，丰收的锣鼓过后，可能留不下多少东西，但是，这套书和《粤海风》一样，不会像那些泡沫一样无声消失，更不会像某些跃进成果一样成为历史的笑柄。

2015 年 5 月于天津社会山花园

目　录

学人造像

学术生态

教育忧思

学人造像

两个痛苦的灵魂：法捷耶夫、周扬

□ 张德林

我对通常的史书兴趣不大，原因简单，内中记载的事件和人物，可信度往往大打折扣；倒不如那些敢于讲真话的“回忆录”来得痛快淋漓，大胆吐露历史的真情。历史要远距离看，距离近了看常常会失实。“回忆录”的作者，大多是事件的参与者，感同身受，体验真切，加上长时间的精神酝酿和思想过滤，对事实真相的披露已不牵连个人的荣辱得失，也便于排除各种偏见或个人意气，因而其历史的真实性和可信度大大超过了钦定的史书。

最近，我读了两部“回忆录”：一部是爱伦堡的《人·岁月·生活》；另一部是韦君宜的《思痛录》。这是两部具有真知灼见和历史价值的好书，值得细读。两书记载的风云变幻的历史事件和历史人物甚多，我不可能作详细评述，只是选出前书中回忆法捷耶夫、后书中记叙周扬那些篇章来谈谈。读者不难发现，这两位在类同的国体和社会制度下出现的“作家兼首长”的人物，他们的功过得失和悲剧命运何其相似！这究竟给了我们什么启示？

法捷耶夫（1901—1956年），是苏联著名的作家、理论家和党组织的领导人。他的创作活动从1921年开始，他亲身参加过国内革命战争，当过游击队员，早期创作了《泛滥》（1922年）、《逆流》（1924年）和长篇小说《毁灭》（1927年）。30年代开始，他同时创作两部长篇小说《最后一个乌兑格人》和《黑色冶金业》（均未完成）。1945年，卫国战争刚刚结束，他以高度的热情和惊人的速度完成了长篇小说《青年近卫军》。这部小说使他取得了殊荣，获得了1946年的“斯大林奖”。

以《巴黎的陷落》《暴风雨》《巨浪》等长篇小说闻名于世的爱伦堡（1891—1967年），比法捷耶夫年长十岁。他们是“挚友”。因此，他的这部回忆录，凡是谈到法捷耶夫的地方，都采用“平视”手法，既不为贤者讳，也无须掩盖或夸大事实真相。

爱伦堡在回忆录中充分肯定法捷耶夫“才华横溢，聪明过人”，“学识渊博”，“意志坚强”，总体上不失为一位有良知和卓越贡献的作家。然而，他以敏锐、犀利的笔触，揭示出法捷耶夫是个“十分复杂的人”，有双重人格，空虚、孤独，灵魂痛苦不堪。早在二三十年代，他就是拉普派领导人之一，执行过极左路线，此后又长期担任苏联作家协会的总书记。在他身上明显体现了“作家兼首长”的双重身份。他跟苏共中央上层领导过往密切，并深为斯大林器重，一举一动、一言一行都要看斯大林的脸色行事。在苏共中央领导人面前，他是个“听话”的作家；在广大作家面前，他则俨然是个“首长”。这种特殊的身份，使他既脱离了群众，又失去了作家应有的独立思考。爱伦堡描绘法捷耶夫那双“明亮而又冷冰冰的眼睛”，描绘他如何善于在文章或报告中“赋予斯大林的一句简短的话以深刻的含义、智慧的光辉”，这些细节都是相当传神的。

法捷耶夫一生中最大的悲剧是忠实奉行斯大林的极左路线，他是“个人崇拜”“个人迷信”的牺牲品。在“写什么”和“怎么写”的问题上，别看法捷耶夫身处文学界的领导岗位，却常常身不由己。最突出的例子是，斯大林没读过小说《青年近卫军》，却看了格拉西莫夫根据小说改编成的电影。影片触怒了斯大林。影片描写的是一群留在被希特勒匪徒占领的城市里听天由命的少年。共青团组织哪里去了？党的领导哪里去了？有人向斯大林解释，说导演是以长篇小说为依据的。报上出现了严厉批评《青年近卫军》的文章。随后在《真理报》上发表了法捷耶夫的信：他承认批评是公正的，并答应修改小说。他的另外两部长篇小说《最后一个乌兑格人》《黑色冶金业》修改了一二十年，最终仍然未能完成，这究竟是什么原因？说来简直像是笑话，那部《黑色冶金业》，负责工业建设的马林科夫就曾经向他发出了若干错误的歪指示，使他精神上不得安宁。他经常苦恼不堪，哀叹自己江郎才尽，再也“不能动手写新的作品了”。法捷耶夫的创作生涯有三十五年之久。他自称“写得很多，可写成的很少”！是否因为他“过于贪杯”，才疏于写作。爱伦堡反驳此说，“美国作家福克纳喝得更多，可却写了几十部长篇小说”。看来法捷耶夫存在着一些别的精神障碍，那或是对斯大林的“个人崇拜”，宗教式的“个人迷信”，使他的独立人格、意志、智慧、创作激情遭受了严重的禁锢和挫伤。这种打击是致命的。

为了执行斯大林的极左路线，在政治上甘当“驯服的工具”，他非但害了自己，而且也危及别人。他对马雅可夫斯基的长诗《好!》、对帕斯捷尔纳克的作品、对格罗斯曼的长篇小说《为了正义的事业》等都进行过批判和攻击。爱伦堡对此作了深刻的概括：

> 法捷耶夫同千百万他的同时代人一样，把对主义的忠诚同斯大林的每一句话联系在一起，不管这句话是否正确。这不是他的过错，而是他的不幸。当然，法捷耶夫知道，巴别尔不是“间谍”，左琴科也不是“敌人”，斯大林对普拉托诺夫或格罗斯曼的不满是没有根据的，但他也知道另一件事：对于千百万勇敢而忘我的人们来说，斯大林的话就是法律。

到了晚年的法捷耶夫，每念及自己所犯的错误，总是心如刀绞，苦不堪言。“他一年比一年忧郁，两眼日益经常地显得冷冰冰的，视而不见似的。他开始更为频繁地饮酒，酒量更大了，他主要是同那些跟文艺界相距很远的人一起喝——他想忘忧。”可是他得不到解脱，最后以自杀告终。

令人诧异的是，我们从法捷耶夫的一生悲剧命运中，竟能窥视出周扬的若干面影，两人竟有惊人的相似之处。

周扬是我国当代著名的作家、理论家和党组织的领导人，同样具有“作家兼首长”的双重身份。他是毛泽东文艺思想和党的文艺路线的权威阐释者和推行者。然而就是这样一位马克思主义理论家、人们心目中的偶像，却经常挨毛泽东的骂，据韦君宜的记载，《武训传》是如此，俞平伯的《红楼梦》研究问题是如此，胡风问题也是如此。胡风写了一本三十万言书，作协把它印发了，说要批判它的错误。到后来，忽然在报纸上宣布，胡风不只是文艺观点错误，而是反革命集团，是潜伏的国民党特务。这一次，大家才真的震惊了。周扬在会场上连说了几句：“想不到，真想不到。”看来，他确实没有想到。

作为左倾路线的推行者，他在自己的岗位上，曾经打击过丁玲、冯雪峰、陈企霞、艾青、秦兆阳……违心地把他们划成右派。最后连他自己也没有保住，被作为“阎王殿”的元凶、“四条汉子”之一，揪出来了，锒铛入狱，关押将近十年！

周扬被“四人帮”称作“反革命两面派”，这个指责当然是诬陷的不实之词。然而，灵魂、痛苦、双重人格、精神状态极其复杂，周扬跟法捷耶夫颇为类似，却是千真万确的事实，谁也否定不了。粉碎“四人帮”以后，从狱中释放出来，重新踏上领导岗位，晚年时期的周扬，向广大作家和曾经被他打击过的同志，出于真诚地“认错”“自责”“忏悔”，声泪俱下，显示了他的灵魂的焦灼、痛楚、蜕变、自新。他取得了人们的谅解。他比法捷耶夫的表现无疑要勇敢、积极得多。

了解周扬的人都说他是个天才，禀赋极高，学识超群，可惜他生不逢时，大半生处在“个人崇拜”“个人迷信”泛滥的时代，自觉不自觉地当了“驯服的工具”，他的才能无法得到真正的发挥。在韦君宜一而再、再而三的催促下，周扬勉强答应整理旧稿，准备出文集。当他面对一大堆“大批判”式的“报告”时，他感慨万千，终于说了实话：这里边有些文章，有些段落，并不是他的手笔。周扬此时的心情是何等沉痛，他的“自我价值”究竟体现在何处？悲哉，周扬！

历史不是偶然事件的收藏器，它有自身的规律可遵循。在那个权力过于集中、国家大事一个人说了算数、“个人迷信”泛滥成灾的年代，法捷耶夫式和周扬式的悲剧人物的出现，并非偶然，而有其不可避免的历史必然性。我们不妨借用爱伦堡的话作为本文的结尾：

这不是他们的过错，而是他们的不幸！◻ 1998·11－12

两点之间的曲线人生
——关于朱光潜的回忆

□ 柳鸣九

一

最近，在《文汇报》的“笔会”中，看到一篇回忆朱光潜的短文，是著名的摄影家邓伟写的，并附有他所拍摄的一张朱老先生的照片。由于父辈的关系，他曾有幸成为朱光潜的一个较为亲近的小字辈，因此，保存了若干对老先生的亲切回忆。这篇文章与这张照片，也激活了我自已对朱光潜先生的思念。

在上了年纪的人身上，怀旧倾向是一种天然的温床，外来的因子哪怕只像蒲公英飞絮那样轻忽也可以萌生出一片繁茂葱郁的回忆之绿茵，就像普鲁斯特舌尖尝到的那块玛德莱娜小甜点，竟引发出如流水潺潺不绝，似江河浩渺流淌的陈年往事那样。一般说来，怀旧的心理惯性是以两个条件为基础的，一是往日积累下了丰富而生动的印象与感性知识，一旦记忆的闸门打开，往日的印象、感觉，对形象与氛围以至于颜色、气息的记忆即纷至沓来，如势不可挡的潮水，就像普鲁斯特那样，忆出了整整一个“似水年华”，并写成了一部长篇小说；二则是往日在某件事上、在某个方面感触甚深、震动甚大，一旦再次引发，便感触陡生、思绪纷呈，鲁迅夜遇一个人力车夫的“一件小事”，后来却引发出一大篇的感言，大概就是这种情形的例子。

说实话，我与朱光潜先生并不熟稔，也不接近，具体的交往并不很多，因为，我和他不是在同一个单位任职，也没有严格意义上的师生关系、师徒关系，就像他与张隆溪那样。几年前，学术文化界曾有人把我称为“朱光潜的学生”，基本上是一种牵强附会。原因不外有三：一，我是北大西语系毕业的，而朱先生就是西语系的名教授，但我在北大时，的确没有听过朱先生的课；二，我也做过一点西方文艺批评史的研究与翻译，而朱先生就是西方批评史、西方美学史的权威；三，朱虹的确是朱先生的受业子弟，在北大上过朱先生的翻译课，曾被朱先生称为他的“三个得意学生”之一，此事在学界广为人知，因为朱虹与我是一家人，难免有人会把我这一粒鱼目误认为是“珠子”了。

虽然我与朱光潜先生相隔不近，接触不多，交往甚少，但是，在学界长辈中，他却是我从年青时代一直到上了岁数，仰望得较多、关注得较多、思索得较多、揣摩得较多的一个，因此，在外界因素的作用下，很容易就引发出不少记忆与思念，何况有的事情给我的印象是那么深刻，足以使我终生难忘。

二

在前辈师长中，我最早知其名者，要算是朱光潜。从初中起我就开始喜欢跑书店，在书店里就曾不止一次见过开明书店出版的《给青年的十二封信》，我也曾翻阅这本书，当时觉得书中所谈的好像都是比较深、比较严肃、比较“正经”的内容。什么美呀，艺术呀，审美呀，等等，隔我那尚未开窍的脑袋比较远。那时，我感到亲切、有吸引力的只是还珠楼主、《鹰爪王》与《侠盗亚森·罗平》之类的作家和书。即使后来到了高中快要毕业，已经准备投考西语系的时候，我仍然对朱光潜那高深的美学未敢问津，真正对朱光潜这个名字肃然起敬，那是在进入北大西语系以后的事了。

在50年代的北京大学，每年新生入学时，各系都要举行大规模的迎新活动。在西语系，活动的一个主要内容就是毕业班的老大哥带领这年的新生在整个燕园里走一遭，三三两两，边走边介绍，特别深入细致。在那次活动中，我记忆中最深刻的就是从他们那里知道了北大西语系的教授阵容很强，有一大批著名的学者：赵萝蕤、吴兴华、张谷若、闻家驷、陈占元、郭麟阁、吴达元、田德望等。而名人中之名人，则是两位超出于这些正教授之上的“一级教授”：冯至与朱光潜。对于这一大批名师，西语系的学子无不津津乐道，并都引以为傲。

显而易见，冯、朱二位当时之所以是超越众大家的“一级教授”，是因为他们的文化业绩更大，学术声望更高。冯至不仅是公认的德国文学权威，而且是鲁迅赞赏过的“中国最杰出的抒情诗人”，他的杜甫研究也是蜚声学术界。朱光潜则早已是资深的美学研究大师，早年几部力作并没有因为时代历史的变迁而褪色，也没有因为意识形态而丧失其学术价值。而且，早在抗战期间，他就担任过大学里的文学院长，蒋介石为了表示自己礼贤下士，尊重文化，还曾接见过他；蒋介石撤离大陆前，他也是国民党派专机要抢运到台湾去的名教授之一，但他拒绝登机离去……

学子的崇拜从来都是名师崇拜，大部头论著崇拜。从一开始，朱光潜就足以使我辈肃然起敬，甚至有点顶礼膜拜，虽然他在“政治上”入过国民党，得到过蒋介石的接见，但“政治上”的事我们不管，也不感兴趣，何况他不是最后拒绝站到台湾那边去吗……所有这一切，使我从没有对他有什么保留。

仅仅是以学术标准进行衡量，而不是以掺杂了其他标准或其他因素，这与现如今比较起来，倒可说是单纯朴实一些。现今者，时代进步了，实际操作的标准显然复杂细腻多了，其中有了官本位制的成分，有了商品社会中大为时兴的公关学的成分，以致在赫赫有名的“翰林院”里，没有多少学术业绩，没有什么社会声望，却头戴“特级研究员”“博导”“一级教授”的冠冕堂皇者颇有人在。

在北大的几年中，西语系这两个“一级教授”，做系主任的冯至，我们倒常能见到；另一位朱光潜，则很难很难见到的，全系师生会，一年难得有一次吧，即使有他也不大出席，听说，他前两年教英文专业高年级的翻译课，高年级毕了业，他就没有课了，西语系教学中心的那幢楼也就几乎见不到他的踪影。只是有那么一次，一个小老头从附近穿过，有同学才告诉我：“那就是朱光潜。”

他大名鼎鼎，但毫不起眼，身材矮小，穿一身深蓝色咔叽布中山装，踏一双布鞋，像图书馆的一位老员工，甚至有点像一个杂役工；他满头银发，高悬在上，露出一个大而锛的额头，几乎占了半个脑袋；他步履稳当，但全身却透出凝重肃穆之气。

三

我与朱光潜开始有具体的接触，是从北大毕业分配到《古典文艺理论译丛》工作之后的事。

《古典文艺理论译丛》是文学研究所办的刊物，1953 年刚成立的文学研究所当时还隶属于北大，老老少少的研究人员基本上都是从北大的中文系、西语系、俄语系与东语系抽调过去的。其中的西方文学研究组，起初就在北大西语系办公，和朱光潜可算是同一个大单位的。到了 1958 年后，这个研究所才从北大独立出去，与社会科学、人文科学的一些其他研究所组成了哲学社会科学学部。至于这个学部又升格为中国社会科学院，那是“文化大革命”之后得胡乔木与邓力群之力而成的。

《古典文艺理论译丛》的编辑方针是，“有计划地、有重点地介绍世界各国的美学及文艺理论著作，包括各时代，各流派重要的理论批评家和作家有关基本原理以及创作技巧的专著与论文，以古典论著为主”。显而易见，刊物突出了一个“洋”字，一个“古”字，这在新中国成立初期革命文艺势头正健、“大”“洋”“古”的倾向不止一次受到责难与批判的时代条件下，倒是属于另外一格，颇带来一股典雅文化的清新气息。编委会的组成也一目了然，我国从事外国文学研究有成就的学者、教授、翻译家都一一在列，如钱锺书、朱光潜、李健吾、杨周翰、傅雷、陈占元、田德望、金克木、陈冰夷、辛未艾、蒋路、蔡仪等等，一看就与文化界占主流地位的革命文艺家、理论批评家不属同一路人，颇有学院派的色彩，编委会并未明确署出主编，但召集与整个编辑工作的主持者都是蔡仪，他实际上就是主编。

我1957年毕业后，就是被分配到这个刊物的编辑部工作。在蔡仪手下，具体做编辑工作的有三个人，两个搞俄语的都比我年长，其中还有一个是从延安来的，他们都是我的上司、指挥者，我是年轻的西语系大学毕业生，于是到一个个编委那里，特别是到西语一片几个编委那里联系跑腿、接送稿件的任务就都由我承担。因为这是一个学术性、专业性非常强的刊物，一般联系与具体跑腿的工作也并不简单，主编先把未来几期的中心主旨拟定，如悲剧问题、喜剧问题、浪漫主义问题、现实主义问题等，之后，就要征求编委们的意见了，包括每一期的重要选目与每一篇的译者人选，以及请编委审定译稿等等。我对这种“跑腿”工作特别特别喜爱，每一趟都有学术内容、知识含量，实际上是对一位又一位权威学者的专访，是听一堂又一堂的“家教”，是吃一顿又一顿的“小灶”，何况，骑一辆自行车驰来驰往于中关村与燕南园之间及未名湖畔，沿途垂柳飘飘，湖波粼粼，绿荫掩映，小径成趣，出入学术界名人的府第、寓所，又肩负着一个学术刊物的使命，这对于一个刚大学毕业的青年来说，实在是一件潇洒愉悦、风光得意的乐事。那个时期是我一生之中最值得怀念的，也就是在那时，我与朱光潜有了具体的接触。

北大南校门外，一箭地之遥，燕南园。五六十年代中国最优美的住宅小区。郁郁葱葱的园林，整洁幽静的小径，巴黎风格的路灯，一幢幢精美雅致的小洋楼稀疏地散落着。北大的名教授很大一部分都居住在这个园林之中，冯至、朱光潜、罗大冈、杨业治、向达、林庚、陈岱孙、吴达元……每来这里走一趟，就是一种享受，一种熏陶，一种精神提升，这里的绿意与生活格调，是我青年时代的理想境界、愿为之奋斗的境界，没想到如今到了“古稀之年”，仍然只是可望而不可即的梦……不过，经过“文化大革命”之后，燕南园的树木大为凋零，绿茵大为荒芜，一幢幢小洋楼大为破旧，致使罗大冈在自己的评论文章尾部常署上“写于湮园”的字样。他一直是燕南园的住户，当眼见过这个园林“湮泯”的过程……只是又事隔多年，不知“改革”之后，商品大潮席卷之下，燕南园又是什么样子了？

朱光潜的家在燕南园腹地的深处，环境格外幽静。而他那幢楼房与他那个院落，至少如我所见的，更是阒寂无声，渺无人迹，像电影中一个无人的修道院或古刹。我头一次去时，按了好几次门铃之后，才有一个女孩走出来，她年龄看来不算太小，但身材矮小而瘦削，她有一个大得出奇的朱光潜式前额，显然是极为聪明的，样子不像一个真实的少年人，而像是一个传奇中高智商的精灵。我只见过她一次，但印象却十分深刻。

我见到朱光潜的时候，他已经六十多岁，虽然瘦小单薄，白发苍苍，但精干灵便，神情烁烁，他宽而高的前额下一对深陷的眼睛炯炯有神，老是专注地注视着甚至是逼视着眼前的对象，手里则握着一支烟斗，不时吸上一口，那态式、那神情似乎面前的你就是他观察分析的对象，研究揣摩的对象。别忘了，他专攻过心理学，有过心理学方面的专著，而且是“变态心理学”的论著！坐在他面前，你似乎感到自己大脑的每一个褶皱处都被他看透了，说实话，一开始并不感到舒服自在。

作为学者，他对刊物选题与编译的意见都很明确、干脆，绝不含糊圆滑，也绝不模棱两可，而对于刊物之外的任何学术理论问题，他又有严格的界限，绝不越雷池一步，绝不高谈阔论，枝叶蔓延，而这正是青年学子每遇名家大师都期望见识到的“胜景”。如果说我曾经感到他身上有一种肃穆之气的话，一接触之后，我就明确感到他更有一种由内而外、并非刻意求之而是自然而然渗透出来的威严。他讲起话来一副非常认真的样子，一口安徽桐城的乡音，听起来相当费劲。他脸上一般是没有笑容的，但有时笑起来却那么开心，笑得咧着嘴，像是从心底里蹦出来的，这经常是他在讲了一个自认为得意的想法或意见时才有的，而绝不是听了对方的趣语或交谈甚欢的产物，而且，这时他会停止说下去，将那咧开了嘴的笑停驻在脸上，眼睛盯着你，似乎在等着你的回应。有了几次接触后，我就相当确切地感到，他是一个自主的人，很有主见并力求影响别人的人。他绝不跟对方讲多余的话，但当我小心翼翼地从业务工作范围里挪出去一小步，恭维他精神很好、身体很好时，他也很和气，很善意地告诫我：“身体就是要锻炼，每天不必要长时间，但一定要坚持。”当我又得寸进尺地奉承他的太极拳打得好，青年学子称为“出神入化”时，他以权威的口吻提示我：“跑步，最好的运动是慢跑，每天慢跑半小时，它给我的身体带来的好处最大。”（他在校园里跑步的样子，我见过，步子不大，节奏不快，身体前倾，身姿有点可笑）从此之后，我一直记住了他这一经验之谈，并断断续续效法他这一健身之道。多年之中，每当我身上的惰性占上风时，我就想起朱光潜年长笔健的经验，而强迫自己继承他这一“衣钵”，反反复复，终于养成了习惯，时至今日，我仍坚持不懈，而且在慢跑时，脑海里还偶尔浮现出朱光潜在燕南园迈着小步慢跑的瘦小身影。

《古典文艺理论译丛》于 1957 年创刊，因“文化大革命”的到来而收场，最后一期出版于 1966 年，前后十年，共出版了十七册，均由人民文学出版社出版，每册三十万字，总共五百多万字。试想，以五百万公斤炸药投放在单一一块阵地上，其动静与后果该有多大！无疑，这是新中国成立后，“文化大革命”前最大的一个“大洋古”项目，它的所作所为可称得上是丰富、厚重、扎实，它全面地、精到地译介了从古希腊罗马一直到 20 世纪整个西方文艺批评史中的名家、名著、名篇，几乎每一个课题都有一个专集或至少是作为一个专集的专题，有的更占有两个甚至两个以上的专集，如悲剧理论、喜剧理论、浪漫主义创作论、现实主义创作论等。

那个时期这个刊物在学术文化界所引起的轰动，所产生的影响，今天怎么加以评价都是不过分的。它是新中国成立后少有的启蒙渠道，少有的一个西方橱窗，它为我国的西学文化，为后来几十年西方文艺批评史的研究打下了坚实的基础。其重要性与其成功，除了由于刊物有明确的主体意志、主体创意外，那就得归功于国内一批最出色的学者专家所组成的编委会的坚持努力了，当然还缺不了学界与译界同仁的一致支持。

在编委会中，朱光潜和钱锺书一样，也是一位特别重要的编委，在工作上也得到我的上司、主编蔡仪的格外尊重。虽然他们两人的美学观点针锋相对，早在新中国成立之前，蔡仪就发表过长篇论文对朱光潜的美学思想进行过相当激烈的批判。如果光从蔡仪在工作上对朱光潜的尊重来看，你根本看不出他们在美学问题上是两个“死敌”。朱光潜与钱锺书在编委中之所以得到格外的尊崇，显而易见的原因就是，他们都是西方文艺批评史的真正权威，学养深厚，著作等身，在后一方面，朱光潜似乎更胜一筹，因为钱锺书的《管锥编》尚未问世。朱光潜也很重视来自文学研究所的这份尊崇，因此，他在《古典文艺理论译丛》上贡献甚多，出力不少。如建议选题选目、推荐译者、审定译文以及提供自己权威性的译稿。他所译的黑格尔的《美学》，就是提前在这本刊物上问世的，他还特别为美学问题的专号赶译了德国 19 世纪后期著名的心理学家、美学家里普斯的长篇论文《论移情作用》。

四

其实，这时的朱光潜在学术上有体面风光、矜持尊严的一面，也有躬身弯腰、尴尬委屈的一面。他那时的学术身份就已经有点“特别”了，我不知道打这么一个比喻是否恰当：他似乎可说是学术界的傅作义。

1956 年 6 月，他在《文艺报》上发表了一篇自我批判的长篇文章《我的文艺思想的反动性》，自我批判之彻底与激烈，实在令人惊奇。他对自己此前的学术工作进行了无情的否定，说自己“解放前的著作在青年读者中发生过广泛的有害影响”，对此，自己“一直存在着罪孽感”，认为自己的美学思想与艺术趣味“带着阶级的有色眼镜”，“有极浓厚的悲观厌世”，有“鄙视群众，抬高自我，脱离现实，图个人享乐”的“颓废思想”等等。总而言之，“是从根本上错起的”，是“主观唯心主义的”，是“反现实主义的，反社会、反人民的”。所有可怕的大帽子都给自己扣上了，除了“反党”的帽子外，也许是他觉得“反党”才是最大最可怕的帽子，“反党”那岂不就是“反革命”了嘛，他得给自己留一点点余地。至于他所继承的中国文化与克罗齐、康德、黑格尔的美学，当然都被他一一否定。一个如此重量级的权威刊物发表这么一篇文章，在当时无疑是文化界的一件大事，其影响与重要性似乎不小于“北平的和平解放”。那时，我正在西语系念三年级，正忙于应付自己严重的神经衰弱与耽误的功课，没有注意到这件大事，对此事有所知晓，却是在参加工作，与朱光潜有所接触相当久之后的事了。而在接触的当时，我怎么也没有想到朱光潜身上也有“傅作义的性质”。

后来，我常想，朱光潜那么一个矜持、肃穆、有尊严的人，在美学理论王国里，好歹也是一个“王者”，他是怎么写出那么一篇“罪己文”的？显而易见，这绝不是他个人兴趣所致的举动，更不是他自己乐于去干的一件事，而是有组织、有领导的社会潮流的一个组成部分，是国内从50年代中期至60年代中期愈来愈“左”的政策导向与调门愈来愈高的意识形态强音的直接产物，而这股“左”的导向不久就汇结成了一次为期十年的“文化浩劫”与“政治动乱”。朱光潜在后来1980年写的《自传》中就告诉了世人，那篇文章的写作是“胡乔木、邓拓、周扬和邵荃麟向我打招呼”的结果，他们说“这次美学讨论是为了澄清思想，不是要整人”。今天看来，这是领导上、组织上的“敬酒”，如果“敬酒不吃”，后面难免就要上“罚酒”了。当然，这一次极为成功的“敬酒”式的思想工作是有一贯出色的统战工作垫底的，朱光潜在自己的文章中就曾经列举过他两个重要的头衔：全国政协委员、全国文联理事。这是组织上、领导上的信任与尊重呀！士为知己者用，岂能辜负呢？不仅这篇“罪己文”而已，朱光潜还非常认真地钻研马克思主义，力图掌握无产阶级的“理论武器”，辩证唯物主义和历史唯物主义，这在当时是非常难得的“在思想上向党靠拢”，此外，“我在年近六十时，还抽暇把俄文学到能勉强阅读和翻译的程度”，这在“向苏联老大哥一边倒”的五六十年代，对文化学术界有名望的学者而言，本身就是思想上求进步的突出表现，何况他还学得那么刻苦用功。总而言之，他接过来这一杯“敬酒”，一口而尽，痛快！豪爽！

至于“罚酒”，既然饮了敬酒，当然用不着上“罚酒”了。但“罚酒”的味道朱光潜是知道的，也不无体验，他在1981年的自述里说过：“在新中国成立初期思想改造阶段，我是重点对象。”那次运动进行时，我还在中学里懵里懵懂，说不清是什么情况，但杨绛的《洗澡》所写的就是那场运动，而且正是北大、清华、燕京等名校高级知识分子的际遇，的确是“洗澡”，是帮你把身上的封建阶级、资产阶级的脏东西洗涤干净呀，但是，用的可是滚烫滚烫的水！而朱光潜还曾是重点冲洗的对象，其滋味想必记忆犹新。

这就是我所理解的朱光潜在50年代初期作出抉择时两个方面的内心背景，而我所接触到的，则是他作出抉择后所持有的学术地位、学术身份与学术尊严。他的这种境况倒颇有点“退一步海阔天空”的意味，实际上，他退一步所换来的还不仅是“进一步”，似乎还可以说是“进两步”。在他发表了“罪己书”之后，他对他在美学问题上的每一个论敌，不论是什么倾向的美学家，从以马克思唯物主义、现实主义为旗帜的，到娓娓动听赢得了不少信众的，也不论是什么身份的美学家，从有资格的老革命老左翼理论家到哲学美学界的新秀，他都没有一一放过，几乎给每一人奉送了一长篇大文，或为批评或为商榷或为反驳，大有舌战群儒之概，甚至有点横扫千军的架势。好一个矮个子朱老头，他倒挺能缠挺能打的，真像一颗咬不碎、砸不烂的铜豌豆，你能说他有什么不对吗？不能，他是向马克思主义低头认错，他是向党、向组织鞠躬致礼，可他并不是向他的论敌认输呀！

五

“文化大革命”前夕，《古典文艺理论译丛》停办后，我就再没有见到朱光潜，直到“十年浩劫”完全结束，才再次见到他。

在整个“无产阶级文化大革命”期间，仅仅关于搞西学的学者专家，我们就听到很多悲惨的消息，有的遭到刻毒的凌辱，如剃“阴阳头”，有的被殴打致残，有的被遣送到边远地区，有的丢了性命，有的坐了多年的监狱……对朱光潜在“文化大革命”的情况，我们听说的不多，当然，受到冲击是不在话下的，但比较起来，他似乎还不算是最悲惨、最倒霉的，有很多人遭罪的程度大大超过了他，而实际上他们身上的“旧包袱”并不如他大，他参加过国民党，得到过蒋介石的接见，在红卫兵眼里显然要算一条“大鱼”，他怎么躲过了丢命的劫难？是因为他“反动名号大”，在上面挂了号，红卫兵不敢随意处置？是因为他注意保存自己，坚持锻炼，没有让身体垮掉？是因为他采取了低姿态、顺着来的态度，总算没有在红卫兵抽人的皮带面前吃眼前亏？……看来，这些因素也许都有一点，即使都不是决定性的……

劫后余生，他存活下来了，又活跃在学术舞台上。他的学术活动之一，是受聘于中国社会科学院的外国文学研究所担任该所的学术委员。因为根据“翰林院”统一的规定，每个研究所的学术委员必须由所内与所外两个方面的著名学者联合组成。所外的除朱光潜外，还有季羡林、杨周翰、王佐良。所里的当然以冯至、卞之琳、李健吾、罗大冈、戈宝权、陈冰夷、叶水夫为主，也提携了几个在“文化大革命”前即已崭露头角的“青年人”，其实他们也不再年轻了，都已经过了“不惑之年”，敝人也是其中之一。所学术委员会每年总要开两三次会，讨论若干重大的学术问题，坐而论道，各抒己见，倒也真能起些“开会有益”的作用，正是在这个场合我有幸成为这些学长的“同会者”“共事者”。

十年过去了，朱光潜基本上还是老样子，总是一身蓝布中山装、布鞋，头发白得闪光，两眼有神，目光炯炯，一身肃穆，不苟言笑，从不寒暄。他的安徽桐城乡音，很不容易听懂，加以，我参加这种会，都尽力摆正自己作为小字辈的位置，一般总坐在门口，离那些在一张长条桌周围就座的“长老”们远远的，因而，他们的高论与教诲，我听取得相当差，只是有一次，朱光潜发言时，我特别竖起了耳朵去听，唯恐漏掉一句话、一个字，那是他对编写文学史一事在发表意见。

在文学研究领域，编写文学史一直被视为高层次、高难度，也具有重要学术文化意义的项目。“文化大革命”前，当时意识形态部门主管文化艺术的总头头周扬，就曾向外国文学研究所提出编写20世纪欧洲文学史的任务，甚至说，对文学研究所而言，能否编写出文学史来，是一件“生死存亡的大事”。此话他讲得有点危言耸听，不过确实强调了这一学术研究工作的重要。他作了这个指示后，外国文学所即闻风而动，立即上马，组成了一个编写组，由卞之琳挂名主持，编写工作的“学术秘书”则由我担任。经过几个月卓有效率的努力，编写组初见成果，可惜“文化大革命”一来，整个事情就泡汤了。因为有此前缘，我在“文化大革命”后期，自己就办起了“地下工厂”，邀了两位同道，编写《法国文学史》，及至“文化大革命”告终，外文所恢复研究工作，所长冯至也官复原职，在他的支持下，《法国文学史》的编写也就公开并正式列入所科研计划。个体私营的活起先倒可以自行其是，一旦列入了公家的计划，而且又是大的项目，就不免要拿到学术委员会上去“说道说道”，讨论讨论，正是在此情况下，我听到了朱光潜关于编写文学史的高论。

我当然非常重视朱光潜对编写文学史的意见，这首先与我本人当时正在进行的工作直接相关，还有一个重要的原因：他于 1962 年出版了《西方美学史》一书，在我看来，这部美学史要算是 20 世纪中国最具开拓意义的史学著作，朱光潜当然也就是西学史著的绝对权威。他那次发言也的确权威性十足，大意是说，编写文学史是一件高难度的学术工作，必须在有充分积累的基础上才能动手，不是谁都可以写文学史的。他还说，写文学史是要引导读者遍游一个文学国度，首先要把文学史客观事实介绍得比较全面，真实清楚，然后才作评价与议论，合格的文学史应该像一本好的地图指南，一本好的导游图，如果达不到这样的水平，那就不要去硬写。

他的这一席话充满了作为一个老资格学术委员的提醒与忠告，但我听来却不能不有所敏感，觉得虽然老先生不至于是认为当时外文所的我们这一辈人不具备写文学史的基础与条件，却至少是抱着等着瞧、拭目以待的态度。说实话，在当时对我既是压力也是激励，使我决心要写出一部在规模、广度与深度上都像个样子的文学史。至于他讲的那些道理与忠告，我倒是深有同感的，重视文学发展与作家作品的客观实际，并尽可能加以贴切、准确的描述，正是我自己编写文学史的主导思想，我不喜欢并切忌自己脱离作家作品实际去高谈阔论，天马行空，后来写成并获得国家图书奖的《法国文学史》基本上做到了这一点，总算没有辜负朱老先生这一番苦心的忠告。显然，他这一番道理在今天并未过时，且看今天的学界，由于官本位标准的渗透，从不研究文学史与作家作品，只靠理论高腔起家的学术行政官员，居然也利用自己的权力主编起了一套又一套文学史；又由于近十多年来新潮派文论高潮席卷学界，在不少文学史著作中，不见文学发展的基本史实，不见作家作品的具体状况，而只见作家名单、书名目录；不见对作家作品的具体贴切的描述与分析，而只见贩运进来的二手的概念术语与难以理解的表述论说。所有这一切放在今日的背景之下，朱光潜的高论倒有了警世告诫的意义了！

我直接接触，直接耳闻目睹的，几乎都是朱光潜尊严肃穆、内敛凝练、充满权威性并且意气风发的一面，他委曲求全，躬身低态，甚至弯腰致礼的一面，我从来都没有见过，如果不是从报刊上看到，如果不是亲耳听朱光潜本单位的人确凿的转述，我是不会知道的，也不会相信的。“四人帮”垮台后，“思想批判”“学术批判”之类的玩意愈来愈吃不开，因而也慢慢绝迹了，这是一个社会的进步，也是精神文化领域里的幸事、喜事，但在“清污”前后，这种老玩意还是时兴过一阵子：一时间，不打棍子、不扣帽子似乎就没法活的人，如逢盛世，振奋而起，大唱高腔，纷纷出手，大概正是在这个时期，我听说朱光潜在自己所在单位的不知什么范围的会上，又被他的学生辈一位中年左派大大解析批判了一番。后来，此事的确得到了证实，我自己也听到那位中年左派还津津乐道朱光潜如何如何对他的批判表示“心服口服”，甚至称赞他剖析得“深刻精到”，“使人获益匪浅”。看来，那位左派所言非虚，因为，那位同志从来在历次政治运动与革命大批判中都是展翅高翔的，风头很健，凭借伶牙俐齿、犀利笔头，均能哗众取宠，颇有斩获。不过在革命大批判已见衰微的时代，朱光潜还有如此的“谦逊”，却使我颇有点意外，毕竟敝人多少也经历过一点风雨，觉得在左派高腔面前，用不着那么“谦逊”“退让”。这时，我开始对朱光潜似乎有了点感悟与认知，形成了一种概念，在我看来，朱光潜在学术问题、学术异见面前，无疑是非常有自信、坚硬异常的，这就是他学术尊严之所在，是他身上肃穆之气的根由。而在政治思想运动中，在学术思想批判面前，甚至在带有政治背景的学术评析面前，在借政治风头而居高临下、而高腔高调的左派批评者面前，他是退让的，谦逊的，低姿态的。我想，原因很简单，因为他深知这种批判，这种人士所依托的是一种巨大的、不可抗拒的力量，他们的背后是像一座大山一样不可动摇的庞然大物。

六

在整个七八十年代，除了在上述学术委员会上见过朱光潜几次外，我还有一次与他“同会”的经历。那是1978年11月在广州举行的“全国外国文学工作会议”，那是“四人帮”垮台后全国第一次这种性质、这种主题的会，也是新中国成立后第一次规模巨大的“西学”会议，由中国“翰林院”中的外字号研究所出面张罗，上有意识形态部门高层领导的大力支持，场面宏大，开得甚有气派。半个世纪以来，中国学术文化界从事“西学”的名家大儒：冯至、朱光潜、季羡林、杨宪益、叶君健、卞之琳、李健吾、伍蠡甫、赵萝蕤、金克木、戈宝权、杨周翰、李赋宁、草婴、辛未艾、赵瑞蕻、蒋路、楼适夷、绿原、罗大冈、王佐良等等。还有与人文学科有关的高校领导以及文化出版界的权威人士吴甫恒、吴岩、孙绳武等等，名流荟萃，济济一堂，竟有两百多人，意识形态领域里的高层人物周扬、梅益、姜椿芳等也出席了会议。就其名家聚集的密度而言，大概仅次于中国作家代表大会。

在这次大会召开的前几个月，我从“实践是检验真理的唯一标准”中得到启发，借了这股“东风”，提出了针对日丹诺夫论断、重新评价西方现当代文学的问题，并在我主持科研工作的研究室与刊物组织了学术讨论，曾引起冯至所长等人的注意与重视，他们为了使广州会议有充实的学术内容与新意，要我到大会上作一个主旨发言。那次大会除了开幕式、闭幕式上各级领导人的讲话外，全体会上的学术报告只有三个，一个是高等院校的代表综述高校一些文科教材讨论会上对于“资产阶级人道主义”的不同评价，一个是权威的出版单位人民文学出版社的代表介绍外国文学出版的情况与计划，再一个就是我那个重新评价西方现当代文学的发言。

冯至等大会的领导同志特别优待我那个长篇发言，给了我一个上午的整段时间，再加上大半个上午，实际上构成了一个长篇学术报告，这是新中国成立后学术会议上很罕见的。说实话，就这个报告充实的内容而言，没有这么大的时间“篇幅”，也是容纳不下的，会后整理成文发表在刊物上就有近五六万字之多。

整篇报告是对日丹诺夫论断的全面批驳。日丹诺夫是斯大林的意识形态总管，以敌视西方文化、打棍子、扣帽子、对国内作家进行粗暴打击与迫害著称。他把整个西方现当代文学艺术斥为反动、颓废、腐朽的文艺，是为著名的“日丹诺夫论断”。它从30年代被引入中国后，一直是中国革命文艺界的理论经典、不可违抗的法规，至70年代末期为止，共统治了中国文艺界达40年之久。在下的那个报告实际上就是对日丹诺夫论断的“揭竿而起”，就是为西方现当代文学艺术彻底翻案。当然，要在一个社会主义国家里公然颠覆日丹诺夫论断这个一贯享有神圣庙堂地位的庞然大物，就得首先论证它是违反历史唯物主义与辩证唯物主义的，是不符合文学发展客观规律的，而在济济一堂的饱学之士面前做这件事，更必须比较充分而令人信服地从说明西方现当代文艺各方面的客观状况，必须正面论述其主要文学流派、重要作家、作品在思想内容与艺术风格上的特点、意义与价值。而所有这一切，都必须做到言之有理、言之有据，最好还要有若干闪光的思想与出彩的分析评论，说实话，如果做不到这点，那么会场上的一大批长老岂会让一个小字辈在台上夸夸其谈四五个钟头？从会场上聚精会神的关注度而言，这个报告应该说是做到了这个份上。

会后的反应，实事求是说，是颇为热烈的，至少有十几位德高望重的师长来当面向报告人表示热情的赞许与鼓励，更不用说是同辈学人了。今天看来，当时之所以有此热烈的盛况，与其说是由于报告的内容充实精彩，不如说是因为压在文化学术界头上的一块意识形态巨石在新中国成立后总算第一次受到了正面的冲击，是因为总算有了一只出头鸟，讲出了很多人想讲却一直没有讲出来、不敢讲出来的话。

至于朱光潜，他的反应更是格外热情，他走过来跟我握手，连连称道“讲得好，讲得好”，如果我没有记错的话，那是他第一次伸手给我握（我当时感到他的手真是瘦骨棱棱），而且，第二天他还采取了一个我永远难以忘记的行动。那天，周扬特别前来会见大会的全体代表，他来到大会议厅时，大家都候在那里，实际上就是等“首长接见”。虽然，在“文化大革命”中他被关了好几年，复出之后威势已大不如过去，但他出狱后，曾到各种场合、各种会议作自我批评，就“文化大革命”前多年整过人伤过人的“政绩”，向文学艺术界人士表示他的歉意，给了文化界很好的印象。这时大家见到他，反倒多了一点亲切感，对他的来临表示热烈欢迎。虽然这时的周扬有些“礼贤下士”的味道了，但他每到一个场合时，总还有一股“王者”的气派，这也很自然，他在这个领域居于“王者”地位已经好几十年了，何况，他的确有真才实学，的确是一位理论批评的权威人物。在这种场合，我作为一个“小字辈”，当然很知趣地缩在人群队列的后面。

这时，朱光潜却特意将我从后列拽了出来，拉到周扬的面前说：“周扬同志，他就是柳鸣九，他在大会上作了一个很好的报告。”看来，他以为周扬一定是看过大会的简报，已经得知了有这么一个报告，或者是认定周扬也一定很乐于看到日丹诺夫论断遭到冲击。可是当时周扬却没有什么反应，甚至连正眼也没有瞧我，也许是他“王者”的气派依旧，“礼贤下士”之德的存量不多，还普及不到学术低层的小字辈头上；也许是周扬对冲击日丹诺夫论断一事压根就不感兴趣，甚至不以为然……但不论怎样，朱光潜引见的意图我自己是感受得很强烈的，他既有将我当作他自己的子弟辈加以亲切善意对待甚至或多或少给点助力的意味，更有促使对日丹诺夫论断的冲击更加扩大声势的愿望，几十年来，他可没有少受日丹诺夫的罪，少吃日丹诺夫的苦！

广州会议之后，我与朱光潜再无工作联系，只有一些零星的交往，主要都是他作为师长辈对后生的关怀，如他托人转告我，说狄德罗有一篇短篇小说很有价值，建议我把它译出来；再如，他不止一次赠书给朱虹与我，题词很是客气，总用“赐教”二字，还称朱虹为“老学友”。他对后辈学生的这种谦逊，使得我们很是惭愧，愈加感到他人格境界的高尚。

80 年代末，有一次我们法国文学研究会在北大举行学术讨论会，我利用晚上的休息时间去看他，向他问安。那时，他已经迁居燕南园，与我同去的还有王道乾与金志平，在座的有张隆溪。大家寒暄闲谈不太长，为了不影响他的休息，我们及早就告退了，这是我最后一次见到朱先生。

七

朱光潜先生辞世后，我不止一次想起他，不止一次思索他，推敲他，琢磨他，不论是从学术业绩方面，还是从精神人格方面以及人生轨迹方面。

他著作等身，译文浩繁，西方文艺批评史上，美学哲理上的几乎所有重大问题，几乎所有名家经典，他无不涉及。你只要进入这个领域的每一个地区，都能看到这个小老头思想者坐在那里，握着拳，支着下巴在思考。在广阔的学术文化领地里无处不有自己的身影，这就是一代大学者的标志。在这方面，也许只有钱锺书可与他比肩而立，虽然在学问的广博精深上他较钱稍逊一筹，但在论著译著业绩的厚重与卷帙繁大上，却较钱似无不及。

他的精神人格之所以值得景仰，并经得起推敲，就在于他是一名纯粹的学者。他只专注于学术，看来是心无旁骛的，他为什么没有乘上蒋介石派到北京来的专机飞到台湾去？他早就被那边视为上宾，甚至是“国宝”，我并不想将此归结为他的“爱国主义精神”与“进步思想”，而宁可认定是他对以“北平”为象征与称谓的民族古老深厚文化的眷恋所致。他作为学者的最突出的精神品质是“毅”与“勤”，像他那样作出了厚重的学术业绩，产生了那么多量的论著与译著，并且是以康德、黑格尔、克罗齐、维柯等这样一些高难度的人物与文本为其研译对象，如果不是每天从不懈怠、坚持长时间艰苦的脑力劳动，那是不可能达到的，这对于早年就已经功成名就、有条件“歇一口气”的学人更是不容易做到。他必须排除纷繁的世俗干扰与世俗诱惑，而为了使他瘦小的身子能扛得住这样永无间歇、艰难枯涩的精神劳作，他从不间断地坚持打太极拳、跑步，跑得那么手脚笨拙，姿态可笑……根据他的家人回忆，直到他逝世前几天，他还手脚并用，亲自爬上楼去为他译的维柯查对一个注释，他简直是一息尚存就劳作不息……在学界中，有谁最常常使我想起加缪的西西弗斯？他终生推石上山，周而复始，永不停歇，那就是朱光潜。

作为20世纪的人文现象，他的人生轨迹与处世姿态也值得思索，值得琢磨。1949年他决定留在北京大学，他心里肯定存有一个学术宏图、一个学术目标，他要留下来做这些事，这重要的决断画定了他以后的人生轨迹。而1956年，他喝下一杯“敬酒”，发表了“罪己”的大文，显然是另一次重要的决断。由此，他得到了学术界里的既定身份与既定位置，可以在从燕东园到燕南园的平静书斋里，一直瞄着他内心里的目标，一点一点实现他的宏图。他最后获得了丰收。从论著《西方美学史》《美学拾穗集》《悲剧心理学》《艺术杂谈》到译著黑格尔的《美学》、莱辛的《拉奥孔》、维柯的《新科学》、歌德的《对话录》，一一出版成功，大有泉涌之势……如果说，他的精神品格使我想起了推石上山的西西弗斯的话，那么他的人生轨迹则使我想起了伽利略。

1610年，伽利略继打破了地球中心说的哥白尼之后，证明了地球绕太阳运动的科学真理。不到十年前，同样证明了此说的布鲁诺被宗教法庭活活烧死在罗马，而1616年，宗教法庭正式将哥白尼的著作列为禁书。伽利略在沉重的压力下先沉默了八年，1633年宗教法庭召他前往罗马“受询”，6月22日，他不得不在宗教法庭上悔罪，表示放弃他的地动说。1642年，伽利略逝世。逝世前，他终于写出了他的力学巨著《对话录》。

对此，布莱希特的《伽利略传》中有这样一段描写，伽利略的一个朋友对他说：“1633年，当您欣然否定您的学说中最为人们所称道的内容的时候，我本来应当明白，您只不过抽身退出一场毫无希望的政治斗争，以便继续从事真正的科学工作……您赢得了闲暇时间来写只有您才写得出来的科学著作。”①

从出发点到既定目标，两点之间最便捷的路往往并不是一条直线。

我之所以常想起这样一种生存轨迹，是因为它常见于20世纪中国知识分子的存在状态中。◻ 2005·5

---

① 布莱希特著，高士彦等译：《布莱希特戏剧选（下）·伽利略传》，北京：人民文学出版社1980年版，第126–127页。

“五四”落幕中的陈独秀与胡适

□胡　明

“五四”前夕，全国文化教育界已经热浪滚滚，气象丕变，以北京大学为代表的思想新潮正汹涌鼓荡，弥漫全国。北京的莘莘学子，不仅争相阅读《新青年》《新潮》《每周评论》等杂志报纸，甚至连胡适的《中国哲学史大纲》（上册）那样的纯粹学术著作几乎都是人手一册，可见新文化运动深入人心的深度与广度。这场运动的领导人物更是成为一时“思想界的明星”，备受“新青年”们的敬仰与崇拜。

新文化运动的蓬勃发展自然也引起反动保守营垒尤其是他们在文化教育领域的代表的极度惊恐与仇恨，从1918年底开始，保守营垒的急先锋林琴南就在《新申报》与《公言报》上发表文章，攻讦北京大学，并把矛头直接指向蔡元培、陈独秀、胡适三人。他在《新申报》“蠡叟丛谈”栏目上发表《荆生》与《妖梦》两篇影射小说，发泄仇恨，幻想有一个政治上、军事上的“伟丈夫”（设想请徐树铮当）出来干涉，痛击蔡元培、陈独秀、胡适一帮放言高论、诋毁圣贤的新派妖魔，甚至呼唤北洋政府（所谓“阿修罗王”）出面将以蔡元培为首的新北大一口吞吃。1919年3月18日，林琴南在《公言报》上再度发难，发表《致蔡元培书》向新文化运动公开挑战，污蔑北京大学非圣无法，离经叛道，毁灭人伦国粹。蔡元培针对保守营垒的挑衅义正词严地作了公开答复。这之前，陈独秀也已对社会上的“八面非难”——种种对《新青年》的攻讦污蔑作过一次正面迎战的公开答辩，那即是著名的《〈新青年〉罪案之答辩书》（《新青年》第6卷第1号）。

陈独秀在这个“答辩书”中说：“他们所非难本志的，无非是破坏孔教，破坏礼法，破坏国粹，破坏贞节，破坏旧伦理（忠孝节），破坏旧艺术（中国戏），破坏旧宗教（鬼神），破坏旧文学，破坏旧政治（特权人治）这几条罪案。这几条罪案，本志同人当然直认不讳。但是追本溯源，本志同人本来无罪，只因为拥护那德谟克拉西（Democracy）和赛因斯（Science）两位先生，才犯了这几条滔天的大罪。要拥护那德先生，便不得不反对孔教、礼法、贞节、旧伦理、旧政治；要拥护那赛先生，便不得不反对旧艺术、旧宗教；要拥护德先生又要拥护赛先生，便不得不反对国粹与旧文学。”——他还专门举例说明钱玄同为何要主张“废汉文”，这一条社会上反对得最多。他说，钱玄同“他只因为自古以来汉文的书籍，几乎每本每页每行，都带着反对德、赛两先生的臭味；又碰着许多老少汉学大家，开口一个国粹，闭口一个古说，不啻声明汉学是德、赛两先生天造地设的对头，他愤极了，才发出这种激切的议论”。——陈独秀也承认“废汉文”的主张是“激切”的，类似于“用石条压驼背”的医法，并申明对于这种“激切”的“医法”，“本志同人多半是不大赞成的”。但是为了反对“国粹”的压迫，为了洗刷“反对德、赛两先生的臭味”，这种矫枉过正的“医法”未必就不是一种可行的手段。他自己也不免“激切”地说：“难道你们能断定汉文是永远没有废去的日子吗？”——从推广“世界语”到“废汉文”的主张，陈独秀与钱玄同大抵有相同的意见，只是以胡适为代表的“本志同人多半”“不大赞成”——与其说“不大赞成”，倒不如直说“没有其可行性”。但反对国粹与旧文学，拥护德、赛两先生则是《新青年》同人共同的思想主张与文化立场。陈独秀又“激切”地宣言：

西洋人因为拥护德、赛两先生，闹了多少事，流了多少血，德、赛两先生才渐渐从黑暗中把他们救出，引到光明世界。我们现在认定只有这两位先生，可以救治中国政治上道德上学术上思想上一切的黑暗，若因为拥护这两位先生，一切政府的压迫，社会的攻击笑骂，就是断头流血，都不推辞。

随着封建余孽、守旧势力加大攻击与挑衅，北京大学也感受到了团团“谣言”的围袭与压迫。1919 年 2 月陈独秀在《新青年》第 6 卷第 2 号上发表“辟谣启事”：“近来外面的人往往把《新青年》和北京大学混为一谈，因此发生种种无谓的谣言。现在我们特别声明：《新青年》编辑和做文章的人虽然有几个在大学做教员，但是这个杂志完全是私人的组织。我们的议论完全归我们自己负责，和北京大学毫不相干。”3 月 10 日胡适在《北京大学日刊》上辟谣：“这两个星期以来外面发生一种谣言，说文科陈学长及胡适等四人，被政府干涉，驱逐出校，并有逮捕的话，并说陈学长已逃至天津。……这事乃是全无根据的谣言。”3 月 16 日《每周评论》第 13 号上陈独秀又发表《关于北京大学的谣言》再次辟谣，并引用京沪各地报刊对谣言的评议，再次为新文化运动声辩。如引上海《时事新报》报道：“今以出版物之关系，而国立之大学教员被驱逐，则思想自由何在？学说自由何在？以堂堂一国学术精华所萃之学府，无端遭此侮辱，吾不遑为陈、胡诸君惜，吾不禁为吾国学术前途危。愿全国学界对于此事速加以确实调查，而谋取以对付之方法，毋使庄严神圣之教育机关，永被此暗无天日之虐待也。”如引上海《民国日报》报道：“自蔡孑民君长北京大学而后，残清腐败，始扫地以尽”，“其出版品如《新青年》《新潮》等，尤于举国简陋自封之中，独开中国学术思想之新纪元。举国学者，方奔赴弗遑，作同声之应，以相发挥光大，培国家之大本，立学术之宏基，不图发轫方始，主其事之数人，竟为恶政治势力所摈，而遂弃此大学以去也。”又如引北京

《晨报》载：“思想自由、讲学自由，尤属神圣不可侵犯之事，安得以强力遏抑？稍文明之国家，当不至有此怪谬之事实。”——陈独秀一面声明“政府并没有干涉”，一面指斥国粹派的两般恶手段——“依靠权势”和“暗地造谣”，并认为这种恶手段只能是中国特色的“恶根性”的表现。

旧势力的恶手段不能在思想、言论、学术出版物上镇压住北京大学与《新青年》，转而从陈独秀的“私德”即利用所谓“嫖妓”之流言来独攻陈独秀一人。——他们利用蔡元培是北大“进德会”的会长、陈独秀是“进德会”的甲类会员的道德约束①，逼迫蔡元培先撤去陈独秀“文科学长”之职。——蔡元培原本是极不愿撤陈独秀的文科学长职的，但禁不起北京大学内部人员嫉妒，排挤陈、胡的旧势力的劝诱怂恿（教授间因省籍而形成的派别矛盾也起了推波助澜作用），特别是受了老友汤尔和的批陈态度的影响，终于让步，提前采取“文理两科合并，不设学长，专设一教务长以统辖教务”的撤并步骤，陈独秀的“文科学长”职务无形取消。——1919 年 3 月 26 日蔡元培召集“关系诸君”到北京医专汤尔和处秘密商讨撤陈之事。这个“三·廿六”会议是北大新文化运动史上的一个重要会议，这个会议不仅决定了陈独秀的撤职，也决定了陈独秀从此离开北大，离开北京，离开新文化运动的中心地位，投身到政治革命的事业中去，因而实际上决定了中国现代新文化和政党政治革命运动的命运。

胡适早先一直疑心是以沈尹默为代表的浙江籍的几位教授怂恿蔡元培下的决心，汤尔和只是“堕入奸人术中”，成了他们的炮筒子，浑不知他们原来的目标就是针对新文化运动的方向与旗帜的。集中攻击陈独秀的“私德”，只是针对蔡元培的道德心理巧妙运转的手段而已。1935 年底汤尔和将他“五四”前后的全部日记送给胡适阅读，引起胡适与汤尔和关于“三月廿六日会议”的一番通信与讨论。1935 年 12 月 23 日胡适送还汤氏的日记致谢的同时有一信称：“此夜之会，先生记之甚略，然独秀因此离去北大，以后中国共产党的创立及后来国中思想的‘左倾’，《新青年》的分化，北大自由主义者的变弱，皆起于此夜之会。独秀在北大，颇受我与孟和（英美派）的影响，故不致十分‘左倾’。独秀离开北大之后，渐渐脱离自由主义者的立场，就更‘左倾’了。此夜之会，虽然有尹默、夷初，在后面捣鬼，然孑民先生最敬重先生，是夜先生之议论风生，不但决定了北大的命运，实开

---

① 在北京大学的教职员中组织“进德会”，推进道德自律，发起人就是蔡元培。所以，“进德会”成立时，他就担任会长。会员分三类：甲类会员，实行三戒：不嫖、不赌、不娶妾。乙类会员，三戒之外加不做官吏，不做议员。丙类会员，于甲、乙两类的要求之外更加上不吸烟、不饮酒、不食肉。陈独秀是甲类会员，并当选为有监督性质的“评议员”。他显然没有把“三戒”认真当作一回事，有时干脆就以“个人私事不容干涉”来作挡箭牌。但最终导致他丢掉文科学长职位并实际上退出北大的原因正是出在“三戒”“进德”上，所谓“名士气”太浓重积习难改的缘故。陈独秀晚年在《蔡孑民先生逝世后感言》中对“道德”有一段议论，值得摘录：“道德是应该随时代及社会制度变迁，而不是一成不变的；道德是用以自律，而不是拿来责人的；道德是要躬行实践，而不是放在口里乱喊的，道德喊声愈高的社会，那社会必然落后，愈堕落。”

后来十余年的政治与思想的分野。此会之重要，也许不是这十六年的短历史所能论定。”——胡适真是说对了，1919 年至 1935 年十六年的短历史，已经可把现代中国三十年甚至八十年的“政治与思想的分野”基本决定了。——关于“三月廿六日”会议的这个判断，这个预测，在今天读来，仍有强烈震撼之感。

汤尔和是最初在蔡元培面前力荐陈独秀当北大文科学长的，但也正是他后来在蔡元培面前拉陈独秀下马的。理由很简单，他在给胡适的回信（12 月28 日）中说：“惟当时所以反对某君之理由，以其与北大诸生同昵一妓，因而吃醋，某君将妓之下体挖伤泄愤，一时争传其事，以为此种行为如何可作大学师表。”第二天汤尔和意犹未尽，恰又收到胡适当日的回信，遂又复信：“弟以为大学师表，人格感化胜于一切。至少也当与技术文章同其分量。以陈君当年之浪漫行为置之大学，终嫌不类，此乃弟之头巾见解，迄今犹自以为不谬，未知兄意如何?”接着汤尔和针对胡适的“政治与思想的分野”说提出一个更大胆的设想：“又弟意当时陈君若非分道扬镳，则以后接二连三之极大刺激，兄等自由主义之立场能否发生动摇，亦属疑问。”这里汤氏似乎又小看了胡适的胸襟与识度，更轻估了胡适的“自由主义立场”。胡适前一日给汤尔和的信中强调指出汤氏的“不明大体”：“当时外人借私行为攻击独秀，明明是攻击北大的新思潮的几个领袖的一种手段，而先生们亦不能把私行为与公行为分开，适堕奸人术中了。当时，我颇疑心尹默等几个反复小人造成一个攻击独秀的局面，而先生不察，就做了他们的‘发言人’了。”——胡适也承认独秀嫖妓，但这是“私行为”，而捍卫北大的新思潮则是“公行为”，两者不可混淆。他又责问：“挖伤某妓之下体，是谁见来？及今思之，岂值一噱?”——胡适深深为陈独秀离开北大而感到惋惜，感到悲痛，感到历史的不幸。

陈独秀不当文科学长，虽身份尚在北大还是教授，但已不担任北大的课程了。他以请长假一年的方式自我放逐。蔡元培安排他下一学期在史学系讲授“宋史”，后来又聘他为“国史馆编纂”。但他都没有表示可否，实际上他也不再到北大上班了，他已不再把自己看作北京大学的人了①。——所以胡适说“三月廿六日”是独秀离开北大的日子，从历史的认识上说是完全正确的。离开北大的陈独秀是怀着一腔怒火的，也是极度沮丧的。汤尔和4 月11 日有日记载他下午五时回寓所，“途中遇陈仲甫，面色灰败，自北而南，以怒目视，亦可哂已”。6 月 12 日日记又载：“晚九时回，闻陈独秀在新世界散传单为警察捕去。”——离开北大，陈独秀决定直接投身到政治革命和社会实践运动中去。他对黑暗政治的一腔怒火已经压抑不住

① 陈独秀对自己在北京大学的一段经历并不感到光荣，甚至有一种“害过人”的感觉。1920 年 2 月——他离开北京大学不到一年——曾有一封答复一名叫虞杏村的大学生的信，信中说：“中国的学校，简直是害人坑，是黑暗牢狱。请看有名的清华学校，和北洋大学还是这样，别的不用说了。我也曾害过人，现在想起来真是汗流浃背呵!”按此时陈独秀的忿激情绪，自然也是把“北京大学”算在“害人坑”里的。当过学长，当过教员，自然就“害过人”了。他对离开北大不觉遗憾。

了，他亲自到北京人群密集的新世界游艺场散发革命传单（《北京市民宣言》），结果被军警捕去，这是1919年6月11日的夜里。

继北京的“五四”“六三”以后，陈独秀已暗暗酝酿一场北京市民的“直接行动”，以学生、商人、劳工、军人为主体，直接提出关于国家大事的政治主张，“以图根本之改造”。6月9日他拟定了一个“宣言”，即《北京市民宣言》。此“宣言”称：中国民族乃酷爱和平之民族，今虽备受内外不可忍受之压迫，仍本斯旨，对于政府提出最后最低之要求如下：一，对日外交，不抛弃山东省及经济上之权利，并取消民国四年、七年两次密约。二，免除徐树铮、曹汝霖、陆宗舆、章宗祥、段芝贵、王怀庆六人官职，并驱逐出京。三，取消步军统领及警备司令部两机关。四，北京保安队改由市民组织。五，促进南北和议。六，市民需有绝对集会、言论、出版自由权。陈独秀又请胡适将之译成英文附于传单背面，到平时为北大印讲义的小印刷所付印。6月10日即去中央公园散发，11日又去城南的新世界游艺场散发。在中央公园散发时，胡适与高一涵都去了。同去“新世界”的则是高一涵、邓初两人。结果陈独秀被军警当场逮捕。社会各界、各团体闻风而起，奔走呼吁。呼吁放人的不仅有胡适和北大教授同人，有章太炎、章士钊、刘师培，有远在湖南办《湘江评论》的毛泽东，而且还有与北京政府政治上对峙的广州军政府总裁岑西林，有安徽省长吕调元——吕省长的营救电报中的几句用词值得一录：“怀宁陈独秀好发狂言，书生结习，然其人好学深思，绝与过激无涉。”——陈独秀的“过激”已经上升到街头政治的层次，为他辩解的人仍坚持称“绝与过激无涉”，确也很有意思。民国总统徐世昌——就是那个喜好文学、编纂过帙卷浩繁的《晚晴簃诗汇》且与胡适讨论过墨学典籍的徐世昌，主张尽早开释陈独秀。北京警厅查了三个多月，也查不出陈独秀有什么犯法之事，只得同意释放。9月16日下午陈独秀出狱，朋友们都来祝贺，李大钊、刘半农还都写了诗。出了狱的陈独秀仍受警厅管制，行动并无自由。他偷偷地又到上海、武汉跑了一圈，溜回北京。但被官厅侦知，正待拘拿惩处，却在北京车站被李大钊、王星拱救驾藏匿，最后是由李大钊化装设计，躲过了军警的监视，逃出了北京，转天津坐船到了上海。

陈独秀到上海后便与一批信奉马克思主义的同路人，上海最早的共产主义者李达、陈望道、李汉俊等交上了朋友。由于陈独秀的坚持，《新青年》第8卷第1号起正式移回上海编辑出版，在陈独秀的领导下，《新青年》实际上变成了中国共产党上海发起小组的机关刊物。就在第8卷第1号的《新青年》上，陈独秀发表了《谈政治》一文，这篇文章标志着陈独秀的政治思想与哲学世界观进入了一个新阶段，也把陈独秀的政治文化活动推到了“五四”后期。——这是后话。

关于五四运动或者说新文化运动的总结，陈独秀写了一篇《新青年宣言》，胡适写了一篇《新思潮的意义》，这两篇文章恰恰都刊发在《新青年》第7卷第1号上，时间是1919年12月1日。《新青年宣言》的主要信条正是用大字写在新文化运动的战旗上的：一，我们相信世界各国政治上、道德上、经济上因袭的旧观念中，有许多阻碍进化而且不合情理的部分。我们想求社会进化，不得不打破“天经地义”“自古如斯”的成见，决计一面抛弃此等旧观念，一面综合前代贤哲、当代贤哲和我们自己所想的，创造政治上、道德上、经济上的新观念，树立新时代的精神，适应新社会的环境。二，我们相信人类道德的进步，应该扩张到本能（即侵略性及占有心）以上的生活。三，我们主张的是民众运动社会改造，和过去及现在的各派政党，绝对断绝关系。四，我们相信政治、道德、科学、艺术、宗教、教育都应该以现在及将来社会生活进步的实际需要为中心——我们因为要创造新时代新社会生活进步所需要的文学道德，便不得不抛弃因袭的文学道德中不适用的部分。五，我们相信尊重自然科学、实验哲学，破除迷信妄想，是我们现在社会进化的必要条件。六，我们相信尊重女子的人格和权利，已经是现在社会生活进步的实际需要，并且希望她们个人对于社会责任有彻底的觉悟。——这六条“宣言”，宗旨趋向一个最终的目标：建设一个理想的新社会，从物质文明到精神文化均满足全体人的需求。——这里应该注意的是陈独秀对“政党”的态度，他虽声称与过去和现在的各派政党“绝对断绝关系”，但也做了一个进一步明确的表态：“至于政党，我们也承认他是运用政治应有的方法，但对于一切拥护少数人私利或阶级利益，眼中没有全社会幸福的政党，永远不忍加入。”

胡适对新文化运动的总结，似乎更贴近思想解放文化更新的目标，含有更强烈的创造新文明的主观意图和具体可行的方案设计。《新思潮的意义》提出了四条总体性战略口号：“研究问题，输入学理，整理国故，再造文明”——胡适认为这四条便是新思潮的内涵和新文化的方向。具体实施的方案则是以“重新估定一切价值”的态度整合和改造中国旧文明，使之融进 20 世纪现代世界新文明的大潮中去。——一句话，在文化上把中国从“旧”的变成“新”的，从传统的变成现代的。全部工作意义就在于为中国文化迈进新时代开掘出一条通路，让现代中国携带着现代文明走向世界。

从 1917 年至 1919 年，陈独秀与胡适无疑是一个战壕里的战友，并肩作战，互通声气。他们领导了“五四”，他们理解“五四”，他们设计了新文化运动的宗旨与目标，他们更理解这个宗旨与目标。“陈六条”与“胡四条”，他们宏观上战略性的总结竟也是思路一致的。在八十年前那一场轰轰烈烈的思想解放大潮中并肩为思想的先锋、时代的领袖。即使对他们两人都不在现场的“五四”当天的革命运动，他们的关注与忧患也是同一的。我们看看署为“弟独秀白，五月七日午后四时”的那封给胡适的信函，就可以明白他们两人五四运动精神领袖的真正身份。在日后漫长的日子里，陈独秀提到“五四”总是赞美和突出胡适的作用，胡适提到“五四”总是高度宣扬陈独秀的功绩——尽管他们“五四”后期已经在思想上渐渐疏远，有时还有政治见解与哲学理念的争论与冲突。“五四”时期他们共同战斗的峥嵘岁月则是无法忘怀的，也是后人在历史评价上无法轻为轩轾、说长论短的。——胡适逝世前后，海外特别是港台围绕着胡适与陈独秀“谁是新文化的播种者”发生了一场规模不小的论战，而当时在大陆的文化意识形态图谱上陈独秀与胡适正是一对被彻底否定而屡遭批判的难兄难弟。其实，在这个问题上我们似乎应该尊重陈独秀、胡适两人自己的意见，更应该尊重蔡元培的意见。蔡元培在他的《我在教育界的经验》一文中对这个问题已经明确地谈了自己切身的感受并作了历史表态。蔡元培特别点到，正是陈独秀、胡适在北京大学与《新青年》的风云际会，“文学革命、思想自由的风气，遂大流行”。陈独秀晚年在《蔡孑民先生逝世后感言》一文中更明确地表态：“五四运动……无论是功是罪，都不应该专归到那几个人，可是蔡先生、适之和我，乃是当时在思想言论上负主要责任的人。”——他觉得这个“重大问题”，有必要“申说一下，以告天下后世”。“天下后世”、我们后人大可不必为谁是“领导”与“发起”而大泼笔墨，意气争执。相反，我们倘具历史的眼光与识度，倒是更应该多留意“五四”以后陈独秀与胡适的思想哲学的分歧与政治文化立场的冲突。——《新青年》“五四”后人事上渐次歧路分手，随着《新青年》青春年华的消逝，胡适与陈独秀的友谊也大大降温。而他们两人精神世界上无可奈何的分手，信仰结构上无法回避的矛盾，实际上正是中国现代政治文化史演化的极其重要的篇章，也是中国现代思想文化在方向上陷入危机的开始。

2003・3

“五四”雕塑与“公共记忆”

□雷　颐

在中国现代历史的行程中，“五四运动”打下了她深深的印记。因此，在共和国成立前一天奠基、最终在1958年落成的人民英雄纪念碑的八组浮雕中，有一组就是“五四运动”。这组浮雕表现的是热血沸腾的青年学生上街游行抗议、在街头发表慷慨激昂演讲以“唤起民众”的场景，它以这种群像向人们作出对历史的诠释：青年学生是这次运动的主体。在这些愤怒的“新青年”中，北京大学有着举足轻重的地位。因此，2001年在北京新建成的皇城根遗址公园中段紧挨旧北大“红楼”的五四大街路口，修建了一座4.5米×8.2米、重达4吨的大型不锈钢雕塑，名为“翻开历史新的一页”，纪念五四新文化运动，可谓顺理成章，非常恰当。在具有特殊意义之处竖立大型公共艺术作品纪念某个事件、某个人物，灌输、强化、提醒人们的历史记忆，也是举世的惯例。

与人民英雄纪念碑的浮雕不同，这座大型新雕塑的浮雕的主体是那些青年学生的精神之父——他们的老师。的确，正是这些新文化运动的先驱，培养、造就了一代新青年。但使人惊讶的是，这座雕塑的浮雕部分镌刻着李大钊、鲁迅、蔡元培和青年毛泽东等人的头像，而且青年毛泽东头像位居雕塑中心，却独缺五四新文化运动两位最重要的领袖人物——陈独秀、胡适。

众所周知，五四新文化运动翻开了历史的新一页，而这新的一页，却是从陈独秀创办《新青年》杂志开始的。1916年9月，陈独秀创办的《新青年》在上海首次出刊，创刊号的篇首就是陈独秀本人写的“敬告青年”，提出了著名的“新青年”六条标准——自主的而非奴隶的、进步的而非保守的、进取的而非退隐的、世界的而非锁国的、实利的而非虚文的、科学的而非想象的，在一潭死水中突然掀起不小的波澜。1917年1月《新青年》发表了当时尚远在美国的胡适的《文学改良刍议》，提出言之有物、不模仿古人、须讲求文法、不作无病之呻吟、务去烂调套语、不用典、不讲对仗、不避俗字俗语等新文学的“八事”，明确提出“言文合一”，以“白话文学”为文学之正宗。今日看来是“卑之无甚高论”，但当年却是骇俗之论，被称为“发难的信号”“首举义旗”。此后，陈、胡联手，共同推进新文化事业；陈果决、胡宽容，陈重破、胡重立，可谓相得益彰。1917 年 1 月，陈独秀应北京大学校长蔡元培之请，从上海迁居北京，任北京大学文科学长（相当于后来的文学院院长），《新青年》杂志也随之迁京；同年 9 月 10 日，胡适也来到北京大学任教。陈、胡以《新青年》为阵地，集结了李大钊、鲁迅、刘半农、钱玄同等一批新文化运动的思想领袖，在贫瘠的中国思想界播下了“民主与科学”的种子。

在内忧外患不断、社会腐败不堪、政治一团漆黑的情况下，陈独秀、胡适先后改变了不谈政治的初衷，卷入政治的狂澜。《新青年》初办时，陈独秀明确说：“盖改造青年之思想，辅导青年之修养，为本志之天职，批评时政非其旨也。国人思想倘未有根本之觉悟，直无非难执政之理由。”胡适初回国时也曾发誓“二十年不谈政治”，“要想在思想文艺上替中国政治建筑一个革新的基础”。但国事如此不堪，他们最终忍无可忍，以“匹夫有责”“舍我其谁”的精神直接从政。书生从政，实际难免尴尬，结果他们都被政治的大潮裹挟，起伏跌宕，双双酿成不能不令人扼腕长叹的悲剧人生。但在最灰暗的人生岁月中，他们仍执着于民主与科学的信念，而几十年的风雨人生，使他们对此有着更加深刻的思考。陈独秀反思说：“我认为：民主不仅仅是一个抽象的名词，有它的具体内容，资产阶级的民主和无产阶级的民主，其内容大致相同，只是实施的范围有广狭而已。”胡适满含沧桑地写道：“我自己也有‘年纪越大，越觉得容忍比自由还更重要’的感想。有时我竟觉得容忍是一切自由的根本；没有容忍，就没有自由。”

无论他们后来“干政”的历程如何坎坷曲折，历史的风云际会使陈独秀、胡适无可否认地成为新文化运动的领军人物。鲁迅坦承自己在新文化阵营同仁中“佩服陈、胡”，而当时的一代青年对他们的敬佩更不在话下。毛泽东曾对斯诺回忆说：“《新青年》是有名的新文化运动的杂志，由陈独秀主编。当我在师范学校做学生的时候，我就开始读这一本杂志。我特别爱好胡适、陈独秀的文章。他们代替了梁启超和康有为，一时成了我的模范。”“有很长一段时间，每天除上课、阅报以外，看书，看《新青年》；谈话，谈《新青年》；思考，也思考《新青年》上所提出的问题。”事实，确实如此。

1917 年春，年仅 24 岁的青年毛泽东在陈独秀主编的《新青年》上发表了《体育之研究》一文，这是毛泽东第一次在全国性杂志上发表文章。两年后的“五四”期间，陈独秀被军阀逮捕下狱，毛泽东在《湘江评论》上发表《陈独秀之被捕及营救》一文，认为陈独秀宣传的民主与科学两样东西为我国所缺，因此盛赞陈为“思想界的明星”，说他的被捕“决不能损及陈君至坚至高精神的毫末”，最后甚至说：“我祝陈君万岁！我祝陈君至坚至高的精神万岁！”对陈的崇敬，溢于言表。胡适对毛泽东的影响也是明显的，如毛泽东参与组织了湖南青年到法国勤工俭学，但自己却并未出国，与胡适的影响关系不小。他在给友人周世钊的信中说自己觉得出洋求学实在没有“必要在什么地方”的理，中国出洋的人总不下几万乃至几十万，好的实在少，多数仍旧是“糊涂”，仍旧是“莫名其妙”。“我曾以此问过胡适之和黎劭西两位，他们都以我的意见为然，胡适之并且作过一篇《非留学篇》。”1919年7月中旬毛泽东在长沙创办《湘江评论》后寄给胡适，请他指点。胡适同年8月末在《每周评论》上撰写的“介绍新出版物”中高度评价《湘江评论》，以师长的口吻赞赏说：“《湘江评论》的长处是在议论的一方面。《湘江评论》第二、三、四期的《民众的大联合》一篇大文章，眼光很远大，议论也很痛快，确是现今的重要文字。还有‘湘江大事述评’一栏，记载湖南的新运动，使我们发生无限乐观。武人统治之下，能产生出我们这样的一个好兄弟，真是我们意外的欢喜。”

因此二十余年后，在中国七大预备会议上，毛泽东明确说陈独秀是“五四时期的总司令，整个运动实际上是他领导的”，“我们是他那一代人的学生”。他回忆说最早是听陈独秀“说世界上有马克思主义”的。而在50年代出于政治需要声势浩大的“批判胡适”运动中，毛泽东仍说：“批判嘛，总没有什么好话。说实在话，新文化运动他是有功的，不能一笔抹煞，应当实事求是。”“到了二十一世纪，那时候，替他恢复名誉吧。”

由于种种原因，主要是由于“左”的偏见，“实事求是”的原则得不到坚持，陈独秀、胡适在新文化运动中的作用一段时间内在国内未得到应有的评价。但自1978年后（并未等到二十一世纪），随着思想解放运动的开展和实事求是精神的重新提倡，学术界对陈、胡二人在新文化运动中的作用和贡献作了客观研究和公允的评价。近年来，学术界的这些研究成果也被有关部门吸收，并在中国现代史、革命史和中共党史的著述、文献影视片中得到一定反映，这些作品对陈、胡这一时期的作用和地位也作了实事求是的评价和恰当的历史定位。曾经被遮蔽的历史，重新显现出来。

然而，在“二十一世纪”竖立的这座“翻开历史新的一页”，仍然为那种“左”的观念所囿，罔顾历史事实，依然不愿“还历史本来面目”，不愿为陈、胡“恢复名誉”，不能不使人深感遗憾。由于雕塑的作者完全是以后来的“成败”论英雄、排座次，所以才会把当年历史事件中的“学生”置于“中心”，把“老师辈”的李大钊、蔡元培等放到“边缘”，而起指挥、领袖作用的陈独秀、胡适则干脆被“一笔抹煞”。在这里，“历史”明显屈从于“权力”。难怪有人开玩笑地说希腊神话中司掌历史的女神克莱奥（Clio）是位俊俏势利的时髦女郎，总是欢待成功者，冷落失意人。这说明“新时期”开始以来的思想解放运动还有待深入，要真正做到实事求是确不容易。正是在种种“非历史”观念指导下，才会产生这种扭曲历史的雕塑，其后果非常严重，应该重视。因为这种具有公共纪念性质的公共艺术品具有某种宣传的“强迫性”，使过往者不能不看；同时对大众而言，它对所表现、诠释的事件又具有某种权威性。所以纪念性公共艺术创作、策划和审批者个人的识见，即他们对历史的记忆和理解，通过这种作品对“公共记忆”的形成均有极强的影响。现在时常有人在“翻开历史新的一页”前照相留念，但留给他们的，将是没有陈独秀、没有胡适的“新文化运动”。

如上所述，一个事件被竖成雕像，其功能在把某种特殊记忆灌入大众的脑海之中，使之成为集体记忆。德国思想家哈贝马斯指出，所谓“公共记忆”在本质上带有规范性意义，即人为地规范人们记住什么、忘却什么，实际上充满了人为选择。在这种人为的筛选过程中，纪念性公共艺术起了重要作用。事实证明，纪念性公共艺术品从不是纯粹的美学表现，在其建造过程中，从规则的制定、对艺术家的挑选、艺术家对作品的理解、方方面面对作品的修改审订直到最后完成，价值、权力、利益等诸种因素可谓贯彻始终，并或明或暗地体现在作品之中。

如何恰当地表现某个场所独特的时空特性，即用艺术的形式来表征、凝结与此场所相关的事件或人物，形成独特的历史性，是这种纪念性公共艺术应当慎重考虑的重要因素。而且，公众对此更有参与的权利，即有权提出建议、意见和批评。有关方面事前应公布方案，广泛征求意见。总之，公众应参与“公共记忆”的形成过程，而不能由少数人来影响、决定我们的“公共记忆”。 2004 · 5

一个人的“五四”

□ 李思清

一

九十年中，关于“五四”的论说真是不少。后人的阐释见仁见智；更耐人寻味的，却是特定语境下亲历者的众口一词。1979 年 5 月 4 日，邓颖超、许德珩、茅盾、胡愈之、俞平伯、顾颉刚、冯至等一批“五四”时期的老同志在北京举行座谈会，刘弄潮先生在书面发言中说：“当时参加‘五四’运动的小青年，最小的现在也是七八十岁了。”与会的“五四”老人们对具体人物、事件的评价或有细小分歧，但对“五四”与“中国革命”的关系，大家的看法高度一致。这些后来在大陆功成名就、德高望重的“五四”老人，他们的“五四叙事”，与傅斯年、罗家伦等人若干年前的“五四叙事”，已经有了明显的分野。而时光流转，30 年过后，曾被热议的李大钊、毛泽东、周恩来、陈独秀，今又换作蔡元培、胡适、傅斯年……

“五四”是一场演出，我们习惯上将其视为一场异口同声的“大合唱”，可实际上，各人的音色、心理不可能全同。曲终人散，亲历者的心境也会发生变化。鲁迅先生说：“在北京这地方，——北京虽然是五四运动的策源地，但自从支持着《新青年》和《新潮》的人们，风流云散以来，1920 至 1922 年这三年间，倒显着寂寞荒凉的古战场的情景。”① 同是“五四”的亲历者、见证者，鲁迅当初的感受竟萧索若此。

“五四”在某种意义上又像一场战争。有人漫不经心垂青史，有人悄然陨落无人知。1921 年 12 月 31 日，新一年的钟声即将敲响之际，就有一位风华正茂的青年，北京大学哲学系学生，五四运动的积极分子（也是普通分子）李恂如，悄无声息地死在他的家乡——河北滦县纪格庄村，年仅 25 岁。王闿运说：“人生功绩不自

① 鲁迅：《“中国新文学大系”小说二集序》，鲁迅先生纪念委员会编纂：《鲁迅全集》（第 6 卷），北京：人民文学出版社 2005 年版，第 253 页。

见，却论贤愚凭史传。”① 问题是，像李恂如这样的无名学子，基本上没有进入“史传”的机会与可能。李恂如非不爱“名”。他在日记中曾写道：“为爱蜗名远担笈，憔悴天涯冷落身。几时盼得全家聚，挑灯共话夜鸡晨。”“名”与“达”，在青年学子心中究竟是有诱惑力的。不过，要不是李恂如的《耕斋日记》由同乡学友筹资付印，他的名字，恐怕真要沉积到历史的深处了。

李慎言，字恂如，生于1897年11月。11岁入村中私塾读书，次年入初小就读。1912年入读高小，次年考入滦县中学，1917年考入唐山工业专门学校。半年后，从唐山工校退学，回高小自修，立志投考北京大学。1918年考入北京大学预科，1920年入北京大学哲学系本科就读。五四运动发生时，李恂如为北大预科学生，是多次游行和街头演讲活动的亲历者、记录者。

李恂如身体孱弱，其同乡、学弟裴文中（后来成为著名的人类学家，北京人头盖骨的发现者）在谈到他的病情时说：

> 他常同我说，他在中学时常犯一种疾病，就是夜间睡觉之时，有时候就呼息急促起来，眼也直了，身子也凉了，……民国五年春天又得了脑病，他在唐山工业（专门学校）不但没有减轻，并且加剧。赶到民国七年考入北京大学又添了一种胃病。他底胃病缠绕了三年多的光景，其中以九年最利害，看他那《耕斋日记》上是没有一天不说病是如何可怕，……（1920年）旧历十一月初八日午后，我刚下了堂，走进屋子见他正躺在床上合着眼休息呢。……听见他招呼的声音，我才抬头一看，原来他呕血了！他那时右手扶着大腿，左手拿着洋盆，弯着腰，鼻子嘴里向外冒血，已经有半洋盆了！②

当晚找医生诊治，医生说是“胃中积血”，“吐出了也不甚要紧”。次日情形略有好转。到校医处就诊，说是胃溃疡，医生劝他在医院静养几天。再到协和医院，本想住院，“但是大夫说没有闲房子”，让他改日再来住院，他不得不“很懊丧的回来”。三天后再度发病，“吐了多半洋盆血”。到军医医院诊治，检察结果是肺结核。“二十七日正是军医、兽医两校放假的日子，好多的同乡遂护送着回家。他们早三点钟由军医医院起身，……下午一点多钟到唐山车站，下车后抬到家中。在家中昏迷不省的过了几天，竟于……民国十年阳历十二月三十一号，上午十点钟死了！”

李恂如之病死，不过是一个小小的个案。但是，他身上带有鲜明的“五四特征”。他的“终日神心计较”，又在很大程度上是当时政局之动荡、思潮之裂变对普通青年学生必然掀起的心理波澜。他并非不知静养调息足以保身救命，但置身于当时新旧思想交锋的漩涡，李恂如的内心始终难得片刻安宁。能在此时入读北大，

① 王闿运撰，马积高主编：《湖湘文库·湘绮楼诗文集》（四），长沙：岳麓书社2008年版，第473页。

② 裴文中：《志亡友李恂如》，收入李慎言《耕斋日记》所附“哀挽录”。见李德龙、俞冰主编：《历代日记丛钞》（第174册），北京：学苑出版社2006年版。本文所引李恂如日记，均见该影印本。

固然是他的幸运；但这也意味着，他的多病之躯必将为此付出巨大的代价。在去世前一个月的日记中，李恂如写道：

……日来消化力稍衰。又不知自量，欲与求知竞步。终日神心计较，无片刻休息。而寝息饮食，又不能调息，以致胃内难消，因积血今一旦爆发耳。

……日来役心于驰骛之场，而忽遭此挫折，即所以示尔以后要改变以前生活情形也。不能再逐无穷之知识欲。身非木石，奈何与无穷相竞耶。如此近的在我的一个肉体，尚不能治不能保，此外复何言哉。

“布衾多年冷似铁，终夜辗转不安眠”，这正是他北大求学生涯的写照。学生之“穷”，在当时非常普遍（至今如此）；但李恂如的难题不只在“穷”，更在其“病”——“知识无穷，此身多病，今欲形与影竞走，实太不知自量也。”

大时代之“巨波”，无时无刻不在冲击着他的“小我”之“平澜”。他深知，“行规则之生活，为养生第一良法”，初入北大，他为自己拟定的生活定则有六：“深读、听讲、自习、浏览、休息、默识”。并深感人虽为万物之灵，但兼受有形之苦与无形之苦的双重折磨，“夫马牛之苦，苦其筋骨，而人则兼心志而苦之”，所以他感慨“万物之中惟人类最苦”。

李恂如的“心志之苦”是多方面的。首先是个人的“穷达”之忧。备考唐山工校之前，他说：“盖生死攸关，穷达竞系。苟不励实，恐无再生之余地矣。”另一方面，他又深知名利如浮云，“名利花间露，富贵草头霜”。这种矛盾的心态，难免让他颇生进退失据之惑。其次是身为弱国子民之忧愤。他感慨道，“生于今世之难为民也”，“时局如此，文弱学生将奈何也”。再就是体弱多病使他无法焚膏继晷、一心向学，“病魔为何如此之缠人”，这令他惆怅不已。

二

李恂如在日记中记下了“五四”前后发生的诸多军国大事、身边小事，从而为后人留下了弥足珍贵的一手资料。可是，关于“五四”的“一手资料”何其多矣，单是五四运动亲历者的回忆录，已可谓卷帙浩繁，李恂如的日记又有何“新鲜”可言？

坦率地说，《耕斋日记》给我的最大震撼，乃在于让我感受到了一位青年学子在五四运动中的茫然无措与心理恐慌，这是未经润饰的原生态记忆。与之相反，我们在诸多回忆录中读到的，多是胜利者的喜悦，是指点江山、痛打国贼的豪迈；但这种喜悦和豪迈，究竟是“五四”一代人当年置身游行队列中的心理原貌，还是他们功成名就后的历史重构？

“五四”风云初起，李恂如写道：

满城风雨，纷纷议论。国贼尚未死，同人仍被拘。汲汲皇皇。校长与诸代表，正在万忙中矣。……

晚间忽闻恶耗，言派兵来校捕人，因去南宅度夜，舍内多空。……

同人此时已入怀疑及恐慌时代。因闻徐树铮受曹氏唆使，调廊房军队入京，捣毁大学之说，虽不能断此传闻之非确，或即有此事。一二日亦不易发生。然心中已受一种疑惧影响，故夜间外出者仍多。

为避拘捕，夜间连宿舍也不敢回，可见学生害怕之至。而蔡元培先生之离职，更让同学们失望、疑惧：

闻校长辞职去津，同人大失望。如无所依，故愈起疑惧。……

校长去职，一般青年学子有何定见。是以此数日来，可谓之怀疑及恐慌时期也。

蔡先生以辞职为抗议，自不可妄加讥议；学生们因失去校长这一“靠山”而倍感惶恐，同样值得同情。

尽管恐慌，尽管手无寸铁，学生们的振臂一呼还是迸发出了惊人的能量。一位名叫蒋斯鲍尔的美国人曾在中国耳闻目睹了五四运动的整个过程，他说：“中国今日之主人，其为学生乎？彼等无丝毫政治权之可言，然于三月之间，能使一交通总长、一驻日公使、一币制局总裁退职；使一内阁完全倾覆；使徐大总统辞职；使巴黎和会之中国专使拒绝签字；使列强惊讶。”① ——长期以来，印在人们脑海中的一直是这样一个成功的“五四”。人们也习惯于对“五四”三千学子的“同仇敌忾”津津乐道。

但实际情形要复杂得多。据李恂如日记记载，“五四”期间，“群情日涣，终日无聊，但作悲叹之声”。学生心态之悲观消极，由此可见一斑。农历端午晚上，李恂如即与两位同乡乘夜车返回家乡河北，直到近四个月后才返校上课。李在日记中又记蔡元培返校后，曾在开学典礼及欢迎大会上演讲。蔡先生对大家在“五四”中的表现予以认可，并“甚望诸生，本此自治之能力、自动之精神，施之于功课，则无疑不解，无业不进”。

可是，学生们虽有书桌，但想要静心读书，谈何容易？李恂如说：

“五四”以后，青岛问题，频敲耳鼓。闽案发生，学生界又奔走狂呼。近更以山东案直接交涉之日迫，遂使我辈学生，席不暇暖，食不暇饱，终日为国奔走……

1920 年春节过后，北大同学又有罢课之议。因蔡元培曾有“学生若罢课，吾即去职”之宣言，学校仍照常上课。经过春节期间在家休养，他自感“病魔颇见愈”。不料开学不久，“病魔再侵”，“日来杂务日繁，不胜其扰。是以神心欠安，睡眠不良，昼间则脑海如麻，恍惚错杂，时忘所为”。他为自己拟定的治疗之法有

① 吕实强：《五四爱国运动的发生——从历史背景到立即因素》，收入汪荣祖编：《五四研究论文集》，台北：联经出版事业公司 1979 年版，第 41 页。

二：一是就医，“须速治之，勿惜时，勿惜钱，庶几有生望也”。二是静心，“速将此身做一木偶人，屏除外物，无思无虑，庶几能保此残生”。遗憾的是，作为贫家子弟，他既不可能“勿惜钱”以就医，也不情愿退学养病，从此与学业绝缘。此后一年多的时间里，他就这样一边与病魔抗争，一边埋头苦读。病情因此日重，最终无可挽回。

李恂如日记中所说的“一般青年学子有何定见”及“群情日涣，终日无聊”，当是多数“五四”学生的心理写照。而学生们凡谈及国事，多很笼统。有义愤而无方法，这是国人的通病，不独青年学生如此。人人立志成就大事，却忽略了身边小事。就拿北大教学情形而言，1919 年秋季开学，同学们如期报到入校，“校示原定明日开课，今因教务处人员尸职，安排未就，缓期至十月一日开课。为学生者将如之何?”一年之后，1920 年秋后又开学，“方始上课，但选科未定。教员多不到，亦徒具上课之形式耳”。

北大教工“尸职”、教员不到，在爱国奋进的“五四”时代，这样的“无主题变奏”并非偶然，亦非个案。“国家兴亡，匹夫有责”——但很少有人真正清楚自己的“责”究竟是什么。1915 年叶圣陶在日记中写道：“执柄者无献身图治之忱，而有自私苟自之恶；在野者存兴亡由他之念，而乏匹夫有责之志。上昏下赜，疾乃弥笃。”为此，叶圣陶不禁有“孤士清介，难启众浊”之叹。① 易激动，更易颓唐。热烈时，甘愿抛头颅、洒热血；冷却后，便如王闿运所说的“自誓不援手”“闲谈世事如观弈”，也即叶圣陶所说的“兴亡由他”。这也是一种“国民性”。

李恂如死后，同学故旧 60 余人先后撰献挽联、挽诗、挽词致哀。有一挽联说，“何期数载读书，致害神经悲短命”，将他的死因归之于读书。的确，李恂如之病死，除身体素弱以外，与心理压力过大确有很大关系。事实上，在五四运动中，北大、清华均有学子丧生。先是郭钦光在 5 月 4 日当天，“奋袂先行，见当局下逮捕学生之令，愤然大痛，呕血盈斗。至法国医院，已有不起势。……延至七日，溘然遽逝”。5 月 18 日，北京学界为郭钦光开追悼大会，“悲怆泣下，全场大哭”。复有徐曰哲，在罢课期间往返演讲，“酷日奔驰，热心救国，竟忧劳成疾，于二十二日，殁在清华病院”。清华同学得知徐曰哲死讯，“莫不痛惜流泪，全校七百余人，均装军服，以军礼送殡，为从来所未有”。再就是周瑞琦，“因青岛外交问题，愤而投水，殉义以死”。周投水前留有遗书云：“鲜民之生，不如死之久矣。……我闻得诸君开会力争，决一死以作诸君之气。”郭、徐、周之死，均在当时产生强烈反响。②

与上述三位相比，李恂如之死要远为寂寞。虽然他也是“五四”积极分子，但

---

① 商金林：《与北京大学结缘——“五四”时期的叶圣陶》，收入陈平原主编：《红楼钟声及其回响——重新审读“五四”新文化》，北京：北京大学出版社 2009 年版，第 181 页。

② 龚振黄编：《青岛潮》，收入中国社会科学院近代史研究所近代史资料编辑组编：《五四爱国运动》(上)，北京：中国社会科学出版社 1979 年版，第 186－188 页。

他死于“五四”风潮已散的1921年底，时过境迁，哪有机会再分享“‘五四’烈士”的哀荣？假如天假以年，以他的勤奋及悟性，若干年后当有所成。即使无所成就，也可以借“‘五四’回忆录”之撰写，回溯乃至重构当年在五四运动中的爱国壮举。总之，断断乎不会如此籍籍无名。

三

李恂如自知救国无术，除了随学生领袖们上街游行、演讲，他一直不忘勤学苦读。他常自叹：“学不足，不能发为诗文，以昭示后人。识不足，不能筹划猷谋，以贡猷同人，饱食终日，尚熬煎其心，是亦一弃人耳。”因此，他立志“深耕隐读”，“俟大器既成，世远复转，然后再求入世之路，亦未为迟”。理想不可谓不远大。

学生知道苦读，官员也并非不知勤政（“执柄者”并非全是昏聩无能之辈）。但苦读与勤政，是否一定能挽狂澜于既倒？五四运动中的二元对立，最突出的是官与民的对立。北洋政府是官，包括学生在内的游行民群是民。后来国民党一再宣讲的“政治上的权能分别”，意思是政治上的“权”应属于人民，“能”应属于政府。人民应信任政府治理之能，政府应尊重人民主政之权。学生上街游行，显然是对官员的“治理之能”产生了怀疑。

然而，最大的疑问在于，何以率先冲上街头之“民”，不是成年之“民”，而是青年学生？1948年何思源为国民党北平市长时，曾到赵家楼去看了一下，原来的曹宅已成为一块空地。后来何思源再忆起“五四”时的情景，说自己的感情“是复杂的”。当时，北平学生正在进行反内战、反饥饿、反迫害的游行示威，他说：

> 我意识到自己已经走到学生运动的对立面了。许多小报的记者问我作何感想，我说：“我当学生时曾参加过三次游行示威运动。学生运动是青年人的事，我现在年纪大了游不动了，但是不要怕学生游行。学生们的热情发挥出来了，回家吃饭，就自然平息了。”从那时起，我已觉悟，我的前半生弯路不应再走下去了，决定辞职不干。①

何先生解决“问题”的方法是“辞职不干”，这就意味着，一个有“治理之能”的成年人，放弃了他的“主政之权”。把“权”交给学生吗？通常情况下，“主政之权”总是从一个成年群体的手中，移到另外一个成年群体的手中。学生们除了呐喊示威，永远无法真正进入主政的核心，成为治国的主体。

---

① 何思源：《五四运动回忆》，中国人民政治协商会议全国委员会文史资料委员会编：《五四运动亲历记》，北京：中国文史出版社1999年版，第96－97页。

蒋梦麟在“五四”时曾说：“学生始知旧式领袖无一可恃，于是自身起而为之。”① 在这种情形下，官与民的冲突，在很大程度上是一种代际冲突，是“学生”与“旧式领袖”的冲突。不过，代际冲突通常不会成为悲剧的根源，让学生成为牺牲品的，仍是成人间的冲突，这才是致命的。何思源提到的另外一件事足可为证。他说：“（1927 年）4 月 15 日广州国民党反动当局抓走了好几百中山大学学生。鲁迅在当天下午召开了紧急会议，朱家骅知道后也参加了，校长戴季陶没有参加。……鲁迅坐在主席座位上，朱家骅坐在鲁迅的正对面。鲁迅说：‘学生被抓走了，学校有责任，校长不出来，现在我来召开会，请大家来说话，我们应当是学生的家长，要对学生负责，希望学校出面担保他们出来。’朱家骅说：‘关于学生被捕，这是政府的事，我们不要对立。’鲁迅驳斥说：‘五四运动时，学生被抓走，我们营救学生，……那时朱家骅、傅斯年、何思源都参加过，我们都是五四运动时候的人，现在成百成千个学生被抓走，我们又为什么不营救他们呢？’”②

“五四”仅过了八年，鲁迅、朱家骅对待学生运动的态度已有很大分歧。

青年们不满成人对这个国家的“治理”，起而议政。但是这种“积极态度”并不能得到成人世界的呵护，反而常被利用，或被弹压。1919 年 5 月 8 日，“五四”后第四天，国务总理钱能训、司法总长朱深、教育总长傅增湘下令云：“学校之设，所以培养人材，为国家异日之用，在校各生，方在青年，质性未定，自当专心学业，岂宜干涉政治，扰及公安。”③ 这基本上是历次学生运动发生时，主政的“成人”对待青年学生的态度。蔡元培先生也说：“仆深信诸君本月四日之举纯出于爱国之热诚。仆亦国民之一，岂有不满意于诸君之理？惟在校言校，为国立大学校长者，当然引咎。”④ 蔡先生的这一想法，与钱能训、朱深、傅增湘的态度，本质上并无不同。

在蔡先生这里是“在校言校”，而在钱、朱、傅那里，也可以说是“在其位而谋其政”。表面看来，各有苦衷，但成人治下的中国现状如何？“连年以来，同室操戈、自相残杀、哀鸿遍野。”⑤ “一致对外”是理想主义的呐喊，“同室操戈”方是冰冷的现实。这才是学生“起而为之”的原因。前代人把国家治理成这样，想让莘莘学子理解和尊重父辈们治国的“艰辛”，岂非白日做梦？

---

① 中国社会科学院近代史研究所近代史资料编辑组编：《五四爱国运动》（上），北京：中国社会科学出版社 1979 年版，第 473 页。

② 何思源：《五四运动回忆》，中国人民政治协商会议全国委员会文史资料委员会编：《五四运动亲历记》，北京：中国文史出版社 1999 年版，第 95 页。

③ 《大总统严禁学生干政并将被捕学生送交法庭令》，见中国社会科学院近代史研究所、中国第二历史档案馆史料编辑部编：《五四爱国运动档案资料》，北京：中国社会科学出版社 1980 年版，第 187 页。

④ 杨亮功、蔡晓舟编：《五四：第一本五四运动史料》，北京：传记文学出版社 1982 年版，第 34 页。

⑤ 北京中等以上学校学生联合会印行：《五七报》1917 年第 8 号，见中国社会科学院近代史研究所、中国第二历史档案馆史料编辑部编：《五四爱国运动档案资料》，北京：中国社会科学出版社 1980 年版，第 654 页。

可是，当“五四”一代长大成人，相继主掌军国大政时，他们的治理成绩又如何？恐怕依然不能让更年轻的一代满意。如朱家骅、傅斯年、何思源、罗家伦、段锡朋等当年“五四”健将，后来担任国民政府要职后，亦不免沦为学生们“打倒”的对象。1947 年北京大学学生曾为纪念“五四”举办系列活动，事后编印了一本小册子，在“人物志”栏目中点评了四位“五四”人物。对傅斯年的评价是：

傅斯年和所有的反动者一样，都相信人类不会进步的。……傅斯年惯放大炮是有名的。“一二·一”昆明惨案时他曾以割头保证惩凶，到头来是凶手和他的头均安然无恙。他实实在在是属于蒋干那一类的人物。当然他比蒋干有才能，肯出力效忠，所以能邀得青睐。……

以后傅先生在联大一次教授会上，痛骂学生运动，有人就问他，那么为什么傅先生在五四时那样起劲？

“别提了！现在回忆起来，那完全是幼稚!”

在北大同学眼里，傅斯年可谓“反动”至极；至于朱、段两位，他们同样予以抨击：

朱先生和傅斯年一样，摇身一变，由争自由，民主的五四健将成为最反动的家伙，……

段先生在五四时期，是北大最初选出的两个学生之一（另一个是许德珩先生），打了赵家楼后，段先生又与许先生同时被捕！……现在段先生在政校当教育长，……段先生请你看看现在的你自己，再回想回想“五四”时代的你，自己将作如何的感想。①

从李恂如 1919 年时的恐慌，到傅、朱、段等当年的“五四”领袖之被北大学生痛骂，再到何思源后来的感喟，且不说这样的一段历史是否真的埋有别样的“玄机”，至少，我们可以从中发现历史的某种“轮回”。朱自清先生说：“‘五四’不但是‘人的发现’，而且是‘青年的发现’，‘现在的发现’。”②“五四”后来成为法定的“青年节”，这当然是为了纪念“五四”。可是，将“五四”与“青年”画等号，显然是对“五四”的误读——因为“五四”本是青年向成人的质询，是两代人之间的一次并不愉快的协商与对话。而三千学子的呼吁呐喊，自然也不是只为让自己听到。◻ 2009 · 5

---

① 北大壁报联合会委托风雨社编印：《五四在北大》，北京：风雨社 1947 年版。

② 朱自清：《文艺晚会讲词》，见北大壁报联合会委托风雨社编印：《五四在北大》，北京：风雨社 1947 年版。

北大中文系叙录

□ 温儒敏

书香五院

五院是北大中文系所在地。在北大问路找“五院”，人家不一定清楚，得问“静园六院”在哪，因为五院只是 6 个院落的其中一个，按顺序分别命名为一院、二院、三院等。这样简单的名字并不好听，不像朗润、蔚秀、镜春、畅春等那样能引起各种美丽的联想，所以也难叫得起来。不过本系老师同学也都喜欢叫几院几院的。例如要去中文系，一般习惯说“去五院”。静园六院在燕园中部，东侧紧靠图书馆，往西是勺园，南边矗立着第二体育馆，三面包围的中间是北大幸存的大草坪。十多年前这里还不是草坪，是果园，每到秋天我还进园去买新摘的苹果。那时最大的草坪在图书馆东边，图书馆要扩建，把草坪占用了，学生抗议，校方只好派人把静园的果树砍掉，改造为草坪。六院就坐落在静园草坪的东西两侧，每边 3 个院落，一个挨一个。六院中的一至四院建于 20 年代，原是燕京大学女生宿舍。几年前国民党前主席连战从台湾回大陆访问，特地到一院寻踪，他母亲七十多年前是燕京大学的学生，曾寄宿于一院。燕京是教会学校，学生比较贵族化，每间宿舍只住一人，还有保姆侍候。五院和六院是后来加建的，这样东西各 3 座，显得对称完整。如今六个院落都是人文学科院系的所在地，自然和这种传统的风格也比较协调。草坪西侧是历史系、信息管理系（图书馆系）和社科部，东侧是俄语系、哲学系和中文系。六个院落的风格统一，院墙花岗岩垒砌，大门进去，左、右、前各一厢房，呈品字形，其间以环廊相通。都是二层，砖木结构，脊筒瓦顶，两卷重檐，青灰砖墙，朱漆门窗。近年北大新建了许多楼，大都是现代新式建筑，尽管也力图往传统风格靠，毕竟难得真味，在众多簇新楼宇中，六院更显出它独特的韵致。

中文系五院居东侧 3 座院落之中，坐东朝西。进单檐垂花朱漆院门，拾级而上，是个大院子。右边一古松，蟠曲如盖，常年青绿。左边桃树几株，幽篁数丛。门内侧两花架，垂满紫藤，最令人瞩目。到春天，院门被一串串紫藤装点得花团锦簇。盛夏来了，枝繁叶茂的紫藤又把院门遮盖得严严实实，从外往里看，真是庭院深深。还有那院墙和南厢背阴屋墙上满布的“爬山虎”，也是五院的标志物之一。灿烂的时节在深秋，红、黄、绿三色藤叶斑驳交错，满墙挥洒，如同现代派泼墨。盛夏则整扇整扇的绿，是透心凉的肥绿。顶着太阳从外面踏进院门，绿荫满眼，顿生清爽，即便有烦恼也都抛却门外了。

踏过院子的石板小径，便到了正厢门，朝上看是两卷红蓝彩绘重檐，下为连排的朱漆花格门窗，庄重大方。进屋去，上为木雕天花横梁，下为紫红磨石地板，往左或往右都有环廊，再拐弯，是一个个分隔的小房间。二楼结构和地下大致相同。整个楼宇全由砖木构造，没有炫耀的装饰，却有内敛温和之氛围，让人亲切放松，毫无压迫感。

五院南侧还有一小门，出去，又一个园子，是后院，和哲学系所在的六院相通。后院毫无章法地长满了侧柏、加杨、香椿、水杉、石榴等各种植物。哲学系刘华杰教授曾很留心做过调查，这里的植物种类居然达到三四十种，简直就是一个别有洞天的小植物园了。因相对封闭，平日少人问津，园子有些荒芜，却更显幽静。有时看书写字累了，到后院伸伸懒腰，活动活动，容易想起鲁迅笔下那个神奇而又温馨的“百草园”。五院北侧原来也是一个对称的园子，近年变成了停车场。可惜，可惜。

“文革”前北大中文系办公机构不在五院，在文史楼，“文革”中师生“三同”，一度搬到学生宿舍32楼。1978年10月我考取中文系的研究生，到学校看榜，还是到32楼。我正在门口张贴的复试告示上“欣赏”自己的名字，卢荻老师（当时她还在北大中文系，曾担任过毛主席的古诗“伴读”）从楼梯下来，向我连连“恭喜”。不过等我几天后正式报到，中文系已经搬到五院。算算，一晃，30年都过去了。

五院虽小，却用得上“谈笑有鸿儒，往来无白丁”一句。平时比较安静，外来联系公务或参观的不算多，来者多为本系师生。遇到学术会议、开学报到，或者研究生报考、复试、答辩等等，就人流不断，甚是热闹。来中文系讲学的国内外学者名人多，讲座完了，都喜欢在五院门口照个相留念。暑期给外国留学生办培训班，世界各地留学生的身影在五院交织，中西合璧，华洋杂处，也是一种别致的风景。

五院两层不到30个房间，少部分是教务行政办公室、收发室，大部分是教研室，还有几间大一些的是会议室和报告厅。收发室原在东南角，里外两间，老师和学生来得最多的是此处，等于是中文系的中枢。20多年前，几乎每天都可以看到一位中等身材偏胖的老者，端坐其中，接待师生，他就是冯世澄先生。冯先生负责收发，兼做教务，说话细声慢气，谦和有礼，在系里日子久了，也熏陶得能舞文弄墨。冯先生记性极好，50年代后毕业的历届学生他几乎全叫得上名字，是中文系的活档案。好几部以北大为题材的小说，都曾把冯先生作为原型。那时老师收信拿报纸都要到冯先生这里。每天下午五点左右就看到王瑶先生骑着单车，叼着烟斗，绕过未名湖来到五院收发室，拿到信件转身就走。谢冕教授大致也是这个时辰来，也是骑单车，却西装革履，颇为正规，见到人就热情洋溢地大声招呼。而岑麒祥、陈贻焮、褚斌杰等许多教授多是步行来的，时间不定准，除了拿信，顺便打听消息，聊天散心。我不止一回看到陈贻焮、黄修己、汪景寿等先生斜靠在收发室椅子上，天马行空地侃大山。那时收发室就是老师们的联络站。这些年为了方便，在五院为每位老师设了一个信箱，还开辟了一间教员休息室，有沙发电视，香茶招待，可是来系里拿信兼聊天的反而少了。休息室经常都空着，只有一位打扫卫生的阿姨在里边打盹。五院一层东头竖立一排老师信箱，分隔成近两百个灰色铝制小柜，每人一个，许多响亮的名字就在那里展现，甚为壮观。这里倒是来人不断，偶尔见到有外来的文学青年、民间学者，甚至是上访者，往信箱里塞些材料，希望能求见名人，或者就某个问题要"打擂台"。他们大都心怀热望，个性执拗，渴求能引起关注，时来运转。

五院的重要组成部分是教研室。中文系有 9 个教研室（还有几个研究所和学术基地)，每个教研室在五院都有一个专用房间。其格局多年不变，无非桌子板凳，三五书架，既没有"二十四史"，也不见字画墨宝，很是简陋。20 年前，经常要组织政治学习，比如讨论某个领导的指示，或者报纸社论，起码一个月有一两回，老师都来这里碰碰头，发发议论牢骚什么的。有时也开全系老师大会，百十号人坐不下，就在走廊里凑合。记得有一回，某领导到五院传达上级什么文件精神，点名批判某北大教授的"自由化倾向"，刚说到一半，坐在楼梯旁一位白发老师蹭的就站起来，激动而大声地发表自己不同的"政见"。那时我刚留校，对此举未免有些吃惊，但众多老师似乎见怪不怪了，觉得这很平常。这些年没有政治学习一类活动了，全系大会一学期也难得一两回，老师们爱来不来，不知何故大家是越来越忙，来五院少了，彼此见面都要电话预约了。

五院学术活动还是多的，用时髦的说法，是名副其实的学术"平台"。几乎每天都有各种学术讲座，或小班教学，在五院举行。门口有一告示牌，总贴满各种讲座的通告，同学们有事没事会到这里看看，选择有兴趣的听讲。即使是学界"大腕"要出场，告示也就是极普通的一张纸，说明何时何地之类，不会怎样地包装和张扬。也许名人讲座太多，在五院要"制造"所谓"轰动效应"是比较难的，但这不妨碍学术影响。1995 年，美国著名的理论家詹明信（Fredric Jameson）就曾在二楼东北角的现代文学教研室"设坛收徒"。一张油光锃亮的厚木方桌，围坐十多位学生，用英文讲了一个学期，所谓"后现代主义"研究热潮，便从这里汹涌传播开去了。如今在美国当教授的唐小兵、张旭东、王心村等，名气不小了，当时都还是研究生，在这间房子里拜这个"洋教头"为师。类似的名流讲座在五院不知有过多少，可惜北大中文系历来大大咧咧的，也没有个记载。

也有些老师不喜欢在教室上课，就把教研室当作教室。袁行霈教授给研究生开的“陶渊明研究”很叫座，得限定人数，好开展讨论，在五院会议室正合适。谢冕教授主持的“批评家周末”，隔一段时间就邀请一些作家、评论家来讨论热点问题，学生自然也是热心参与者，那是沙龙式的文坛“雅集”。“孑民学术论坛”是专为博士生开设的“名家讲坛”，汇集了学界各路顶尖的角色，常可见到各种学术观点在五院的交锋。有些学生社团，包括以创作为主的“五四文学社”或偏爱古风的“北社”，也不时在五院某个角落精心谋划。特别是研究生的 Semnimer、开题、资格考试等，如果人数不多，大都在教研室进行。大家对五院都有某种自然的归属感。有些老师住得远，课前课后还是要到五院歇歇脚。王理嘉、陈平原、周先慎等许多老师，好些天才来一次系里，拿到一大摞邮件就到教研室，可以先分拣处理。年轻教师住家一般比较窄小，有时也躲到教研室来，写字、看书或和学生谈话。

五院二层东侧原来有个资料室，藏书不多，是大路货，并没有孤本珍本之类，却是访学进修的学者常去之地。来访学进修的老师很多，而北大居住条件艰苦，有的还被安排到近处的小旅馆里，嘈杂不便，纷纷都到资料室来看书。资料室青灯棕案，有些暗，可是不像图书馆人多，非常安静，正好可以“躲进小楼成一统”。这里的书越积越多，怕楼板承受不住，早几年就搬到外边去了。空出的房间稍加修整，改成学术报告厅。系里有专用的报告厅方便多了，虽然布置没有什么新奇，只有简朴的讲台，八十多个座位。来访中文系的名家大腕总是络绎不绝，每学期少说也有五六十人，做报告一般就不用借教室了。不过这些年研究生、博士生多了，“考研族”“旁听族”蹭课的也不少，报告厅常常坐不下。在外边找教室也不难，提前到教务部预约即可。大概由于五院的风味比较“学术”，老师们还是乐于在这里开讲。也有稍微麻烦的，记得有一回我邀请台湾诗人余光中先生来讲座，70 多人的报告厅挤进 150 多人，临时换教室来不及，许多人只好站在过道和讲台旁边听。人多热气高，余先生大受感动，更是情怀激越，诗意盎然，直讲到满头大汗，大获成功。和报告厅相对的楼下，还有一间小会议室，主要供开会或者论文答辩用。许多从这里毕业的硕士、博士生可能终生忘不了这个地方，因为他们答辩通过后便在这里和老师拍照，从此翻开人生新的一页。

顺着北边楼梯上去二楼，靠西一间稍大的，是会客室，也曾做过“总支会议室”。70 年代末我们上研究生课时，每隔十天半个月一次的小班讲习，就在这里。每次都由一位研究生围绕某个专题讲读书心得，接着大家“会诊”，最后由王瑶、严家炎、乐黛云、孙玉石等导师总结批评，比较有见地的就指点思路，整理成文。记得钱理群讲“周作人思想研究”，吴福辉讲“海派作家”，赵园讲“俄罗斯文学与中国现代文学关系”，凌宇讲“沈从文小说”，等等，我也讲过老舍与郁达夫研究，每人风格各异，但初次“试水”，都非常投入。老钱一讲就是情思洋溢，以至于满头冒汗；凌宇则声响如雷，气势非凡。当初讲习者如今大都成了知名学者，他们学术研究的“入门”，最早入的就是五院的“门”。

如今北侧楼上除了会议室，就是几间系行政班子的办公室，面积窄小，好在朝南都有一排大窗户，推窗外望，花木扶疏，小榭掩映，倒也别有洞天。1995年，费振刚教授执掌中文系，拉着我担任副系主任，主管研究生工作。我没有单独的办公室，就和费老师及另外一位副主任三人合用一间。分给我的只有一张桌子，歪歪扭扭的。有时找研究生谈事，没有地方坐，就对站着说上几句，倒是可以节省时间。后来图书馆系（原在西侧地下一排）从五院搬出，中文系宽裕一些了，每位负责行政的老师才有单独的办公室。1999年我担任系主任至今，办公室一直就在西侧楼上紧靠东的一间（就是刚才说的詹明信教授讲学的那一间）。说来我与这个房间有特殊的干系。1986年冬我赶写博士学位论文，那时家住畅春园51楼，筒子楼，房小挤不开，每晚只能到五院，就在这个房间用功。80年代北大不像现在热闹，即使周末晚上隔离的“二体”有舞会，十一点钟差不多也就收场。夜深了，窗外皓月当空，树影婆娑，附近果园不时传来几声鸟叫虫鸣，整个五院就我一人在面壁苦读，是那样寂寞而又不无充实。我的第一本书《新文学现实主义的流变》，就杀青于此。想不到十多年过去，这里又做了我的办公室。

办公室十五六平方米，只能摆一张桌子和几个书架、沙发。我每天都要收到好多书刊，几年下来，房间就被图书占去一半，许多书刊上不了架，只好临时堆在地上。我又有个坏习惯，自己的书刊只能自己整理，怕别人代劳找不到，而自己又难得来办公室，结果一摞一摞的书都快把沙发给淹没了。不过，和师友交谈或者会见校内外文人墨客，甚至外宾，我都不太喜欢到会议室或咖啡馆，尽量还是在五院的办公室，尽管书堆得很挤很乱，端杯茶都不知放哪里好，但我知道读书人对书并不反感。

近十多年，北大多数院系都盖了新楼，每个教授有一间专用办公室，硬件大大改善。唯独文史哲等几个“穷系”没钱盖楼，教授也无地“办公”。校方发善心，决定拨款在未名湖畔建一座人文楼，专供几个文科系使用。请人设计了图纸模型，拿到系里征求意见，让大家选择式样，老师们好像不是特别有兴趣。2007年底新楼终于奠基了，很排场的仪式，校领导都来参加，校新闻网还专门发了报道。有“好事者”竟把报道转贴到学生网页，换了一个标题，叫做“五院的挽歌”，喜事成了“丧事”，有点“无厘头”。不过我能理解，他们是有些舍不得五院。几十年来，一代又一代学者在五院读书、讲学、交往，诸如王力、游国恩、魏建功、杨晦、袁家骅、吴组缃、季镇淮、朱德熙、王瑶、周祖谟、林庚、林焘、褚斌杰、徐通锵等等，这样一批鼎鼎有名的学问家，以及来自世界各地的诸多大家名流，都在五院留下足迹。五院的书香味浓，文化积淀厚，五院承载着沉甸甸的中国文化分量，每位师生在这里都能勾起许多难忘的记忆，五院已经融入生命中，有一种难以割舍的感情了。

新楼肯定比较现代而又宽敞，每人能有一间办公室也是早在期盼的，但中文系真的从五院迁到新楼了，也许又觉得还不如现在。在传统的优雅的五院自由出入，毕竟可以那样的随性自在。

五院人物

五院是北大中文系所在地，我在《书香五院》一文已有介绍，这里所说几个人物，都是中文系的老师，和五院都是有些干系的，所以就凑成一篇，叫做“五院人物”。

陈贻焮

陈贻焮先生没有教授的架子，胖墩墩的身材，很随意的夹克衫，鸭舌帽，有时戴一副茶镜，一位很普通的老人模样，如北京街头常常可以见到的。不过和先生接触，会感觉到他的心性真淳，一口带湖南口音的北京话，频频和人招呼时的那种爽朗和诙谐，瞬间拉近和你的距离。先生有点名士派，我行我素，落落大方，见不到一般读书人的那种拘谨。谢冕教授回忆这位大师兄总是骑着自行车来找他，在院子外面喊他的名字，必定是又作了一首满意的诗，或是写了一幅得意的字，要来和他分享了。一般不进屋，留下要谢冕看的东西，就匆匆骑车走了，颇有《世说新语》中所说的“乘兴而行，兴尽而返”的神韵。我也有同感。80 年代末，陈先生从镜春园 82 号搬出，到了朗润园，我住进的就是他住过的东厢房。陈先生很念旧，三天两头回 82 号看看。也是在院墙外就开始大声喊叫“老温老温”，推门进来，坐下就喝茶聊天。我是学生辈，起初听到陈先生叫“老温”，有点不习惯，但几回之后也就随他了，虽然“没大没小”的，反而觉得亲切。陈先生擅长作诗填词，在诗词界颇有名气。有一年他从湖南老家探亲归来，写下多首七律，很工整地抄在一个宣纸小本子上，到了镜春园，就从兜里掏出来让我分享。还不止一次说他的诗就要出版了，一定会送我一册。我很感谢。知道先生喜好吟诗，这在北大中文系也是有名的，就请先生吟诵。先生没有推辞，马上就摇头晃脑，用带着湖南乡音的古调大声吟诵起来。我也模仿陈先生，用我的客家话（可能是带有点古音的）吟唱一遍，先生连连称赞说“是这个味”。后来每到镜春园，他都要“逗”我吟唱，我知道是他自己喜欢吟唱，要找个伴，他好“发挥发挥”就是了。我妻子也是听众，很感慨地说，陈先生真是性情中人。

陈贻焮先生不做作，常常就像孩子一样真实，有时那种真实会让人震撼。据比我年纪大的老师回忆，“文革”中北大教师下放江西“五七”干校。一个雨天，干校学员几十人，乘汽车顺着围湖造田的堤坝外出参加教改实习，明知路滑非常危险，却谁都不敢阻拦外出，怕被带上“活命哲学”的罪名。结果一辆汽车翻到了大堤下，有一位老师和一位同学遇难。陈贻焮本人也是被扣在车底下的，当他爬出来时，看见同伴遇难，竟面对着茫茫鄱阳湖，哇的一声大哭起来。“没有顾忌，没有节制，那情景，真像是一个失去亲人的孩子。他哭得那么动情，那么真挚，那么富于感染力，直到如今，那哭声犹萦绕耳际。”还有一件事，也是说明陈先生的坦诚与真实。到了晚年，陈贻焮的诗词集要出版，嘱其弟子葛晓音作序。葛晓音没有直接评论先生的创作艺术，而主要描述她所了解的先生的人品和性情。大概她是懂得先生一些心事的，当葛晓音把序文念给陈贻焮听时，先生竟像孩子一样哭出声来。葛晓音感慨：“先生心里的积郁，其实很深。”

陈贻焮先生是一位有广泛影响的文学史家，长期从事魏晋南北朝隋唐五代文学史的研究和教学工作，在这个领域作出了重大的贡献。他的相关研究著作主要有《王维诗选》《唐诗论丛》《孟浩然诗选》《杜甫评传》《论诗杂著》等等。尤其是《杜甫评传》，按照古典文学家傅璇琮先生的说法，就是冲破了宋以来诸多杜诗注家的包围圈，脱去陈言滥调或谬论妄说，独辟一家之言。我对杜甫没有研究，拜读陈著时，只是佩服其对材料的繁富征引，又不致淹没观点，特别是对杜诗作那种行云流水般的讲解，是需要相当深厚的功力的。在我和陈先生的接触中，没有聆教过杜甫的问题。（他反而喜欢和我谈些郭沫若、徐志摩等等）但有时我会想：先生为何选择这样一个难题来做？是否如他的弟子所言心里有很深的积郁？一个人一生如果能写出一本像样的甚至能流传下去的书，多不容易呀。先生对自己的学术成就显然有信心，但付出确实太多了。来镜春园 82 号聊天喝茶，在他的兴致中也隐约能感到一丝感伤。我知道正是在 82 号东厢这个书房里，陈先生花了多年的心血，写出《杜甫评传》，大书成就，而一只眼睛也瞎了。在旧居中座谈，先生总是左顾右盼，看那窗前的翠竹，听那古柏上的鸟叫，他一定是在回想当初写作的情形，在咀嚼许多学问人生的甘苦。

我在镜春园住时，经常看到陈贻焮先生在未名湖边散步，偶尔他会停下来看孩子们游戏，很认真地和孩子交谈。先生毕竟豁达洒脱，永远对生活充满热情。万万没有想到，2000 年他从美国游历归来，竟然患了脑瘤。他在病床上躺了两年，受的苦可想而知。他再也没有力气来镜春园 82 号喝茶谈诗了。病重之时，我多次到朗润园寓所去看望。他说话已经很艰难，可是还从枕头边上抽出一根箫来给我看，轻轻地抚摸着。他原来是喜欢这种乐器的，吹得也不错，可惜，现在只能抚摸一下了。我想先生过去之时，一定也是带着他的箫去的吧。

吴组缃

吴组缃教授的小说写得很好。美国夏志清先生的《现代中国小说史》用笔非常吝啬，可是给了吴组缃专章的论述，认为其作品观察敏锐，简洁清晰，是“左翼作家中最优秀的农村小说家”，甚至设想如果换一种环境，吴是可能成为“真正伟大的作家”的。1978 年我还在读研究生，看到夏的评论，很新奇，就找吴先生的作品来看，果然功力深厚，笔法老辣，很是佩服。一次在王瑶先生家里聆教，王说吴组缃不但小说写得好，对现代文学的研究也往往眼光独具，比如吴先生对茅盾《春蚕》的评价，认为老通宝这个人物塑造有破绽，虽然结论可以讨论，但其评论完全是从生活实际出发的，令人信服。据说北大中文系曾经邀请茅盾来系里讲学，茅盾说“吴组缃讲我的小说比我自己讲要强，不用去讲了”。我开始注意吴先生，在王瑶家里也有过一两次照面，印象中的吴先生是很傲气的，我听着他们说话，自然也不敢插嘴。倒是听过先生的一次课，是讲《红楼梦》的，在西门化学楼教室。来听课的人很多，坐不下，过道都挤满了，有人有意见，希望外来“蹭课”的把位子让一让，吴先生说没有必要，北大的传统就是容许自由听课。吴先生几乎不看稿子（只有一片纸），也没有什么理论架构，可是分析红楼人物头头是道，新意迭出。我们都慨叹：小说家讲小说又是另外一道风景！

真正与吴组缃教授有正面接触，是在我的博士学位论文答辩上。那是1987年春，在五院二楼总支会议室，除了导师王瑶，参与答辩的有吕德申、钱中文、樊骏和吴组缃等先生，都是文学史或文学理论研究方面的大家。王瑶先生叼着烟斗，三言两语介绍了我的学习情况，接着我就做研究陈述，说明是如何思考《新文学现实主义的流变》这一选题的。不料还没有等进入下一程序，吴组缃教授就发言了。大意是作家写作不会考虑这个“主义”那个“主义”的，论文写这些东西的意思不是很大。吴先生就是这样不给“面子”。我一下子“傻了”：这等于是当头一炮，把题目都给否了嘛。我非常泄气。王瑶作为导师，自然要“辩护”几句，我都没有听进去，晕头晕脑出去等消息了。半个多小时之后，我进去等待判决，想不到论文居然通过了，还得到很好的评价。后来听说，吴先生表示他其实并没有细看我的论文，不过临时翻了翻，听了诸位的介绍，觉得还是可以的，还说了几句鼓励的话。这就是“批判从严，处理从宽”吧。不过事后想想，吴先生的批判不是没有道理的。研究思潮、理论，必须切合创作实际，否则可能就是无聊的理论“滚动”，“意思”的确不大。多少年后，我都记着答辩的那一身“冷汗”，它让我学到许多东西。

林庚

林庚先生住在燕南园，老式平房，外观优雅，可是内里很阴暗，客厅里永远是那几个旧式书架，一张八仙桌，还有一个沙发，茶几上总是堆着他外孙的复习资料之类，一切都那样简朴。每次去看先生，总担心天花板上那块石灰块就要掉下来，建议找修建处来修一修。可是林先生说打从他搬来后不久就是这样了，劝我不必担心。我想办法找些让老人高兴的话来说，比如，看到街边小摊有卖他《中国文学简史》盗版的。我知道先生不爱钱，这消息倒是说明他的书至今影响大，甚至能进入平常百姓家。先生果然有些兴奋，便说起五十多年前他在厦门等地一边教课一边写书的情景。有时发现先生更感兴趣的是那些和文学不搭界的话题。我不止一次听他讲到年轻时在清华学过物理，还听他讲观看足球或篮球国际比赛的“心得”（可惜我不通此道）。先生是诗人，有些仙风道骨似的，对功名利禄很超然，也很低调，与世无争，反而健康长寿，返老还童。早些年每到春天，天空晴朗而又有一点风时，还能看见这位八九十岁的老者，在五院门口的草坪放风筝呢。

2000年，林庚先生要过90大寿了。北大中文系历来能上90岁的好像不多，他就是我们系的老寿星了。系里想给老人搞一场比较像样的祝寿活动。古代文学教研室的老师说这是需要“动员”的。我和教研室一些老师便到燕南园去，先生不是很乐意，但最终还是答应了。祝寿会在勺园，开得很成功，来了200多人，真是群贤毕至，学校的书记闵维方等领导也到场了。我们向学校介绍说林先生和季羡林先生是同学，当年林先生在文坛的名气比季先生还大，领导就很重视。与会者大都是文坛与学界的耆宿，合影时连袁行霈教授这样的名人（他可称得上是林先生的入室弟子了），都“不敢”坐到第一排，可见规格之高。记得我在会上代表中文系发言，称先生“由诗人而学者，在文学史研究方面所达到的具有典范性的地位，是不可替代的。北大中文系为拥有这样出色的学者而自豪”。我还说先生诞生的1910年，正好是北大中文系正式建立的一年，先生是专门为着北大中文系而生的，中文系感谢林先生几十年辛劳和智慧所建树的卓越业绩。那一天先生气色极好，还吃了蛋糕。

再有一次，是诗人兼企业家黄怒波先生捐款，促成北大诗歌中心成立，大家希望能邀请林庚先生出任中心主任。但先生多少年都是“无官一身轻”的，他能答应当这个主任吗？不是很有把握。那天我和谢冕、孙玉石、张鸣等几位老师一起，专门到林庚先生府上拜谒，向先生说明来意，没有想到先生说这件事“有意义”，很痛快就答应了担任中心主任。诗歌中心成立后，扎扎实实做了许多事情，活跃了当代诗坛创作与评论，原因之一便是有林庚先生这棵“大树”。

先生过世的那天，我接到他家人的电话马上赶到燕南园。先生已经躺在床上，身上盖着白布。家人说晚饭前还和人说话，感谢多年照顾他生活的小保姆，一下子就走了，那样平静。我看看先生，感觉他只是睡着了，甚至不相信这是一种不幸：诗人是很潇洒地到另外一个世界去了。

季镇淮

季镇淮这个大名，我上中学时就接触过，那是读北大版《中国文学史》留下的一点印象。到我读研究生时，对季先生就格外注意，因为听说他曾和导师王瑶教授是同学，都出自朱自清先生的门下。按辈分总觉得我们算是朱自清先生的“徒孙”，那么季教授就是我们的“师伯”了。1978年季先生还给本科生上过古代文学史必修课，稍后又开设“近代文学研究”专题研究，比较冷僻，据说选课者也不多。很可惜，我一直没有去听过季先生的课。我在五院或是去五院的路上常见到季先生，他满头白发，老是一套蓝色中山装，提着一个布兜书袋，动作有些迟缓，身板子却还硬朗。偶尔也到我们研究生住宿的29楼来过，大概是有事找他的学生吧。我见到季先生不好打搅，只是点点头表示尊敬，然后又会想象当年他和王瑶导师两人共选朱自清先生一门课的传奇。

后来季先生接替杨晦教授担任中文系主任，那时我已经留校任教了。季先生这个主任当得非常超脱，很少过问系里的事情，连开会也不太见得到他老人家，等于是“甩手掌柜”。也是一种风格吧。我只去过季先生家里一次，在朗韵园，冬天，那时先生身体已经不好，家里有些寒意，他躺在椅子上烤电炉。记得是谁托我给季先生转交一样礼品。我顺便向先生请教了一些关于晚清学界的问题。先生说“材料很重要”，是做学问的基础，让我记住了。

我与季镇淮先生很少接触，但有一事印象极深，终生难忘。1981年夏天，北大中文系“文革”后招收的第一届研究生要毕业了，我们都在进行紧张的论文答辩。同学中有一位是做“南社”的，是季先生指导的学生。此君住在我宿舍隔壁，文才出众，读书极多，有点“名士派”味道，我们过从甚密，常在一起聊天，许多问题都向他请教。季先生与他这位学生的关系也挺融洽的。可是这位同学的“南社研究”准备得比较仓促，大概也单薄一些吧，季先生很不满意，时间不够了，那时没有延期答辩一说，怎么办？要是现在，可能凑合过去算了。可是季先生不想凑合，又必须尊重程序，便打算邀请中国社科院的杨某做答辩委员。杨某专攻近代史，对南社很有研究，但当时还没有高级职称，按说不能参与答辩的。大概季先生认为懂“南社”的行家难找，而随便找一位专家又怕提不出具体意见，就亲自到学校研究生处询问，看能否破格让杨某参与答辩。研究生处回答说：您认为可以就可以了。答辩时杨某果然提出许多尖锐而中肯的意见，并投了反对票，结果差2票论文没有通过。事后那位同学有些委屈，说杨某反对也就罢了，为何导师投的也是反对票？我实在也有些同情。此事在同学中引起了震动。

多年后，我看到黄修己老师在一篇文章中谈到此事，说事后有人提及这次否决性的答辩，季先生对杨某投反对票还是很赞赏。有意思的是，杨某也是季先生的学生，1955年上海地区1 000人报考北大中文系，季先生负责招生，从中挑选了10人，就有杨某。对杨某来说，季先生有知遇之恩了，如今被恩师请来答辩，却又投恩师学生的反对票。而季先生呢，也不会因为师生关系不错，或者其他非学术因素，就放宽论文答辩评价的尺码。1981年我们那一届中文系研究生（6个专业）19人答辩，居然有3人没有通过，确实非常严格。这种事情大概也只有在秉承学术的尊严的环境中，才能得到理解。

顺便说，我那位没有拿到学位的同学，也尊重这种严格的学术裁决，并不自暴自弃，后来到南方一所大学任教，兢兢业业，终成正果，成为近代文学研究的一个名家。□ 2008・3

一块温润的美玉

——我心中的汤用彤先生

□ 乐黛云

我第一次近距离接触汤用彤先生是在1952年全校学生毕业典礼上。当时他是校务委员会主席，我是向主席献花、献礼的学生代表。由于我们是新中国成立后正规毕业的第一届学生，毕业典礼相当隆重，就在当年“五四”大游行的出发地——民主广场举行。当时全体毕业生作出一个决定，离校后，每人从第一次工资中，寄出五毛钱，给新校址建一个旗杆。目的是希望北大迁到燕园时，学校的第一面五星红旗是从我们的旗杆上升起！毕业典礼上，我代表大家郑重地把旗杆模型送到了汤先生手上。如今，50余年过去，旗杆已经没有了，旗杆座上的石刻题词也已漫漶，但旗杆座却还屹立在北大西门之侧。

就在这一年，我进入了汤用彤先生的家，嫁给了他的长子，1951年刚从北大哲学系毕业的汤一介。我们的婚礼很特别，即便是在50年代初期，恐怕也不多见。当时，我希望我的同学们离校前能参加我的婚礼，于是，赶在1952年9月结了婚。结婚典礼就在小石作胡同汤家。按照我们的策划，婚礼只准备了喜糖、花生、瓜子和茶水。那是一个大四合院，中间的天井能容纳数十人。晚上8点，我的同班同学，共青团团委会的战友们和党委的一些领导同志都来了，气氛热闹活跃，如我所想。这是一个“反传统”的婚礼，没有任何礼仪，连向父母行礼也免了，也没有请父母或领导讲话。汤老先生和我的婆婆坐在北屋的走廊上，笑眯眯地看着大家嬉闹。后来，大家起哄，让我发表结婚演说。我也没有什么“新娘的羞怯”，高高兴兴地发表了一通讲话。我至今还记得大概的意思是说，我很愿意进入这个和谐的家庭，父母都非常慈祥，但是我并不是进入一个无产阶级家庭，因此还要注意划清同资产阶级的界限。那时的人真是非常革命！简直是“左派幼稚病”！两位老人非常好脾气，丝毫不动声色，还高高兴兴地鼓掌，表示认同。后来，两位老人进屋休息，接着是自由发言，朋友们尽情哄闹，玩笑。大家说什么我已不记得了，只记得汤一介的一个老朋友，闻一多先生的长公子闻立鹤，玩笑开得越来越过分，甚至劝告汤一介，晚上一定要好好学习毛主席的战略思想，说什么“敌进我退”“敌退我攻”之类，调侃之意，不言自明。我当即火冒三丈，觉得自己受了侮辱，严厉斥责他不该用伟大领袖毛主席的话来开这样的玩笑！大家看我认真了，都觉得很尴尬……我的婚礼就此不欢而散。我和汤一介怏怏不乐地驱车前往我们的“新房”。为了“划清界限，自食其力”，我们的“新房”不在家里，而是在汤一介工作的北京市委党校宿舍的一间很简陋的小屋里。

第二天，汤老先生和老夫人在旧东单市场森隆大饭店请了两桌至亲好友，宣布我们结婚，毕竟汤一介是汤家长子呵。汤老先生和我的婆婆要我们参加这个婚宴，但我认为这不是无产阶级家庭的做法，结婚后第一要抵制的就是这种旧风俗习惯。我和汤一介商量后，决定两个人都不去。这种行为现在看来确实很过分，一定很伤了两个老人的心。但汤老先生还是完全不动声色，连一句责备的话也没有。

毕业后我分配到北大工作，院系调整后，汤老先生夫妇也迁入了宽敞的燕南园58号。校方认为没有理由给我再分配其他房子，我就和老人住在一起了。婆婆是个温文尔雅的人，她很美丽，读过很多古典文学作品和新小说，《红楼梦》和《金粉世家》都看了五六遍。她特别爱国，抗美援朝的时候，她把自己保存的金子和首饰全捐献出来，听说和北大的其他教授家属一起，整整捐了一架飞机。她从来不对我提任何要求，帮我们带孩子，分担家务事，让我们安心工作。我也不是不近情理的人，逐渐也不再提什么“界限”了。她的手臂曾经摔断过，我很照顾她。他们家箱子特别多，高高地摞在一起。她要找些什么衣服，或是要晒衣服，都是我帮她一个个把箱子搬下来。汤老先生和我婆婆都是很有涵养的人，我们相处这么多年，从来没见他俩红过脸。记得有一次吃早餐时，我婆婆将汤老先生平时夹馒头吃的黑芝麻粉错拿成茶叶末，他竟也毫不怀疑地吃了下去，只说了一句“今天的芝麻粉有些涩”！汤老先生说话总是慢慢地，从来不说什么重话。因此在旧北大，曾有“汤菩萨”的雅号。这是他去世多年后，学校汽车组一位老司机告诉我的，他们至今仍然怀念他的平易近人和对人的善意。

汤老先生确实是一个不大计较名位的人！像他这样一个被公认为很有学问，曾经在美国与陈寅恪、吴宓并称“哈佛三杰”的学者，在院系调整后竟不让他再管教学科研，而成为分管“基建”的副校长！那时，校园内很多地方都在大兴土木。在尘土飞扬的工地上，常常可以看到他缓慢的脚步和不高的身影。他自己并不觉得这有什么不好，常说事情总需要有人去做，做什么都一样。

可叹这样平静的日子也并不长。阶级斗争始终连绵不断。1954年，在《人民日报》组织批判胡适的那个会上，领导要他发言。他这个人是很讲道德的，不会按照领导意图，跟着别人讲胡适什么，但可能他内心很矛盾，也很不安。据当时和他坐在一起的，当年哲学系系主任郑昕先生告诉我们，晚餐时，他把面前的酒杯也碰翻了。他和胡适的确有一段非同寻常的友谊。当年，他从南京中央大学去北大教书是胡适推荐的。胡适很看重他，新中国成立前夕，胡适飞台湾，把学校的事务都委托给担任文学院院长的他和秘书长郑天挺。《人民日报》组织批判胡适，对他的打击很大，心理压力也很大。当晚，回到家里，他的表情木然，嘴角也有些歪了。如果有些经验，我们应该当时就送他去医院，但我们都以为他是累了，休息一夜就会好起来。没想到第二天他竟昏睡不醒，医生说这是大面积脑溢血！立即送到协和医院。马寅初校长对他十分关照，请苏联专家会诊，又从学校派了特别护士。他就这样昏睡了一个多月。

这以后，他手不能写，腿也不能走路，只能坐在轮椅上。但他仍然手不释卷，总在看书和思考问题。我尽可能帮他找书，听他口述，然后笔录下来。这样写成的篇章，很多收集在他的《饾饤札记》中。

这段时间，有一件事对我影响至深。汤老先生在口述中，有一次提到《诗经》中的一句诗："谁生厉阶，至今为梗。"我没有读过，也不知道是哪几个字，更不知道是什么意思。他很惊讶，连说，你《诗经》都没通读过一遍吗？连《诗经》中这两句常被引用的话都不知道，还算是中文系毕业生吗？我惭愧万分，只好说我们上大学时，成天搞运动；而且我是搞现代文学的，老师没教过这门课。后来他还是耐心地给我解释，"厉阶"就是"祸端"的意思，"梗"是"灾害"的意思。这句诗出自《诗经·桑柔》，全诗的意思是哀叹周厉王昏庸暴虐，任用非人，人民痛苦，国家将亡。这件事令我感到非常耻辱，从此我就很发奋，开始背诵《诗经》。那时，我已在中文系做秘书和教师，经常要开会，我就一边为会议做记录，一边在纸页边角上默写《诗经》。直到现在，我还保留着当时的笔记本，周边写满了《诗经》中的诗句。我认识到作为一名中国学者，做什么学问都要有中国文化的根基，就是从汤老的教训开始的。

1958 年我被划为极右派，老先生非常困惑，根本不理解为什么会这样。在他眼里，我这个年轻小孩一向那么革命，勤勤恳恳地工作，还要跟资产阶级家庭划清界限，怎么会是右派呢？况且我被划为右派时，反右高潮早已过去。我这个右派是1958 年 2 月最后追加的。原因是新来的校长说反右不彻底，要抓漏网右派。由于这个"深挖细找"，我们中国文学教研室新中国成立后新留的 10 个青年教师，8 个都成了右派。我当时是共产党教师支部书记，当然是领头的，就成了极右派。当时我正好生下第二个孩子，刚满月就上了批斗大会！几天后快速定案。在对右派的 6 个处理等级中，我属于第二类：开除公职，开除党籍，立即下乡接受监督劳动，每月生活费 16 元。

汤老先生是个儒雅之士，哪里经历过这样急风暴雨的阶级斗争，而且这斗争竟然就翻腾到自己的家里！他一向洁身自好，最不愿意求人，也很少求过什么人。这次，为了他的长房长孙——我的刚满月的儿子，他非常违心地找了当时的学校副校长江隆基，说孩子的母亲正在喂奶，为了下一代，能不能缓期去接受监督劳动。江隆基是 1927 年入党的，曾经留学德国，是一个很正派的人。他同意让我留下来喂奶8个月。后来他被调到兰州大学当校长，“文化大革命”中受迫害上吊自杀了。我喂奶刚满8个月的那一天，下乡的通知立即下达。记得离家时，汤一介还在黄村搞“四清”，未能见到一面。趁儿子熟睡，我踽踽独行，从后门离家而去。偶回头，看见汤老先生隔着玻璃门，向我挥了挥手。

我觉得汤老先生对我这个“极右媳妇”还是有感情的。他和我婆婆谈到我时，曾说：她这个人心眼直，长相也有福气！1962年回到家里，每天给汤老先生拿药送水就成了我的第一要务。这个阶段有件事，我终生难忘。那是1963年的五一节，天安门广场举办了盛大的游园联欢活动，集体舞跳得非常热闹。这是个复苏的年代，“大跃进”的负面影响逐渐成为过去，农村开始包产到户，反右斗争好像也过去了，国家比较稳定，理当要大大地庆祝一下。毛主席很高兴，请一些知识分子在五一节晚上到天安门上去观赏焰火、参加联欢。汤老先生也收到了观礼的请帖。请帖上注明，可以带夫人和子女。汤老先生就考虑，是带我们一家呢，还是带汤一介弟弟的一家？当时我们都住在一起，带谁去都是可以的。汤老先生是一个非常细心的人，他当时可能会想，如果带了弟弟一家，我一定会特别难过，因为那时候我还是个“摘帽右派”。老先生深知成为“极右派”这件事是怎样深深地伤了我的心。在日常生活中，甚至微小的细节，他也尽量避免让我感到受歧视。两老对此，真是体贴入微。我想，正是出于同样的考虑，也许还有儒家的“长幼有序”罢，最后，他决定还是带我们一家去。于是，两位老人，加上我们夫妇和两个孩子，一起上了天安门。那天晚上，毛主席过来跟汤老先生握手，说他读过老先生的文章，希望他继续写下去。毛主席也跟我们和孩子们握了握手。我想，对于带我上天安门可能产生的后果，汤老先生不是完全没有预计，但他愿意冒这个风险，为了给我一点内心的安慰和平衡！回来后，果然有人写匿名信，指责汤老先生竟然把一个右派分子带上了天安门！带到了毛主席身边！万一她说了什么反动话，或是做了什么反动事，老先生能负得起这个责任吗？这封信，我们也知道，就是住在对面的邻居所写，其他人不可能反应如此之快！老先生沉默不语，处之泰然，好像一切早在预料之中。

不幸的是老先生的病情又开始恶化了。1964年孟春，他不得不又一次住进医院。那时，汤一介有胃癌嫌疑，正在严密检查，他的弟媳正在生第二个孩子，不能出门。医院还没有护工制度，“特别护士”又太贵。陪护的事，就只能由婆婆和我来承担。婆婆日夜都在医院，我晚上也去医院，替换我婆婆，让她能略事休息。记得那个春天，我在政治系上政论文写作，两周一次作文。我常常抱着一摞作文本到医院去陪老先生。他睡着了，我改作文；他睡不着，就和他聊一会儿天。他常感到胸闷，有时憋气，出很多冷汗。我很为他难过，但完全无能为力！在这个时候，任何人都只能单独面对自己的命运！就这样，终于来到了1964年的五一劳动节。那天，阳光普照，婆婆起床后，大约6点钟，我就离开了医院。临别时，老先生像往常一样，对我挥了挥手，一切仿佛都很正常。然而，我刚到家就接到婆婆打来的电话。她号啕大哭，依稀能听出她反复说的是：“他走了！走了！我没有看好他！他喊了一句五一节万岁，就走了！”汤老先生就这样，平静地，看来并不特别痛苦地结束了他的一生。

过去早就听说汤老先生在北大开的课，有“中国佛教史”“魏晋玄学”“印度哲学史”，还有“欧洲大陆哲学”。大家都说像他这样，能够统观中、印、欧三大文化系统的学者恐怕还少有。和汤老先生告别17年后，我有幸来到了他从前求学过的哈佛大学，我把汤老先生在那里的有关资料找出来看了一遍，才发现他在哈佛研究院不仅研究梵文、佛教、西方哲学，还对“比较”，特别是对西方理论和东方理论的比较，有特殊的兴趣。汤老先生在美国时，原是在另一所大学念书，是吴宓写信建议他转到哈佛的。他在哈佛很受著名的比较文学家白璧德的影响，他在哈佛上的第一堂课就是比较文学课。吴宓和汤老先生原是老朋友，在清华大学时就非常要好，还在一起写过一本武侠小说。我对他这样一个貌似“古板”的先生也曾有过如此浪漫的情怀很觉惊奇！白璧德先生是比较文学系的系主任，是这个学科和这个系的主要奠基人，对中国文化特别是儒家文化十分看重。在他的影响下，一批中国的青年学者，开始在世界文化的背景下，重新研究中国文化。汤老先生回国后，就和吴宓等一起组办《学衡》杂志。现在看来，在五四新文化运动中，激进派与“学衡派”的分野就在于，一方要彻底抛弃旧文化，一方认为不能割断历史。学衡派明确提出了“昌明国粹、融化新知”的主张。汤老先生那时就特别强调古今中外的文化交汇，提出要了解世界的问题在哪里，自己的问题在哪里；要了解人家的最好的东西是什么，也要了解自己最好的东西是什么；还要知道怎么才能适合各自的需要，向前发展。他专门写了一篇文章《评近人之文化研究》来阐明自己的主张。研究学衡派和汤老先生的学术理念，是我研究比较文学的一个起点。

正是从这一点出发，我认为中国的比较文学同西方的比较文学是不一样的。西方的比较文学在课堂中产生，属于学院派；中国的比较文学却产生于时代和社会的需要。无论是“五四”时期，还是80年代，中国知识分子都是从自己的需要出发向西方学习的。中国比较文学就产生于这样的中西文化交流之中。事实上，“五四”时期向西方学习的人，都有非常深厚的中国文化底蕴，像吴宓、陈寅恪、汤老先生和后来的钱锺书、宗白华、朱光潜等，他们都懂得怎样从中国文化出发，应该向西方索取什么，而不是“跟着走”“照着走”。

汤老先生离开我们已近半个世纪，他的儒家风范，他的宽容温厚始终萦回于我心中，总使我想起古人所说的“即之也温”的温润的美玉。记得在医院的一个深夜，我们聊天时，他曾对我说，你知道“沉潜”二字的意思吗？沉，就是要有厚重的积淀，真正沉到最底层；潜，就是要深藏不露，安心在不为人知的底层中发展。

他好像是在为我解释“沉潜”二字，但我知道他当然是针对我说的。我本来就习惯于什么都从心里涌出，没有深沉的考虑；又比较注意表面，缺乏深藏的潜质；当时我又正处于见不到底的“摘帽右派”的深渊之中，心里不免抑郁。“沉潜”二字正是汤老先生对我观察多年，经过深思熟虑之后，给我开出的一剂良方，也是他最期待于我的。汤老先生的音容笑貌和这两个字一起，深深铭刻在我心上，将永远伴随我，直到生命的终结。□ 2008 · 4

施蛰存：生命在苦难中开花

□李　劼

我在华东师范大学就读、执教前后十四年，印象最深的前辈，乃施蛰存老先生。这并不仅仅因为施先生在学术上的声誉，而更是因为老先生在数十年凄风苦雨中的从容和镇定。

要说学术声誉，施先生与海内外学界所仰慕的著名学者钱锺书齐名，人称“南施北钱”，南有施蛰存，北有钱锺书。其实，这个称谓并不确切，因为这二位学者都是南方人。钱锺书是无锡人，施先生祖籍上海松江，可谓地道的老上海。之所以有南北之分，可能是钱锺书后来在北京出任学术高官，而施先生却一直在上海的华东师范大学默默任教。

没有在大陆经历过数十年的凄风苦雨，要明白这其中的辛酸苦辣，实在是不容易。不少当年退避到台湾或者有幸在美国受教育的成功人士，如今竞相兴冲冲地回到大陆去光宗耀祖，那种心境固然可以理解，但在那样的幸运背后，却像高山一般耸立着不知多少同胞付出的代价。那些遇难者大都是相当有才情的人士，那样的才情又是根本无法以在什么学府读了什么学位那类世俗标准来衡量的。

施先生虽然与钱锺书齐名，但在精神风骨上，却更与陈寅恪相近，要而言之，叫做壁立千仞。最初知道施先生有如此气度，是我出狱以后，被下放到资料室劳动的时候。我在那里看到了施先生做的许多资料卡片，字迹柔中带刚，笔锋纹丝不乱。我当时并不知道这些卡片是施先生做的，我只是从那字迹上看出做卡片者很不寻常。及至问起，有个老资料员才悄悄地告诉我说，这些卡片出自施先生的手笔。我当时不由“哦”了一声，敬意油然而起。紧接着，那位资料员又告诉我说，当年施先生在“文革”中弯腰曲背地站在批斗台上遭受凌辱时，照样风度翩翩。头上的帽子被打飞掉了，他捡起来，拍拍尘土，重新戴上，从从容容地站回原地，继续挨批挨打。听完这个故事，我当即请我一位与施先生相熟的朋友，带我一起上门拜访。

随着朋友从狭窄的楼梯走上去，走进施先生的房间时，我看到了一个精神抖擞的老人。施先生个子不高，脸色平和。他一面请我们入座，一面赶紧戴上助听器。

听我朋友介绍过后，老人眼睛一亮，伸过手来与我相握着对我说，我知道你的，读过你的文章。你现在步我后尘，进了资料室。那地方是变相牛棚。短短几句话，千言万语，尽在其中。我当时感动得差点落泪。

跟施先生聊过之后，才知道老人虽然足不出户，但对外面世界发生的事情，全都清清楚楚。老人问我，进去后关在什么地方，我告诉他，是第一看守所。他点点头，对我说，那地方关过很多人。贾植芳以前就关在那里。还有邵洵美，是死在那里面的。

出狱以后，我在学校里的处境非常艰难。即便当局什么都不做，那些从历次政治运动中锻炼过来的同事也会心领神会地不断给我颜色看。施先生很知道这些高校里的“革命群众”，私底下一再叫我三缄其口。实在待不下去，施先生十分明确地告诉我，要么经商，要么出国。我最后选择了出国，并且还不是躲进美国学校，而是坦坦荡荡地在纽约流浪。

一晃数年过去。我在流浪中完成了我想完成的一些书稿。正当我很想告知施先生的时候，传来了施先生过世的消息。享年 99 岁，应了九九归一。

在一个冬日的夜晚，我枯坐良久，写了一篇纪念文章。我在文章里，将施先生比作是整个时代的最后一道人文风景。作为最后一道人文风景，施先生的不同凡响不是经历了多少苦难，而在于其生命在苦难中的开花。有不少经历了苦难的人们，最后都加入了制造苦难的行列。还有不少靠着贩卖苦难为生，以各种各样的方式。

施先生没有被苦难吓倒，也没有被苦难压倒。他在苦难中站直了身子，挺直了腰背。他的名片上，除了华东师范大学教授之外，没有其他任何头衔。不少平反了的右派，全都扬眉吐气，更有的摇身一变，成了新的权贵。但施先生却依然低调，并且不曾忘记当年那个把他打成右派的权势者，说那人欠了他多少多少工资，连最后的零头都算得清清楚楚。施先生还说，他跟那个权势者是同龄人，他因此要跟那人比一比，谁活得长，谁笑到最后。施先生最后胜出，比那人多活了六年。在一个最最没有记忆的民族当中，记性如此之好的受难者，实在是弥足珍贵。

生命在苦难中开花，说难很难，说容易也很容易。与人们喜欢忘记了不该忘记的事情，记住了不该记住的事情不同，施先生总是记住了应该记住的事情，从而将不值得记住的事情轻轻挥去。这样的品性，不在于学问有多好，也不在于记性有多强，而在于心地的纯真不纯真。

施先生是个有赤子之心的学者，他有时笑起来的神情，像个孩子一样。也是这样的单纯，施先生不喜欢过于世故的为人，不喜欢过于世故的文学。记得他曾说起过一段往事，他与钱锺书一起去造访诗人王辛笛。王辛笛请他们吃饭，还送给他们一人一本诗集。宾主道别之后，钱锺书私下里对他说，这个王辛笛，他的一只手在写诗，另一只手在做什么呀？王辛笛当时是个银行家，钱锺书的意思是暗示诗人的另一只手在赚钱。施先生对此很不以为然，说，钱锺书太刻薄。我还记得，有一次曾问起他对钱锺书小说《围城》的看法。老人回答说，一句话，洋才子说刻薄话。

施先生也不太喜欢我读研究生时的导师钱谷融先生在90年代的缩头缩尾。记得他有一次突然对我说，钱谷融怎么变得如此胆小了呀？施先生曾将他的书送给我，在上面写了话，题了字。我事后告诉过我的导师，我的导师让我转告施先生，他也想要。我对施先生说了之后，施先生拿过两本书让我转交。我当时接过书，傻乎乎地问施先生，怎么不题字签名？施先生回答说，你去告诉他，等我死后，把书卖了，或者烧掉也行。我当然没有告诉我的导师。即便我后来当面批评我的导师的时候，也没有援引施先生的话。

施先生对前哈佛大学教授李欧梵的世故和浮躁，也有过批评。他告诉我说，那个李欧梵，跑到我这里来，又是录音，又是录像，弄了好几个星期；然后回去写了本书（即《上海摩登》），里面全是我说的话呀。有关李欧梵的这种做学问方式，我曾在我的《八十年代中国文学备忘录》一书里，有过专门的批评。施先生是个非常透明的人，任何人找上门去请教，都会毫无保留地倾囊相授。他不在乎别人拿去做文章，他痛心的是，李欧梵那本书写得太浮躁了。

苦难可以把学问压得弯弯曲曲，但苦难无法压得住生命的底气。能够在苦难中做出学问的学者，不在少数。施先生不同于一般学者之处，在于他从苦难中显示出来的生命底气，在于他在苦难中依然保持着的赤子之心。这是许多学者无以望其项背的。如此的从容，如此的镇定，即便当年批评他的鲁迅，也望尘莫及。施先生当年提倡读庄子，并非戏言。鲁迅当年没有明白此中深意。施先生读庄子是读出境界的。施先生的所作所为，颇有庄子之风，宠辱不惊，软硬不吃，往往能在关键时刻以十分幽默的语气，向权势者说不。

苦难不可怕，可怕的是在苦难中的委顿和扭曲。学问大小无所谓，重要的是生命有无底气。假如现在要我说一句，在与施先生的交往中悟得了什么，我的回答是，生命在苦难中的开花。□ 2006 · 6

关于梁漱溟先生的记忆

□ 范忠信

梁漱溟先生，是中国近现代学术史和政治史上的双重重要人物。

在一百多年沧桑巨变的中国近现代史上，这样的人物，只有康有为、梁启超、章太炎、胡适、梁漱溟等寥寥数人。

梁先生是我平生最崇敬的伟人之一。我从前一直想写一本《梁漱溟思想评传》，曾就此直接征求过梁先生的意见，未获同意，于是放弃。后来，社科院近代史所研究员马勇先生为梁先生作了思想评传。但是，与梁先生的一段珍贵的交往，对梁先生的大儒风范的有幸亲炽，我将终生不能忘怀。值此梁先生诞辰 110 周年暨逝世 16 周年之际，特撰此文以志缅怀，并粗略表达我对梁先生儒者风范的一些认识。

中国文化讲习班上阐发 “旧邦新命”

我是 1984 年秋从西南政法大学到中国政法大学攻读硕士学位的。1985 年 3 月中旬，母校老师俞荣根教授和西南同学江山兄分别从重庆和武汉到北京“听大课”，一打听方知是北京大学汤一介先生等主持的中国文化书院举办的“中国文化讲习班”。于是我自费 200 元报名加入，成为学员（学员共约 200 人）。授课地点在西三环中央团校礼堂，教师阵容是我平生见到的最为“豪华”的著名学者阵容。梁漱溟先生就是主讲教师之一。除梁先生外，还有美国哈佛大学教授杜维明、美国加州大学研究员陈鼓应、美中文化交流基金会会长袁晓园女士，北京大学教授冯友兰、汤一介、侯仁之、阴法鲁、白化文、金克木、朱伯昆、张岱年、金岳霖，社科院研究员李泽厚、任继愈、庞朴、虞愚、吴晓玲、丁守和、牙含章，人民大学教授戴逸、石峻，北师大教授何兹全，北师院教授孙长江等。

梁先生在这次讲习班上有两次正式露面。第一次是大约 3 月 2 日的开学典礼（我未参加，只是几天后听人介绍）。梁先生以中国文化书院院务委员会主席的身份出席，但未作正式讲话。另一次就是 1985 年 3 月 20 日上午，梁先生作为主讲教师为我们作题为“中国文化要义”的学术演讲。我因到场较早，有幸坐在第一排聆听。

上午 8 时 30 分，92 岁高龄的梁先生身着深蓝色对襟短褂，头戴黑色瓜皮小帽，摆脱了北京大学哲学系讲师鲁军伸过来的“搀扶”之手，步伐稳健地走上讲台。会务人员搬来椅子请梁先生坐下，先生摆摆手说：“不要，不要。我就站着讲。”此情此景，引得台下两百多名学员报以雷鸣般的掌声。接着，梁先生以他纯正洪亮的国语开始了他的演讲。18 年过去了，翻开当年的听课笔记本，先生那洪亮的话音犹在我耳畔回荡：

人类在大自然界求生存的问题，是人类最早遇到的问题。起初，自然界的恶劣环境完全控制、影响着人类。后来，人类逐渐地认识了自然界，有了知识。多一点知识，就能多征服利用自然一些。这种征服利用，最为成功的是西洋人。近代自然科学，以及所谓物质文明，正是这方面的进步。他们西洋人这方面造诣很高，中国人相形之下显得大大落后。落后是不可否认的。但是，我想再一次申明我之所见：

中国人在这一方面的落后、无能，并不是单纯的落后无能，并非像有些人说的那样是中国人不够聪明以致落后，或是由于中国人进步太慢以致落后。谁都知道，谁都不能否认中国人之聪明。既然如此，中国为什么落后？我想，中国不是走得慢，不是落后了，它只是走上了另一条岔道，跟西方分了岔儿（“分了岔儿”重复了三遍，全场鼓掌），没有往着征服利用自然的路子上走。不是进步慢，按照中国传统的发展路子，再发展几十年，上百年，也不会造飞机上天。走得慢，还可以赶得上来，但走了岔道，几十年几百年也不一定赶得上。这不是个赶的问题。中国走到什么路子上去了呢？中国人的精神、心思都用在人与人关系即人伦关系上头了，所谓父慈子孝、兄友弟恭，所谓“人偶”。中国文化的重心就放在人与人之间，个人认清自己的义务，以对方为重。西方人则大为不同。近代西洋人，我以八个字概括之——“个人本位，自我中心”。而我中国是“礼让为国”，是“伦理本位”。

世界未来的前途是中国文化的复兴。我相信，人类的历史，在资本主义社会之后，不应该还是以物为先，而应该是以人与人之间的关系为先，以人与人之间如何相安共处友好地共同生活为先。世界的前途，寄托于中国文化，世界将转物支配人的社会为人支配物的社会。这个观点，我很早就提出来了，始见于《东西文化及其哲学》，在第 295 页。中国文化的复兴，就是中国哲人很早提出过的礼乐复兴……

听着这些话语，恍如隔世之音。看着讲台上身材不高，精神亢奋，不时用力挥动右手的梁先生，我仿佛感到时光倒流。先生的这些话语，与其说是一个学者在阐述他的学术研究结论，不如说是一个阐发“旧邦新命”、志在“兴灭继绝”的儒家圣哲在布道。

1986年1月上旬，中国文化书院又开办了第二届讲习班。这次讲习班称为“中外比较文化讲习班”。我又自费报名加入了。这次讲习班的教师阵容同样“豪华”，梁漱溟先生再次主讲。除梁漱溟、汤一介、李泽厚先生和海外的杜维明、陈鼓应先生继续主讲外，书院增请了一些著名学者，如美国夏威夷大学教授成中英、美国加州大学教授魏斐德、美国芝加哥大学教授邹谠、澳大利亚马克里大学教授姜允明、加拿大麦克马斯特大学教授冉云华，还有哈佛大学研究员刘年玲女士；国内学者有北京大学教授季羡林、周一良、乐黛云和副教授严绍璗，香港大学教授赵令扬，复旦大学教授周谷城，社科院研究员庞朴和副研究员包遵信，等等。这次讲习班的学员大约也是200人。

讲习班的开幕式于1月1日上午在外交学院礼堂举行（自1月3日起，会场移至车公庄附近的新大都饭店大会议厅）。我因听课证仍未办好，不能进场。事后抄贺卫方兄的笔记，方知梁漱溟先生出席了开幕式。在开幕式上，汤一介、梁漱溟、任继愈、张岱年、季羡林、邹谠、成中英、李泽厚、姜允明等先后讲话，冯友兰先生虽未到场但也作了书面讲话。梁先生的即兴讲话，大意谓中西文化比较是“货比货”。他说，不怕不识货，只怕货比货。我们可以通过比较中西文化和哲学，认识中国文化的价值以及它对世界文明的贡献，云云。

1月9日上午，我又有幸聆听了梁先生的演讲（这是我第三次见到梁先生）。梁先生这次主讲的题目，课表上列的是《中国、印度及西方文化的异同》，但是梁先生一上讲台就宣布将自己的演讲题目更改为“略谈孔子及其后儒家学术传衍流布的分期与时盛时衰”。93岁的梁先生，又一次腰杆笔直地站了两个多小时完成了他的学术讲座和答问。梁先生说：

> 辛亥革命失败后，特别是袁世凯事件后，我觉悟了，认识到中国的民众有两大缺陷：一是愚昧，二是散漫。各顾身家，不顾公利。他们不能走立宪的道路。所以我立志搞乡村运动，开导民众，所以我下乡了。先到广东，搞了一个“乡治讲习所”。但因时局变化，没能持续。后来北回，先参加“河南村治学院”，因战事无法继续。……然后我又转到山东，办“乡村建设学院”，写了《乡村建设理论》一书。这本书是在工作中由学生记录演讲谈话整理而成的。……抗战爆发，国民政府退到重庆，我就与学生朋友等六人，从重庆回到山东，参加抗日，打游击，到游击区巡视，宣传鼓励抗日。国共两党都支持帮助我……
>
> 我不是一个书生，不是一个单纯的思想家、理论家，我是一个实行家、实干家。我生于都市，长于都市，却深入农村，热衷乡村建设。一句话，因为我觉得中国要建设一个新的中国……并不是宣布一个宪法能了事的，而必须以地方自治为基础。所以我一直致力于此。……我是一个要实践的人，是一个要拼命干的人（全场鼓掌），在建国几十年里，我的所作所为，是致力于解决我所

遭遇的实际的社会问题、政治问题、国际问题。我一直没有停顿休息。

比较地休息下来是在毛主席建国、大陆统一以后，这就给了我一个较长的时间能够读书写书，把我的思想，把我对人类前途的看法整理出来，此即《人心与人生》。这本书吐露了我最后想要说的话，吐露了我对人类生活的认识。这大概算是我的最后一本书了……

在这次演讲中，他再次重申了他的“中国文化复兴论”：

在西方文明之后，将是中国文明的复兴，是中国文化在全世界的复兴。这个观点，我还没有改变，还认为是对的。西洋文明的贡献是很大的，但是未来必将转入中国文化的复兴。中国文化要成为世界的文化，这是不以人们的意志为转移的。这即使不是中国人的希望、意志、本领导致如此，也是人类的前途自然转变到如此。……这虽是未来，但不会太远。

听着梁先生的这些话语，你仿佛看见了孔子在向人们描绘“吾其为东周乎”“礼让为国”“讲信修睦”“世而后仁”的美好前景。他为救国、为新民、为乡治南下北上，奔走呼号，正如孔子周游列国，到处求售政治主张。新中国成立后归隐著书，又像孔子晚年归鲁而修“六经”。

孔子诞辰纪念会上论孔孟诠释生命

1985 年下半年，我和雪梅师妹在人民大学哲学系交费选修了《中国哲学原著选读》。授课老师是石峻教授、张立文教授、杨宪村副教授等。1985 年 10 月 11 日上午，才上了一节讲解《华严原人论》的课后，石峻老师就说今天的课到此为止，因为人大哲学系和孔子研究所今天在人大联合举办纪念孔子诞辰 2 356 周年小型讨论会，他要去主持会议，并问我们要不要去旁听一下。于是，我们随石老师来到人大“八百人大教室”旁边的一个会议室，因此有幸第二次见到了我敬慕的梁漱溟先生。

这次讨论会规模很小。参加会议的著名人士有梁漱溟先生，有北大张岱年教授，有全国政协委员孔德懋（台湾考试院长孔德成之姊）、国务院参事杨玉清、孔子研究所常务副所长韩达、人民大学副校长张腾霄和谢韬、全国政协委员董一博、社科院历史所研究员孙开泰、山东工艺美术学院教授石可等。人民大学哲学系的一些教师和我们这些学生加入会议，才使会场人数达到了 40 人左右。

梁先生在这次讨论会上作了即兴发言。这一次，他是坐在长长会议桌边，注视着我们这些青年学子（石峻老师安排我们课堂的同学正好坐在桌子对面）作了他大约半小时的和声细语讲话。这次讲话的主要内容是诠释了孔子，并就孔孟之别作了新的判断：

今天我想讲讲孔子的学术与西洋学术的差异。西洋科学的长处是向外看，研究、利用、控制大自然，但也有一个明显的缺陷，就是向外看而不能返回到自己，不能对自己的生活、生命有所体察。中国学术之长正好相反，是反躬修己之学。孔子三十而立，立什么？四十不惑，是不迷惑，字面上讲是这个意思。但究竟不惑什么？不好乱猜。五十而知天命，什么叫天命？知道了什么？也不好乱讲。六十而耳顺，什么叫耳顺？宋儒说“耳顺”是“声入心通”。什么叫“声入心通”？我也不一定懂。七十从心所欲而不逾矩，这个也不易懂。我想，这分明是孔子自己说自己从十五岁有志于学起到七十岁，在生活、生命上达到了一个高级的阶段吧。表面上我们可以这么说，但实际上可能是指一个更高的境界，不是我们平常所能了解的。最好是不要瞎猜，因为你不是孔子。孔子的话是高深的。但是，有一点值得注意，就是同外国的学问相比，(孔学)有自己的特点。……我想，儒家，孔子，乃至后儒，特别是宋代陆象山，明代王阳明，陆王之学，确乎是受了孔子的启发，是在自己的生命、生活上来体会，来下功夫，使自己的生命提高一步，是浑然不同于眼睛向外看之学的。西人之学与中国周孔以来的这一条学脉是完全不同的，完全是两回事。

我再大胆地说一点。历来孔孟并称，说孟子学孔子的。但我感到孟子与孔子很不同。哪点不同？孔子当然是要学问回到自己的生命生活上，但其自己的生命、生活并不在自己的身上，而是跟社会、天下不可分的。孔子曾周游列国，有孔席不暇暖之说。他这么忙，就说明他的“修己”之“己”是以天下为己任的“己”；他的生命、生活与浑然跟宇宙是一回事，万事万物、宇宙跟他自己是一回事。我所体会的孔子是这样。而孟子，翻开《孟子》一书，我有一种感觉，他与孔子不一样。他那种英雄气概，很大，自命不凡，“舍我其谁”，这大概是孔子不会说的。孔子较少有这种自命不凡的味道。这就是圣人与英雄伟人的区别。孔子是圣人，当然也是英雄，但比英雄更高一步。

梁先生的这番话中的观点，实际上，在新大都饭店的第二次讲习班的演讲中也表达过一些。在那次他说过：

孔子的高足颜渊，孔子认为他好学的表现就是“不迁怒，不贰过”。颜回死后，再也没有第二个人能做到这点。朱子认为“迁”是迁人迁地迁事，其实不对。实际上是迁延问题，不是空间的迁移而是时间的迁移。是生命上的事情。即是说，孔子和他的好学生的学问的功夫都在自己的生命上、生活上，不在其外。这与“三十而立……”等等联系起来，都是时间上的事情。……儒家的派别很多，但传到后来只剩下孟、荀二派。据我看，孟子不是孔子的很恰当的代表。

梁先生对孔子、孟子作了这样的新诠释，这种诠释的意义何在？我当时并没有完全理解。今天想来，梁先生的观点大概是：孟子并没有把学问的功夫全部用到自身生命、生活上。虽然孟子也讲“求放心”“养浩然之气”、保全“四端”，但仍免不了有通过这种自我修炼培植积累“向外”施加影响之资本的味道。孔子则不然，体悟生命、生活之本质、意义和价值才是真正的目的。虽然有“以天下为己任”之说，但那是“以天下为一家，以中国为一人”的意思，最后目的还是落实到修己修身、认识生命上。

哲人虽去， 精神永存

我对梁先生的认识，当然不仅仅是凭借聆听了先生的三次演讲。

我之“认识”梁先生，是从 1977 年开始的。大约 1977 年夏，《毛泽东选集》第五卷发行，全国掀起学习“五卷”的热潮，我的老家湖北省英山县南河人民公社则开展了“背诵毛选”大赛。那时，我初中毕业回大队当民办教师一年多，被推为参赛选手。我当时记忆力极好，最高纪录是连续背诵“毛选五卷”的第 1 至第 34 篇（从《中国人民站起来了》到《抗美援朝的伟大胜利和今后的任务》），这是我听说过的全公社最高纪录。因此，我准备参加全公社的“万人大赛”争名次当模范。没想到，过几天，有人告诉我：别的大队有个人背过了 35 篇。因此，我就想再拿下两篇，超过他。但是，我的努力失败了，读了几十遍，第 35 篇怎么也背不下来。这第 35 篇，就是批判梁漱溟的，怎么读都觉得这一篇不像是一篇完整的有逻辑的文章，东扯西拉，思维断断续续，串不起来，所以每次试背总要漏掉一些。后来，我就干脆放弃了，没有去参加那场比赛。由此，我“认识”了那个“反动透顶的资产阶级代表人物”梁漱溟。我当时心里一直在骂：你个梁漱溟，大坏蛋，该骂的家伙，惹得伟大领袖毛主席如此生气，惹得他老人家用了长达 7 000 字的文章来骂你；害得这篇文章如此难背（诵），害得我“冠军”“劳模”当不成。

几年后，我上了大学。在那思想解放的大潮里，我怀着十分好奇的心情阅读了梁漱溟的“反动”著作——我想看看这家伙到底为什么惹毛主席如此生气。我读了他的《中国文化要义》《东西文化及其哲学》，又听老师们讲述梁先生 1953 年前后在政协会议上“犯颜直谏”“面刺君王之过”的传奇故事，发现先生除了有些留恋传统、美化传统的“保守”色彩外，竟不知反动在何处。他讲的中国古代社会“伦理本位，职业分途”的特征，我觉得说得也不错。从此，我对梁先生的看法转变了，从“反动人物”一跃成为崇拜对象。

到了北京，我虽打听到梁先生仍隐居在京师，但无法打听到详细地址，一直无由拜访。1985 年中国文化讲习班上，是我第一次见到梁先生。那次讲习班上，梁先生讲演结束后，我壮着胆子挤到梁先生身旁，要求得到梁先生的电话和住址。那是我有幸第一次与梁先生直接对话。梁先生问：“你是哪儿的?”我告诉他我的名字。他说：“忠信，这个名字有尊孔的味道。”然后就告诉我他的住址和电话。我问：“先生能谈谈 1953 年的政协会议上的是非吗?”先生说：“对不起，现在没有时间回答你的问题，欢迎用信函讨论；也可以到我家来谈，但一定要提前预约。”因为簇拥在他身边的人太多，所以我只能退出。

此后，我虽几次打电话到梁先生家，但几乎没有一次如愿。要么是先生外出，要么是打不通。如是我就只好把我的一些问题、想法写信告诉先生，希望得到先生的亲笔答复。记得我还把我读《中国文化要义》《东西文化及其哲学》《乡村建设理论》《印度哲学概论》的读书笔记，抄成大字，寄给了梁先生。还写过关于梁先生观点的商榷文章，也寄了过去请求审阅。但由于先生已经 92 岁高龄，不便亲自答复，于是就由他的长子梁培宽先生执笔答复。这样的答复一般都十分简单，不外“来信收到，感谢垂询；所询问题，容后面谈”之类。可惜这些信件我现在不知保存在哪里，一时找不到。翻开我 1986 年 3 月 15 日的日记，有一条记载：“收到梁漱溟先生回信（其子梁培宽先生执笔），言梁老个人传记《我的努力与反省》将由广西漓江出版社出版，届时将‘奉寄一本’云。”

约 1986 年 4 月，我写了一封信给梁先生。信中大约说：您的新著《人心与人生》，市面上见不到，能否请您亲笔签名赐我一册？不几天，我就收到了梁培宽先生寄来的该书。书的扉页有梁漱溟先生的亲笔题赠：“范忠信同志指正。一九八六年著者奉赠。”下面是梁先生的红色小方形印鉴。这件事，当时在我们的研究生宿舍里引起了一阵不小的波澜。同学们纷纷感叹梁先生作为儒学大师的谦逊平易风范，羡慕我获得了如此珍贵的礼品。

1987 年 8 月，我研究生毕业后分配到中国社科院台湾所工作，所里安排我具体负责创办《台湾研究》季刊的事务性工作。大约 11 月 1 日或 2 日，我打电话给梁培宽先生，想对梁漱溟先生作一个专访，发表在《台湾研究》创刊号上。11 月 4 日，培宽先生回电话说，梁先生同意接受专访。但后来专访没有搞成，现在记不起来是何缘故，大概是陈忆村所长（陈所长曾为新华社驻纽约记者站总站长）以毛主席在《批判梁漱溟的反动思想》中说过“台湾的报纸和香港的广播”说梁漱溟是“大陆上最有骨气的人”而仍有顾忌，怕创刊号上发表这样的“专访”会惹中央一些负责统战的老同志不满。但是，后来我建议请梁漱溟先生为刊物的刊名题字，陈所长则同意了。于是，我就与培宽先生联系。不久，培宽先生电话告诉我，梁先生同意题字，并约我到家去取。

1988 年 1 月 28 日，我有幸第一次造访梁府，单独拜访梁先生。那是一个北风凛冽的下午，我骑自行车来到了复兴门外 22 楼。大约下午 3 时，按先生给我的楼洞门号，找到了梁先生的门口。一抬头，只见门上挂着一个小纸牌，上书：“漱溟九十有五，视听不佳，精力不济。凡未经预约之造访，恕不接待。来访请勿超过半小时。失礼之处，敬请鉴谅。”原文记不准了，此仅大意。稍叩门页，一位约 60 岁的长者为我开了门，这就是梁培宽先生。培宽先生说：“家父正在休息，您要的题字已经题好了。”说着就把梁先生题写的刊名递给了我。这是两张约 16 开的小宣纸，都写着“台湾研究梁漱溟题”，下面是先生的印鉴（后来，我们把先生的两份题字剪接合并，在《台湾研究》上使用了两年）。我说：“我特别想请教梁先生，不光是取题字。今天下午没别的事，我就等先生起床再说。”等了40多分钟，先生醒来，培宽先生向梁先生作了介绍。我看到梁先生颇有倦容，气色不好，不忍心多打扰，只好在作了自我介绍并感谢先生题字以后提出了一个要求：“梁先生，我是学思想史的。我想写您的思想评传，您同意吗？希望您支持我。”梁先生说：“我没有多少思想，我是实践家。这样的评传还是不写为好。以前也有好几个人跟我说要写，要系列采访，要我提供一些资料，我都没有办法支持。我的精力不如从前了，对不起。该说的我都跟汪东林同志说了（按：汪东林于1988年编著了《梁漱溟答问录》一书，由湖南出版社出版）。”因为先生听觉不佳，交谈困难，又因为看到先生很疲倦，谈了10分钟左右还没对上几句话，所以我只好悻悻告辞。没想到这竟是我最后一次见到先生。

5个月后，即1988年6月23日上午11时30分，梁漱溟先生在北京协和医院逝世。我是当晚从中央电视台的新闻联播中知道这一噩耗的。我当即向梁培宽先生发去了一封吊唁信，高度赞扬了梁先生人格的伟大：“梁先生是现代中国第一代知识分子的典型，是民族的灵魂，是中国的良心。他将永远活在人们心中。”信中还附上了我单独以宣纸书写的挽词：“华夏风骨，中国之魂；哲人虽去，精神永存。”我的吊唁信的内容及挽词，后来都收进了香港《百姓》半月刊第172期（1988年7月16日）署名石岩的《他得到了人们的理解》一文中。

7月6日，我收到了“梁漱溟同志治丧委员会”给我发来的讣告暨通知：“定于七月七日（星期四）上午九时至九时三十分在北京协和医院向梁漱溟同志遗体告别。”我当即向陈所长汇报，他同意我参加仪式。次日上午，我向单位要了车，大约9点15分赶到北京协和医院一楼西门边的吊唁厅。我赶到时，验过通知函并领取了《梁漱溟先生生平》等材料进入院门，正碰上李先念、阎明复、习仲勋、费孝通等人刚刚从吊唁厅出来，簇拥者甚多，我只得回避，待他们离去后方得进入厅中。但见梁先生安详地躺在一张单人床上，头戴青色瓜皮帽，身上覆盖着白布。我从先生遗体的右侧向先生注目缓慢走过，绕行至左侧在梁培宽先生及家属队列前，与培宽先生等一一握手，请他们节哀。培宽先生当时只说了一句话：“感谢你来了。今天也来了很多家父著作的年轻读者。有那么多年轻同志敬重家父，家父一直是欣慰的。”我想，培宽先生的意思是说：梁漱溟先生临终前最感欣慰的是，他不仅仅是作为旧中国的民主斗士和新中国的犯颜直谏的“忠臣”而留下声名，他的思想学说得到了年青一代的理解。

7月16日，培宽先生给我寄来了梁漱溟先生的标准彩色遗像，相片上的梁先生头戴青色瓜皮帽，穿深蓝对襟褂，双手十指交叉并握，放在胸前，头稍低偏，嘴紧闭，像是在凝思。透过镜片，他那冷峻的目光注视着我们，令人震颤。那目光，是在告诉我们什么呢？相片背后有梁培宽先生的题赠："先父梁漱溟先生遗像（拍于一九八八年三月）。范忠信同志惠存。梁培宽敬赠，一九八八年七月。"附着照片的，还有培宽先生的一封短信和打印好的友人后学为梁漱溟先生写的挽联或挽词，其中包括我的挽词。培宽先生在信中说："承你先来信，并附来挽词，后又亲临遗体告别仪式，十分感谢。"此外，可能是因为我几天前写信问过，经官方审定的《梁漱溟先生生平》为什么对1953年怀仁堂之事只字不提，对此表示不解。培宽先生在这封信中特别解释说："一九五三年事，原在《生平》中写有两句，后因我们不同意统战部的提法（1953年，在……会议上，讨论过渡时期总路线时，受到批评），而他们又不愿作任何修改，最后以根本不提1953年事，作为妥协方案。这就是现在《生平》中无1953年一段的原由。"

由此可知，梁先生自1953年在怀仁堂所企求的被批评者的"雅量"，直到他驾鹤西归后仍然没有得到。虽然对"总路线"的错误已经作了基本认定，对毛泽东的错误也作过基本的承认，但仍旧不能正面肯定"一介书生"对领袖和政府当时错误的那种方式的批评，不能容忍"最后的儒家"对政府那种"天下有道则庶人不议""天下有道则现，无道则隐"的儒家态度，不能容忍那种"以天下国家为己任""如欲平治天下舍我其谁""挟道自重""犯颜直谏"（甚至怀疑他是"讪君卖直"）的孟子、海瑞式的"狂妄"，也不能容忍任何人在社会主义的"驯服工具"性的"道德"之外以儒家式的人格修炼获得"圣贤"或"帝王师"之类的名声……

这一切，也许都不是梁漱溟先生的本心，但是却很自然地引起了这样的猜忌。□ 2004・2

朱光潜的胆怯

□ 陈冬梅

读朱光潜的《西方美学史》，我不免产生了这样的疑惑：一位学贯中西的大师级美学家何以将一本西方美学史写得几近枯燥，完全用马克思主义唯物史观的框架去解读西方美学家，而且写作语言也是占统治地位的意识形态话语权之下的习惯用语：一种“泛政治化”用语——这样的习惯用语至今还在统治着中国学界的大部分人，使得多数人实际上已经失去了自己的话语能力。

这个疑惑只消看看这本美学史的写作背景便轻易解开了：从50年代初的“土改”到1957年的“反右”，直到“文化大革命”，1949年后大规模“反右斗争”一直持续未断。像朱光潜这样接受西方教育的知名学者，在这样“反右”的潮流之下，迫于政治压力，用马克思主义进行“武装改造思想”。朱光潜在1978年修订时的序论上说，从50年代的美学批判（50年代的美学热，其实就是对朱光潜“资本主义唯心主义”美学思想的批判）的讨论之后，他“从此开始钻研马克思列宁主义、毛泽东思想，来对自己过去所接受的西方资产阶级美学思想进行一些初步的分析批判”。分析批判后的成果，就是这本1963年出版的《西方美学史》。

《西方美学史》介绍了西方美学发展从希腊到近代发展中的主要流派，以及这些流派中的主要代表。选择的标准是：“代表性较大，影响深远，公认为经典型权威，可说明历史发展线索”，而“反面人物也不一概排斥”，凡是在美学思想发展中起了巨大作用的哲人，即使“具有唯心主义的反动倾向”①，都要选入。然而，朱光潜很明显遗漏了德国浪漫主义的两个重要代表人物：叔本华和尼采。从刚接受西学熏陶的民国直至今日，对西方美学学习、研究的国人之中，有谁能出朱先生之右？西方美学在中国的传播主要也是仰仗他的早期著作和中晚期译作。作为当时对西方美学了解最全面、最深刻的人来说，这种缺漏绝不可能是他的无心之失，那么为何朱光潜不在《西方美学史》中给叔本华和尼采一个席位？

---

① 朱光潜：《西方美学史》，北京：人民文学出版社1979年版，第3页。

一

有没有可能是出于学术考虑，叔本华、尼采二人的美学思想，在西方美学史上的分量，其实是可以被省略，不足以被单独列出、进行解读的？叔、尼二人在美学思想史中的重要性究竟如何？

从文艺复兴宣告中世纪神权统治的结束开始，西方就面临着这样的危机：终极价值的缺失。基督教面对无数灵魂逐渐失去它固有的魅力，然而生命对终极目标的深深渴求却依然存在着，这种渴求是基督教的遗产，也是人类社会文明化的产物。不找到这样一个终极目标，生命便陷入无意义的虚无之中，失去生存动力。于是从笛卡尔到康德、黑格尔，不论是法国新古典主义、英国经验主义，还是德国古典美学，都是在寻找不同的终极真理，并在这个真理之上建立各自的哲学体系，建立终极目标。如笛卡尔的“我思故我在”，黑格尔的“绝对理念”。文艺复兴之后兴起的这股理性（尽管各位哲人所指理性各有不同）热潮，是在神权失落之后，被寻找到的另一个终极真理。

以唯理性这个终极真理为主流，必然会导致对人的直观感受的轻视，叔本华的哲学正是基于现代人这种寻找终极真理的内心状态，反对任何终极价值，通过回归人的这种寻找终极目标的意志，从而回归生命本身。“意志乃是我们的主体生命的实体，正如并且因为存在之绝对完全是一种无休止的冲动，一种永远的自我超越，而正由于这种冲动是万物创造性根据，它便被判罚永不满足。因为意志在其自身之外不能寻获任何能满足自身的东西，这是由于它总是只能抓住它被披上了万千外衣的自我，而且又被它无尽旅途上的每一个似是而非的终点所驱使，所以寻求最终目标的生存意向和这种追求的失败，便投射到一个总体世界观里。”① 对于叔本华来说，意志就是生命本身，生命本身是没有幸福可言的，人们只能在艺术中暂时遗忘意志的存在，放弃生命意志，获得幸福。对于叔本华来说，生命是一出最大的悲剧，存在是人类最本质的“原罪”。

《西方美学通史》给叔本华的定性是：“叔本华的美学思想开辟了现代西方美学的新方向，即用意志取代认识，抬高直观，贬低理性，从而为美学的非理性主义化奠定了理论基础……叔本华结束了以黑格尔为代表的德国古典美学的理性主义道路，成为现代西方美学第一位真正的先驱。”② 罗素说：“文明欧洲的流行的悲观主

---

① 格奥尔格·西美尔著，莫光华译：《叔本华与尼采：一组演讲》，上海：上海译文出版社 2006 年版，第 3 页。

② 蒋孔阳、朱立元主编：《西方美学通史》（第 5 卷），上海：上海文艺出版社 1999 年版，第 237 页。

义和神秘主义在很大程度上是起源于叔本华的。”① 叔本华在美学史上的重要性由此可窥一斑，我们再来看尼采。

终极目的的悖论就在于：意志永不满足地追求满足，然而同时也感到终极目的总在消逝或者虚幻不实，因而又对此更加渴求。“这个受目的意志驱遣却又被剥夺了目的的世界，也正是尼采的出发点。”② 尼采比叔本华走得更远，叔本华是彻底的悲观主义者，他将生命判定为无价值和无意义的，艺术对于叔本华来说是用来摆脱求生意志的。而尼采却在永不能被满足的意志这个悲观的出发点上，挖掘出乐观的生命态度。

“对尼采来说，就是要将那个赋予生命以意义的目标——它在生命之外已变成幻影——向后转并置入生命本身。”③ 尼采在《悲剧的诞生》中以酒神和日神象征两种基本的心理经验，酒神是原始的直观体验的癫狂状态，日神在“静观梦幻世界的美丽外表之中寻求一种强烈而平静的乐趣”。这种酒神与日神的精神状态是悲观与乐观共存的，“只是在作为一个道德家观察世界时，他才是一个悲观主义者。但是，他却拒绝采取道德的人生观，而坚持他所谓‘对人生的审美解释’”④。叔本华在艺术里放弃求生意志，而尼采在艺术中找到提升生命感觉的唯一途径。在达尔文那里，尼采看到了生命的毁灭总是引向再生，“他创造了全新的生命概念：据其最真实、最内在的本质，生命就是不断的升华、扩张，并把周围世界的力量向主体聚集的过程……生命本身就能成为生命的目的，从而那个追寻位于生命纯自然进程之彼岸的终极目的的问题也就随之消解”⑤。

尼采在“上帝已死”的年代，用诗一般的语言，用癫狂的热情，宣扬他的“超人”哲学，他拒绝向一切现行的主流价值取向献媚，他以其独到的方式为生命本身找到了其存在的意义与支柱。他的“超人”哲学并不是赋予生命以固定的终极目的，而是每个生命在不断自我圆满、尽量使得潜能充分发挥的过程中，获得其独特的价值。可以说尼采的哲学、美学思想在信仰缺失的今天，对个体有着独特的魅力和影响力。

“唯意志论美学”作为浪漫主义思潮的一部分，在西方美学史上，就其对终极目的的摒弃、对生命价值的重新定义、对审美价值的定位（在叔、尼二人看来，审美活动都是放弃或者发现生命意义的唯一手段）来说，都是无法轻易略过的一笔。

---

① 罗素：《西方美学史》（下），转引自蒋孔阳、朱立元主编：《西方美学通史》（第5卷），上海：上海文艺出版社1999年版，第237页。

② 格奥尔格·西美尔著，莫光华译：《叔本华与尼采：一组演讲》，上海：上海译文出版社2006年版，第4页。

③ 格奥尔格·西美尔著，莫光华译：《叔本华与尼采：一组演讲》，上海：上海译文出版社2006年版，第5页。

④ 朱光潜：《悲剧心理学》，北京：人民文学出版社1983年版，第151－152页。

⑤ 格奥尔格·西美尔著，莫光华译：《叔本华与尼采：一组演讲》，上海：上海译文出版社2006年版，第4页。

从学术角度上来讲，不将叔、尼二人列入美学史的写作，显然是缺乏说服力的，看来只有从作者本身的动机去寻找答案了。

二

朱光潜说从50年代美学大讨论后，他便潜心学习马、列、毛，对自己以前接受的资产阶级美学思想进行批判。而从延安整风到“土改”到“反右”，最后发展到“文革”，这几十年间，完全丧失尊严和人格的中国知识分子所面临的现实威胁，以及这种威胁之下的内心状态，是从未经历过这段历史的我无法想象的。像朱光潜这样“受西方资产阶级思想熏陶”的学者，首当其冲地受到了打击。1949年之后他先后发表《自我检讨》《我的文艺思想的反动性》，并编写《美学批判论文集》来“反省”自己的“唯心主义、形式主义美学思想”。人民暴涨的政治热情让知识分子失去了言论的自由，朱光潜不将叔、尼二人写进西方美学史，是否正是因为在这样的政治环境中有所顾虑?

朱光潜在《悲剧心理学》中译本自序中的一段话证实了这个猜测：“为什么我从1933年回国后，除掉发表在《文学杂志》的《看戏和演戏：两种人生观》那篇不长的论文以外，就少谈叔本华和尼采呢？这是由于我有顾忌，胆怯，不诚实。读过拙著《西方美学史》的朋友们往往责怪我竟忘了叔本华和尼采这样两位影响深远的美学家，这种责怪是罪有应得的。”①

让朱光潜感到顾忌的原因很明显：叔本华、尼采的唯意志论美学完全不符合马克思主义思想体系。从唯物主义的角度来看，叔、尼的唯意志论思想是彻底的唯心主义。叔本华在《意志和表象的世界》中将表象世界看作是“意志的客观化”，意志是终极的现实，表象只是其外表。即使叔本华旨在实现纯粹表象、消灭人的意志，这是因为他对意志的悲观态度所致。按照马列的判定标准，叔、尼的唯意志论便是“主观唯心主义的”。从唯物主义历史观的角度来看，叔、尼的思想更是“犯了大忌”。在他们看来，根本不存在什么社会历史的发展，那不过是虚无的。他们的着眼点是个体生命，否定了终极目的，便拒绝了将人类作为整体来看待的可能性。终极目标从来只是群体性的目标，个体生命不过是追求终极目标的洪流之中无差别的存在。与任何建立在终极目标基础之上的价值体系不同，叔本华与尼采的着眼点是个体生命的发展，尽管找到的出路大相径庭：一个是完全消灭意志的悲观主义，一个是通过吸取周围能量，挖掘潜能，达到个体生命圆满的乐观态度。对他们来说，社会历史的终极目标不过是表象世界的虚幻存在。而马克思主义恰恰就是建立在这样一个社会历史的终极目的之上的，个人的

① 朱光潜：《悲剧心理学》，中译本自序。

发展依赖于社会发展才得以可能。在60年代的马克思主义者看来，叔、尼二人将艺术视为生活避难所的观点，是现代资本主义文明腐朽的享乐主义，是阻碍社会发展的“毒瘤”。

将这样的“毒瘤”拿出来细细评述一番，在60年代的中国当然是件危险的事，朱光潜不将这二人编入《西方美学史》，似乎有了足够强大的理由。然而为何其他同样具有“腐朽”思想的唯心主义思想家，却没有被剔除呢，朱光潜在序论中就已经阐明，“反面人物也不一概排斥……正确的思想总是在和错误思想的斗争中形成的”，因此我们才看到了关于席勒、克罗齐等人的介绍和评述。叔、尼二人作为19世纪中叶欧洲反理性思潮中的代表人物，罗素也认为“作为历史发展中的一个阶段来看还是相当重要的”①，从美学史的完整性来看，朱光潜没有理由不将这二人搬出来，用马克思主义的利剑好好地批判一番。

《西方美学史》也不是完全没有提到叔、尼二人。在黑格尔的基本观点中，为说明黑格尔关于理性与感性的统一说在美学史上有进步性，朱光潜顺带提道：“西方美学自从1750年鲍姆嘉通创立Aesthetik（美学）这门科学的称号起，经过康德、许莱格尔、叔本华、尼采以至于柏格森和克罗齐，都由一个一线相承的中心思想统治着，这就是美只关感性的看法。”② 在最后一章中论述现实主义与浪漫主义这两个文艺流派时，他说道：“这种主观唯心主义的哲学第一步产生了许莱格尔的‘浪漫式的滑稽态度’说，把世间一切看作诗人手中的玩具，任他的幻想摆弄；第二步就产生了尼采的‘超人’哲学，把人类一切善良的品质都鄙视为‘奴隶的道德’，只有凭暴力去扩张个人权力才是‘主子的道德’或‘超人的道德’；而文艺则是酒神式的原始生命力的发泄，或是日神式的对人生世相的赏玩。”③

这样的只言片语更让我不理解了，朱光潜到底在胆怯什么？何至于顾忌到在美学史的代表人物中将这二人遗忘，既然可以出现批判性的只言片语，那又何妨将他们单独列出，从头到脚批判一番？对叔本华、尼采，朱光潜绝不是不熟悉的，恰恰相反，他对他们熟悉之至，甚至在《悲剧心理学》中的基本思想便来自于尼采。也同样是在这本《悲剧心理学》的中译本序中，85岁高龄的朱光潜写道：

> 更重要的是我从此比较清楚地认识到我本来的思想面貌，不仅在美学方面，尤其在整个人生观方面。一般读者都认为我是克罗齐式的唯心主义的信徒，现在我自己才认识到我实在是尼采式的唯心主义的信徒。在我心灵里植根的倒不是克罗齐的《美学原理》中的直觉说，而是尼采的《悲剧的诞生》中的酒神精神和日神精神。

---

① 罗素：《西方美学史》（下），转引自蒋孔阳、朱立元主编：《西方美学通史》（第5卷），上海：上海文艺出版社1999年版，第216页。

② 朱光潜：《西方美学史》，北京：人民文学出版社1979年版，第468页。

③ 朱光潜：《西方美学史》，北京：人民文学出版社1979年版，第707页。

这段话为我们揭开了谜底：朱光潜“不诚实”地隐藏的，是心灵中对尼采思想的隐秘信仰。他被批判为“克罗齐式的唯心主义信徒”，却不介意将克罗齐的思想一一列出，用马列进行批判，然而尼采才是他心灵真正的归属。

朱先生出生于清末桐城派发源地安徽桐城县，从小受到严格的传统文化教育，而在接触到的历代思想家文人中，最倾心陶潜与庄子。在港大开始接受新文化的熏陶，也间接地经历了“五四”的洗礼。直到公派去英国留学，开始认真研习欧洲哲学，了解了从黑格尔康德到克罗齐、叔本华、尼采等人之后，才发现原先植根于内心却不知如何道出的陶潜式的超脱理想，在西方哲学、美学界找到了知音，那便是叔本华和尼采，并且利用西方哲学的思辨工具，他终于得以将自己的超脱理想宣之于口。那本影响深刻的《文艺心理学》中对“直觉说”的推崇，让朱先生被认定为“克罗齐式的唯心主义信徒”，然而叔本华和尼采才最能表明他的学术、人生理想。有学者说得好：“朱先生把叔本华、尼采的学说当成是自己美学的理想，而把康德—克罗齐形式派的理论当做通达这种理想的一个个环节。”①

在《西方美学史》中那一小段批判尼采的话，怕是已经用尽了朱先生全部的气力。批判自己的真实信仰，岂不就像往自己心口里插刀，边插还要边叫好，说自己焕然新生？用这样的自虐方式来谄媚地摇尾乞怜，朱光潜还是做不到。朱光潜所说的不诚实其实是对内心信仰的无奈维护，不将叔本华、尼采细加评述、践踏，其实是一个尊严尽失的知识分子对坚持自己独立人格所能做的最后的、消极的抗争。若真将这二人单独列出，花篇幅来阐述，恐怕朱先生不忍下笔，内心世界一不小心就会泄露于人前。

三

尼采的酒神精神与日神精神究竟具有怎样的魅力，让朱光潜这样着迷，在全民热情高涨的“民主革命”年代，在人格尊严受到严重迫害的情况下，依然牢牢占据他的心灵？而他潜心研究马列主义、毛泽东思想，写了一系列行文真切的自我批判的文章，完全是为求自保的搪托之辞？让朱光潜感到胆怯的，真的就只是内心秘密被揭穿吗？仅仅从字面上解读朱光潜的“有顾忌，胆怯，不诚实”，并没有能解答所有的疑问，我隐隐地感觉到种种表象的背后，一定还存在着一个朱光潜自己可能也未意识到的、其潜意识内的动机。

（一） 尼采的酒神精神与日神精神

尼采的酒神精神和日神精神分别象征着两种基本的审美心理经验。酒神精神是

① 阎国忠：《朱光潜美学思想研究》，沈阳：辽宁出版社 1987 年版，第 57 页。

一种原始的、类似酩酊大醉的精神状态，“在酒神的影响之下，人们尽情放纵自己原始的本能，人与人之间的一切界限完全打破，人重新与自然合为一体”；而“具有日神精神的人是一位好静的哲人，他在静观梦幻世界的美妙外表之中寻求一种强烈而又平静的乐趣。人类的虚妄、命运的机诈，甚至全部的人间喜剧，都像五光十色的迷人图画，一幅又一幅地在他眼前展开。这些图景给他以快乐，使他摆脱存在变幻的痛苦”①。酒神精神与日神精神实际上便是叔本华口中的意志与表象，叔本华认为只有一条路可以逃避意志所固有的痛苦，那就是逃到表象世界中去，现实的创伤要靠外表的美来医治。艺术便是通过对形象的关照，让我们放弃求生意志，逃离永不满足的意志带给我们的感情和情绪的痛苦。对于尼采来说，艺术的作用也是让我们跳出意志的束缚，回归表象世界，然而对形象的关照却不是用以忘记痛苦，而是体验痛苦，通过直面艺术形象的痛苦来提升生命感觉。

从尼采的发展理想出发，痛苦与快乐成了伴随状态，“快乐与痛苦充其量可以被视为生命目标价值的仆从：‘栽培巨大的苦难’能‘全面地提高人类’”②，在尼采那里，痛苦成为生命发展的一种手段，不再是意志无休止的循环，生命通过艺术感受生命力，一方面是否定当下既存的现实，另一方面通过这种否定感受到可供发展、趋向完善的无限空间，于是生命不再陷入叔本华式的绝对悲观，而是在否定一切的基础上透射出乐观的光芒。悲观与乐观共存便是酒神与日神精神的生命态度，朱光潜便是在这种悲观与乐观共存的生命态度中为悲剧快感找到了合理的解释：“艺术是现实的补偿，它为我们提供一个比现实更能给人满足的想象的世界……与我们的日常行动的狭小圈子比较起来，悲剧世界至少是一个非凡的举动、强烈的感情、超人的毅力和英雄的气魄的世界。尼采用象征意义的语言描绘悲剧世界，说它是日神的光辉所照耀的一幅明朗的图画，在其中具有酒神精神的人忘掉他原初的痛苦，在美的外貌中得到补偿。”③ 因为尼采抓住了“真理的两面”，朱光潜将《悲剧的诞生》评价为“出自哲学家笔下论悲剧的最好的一部著作”。

尼采的酒神与日神精神便代表了他的生命扩张理论，在终极目的缺失的现代，酒神精神与日神精神有着特殊的魅力：“按照生命自身的意义并在其最内部的能力中，生命具备趋向更完美的形式、自我扩张以及超越每一时刻的可能性、追求和保障——这可能是现代精神的巨大安慰和不可或缺者，它因尼采而成为照亮全部精神领域的光源……它却看似更贴切地表达了当代的生命感觉。”④

除此之外，吸引朱光潜的，更是酒神与日神精神所反映的、“对人生的审美解

---

① 朱光潜：《悲剧心理学》，北京：人民文学出版社1983年版，第145页。

② 格奥尔格·西美尔著，莫光华译：《叔本华与尼采：一组演讲》，上海：上海译文出版社2006年版，第11页。

③ 朱光潜：《悲剧心理学》，北京：人民文学出版社1983年版，第253页。

④ 格奥尔格·西美尔著，莫光华译：《叔本华与尼采：一组演讲》，上海：上海译文出版社2006年版，第13页。

释”。对人生的审美态度，是借由内心的狂喜进入凝神观照，是在人生虚无的土壤中开出的乐观主义的花朵，是“酒神原始的苦难融入到日神灿烂的光辉之中”，获得生命的意义。酒神与日神精神与朱光潜推崇的五柳先生的品行是不谋而合的，率真有如稚童，洒脱有如仙人。酒神与日神精神很好地诠释了朱光潜作为美学家所能找到的最高人生理想。

（二）1949 年前后的转变

30 年代写《悲剧心理学》《文艺心理学》的朱光潜不会想到，30 年后他竟成了一位“马克思主义美学大师”。

1948 年，包括朱光潜在内的在北京的学者名流们，联名发表了一份呼吁书，要求国民政府开放民主，惩治腐败，厉行改革，赢得民心。呼吁书说：“要不，共产党一来，我们就都完了。”① 同年朱光潜发表《谈群众培养怯懦与凶残》，批评中共鼓动学潮，文章中说：“群众运动可以使个体把责任推到那个空洞的集体之上而自己不负责任，由此来解除个体在法律和道德上的约束，恢复其放纵劣根的‘自由’；在群众的庇护下，个体可以暴露在个别状态下不敢暴露的狠毒野蛮。社会的团结向来都基于相爱，如今群众只借怨恨做联结线，大家沉醉在怨恨里发泄怨恨而且礼赞怨恨。这怨恨终于要烧毁社会，也终于要烧毁怨恨者自身。”

事隔一年，他却在《人民日报》上发表“自我检讨”，承认旧教育把他“培养成一个自由主义者”。1951 年底再发表《最近学习中几点检讨》，说自己鼓吹“为学术而学术”“便是反革命”，标榜“中间路线”迟早要和反动政治“同流合污”。②

在这样短的时间内，一个人的思想不可能发生如此翻天覆地的变化——如果说 1949 年初朱光潜的这一系列“认罪”明显是被迫屈服，那么在此之后，特别是从 50 年代初开始的“美学大讨论”之后，朱光潜显示出的对于学习马克思主义思想的虔诚，虔诚到甚至重新学习了一门外语——俄语，看似以一个学者的严谨态度写著的那些以马、恩来剖析自身思想的一系列作品，都是假象？

尽管最初接触马克思主义是被迫无奈，但在争论与谩骂声中，朱光潜却是真的研究起马克思主义来了。那个年代除了马克思主义，不可能用其他的话语标准来维护自己的学术观点，获得哪怕一点点的尊严。在 50 年代中期的美学大讨论中，原本针对朱光潜的美学批判，由于“百家争鸣”的政策推行与蔡仪的无心栽柳，倒发展成了几家争鸣的“美学大讨论”，甚至后来被推崇为学术性最浓厚的美学事件。在这场讨论中，朱光潜得以正面回应蔡仪、李泽厚等人的思想，反对完全否定意识在审美中的作用，发展出马克思主义美学的“实践论”。理论工具

---

① 胡平：《北京的和平“解放”与历史上的张东荪》，转引自诗人一平的《从“土改”到“反右”》。

② 一平：《从“土改”到“反右”》，首发于台湾《民主中国》。

的应用对于朱光潜来说，是驾轻就熟的事情。可以用康德—克罗齐的“形式主义”理论工具来阐述“超脱”的美学理想，那么用马克思主义思想来维护主体在审美活动中应有的位置，来维护自己的美学理念，当然也是可行的。关于朱光潜从1949年到60年代直至80年代末，学术思想的变迁，单世联教授在《49年后的朱光潜：从自由主义到马克思主义》中分析得很精彩：从1949年的“被迫认错”，到50年代初真正开始学习马克思主义，但仍坚持给主观保留一个重要的位置；到60年代初以马克思主义者的姿态批判其他思想，并且从马克思原作里发现并发展出美学的“实践论”，以此对抗机械的“反映论”；直到80年代初，通过“实践论”打破了美学的主客二元分立。① 晚期的朱光潜已是一个名副其实的马克思主义美学家，马克思主义并没有美学，他是中国马克思主义美学的真正开拓者。

从抗争到接受并创造，看似一个清洗过去并接受新思想的改造过程，其实是朱光潜维护前期思想，至少是维护人在艺术中的主体性地位的抗争。日神和酒神的审美态度，是人作为审美主体，其内心状态的核心内容。然而作为完全摒弃了客观世界的唯意志论的代表人物，朱光潜真正推崇的叔本华和尼采，对于当年在客观和主观的缝隙中小心生存的他来说，是决然不能提起的。

然而正如单世联所说，朱光潜在1949年之前所强调的“人”是个体的人，而以马克思主义作为工具发展起来的“实践论”中的作为主体的“人”却是整体的人——马克思主义中，人基本上是作为人类整体被思考的。单教授说朱光潜没有注意到这点，包括在最后的日子里对于维柯的喜爱，也是由于他的思想“比较接近马克思主义”。朱光潜真是一头扎进了“人类”这个大人，而忘记了具有差别情感的“个人”这个小人了。

朱光潜确实是忽略了这两种主体的不同，但以他的逻辑理论思维能力而言，绝不该看不到这两者的区别。他在看到《悲剧心理学》的中译本时说道：“这部论著从1933年初出版之后，我就没有工夫再看它一遍了……我从此比较清楚地认识到我本来的思想面貌，不仅在美学方面，尤其在整个人生观方面。”这样的感慨，显然是迷失自我之后重新找回了自我。那么究竟是什么蒙蔽了朱光潜的双眼，让他沉迷其中而不自觉?

（三） 人民伦理的幻象

1949年之前的朱光潜说世界的出路是“美国集团放弃它的经济作风而保它的

---

① 单世联：《49年后的朱光潜：从自由主义到马克思主义》，http：//bbs. tecn. cn/viewthread. php?tid = 189613。

政治理想，苏联集团必须放弃它的政治作风而保它的经济理想”①。他反对马克思主义的政治，是因为“个体把责任推到那个空洞的集体之上而自己不负责任”，从而借此来宣泄自身的仇恨；因为任何独裁专制都是可怕的、不能长久的，一个阶级集团的专制统治更是不可想象的、更为可怕的。1949 年以后的朱光潜，虽然在学术思想上被迫在马克思主义语境下进行思考研究，直到后来接受了马克思主义思想，并发展出实践论美学；但在生活中却受到了实实在在的屈辱，住在漏雨的房子里，被当作“反右”的首要对象，从学术、人格方面进行全面的侮辱，在失去了尊严的情况下，还得继续站在讲台上授课。用他自己的话说是“在‘群起而攻之’的形势之下，我心里日渐形成了很深的罪孽感觉，抬不起头来，当然也就张不开口来”②。

在学习马克思主义的过程中，在坚持自己以个人为主体的“唯心”主义美学思想的过程中，朱光潜极有可能有一段“迷失”的时间。特别是 50 年代末 60 年代初深入了解了马克思主义的原义，发现马克思主义对在实践中起到关键作用的“主体”的主观能动性的肯定的时候，而这正是他著写《西方美学史》的时间。朱光潜 1983 年在香港说：“我不是共产党员，但是一个马克思主义者。”这很明显是在说，他不赞成从 1949 年到 80 年代的中国政治社会，却为马克思主义理想中的共产主义社会所折服：“用马克思的话来说，共产主义是‘人用全面的方式，因而是作为一个整体的人，来掌管他的全面本质’。这就是马克思所经常强调的整体的人的观点，对创造物质财富和精神财富（包括文艺在内）都是一律适用的。”③

共产主义的远景具有如此的魅力，以至于让人忽略了它实现目的的手段。而这个终极目的与宗教意义上的终极目的的区别，恰恰是更加忽略人作为个体的存在，它是将人类看作无差别的个体，以现世的历史发展为基础的。但所有的终极目的都避免不了这样的命运：过于渺茫而成为摆设，而本用来实现目的的手段却化为目的。但身在其中的人们，正如追赶吊在眼前的胡萝卜的骡子，很难意识到以追赶胡萝卜为目的而开始的奔跑，其实才是真正的目的。

但共产主义的终极目的之所以如此吸引人，除了它是人类幸福、自由的向往所在，对于当时生活于其中并沉醉在其中的人来说，它的魅力却不是这样空洞，而是实实在在的。个体命运都要面临将自己的生命热情赋予何处的抉择，这是令多数人，特别是平庸的大多数人困惑的问题。而随着共和国的建立，围绕着终极目的建立起一整套价值体系，这给很多人省了不少事，少了烦人的抉择，将自己的生命热

---

① 朱光潜：《世界的出路——也就是中国的出路》（1948 年），转引自单世联：《49 年后的朱光潜：从自由主义到马克思主义》，http：//bbs. tecn. cn/viewthread. php?tid = 189613。

② 朱光潜：《美学中唯物主义与唯心主义之争》（1961 年），转引自单世联：《49 年后的朱光潜：从自由主义到马克思主义》，http：//bbs. tecn. cn/viewthread. php?tid = 189613。

③ 朱光潜：《马克思的〈经济学哲学手稿〉中的美学问题》（1980 年），转引自单世联：《49 年后的朱光潜：从自由主义到马克思主义》，http：//bbs. tecn. cn/viewthread. php? tid = 189613。

情投身到伟大的事业里去；也不需要建立自身的价值体系，追随“人民”的价值体系便是正义的选择。那是一个有信仰的年代，那是一个人民可以尽情地挥洒生命热情的年代，那是一个，用刘小枫的话来说，“人民伦理”统治的年代。

人民伦理以作为整体的“人民公义道德”为基础，这便决定了它对于违背其价值体系的自由伦理价值取向是持绝对的否定态度的，这不仅是相对于“非人民”而言，也是相对于“人民”而言的：“历史的宿命的事业编织的生活伦理像一具吸血的僵尸，吸干了生活中单个人身上的生命想象的血液。个体不应该有自己关于美好生活的想象，不应该有别的选择，只应该选择社会主义事业，因为，个体命运的在世负担已被这种事业伦理背后的历史进步的正当性理念解决了。”①

重提内心真正的信仰——关注个体生命感觉的叔本华和尼采——对于朱光潜来说是极其危险的：重提叔本华和尼采，人民伦理的正当性极有可能被轻易否定，这样以人类作为整体的共产主义远景也就被否定，失去了这根救命稻草，朱光潜是不可能走过那段岁月的。

因此，朱光潜不将叔本华和尼采写入《西方美学史》，真正的胆怯是怕内心的幻象被轻易打破，从此走入绝望的深渊。这其实也正是酒神和日神精神在他内心深深植根的表现。当时因为别人说他学不了马克思主义，他便要“学给他看”，于是一头扎进去，最终发展出实践论马克思主义美学；在最后的几年里，他闷在家里翻译黑格尔、维柯等人的著作，家人说连饭都顾不得吃，一提维柯就神采飞扬，活过来了。这种专注，是酒神精神；在北大里被作为“反右”的首要对象，“反右”的学生画了他的讽刺画，还请他去看，他看后说：“很好，很好。”在“文革”时跟季羡林一道被打入牛棚，“在那种阴森森的生活环境中，他居然还在锻炼身体……晚上睡下以后，我发现他在被窝里胡折腾，不知道搞一些什么名堂。早晨他还偷跑到一个角落里去打太极拳一类的东西”②。这样的淡定，不是日神精神又是什么？

朱光潜的一生，有遗憾有不甘，却是实实在在地以尼采式的审美态度活着的一生，而且更为温和，更为打动人心。◻ 2010・2

① 刘小枫：《沉重的肉身》，上海：上海人民出版社 1999 年版，第 225 页。

② 《悼念朱光潜先生》（1986 年），见季羡林：《季羡林谈师友》，北京：当代中国出版社 2006 年版。

深刻睿智而又敏感正直
——绿原先生印象

□ 王丽丽

我没有专门研究过绿原先生，尽管绿原先生的诗歌、翻译和他对文学理论问题的思考都值得对应领域专家的专门研究。我是在研究胡风和胡风事件的过程中，主要通过阅读，认识了这位胡风事件的重要亲历者、特殊而深刻的反思者和研究者的。我只想记下绿原先生对我研究的助益，以及我在研究过程中逐渐形成的对绿原先生的印象。

绿原先生给我留下深刻印象的第一篇文章，是我在胡风先生的女儿晓风主编的《我与胡风——胡风事件三十七人回忆》一书中读到的《胡风和我》① 这一长文。我的第一感觉就是，在所有事件的当事人和受害者当中，绿原先生大概是对胡风事件反思最深刻的一个。对于研究者来说，这篇文章的可贵之处至少表现在三个方面：

第一，从一个核心亲历者的视角，解消了当时存在于胡风事件关注者和研究者心中的一些普遍误解："人们容易从表面认为，胡风骄傲，强项，不肯低头服输，以致造成悲剧。实际上，他解放以来一直在期待、在准备通过真诚负责的检讨，解决自己的问题，同时使过去受过他的影响的青年作者们得到顺利的发展；但他始终不知道他的问题在哪里，应当从什么地方着手。"（第577页）绿原先生的论断是以自己长期与胡风先生保持通信联系、近距离接触，甚至共同行动为基础的，更有自己面对事件演变中的每一关键环节所触发的心理真实为依据。因此，他对胡风有些复杂思想感情的理解达到了感同身受的地步。比如，在1949年绿原先生参加第一次文代会，与胡风、路翎和阿垅在京相聚一月有余的时间里，绿原先生就明确感觉到，胡风的心情既"和大家一样"，"是兴奋的，欢快的，明朗的，向前看的"，也有在"经历了香港批判"、又听了茅盾关于原国统区文艺工作报告以后的"不平静"。但绿原先生还是对胡风当时的感情状态作了这样的理解："说他当时就认识

① 绿原：《胡风和我》，见晓风主编：《我与胡风——胡风事件三十七人回忆》，银川：宁夏人民出版社1993年版。本文所引均参考该书的增补本《我与胡风》，银川：宁夏人民出版社2003年版。以下该书引文，只在正文旁注明页码。

到，自己作为一个非解决不可的‘问题’人物，如果得不到‘解决’，势必会有1955年的下场，我也不相信——相反，毋宁说，他时刻期待按照一个无伤大雅的折中方案解决自己的问题，虽然他同其他大多数人一样，当时未必懂得在思想改造运动中，‘解决问题’的实际意义就是全部、彻底、干净地否定自己。”（第572－573页）在《胡风和我》中，我们明显可以感觉到，作为所谓“胡风集团”的核心人物，绿原先生对胡风事件的思考是积数十年的切身的矛盾痛苦、惶惑求索而成，有些他用大半生苦难经历换来的结论被后来的研究证明，几乎具有确定不移的效力：针对多年来人们在反顾胡风事件时所作的种种假设，诸如“胡风要是不在文联大会上发言……或者，要是不写那‘三十万言’……或者，要是在1952年低头认错……情况是不是会好些呢?”绿原先生以一个当事人的切己体验和透悟，斩钉截铁地指出：“这一切仿佛严格按照客观规律发生着，对于当事人没有任何侥幸或懊悔的余地。”（第589页）绿原先生的这些消除误解的工作和结论，为研究者走出单纯从胡风个人的性格缺陷来探寻胡风事件的成因这一死胡同、校准研究的正确方向，提供了重要的路标。

第二，在作为历史见证人提供有关胡风事件真实的历史场景和鲜活的历史细节的同时，从一个“集团”内部的切近角度，对胡风事件中的关键文本作了独特的解读。1947年，稍早于《大众文艺丛刊》对胡风和路翎的猛烈批判，绿原先生的诗歌创作路向就受到了当时在港文化人的批评，这在客观上更加促使了绿原先生对于胡风的著名答辩《论现实主义的路》的关注，绿原先生深为人们长期对它的轻忽态度感到遗憾和悲哀：“人们只看见作者对于某些党员作家的不够恭敬，因此责备他‘政治态度有问题’”，而“其中涉及现实主义本质的理论内容，却始终没有得到稍微认真的像样的对待”。（第568页）

绿原先生也是直接参与“三十万言”写作的胡风几个亲近的朋友之一，因此，《胡风和我》对胡风及其朋友上书的抉择过程、上书动机、写作经过，甚至胡风写作之时的精神风貌都作了极为生动、鲜活的呈现，并简明精要地分析了报告全文的三个组成部分和所涉及的五个原则性命题。上书失败以后，又是绿原先生，连同路翎，帮助胡风字斟句酌地完成了《我的自我批判》。正是因为参与其事，深切了解写作当时作者情绪与心理的每一个细微的波纹，所以绿原先生对胡风的《我的自我批判》这一文本的理解和解读可谓达到了无人能够替代的地步。他指出：虽然胡风的这篇检讨“不免有希图过关的动机”，但字里行间仍“充溢着严格自剖的诚意和学术上的认真精神”。“即使到了非检讨不可的地步，胡风仍然没有懂得当时文艺绝对屈从于政治的实际关系，总以为文艺是个独立于政治之外的领域，或许可能以自己在其中的诚笃执著求得谅解。因此，他能够承认自己‘在政治上’完全错了，但一些具体文艺观点他总觉得并没有错；或者说，他认为正是为了坚持这些正确的文艺观点，他才在政治上犯了错误；或者说，他目前为了尽量挽救一些正确观点，宁愿在政治上接受一些过去不肯接受的‘大帽子’。”（第591页）从某种程度上来说，《我的自我批判》的作者们“苦心孤诣地选择自己觉得最准确的断语”，是在“陪着稚弱的艺术在粗暴的政治下面求饶”！（第592页）

不难看出，在事隔三十余年之后再来回忆往事，绿原先生实际上是在两个不同的身份和视角之间出入转换的。一方面，他能够从一个亲历者的内在角度，鲜活翔实地呈现胡风及其朋友当年的矛盾、幻想、惶惑和坚持；另一方面，他又以一个最切近的观察者和反思者的超越眼光，融合自己数十年的人生历练，对事件的每一个环节进行深刻的反省和探究。作为前者，他起到了重现历史氛围、引领研究者重历历史语境、重返历史现场的向导作用；而他以自己的心灵为镜对事件所作的独特反映和研究的成果，也必将而且已经成为胡风研究不断向前拓进的重要参考和坚实路基。

第三，极其到位地指明了学术界长期忽略的胡风事件研究中的几大关键问题。《胡风和我》也是绿原先生提交给1989年在湖北武汉召开的“全国首次胡风文艺思想学术讨论会”的论文。作为胡风事件特殊的反思者和探究者，绿原先生始终关注着胡风事件的研究状况并与已有研究成果保持对话。他指出，“至少有两个问题，还没有受到胡风研究家们充分的注意”，“得到比较确切的答案”。那就是：所谓“七月派”究竟是怎样结合起来的？所谓“胡风集团”又是怎样最后被“彻底粉碎”的？绿原先生对这两个问题的解答也足以为后来的研究者提供宝贵的启示和继续生发的空间。作为“七月派”的重要成员，绿原先生发自肺腑地认同胡风先生对自己与身边青年作者关系的概括：“对人民（对革命）的共同态度，对文艺工作的彼此思想和感情上的交流。”（第616－617页）绿原先生还这样客观公正地评价胡风和“七月派”或曰“胡风集团”诸人的关系：“这一群普普通通的文化人是围绕着胡风一人结合起来的；他们之间并没有天然的共同性……因此他们的结合只能证明胡风本人是一个精神上的多面体；以这个多面体为主焦点，这个流派的基本成员各自发出缤纷的色彩，在中国新文学史上形成一个罕见的，可一不可再的，真正体现集合概念的群体”；“离开了胡风及其主观战斗精神，这个群体又将不复存在……而其成员今后的个别成就都不足以产生流派的影响”（第620－621页）。这实际上已经预示了后来学术界关注胡风的编辑和文艺组织活动、探讨胡风作为中国新文学史上出色的文艺组织家的研究前景。

对第二个问题的回答也是对记忆中当年周扬对胡风的一次“警告”的激活。胡风等人当年精心准备并以理论上必胜的信心进行的“上书”，最后却以惨败告终。这一似乎不可思议的对比落差，无可疑义地印证了周扬警告的政治预见性：“你说的话就是九十九处都说对了，但如果在致命的地方说错了一处，那就全部推翻，全部都错了。”绿原先生认为，尽管胡风及其朋友在当时和其后很长的时间里对此都毫无警觉，但残酷的事实已经证明这“致命”的“一处”实际上是存在的。（第

589页）根据自己多年的经验和反思，绿原先生率先指出，“问题的要害”就在于胡风的文艺思想至少在五个原则问题上与《讲话》明显不一致。除此之外，绿原先生同时还敏锐地意识到，“胡风当时反对的文艺领导体制”，也是“和《讲话》的权威密切联系在一起的”（第618－619页）。绿原先生在这个枢纽问题上所作的反思，不仅在写作《胡风和我》的1989年，就是在二十多年后的今天，仍然不失为犀利、准确，而且勇敢的。

《胡风和我》提议研究的另外一个重要问题即舒芜问题：“要研究胡风问题及其对中国文化界和知识分子的教训，不研究舒芜是不行的；不仅应当研究他所揭发的‘材料’，更应当从那些材料中研究他的人品，研究当时的领导层通过舒芜向知识分子所树立的‘样板’，并通过这个‘样板’研究某些人所掌握的知识分子改造政策的实质。”（第578页）对于这个问题，绿原先生不仅简捷精准地指出，舒芜的转变，是由那著名的三篇文章完成的，而且还客观详细地追述了自己在新中国成立初期与舒芜的两次比较深入的接触，为研究者进一步考察舒芜在新中国成立后的转变提供了第一手的佐证材料。对于研究者而言，从绿原先生的提议和叙述中，不仅可以见出其深远的学术眼光，更可以感受到他的为人品格和文化良知。如果说，舒芜在新中国成立以后准备“进步”和“倒戈”之前，已经逐渐开始与昔日的朋友疏远，对于自己的“进步”打算，更是少与人交流或言及，但因为绿原在舒芜两次过武汉时曾对他的诚挚坦率的接待，舒芜在接连抛出《从头学习〈在延安文艺座谈会上的讲话〉》和《致路翎的公开信》这两篇“倒戈”名文之后，却在给绿原的复信中明确要求：“特别通知你：希望你将要发表的检讨，也能注意这一点——通过检讨自己来批评胡风，证明根本上的共同点，这对自己、对胡风、对读者都是有好处的。同时，你给胡写信时，也希望针对这一点多谈一谈。”（重点为原文所有）（第626页注［3］）换言之，绿原先生大概是胡风集团中舒芜对之进行过明确的示范式劝勉的一个人。但面对如此示范和劝勉，绿原先生用经过痛苦惶惑后的抉择作了回答：“我不能像舒芜那样公开‘检举’胡风，把一切污浊泼在他身上，借此洗刷自己。这一着，无论以什么名义来美化，我也实在做不到。”（第576页）绿原先生不仅拒绝“拖人下水”，而且从1953年初开始，因为工作调京的原因，更加密切了与胡风先生的往来，直至直接参与了上文提及的“三十万言”和《我的自我批判》的讨论和写作。

1995年，绿原先生接受了复旦大学韩国留学生鲁贞银关于“胡风编辑活动和编辑思想”的访问，其后发表的访谈录再一次表现了绿原先生对胡风思想和胡风一生贡献的深入体认和独到理解。早在《胡风和我》中，绿原先生就曾不无遗憾地指出，胡风作为一位“出色的文艺组织家，在中国新文学史上有其特殊的地位”，然而有关“他这方面的实践经验，由于客观认识还达不到，研究工作几乎没有开始”。（第621页）所以，当研究者开始关注胡风的编辑思想和编辑实践的时候，绿原先生似乎显得已经期待良久。

尽管整篇访谈基本上是按照提问者的问题顺序逐一进行的，但绿原先生却能够化被访为主动，让自己对胡风编辑思想的理解思路充分地展开。他再三叮嘱访问者，一定要向学界传达清楚一个中心问题，即胡风为什么要编刊物？他编辑刊物的目标是什么？他办刊物区别于其他人的地方在哪里？绿原先生认为，这个问题也是研究和谈论胡风编辑思想的前提，否则，就会将胡风的编辑思想和编辑活动混同于一般的技术性工作。而胡风恰恰“不是一个单纯的编刊物的人，他是一个文艺理论家”①。

在某个方面来看，胡风的编辑思想也可以说是直接继承自鲁迅先生。当胡风早年在鲁迅先生的指导下编辑《木屑文丛》《海燕》等小刊物的时候，他们就“希望通过刊物在中国的文坛上培养一股新兴的文艺力量”，能够“代表他们的文艺见解”，抗衡当时鲁迅先生不以为然的文学流派及其文艺见解。

鲁迅先生的办刊思路一直为胡风所继承。胡风认为“有必要在中国继续办一个好的刊物，通过刊物团结一批青年作家，为中国的新文艺增加新的血液，从而能够把中国文艺向前推进”。况且，“胡风本人在文艺上从来有他的特殊见解”，“只有通过刊物，才能够让他的见解化为实际的文艺创作”，也从而“使鲁迅的传统化为真正的创作实践”。

绿原先生对胡风办刊目标的阐发，同时也是对自己在《胡风和我》中提出的“所谓‘七月派’究竟是怎样结合起来的?”这个关键问题的再一次深入解答：“只有刊物才能团结起一大批青年作家。”“可以说，在胡风刊物上写文章的那些作家们，都是多多少少、远远近近跟胡风的文艺思想相一致的。也就是说，如果跟胡风的文艺思想不一致的人，一般不可能在胡风的文艺刊物上发表作品。这样就形成后来的所谓‘胡风派’‘七月派’，这些‘派’实际上是一个文艺思想的结合。”

“为了坚持实现自己的文艺思想”，通过刊物“寻找”“团结”和“培养”一股力量，“把中国的文艺向前推进”。这就是胡风“以理论家的身份编刊物”、区别于其他编辑人的最根本不同。可以说，绿原先生对此的三致其意甚至起到了为所有研究胡风编辑思想的学者们提升研究境界的作用。

不得不承认，对胡风思想和贡献的深刻理解也反映了绿原先生本人的深思睿智。感受到胡风编辑活动的重大影响的大有人在，受惠于胡风编辑活动的人也不在少数，但能够像绿原先生那样，对胡风的编辑思想和良苦用心体察到如此深入细致程度的，却罕见其人。在新文学史上，为什么唯独胡风的刊物能够造就大批的新人？绿原先生从自己给《希望》杂志写稿的经验中总结出了其中的奥秘，也是能够

---

① 鲁贞银：《关于“胡风编辑活动和编辑思想”访谈——绿原》，见《关于“胡风编辑活动和编辑思想”访谈录——访谈牛汉、绿原、耿庸、罗洛、舒芜》，载《新文学史料》1999 年第 4 期，第 154 页。以下本文所引该篇访谈，均见第 153－158 页。

道人所未道：因为胡风是按照他自己的意图在编刊物，所以他不依靠大家和名家，而是依靠“真正有希望，有能力在文学上产生效果的人”。绿原先生尤其对胡风推出作家的独特方式深有体会：“如果胡风认为你不错，他就要尽量地发表你的作品”，“把你形成一个力量，于是乎你就成立了”。多个这样的作者“加在一起”，很快就会“在文坛上形成一股力量”。这种“强力推出”作者的方式，也是胡风对鲁迅一个思想的具体实现。因为鲁迅先生曾经说过，“中国的文艺需要闯将”。而胡风办刊的目的，就是要推出这样的一批闯将。

但这并不意味着胡风的刊物能够“培养”作家。胡风是反对“培养”二字的，因为他认为，作家“靠培养是培养不出来的”，作家应该是自己“从生活中生长出来”的。“如果作家是一颗种子，他就尽量让他晒太阳，给他浇水，给他提供发表园地”。胡风的可贵之处在于，他珍惜每一个有希望的青年作者的每一点生机，帮助他们尽快生长起来。

有了《胡风和我》和访谈录给我的深刻睿智印象之后，当我在阅读胡风给绿原先生的26封信中，又发现了研究胡风事件的重大启示和线索之时，我在祝幸和欣喜之余，却丝毫也不觉得意外了。这些信件收录在已经出版的《胡风全集》第9卷中，其中有17封写于1950年初至1952年底，这正是1949年后胡风在京沪两地穿梭奔走、等待解决自己的理论和职业问题的诡谲岁月，绿原显然也在时刻关注胡风的不平凡遭际，并时常与胡风交换信息和彼此对形势发展的看法。在胡风1952年7月31日给绿原的信中，有这样明显回应绿原先生的一段话：

> 是的，骨子里的核心是这个态度问题。现在，有了头绪，我已开始来澄清这个问题了。当然是尽其在我，能做一步做一步。野所提三点，不是他的猜测，似可作为定论看。在一般习惯，这看法是合理的，我也将根据这个理来检查。

全集同时收录了绿原先生事后对此所作的一条注释：

> “野”君姓张，由京去川过汉，谈及胡风问题，谓一在理论，二在态度，三在宗派主义，“如不检讨解决，实在可惜”云。我当年如实告诉了胡风。——绿原原注。①

作为一名研究者，当我后来通过研读种种文献资料，复原和模拟了胡风事件发展的脉络肌理，并对胡风事件重新进行了全方位的解析之后，我发现当年张野所作的三点概括，几乎已经将胡风事件的主要奥妙悉数囊括其中：不仅批判者当年事实上是按照这三点概括为胡风定罪的，尽管他们罗织的是完全不同的一套罪名；甚至在胡风本人其后的所有检讨和交代文章中，这三个问题也成了他数十年始终萦绕不去，然而又实在参详不透，甚至不得要领的梦魇。换言之，早在1952年，绿原先

---

① 见梅志、张小风整理辑注：《胡风全集》（第9卷），武汉：湖北人民出版社1999年版，第380页。胡风致绿原书信均见该卷第361－395页。很遗憾的是，我们现在仍然无法读到绿原致胡风的相应信件。

生就以他的观察、探究和深思，曾经让自己和胡风先生直面问题的核心症结。当然，尽管我们同时也清楚地意识到：历史，即便对于最睿智的头脑而言，也无一例外地为他们设置了注定无法超越的视界局限。这一局限只能留待我们这些后来学者，在拥有了足够的历史距离之后去克服。

也是在给绿原先生的信中，胡风先生多次表达了在那段“闲散”的日子里，想真诚地为新中国的文学事业致力而无法下手的不安和烦恼：“好像要考取一个医生的名义，当瘟疫正在蔓延开来，看着药品而没有资格动用。”“问题就是这么一个责任感，要不然，不是可以心平气和地例行公事做太平犬么?”“如果献出生命可以打破僵局，我也愿意干的，何况其他?”“我心情的‘沉重’，就是由于这个责任感而感到不安。”（1952 年 2 月 8 日自上海，第 374 – 375 页）胡风还表达了绝不随俗俯仰、坚持自己所认信的真理的决心：“‘改行’不是别的，正是为了坚持，宁受最大的污辱，甚至人神共弃，但不能亲自歪曲什么。”“所谓‘改行’，那是宁愿制造巴掌大一块阳光，也不能帮助散一天霉气的。”（1952 年 7 月 24 日自北京，第 379 页）“问题只有一个，对真理负责，为党的利益着想。”（1952 年 10 月 17 日自北京，第 383 页）绿原先生称胡风为“精神上的多面体”，因为他以其精神的不同方面，分别凝聚起了原本并没有天然共同性的一群文化人，使之结成一个著名的流派。那么，以此思路类推，胡风对其与之交往的对象表现出来的精神的不同方面，是否也可以反映出这一对象本身的气质、禀赋、志趣和品格呢?

2002 年 10 月，我赴上海参加“纪念胡风诞辰一百周年暨第二届胡风研究学术讨论会”。其时我的博士学位论文《胡风研究》（后改名为“在文艺和意识形态之间——胡风研究”，于 2003 年 11 月由中国人民大学出版社出版）刚刚在当年夏天通过答辩。因为深感绿原先生对我论文写作的启发和助益，第一天会议的晚饭后，我与同屋学者一起去拜访绿原先生。但没有想到的是，没有说上几句话，绿原先生就因为在座的一位在提问时未加斟酌地误用一个那个特殊时代的批判词汇而激动起来，我们随即告退。但我还是把我整理的两篇即将在《文学评论》《中国现代文学研究丛刊》上发表的论文，以及另外为本次会议以及随后即将在长沙召开的中国现代文学研究会第八届年会准备的两篇论文留给了绿原先生。这就是我与绿原先生仅有的一面之缘。尽管并不愉快，但我却由此认识到了绿原先生作为诗人非常感性的一面，认识到一个经历了七年囹圄监禁、二十多年沦落坎坷的文化老人精神上所受到的刺激和戕害。因为以前我在文章中读到的多是绿原先生对胡风事件所作的文化和学术的理性反思，作者没有将笔墨过多地伸向个人的遭遇，因此尽管我能想到，但对被绿原先生压在纸背的“一个肉身的人”及其家庭所承受的苦难却缺乏应有的心理预料。后来，在彭柏山先生的女儿彭小莲和香港城市大学副教授魏时煜合拍的一个纪录片中，我又一次见识了绿原先生敏感和容易激动的诗人气质。2005 年，我收到了绿原先生转托责任编辑寄赠的《寻芳草集——绿原散文随笔选集》（北京：

中央编译出版社 2005 年版）。

其实，我最早看到的绿原先生的书应该是他翻译的《现代美学析疑》。那时，我是将它作为二十世纪八九十年代的学术热点——马尔库塞及其法兰克福学派的著作之一来阅读的，对译者几乎没有什么关注。研究胡风事件以后，译者“绿原”这个名字才对我显出了特别的意义，我也才开始体悟到该书作者和译者之间的某种关联。马尔库塞有一个重要的美学主张：“艺术的政治潜能仅在于它的美学方面。”他这样论证道：“文学并不因为它为工人阶级或为‘革命’而写，便是革命的。文学只有从它本身来说，作为已经变成形式的内容，才能在深远的意义上被称为革命的。”① 联想到胡风及其朋友当年为了反对文学对政治的直接反映而导致的概念化和公式化、主张文学表现政治时的审美艺术效果而受难的历史，那么，绿原先生对马尔库塞文论的介绍，一方面固然表现了他对西方美学发展趋势和前沿问题的关注与敏感，同时也可以理解为，他是在为自己内心深处一个纠缠了几十年的理论心结寻找答案。这就是文学和政治的关系问题，一个在特定的长时段里决定了“胡风集团”众多成员命运的重大理论问题。

绿原先生从事翻译，有长期被剥夺了创作权利的不得已。七年单独监禁、长期被剥夺了创作权利，任谁都是一个打击和创痛，但绿原先生却能够以足够的豁达和智慧，如一只珠蚌，生生地，用心血将这一深巨的创痛孕育成了璀璨的珍珠。正如他那首让每一个读到它的人都能产生灵魂震动的诗——《又一名哥伦布》所描写的那样，他这位“形销骨立”的 20 世纪的哥伦布，以狭窄的独身监狱“四堵苍黄的粉墙”为他的“圣玛丽娅”号，漂流在茫茫的时间和无边的寂寞之海洋上，心中坚信一定会到达他的“印度”，或者“发现一个新大陆”。事实上，绿原先生通过在监狱里默研和自学德语，果然发现了他人生中的另一块新大陆，这就是通过德语涉猎到的德国诗歌和文学理论。

我已经申明过，我对绿原先生的诗歌、翻译和文学思想没有做过专门的研究，但本文既然名为印象，那在结束本文前，也不妨将我的另一个还不太确切的印象写出来，以就教于对应领域的专家：因为绿原先生的诗名确立于 20 世纪 40 年代，所以学术界对绿原先生早年诗歌成就和诗歌创作思想的研究可能多于对他 80 年代之后的研究。根据我有限的阅读，由于对以德语为主的现代西方诗歌潮流和现代西方文论的广泛涉猎，绿原先生的诗歌创作在 20 世纪 80 年代之后，还能跟现代的诗歌潮流保持着同步甚至领一时之风骚。因此，从他翻译的西方文论入手，探讨现代西方文学理论和诗歌潮流对绿原先生诗歌创作思想与创作实践的滋养，还是一个有待相应专家展开进一步深入研究的课题。▢ 2010・3

---

① 马尔库塞著，绿原译：《现代美学析疑》，北京：文化艺术出版社 1987 年版，第 3 页。这本书据英文译出。

散记金克木

□ 章启群

2000年8月9日下午，我在北大出版社看书稿的校样时，听见正在看报的友人说："金克木去世了!"不禁心头一震。拿过报纸，确知老人已于8月5日逝世。我怔怔地说不出什么，在有点突兀的同时，顿时感到一种凉意透过心底。此前未听到先生生病的一点风声，一个健谈、风趣、睿智的老人怎么突然就走了？原先我打算等博士论文《论魏晋自然观》出版后再去拜访他，因为那几年每次见面，老人总是问及我的博士论文，可是，拿到书稿校样时，已与老人阴阳两界了。

回家后，我立即向金先生家里打电话，电话那边金先生的哲嗣给我大致说了一下老人逝世的情况，是因为肺癌，发现时已是晚期，并说老人还提到我。但当时遗体已经火化，我想去见老人的最后一面，也没有了机会。放下电话我心里很乱，当时很想要写点什么，或许是想说的太多，几次下笔，竟未成篇。

但是，这篇无人相约的文字却是我最沉重的文债之一。这些年来，我在烦琐的俗事中沉浮，然而，无论是在夜深人静之时，还是喧闹嘈杂的间隙，每念及此，心中便惴惴不安。

今年的五一长假，北京草木葱茏，鲜花盛开，艳阳高照，风和气清。平日为生计操劳奔波的人们难得享受这样的好日子，出游，聚会，玩乐。我也多出一份闲心，拾起了沉淀在心底的情思，打开了封尘已久的往日世界。这篇耽搁了六七年的文字，终于摆到案前，到了画句号的时候。

我在北大虽然有二十多年，但与"五四"一辈的学者真正打交道的，只有金克木先生一人。记忆中还清楚地保留着我第一次与金先生见面的情景。那大约是在1982年底，是北京一个最平常的冬日下午，阳光和煦、温暖，天气无风而干冷，万木萧疏，行人寂寂。《江淮论坛》的王献永老师领着我从成府的蒋家胡同7号走进北大东小门，绕过博雅塔，沿结冰的未名湖走到朗润园。我们在一座临湖的楼前登上三楼，敲了敲右边一间的门。随即听到屋内的脚步声，伴着一声"谁呀"的询问，门就开了：开门的是一个身材不高、偏瘦、略有驼背、满头银发的老头。王献永老师笑道："金老，您好！我们来看您。"老人笑呵呵地把我们让进屋，在他的卧室兼书房中的两个单人旧沙发上落座。

在大学读书时，我就知道“金克木”这个很特别的名字，因为一看就联想到阴阳五行。《读书》创刊后，老人在上面连续刊载文章，这些文字简练而不失古雅的文章展现了他新颖的观点和崭新的知识，吸引了一大批青年学子，他的名字更是如雷贯耳。我为能够登门造访老人而感到十分荣幸。老人把他书桌前的木椅子搬到我们对面坐下，说耳朵不行了，凑近点才能听见，接着便神侃起来。他先问到我的专业，我回答是美学。他便由此展开，不断尖锐地提问。由于紧张，我对他的很多问题不敢回答，怕答错了出丑，因此回答很少，他于是自问自答，大多数时间仿佛都是他在给我们讲课。所谈内容从中西哲学、文学、历史，到眼前的政治、经济、军事，还涉及世界科技发展，古今中外，包罗万象。说起《读书》上的文章，老人声称自己老了，什么也做不了，只是给《读书》写些小文章罢了。大约一个半小时后，我们起身告退，老人送至门口。

这次造访，金先生给我的印象是身体健朗、学术渊博，而且谈锋犀利、思维敏捷，根本不像一个七十多岁的老人。我第一次见到这样的学者，当时的感觉犹如蛰居深山的柴夫突然凭临汪洋大海，被一种博大和浩瀚所震慑。

1986 年 9 月，我考入北大读研究生。这期间是我拜访老人最多的时光，每学期有两三次，时间一般是下午。从我们住的 46 楼骑自行车经过勺园，穿过未名湖东角后，就进入僻静的后湖，那条弯曲水泥砖块小路上还有座简陋的小桥，桥旁边立着一块废弃的太湖石，被张中行先生考究为京城第三大名石“青莲朵”。这一带很难碰到行人，仿佛荒郊野外，一路走过来心里自然也有着一种探访隐居高人的感觉。那时我们打电话特不方便，拜访老人都是贸然登门，常常从下午 3 点聊到 5 点多钟，去时光天化日，回时暮色苍茫，每次都有满载而归的收获。好几次天色已暗，金师母走进来，试图打断我们的谈话，见到金先生谈兴正高，只好悻悻然转身出去。

金先生和我说，他在印度求学，也没有在大学正式注册读书，而是探访名家。因为名家之为名家，也就那一点与众不同的东西，找他聊几次也就差不多都知道了，没有必要听很多课，那是浪费时光。说到当时的改革，他说，从市场经济转变为计划经济很容易，一夜之间就行了。但是，从计划经济转变成市场经济就不容易了，世界上还没有成功的先例。20 世纪 80 年代国内全盘西化的思潮甚嚣尘上，认为西方的一切都比中国好。我是学西方哲学、美学的，也对中国文化持有偏见，可老人却说，中国在人类历史上一直领先，近代才落伍，怎么能怪罪祖先呢！这些看法常常使我茅塞顿开。

对于印度的文化和历史，老人更是如数家珍。他说，伊斯兰入侵印度时，所有的佛教寺院都被烧光，而所有的印度教寺庙都保留下来了。因为佛教徒不抵抗，印度教徒抵抗，结果就是这样。我于是想，如果佛教不进入中土和西藏，它今天的命运是如何呢？现在的新疆、阿富汗等地，当年都是佛教盛行之地，后来都被伊斯兰征服，佛教文化荡然无存，只留下沙漠中的洞窟壁画，命运与印度佛教一样。21世纪初，塔利班还把保留下来的巴米扬大佛也毁了。他还说，英国人在印度是培养一个反对派做自己的接班人，比其他的殖民者聪明。实质上，现在的印度政治体制，就是英国的翻版。这样一些知识和见解我们即使专门找书也很难看到。有时他也问一些问题，譬如，我当时在研读中世纪美学，他就问道：中世纪有什么美学？我说，认为一切美源于上帝，上帝是最高、最本源的美，就是基督教的美学思想。可见，老人也是在不断求知，随时学问。

这当中，让我最难忘的是关于学德语。研究生要学第二外国语，我打算学德语。金先生说，德语当然要学，不过应该再学点“有意思”的外语，比如拉丁文。他说他就是学了三个月的拉丁文，然后去了印度，把梵文学会了。然后颇自豪地说，别人是从西方进入印度，而他是由印度进入西方的。意思是，他获得的印度文化知识是原汁原味的。我问拿下德语大概要多长时间，回答说只要半年。我说半年拿不下来呢？他说那就拿不下来了。果真我学了半年德语没有拿下，至今还是门外汉。今天我才明白，研究西方学术，仅仅懂几门通用的英语、德语、法语是不够的，必须要学西方古典语言拉丁文和希腊文。如果时光倒流，我一定会向老人提出跟他学拉丁文。只要精诚所至，我想他也会答应教我的。

1995年，我决定拓宽专业研究领域，跟楼宇烈先生攻读中国哲学博士学位。楼先生当时的学术重心已转向中国佛学研究。我在他的课堂上连续两年选读了八部佛典，还修了“佛典概论”“中国哲学史料学”等课程。虽然我的方向是魏晋玄学，却也萌生过做佛学论文的念头，甚至题目都想到了，是后秦姚兴与佛教的关系。一次我去金先生处，便问起研究佛学的方法，他沉思一下，说：还是读全藏，把《大藏经》读一遍。我问要多少年。他说十年。接着又说，他发现一种方法，可以六七年读完。我心想，现在的学术环境如此恶劣，学校和系里每年都要统计科研成果，评职称也要发表文章、著作，如果关门读十年佛经，什么成果也没有，在北大哪里还有立足之地，还不被扫地出门？于是便断了研究佛学之念。现在想来，如果关门读了十年佛经，如今至少出息大点儿。真是为了眼前的区区小利而毁了大事，后悔也没有用了！

在研究生阶段，很少想到把老人的谈话内容记下来。读博士的时候，与老人谈了很多魏晋学术方面的问题，这与我的论文选题相关，那时多了个心眼，回来作了追记。今日翻检笔记，发现了两则，现录如下：

1997年2月24日记：

> 金克木先生认为，范缜“神灭论”实质是用佛教方法反对印度教，用“无我”反对多神论。因此，梁武帝未杀他，文章还收入《弘明集》。关于汉译佛经问题，梵文文本就有问题。印度佛教派系林立，传本也不同。玄奘《瑜

伽师地论》，藏文为《瑜伽行地论》，可能原本不同，否则玄奘不会把书名译错。还有“观世音”和“观自在”的译法，可能也是梵文文本有差异，因为主要是口传。译本中，鸠摩罗什和玄奘都是可靠的。他们精通汉梵两种文字。

1997 年 4 月 4 日下午访金克木先生所记：

春秋战国时期是第一次思想大解放，产生诸子百家，魏晋又是一次思想大解放。比较以前，中国个体开始觉醒，“自我”出现。这是汉大帝国的崩溃所至。

在学术上，为反对汉代谶纬哲学，王弼、何晏等人用清议——玄学来反抗，玄谈与佛学合一，形成强大力量。

表现在造型艺术上，雕塑：有个性，比汉代的生动。来源：佛教造像艺术，西亚人进入中原，面孔、鼻子不同，汉人个性化。绘画：宗炳六法，表现艺术自觉。音乐：嵇康的音乐从礼乐中独立出来。（诗：陶诗）

佛教传入，已变化了。宗教传入，但哲学观念和精神未传入。同样，至今西方哲学未传入，只有基督教传入。汤用彤等人是从材料上搞得很清楚，但不够，应该从思想上搞清楚。真正懂佛教的是鸠摩罗什和玄奘。鸠摩罗什是半个外国人，所以中国人当中懂佛教的只有玄奘。鸠摩罗什的弟子僧肇和道生的观点不同，鸠摩罗什一言不发，述而不作，玄奘亦如此，不著述。

禅宗不能算佛教，至少不能算印度佛教。“身是菩提树”，佛教的身是空，是要破的，不能是树。（有人说禅宗恢复了佛教不说顿悟的本质）

佛教：信仰——经，文学——律，哲学——论。

从这里所记的内容可以看出，老人对于中、西、印学术具有非常深厚的根基，看法可谓真知灼见。其中对于佛教、禅宗的观点于我更是醍醐灌顶、振聋发聩。今日学人之中能达到如此高妙境界者实在难找。

最后一次拜见金先生，是 1998 年 6 月底，也是与王献永老师一起。我觉得这里确实有种宿命，我认识金先生由王老师开始，造访金先生也由王老师而终。那时我刚刚从美国访学一年回来，送老人一本刚出版的《伽达默尔传》。虽然他说老了，身体不行了，但是在我们看来，除了听力比以前略差，其他方面没有变化，仍然是个健朗、风趣、敏捷、睿智的老人。所谈内容现已淡忘，只记得他问了我的毕业论文，我答应论文一定送过去请他指教。原想出版后一定呈上，不料后来琐事缠身，直到 2000 年老人去世之前，也再没有去登门拜会老人。

当然，我与金先生的交往仅仅限于学术，几乎没有谈及个人的经历和思想，在这一方面也留下一些遗憾和迷惑。有件事现在想来有点后悔，1988 年春，适逢人大、政协两会期间，北大研究生会发起，全体研究生签名，写了一封致两会代表的公开信，要求重视教育。我参与了公开信的撰文。当时大家要找到北大的人大、政协代表将信件带到人民大会堂。我未加思考便与几个同学来到金先生家，老人见状颇有为难之处，我们也就另找一个代表将此事办了。当时我很不理解老人的做法，当然也没有反省自己的鲁莽和冒失。过了几日我又去拜访，老人见我时略有歉意和不安。后来我才知道，金先生自“反右”以后便远离政治，虽同情学生运动，但绝不参与。这件事，我应当为自己的冒失带给老人的难堪而自责。

还有一次，安徽某出版社欲为金先生出文集，总编让我带着他们登门造访。在与老人谈及出版事宜时，被他婉言拒绝。这件事至今我没有解开谜底，而且，作为安徽人，金先生的文集最终没有在安徽而在江西出版。甚至在已经出版的金先生的所有著作中，没有一本是在安徽出版的，这其中真正的缘由现在大概只有老天知道了。

每次拜访中，老人总是把所出的新书题赠我。在撰写这篇文字的时候，我略略统计了一下，共有8本。分别是：《艺术科学丛谈》（生活·读书·新知三联书店，1986年10月25日赠），《文化的解说》（生活·读书·新知三联书店，1989年赠），《金克木小品》（中国人民大学出版社，1993年8月14日赠），《蜗角古今谈》（辽宁教育出版社，1995年10月赠），《难忘的影子》（生活·读书·新知三联书店，1998年6月赠），《无文探隐——试破文化之谜》（上海三联书店，1998年6月赠），《金克木散文选集》（百花文艺出版社，1998年6月赠），《书城独白》（上海三联书店，1998年6月赠）。除了他早先的《比较文化论集》和去世后出版的著作，这几乎是他这十几年中出版的所有著作。

说到金克木先生的著述，坊间已有高论，但是，我忍不住还是要多说几句。他的书很少大部头，例如印度文学和哲学那样的，绝大多数像杂文、散文集。记得有一次我去拜访，进门老人就说：“我现在成散文家了！”语调中不无调侃。那是1988年，各种金克木的散文、小品集广为流传，令人眼花缭乱。很多报纸、杂志、出版社通过各种途径搜求金先生的文稿，得之如获至宝。人们仿佛刚发现了个出土文物，就是写散文、小品的高手金克木。其实，金先生这些看似轻松、简练、短小的文章，内容涉及中西方历史、哲学、文学，还有佛教、天文学、数学等，其领域之宽，令我辈望之兴叹。不要说写出这些书，今日能够看懂这些书的人其实也不多。文中知识与见识交融，思想和诗意争辉。即使是某一领域的专家，读了他的文章也受到启发。正因为如此，他的文章才在知识界广为流传。

说来奇怪，我与金先生交往十几年中，从未想到舞文弄墨之事。但是，在老人去世前几个月，2000年3月14日上午，我不知为何写下了一段话，正好也是对他文字的看法，谨录于下：

> 金克木先生的散文是他学问的最好表达方式。这位智者型学者一生从未上过大学，却学贯中、西、印，文、史、哲、经无所不通，任何部门的著作，都不能足以承载他的敏锐思想和极广博的学识。故他的散文应该是真正的essays，虽然与鲁迅杂文相比他还缺少一点艺术的魅力，但在当代中国却无人出其右。

现在想来亦觉是神差鬼使。我不知冥冥之中，是否存在一种神秘的信息交流。

哲人逝矣！今夜，当我沉浸在逝去的岁月之中，写下以上的文字时，亦不知当年栖居在未名湖畔的老人，在天国是否也有感知？ 2007·1

科罗拉多晚霞中的刘再复

□ 张梦阳

科罗拉多的晚霞美不胜收。2007 年 8 月 5 日傍晚，我终于又和再复在丹佛机场拥抱在一起，和他的夫人菲亚一同坐进他的汽车。

再复已经能够熟练地开车了。到高速公路关口又谙熟地用英语对话，他业已适应了美国的生活。但作为深知他性格和习性的老朋友，我心知他为此付出了怎样的艰辛。

黄昏时分，进入社区。一座座精致的洋房，地毯一样的绿草坪，拐了几个弯，开到一所坐西朝东的洋房边上。用遥控器开了车库门，进了车库，下车一看，见三面都重重叠叠摞满了书，成了一座书库。左边里角下台阶是门。再复和菲亚领我进门，开了灯，又见四壁图书，满满堂堂。

茶几上放着一尺多高的蓝色线装《红楼梦》。再复指着它亲切地说："这是李泽厚先生特地从大陆越洋带给我的。送我时还说：'金粉送美人，宝剑赠壮士。'"《红楼梦》送给再复是再合适不过了。

我肯定地说："《红楼梦》之于再复，比金粉对美人、宝剑对壮士还重要!"

再复会心地笑了。

大沙发上还堆着看了半截、折了页的《六祖坛经》和报纸。一见便知书房的主人，是在不停地读书、思考、写作，兴趣集中在《红楼梦》和禅宗上。大书房的左侧是两间卧室，各放着单人床、写字台、靠背椅和大书架，其实也是书房。

顺楼梯上楼，是生活区。两间舒适的卧室，客厅里是沙发和大电视。隔墙一边是厨房和餐室。餐室一面墙上挂着《世界日报》周刊封面刊载的照片：再复一家四口与金庸夫妇的合影。两个女儿小梅和小莲都已成人，很漂亮，很有出息。小梅是马里兰大学亚洲与东欧语言文学系副教授，小莲是东方航空公司香港分公司副总经理。两人都是靠奖学金，自力更生苦学出来的。

看着再复的美国居室，二十八年前，即 1979 年五一劳动节，我第一次到再复家做客的情景浮现在眼前——

那是在北京建国门内大街 5 号，老学部大院的 8 号楼里。黑暗潮湿的楼道里排满了各家的煤炉和炊具，只能侧身而过。再复家只有一间十二平方米的房子。过去是单身宿舍，如今住了一家三代五口人：再复的妈妈、再复夫妇、再复的两个女儿小梅和小莲。屋里摆着一张大床，旁边放着小床，床对面的墙边是一张小桌、几把小凳。再复的妈妈，一位精干而慈祥的老人，在楼道里给我们几位客人炸藕合，一种福建小吃。老人炸好一盘后，悄悄端到小桌上，又默默地回到楼道里继续炸。藕合很香，以后我再也没有吃到这样的小吃了。中间我去厕所，菲亚正在楼道里抱着两岁的小莲站着。看见我，连忙躲开。我冲她点了点头。到厕所里，见尿池里满是很厚的棕黄色尿碱，气味难闻，而楼里的人们却要在旁边唯一的水池里洗碗。我真对中国最高学术机关的学者的生活困境感到惊愕！从厕所出来，听到小莲在哭，菲亚抱着她无所适从，我才恍然大悟：她们是为了给客人腾位子，躲到楼道里来了。小梅则是跑到院子里看书了。一时间，我不知道说什么好，连忙回屋示意客人们告辞。再复还一再挽留。菲亚无奈地叹道："嗨！连个退路都没有。"

告辞后走在路上，我心里很不是滋味，既为再复这些知识分子的困境感到难受，又深深体验了这一家人的忠厚和善良：自己生活在如此的环境中，却时时想着别人，不惜一切地帮助别人，接待别人。我不过是一个北京城里人看不起的农村教师，由张琢先生推荐了一篇关于鲁迅后期杂文辩证法问题的论文后，再复和我一见如故，竟然一见面就说希望我能到新成立的鲁迅研究室工作，并和林非先生一起"拔猛将于卒伍"，不遗余力地从廊坊调我来到中国的最高学术机构。最使我难忘的，是廊坊方面不愿放我时，我到他后来借住的东四六条一间小屋里求救。他一听我说明情况，二话不讲，立即放下正在紧张写作的《鲁迅美学思想论稿》，第二天一早就和我一起到廊坊反复劝说。当调动又出现阻力时，他又据理力争，排除一切阻碍，一定要把我调来。给予了这样大的帮助，却不仅未收过我分毫礼物，还总让母亲给我做饭吃。这是多么大的恩德啊！而受过再复无私帮助的，并非我一人，而是许许多多的人。当然里面也有负义的小人，再复也对这种人愤愤不已，但是总不改他的赤子之心，永远对人一片赤诚。他真是有着一颗金子一样的心，银子一样的心。二十八年以来，我之所以始终如一日地沉潜于鲁迅研究，做出一系列成果，并将终生坚持下去，写更厚更好的书，其中一个重要的原因，就是要以实绩证明林非先生和再复当初对我的一调，是非常有眼光，非常正确的。我没有辜负他们的重望。

菲亚安排我住进楼下靠窗一间书房，再复就在隔壁。我走进书房，见床上被褥全是新换的。菲亚说早就准备好了，就等我来住了。墙边一个书架上摆着再复到海外以后出版的新著：近二十种。一排书架已经放不下了。写字台对面的墙上挂着一个镜框，里面镶着他在香港城市大学做"高行健的文学状态"的演讲时的布告，上面有他与高行健的合影，都很精神，很有朝气。书架上还放着一张照片，拿过来一看，是我和他们夫妇在日本的合照。

我充满感激地道谢，又走到大书房，见旁边一个书架上放着一张老人的照片，尚未上墙。是再复的母亲，五月份刚刚去世。我深深地怀念她。吃过多少次老人做的饭啊！她真是一位伟大的母亲，再复七岁时，父亲就去世了，留下他和两个弟弟，三弟才两个月。全靠母亲的辛劳，把兄弟三人拉扯大。大儿子成为当代中国重要的思想者和文学家，三儿子成为东方航空公司香港分公司的执行董事，都这样有才和英俊。我知道再复心中是多么思念母亲，不愿引起他的伤痛，有意心照不宣。只是眼望着他母亲的相片，却谈起我的父亲，我说：

“我父亲1996年去世前不久，还向我问起你。说滴水之恩，必涌泉相报。像再复和林非先生这样在自己人生途程转折关头有过重大帮助的师友，是永远不能忘怀的。为人最可耻的就是忘恩负义，恩将仇报。势利小人最可鄙。我是在八宝山与父亲遗体告别时，看到北京市政公司的老工程技术人员，凡是能走动的，都整整齐齐地在寒风中站着，才明白了自己父亲的价值，他的告诫的分量。深悔自己大学期间为了表现进步，竟然批判父亲。其实，父亲的为人我比不了，那些要求我批判父亲的人更没有可比性。以后要再写一篇怀念父亲的散文。”

再复很感动，他见过我的老父亲，也看过我追思父亲的文章，说道：“要写，就着重写你父亲临终前的叮嘱：‘做好人，写好书。’做人的真理比其他任何真理都重要。”

是的。首先要做一个好人。

菲亚叫我们吃饭。我们一边吃着她精心准备的佳肴，喝着科罗拉多当地出产的极可口的啤酒，一边开怀畅谈。

再复兴奋地说道：“从功利的牢房，概念的牢房中挣脱出来，守持生命的本真，这才是诗意的存在。海德格尔晚年那么崇尚老子，就因为老子告诉他，人应当怎样诗意地栖居在人间大地之上。关于如何‘诗意栖居’这个大哉问，老子比海德格尔所喜爱的荷尔德林回答得更加清楚，而且早了整整两千年。五十而知天命，对我来说，出国后的‘第二人生’，就是知道老子所说的‘返’字，返璞归真，使我找到了生命的大方向，所以我把返回童心视为此生此世最大的凯旋。我已从沉重的阶级债务和民族债务中解脱，完全回到个体独立的状态，孤独的状态。刚出国时，我害怕孤独，现在则充满占有孤独的快乐。这种独立的、孤独的状态，与大众没有任何关系，甚至与社会也没有太多关系。我觉得我与大自然的关系，已经超过了与社会的关系，几乎是自然人，不是社会人。”

我知道再复是在做极端性的表述，他仍然关心社会，但是生命形态的确发生大变动了，的确得到了大自由。

我感慨地答道：“我真羡慕你的这种人生大自在。一进门，就感到了这种大自在。”

我们自由自在地畅谈到深夜。

黎明即起。天一亮，再复就起来了。我从窗口看见他在后院的绿草地上迎着曙光漫步、沉思，在挂椅上读书。

我赶紧洗漱完毕，到后院与再复会合。他高兴地让我坐在对面的塑料靠背椅上。后院的绿草地很大，中间、南边和西边有三处高大的树木，垂下浓浓的绿荫。荫凉下面都有舒适的椅子和茶几。草地边上放着除草机，再复说他经常在园子里除草劳动，一干就是一个下午。还在东北角种菜。自种的韭菜、茄子自家吃不完，常送给朋友吃。园子后方，可以看到黛青色的洛矶山脉。从山那边开来的汽车，由不远的公路上疾驶而过。

再复又兴致勃勃地谈起他的读书："中国文化整体，具有两大血脉，如同人体有动、静两脉。一脉重秩序、重人伦、重教化。这是以孔孟为灵魂的四书五经和之后的程朱理学，一直延伸到曾国藩、康有为等。另一脉则重自然、重自由、重个体生命，此脉以老子、庄禅为灵魂，上可追溯《山海经》，下可连接《红楼梦》和五四新文化运动。这第二脉就是'我的六经'。包括《山海经》《道德经》《南华经》《六祖坛经》《金刚经》和我的文学圣经《红楼梦》。中国的佛教著作虽多，但唯有慧能的《六祖坛经》被尊崇为'经'。抓住《六祖坛经》则抓住构成中国大文化'儒、道、释'三维中的释家一维。"

我说："我体会，慧能禅宗的精髓就是'静滤'，过滤人生的渣滓，'锤尽渣，炼尽灰'。向高境界升华。"

再复说："是的。人总得有点精神积极性。总得不断自救，不断提升个体生命的质量。而要向上升华，就要不断冲破窒息生命的概念。慧能发现概念是人的一种终极地狱，人的智慧并非人们熟知的那些概念，其实，许多大概念都是大陷阱，都可能让你产生语障、眼障、心障，让你的慧根善根全然灭绝。'本来无一物'，是说生命本来是没有概念的，有了概念，才有'法尘'，才有妄念。你我，正是在概念的包围中迷失的一代，整个青年时代全在'继续革命''阶级斗争''全面专政'的概念地狱中穿行。如果不是经历过这种刻骨铭心的迷失和地狱体验，如果不是尝尽概念的苦果苦汁，就不能理解《六祖坛经》，也不会认识慧能这个主张'不立文字'的天才，也就不能跳出旧的思维框架。"说到这里，他感慨道："我真为自己庆幸，庆幸能从概念网络中跳出来，从20世纪媚俗的思潮中走出来。"

听他这么一讲，我便说："这是书本上读不到的，主要还是得益于自己的经历。"

他高兴地回答："你说得太好了！我们这一代人，是穿越太上老君炼丹炉的一代，经历太特殊，经验太丰富，参照系太强大，西方学者没有这种经验。这正是我们的优势，中国作家和中国学者的优势。有这种优势，我们才不仅有小悟，有大悟，还有彻悟。超乎寻常的经历使我们大彻大悟。"

我说："这就是要不断地悟，不断地破障，破除心中许多虚构的东西。"再复说："是的。通过这种悟，你是大不一样了。你敢于面对历史悲剧，面对人文变迁的大背景，对奴性内涵进行了新的开掘与发现。"说到这里，再复强调要敢于正视走过的路，敢于正视那种种奴性的变态，他讲起在五七干校时，一位很老的哲学家讲过臭与香的辩证法。说起初觉得牛粪、猪粪和狗屎都很臭，后来经过贫下中农再教育和思想改造，想到大粪可以增产粮食支援世界革命，便觉得香了。说牛粪变香还有可能，因为里面有草，干了可以烧。燃烧的牛粪饼有一丝香味。猪粪和狗屎怎么变香呢？

我们都不禁哈哈大笑，感到蜷缩在奴性窠臼中的被扭曲的中国知识分子实在可笑极了，对五七干校这种奴役知识分子的错误政策无所觉悟，反倒要发掘出"美"来予以赞赏。而自己当初不也曾这样可笑过吗？不要光笑别人，还须忏悔自己。如再复所说：奴性不仅进入心理，还进入生理，进入潜意识。这是我们曾经共有的故事。

再复习惯地凝聚一下眉头，深沉地说："'文化大革命'，在一定意义上说，其实是王国维在《〈红楼梦〉评论》中所揭示的共同关系的结果，也就是共同犯罪。是我们共同创造了一个荒诞的时代。"

早饭后，再复开车带我去他所任教的科罗拉多大学东亚语言文学系参观，整齐、敦实的楼房，清洁、静谧的图书馆，和善、文雅的管理员，而且地处高原，温度适中，不冷不热，虽值盛夏，却凉爽宜人，真是做学问的好去处。

然后，再复又开车上了山。在科罗拉多气象研究所附近的山腰上俯瞰整个大学城。他说这个小城叫波德（Boulder），英语是石头城的意思。共十万人，科罗拉多大学就占三万五千人。所以全城基本上就是大学里的人和他们的家属。市民都主张保持小城本真的古朴，反对建高楼。每年市政府征求市民意见，问是否开发时，大家都回答：NO！塞林格（J. D. Salinger）写过一部名著，叫作《麦田里的守望者》。再复则借题写了《小城的守望者》，说波德居民保守而很有远见，他们就是要守住小城的自然风貌，守住小城的人际温馨，不让浮嚣吞没，但又拥有全部现代化的成果。正是这种小城、小镇，能够有效地调节资本主义的人欲横流。

我向山下望去，只见恢宏、旷远的高原朝着天际间伸展开去，只是北边的一小片绿树丛中掩映着大学城的红色楼房。我感叹地说："这就是大自然的本真状态。"再复肯定地说："这也是一种复归，复归于朴，复归于简易，复归于自然，扬弃浮华，扬弃摩天大楼的压迫，扬弃机械财富对人的异化，在现代化俗气泡沫中保持一点古典气息，反而很有价值。走向后现代主义，不是现代化的必由之路，倒是'返回古典'的思路保留了社会的诗意。"然后，再复又由社会谈到人，说："现代人也应有'复归于朴'的意识，不仅是回归于简朴的生活，更重要的应是回归于质朴的内心。也就是'诗意地栖居在大地上'。人有了权力、财富、名声之后，回归于质朴的内心很难，很难以'诗意地栖居'。人多半是风气中人，潮流中人。"

我接着说："是的。人往往很容易做权力、财富、名声这类虚构物的奴隶。尤其是文人，很在乎别人怎么看自己，怎么评论自己。有时则干脆自我吹嘘，或者找别人帮助吹嘘。听到好话就飘飘然，听到批评就恼羞成怒，不是欲置批评者于死地，就是自己自暴自弃。这其实是为了别人的看法而活，活在他人的评说中，被虚构的幻象所奴役。实际上，你是怎么样，就是怎么样，不会因不虞之誉而增一分，也不会因求全之毁而减一厘。冲破功、名、利、禄、权、势、尊、位的束缚，才能达到不受奴役的自由境界。"

再复说："对啊。这就是我所说的'完全回到个体独立的状态'，实现了人格独立。"

我说："也就是你在《红楼梦悟》中对林黛玉所说'无立足境，是方干净'这八个字的解读：'一切都求诸自己那含有佛性的干净之心，一切都仰仗于自性的开掘'，'彻底地依靠自身力量攀登人格巅峰'。照我理解，熊十力所说的'无所依傍''孤冷到极处'，方能与世相合，也与此意相通。"

再复说："'无立足境，是方干净'这八个字才是《红楼梦》的精神内核和最高哲学境界。曹雪芹把慧能的自性本体论推向极致。"

我说："是的。那么，延伸到社会问题上，政府也应该只是进行管理，让人民在民主与法制的规范中自由自主地生活。不仅生活上自由，精神上尤其需要自由。因为精神问题只能用精神解决，靠压制和暴力是解决不了精神问题的。思想是压制不了的。"山风拂来，我们都陷入深深的沉思……

山里的风光更美。第二天阴雨，我们待在家里，第三天一放晴，再复和菲亚就开车带我到山里去。路极平坦。汽车开在这样的山路上舒服极了，没有一丝颠簸，平稳地向前直进。青苍的树丛和赭黄的山石向后边流去，平展的大路在蓝天白云下面朝着前边的山峰延伸。不像在山中行驶，反而宛如在明镜般的平湖上行船。

再复说："就是半夜在这山路上开车也没事的。"菲亚提醒我："看，旁边山涧下的溪流多清多美！"

我朝山路边上望去，见山下一条清澈的溪水在向下奔流，激起翡翠般的青绿的水花。与山间青翠的松枝相映照，颇有情趣。

再复说："这是洛矶山顶的千秋雪融化而成的。"

是的。因为是雪水，所以才那样纯洁、晶莹。

再往前，溪流变成了一道瀑布，从一片湖泊边上倒悬而下。湖面很平，碧绿如染。绿水与青山腰上的绿树融为一片绿雾，笼罩着几处红砖洋房，好像是什么人的别墅。

我叹道："如果能在这里有座房子，悄然隐居，就太美了！"

再复和菲亚都笑了，以为我是痴人说梦。

驶过湖泊，来到一片平地，有几排房子。再复说这是一个小镇，可以停车看看，就在十字路口左前方的空场上停下来。

房子很简易，却很美观，张贴着五颜六色的广告，原来是旅游商店。走进一家，见摆满了琳琅满目的各色石头。再复说因为这里是石头城，所以生产各种各样的石头手工艺品。有磨制的盘、碗、烟碟、健身球，也有藕荷色的色彩斑斓的水晶石，还有珍贵的鸟化石。

从商店出来，重又上车，直奔这次山中行的目的地——赌城。

再复介绍说："那里原来是一座金矿，报废后建了赌城。这是个小赌城，起注很低，主要是退休的老人来娱乐、休闲。这是美国典型的世俗自由文化，有必要了解一下。"

赌城到了，是峡谷中的一片童话世界般的楼房。我们走进一家，里面满是一排排的老虎机，五光十色，彩灯闪烁。菲亚在这里玩，我和再复则走出去了。再复说，七八年前他还有"斗老虎"的欲望，现在欲望消解了，只爱山色，不爱物色。苏格拉底说过：人应当认识自己的欲望。在赌城山中，再复感到自己离欲望已经很远了。我们都属于一种"精神中人"，总在精神炼狱的深层苦苦熬炼，炼得"只剩下了思想的快乐"，向往简单的生活，对物质生活愈来愈失去感觉，离世俗世界越来越遥远，对精神却愈来愈敏感。我们之所以一见如故，以后数十年来，时间愈久，情谊愈深，就在于精神相通，思想相融相契。

我们来到一家赌城的阳台上，望着外面的大马路和对面红褐色的山体断层，继续我们的精神对话。再复又从欲望谈到《金刚经》："《金刚经》发现人的身体是人的终极地狱，身体产生欲望；有欲望，才有各种烦恼与妄念，才有'我相''人相''众生相''寿者相'等媚俗之相。所谓'空'，就是去掉欲望和它所派生的各种妄念俗相而回到生命的本真状态。对空最大的误解是以为空是空虚，不知'空'恰恰是拒绝妄念遮蔽的内在智慧的充盈。有了'空'，才有清明的意识。过去我们以为世界可以妄加改造，人可以做他人的救世主，其实这些都是妄念。清明的意识就是要放下这些妄念，真实地认知世界与认知自己，尤其是要认知人本身。人是一种非常脆弱，非常容易发疯，也非常容易消沉的生物。而禅宗，尤其是慧能，最能帮助我们赢得清明的意识。"

我说："我们实在是相融相契，不谋而合。20 世纪 90 年代，我开始大悟的时候，就想借鉴鲁迅的《病后杂谈》《"题未定"草》写几篇较长的杂文。其中一篇题为'人定胜天质疑'，说的是人只是宇宙间一个很偶然、很渺小的存在，人是胜不了天的，只能顺应自然规律科学，发展自己的生存天地，而不能将自己的意志强加于自然和社会。如果强加的话，必然会受到严厉的惩罚，后果不堪设想。"

再复欣喜地说："对啊！人绝不可以把自己当成是什么改造世界的救世主。"

我说："这就要改变我们的哲学，不是改造世界，而是顺应世界规律逐步改善人类的生活。一个好的哲学，能够拯救一个民族；一个坏的哲学，也能毁灭一个民族。这就是哲学的价值。”

再复说：“所以我们要汲取六经中的精华，融合出更加适应人类生存、发展的哲学。《金刚经》就是一个重要的参照系。”

我问：“《金刚经》不是产生于印度吗?”

再复停了一下，接着说：“《金刚经》属大乘般若体系中的佛典，产生于印度，但因为它早在公元402年便由鸠摩罗什从梵文译为中文，一千六百年来在中国广泛流传，不仅中国化，而且中国心灵化，完全成为中国精神文化系统的一部分血肉。而禅宗伟大的思想家慧能，则因闻他人诵读《金刚经》‘应无所住而生其心’而豁然开悟，投奔弘忍后又以《金刚经》为精神基点，把禅的思想推向顶峰，也才有深刻影响中国世道人心的《六祖坛经》。”

我接着说：“慧能的确是中国精神史上的伟人。”

再复欣然首肯：“慧能是个大思想家。他开创了没有逻辑、没有分析的思想的可能性。常人都说风动、幡动，他却发现是‘心动’。此一发现，如同晴空雷霆，力透金刚。慧能的人格力度，不是表现在‘造反’，而是表现在力透金刚的拒绝。高行健的戏剧代表作之一《八月雪》，其主人公便是慧能。他是个宗教领袖，但拒绝任何偶像崇拜；他名满天下之后，唐中宗、武则天请他入宫当‘大师’，更是拒绝。最后他甚至打碎传宗接代的衣钵。慧能很了不起，他拒绝进入任何政治框架，拒绝参与任何权力游戏。他的清明意识告诉他，一旦进入就会失去人间最为宝贵的思想自由与表达自由。《八月雪》表现的正是人如何得大自由、大自在的真理。去年我在台湾‘中央’大学、东海大学讲《金刚经》《六祖坛经》，就把这两者视为个体生命得大自在之经。”

科罗拉多的赌城竟然成了我听再复讲禅的课堂。

晚上，菲亚与我们在餐厅会面。她竟赢了两百多美元，我开玩笑道：“这是因为再复在赌城谈禅带来了好运。”

吃过有名的免费牛排，已近黄昏，我们坐进车，再复又重开上了山路。不久就出了山，进入荒漠的高原。再复情不自禁吟诵起陈子昂的《登幽州台歌》。

夜里电话铃响，我惊醒后，听到隔壁再复起来接电话，就又睡去。翌日早晨，他关心地对我说：“梦阳，半夜吵醒了吧？真抱歉。是《南方周末》来电话，要登《我的六经》，编辑也不知道美国的时间正是半夜。”

我知道再复的脾气，总怕对不起朋友，总是责问自己，便说：“哪里话，我睡觉很好，不怕吵的。”

我走进他的房间，恰好《南方周末》来了传真，把清样传来了。他坐下仔细校核，又把另外一叠手稿交给我看，说：“这是《红楼悟语》新作一百则的前二十则，《万象》杂志这一期登，将分五期登完。”

我为国内媒体纷纷刊登再复的文章感到由衷高兴，连连说：“国内读者会高兴的！”

又看他的手稿，是再复独特的笔迹，刚劲、清晰、整齐。我原来想催促他学电脑，但看到他已经习惯了手写，进行得非常娴熟，又有传真机与媒体联系，就打消了这个念头。吃早饭时，嘱咐菲亚说：“一定要好好保存再复的手稿，将来会是宝贵的历史文物。”菲亚连声答应。我又叹道：“一用电脑，反倒存不下手稿了。”

再复为李泽厚先生已回北京感到遗憾，我说看看李先生的房子也好。下午，再复就带我去了仅隔一条街的李家，留影纪念。

我看着这条街，感叹道：“科罗拉多，洛矶山下，波德这个石头小城的这条小街，这相距一分钟的两所房子，会成为历史遗迹的。”

是的。我有这样的信念：历史是公平的，中国思想史上一定会留下这两位思想者的足迹。他们都在为中华民族，为全人类进行着历史的反思。他们不是智力游戏者，不是学术姿态表现者，而是有力量正视历史和现实生存状态，有力量跳出老思想框架，有力量诚实地认知时代的人。仁厚的天父地母赐给他们一个天缘地情，让他们住在一城，简化各种社会关系，得以沉浸于思索。

再复说他经常和李泽厚先生一起，从这里出发，到前面的旷野散步对话。我说：“那么，你就带我也走一遭吧！”

于是，我俩向旷野漫步而去。这真是空旷的原野，先是一大片绿草坪，碧绿碧绿的，有好几十公顷，像是把众多人家的绿草坪搬到这里，连在了一起。然后是一个小湖，南岸是一个狗公园，社区居民傍晚可以到这里遛狗，在湖边给狗洗澡；北岸是老年活动中心，里面有游泳池、健身房和桑拿浴房。再过去就是广漠的荒原，一直延伸到地平线上。在荒草丛中有一条清冽澄碧的小溪，是雪山溪流的分支，在汩汩地流淌着。

再复走得很快，边走边说。说到兴头上时，肩头轻轻地耸动，两腿向前跃步，像孩子一样天真无邪。他见我有些跟不上，才放慢了脚步，说：“你还是走得少，我们几乎是天天都这样走的。”

我服气地说：“看来你身体比我好。六十六岁不戴花镜，牙齿也完整。我比你小四岁，今年六十二，眼睛却早就花了，牙齿也缺了一大半。都是因为缺少这样的环境，这样的锻炼。”

再复笑笑，把前额已经稀疏的黑发往脑后甩了一下，说道：“我不属于‘牙痛党’（鲁迅语），也不属于眼花党，但属于散步党。在这条路上，和李泽厚散步了无数回，也倾听和讨论了无数回的思想史与美学史。泽厚兄是个很有原创力的哲学家，与他相处十多年，我对中国思想史也娴熟于心了。”他又说，“我和李泽厚对话的第一集是《告别革命》，第二集是《返回古典》，还没有整理出来。《告别革命》书中早已说明，我们并不否定以往革命的历史合理性，只是不赞成把暴力革命视为历史必由之路，视为唯一圣物。”从言谈中，我深切感到再复对鲁迅充满了敬意，对瞿秋白那样的为中国革命慷慨赴义的革命家，从内心里蕴含着深情。我们都认为：瞿秋白的《多余的话》，是20世纪中国最美最真的散文之一。他说自己成为共产党的领袖，是“犬耕”，并总结出一条重大的精神教训：一个作家可以关心政治，但是不可以从政。一旦从政，就进入了“绞肉机”，不但改造不了世界，而且还绞杀了自己。我们应该铭记瞿秋白在最后一息时给我们这么真挚的忠告。记住这种忠告，才可能有清明的意识。我们还不约而同地坚定认为：鲁迅不仅创造了全新的文体，而且他的思想与精神代表了一个大时代的深度。鲁迅没有过时，包括他对儒家文化的批判至今也没有过时。他高举的人的旗帜，反奴性的旗帜，科学和民主的旗帜，应该永远在我们故国的天空中高高飘扬。

再复又说：“我们对中国近代史提出一种新的认识，认为近代史不仅仅是三大革命，太平天国、义和团、辛亥革命的历史，还应当包括洋务运动、戊戌变法等改良运动的历史。中国近代史是一条线索的历史，还是两条线索的历史？近代史应当要讲争取民族独立、民族革命的历史，反对帝国主义和专制王朝统治的历史，但能不讲一百多年中国接受现代文明、不断走向现代化的历史吗？评价历史人物，应当超越党派和意识形态，看其对中华民族的进步做了哪些实事，讲的是‘实’，不是‘虚’，这恰恰不是虚无主义，而是求实精神。以往人类的历史是否就是阶级斗争的历史、暴力革命的历史？历史的主要脉络是生产力的发展，包括生产工具的变革，还是暴力革命？我和李泽厚认为，阶级斗争、暴力革命在历史长河中，只是一些瞬间，一些短暂时期，主要的脉络应是生产力的发展。当社会出现阶级利益冲突，包括世界秩序冲突时，现在仍有这种冲突，如贫富悬殊不均的冲突，那么，面对矛盾冲突，应采取什么解决办法？是把阶级斗争、暴力革命作为‘第一优先’的选择，还是把阶级协调、改良改革作为第一选择？我们认为暴力革命是不得已的选择，能通过协商、调和、妥协的办法解决，总是比火与剑的大规模的流血办法好。”他又说：“思想者与知识人注定是世界公民，天职是为人类服务，为最广大的生命着想。《告别革命》是我们个人心灵的苦汁，但包含着对人类最深的挚爱，当然也包含着对故国同胞最真挚的爱。”

我说：“我细读了你的新著《红楼梦悟》，感到你所提炼的‘大观’二字就大有文章可做。”

再复兴奋地说：“对啊！《红楼梦》里的大观园的‘大观’二字极有意思。有‘大观’的视角，才有清明的眼睛，清醒的意识。党派的、集团的视角都属小观的视角。争论来争论去，总也辩不清。但如果以‘大观’的眼光去看，用《红楼梦》里的‘天眼’‘佛眼’‘慧眼’去看这个世界，就会有新思路、大思路。在西方校园里流行的德里达等，也是小思路。没有大观的眼睛，只有智力游戏。后现代主义，只讲破坏，不讲建树，归根结底，也是小观、小知。”

我说：“是的。重要的是提升我们的眼界。我后面所要写的三种版本的鲁迅传和《中国鲁迅学百年史（1919—2019）》，就是要以大观的视角，清明的眼睛，清醒的意识，来反观鲁迅和他的时代以及百年来对鲁迅的认知史。”

再复说：“当我们以大观的眼睛看世界时，就会觉得一个人，不管是谁，都不过是茫茫宇宙中的一粒尘埃，是到地球上走一遭。因此，无论取得怎样的成就，或者处在怎样艰难的境遇中，都会抱以平常心。”

我们在旷野上漫步、畅谈，谈人生，说历史，讲《红楼梦》，讲如何走出老题目、老框架，无所不及。苍穹在上，大地在下，我们体验到了一种大旷野精神和大宇宙意识。正如晚霞之所以有比朝霞更美丽之处，就在于他成熟了，升华了……□ 2007・6

叹息就是我的歌唱

□牛　汉

我从小是放羊的孩子，经历过大灾大难。新中国成立以来，也过得很不平静。我是个很普通的很真实的人。从十五六岁写诗，到现在八十四岁，没有动摇，没有违背人文的精神，坚持写到现在，真是很难，很难。在当代中国，作家、诗人要保留个性真是很难。

我是有个性、有脾气的，一生的经历与民族命运息息相关。如果没有抗日战争，我可能一辈子活在晋北。我们家较贫困，地里收的粮食不够吃，一年缺两三个月的粮。我只可读到初中，大了以后也许可当个乡村小学教员吧。

直到现在，我没有自己写的完整的自传，只有简历，只有片断的回顾，零散，不完整。我这长长的、曲折的一生，经历过哪些不同的事件，是怎么活过来的，写诗经历过哪些变化……这样好好回顾一下，可以给后人更多的启发。历史有血泪、悲欢，实在太复杂了。

我只是诗坛中的一个老人。中国当代诗坛有许多人，有艾青、郭小川、绿原、李瑛、郑敏、臧克家、贺敬之、邹荻帆、公刘、邵燕祥、穆旦、曾卓……很多很多，各人有各人的道路，都是一生都没有放下笔的诗人。新中国成立后各人有各人的变化，有些人堕落了，甚至背叛了诗，背叛了人生。

新中国成立后有一段悲惨的历史，虽然现在有变化。

我是五四运动后不久诞生的（1923 年），生于中国最混乱、动荡的年代，我个人的命运和国家的命运是息息相关的。我不逃离，不背叛，从热血青年到热血老年，一直到老，血还是热的。冷血的人是不会写诗的。当然，相对来说，我还比较狂躁，还要加强冷静的思考。沸腾的时候多，沉思冷静思考不够，不像冯至，所以我特别敬佩他。但我也特别不认同游戏人生。我厌恶一些人玩弄人生，昏天黑地地混混。个人享乐我不会。我从来不混，我总是思考国家民族的命运。因为我的命运受国家命运的牵制。我不是很自由、很安静的人。到现在还是忧国忧民，还是期盼着国家有彻底的、体制上革命性的变革。各个国家，包括美、日等都有它的问题。中国的根本问题，是没有健全的民主法治。推翻清政府和军阀的统治，却没有把专制主义彻底推翻。“五四”有革命的意义，也有些过头。从诗来说，清朝末年已经有自由体诗。胡适、郭沫若都是国学根基深厚的人，他们提倡白话诗，有过头之处，把传统全扔掉了。他们没有强调古典诗词的传统。

中国诗歌有几千年的传统，近百年来中国的诗歌也在各种影响下发生变化。

我认为仅仅直面人生是不够的，要绝对投入，要不惜个人牺牲，要斗争。所以我自命热血老年，写诗不是为了发泄私人愤懑，而是反映时代的苦闷、希望和梦想。我和诗的激情是一致的，是生命的表现。我的每首诗都体现了中国人——普通人内心的感受。后人研究我的诗，也认清了这一段历史。不仅仅是诗，而是历史的悲剧，诗所反映的时代。为什么苦闷？为什么痛苦？我是个普普通通的人，可那个时期就这么活着，一辈子没有写过一首快乐的诗，温柔甜蜜的诗。不是不喜欢。我活着本来就是为了写一首快乐的诗，幸福的诗。但没有，没有这样的人生，哪来这样的诗！

在我而言，很想有这样的快活和甜蜜，但是没有。当然，有人劝我超脱个人的苦难，但我做不到。也许就是写苦难的命，我没有写过一首欢快的诗，包括情诗。给第一个爱人王浒（天水国立五中同学）写过长诗，那也是痛苦的诗。我不抽烟，不喝酒，首先因为见有人在穷困中借钱买烟，心里不好受。1944 年冬天去不成延安，我和几个同学在西安的小馆子里喝过酒，喝三五两没问题。小时候跟祖母喝过自酿的黄酒，暖肚子的。但终究还是不喝，连啤酒都不喝，说不喝就不喝，你说我什么都可以。有点怪，不会享乐，活得很简单。也许片面，但总是和生存环境有关，和时代有关。在咸宁五七干校，韦君宜唱语录歌，用洋嗓子唱《五月的鲜花》，她看着我，叫我张嘴、张嘴，叫我唱呀、唱呀！我不唱。我倒是爱叹气，我的叹气是多少年养成的，不是悲伤，是生命中有不吐不快的东西，是活的伤疤的呼吸。不叹气不畅快。

作为一个诗人，我没有写成很多好诗。我已拼上命写诗，但还没有像国外的一些诗人，如歌德、里尔克、莱蒙托夫、茨维塔耶娃等那样。

中国的整个诗坛，就跟我的家谱一样。百年中国诗歌，有一定成就的，我每个人都仔细看过，读过。而每个诗人的出现与消失，每个诗人的变化我都理解。历史的残酷与个人的软弱，胡适、郭沫若、卞之琳、田间、艾青……有的人后来为什么不写了，我能理解。

贺敬之教训我，你总强调个性，那不过是“小我”，他说他写的是“大我”。我宁愿一生写“小我”，有血有肉，真正的人的诗。“小我”有远大的理想。所谓“大我”，是空空洞洞、无血无肉的驯服工具！“大我”不是人！离开个人还有诗吗？还有什么个性？所谓“大我”，是人写的诗吗？中国这几十年不是养育诗人的时代。离开个人的苦难是空洞的。我最恨那种摇身一变，变成“大我”了的人。有的人受了二十多年委屈，是遭过罪，经历过大苦大难的人，但在重要关头那种态度，真是可怕。我不会的。历史的残酷和个人的软弱把人性扼杀了。平反后，像我这样坚持写诗的很少，大多数不写了。有些人还写，但懂政治的人知道怎么写，有人甚至变成了工具。我理解、同情不写的人。

在现实面前各人有各人的苦难，历史就这么残酷。我特别憎恨的是背叛，是出卖。

"胡风集团"事实上不存在。"七月"诗人实际上分化了，1955年以后，更是各走各的道路。"四人帮"垮台了，所谓"胡风集团"并不都是好朋友，胡风家里有过聚会，但并不亲热。

我不是空洞的浪漫主义、理想主义。我的诗单薄，形式上不凝练，这方面的努力还不够，所以好诗不多。但重要的是自由的表述。固定的形式我是不承认的，十四行诗一首没写过。

我赞赏的是真实的人，不要背叛国家，也不要背叛朋友。诗写得好不好不要紧，诗即使写得不完美，默默在家待着。但作为人，"以人为本"，要清清白白做人，不去迎合，要堂堂正正地写诗。

诗，我写得不完整，不完美，但问心无愧，对得起诗歌，对得起胡风、艾青、田间，对得起祖先。我可以努力完成田间、艾青没有完成的东西，我从他们那里得到力量。他们的矛盾、痛苦给我力量，让我清醒。艾青晚年还是很努力，但各种原因影响了他。过去老一代诗人，包括鲁藜，年轻时写得好，后来写不下去，但他没有背叛。

彭燕郊参加过新四军，写了好多近似艾青的诗在《七月》上发表，如《战斗的江南季节》。他没有背叛诗，没有堕落。他住在湖南省博物馆，一个人住一间房。他在湘潭大学教书时感情出轨，被取消了省人大代表资格。老婆跟他离了婚，他内疚。他待在那房子里，看书，写诗，跟流行的绝对不一样。他个性太孤独，我非常理解他。他从没有背叛，很清醒。他跟老婆离婚后并没有完全分开，还在一起吃饭。我很为他难过，他是真实的。他今年86岁，身体还可以，诗还默默地写。

一个人的变化不要简单地批判，除非他背叛了。大家痛苦地活着，没有背叛祖国、朋友、诗，就应该受尊敬。

应当广泛地研读外国诗歌。田间不大看外国诗，艾青是看的。到20世纪80年代，我意识到了，要借鉴学习人类文化优秀的遗产，就算是补课吧。世界范围内优秀的诗歌对我的影响很大。我最后的诗，受国外的诗的触动很大。

歌德81岁还写诗，还谈恋爱，这对我影响很大，对我有启发。毕加索对我也有影响，毕加索、蒙克我都认真看了。我买了不少画册，我吸收了其中一些境界、技法。重要的画展我都去看。

最珍爱的是做个真实的人，就像彭燕郊，活得很苦，我同情他，他有缺点，但没有背叛朋友，没有背叛诗。

田间跟我谈，他感到苦闷、痛苦，对诗有感觉，但好多思想问题没有解决，所以痛苦。他1985年去世了。艾青晚年也痛苦，但没有背叛诗。

艾青、田间都没有完成一生对诗的追求。但给我的启发是：我不能这样，整个人生态度要超越他们，绝不含糊。我要继承他们，他们没有达到的境界，我要努力达到。心愿如此。我要在这方面超越他们。

戴望舒一辈子写了不到一百首诗，但他对中国诗坛的贡献足以不朽。1949年华大春节联欢会他来了，表情苦闷，坐在那里一言不发，精神不太好。开完会后，成仿吾让我去看看，当时我是成仿吾的秘书。我去看戴望舒，他住在现在宣武门的一个王府里，当时是华大三部的住地。他住南房，只有一间，很暗。我说："成仿吾让我来看你。你身体是否不大好，有什么困难可以提出来。"我还说喜欢他的诗。他不笑，他说想改变工作，想到外文出版社和杨宪益、戴乃迭他们一起搞搞翻译。我回去后，汇报了，但他很快去世了。他脸上有麻子，但眼睛挺大，并不难看。他的女儿还健在。1998年在朝阳文化馆，还见到过他的女儿。他女儿还记得我那年去看他爸的事。我永远忘不了他那发青的面容，阴暗的住房。

卞之琳早年——20世纪30年代在北大到抗战初期写的诗很精美。卞之琳不是猛打猛冲的人。卞之琳的晚年是安安静静的。我给他编过诗。

施蛰存，鲁迅骂他，他从来没有报复。他是华东师大的教授，是最早搞现代诗的，一直是批判对象。施蛰存晚年时我到过他家，见过两次，人十分清醒。

张志民这人很好，1989年风波后，邵燕祥从美国赶回来，他说，邵燕祥能回来，表明邵燕祥是爱国的，应该表扬。当时，张志民和邵燕祥都是《诗刊》的负责人，邵燕祥跟我谈到这件事，对张志民很感激。但张志民的诗写不下去了。他的代表作是《死不着》。

中国的诗坛发展艰难。1979年后1985年前朦胧派诗、新生代的出现是略有复苏景象。但现在在世界范围内，中国诗歌的生存状态是不理想的。现在中国诗歌的生存环境，还不如五四时期军阀统治下的北平三四十年代的上海及抗战时期的重庆。诗歌是个人创作，但需要有交流的生存环境。

为了中国诗歌命运，也可以说为了国家民族命运，我不惜抛头颅，洒热血。我不会离开这个国家，还会继续努力奋斗。中国诗歌还在艰难跋涉，我是一个跋涉者。不少人比我年轻，也经历了诗歌之外的打击。我相信，在跋涉的路上，我不是孤单的。

我到日本访问过。日本有两千多家诗刊，法国有五六百家诗报刊。中国诗人太难，只有不顾死活地写，也许能有所作为。

我已八十四岁，真的诗不是想有就会有。我写诗的激情毕竟不如过去了。我还想把历史上经历过的重要的事情写一写，不会很长，几万字吧。写点随笔吧。如为冯雪峰辩诬，如关于聂绀弩等等。80～90岁这个年龄段，毕竟多数人都走了。

我从不喝酒，从不抽烟，几十年来，只叹气，叹气真舒服！我年轻时爱唱歌，后来不唱了。叹息就算是我的歌唱吧。

大自然、土地、故乡对我的培育，劳动的亲切，我永不会忘记，我会从中吸取智慧。一草一木的生命都启发了我，就像门前阶梯缝隙里的小花小草，那生命的智慧很不简单。我从它们的姿态中吸取了生命的营养。它们不会写诗歌唱，但我能从中得到诗意。从蚯蚓、根、蝉……一样能得到诗意。我就是这么个人，不是书呆子，所以不能成为学院派的诗人。1987 年，《中国》停刊后，我更开阔了一点，所以有《童年牧歌》中对土地等等的感悟，对土地，对大自然，我感受到它们给我的智慧、诗意，我和城里长大的人不一样。80 年代末有那样的感悟，才写得出《童年牧歌》，回想起来还很怀念。

2003 年，我曾经写过一篇文章《我仍在苦苦跋涉》。那是在获马其顿共和国"文学节杖奖"之后写的。我说："在中国众多的诗人之中，在诗歌的创作领域中，我从不认为自己是一个杰出者，但是我的确是一个不同寻常的虔诚的跋涉者。我虽平凡却十分坚毅。"

我就是这样一个人，一个平凡却又坚毅、执着的人，一个很真实的人。

（本文由何启治、李晋西记录整理）◻ 2008 · 2

杨周翰：在矜持的背后

□ 柳鸣九

杨周翰先生去世已经有十来年之久，说来奇怪，我还经常想起他，他是我已故师辈人物中经常引起我怀念的一位，虽然我跟他接触甚少，甚至可以说只是点头之交。

杨周翰是北京大学西语系的教授，在西语系，以曾获牛津大学过硬的学历与讲得一口地道牛津腔英文而闻名。20世纪整个下半期，中国高等院校文科所有的学生，恐怕没有人不知道他。那个时期，以他为主所翻译的两本出自苏联学者之手的欧洲文学史论著，曾经是大学生们所能读到的仅有的两本此类史书；到了60年代，他领衔主编的《欧洲文学史》上、下册更是新中国成立后第一部中国人自己写的此类论著，很快就成为高等学校文科的必读书与教材，一直到改革开放后仍然如此。与他并列主编的还有北大的两位著名教授吴达元与赵萝蕤，而参加其中个别章节编写的还有冯至、田德望、闻家驷、朱光潜、沈宝基、盛澄华、戈宝权以及杨耀民等学界名人。此书的编写实际上集中了北京大学西语系所有文学史教学的精华，作为领衔的主编，杨周翰的重要学术作用是不言而喻的。其中一个不可忽视的原因，是杨周翰当时一直担任西语系外国文学教研室的主任。据我所知，在北大西语系，语言教学与文学教学是严格分开的，有关文学教学的教学任务与人员编制都集中在文学教研室，朱光潜、闻家驷、赵萝蕤、李赋宁都属于这个单位，因此，在一定意义上，杨周翰曾经是一只“领头羊”，用今天的话来说，就是“领军人物”，至少是个组织者。

在“大军团”合作的项目里，往往很难看出参与者各自独特的学术个性，《欧洲文学史》甚至没有说明哪一章哪一节是由谁执笔，何况新中国成立初期阶段，在文化理论意识形态上一直就是向斯大林——日丹诺夫苏式论断“一边倒”，即使像杨周翰这样有深厚西欧文学修养的学者亦不可避免“讲套话”的命运。学者的精神素质、兴趣选向往往只能从其个人的学术文化作为中看出若干端倪，而且还得看学者本人是否有此自觉，以及社会大气候是否提供了实施的可能。据我所知，杨周翰除了在北大教书育人、主编了《欧洲文学史》外，在译著方面，主要的业绩是翻译了罗马诗人维吉尔著名的史诗《伊尼德》与奥维德的《变形记》，在著书立说方面则留下一部关于英国17世纪文学的专著。

在当时，译介与论述欧洲19世纪浪漫主义文学与批判现实主义文学几乎是时髦成风。杨周翰所潜心致力的这几个项目全是“冷板凳”，而且其难度也很显而易见，至少两部罗马史诗的翻译就要求译者精通拉丁文，而17世纪英国文学研究对中国人显然也较为远僻，但它们对于近代欧洲的文学艺术发展而言，却都是不可忽视的源头。在这里，杨周翰表现出了一种纯粹古典的文学趣味，一种长途跋涉、究本求源的学术热情与不畏艰辛的治学态度。特别值得注意的是，他的《英国十七世纪文学》绝非一部平凡之作，它的论述范围完全达到了文学史的广度与规模，而论述的深度却大大超过了即使是很具有分量的文学史著作，而达到专著专论的精深之度。以我之浅见，它是新中国成立后英国文学研究领域中最有分量的一部学术力作，甚至直到今天仍可以这样说。

在北大时期，我们是抬头仰望着杨周翰在隆起的学术舞台上活动。大学毕业后，我自己也有幸蹭上了这个平台，得以比较近距离地接触杨周翰。先是因为杨周翰是“古典文艺理论译丛”的编委，而我正分配到这个刊物的编辑部当翻译、编辑；后来，中国社会科学院外国文学研究所作为全国外国文学研究的一个中心，经常举行一些会议与学术活动，杨周翰从来都是被邀请的重要来宾，而我这个研究所的“中青年业务骨干”总有机会忝列于这些会议与活动，这使我有了一些与杨周翰“同会”的荣幸。虽然从来没有“共事”的经历，甚至从来没有学术上的交往，但我在生活中经常喜欢当莫里哀所说的那种“静观者”，特别是为我当时所景仰的人物，这些“静观”成了我精神受益的一个途径，也成了古稀之年感怀的源泉。

我所见到学术场合上的杨周翰是一个绅士风度十足的人，他这种风度不是表现在衣着上，而是表现在谈吐上、在行为举止上，特别是在由于教养、因内而外却难以言传的气度上，当然，他的衣着也很整洁、贴身、讲究，虽然他经常只穿布料的中山装，几乎从来不穿正式的西装；当然，他的行为举止中也有那么一个令“同会者”颇为头疼的习惯，那就是他有抽烟的习惯，而且烟瘾不小。但你不可否认，他抽烟的身姿与手势均甚为优雅，绝无瘾君子那种洋洋自得、摆谱作秀、旁若无人的狂态。应该说，他在场面上有一点著名学者似乎不可避免的那种威严，如果说威严过重了一点，说矜持是蛮可以的。的确，他不苟言笑，谈吐虽然得体、平和，却并不那么使人感到亲切，风格显得古板，似乎颇得严谨的英国绅士之真传，至少是英国风习熏陶的结果。对他的同行同辈，他都很彬彬有礼，但显然很有距离，甚为严谨、矜持，甚至似乎有点“端着”“挺着”的味道，在我这个“静观者”看来，他的神情神态中，仿佛总有一种沉郁的甚至低压的成分，也许是他某种内心状态的外化与流露，究竟是什么，我始终说不清，直到他去世后我听说他的某些“存在状态”，才比较有了若干理解。要知道，“学场”并不比“官场”简单、纯净，这里的一切，也往往是政治处境、权位等级、学养高低、成就大小的综合反映，一个人在这场合里的行为方式、处事风格往往有其深层的缘由。

也许在学场上我对他来说不是任何关系的体现者，只是较远处的一个后辈，因此，从我个人的极少的几次接触经验中，杨周翰先生倒是充满了善意与热情，特别使我感到平易亲和、坦诚率直，完全像一个宽厚、慈祥、热心、有亲和力的长者，虽然我跟他很不熟，也从不敢主动接近他。至今我念念不忘的还有这样两三件事：

大概是在 20 世纪 80 年代后期，一次在会议的间隙中，我在过道里遇见他时，他突然主动问我，对比较文学感不感兴趣，还说“我觉得你有条件做些比较文学方面的工作”，然后他又告诉我，次年有一次比较文学的国际会议将要在国外某地召开，如果我有兴趣的话，他可以介绍并推荐我赴会并参加有关的国际合作项目。众所周知，从 80 年代起，中国学术理论界就产生了一股强旺的比较文学热，高等学校里大有文科师生言必称比较文学之势，但真正有资格、有条件从事这种研究的人士并不多，杨周翰就是其中的佼佼者，并以其学识与活动蜚声国内外的这个学界。说实话，我当时非常受宠若惊，且不说被推荐去参加会议与项目，仅仅“有条件去做”一语就使我大受鼓舞，我感到他显然关注到了我从批日丹诺夫到对萨特作重新评价等等一系列学术活动，并明显地表示了赞赏的态度。也许，因为我在现实生活中，几乎很少得过什么“知遇之恩”，所以，我对他当时这一主动热情的建议与引荐，的确产生了几分感恩之情。但是，由于我“胸无大志”，总觉得自己连一个国别的文学都还没搞透搞到家，还是先不要扩充疆土、跑到世界各大国文学之间的空旷地带里高谈阔论为好。更主要的是，我 80 年代基本上都在忙于完成自己的三卷本《法国文学史》，实在无暇他顾。因此，一直没有响应周翰先生的召唤，此事便不了了之，实辜负了杨先生的一片厚望。

另一次则是更为短暂的相遇，短暂的三言两语，甚至只是一两句话而已：也是在大家同赴一次学术活动时，在大厅等电梯不期而遇，杨先生像填充空隙时间地随便对我说一两句令我终生难忘的话，那显然是一个长者对一个后生表示赞许的话，至少有点居高临下，却使我当时就心头一热。他当时这样说：“你发表在报刊上的文章我看过一些，我没有想到你还能写得一手好散文。”我当时感到，他指的大概就是我那些观赏巴黎人文名胜与拜访巴黎名士的散文随笔，对那些文章的社会反应我虽然也略知一二，但是得到一位我所敬重的师长当面的首肯赞评却是第一次，拙文承他看得入眼，实在是不才的荣幸，我当时激动得只来得及语不成句地嗫嚅了两声表示自谦，就到了进电梯上楼的时候了。

还有一次，同在南京参加外国文学研究会的年会，南大的程曾厚先生盛情邀请杨周翰、郑克鲁与我去他家做客，以美味佳肴款待。杨先生比我们三人都年长许多，他应邀出席，在我看来颇有点“屈尊”，但在整个活动中，他亲切平和、谈笑风生，与我们完全打成一片，实无平日尊严、矜持之态，就像我们一位年长的“哥儿们”。

在外国文学研究翻译界，因为杨周翰待人处世颇为矜持，平日不苟言笑，时有沉郁凝重之态，不止一个人便认为他“有架子”“为人孤傲”。在这种冷调舆论背景下，我心目中却始终保持着他以上两三个热诚和善的人情人性关怀的亮点。

杨周翰先生于1989年离世，由于癌症医治无效，听说，确诊之后，他仍保持着对文化学术工作的热忱，还和人谈起自己种种有待完成的工作与项目，但他终于未能抗住病魔，没有多久就逝世了。

他去世后，我陆续听到若干对他的叹谓，对他的了解反倒比他生前时较为多了一点。在现实生活中，他显然活得并不顺心，不尽如人意，甚至不无伤痛，最明显的一点是，虽然他与夫人王还教授，可谓英美语言文学界的精英夫妇，可是他们的两个孩子却由于“文化大革命”、上山下乡而丧失了正常的学业，当时都没有能上大学，因此，就业与工作都曾受到了严重的影响。“君子之泽，五世而斩”，这在存在着世袭制的封建时代似乎颇有“沧海桑田”之慨，但比起社会变化激烈迅速的20世纪中国已经够得上是“永世长存”了，在这里，“君子之泽”有时几乎是急速而“斩”，特别是知识文化的传统承继，在著名的“文化大革命”里，书香门第、文化知识家庭之“泽”瞬息“而斩”者尤多。杨周翰所遇到的显然就是这种残酷的社会现实，他作为知识界的精英眼见自家的文化知识之“泽”还没有到他自己身后即一斩而断，其内心的不平静与痛楚是可想而知的。如果他身上确有某种若隐若现的沉郁与凝重的话，我过去对此不甚理解，现在似乎有了理解了。

除了家庭际遇外，杨周翰个人的学术际遇也有明显的不顺心、不得志。据说，新中国成立后他在学术职称的级别上，一直居于人下，直到他逝世前不久才有所上调，虽然他的学术业绩、学术作为一直都是显著卓越的，他在学术领域里突出的重要作用是有目共睹的。说实话，我听说这一不平时深感意外，没想到会有这种事。人生就怕碰见这种同类之中彼高此低的不平，此种人为的区分平添了人世的一些纽结。今天，我自己觉得对杨周翰的凝重、沉郁、矜持似乎又多了一点理解。既然要面对不平，而它又是被盖上了权威的图章，并且无时无刻不固化在现实的待遇里，刻印在周围人们的潜意识中，那么，采取一种凝重、沉郁、矜持的态度予以应对，就是再自然不过，再合理不过的了。这只不过是对现实的一种含蓄的摈拒，是一个强者为了不丢失自我所采取的自持自尊的姿势。倒是我等后辈从个人的接触中，却见到了一个热诚率真的杨周翰。□ 2008·2

高行健从花城起步

□苏　晨

整理藏书时翻出了高行健的《现代小说技巧初探》一书，发现夹在书中还有一封他在出书当时写给我的信。

2000年诺贝尔文学奖得主是高行健，他是第一位获得诺贝尔文学奖的中国作家，获奖作品是长篇小说《灵山》。

不知道是不是可以这样说：高行健的文学创作生涯，是从花城起步的；这个“花城”，指社址在花城广州的花城出版社，和花城出版社出版的文学杂志《花城》，也还有《随笔》。因为他平生第一部小说——中篇小说《寒夜的星辰》，发表在1979年11月出版的第3期（也是总第3期）《花城》上。这一期《花城》42.7万字，因为身为《花城》负责人的我思想有些保守，怕万一有积压名声不好，不敢多印，12月又第二次印刷，两次印刷共发行37.5万册，还算可观了。可是我上街看看，在广州，书店前还是要排起“长龙”争购。所以《花城》第4期已是印刷60万册，而广东省新华书店经理老红军老叶还登门找我让印100万册，我仍然不敢印那么多，也认为不值得印那么多。那么，《花城》第3期即便是发行37.5万册，平均每册有3位读者翻过，高行健这时候也已经至少有120万位以上的读者。当时我也是花城出版社的负责人，同样，他平生第一部文学理论著作《现代小说技巧初探》，也是由我签发，于1981年8月出版，而且也同样是由于我思想有些保守，还是怕有积压名声不好，第一次印刷只印了1.750 1万册，书店很快销售一空，12月第二次印刷才印到3.5万册。后来还有再印，印到多少我已经记不得。《现代小说技巧初探》只9.9万字，一部分曾先在也是由我创办的《随笔》上连载，一时很受欢迎。已故著名老作家叶君健教授先后写了几封信给我，建议出书，这才停止连载出版单行本。

关于高行健这位作家，1999年12月由中国文联出版社出版的最新版本《中国作家大辞典》第821页“高行健”条目说：他生年“（1940—　），江苏泰州人（台北联经出版事业公司2001年2月初版《灵山》的‘作者简介’说他生于江西赣州）。中共党员。1962年毕业于北京外国语学院法语系。历任中国国际书店翻译，安徽省宁国县港口中学教员，外文局《中国建设》法文组负责人，中国作家协会外联部工作人员，北京人艺（苏按：‘人艺’为人民艺术剧院简称）编剧。1979年开始发表作品（苏按：即《寒夜的星辰》）。著有《现代小说技巧初探》《文学创作杂记》，散文集《法兰西印象》（苏按：1983年巴金获法国荣誉军团勋章访法，高行健奉派随行给巴金做翻译，回国后曾为《花城》写随巴金访法的散文），剧本《绝对信号》《车站》，译著剧本《秃头歌女》等”。可见小传所记，和我说的高行健的文学创作生涯从花城起步，没有两样。

我2000年10月13日从《参考消息》上看到高行健获得诺贝尔文学奖的消息。瑞典皇家学院是10月哪一天评定的我到现在也不清楚。因为高行健是中国人，还是我认识的人，我很高兴。得奖的长篇小说《灵山》一时找不到，我立即找出了发表《寒夜的星辰》的《花城》总第3期；由花城出版社出版的《现代小说技巧初探》；该书《序》作者叶君健教授当年为出版《现代小说技巧初探》写给我的一些书信。看着，还真有点儿像小孩子一样偷着欢喜：我竟有幸签发过中国第一位获得诺贝尔文学奖作家高行健的小说处女作和文学理论处女作！

发表在《花城》总第3期第146页至218页的《寒夜的星辰》，约12万字，高行健作于1978年4月至12月。这一期《花城》由茅盾题写刊名，封面用了著名雕塑家唐大禧取名为“放”的雕塑。

说到《现代小说技巧初探》，首先是2月10日叶老写给我的一封信：

苏晨同志：

谢谢你的来信。寄来的《现代小说技巧初探》五本，已于今天收到。不过你说前两次寄的，至今仍未收到，大概遗失了。

此书如能再版，说明它已经起了一些影响。此间（苏按：指北京）完全买不到。据说北大有些学生想买，也无办法。

再版时我那篇序言中有个地方应改一下：第6页，顺数第一行，从左到右数第16个字后面应加“—”号，即“……等同看待—的创造”。

专此致

教礼！

叶君健

二月十日

4月2日他又寄了我保留的这本《现代小说技巧初探》来，在书上仔细校改了他的《序》和全书。附信说：

苏晨同志：

送上我早年写的一本长篇《山村》的中译本（苏按：原作为英文），请指教。高行健给了我他的《小说初探》的重版本，有几个标点符号须改正，如再重版，务请改正。现将原书在此附上。有许多朋友向我索此书，我在此无法买到，如你们能再送我几本，我可付钱。

还多一本《山村》，给李士非同志（苏按：他是《现代小说技巧初探》的责任编辑），请代转去为感。

敬礼！

叶君健

四月二日

我看经叶老细心校改的本子有点儿纪念意义，就在扉页上题了“此为叶君健老人修订本，可一留”几个字，加盖了钱君匋教授刻给我的那一方“苏晨藏手自签发图书”印，收藏了起来。得知高行健获得诺贝尔文学奖那天，我找出来后又在封面上题了：“2000年高行健获诺贝尔文学奖。此书是他的第一本著作，由我签发。将再版时，叶君健老人寄回此修订本。苏晨2000年10月13日左笔记之。”题了这几十个字，是为防人老易忘事。

叶老的《序》蛮长，作为外国文学专家，就中谈到许多他对相关问题的见解。靠后面的这一段，集中地直接评价了《现代小说技巧初探》一书。他认为：

> 充分掌握当前世界文学的潮流和动态，与世界的文学交流，进而参与世界的文学活动，无疑也是我们从事各方面“现代化”中不可忽视的一个方面。高行健同志是一个有心的年轻作家，近年来曾经认真和仔细地观察并研究了当代世界文学的一些现象，写成了现在这样一本书，我觉得它在这方面很有参考的价值，也给我们打开了一面窗子。这样的书还没有人写过，书中所提出的一些问题，过去也很少有人加以思考和研究，无疑它们会引起一些读者的兴趣，对于从事创作实践的作家们想必更是如此。对于文学批评家们，它们可能还会引起对一个平时我们比较忽略而于创作家说来却是一个十分重要的问题的关注，即作品的表现手法和技巧对作品的重要性问题。作者明确地指出了这个问题——可能这也是他写这本书的目的，并且也明确地提出了他的希望……

叶君健教授平生著作多多，湖北黄安人，1914年出生，1999年逝世。他1936年毕业于武汉大学外文系。1938年在国民政府军事委员会政治部（周恩来任副部长）第三厅（郭沫若任厅长）从事国际宣传工作，参加发起成立中华全国文艺界抗敌协会，赴香港主编英文刊物《中国作家》。后来曾执教于重庆大学、中央大学、复旦大学。1944年应聘赴英国，任剑桥大学英王学院欧洲文学研究员。1949年归国，初任辅仁大学教授，后为文化部外联局编译处处长，《中国文学》副主编，中国作家协会书记处书记，对外文学交流委员会主任。可以说他是较早举荐高行健的前辈。

叶老在高行健获得诺贝尔文学奖前一年辞世。回忆1979年高行健初到花城出版社做客的时候，我还以为他是一位二十郎当岁的小伙儿，少言寡语，整洁利落，长相用现在的话说叫蛮“帅”的。其实仔细算算，那时候他已经是一位39岁的中年汉子。2005 年他应邀到香港讲学，我从电视上看到他已经是一副小老头儿的模样，已经是一位 65 岁的小老头儿了。不知道他讲学完毕有没有回大陆故乡看看?

1980 年 4 月 20 日高行健写给我的与《现代小说技巧初探》有关的信：

苏晨同志：您好！

从叶老和冯骥才同志的来信中获悉您对我那本小册子十分关心，非常感谢。这本书已引起相当的注意！特别受到中青年作者和编导的欢迎。文科大学生中间也纷纷在找这本书，但在京买不到。不少地方要我去搞讲座，评论界则保持沉默。《文艺报》约我写了一篇一万多字长文章《谈小说观与小说技巧》，也终不见发出来。王蒙就这本书写了篇给我的公开信，在这一期《小说界》上据说刊出，我尚未见到。刘心武为此写了篇大文章将在五月号的《读书》上刊出。此外，收到费礼文同志来信，说《上海文学》将组织讨论，希望我参加，尚不知文章何时出来。这些文章如果都出来的话，我估计会有一场讨论的。我也希望如此。为配合这场讨论，我那本小说集如果能顺利出书的话，就更好了。上次士非同志来京谈到有意见认为集中伤痕太多，让我补充点新作品（苏按："士非"指时任花城出版社编辑室主任、后曾任总编辑并为中国作家协会广东分会副主席的李士非；"伤痕"指写到"文革"被称为所谓"伤痕文学"的作品；是时所谓的"清除资产阶级精神污染"正盛，故士非提出增加点儿别的冲淡一下再出版）。曾请他带走两个短篇，尚不知结果如何，盼得到您的帮助，促进一下。

最近刚搞定一个剧（苏按：指《车站》），现等剧院查委最后拍板了。有同志竭力主张通过这个剧作为人艺小剧场（实验剧场）的开张戏。这个戏也遇到了一些波折。这次如果顺利的话，则有可能在七月便彩排。只要这个戏一旦上演，我也准备提出套新的戏剧观念。目前正做点准备。利用戏剧学院让我搞讲座的机会，准备点讲稿，将来作为文章发出来。在中国，要想作点新鲜的尝试，实在是太吃力了。大概是因为我们这个民族太古老了。

您近况如何？大家对花城都寄着很大的希望。

祝您

健康

高行健

82 年 4 月 20 日

来信请寄：北京东总布胡同 60 号。我平时不到剧院上班。总算有时间写自己的东西了。

这封信比较具体地反映了《现代小说技巧初探》一书出版后，在有关各方面所出现的一些情况。人们从中也不难看出花城出版社为什么很快出了一版又一版，可是后来，市场售缺也不便再出，而且连他的一部小说集也一时拖了下来。

高行健的获奖长篇小说《灵山》，后来我得到过一本，是女儿送给我的。女儿慕名找到，翻翻看不下去，给了我。我接手翻翻，也看不下去，就撂在了那儿。见到封面还是用的高行健1994年创作的一幅水墨画《观想》；听说他现在也是画家，经济收入主要靠卖画。印在封底的《瑞典皇家学院颂辞》说："在高行健的作品中可以见到文学从个人在群众历史中的挣扎得到新生。"这行汉字我看不大懂。谈到"小说根据作者在中国南部和西南偏远地区的漫游印象"，这我能看明白。说是"作者灵活自在地运用人称代名词，急遽转换叙事观点，迫使读者对所有人物的告白产生质疑。它不但是一部心灵朝圣的小说，也代表一个反思的过程，这条反思之路的两边，分别是虚构与真实人生、幻想与记忆"，这就又让我有点儿费解了！中国大陆没有出版《灵山》，这是说中国大陆并不同意他们的观点和评价。◻ 2008·6

陋室之中访大师

□ 郭一曲

我的博士学位论文是研究中国现代思想文化史上的重要人物张申府。张申府是国学大师、北京大学教授张岱年的胞兄，因而，为将博士学位论文做好，拜访张岱年先生成为题中应有之义。

4 月24 日下午，比与张岱年先生约定的时间提前 20 分钟，我乘坐的出租车已经来到北京大学东门。张先生所住的北大中关园宿舍就在东门附近。下车后，我怀着虔诚而惶恐的心情向我要找的楼房走去。

想象之中，哲学大师的居住环境应当典雅幽静，充溢着人文气氛。可眼前的建筑物及其周围环境，却无情地击碎了我的憧憬。形似火柴盒、色彩灰暗、简单划一的十几幢五层高的砖泥结构的楼房，或许是那场文化浩劫之后急于解决生活急需的产物。它们了无生气地挤在一起，已经十分残旧，默默地表达着当年知识分子的困窘。楼下没有成荫的绿树，没有茵茵的草地，更没有文人笔下寄情遣兴的翠竹。路口好像是正在修建什么工程，热火朝天，灰尘滚滚。楼梯口、墙上，到处是视觉污染、信息污染的证明：印制粗劣的搬家、清理下水道的广告，甚至专医性病的游医广告招纸！这真是对神圣学术殿堂的玷污，对居住在这里的生产高雅精神产品的学术大师们的蔑视！

穿过滚滚灰尘，来到张岱年先生住的那栋楼，我犹豫起来，心想：张岱年先生居然住在这种地方？惶惑中，我向一个骑单车的、60 岁开外的学者确认，此地是否我要寻找的地方。他非常肯定地告诉我，此地正是北大中关园宿舍，并指着右前方说，那就是我要找的××幢。

此时，我不得不面对现实了。但我同时却又开始强烈地期盼张先生的家里有电影、电视里经常表现出的大学教授住房的模式：宽敞的客厅，雅致的书房，高贵典雅的装修，等等。

抬腕看表，离我和张先生约定的见面时间还有十多分钟，于是拿出相机，给这幢楼照了一张相，算是为以后人们反思历史“立此存照”吧。

按楼号推理，张先生的家应该在第一个楼梯口。为保险起见，我还是再次问了一个刚走出第三个楼梯口到单车棚取单车的人。他很肯定地说："张岱年呀，在第一个楼梯口上二楼，左边就是。"虽然我对他不以为然地直呼张先生的名字有些不太舒服，我还是安慰自己，这是北大，精英多，狂人也多，何况北大历来以思想自由名世，他又和张先生住同一幢楼，说不定他是另一个领域执牛耳的人呢。这样一想，也就释然了。

坐在楼下唯一的一块有两个床垫大小的草地上，静静地等候着时间的流逝。还有8分钟，我忍不住起来走动。围着这幢楼房转了一圈，看见靠着楼墙的地方，一小簇不知名的紫色小花盛开着，软弱却美丽，仿如生命的璀璨和脆弱。这些美丽的小花，扫去了一丝我对这楼房和周围环境的不满。

差3分钟3点，我走进了那个楼梯，就如走向一座神圣的殿堂。不知为什么，一向自我感觉不错的我，心里突然一阵惶恐，忐忑不安。不知是因为"张岱年"这个名字在我心中的庄严，还是因为自己在哲学上的肤浅。

普通得不能再普通的铁门上，有一张电脑打印的告示，写着："谨遵医嘱，谢绝探访。如有特殊情况，请与哲学系联系，电话：××××××。"面对这个告示，我犹豫了几秒钟，但最终还是按响了门铃。

没想到，张先生亲自来开门！

没想到，房内走道很窄。我本来单瘦，仅因背着一个稍大的书包几乎进不了屋！走道通向"客厅"——一块不到6平方米的、用来兼作"饭厅"的地方。书本、杂物，举目皆是。没有我想象中的宽敞、宁静与雅致，眼前只有生活的拥挤与窘迫。

91岁高龄的儒雅长者慢慢地引我走进书房。书房只有大约8平方米，却是完全意义上的书房——书架上、书桌上、椅子上、地上，到处是塞得满满的书！书房里有一张小圆桌，小圆桌上的塑料纸看上去也经历了十多年的日子，发硬而又破旧。两张椅子，一张双人小沙发，要想走到最里面的椅子，就得挪动小圆桌。除了书以外，有两张相片很引人注目，一张是张先生近年的特写，我在许多书上见过；另一张是1994年江泽民同志与包括张先生在内的著名儒学研究者的合影。

我不敢相信，这就是中国哲学泰斗的家！窄小如此！简陋如此！地板是在广州几乎没有人再用的水泥地板！如果没有满屋的书籍，一个下岗工人的家，清贫窘迫也不过如此。

张先生，我多年仰视的哲学泰斗，在这不到70平方米的陋室中一下子变得如此具体。他行动有些缓慢，耳有些背，头发和胡须都是白的，但声音洪亮、清晰，气色很好，皮肤细致，几乎看不到多少老人斑。老人家的健康，令我十分欣慰。

我尽力提高声音、放慢速度，向张先生说明我的来意，并拿出我为博士学位论文做开题报告的材料，包括文献索引、文献综述、写作大纲和课题论证。他很认真地审阅着。其间，我想和他说话，他阻止了我，说让他先看完。看完后，他说：

“你搜集的材料已经很全了，写的提纲也很好，你已经都看了他的书了。”停了一会，他说，张申府还有两本小册子，是抗战期间在武汉和重庆出版的，一本叫《我相信中国》，另一本我忘了名字了。并叫我去找张燕妮（张申府的女儿），因为这两本小册子在别的地方恐怕已经找不到。然后，他叫张师母把燕妮的电话找出来给我。看他缓慢地走出走入的样子，我心里一阵感动和不安。

当张先生看我的“研究状况述评”时，说有一个小问题，在“内容提要”中的一句话“三十年代至八十年代，张申府思想默默无闻”应该把“三十年代”改成“五十年代”，因为实际上，“他”是因为1948年的一篇文章而“倒霉的”，我注意到，他用了“倒霉”这个词。而且，他说，如果不是因为那篇文章，“他”的处境会好很多，当时中国共产党和民盟就不会组织许多人对“他”进行批判。我为自己的大意而自责，赶紧把“三”改成了“五”。

我注意到，除了转述，张先生一直没有说“张申府”或“兄长、哥哥”，当我们谈张申府的时候，他一直用“他”。我记起李宗桂老师在电话中对我的提醒：张岱年先生与他的兄长张申府的感情非同一般，在张申府先生去世的那年，他的身体也一下子垮了。

张先生一直在称赞我做得很好，很深刻，我想他是在鼓励我。大概由于情绪很好，他向我说起一个小故事。他说这个小故事他也是听别人说的。一个大学老师一次在学校大会上发言时，说当时有许多文化人、学者崇洋媚外，崇美反中，例如张申府，现在就跑到美国去了。当时“他”正坐在台下，听到此话，马上站起来说，张申府在此。这件事，不仅说明“他”的耿直，也说明“他”常被人误解，甚至那篇错误的文章也被误解为是在美国授意下写就的。

张先生再三嘱咐我要打电话给燕妮。我告诉他，我一定会。然后，他笑着说，他已经91岁了。我问他身体还好吗？他说，身体不好了，去年病重入院，现在还没完全康复。去年，撰写张申府专著的美国女史学家维拉·舒衡哲来中国时他因病没有见她，今年不知道是否还会来。自1979年开始采访张申府以来，维拉每年五六月间都会来中国，并拜访张先生。我想，维拉已成为张先生以及家人的好朋友。

不知不觉中，一个小时过去了，我想起门口贴的“谨遵医嘱，谢绝探访”，听着张先生和我说话时的喘气声，我决定不再逗留。这时，我才注意到，窗外有小鸟的啾啾之声。我说，这里还算安静。张先生答，是的，这里很安静。这些宿舍住的大都是北大的老师、教授，就是房子小了一点。燕妮住的房子比我的大许多，北大也在建大房子，我今年冬天也要搬进大房子了。我问，今年冬天？他说，是的，话语和神色中流露出平静的期待。

临别时，张先生坚持要送我到门口。我告诉张先生，明年我再来看他，到他的大房子去看他。91岁，有大房子住了。我不敢问“大房子”有多大，我知道，那只会是另一间比这个70平方米建筑面积大一些的公寓房子而已。

走在北大中关园宿舍区的路上，我无法再潇洒随意地扬手拦截出租车，这种平日习以为常的生活方式，此时显得奢侈，让我惭愧。一种无法言状的复杂情绪，几乎让我无法自制。是对张先生的敬意，对社会不公的激愤，还是对“明天更美好”的企盼？真是剪不断，理还乱。91 岁高龄，花白的须发，等身的著作，神圣的学术殿堂，与残旧的楼房，狭窄的居室，简陋的条件，像对比鲜明的镜头，叠相出现，强烈地刺激着我的心灵，使我感到分外沉重。

我，以及其他正在为孩子、房子和车子而奋斗的芸芸众生，其实并不真正懂得做学问的“精神境界”，也不了解学者们为此所付出的心血的代价及其意义。我自问，我能甘于寂寞，愿意为“学术”，为“精神”而不理会这个世界的精彩吗？能有足够的定力去抗拒这个世界的诱惑吗？

没有激愤，没有牢骚，既不怨天，也不尤人，一生在学术园地辛勤耕耘。无论物质生活条件如何窘迫，无论人生际遇的穷通毁誉，张岱年先生始终执着于“综合创新”的学术文化建设之中。这使我看到人生的精神宇宙，感受到学术大师的人格风范。即使在 91 岁高龄，居于斗室之中，却还对前去求教的我辈学子给予不倦教诲，循循善诱；对居室的狭窄，表现出豁达、超然的态度，并对来年能够搬到大房子表现出向往和高兴——为的是消解晚辈的担忧，这是真正的长者风范，仁者胸怀。此情此景，难道不是对我的最好鞭策吗？ 2000・7－8

大记者戴煌

□ 邢小群

有人说，戴煌是新闻界一棵常青的良心树。这一点都不过誉。因为没有多少人能像他那样去做人，去做记者。

80 年代以来，新华社高级记者戴煌的工作，几乎都是与昭雪一个又一个冤假错案连在一起的。其中有的是为死去的冤魂昭雪，比如中华人民共和国国徽浮雕塑造者高庄教授，比如江西青年思想者李九莲；有的是为活人洗冤，比如被诬“在毛主席身边安装窃听器”的原公安部副局长丁兆甲，比如最高人民检察院认定无罪、地方某些部门却坚持要逮捕的阎少卿；有的是为正义鸣不平，比如写了很好的小说《穷棒子王国》却在法院败诉的作家古鉴兹；有的是揭露违反党纪国法、陷害忠良的丑闻的，比如写凉山州违法买汽车，州长的儿子杀害无辜能逃脱罪责，正义的法官和群众却遭迫害。尤其是他的长篇纪实作品《胡耀邦与平反冤假错案》在一些媒体刊出后，在全国激起了一波又一波的思想涟漪，至今不息。

那么，80 年代以前，他在干什么？

那时，他是“右派”。他和几十万人一起陷进了那场万劫不复的灾难，九死一生。一个曾在解放战争、抗美援朝、抗法援越的弥漫硝烟中握笔驰骋、英气勃勃的战地记者，21 年后，才带着满头岁月的霜雪和残疾的眼睛回到了他的岗位。他的武器还是那支笔——但更是一杆天地之间的良心秤。

在这权法时有失衡，善恶时有混淆，冤屈依然不绝的年代。我希望更多的人知道他。

为作家鸣不平， 与法庭唱对台， 戴煌手中的一支笔记录的不仅仅是一桩事实

杂文家严秀的《“平反”漫谈——一个极其优良的民族传统》中有这样一段文字：“一个民族在发生了某种忠奸倒置的重大冤案之后，整个的民族精神和民族良心为此而感到痛苦和窒息，这就必然会造成一个民族民心不振、民气消沉的现象。”当我和戴煌谈到这段话时，戴煌说：“这也是我做一些事情的动力。这些年我接触

的案子比较多，但我不是都过问，有时只是帮人转转材料。因为没有时间。为什么有些事情，我要抽出身来过问？这要看案子本身的分量和它的意义。比如古鉴兹的案子，我花那么大的力气，采访、旁听，左一稿，右一稿？这里面有同两个‘凡是’做斗争的问题。这和一般的冤假错案不一样。与两个‘凡是’的斗争，是当时关系到中共党和国家前途命运起死回生的一步棋，这是一场重大斗争，它的意义不亚于遵义会议。隔了十多年，法庭会居然支持两个‘凡是’！所以必须给予揭露。”

古鉴兹的案子是这样的：作家古鉴兹写了一部长篇小说《穷棒子王国》，1989年由作家出版社出版。原遵化县委书记王国藩起诉古鉴兹和作家出版社，状告这本书侵害了他的名誉权。王国藩当时并没有看书，只是看了1988年新华书店编印的《社科新书目》上的简要说明，就提出起诉。北京市朝阳区法院判决该小说侵害了王国藩的名誉权，不得再版发行，未出售的书全部销毁；被告登报向王国藩道歉；赔偿王国藩经济和精神损失7 300多元。古鉴兹和作家出版社不服判决，继续上诉。尽管古鉴兹一再郑重申辩：小说中写的殷大龙的黎明合作社与王国藩的建明社不是一回事，小说“不可能是生活中任何一个实有的人事”。法律规定，侵权责任必须以侵权行为给被侵权人造成一定损害为前提；而损害的原因，只能在发生损害之前的现象中寻找。王国藩早在11年前就被罢免了从中央到地方的党内外一切职务。他对遵化县委1978年所做的《关于王国藩所犯严重错误和处理意见的报告》从未公开说过“不”字。报告中说：王国藩“严重违反党纪国法”“严重违法乱纪、蜕化变质”，“情节恶劣，影响极坏”。王国藩的所作所为比起《穷棒子王国》中的主人公有过之而无不及。但是中级人民法院对古鉴兹提供的证据和说明，并不理睬，仍维持原判。与此同时，中国作家协会作家权益保障委员会一再代表作者和冰心、冯牧、陈荒煤等文坛泰斗发出呼吁，许多著名老作家还联合致信最高法院：“如果都这样将文学作品对号入座告状，法院又判定有理，作家谁还敢写东西?”“说对王国藩‘名誉侵权’，得有一个王国藩并无‘道德败坏、腐化堕落’的劣迹为前提，但是这个前提是不存在的。”在八届全国人大的两次全体会议上，陈斌源等三十几位人大代表两次联名提交议案，以《穷棒子王国》案为例，呼吁依法保护公民创作权。

从古鉴兹上诉中级人民法院开始，戴煌就一直赴法庭旁听，并从多方面搜集材料。先是与别人一齐写出《震动中国文坛的〈穷棒子王国〉案》的长篇报道。后来古鉴兹继续上诉，他继续调查，又掌握了案情内外大量的活生生事实材料，写出长达六万三千多字的长篇纪实作品——《“凡是”对求实的一场新格斗》。戴煌说，一审判决后，社会舆论大哗，原中组部副部长李锐和中组部派往调查王国藩一案的负责人气愤地说：法院为什么不向他们这些最了解王国藩问题的人进行调查？戴煌还记述了中级人民法院是如何倾向性先行，设套刁难古鉴兹，详细报道了中级人民法院审理的经过。中级人民法院审判后，古鉴兹和作家出版社仍继续申诉，但传媒再也没有声音了，戴煌最后写道：对如此的法庭的如此判决，不值得再费唇舌了！

《“凡是”对求实的一场新格斗》这篇文章是可以当作法律专业的典型案例教材的，也可以进入信史。它让后人知道，有关文艺的立法出台之前，作家为自己的权益进行了多么艰难的努力。从中还可以看到中国法制建设中有待克服的弊端还很多。

与做官的“为难”，为老百姓出气，戴煌一篇篇长文如一盏盏刺眼的探照灯，把阴暗与肮脏统统照亮

戴煌写的《岂有文章倾社稷　从来佞幸覆乾坤——当代中国权、法对抗的缩影》一文，说的是他的报告文学《权柄魔术师》和《在层层厚网的覆盖下》发表前后，引起的“权力地震”。文章虽然很长，但能让人一口气就读下来。其中权力的淫威，百姓的怨怒，令人痛心疾首：现在还有没有天地良心？在中国我们能不能信任法律？

《权柄魔术师》写的是：1984 年凉山官场搞的汽车进口走私案马虎了之。当时正值“整党”和“严打”的高潮。州卫生局局长等人伪造“港澳同胞”捐赠汽车来信，从香港购进六台空调越野车和一些大彩电、冰柜、照相机等。他们没有控办的批条，但得到州委和州政府一些人的支持，迫使银行付出 30 万元人民币，通过黑市高价换成港币做成了这笔交易。凉山州为贫困地区，缺医少药，卫校的图书、实验设备都没有着落，还有危房，可卫生局局长为买汽车花掉 80 000 多元卫生事业费。当地干部群众怨声载道。1988 年戴煌到重庆讲学，听说了这些事，立即到凉山调查。不想《权柄魔术师》还未定稿，已经引起轩然大波。他不顾凉山州委百般阻挠，终让文章与读者见面。老百姓拍手称快，可凉山州委为此与他纠缠了一年多。

《在层层厚网的覆盖下》写的是：凉山州副州长儿子季小勇故意伤人致死的案件。这一目了然的重大人命案，审理过程却九曲十八折。州中权力网络以种种借口为季小勇开脱罪责。州检察官曾宪元顶着巨大压力要求“从严从重判处”。不想州审判长判处季死刑后，四川高级法院改判为死缓，又由中级人民法院神不知鬼不觉地把季小勇送到他老子当过县委书记的布拖县监狱“以观后效”。曾宪元却被宣布“停职检查”，遭到种种围攻诬陷。文章质问：在那一层层厚实的关系网覆盖下的“人民公仆”们，敢不敢向人民公开他们的肮脏交易？

戴煌说，凉山的案子，为什么我看重它，花那么大精力去采访写作？其实事情都不大，但都很典型。本来我们应该是最讲民主、最讲自由、最讲开放、对人民没有什么好隐瞒的，可恰恰相反，总是包得严严实实，向人民隐瞒真相，向人民撒谎。所以我愿意在这方面下功夫，就要同这种顽固的、腐朽落后的东西做斗争。你

越是怕人知道，我越是要挑开来看。

戴煌说，其实我写《震动中国文坛的〈穷棒子王国〉案》《权柄魔术师》《在层层厚网的覆盖下》这样一些长文并不多，但是为帮人家呼吁、呐喊的很多，很多都是在内参上发，没有公开。《胡耀邦与平反冤假错案》涉及很多案子，其中有一些，我并不是为写这本书才去调查了解到的，而是以前就在内参上发表过了。

戴煌的《胡耀邦与平反冤假错案》一书中收录了耸人听闻的李九莲一案。李九莲说林彪像奸臣，怀疑“文化大革命”是否得当，于 1969 年入狱。后在劳改农场仍对华国锋提出批评，于 1977 年被判死刑。她活着时，就被将下腭和舌头用尖锐的竹签穿在一起，行刑后又被歹徒奸尸挖去双乳。当时戴煌自己的冤案刚平反，便不远千里地去调查，在华国锋还在位时，写下了《在“恶毒攻击英明领袖华主席”的主要罪名下，女青年李九莲三年前被枪杀至今未昭雪》的内参。胡耀邦看到了这份内参，立即批示“妥善处理”。这个被判死刑 2 人、被抓 60 多人，受株连达 600 多人，包括受害人家属一起共牵涉 2 000 多人的大冤案终于真相大白于天下。

平时讲真话不难； 受了打击还坚持讲真话， 不易。在长达十数年的不公正待遇后， 仍坚持真理的戴煌回首往事， 感慨良多

戴煌格外关注冤案，是不是与他自己的身世有关呢?

戴煌说，倒也不是，被打成“右派”以前我就是这样的。看到地方上违法乱纪的事，我就恨之入骨。

于是他谈起他的“右派”经历。

他说：1956 年出席苏共二十大的中共代表团团长朱总司令把赫鲁晓夫的秘密报告带回来的时候，新华社正在开全国国内工作会议，我参加了，听了传达。斯大林的这些事情得我们去认真地思考。要照照镜子，避免我们中国将来也发生这样的悲剧。从这时起，我思考了很多。其实过去我对毛主席也是很崇拜的，小时候在文工团当创作组组长，曾经自己作词作曲来歌颂毛主席，那都是真情实感。1947 年胡宗南占领了延安，我还流了泪，为毛主席的安全担心。但是新中国成立以后，发生了一些事，我有些不理解。对于毛泽东，我承认他的伟大，直到今天我都认为，他的雄才大略、多才多艺，古今中外，包括资本主义和社会主义国家的许多领袖，都无法与之相比。但是个人崇拜确实是存在的，当时暴露出来的，较之后来仅仅是一点点而已。我看到了苗头。事情都怕发展，任何不正确的事物，如果不去限制，任其发展，结果就不可收拾。在外交学院学习时，我就作了一个发言，谈到“个人迷信”“神化和特权”等问题，因此当了“右派”。

有很多人 60 年代初就被摘了帽子。戴煌的劳改时间却很长。

据戴煌讲，这其中又有一段故事。他说：“我先是被弄到北大荒接受监督劳动。

1960年冬天回到北京，1961年才回社里资料组搞资料，写出文章来也不准署名。1962年七千人大会之后，确实要搞‘右派’甄别，还想在新华社搞试点。在党组织多方面的动员下，我写了份材料，谈自己1956年以来对‘神化和特权’的思考，谈个人崇拜对党和国家的危害；还就中苏关系方面一些比较敏感的问题和在北大荒劳动看到的情况，讲了许多别人想讲而不敢讲的话，一共写了10万字，送给党小组、党支部、党总支、党委逐级传阅。传阅到最后，结论是：材料写得很好，虽然遭受到这么大的折磨，还能坚持向党讲真话。他们准备把我的材料打印出来送到中南海去。

"相隔不到一个月，大约是10月底，有人通知我说，毛主席在八届十中全会上提出‘千万不要忘记阶级斗争’，要打退翻案风，阶级斗争要天天讲，月月讲，年年讲。转眼间，原来说我材料写得好，一个月后又通知，说我是向党发动新的进攻。两次讲话是同一个人。凭良心说，他对党忠心耿耿，清廉正直，可他也没法子，他是相信毛主席相信党还是相信戴煌呢？我对他们都能够谅解。他们为了批判我准备了半年。1957年是对我的第一次批判，这一次是再批判。对他们来说，批判我很困难，我要辩护啊！那时‘大跃进’失败了，人民公社弄得怨声载道，全国饿死了3 000多万人，整彭德怀显然是丧失人心的，我要谈起这些问题来，他们怎么批我呢？批判搞了两个月，从1963年的‘五一’批到‘七一’。批判结束的那一天，社党委委员方石同志作总结说：‘不管怎样，戴煌过去历史上为党所做的工作，那是永远不可磨灭的。’在当时的政治环境下，在批判我的会上，最后他能讲出这样的话，应该说是很难的。

"到了1964年4月，我被正式劳教，开除公职了。当时说劳教两年，结果两年结束的时候，赶上了‘文化大革命’，没人管我了。农场本来为我去新华社联系工作，回来说不行，他们都被打倒了，没有人管你的事，你在我们这里留场就业吧。留场就业也是劳改，只是表面上有公民权，星期天可以上街，节假日可以回家。先是在北京郊区的团河农场，后来又到清河农场去修海河。林彪事件发生时，我被人用机关枪押着上了火车，被弄到山西太原，我在太原劳改队待了将近九年。"

我在太原待过20多年。戴煌谈起太原的大街小巷，比我知道得还多。因为他在那些地方都干过活。我心里真是酸楚。心想，如果那时从我身边走过一队破衣烂衫做苦力的人，我怎么知道其中有一位曾是军中秀才大记者戴煌呢？

我看过戴煌过去的作品，他作为新华社苏北前线记者，参加过淮海战役和渡江大战。他写的《战士与群众》《鲜血浇铸的胜利》《"宝贝鱼"》等通讯有情节有描写，活泼、生动，是战争中的急就章。后来他那篇著名的《不朽的国际主义战士(罗盛教)》一文选入了小学课本，我上小学时读过，我儿子也读过，影响了两代人。他的《胡志明主席印象记》，不但勾勒出亲切、朴实、睿智的胡志明的形象，也传达了当时抗法战争后期越南人民恢复和平建设的热烈气氛。戴煌的文笔热情、质朴，重形象，善抒情，如果不是后来遭了劫难，很可能会向着文学方面发展。

与戴煌交谈才知道，他做新华记者时才 19 岁。他没上过几年学，父亲是个中医，那时候家里穷，他小学毕业以后，没有正式上过中学，只在初中补习班里读到初中二年级。他上过四年私塾，有古文基础，后来的写作都是参军后磨炼出来的。他从小看了不少武侠小说和中国古典文学作品，懂得做人要正直。俄罗斯的文学对他影响也很大，托尔斯泰、屠格涅夫，西方文学作品也看了一些，民主自由的思想在脑子里有了一些萌芽。

是不是很小就铸成了反骨?

他说："不是的。我只是觉得我们打天下死了那么多的人，天下打下来了，又出现这么多腐败黑暗的现象，如果我们不管，天下还会丢掉的。"

从新闻品格看，这是否可以说是大记者的素质呢?

戴煌说：我不是大记者。大记者就是要比一般记者站得高看得远，能够抓住社会的要害，独立思考；是社会的良知，正义的代言人。我只是按照自己的人生奋斗的目标，来摄取我需要的东西，不随波逐流而已。▣ 1998・9－10

“四条汉子” 的性格

□ 陈明远

目前的传记文学、纪实文学往往侧重于事件的实录整理、史料的考证访谈，侧重于过程的叙述。如果进一步对人物本身，从现代心理科学的角度再加以深入的个性分析，有可能拓展一些新的思路，引出一些新的看法来。

人们的性格不同，各如其面。但是人性中含有基本的一些因素。

现代心理科学认为，人的性格存在四种基本型：活跃型（Popular）、求全型（Perfect）、魄力型（Powerful）、平和型（Peaceful）。每种型又可分析出几十种要素。

当然，具体的人物个性是错综复杂的，但基本上可以归结为这四种基本型各要素的不同组合、不同作用和变化发展。

在主体和个体意义上说来，性格分析能补“阶级分析”之不足，且更能说明问题。性格即命运，至少是命运的一个关键成分（或者说：个性 + 际遇 = 命运）。

我们从小熟认的“祖师爷”老前辈“四条汉子”，恰巧分别属于这四种基本型：

田汉（1898—1968）以活跃型为主；

周扬（1907—1989）以魄力型为主；

夏衍（1900—1995）以求全型为主；

阳翰笙（1902—1993）以平和型为主。

自从 30 年代“四条汉子”由鲁迅命名以来，半个多世纪中，田汉、夏衍、阳翰笙、周扬的曲折命运、恩恩怨怨，一直是中国文学史的热门话题。本文试图对这四位典型历史人物进行初步的个性分析。一得之见，引玉之砖而已。

一、 活跃型： 田汉

活跃型（Popular）的性格特点：外倾、乐天、健谈、好动。田汉正是如此。

他感情丰富而且坦率、开朗、豪放，乐于跟人们交往，“见面熟”。他很好客，坐落在北京市东城区细管胡同的四合院家中经常是宾客盈门，欢声盈耳，不仅“谈笑有鸿儒”，而且“往来有白丁”。客人中间有我们这样的小孩子，也有梅程荀尚那样的大腕，更有五湖四海、三教九流。

据老前辈们说：新中国成立前田汉在上海、在南京、在重庆、在桂林的家中，也是这样。再穷、再苦，条件再简陋，也要尽其所有款待朋友，几十年一贯。他家里是文艺界、戏剧界的茶室、饭铺、招待所。他爱热闹，不耐寂寞，交游众多，见多识广。他的许多名剧就是在这样的氛围中创造出来的。

田汉的特色是“情”与“诚”。他的剧本以抒情见长，真诚感人，他的才气天马行空。活跃型的个性决定了他艺术上的优势和欠缺：情真意切，但不够含蓄；大笔淋漓，但难免粗放。从早期的《名优之死》，中期的《丽人行》，到后期的《关汉卿》《文成公主》《谢瑶环》，都贯穿一个“情”字、一个“诚”字。

在我们少年时的印象中，田汉擅长于也习惯于吸引人们的注意力，天生的好自我表现。大嗓门，喜欢滔滔不绝地说话、讲故事给别人听。而他自己很少耐心长时间地听别人讲到底。别人交谈的时候他会打岔，有时节外生枝、东拉西扯。聚餐以后，田汉拿手的“余兴节目”是爱唱京剧，也不管满座要听不要听。老前辈开玩笑说：田汉才是饭桌上“卡拉OK”的创始人。

据夏衍回忆：30年代左联聚餐，一到田汉要唱京剧时鲁迅先生就不满意，站起来就走（鲁迅属于求全型）。鲁迅与田汉个性不合，造成偏见。田汉尤不知趣，嘴巴无遮拦，行为欠考虑，轻信传言，在一次谈论胡风的时候，无心得罪了鲁迅先生，但他自己却浑然不知。活跃型的个性，祸从口出，一至于此。

田汉是马大哈，很难记得清准确的日期、地点、事件的具体经过……他经常无心地忘记赴约，忘记自己曾允诺的事情。他大大咧咧、不拘小节；他有些“健忘”。但他有独特的能力记住多姿多态的生活花絮，特别是色彩。田汉曾向我们讲述他在外地看过的一场演出，其中有些手法很精彩，他手舞足蹈地模仿表演，对很小的细节都津津乐道；但他却想不起来是在什么时候什么地方看到的。有时他说故事张冠李戴，但不是故意的。他就是这么个活跃型的性格：大活宝。

田汉的年龄跟我们相差半个世纪，但他一直很天真，甚至简单幼稚，到老年时仍会像个孩子一样。所谓“大人者不失赤子之心也”用来形容田汉是再合适不过的了。另一方面，也说明他胸无城府，不利于仕途，难容于官场。只能在野，不能从政。政治上的幼稚，是田汉的致命伤。

他天性浪漫、好奇，不愿意错过新鲜的事物。他的思维善于跳跃、联想，浮想联翩，富于想象，脑海里经常产生新奇的念头、刺激性的主意。所以在1958年“大跃进”群众运动中，田汉算得上是最热心、最积极、最投入的。他情绪激动，易受感染；精力充沛，豪情满怀。所以，在十三陵水库参加义务劳动时，他能以几天工夫创作出大型活报剧《十三陵水库畅想曲》，剧本墨迹未干，立即交付同样属活跃型的金山去导演，拍成彩色影片。但是没有获得成功。据老前辈说，田汉一直是“下笔万言，倚马可待”。但他有时做事虎头蛇尾，缺乏坚韧持久的耐力。难怪他的那些逞才使气的“急就章”往往随开随败。情贵于专而毁于滥，业精于勤而荒于疏。然而田汉不愧是大家，他的创获多于败笔。只要他经过反复酝酿、深思熟虑、几度修改，也即努力克服活跃型的弱点，就有名剧如《关汉卿》《谢瑶环》等在文学史上站住了脚跟，流传于后世。

田汉豪爽任侠、好管闲事，爱打抱不平。在“反右派斗争”中，因为他仗义执言的《为演员的青春请命》等文章，差一点被定为“右派”。而在“文革”中，他的“情”与“诚”的个性，决定了他的受难和永生。田汉的骨灰盒中只有一支钢笔和一篇《义勇军进行曲》的歌谱。这是他豪放不羁的活跃型个性的最精炼的注释。

二、 魄力型： 周扬

魄力型（Powerful）性格特点：外倾、重行动、意志力强、有支配欲。勇敢进取，不达到目标不轻易罢休。魄力型的人是社会进步所必需的带头人。他们可能焕发建设性，也可能带来破坏性。魄力型性格适合担任组织和领导工作，诸如乐团指挥、影剧导演、体育教练、远洋舰长等等。

周扬基本上属于魄力型。

特别在他成为文化组织的领导干部（鲁迅所说的“工头”或“总管”）之后，从“左联”到“文联”长达半个世纪的表现，显露一种魄力型的极端人格，逐渐扭曲。

固执、不调和、认为自己总是对的。冷静、遇事不慌，习惯于教导别人、纠正别人；而极少反躬自省。

跟他交往过的人们在回忆中说他缺乏同情、缺乏真心朋友。为了达到既定目标，周扬可以不讲情面，翻脸不认人。

他有才华，有理想，有过远大的抱负，但没能体现为积极创造，而是成为一架无情批判的机器，甚至武器。

周扬具备顽强的意志和决策能力，通过手下掌握的几个班子，热衷于处理棘手的问题。

他自恃于通天的地位，能够镇静地应付紧急情况，从容对付突发事变。

他很聪明机智灵活，善于策划、运筹。遇到阻力勇往直前，喜欢迎向挑战，富于奋斗精神。换一种说法就是好斗。“下定决心、不怕牺牲、排除万难去争取胜利。”这是周扬生活的信条。

他的眼睛始终警惕地盯牢阶级斗争的对象（其中许多是过去的朋友和同事），

一一将他们打翻在地。直到自己最终也成为这样的斗争对象，自食苦果。

周扬很少知音。他的强烈自信和自作主张、出尔反尔，往往使得别人对他敬而远之。平时谈话接触常常是公事公办，跟朋友几乎从不交心。

他不大在意朋友，不像活跃型的田汉需要朋友做听众和伙伴，不像求全型的夏衍需要朋友来支持和安慰，作为魄力型的人，周扬需要朋友是为了服从他的指挥。交友对他来说是实现计划、达到预定目标的手段之一。他对朋友的关心往往出于功利的目的，所以不够体贴、不够忠厚诚挚。

作为魄力型的极端个性，周扬的致命伤是他的不宽容，他的独断，他的一言堂。经他的手，有意无意地伤害了许多好同志。

周扬的悲剧还在于，到最后他终于有所醒悟、初步懂得现代社会必须宽容、避免独断、杜绝一言堂的时候，他的神经系统经受不住如此强烈反差的冲击，而崩溃成了植物人。

关于周扬，学者们迄今捉摸不透。他几乎从来不向人们暴露真实思想，尽管他总是要求他领导下的人们经常向他“暴露真实思想”。

他本人给社会留下的印象，以及有关史料记载中留下的印迹，被一层层硬壳包裹着，虚虚实实，令人疑窦丛生。因此，要撰写一部全面深刻、实事求是的周扬传记，至今还是一项难题。

魄力型的人如果担任了领导职务，必须受到积极有效的外在监督和法律制约，才能避免专横跋扈。单靠他本身的道德自律是根本不够的。不幸，从许多历史见证者的回忆录来看，周扬没有走出他的悲剧命运的怪圈。

人们仍然在谈论周扬晚年复出时的忏悔，至今众说纷纭。

出于极端魄力型人格的一种权势心理，周扬至死没敢袒露自己灵魂深处的秘密。

他只是周扬，他不是夏衍或韦君宜或巴金。

我们晚辈眼中的周扬，要不然是高高在上得意扬扬，要不然就是逢人赔礼道歉。他的心距离我们实在太遥远了。

他的位置常在主席台，而不在我们身边。

我们认识他，听过他那湖南口音普通话所作的大报告，抑扬顿挫、纵横捭阖；看过他很不自然的言行举止，谈笑风生；但是从来没有感觉过他平等地处于人群中间。

在前辈“四条汉子”里面，他跟其他三位都不一样。

周扬是一个旧有权势的代表，他曾经是也只不过是这权势链条上坚硬脆弱的一环；一旦他被抛出这个链条，就全完了。

周扬体现出魄力型性格在特定社会条件下发展到极端的不可避免的悲剧。他也很可怜。仅仅着眼于他个人的责任，仅仅从道德观念加以贬斥或是维护，都是不够公允全面的。

三、求全型：夏衍

求全型（Perfect）的性格特点：内倾、多思考、追求完美；好静、喜欢独处。这也正是夏衍的基本个性。

他习惯于深思熟虑，爱分析问题，喜欢刨根问底，注重逻辑性，经常严肃认真地对待事物，温文儒雅，有时达到不苟言笑的地步。

夏衍喜欢秩序，不喜欢混乱；喜欢平淡，不喜欢热闹。他不善于饮酒，从来没有酩酊大醉过；他也不嗜好浓郁的咖啡，不用强烈的外力来刺激自己的感官、影响自己情绪的平稳。他最爱一杯清茶在手，慢慢品尝。

有老前辈说过：夏衍的为人和为文，都不是白酒、不是黑咖啡，而像是一杯绿茶，是他家乡杭州西湖的雨前龙井，淡雅、隽永，令人回味无穷。在他的作品和他的生平中，很少有轰轰烈烈的宏伟场面，也很少有惊心动魄的大悲大喜，而充满了一种内在的深沉的思考和求索的情绪。他的创作、他的言谈，都是平心静气、娓娓道来，以恬淡和洒脱启动人们的心扉，照见灵魂深处的战栗。

他有时开一些无伤大雅的玩笑，具有英国式的幽默感。在大庭广众之中他从不多嘴打岔，从不抢镜头曝光。他不是振臂一呼天下云集的英雄，而是脚踏实地埋头苦干的行脚僧。他不是花蝴蝶，他是春蚕。

夏衍做事按部就班，井井有条，有一定的计划。他的时间表经常是准确无误的，跟火车时刻表差不多。预定的约会，他没有迟到过。他也对别人的不遵守时间、不遵守诺言而反感。自己的行动就是一个几十年不用上发条的精确的钟表。

他注意细节、数据、目录。习惯于进行分类。他的特长是收集、整理和保存。在几十年兵荒马乱、仆仆风尘中，夏衍居然一直在业余热衷于集邮。他的收藏中有许多珍贵的邮票珍品，如大清龙头票等。他是国内有数的集邮名家。晚年时，他把一生积累的集邮册捐献给祖国。

夏衍平时放置东西注意整洁、平衡，认真归类。他的书房永远是干干净净、整整齐齐。他的房间，像他的人品和文品一样，清新朴素，家无长物，但是洋溢着一个思考者的光辉，一种不露锋芒的沉静的光辉。

与此相关的是，夏衍举动好挑剔、在琐事细节上很拘泥。他不断地衡量和判断周围事物，经常考虑反面意见，作出的批评有时失之尖刻。根据前辈关于30年代中国左翼作家联盟的回忆，夏衍对于冯雪峰、胡风等比较猜忌。他的不大相信别人，一方面是受当时客观环境的局限，另一方面也跟他多疑的求全型个性有关。他自己晚年在《懒寻旧梦录》一书中回顾过去时认为，自己在50年代的反胡风集团一案和反右派斗争中，发言难免是带有偏见和泄愤情绪的。60年代以后他不受信任，境遇每况愈下，忧郁时情绪低落。他心中确实深藏着难隐之痛。

夏衍爱猫。他长期养猫，但是养的不是名贵稀有的洋种宠物，而是极其普通的中国黄猫。他闲散时的乐趣是与黄猫做伴。他独处时与猫相对，把许多复杂的难以言说的感情寄托在这无言的、忠心的、善良而有灵性的伴侣身上。夏衍曾对我们说过：他从小腼腆、怕见生人，少年时代的他最喜欢一个人躲起来思考问题，活像一只怯生生的“窝里猫”。

夏衍晚年又经常沉浸于冥思默想之中。他消瘦得几乎看不出表情的脸庞，使人觉得：仙风道骨恐怕就是这样的罢。那容貌最令人震惊之处就是一双睁得很大的上下求索的深邃的眼睛，虽然久经摧残视力很弱几乎失明，却是理性考问中的眼睛，好像宇宙之谜的黑洞。

有时候谈话之间，夏衍老人会停下来无语地遥望窗外。好像从那浩渺无垠的天空的尽头，寻找他灵魂的归宿，寻找他对生命意义的终极答案。

他一生追求的是完美。他获得的又是什么呢？

四、 平和型： 阳翰笙

平和型（Peaceful）性格：内倾、随和、气质均衡，经常旁观，不主动；与人为善。遇事泰然自若。调和执中，不走极端。善于适应各种环境的变化。

阳翰笙基本属于平和型。

人们都尊称他“阳翰老”或“翰老”。

他具备宽厚的长者风度，从不斤斤计较。他平易近人、诚恳亲切、谦虚谨慎。

他像田汉一样充满正义感，但是不大敢公开站出来说话；他像夏衍一样向往真理、深思熟虑，但是回避理性的争论和现实的交锋。

他特重感情，但是很少外露；他心里懂得是非，但是更懂得利害，所以面上糊涂。

阳翰老一向能自觉接受领导的安排，从不讨价还价。

他是计划的执行者，行动的追随者。

他曾长期担任周恩来的忠实助手，是秘书长一类职务的最佳人选。

他勤勤恳恳、任劳任怨。他是真正发扬集体主义精神的齿轮和螺丝钉。

他完全做到了“一生交给党安排”的驯服工具。

平和型的人缺乏突出的个性，总是保持低调、稳定、宁静。

但他对于各种性格的人来说都是不可缺少的。

他宽容各种个性，都能与之融洽关系，友好往来。

对于活跃型的田汉来说，他是最忠实最有耐心的听众，稳定烦躁情绪的调和丸。

对于魄力型的周扬来说，他既不盲从又不反抗，是逆来顺受与和稀泥的能手，激烈冲突的缓冲丸。

对于求全型的夏衍来说，他是知心的安慰者、同情者；是帮助解除忧虑、驱散孤独的安神丸。

他确实是个好好先生，一团和气的和事佬。

我一直弄不清楚，30 年代鲁迅为什么把这样一位“和事佬”列入“四条汉子”而异常反感？更加弄不清楚，60 年代阳翰笙任编剧的电影《北国江南》有如此善良的形象，为什么也遭到猛烈的批斗？或许当年鲁迅是有“求全责备”的意思吧？

更弄不清楚的是，到了“文革”期间，一个忠心耿耿、与世无争的和事佬，竟然也被列入“阶级敌人”的黑名单，长期关押在黑牢里。历史的误会如此残酷无情，我们还能说什么呢？

“四人帮”倒台，阳翰老获得“解放”时，他对于自己所遭受的多年冤狱和非人虐待却不置一词。

这是一个善良的老者。□ 2007 · 1

我所知道的康殷先生

□郭慕岳

屈指算来，我和书画金石篆刻家、古文字学家康殷大师的交往整整三十五年，也就是先生的后半生。先生于1999年6月9日病逝，我曾于1999年1月22日访晤先生于寓所，也就是他去世的前四个月零18天。事前我已得到少康先生（康默如）的通知，得知先生已得不治之症——膀胱癌和食道癌，病入膏肓，已无力回天。在电话中我已泣不成声，谁知我的哭声通过少康已到达康殷的耳朵里，他很感动。所以当1月22日一见面就向我表示，他的病不要紧，当即在我面前做跑步状，并告诉我，他站着扶墙能做三十个俯卧撑，以宽我心。他满脸笑意，我也不能愁眉苦脸。我的学识和康先生没法比，不在一个层次上，但能“侃”，并且康先生很爱听。康先生上骂古文字鼻祖许慎，下骂古文字泰斗郭沫若，但从不骂我。不但不骂我，还夸我，说我过目不忘，记忆力惊人，难道我真比许慎、郭沫若还强？呵！天晓得，我是一头雾水。

我到康府是每到必饭，吃他多少顿饭已无法统计。我们都好酒，但量不大，他每次都拿出茅台和人头马招待我，让我酒必足、饭必饱，1月22日也不例外。康先生的友人某是一位摄影工作者，在我们“侃”时，把我们康府之聚存照下来，谁知这竟是我们最后的合影，最后的一面，痛哉！这位知名的海内外学者，被后人称为一代宗师、艺术的兵马俑，已逝世七年多了，作为知心朋友，我对他的怀念总是挥之不去，作为学术界、艺术界影响颇大的“康殷文化”的主人，不为文纪念，我觉得愧对先生在天之灵。

一、 友谊之花开在铁窗之上

1964年或1965年，已弄不清了，春、夏、秋、冬，找不着头了。反正在这段日子里，在知识分子中，暗中流传我们“柜上”（专政机关）来了一位名流，叫康殷。日子多了，愈炒愈热，真是如雷贯耳。可巧，我和康先生的办公室（美工组）是邻居，美工组熟人不少，我出入随便。康殷来了，我出于好奇心，想看看这位名流啥个长相，就溜进了美工组。一间20平方米的东房，有八九个人办公，有于洪慧、今鸣、何燕铭等。因为我是那里天天见的常客，一进门也没人理我。这时我见到一个座位上有一生面孔，年纪四十出头，但面目较老，面部的肉有些松懈，唇上留有短须，眼皮厚而肿，正低头刻一方钢印。名人康殷第一次在我的面前出现了，轮廓已定。

物以类聚，人以群分，甭用人撮合，自然而然我们就凑一块去了。全借工休时间，我们俩山南海北地“侃”起来，从薛涛小笺到女老道鱼玄机，从钗头凤的唐宛到明末的窑姐，柳如是、李香君、顾横波、董小宛、萧灵犀。有时候于洪慧也参加，惊叹：你们知道的“四旧”真不少呵！我和大康不知道他是赞叹？是讽刺？还是准备小汇报的资料？于是就收敛了许多。但他一走大康的嘴就又没把门的了，当然骂当局，骂时局还没那个胆子，那有杀身之祸呵；但借机讽刺干部啦！骂骂积极分子啦！骂骂小汇报啦！倒是经常的事。他们美工组有一个贺××，专靠小汇报活着，令全体人员恨之入骨，当然包括康先生。有一次他当我面大骂贺××：“总拿自己当狗，别人都是黑狗，人家打狗时，他妈的就不论黑狗花狗了，一块打。”

康先生什么时候研究古文字，没头。反正在这时他对我说：“小郭子，我在甲骨文、金文的古文字形上，得心应手，运用自如了。”这是35年前的事，他的研究也不是从这开始，实际上大康先生是用了一生的心血，才逐渐结出了硕果。在刻苦钻研学问上，康先生不放过一秒钟，连每天在食堂买饭都手不释卷。70年代中，康先生的《古文字发微》自己油印了二十册，给了我一本。现在的报刊说康先生研究古文字20年，好像自80年代初，其实是他们不了解情况。

“文革”之初，我所在的机关也是拿知识分子开刀，用当局的话说：“你会拉金尿银，就是不用你。”我被拉下车间，差点被斗死。康先生被关进了禁闭室。但我们都有一个基本的做人标准，就是不能胡说。所以劫后余生，考验了我们双方的人格，友谊之花开得更靓丽了。

这是值得一提的一件事：康先生的书法各体都臻上乘，唯独草书稍嫩。康先生被禁闭了，收去了腰带，蹲进高一米二、宽四米的水泥禁闭室，席地而坐，每天四个小窝头，上午、下午各两个，两杯凉水。在这样的情况下，他节省下半杯水，在水泥墙上，苦练他的草书。现在高挂在人民大会堂上康先生的笔走龙蛇的大幅草书，就是那时练就的。

二、 风雪尧山忆故人

1969年10月末，是所谓十年“文革”的第三个年头，是中国人民遭受苦难的高峰时代。就在这个当口，我们一大批“专政对象”像“一盆脏水”从北京泼向河北。在这一批人中有很多高级知识分子，有很多专家学者，我的朋友康殷先生就是其中之一。这“一盆脏水”，“盆”有多大？水有多少？不知道。反正到河北省后一下不易分下去，就都集中在邢台地区隆尧县隆尧一中，时间有半年之久。

在我们这些人中知识分子不少，但真正的刑事犯也不少。在隆尧一中的半年中，出了很多稀奇古怪的事，这在我的《被革命回忆录》中都有描述。此文专写大康先生，别的只能搁浅。

隆尧县，是由原隆平县和尧山县合并而成。隆平没什么，而尧山县则大有来头。北京北，是燕山山脉，自此以南，直到徐州，这一大片是所谓华北平原，渺无山迹，连个丘陵也没有，唯独原尧山县有座小山，因和帝尧有瓜葛，因此命名尧山。因为华北平原无山，而尧山虽小，就难能可贵了，其中最可贵的是“尧山石窟”。

在一个彤云密布，欲雪将雪的天气，我偷偷甩开了同组的人员，找到康殷和潘恭，同时还有总闹胃病的何燕铭（“反右”时，工艺美术学院“庞薰琴集团”成员），邀他们去尧山一游，三人欣然同往。

没吃早饭，我和康、潘、何三位知识分子，像做贼似的偷偷溜出了隆尧一中。远离集体后，我们这才大摇大摆恢复了人的尊严。潘恭身高一米五多，高兴地跳跃着，像一个孩子，又像一只被放了的麻雀。我们一路谈笑，开心惬意，最终找到了小尧山。尧山不高、不宽、不大，用两个小时从南到北、从东到西，就能游完全景。

尧山是个整体，县的一些小官僚们，为了修公路非要穿山而过，山中已被炸得满目狼藉，一片惨不忍睹的景象。又有一说是炸山烧石灰，不管怎样，他们在犯罪，他们在破坏我们老祖宗帝尧给留下的宝贵遗产。这样就把尧山一分为二，分成了南山和北山。当时正在施工，时时听见爆炸声，谁听见都会心碎的。华北千里平原只此一山，历代在山上都留有古迹。

当我们来到山脚下时，眼前的景色真令人欣喜，迎面见到一个三间小房的小酒馆，这真是锦上添花。大康面有喜色，厚眼皮也张开了，潘恭高兴得眼睛笑成了一道缝。只有老何面无表情，因此公有胃病，不善饮。我们四人落座，买了三个菜，我记得最清楚的一道菜是炒羊肉，冒尖一大盘，因为饭馆是国营的，不会缺斤短两。康殷有言在先：“别喝喇嘛了，点到为止，咱们主要是上山。”他是我们的领军人物，不能有异议。三大盘菜，味道一般，可量大，我们在谈笑中，酒不足，饭饱矣！

出了小酒馆，没费多大劲，沿南山小路就登上尧山之南山。这时展现在我们眼前的是一个原始大石，在山之东悬崖上，面迎朝阳，高2.5米，宽也是2.5米，四四方方，被磨成了平面，正中间刻一秀丽飘逸的大字“天”，落款是明某某进士。我们都不敢多言，在名人面前不能不懂装懂，就是真懂也不能先说，只能请教康先生。这么一块巨石，为何只刻一个“天”字？康先生说：“此是何山?! 尧山，‘尧天舜日’嘛，所以这个‘天’字很有意思。概括的也不全是这一点：民以食为天，这又是面迎朝阳，实在大有深意，好！好！太好了！”听康殷这一解释，我们迷津点破如梦方醒。潘恭咬咬下嘴唇说：“最好拓下来！”我说：“傻鸟，你有这么大的纸吗？石刻在悬崖上，你怎么登踩？想入非非！”潘恭闹了个没趣。

这时天气有了变化，飘起小雪花来，落在身上，落在脸上。立尧山之巅环顾四周，更别有情趣。我们四人开始往里走，也就十米左右，发现一座石碑，东西走向，面南背北，密密麻麻，刻有很多文字。我和潘恭个头小，费尽全力也看不到顶端。大康和老何能看到石刻的全貌。大意是清代一位新县令，率众出游至此，立碑为记。在此碑不远处又发现一断碑，上半截没了，只剩半截。上有汉文和蒙文，但文字有下无上，很难读懂。康先生断定这是元碑。我们转遍了南山，石碑太多，有的立着，有的横躺竖卧，甚至有的重叠。天又下着大雪，碑文不易看清，又无备而来，不能拓下，大康建议南撤北上。

下南山，上北山，途经正在爆破的公路通道，南北两坡碎石层堆。我心想尧山又小，古迹又多，华北平原只此一山，修公路为何不绕一下，何必破坏?！内心不以为然。转而一想，“文革”中的“破四旧”，大好山河都付之一炬，区区尧山何足惜哉！我们又很容易地登上北山之巅，直接地望见了尧山石窟，也就是唐武周大足石窟。大足是武则天称帝的后期，公元 701 年，5 月至 10 月改元年号。这时雪愈下愈大，遥望四周成了银妆世界，整个天地处于圣洁之中，使我们这几个流放人心旷神怡，忘掉了一切，只剩下快乐。

尧山石窟，面南背北，有十几个洞，洞高 3. 5 米至 4 米。我们四人挥挥身上的积雪，进入洞内。因光线不足，看不太清。壁上都是初唐壁画，有《礼佛图》。我想唐武周时代，武则天崇尚佛教，并拜五祖弘忍大弟子神秀为国师，《礼佛图》就说明这个问题。还有《行乐图》《出游图》，当然是壁画必有之物，不足为奇。因为年代久远，壁画都已褪色，显得很旧。不过康先生仔细观察后，还是赞扬了唐文化的独特性。他又细看了一下，发现《礼佛图》的画底，还存有被抹去的遗纹和遗痕，说明大足文化不是最早，但这遗纹和遗痕到底是什么年代？什么内容？就不可知了。说明尧山石窟的开凿不始于武周时代，上溯多少年却不清楚。十几个洞口并不一样，但洞内都有浮雕佛像，依墙而立，小的有如拳头，大的如真人，可惜令人心碎的是，佛头都被红卫兵“破四旧”一个个打掉，尧山石窟遭到彻底的毁灭。十几个洞口，我们四人数了一下，无头佛像整整 500 尊。这时，康殷先生脸色煞白，大眼皮下满含泪水，痛惜祖国宝贵文化遭此劫难，难忍之情，无以言表。他沉吟不语多时，搓了搓手，跺了跺脚，长叹一声说：“咱们走吧！”

我们走出石窟，雪下得更大了，好一个琉璃世界，千里雪毯，万里冰天。老何的身体不好，有胃病，从口袋里拿出饼干咀嚼。康殷 43 岁，身宽体重。我和潘恭的身体是千锤百炼了，下山雪滑，就分别扶着他们下了尧山。在回来的路上，雪如鹅毛，纷纷扬扬，同时又刮起了风。康先生由于尧山石窟被毁的刺激，愤世之情油然而生，忽然他在风雪中停下，对我们三人说："借风雪之兴，我来一段昆曲《林冲夜奔》!"我们三人鼓掌。康先生翩翩起舞，甩袖蹲膝、白鹤亮翅、野马分鬃，还真够味！当唱到"怀揣着血刃刀"时，虽嗓音沙哑，特别提高了调门，咬牙切齿怒满胸怀，我们理解他的心情，这是爱国热血的喷发。舞止歌停，雪还在照下，我们回到了隆尧一中。

听潘恭说，回校后，康殷写了一封信《呈周总理座前》，由潘恭回京时投递进信筒。那时高层斗争正激化，周恩来哪有心思管什么尧山石窟呢？结果康信就如石沉大海了。

在此之后，康殷又独身赴尧山多次，去拓尧山的石刻。为了纪念尧山之游，我曾向他索要拓片，以作纪念。他托人送到我手中，留存至今。

三、 康殷先生轶事

康先生与夫人任兆凤是辽宁省义县人。先生曾考上吉林大学，读二年辍学，报刊都说是爱国的义举。康老伯母笑着告诉我说："啥呀！那时候他正追你大嫂（任兆凤)，怕你大嫂跑了，才从吉林大学退学回来的。"新中国成立前，他曾在北平的东安市场卖艺刻图章。康先生说那时国民党总拿他当共产党看待。康夫人和康先生是自由恋爱。康先生在学校期间已崭露头角，书法誉满全县，伪满洲义县县长要以女妻之，康殷告诉我："仗着没要，要的话我就完了，成了汉奸的女婿，我怎么抬头。"

康先生的父亲是职员，母亲虽不识字，但极明事理，有大家风范，生有五子一女。长子康殷，次子康雍，四子康宁，五女康静，六子康庄。康夫人不育，康殷无子女，他常笑言："人家的夫人孵人，我的夫人不孵人。"康雍生有一子，小名龙友，学名默如，艺名少康。这里面除康静外，都是当今书画坛上的知名人物。开过"五康书画展"，影响很大。四康都受大康影响极深，或深或浅有共同的风格，在书画坛上形成了康氏流派，形成康氏文化氛围，不管褒也好，贬也好，谁都不能不承认它的存在。

新中国成立后，康殷、康雍都投考到华北大学。24 岁的康殷任广州市文化馆馆长，经常与容庚、商承祚等学者进行学术交流。他非常尊重容庚先生。康殷艺高气傲，有真才实学，我不反对他的高傲。

改革开放后，他的古文字"新论"出版，我们曾通过信。他说："最盼望的还是求你拨冗一阅拙作《新论》，提出高论，最好最需要的是反对的，找出破绽的意见想必有高见也!"我没有自知之明，在名人面前没掂掂自己的分量，就甲文中的"医"字提出自己的不同意见，认为其中的"矢"，应和针灸有关。康先生大不为然，差不多快把我"吃"了。我一想康先生是大家，我们是老朋友，就拿话岔开，一笑了之。其实他不能容忍任何人对他的古文字著作有异议，他的论著论点有部分学者不同意，但又受到另一部分学者的赞同和普通知识分子的崇拜。康先生在“文革”中，被逼远离京师，屈居河北平乡小县小村，饥寒交迫，生活陷入窘境。看来是坏事，但从他学术研究上又是好事。这时他成了时间的主人，在学术上可以“犀照黄泉三百丈，神游太古四千年”（后又改为六千年），最后在80年代，展现丰硕的成果，在艺术上、学术上给后人留下厚重的遗产。

记得在“文革”时期，有一次造访康府。康殷拿出一张复制的殷周漆器图案，自鸣得意地对我说：“小郭子，你看咱这玩意线条多流利。”其实我对这门艺术是门外汉，他的得意，等于对牛弹琴。但有人告诉我在1954年或1955年，康先生复制了一批殷周漆器在北京展出，当时一东欧国家的考古代表团参观，指责中国不善于保护文物。中方说我们这是复制品，代表团不信，为了说服他们，剥开其中边角现出垫有报纸，对方才服气。康先生能如此乱真，可见其才华之高。

也是在“文革”期间，故宫博物院展出当时出土的殷周青铜器和西汉错金壶，记得我和康殷并肩进入故宫北门，当时还没有人能认出错金壶上的文字内容。他站在旁边，上下看了两遍对我说：“小郭子，我全认识。”说完把嘴一撇，一股傲气直冲斗牛，可惜我是个门外汉，他读完错金文，我也全忘光了。“文革”中只有一种刊物《文物》上发表了错金壶上的译文，与康先生译的只差一字，后来《文物》又为文更正，康先生对了，《文物》错了。记得就是那一天，康殷还和我说了一件事：当时河北满城出土西汉中山靖王刘胜墓，有大批文物，金缕玉衣轰动海内外，但康说，这个中山靖王不是刘胜，他的依据是印章的风格，应是西汉末年某位中山靖王。这里的学问太大，我不敢表态，当他的巨著“印典”问世后，这才明白康先生是有他的依据的。

康先生是北方人，不习惯在南方生活，1956年提倡作家、艺术家创作专业化，他辞去文化馆馆长职，北上落户北京香山煤厂路12号，搞起自由创作。刻一方图章10元，当时带鱼是2角7分一斤。康先生时年31岁，由画家刘汉的介绍，已是中央民族学院书法客座教授。值得庆幸的是康殷不在职，逃脱了1957年“反右派”的厄运。以先生的嫉恶如仇，看问题尖锐，说话尖刻，态度傲慢，如在广州公职，准是头一大右派。而此时，因没人管，反而成了“反右”的漏网之鱼。1956年来京时，大气候还有些知识分子的早春天气的味道。次年以后，以阶级斗争为纲，康先生是个自由创作的艺术家，派出所看他是一个危险的无业游民，又看见康府三教九流，进进出出，早就准备抓茬整他，他的一举一动都在公安局的视野之中。在那个时节的知识分子，逃得了初一逃不过十五，今天还是笑脸相迎的座上客，明天就有可能是罪不容诛的阶下囚。后借机把康先生打翻在地，踏上一只脚，20年没能翻身。

后来，康先生在一家工厂就业，身份是长期临时工，月工资62元，职业是搞美工，替各个企业设计商标图案，记得当时社会上畅销的桑菊感冒片的包装就是康先生设计的。知识分子名气越大，在那个年代，排队挨整，准是排头兵，康先生也不例外。1964 年至 1969 年在这个工厂里，除了挨整还是挨整，批斗，蹲禁闭室是家常便饭。总之，没过一天舒坦日子。

隆尧一中散伙后，康殷被分配到平乡县，潘恭被分配到威县，我被分到河北临西，因工资被取消，靠工分度日，我们都陷入了极度贫困之中，异乡为客、苦难挣扎，这就是我们的处境，食不果腹，但也没被饿死。从 1970 年到 1978 年底，我们就这样活过来了。在我们被赶下乡的时节，虽穷，一到春节前后，也要到北京省亲、聚首。

有一年春节，我买了一瓶二锅头赴姚家井康府，潘恭也到场。康先生“穷且益坚，不坠青云之志”，仍在孜孜不倦地研究他的古文字和整理他的巨著“印典”。见我们到来，他大喜过望，又见有了二锅头，更是喜上眉梢。康雍待哥哥的朋友，都视若兄长，其实我和康雍是同庚。康家备菜，饮我的二锅头，真是人间一大乐事。酒过三巡，康先生略有醉意，兴致来了，翩翩起舞，又唱起了《林冲夜奔》。舞兴正浓，我和潘恭倾耳击节，忽然停顿下来，怎么？康先生忘词了，就问潘恭：“下面什么词？”潘也是才高八斗的主儿，接茬一提，康先生又舞唱起来，直至曲终才归座又饮，十分尽兴。我佩服的不仅是康殷，还有潘恭，《林冲夜奔》的词儿为什么他这么熟？看来也是广读博览，我有些相形见绌了。

我们三人在苦难中能如此作乐，真是大欢喜、大快乐！此时康先生已三分醉意，站起来，扶着桌面忽悠问我：“小郭子你可知三郎是谁？”我当时就蒙了，要说是“活捉三郎”的张文远，这不叫潘、康笑掉大牙？就连康雍也会看不起我。我想，知之为知之，不知为不知，是知也。不知道就是不知道，胡说现眼更丢人。我说：“康兄！不知道。”康先生喝多了，用醉红的眼睛问我：“小郭子，你不应当不知道呀！”我尴尬到极点，在二康和潘恭面前，我大失水准、丢人。但我仍说：“康兄！本人才疏学浅，在诸公面前不能胡说，真是不知道。”这事就过去了，但我耿耿于怀。

后来请教了两位高人，一位是沈阳师范学院中文系副教授，她说：“在唐宋时代，三郎是女子对情人的爱称。”我又请教了一位 1946 年中国文学研究生毕业的老先生，人家脱口而出：“三郎就是李隆基呵！”这件事我终生不忘。

那天我们又谈到睢景臣的《汉高祖还乡》，谈到刘邦当皇上的“开国大典”。康先生确实醉了，随口而出：“主持刘邦开国大典的桑弘羊。”我内心一惊，康先生错了，“报仇”的时候到了！我说：“康兄，您说错了，桑弘羊是汉武时人，后卷入燕王刘旦造反的事，为大将军霍光所杀，主持刘邦开国大典的应是叔孙通。”康先生顿时把吃菜的筷子放下，“噢！对。”大学问家酒后也会失误，三郎之事丢的面子，我找回来了！

记得那时我正在搞对象，并且有了眉目。我告诉了康先生，并求纪念品，康先生慨然应允，但当时没兑现。不过康先生很反对这门亲事。他是从现实出发，我身无分文，再背上一个家，怎么活呀！所以他以奇怪的口吻，歪着头问我："人家都离婚，你结他妈的什么婚?"其实这是无奈的关心，问得我无言以对。我当时的身世、环境、经济状况，确实在我们这类人中是无权结婚的。这时一向不开口说话的康雍先生也凑过来，善意地又带有痛苦地对我说："您要结婚？唉！有两个鸡蛋一个人吃多好，一结婚势必一人一个呀!"挺风趣的，其实当时我一个鸡蛋也没有。

为我的结婚，康先生送我一幅钟馗，那时"四人帮"已倒，题词我仍记得："十年翻云覆雨，蠡尔社鼠城狐，老夫剑光射日，且看手段何如?"可惜我带到农村给丢了，唉！我怎么向康先生交代，直到现在想起，仍是觉得对不起康先生，内疚一生。

我已喝得动不了了。潘恭告辞，我就醉倒在康殷的床上，一觉醒来，已日薄西山，我站起来，有点不好意思，感觉有些失礼。这时在我面前站着一位老人，面无皱纹，非常白净，只是白头发多些。康殷介绍："小郭子，这是我父亲。"我大吃一惊，因为康殷少年老成、早熟，又著书立说，精力耗费过多。从我们相识那天起，他就没年轻过，所以父子二人站在一起，分不清谁是父亲。康家人口众多，老爷子没地儿睡，总在单位值班，这是回家吃饭来了。我赶紧上前深施一礼："伯父，您好！我是康兄的难友和老朋友，今日酒醉，有失体统，望老人家原谅。"老人笑哈哈，一再说别客气，到此我赶紧起身告辞。

忘掉了年月，反正又是一年春节前后，我又造访康家。康先生正在伏案工作，见我到来起身相迎。落座后，我们又闲扯天南地北地海聊起来。他顺手拿来一张四寸照片，对我说："这是国学大师容庚先生寄来的近照，还给我寄来30元钱，容先生不忘旧呵!"言之慨然，又顺手拿出一封信，是天津大学历史系主任王玉哲来的。王玉哲是名教授，但汉字写得出乎意料的难看，康先生说这是学术界正常现象，不足为怪。我看，来信是玉哲教授向康先生请教甲骨文，他知道此字是个少数民族的名称，问康先生可否找到依据。接着又谈到启功先生的信，他看了《古文字形发微》（以下简称《发微》）的油印稿后，对此著作大加赞扬，说该书图文并茂、深入浅出，如能面世，是传世之作。这说明，在那个年代里，康先生的古文字著作已得到社会上的认同。其实我在古文字上是文盲，认识几个字也是受康先生熏陶，但康先生错拿我当"内行"。关于"示"字的起源，康先生认为是人类幼年时代的灵石崇拜。他告诉我证据在全国东、南、西都找到了，就缺北方。全世界都找到了，就缺美洲。

一次我在一个师辈的家里，找到一本敌伪时期出版的、日本人鸟居龙藏著的《满蒙考古记》送到康先生手中。康先生大声说："有了，这在国内全了!""满蒙"当然指的是中国北方。他指着书上画的几座山石，上横一石。鸟居称为多尔门，西方称为“桌石”（Dolmep）。此证在康著中多次加以引用。鸟居是日本有名的考古学家，后穷困而死。

已经改正上班了，大概是1979年，我在《人民日报》副刊上，见到美洲某城在某日倾城出动，围着多尔门式的巨石进行彻夜狂欢的消息，想起康先生在世界上的“空白”，赶紧通知了他。康先生的几大巨著《发微》《新论》《浅说》的新旧版本都通过别人送到我手中，但我实在是个古文字外行，辜负了康先生对我的厚意。

一次，一位师辈学者，为了写“中国纺织探源”，需要古文字资料。我在西单书店买了一部杨树达著的《积微居金文说》。路过康府，见到康先生，康问：“你拿的什么书?”我说出书名，他又问：“多少钱买的?”我说：“5元。”他说：“就是一块钱我都不要!”弄得我尴尬了5分钟，呆若木鸡。想一想，老朋友了，他就这个脾气，我以傻笑圆了场。

四、 红映夕阳

1979年借落实政策之风，我和潘恭、康先生都回到北京。1980年，从衣着上回忆，不是春天就是秋天。一个下午，康先生远从香山来到鼓楼寒舍。寒舍是真寒，不是假寒，九平方米一间小屋，又家徒四壁。康先生左手拿着一张用甲骨文写的条幅，右手托着半斤熟牛肉。虽然已是老朋友了，但我知道康先生的分量，感到受宠若惊。潘恭也来了，他拿来一瓶杜康，这说明我们的生活水平已从二锅头提高到杜康了。我夫人炒了几个四川菜，在仅能放下一个方桌的地方，我们挤着坐下，开怀畅饮。从下午六点到十点方休，一瓶杜康已底朝天。那天谈些什么忘却了，反正我们三人的嘴不会闲着，唯一的特点是放松，因为没有了恐惧，没有了压力，没有了饥饿的威胁，康殷也不再唱“怀揣着血刃刀”了。

此后，因康先生远在西山，平日工作很忙，只能一年看他一次。当此之时也，在学术界、艺术界康先生如日腾空，他的才华经几十年积累喷薄而出。

从1979年到1999年，二十年间，康先生治学有三个高潮，第一，是《古文字源流浅说》《古文字学新论》《古文字形发微》的问世。在我居所的旁边，有一私人书屋，有两本《发微》，被一个台湾人买走后，在台湾盗版。第二，以康殷为主的“五康书画”的展出在古都北京书画界反响极大。第三，《印典》的问世，在中国文化长河中有着非常积极的意义。

记得有一次，他和我谈到甲骨文中的“殷”字，他说“殷”和“医”，古音相同，而“殷”字在甲骨文中是一幅针灸图。这样他就把出现针灸的年代在中国提前了一千五百年，这是实实在在的学问，这是实实在在的贡献。这时的康殷已不是平乡农（康在农村的自称）了。他的香山煤场路12号两间西房，经常高朋满座，盛友如云，座上都是学者名流。为此，为了不打扰康先生治学，我同他每年来往不多，但从未断线。我每次迁居，康都以墨宝相赠。出于政府的关照，康先生由香山迁往方庄小区，这时一位韩国学者访问康先生，见到康先生的新居，大为不满，直言不讳地说："这么大的学问家，居住如此简陋。"康先生心想：昨天我还住两间平房呢！

康先生的学术成果震动了学术界、艺术界，引起党和政府的注意和重视，并有一些好心人在报刊上呼吁说：康先生当时还是个自由人身份，他的如此成就，如不和党的领导挂钩，怎合国情呢？我们之间是患难之交，布衣之交。我们之间无话不谈，并为此交换过意见，我曾提出：去哪都可以，中央美术学院不能去，因为它容不下你。此事久拖不决。

后来把康先生落实到首都师大美术系，身份是研究员，他给我来信说："工作问题，上面批下来而长久不能落实，北大师大这类没落大家，名人甚多，我不愿去。大学不着急，我只好去师院了。"工资很难定，最后找到50年代他辞职的广州市，定为高校8级。高校8级是多少，我不清楚，反正和50年代联系起来，高不了。康先生一见面就说："我是高8级。"颇有些调侃的意思，其实康先生很不在乎这些事的。第一，不坐班。第二，在家著书立说学校不干涉。第三，每星期四下午去学校开一次会。实际还是保持他自由的身份，而国家承认他是公职人员，不是个体户了。

康先生治学的刻苦，是人所共知的，听康夫人任兆凤说，康先生不管天多热，从不用扇子，如果一只手扇扇子，另一只手就什么也干不了。由于他的刻苦，才有如此大的学术成就。康先生是工作狂，但也不是没有业余爱好，他酷爱京剧，并且非常内行。他爱看侦探小说，尤其是亚森·罗平写的。他喜欢动画片，对米老鼠和唐老鸭评价极高。

现在，先生长眠于地下，年仅七十二岁，令人无比痛惜。他是国宝级人物，中华民族再塑造一位康殷，已是不可能的事了。什么时候想起他，我都会黯然神伤，这种神伤不是个人的，而是民族的。我把一个刊物对康殷所作的评价，作为本文的结尾：

大康，名康殷，祖籍河北乐亭，1926年生于辽西义县。

大康兼擅诸体书，尤以金文为最。他写的金文豪迈辛辣，苍劲雄浑，如铸如刻。入木三分，力感极强，把"金石味"发挥到极致。而且用字严谨、前无古人，也罕见于当代。他的楷书，寓北朝的人雄犷于隋唐楷的秀美规整之中，精光内敛，法度森严，形成了他的独特的面貌，即世人所谓的"康体"。连他自谦为"所短"的行草书，也深沉苍劲，气宇恢宏，自成一家。他的隶楷书已出版了《汉隶七种选临》《郑曦下碑》《张猛龙碑》《隋碑墓志》等，《大康印稿》《大康学篆》《五康书画》等也都面世。

大康生平的主要成就，是对古文字形的研究。发前人所未发之秘，解开了一千多个古文字形之谜，又发现了近百条古文字构造和变化的规律。在最艰苦的环境中，写出了《古文字形发微》《古文字学新论》《文字源流浅说》《说文部首铨释》等共百万余字，亲自手抄。这些书已印发 14 万册，引起国内外学术界的瞩目、震动。其次，是古玺印的研究、编辑。以三十余年之精力，辑成空前完备的大型工具书《印典》。第三位才是书法、篆刻，第四位是绘画的创作、研究和鉴定。

大康曾为首都师大研究员、中国书协理事、北京印社社长、中国美协会员、秦文学会副会长、中央文史馆馆员等，还兼任着数不清的委员顾问等名誉职。◻ 2006・4

龙榆生：徘徊在文化与政治之间

□ 张 晖

负气声名甘败裂，吞声歌哭愈艰难。

——钱锺书《得龙忍寒金陵书》（1942）

对于近世著名词人龙榆生曾在1940年至1945年间任职汪伪政权的事，人们一直比较关注。但如何给予评价？评价的标准又在哪里？则是人言人殊。《读书》杂志2006年第2期发表了散木先生的《读〈年谱〉》一文，从拙著《龙榆生先生年谱》① 谈起，对龙榆生先生的事迹进行了评说。散木先生的文章对龙榆生先生寄予了很大的同情与理解，这与过去的评价尺寸显然已有很大不同。从一定的程度上来说，散木先生的文章可以代表学界半个多世纪以来对如何评价汪伪政权的深入思考。

尽管眼下对汪伪政权的斥骂之声依然不绝如缕，但历史研究者早已希望摆脱各种意识形态的困扰，冷静地看待这段历史。近来王克文在《汪精卫·国民党·南京政权》一书中，郑重表示自己的研究并非简单的“替汉奸翻案”，而是尝试跳出“忠”“奸”两立的政治框架，贴近当时的历史情境，来理解汪精卫的心态以及汪政权成立的前因后果。他说：“从历史的情境里探讨和理解一个人物的行为，纵不敢说是还其本来面目，至少有助于消减政治和情感因素的干扰，使不易论定的民国史，得到更大的讨论空间。”② 这种回到具体历史情境的研究思路，在散木先生的文章中也时有体现，这让我十分佩服。唯一令我遗憾的是，散木先生在评价龙榆生的政治选择时，往往过多阑入对道德问题的考量。道德判断固然十分重要，但要了解龙榆生在汪伪政权中的所作所为，我认为，还是要尽量避免道德、政治、情感等因素的干扰，以客观冷静的态度来思考，庶几可以接近历史的真相。

---

① 拙著《龙榆生先生年谱》2001年由上海学林出版社出版，2002年增订重印。本文引用的材料，凡未直接标注出处者，均见《龙榆生先生年谱》。

② 王克文：《汪精卫·国民党·南京政权》，台北：国史馆2001年版，第4－5页。

一、 公开合作：加入汪政权

和汪精卫有同门之谊，是龙投靠汪政权的诱因。龙和汪都是大词人朱祖谋的门生。汪精卫 1901 年应广州府试第一，当时朱祖谋任广东学政，所以汪一直对朱持弟子礼。① 龙则是朱晚年在词学上的传人，他秉承朱的遗命，在抗战的炮火中保存下朱的遗稿，赢得许多人的尊重。汪作为朱的旧门生，专门写信给龙，对他整理老师的遗稿表示感谢。自此之后，两人一直保持联系，并建立了较为亲密的同门情谊。从现有的资料来看，龙一直服务于文化学术界，并无明显的政治诉求，也从未利用他与汪的关系谋取一官半职，或在学术界争取更大的利益。但从另一角度来看，龙亦十分看重他与汪的交往，并以此为荣。当然，这种心态也是人之常情。正如 1922 年 5 月 30 日，新派人物胡适谒见废帝宣统，亦沾沾自喜。② 然而，谁也无法料到，这段本使龙感到荣耀的关系却使他最终卷入政治漩涡，以致这个原本普通的知识分子的人生，在 1940 年之后发生了彻底的改变。

1940 年 3 月，汪精卫在南京正式成立国民政府。早在 1939 年 12 月，汪就派遣随从秘书陈允文去看望龙。龙在《干部自传》中回忆：“（陈允文）说汪很想念我，听到我身体不好，准备给我一些友谊上的帮助，并不要我做任何工作。”到 1940 年 2 月，“陈允文又来看我，说汪想和我一叙久别之情。……见面时，汪说：‘国土快被蒋介石丢光了！我想在老虎口里挣回一点算一点。’……我那时却以为他是抱着‘我不入地狱，谁入地狱’的精神来搞这一套的”。到 3 月，汪正式派陈允文来问龙是否愿意去南京就职，龙表示：“我是一个无用的书生，只希望有个比较安定的地方，搞点教育事业。”汪后来又以“为苍生请命，为千古词人吐气”之语邀请，被龙拒绝。到 4 月 2 日，汪没有经过龙本人的同意，在《中华日报》上刊登立法院立法委员的名单，其中有龙的名字。当时龙仍在上海，事先没有任何消息，而报纸上忽然刊登他就任立法委员的事，立刻招来友朋的非议。经过犹豫彷徨，龙辞去在沪所有教职，于 4 月中旬方始赴宁就职。

根据龙的自述，他之所以选择赴宁就职，主要是汪软硬兼施的结果。一方面，汪以朋友的身份找龙诉苦，跟他倾诉自己的政治理念，博得龙的同情；另一方面，则不管龙是否愿意赴宁就职，就将他的名字公之于众，使龙置于众叛亲离的位置，唯有选择赴宁。但龙的说法是否可信呢？

夏承焘在《天风阁学词日记》中记载龙赴宁是在 4 月 3 日而非他本人所说的 4 月中旬。很明显，龙在回忆中给自己留下一个“犹豫彷徨”的时间和空间，以显示

---

① “应番禺县试及府试，获第一名，因而深受学督朱祖谋和广东水师提督李淮的赏识。”见蔡德金、王升编著：《汪精卫生平纪事》，北京：中国文史出版社 1993 年版，第 2 页。

② 耿云志：《胡适年谱》，香港：中华书局香港分局 1986 年版，第 75 - 76 页。

自己并非主动、积极地参加汪政权。而实际情况却与之相反：龙在汪公布名单的第二天就赴宁就职了。可见，龙在回忆中故意淡化，甚至抹掉了自己到南京就职的政治色彩。

值得注意的是，尽管后来龙一再强调他到南京只是为了从事文化事业，但他刚到南京之时，除了立法会委员之外，还一度兼任陈公博的私人秘书。半年之后，龙才辞去陈公博秘书之职。其中的缘由，龙在1951年所写的《自传》中曾加以表露："我到了南京之后，所见所闻，触目惊心，悲恨交集。我去找陈允文，要求见汪辞职。……陈一面安慰我一面说：'你现在是沾上了色彩，也就没法超然了。'我无可奈何，只得忍耐下去。"又说："我到南京参加伪组织之后，我看到伪政府的情形太糟了，哪里谈得上争回权利，拯救人民？我曾写过一封信给汪，希望他找点好人，培植若干比较有良心的干部，或者可以减少一些人民的痛苦。可是他并没有采纳我的意见，只是隔了一两个月，请我去吃一顿饭，谈谈诗词。"

龙写这些自述，是想证明自己在汪政权中并未与政治产生关联。但是，从中反而可以看到龙在最初加入汪政权的时候，在政治上是有一定抱负的。只是这种最初的政治用心在残酷的现实面前，立刻被粉碎。龙对现实政治显然极度失望，所以导致后来根本无意参加任何政治活动，遂转而全身心投入文化教育工作，绝不过问政治。这是一个很清晰的转变过程。据此可见，前文所引龙的回忆"我是一个无用的书生，只希望有个比较安定的地方，搞点教育事业"，恐怕是龙事后有意地掩盖他最初在政治上有所用心的一种讲法。

龙对政治态度的转变，主要表现在他有意不参加任何政治活动，包括各类大小会议。1946年6月20日，苏州市高等法院在审讯龙的时候，他为自己辩护说"并未参与会议或机要"。可见，他认为不参加政治会议是远离政治的最重要的一种方法。

与此同时，龙开始积极投入文化教育工作。当时汪政权在宁筹办中央大学（原中央大学已内迁至重庆），龙是复校筹委会委员。同时，他在汪的支持下着手创办刊登诗词研究及作品的《同声月刊》，这份刊物的撰稿人集中了当时诗词学界的著名学者，除在汪政权中服务的赵叔雍、钱仲联等人之外，还包括张尔田、夏敬观、冒鹤亭、俞陛云、俞平伯、夏承焘等人。① 在负责中央大学教学、编辑刊物的同时，龙榆生还从1943年秋起，以中央大学文学院院长的身份兼任南京文物保管委员会博物专门委员会主任委员，负责与日本人周旋、保护文物。

---

① 关于《同声月刊》的性质，很多人根据龙榆生的《同声月刊缘起》，认为杂志是"龙榆生奉汪精卫旨意所办，发表汉奸言论"的。如薛冰先生在《任抛心力作词人》一文中就如此看，见薛冰编著：《金陵书话》，南京：东南大学出版社2001年版，第31页。但龙厦材先生认为情况非但没有这么绝对，反而是龙榆生巧妙地利用《同声月刊》表达他自己内心的苦闷和志向。参看龙厦材：《记父亲的一篇佚文》，《文教资料》1999年第5期。

龙在汪政权的五年（1940—1945）中，不仅担任了许多文化教育上的行政职务，在他自己的学术生涯中，也达到了一个高质量的多产期。五年间，他撰写讲义，如《宋词》；独立编印、校勘、发行杂志《同声月刊》《求是》；刊印词籍，包括《遁庵乐府》《重校集评云起轩词》等；整理古籍，如校勘《庚申苏城见闻录》；还发表了大量的论文、散文与诗词。

综上可知：龙在最初加入汪政权时，在政治上是想有所作为的。但汪政权的现实，使得他极度失望，所以，他开始躲避政治活动，转而投身文化教育。他在潜意识中，已经将文化视作躲避政治的避风港。他希望文化是文化，政治是政治。学术教育如果与政治毫不相干的话，他就可以彻底逃离政治。

但是，随着局势的变化，龙逐渐意识到他的不参与政治，希望通过文化来保持自己的清白，不过是一厢情愿的想法。为了谋求将来的出路，他必须获得新的政治资本。

二、 暗中反抗： 策反郝鹏举

1942 年 9 月，龙秘密邀请学生钱仁康到南京中央大学任教。这件事情的原委，直到 1995 年钱仁康正式撰写回忆，我们才略知一二。钱仁康说：“榆生师从南京来信，约我到南京中央大学艺术专修科去教音乐。……后来他来上海和我面谈，说要我去南京纯粹是担任教学工作，不会和敌伪发生牵连。但他已和抗日力量取得联系，将秘密进行策反伪军的工作，我是他最信得过的学生，希望我在教课之余，能够协助他做好这爱国的实际工作。”

钱仁康（1914—　）现在是上海音乐学院的资深教授，曾任上海音乐学院音乐学系主任、音乐研究所所长等职。他的回忆中有着事后的“洞见”，如称呼策反郝鹏举为“爱国”行为等，并不可全信。但可以从他的文中大致推测出：当时龙已经开始试图寻找不同的政治出路。

如果按照龙自己的说法，他是直到 1943 年 8 月在北京见到张东荪，才开始真正进行抗日工作的。他在 1951 年 6 月 30 日所写的交代材料《我劝导伪军郝鹏举起义的经过》中说：“那时张东荪先生住在大觉胡同十二号，还在日本宪兵的监视中。我因和他的哥哥张孟劬（是一个史学家）有了二十多年的交谊，才得和他见面，请求他指引一条走向光明的道路。此后，我就和他保持联系，一方面留意人才，以便共同负起这个打击敌寇的责任。”

龙在去北京之前，事实上已经和郝鹏举认识。回宁之后，便开始盯准郝鹏举，积极展开策反工作，甚至派钱仁康到郝鹏举家中做家庭教师。钱仁康说：“1943 年榆师三次去北平，告诉我是通过张东荪教授和中共中央华北局取得联系，商谈策反的事。……1943 年，榆师介绍我去郝鹏举家里教他的女儿弹钢琴，要我试探郝的思想动向，并做他的思想工作。”

1943 年 9 月，郝鹏举出任苏淮特别区行政长官和保安司令，龙赋《水调歌头》词相赠，下阕有云：“淬砺江东子弟，相率中原豪杰，风雨共绸缪。”分明有军事行动的意味在里面。1944 年 3 月，龙从南京浦口乘火车到徐州会晤郝，两个人曾一起登山。至于具体谈了些什么，则无从知晓。

1944 年暑假，龙为策反郝的事情，又专程去了一次北平。关于这件事的前前后后，曾任北京大学教授、全国政协常委的许宝骙在 1981 年发表的《中国民主政团同盟的一幕军事活动》一文中有详细的回忆，他说：“龙为郝的问题曾专来北平找张东荪先生商量，我也参加了意见。龙讲述并分析了郝鹏举当时的情况和处境。概括说来是这样：郝原是蒋军胡宗南部下的一名师长，由于胡匪拐夺了他的爱妻，郝一怒之下，就带领所部脱离胡匪而投降了汪逆（龙当时讲到这里时，曾恰当地引用了吴梅村《圆圆曲》中的‘冲冠一怒为红颜’这一名句）。……当时日寇的败局已日趋明显，郝自然要及早预谋出路。而由于‘夺妻’之恨，无脸面重回蒋胡匪军，因而想在时局变化时别树一帜，投靠民主政团同盟云云。……郝的最主要的一点要求是日后得到安全保障，而民主政团同盟根本无力作他的保障；我们应该劝告他再向前多走一步，到时起义，干脆投靠中共武装力量。……榆生又认为，他自己已经做好了打底子的工作，要进一步和郝洽谈，须换个生人作为民主政团同盟的代表前去，才能更引起郝的重视和信赖。于是决定，这一任务就由我出马去做，由榆生先生去通知郝鹏举。”

郝鹏举是否真的因为“冲冠一怒为红颜”而向共产党投诚，此事无从论证。但综合各方面的史料来看，龙无疑在策反郝的行动中扮演了十分重要的角色。

许宝骙在文中还说：“榆生当时又说，在江西方面还有一笔更大的生意，正在接洽之中，等到酝酿成熟，还要找我商量。”许文所说的“江西方面还有一笔更大的生意”，龙在《干部自传》中也曾透露：“我还注意过一个做过伪警卫旅长的刘夷，……他在九江牯岭搞畜牧，一次回到南京，对我谈起，在鄱阳湖附近有不少蒋军，是他的旧部，想通过敌伪，转向解放军。……但不久，汪死在日本名古屋，这计划又落了空。”

策反郝鹏举和刘定一，是龙在汪政权中策划的两件大事。这些秘密的政治活动之所以能够展开，完全是因为龙一直仅以文化者（如周佛海在日记中称他为诗词家，见蔡德金编注《周佛海日记全编》1944 年 6 月 25 日，第 894 页，北京：中国文联出版社 2003 年版）的姿态出现在汪精卫和公众面前。诗词家、大学教授的文化身份，正是别人给予龙的评价符号。谁也不会想到一个看似文弱的书生，一直在暗地里进行对现政权有颠覆危险的政治活动。龙的文化身份，在这些政治活动里面，恰恰起到了一种掩饰的作用。而龙为成功策反郝鹏举，也微妙地利用自己的文化身份作为挡箭牌。

三、 留守南京： 一个文化立场

上文的分析一直比较强调龙的政治抱负和政治活动。学术教育一开始就是龙的避难所，继而又沦为他的面具。文化似乎是他的工具，他的一切目的似乎都是政治。然而，当汪政权倒台之际，可以从他的所作所为上，惊讶地发现龙在内心深处，确实认为文化应该和政治脱离，甚至是：文化可以超越政治。

汪政权倒台之际，大小官员作鸟兽散。仅以文化官员而言，钱仲联①、冒效鲁、吕贞白等人隐居。当时身为汪政权上海市副秘书长的词人赵叔雍，则潜逃到香港，后来任教新加坡大学中文系。② 任宣传部副部长的胡兰成，也躲到浙江乡间，后来安然出境（胡兰成《今生今世》之《永嘉佳日》和《山河岁月》两章，台北：三三书坊 1990 年版，第 441 –530 页）。在此关键时刻，龙却选择留在南京。他不仅没有外逃躲避，甚至在 1945 年 8 月 1 日还接任南京模范中学校长之职，负责善后事宜。

龙并非没有想过躲避。他在 1945 年 6 月 24 日给学生张寿平的信里说："但思将书物安置得所，再行相机率儿女遁迹他方，图苟全性命于乱世耳。"在 7 月 15 日出版的《同声月刊》中，他更公开说："行将率妻子，入庐山；课蒙童，事垦牧。长与樵夫为伍，期为乐世之民。"但到 7 月下旬，因为担心南京博物馆在文物转移中遭受损失，毅然决定留在南京，取消远行计划。这一决定彻底改变了他后半生的命运。

9 月，国民党政府对身处沦陷区的专科以上学校学生进行"甄别"考试，只有通过甄审的学生，其学籍才能被承认。③ 大学生于是组织游行请愿，提出"学校无伪、学术无伪、学生无伪"及"反对歧视、反对甄审"等口号，进而展开罢课、绝食等活动。龙在这场运动中，支持学生的意见。11 月 18 日，国民党教育部以了解学潮为由"请"走龙，将其关押在南京老虎桥监狱。次年 3 月 8 日，龙从南京移至苏州狮子口监狱看守所，囚禁性质立刻发生了改变：从普通的犯人变为政治犯。随即，被判处 12 年徒刑。

在整个事件中，首先要追问的是，为什么龙在最后关头没有选择离开，反而要选择留下来保护包括学校、文物、学生在内的所谓文化？是什么东西使得他对文化的关怀可以超越现实政治的恐怖？薛冰先生指出，龙"始终没有脱离汪伪政权的表

---

① 钱仲联先生对他自己的这段经历，始终讳莫如深。如周秦整理的《钱仲联学述》（杭州：浙江人民出版社 1999 年版）、马亚中所编的《学海图南录：文学史家钱仲联》（南京：南京大学出版社 2000 年版）等钱门弟子编著的书中，提及钱仲联在 1940 年到 1949 年间的所作所为，仅录几首抗战诗，基本不涉及其他。

② 参看陈巨来：《记赵叔雍》，《万象》2003 年第 5 期。赵的生平，直到现在似仍无系统的整理。

③ 关于甄审的情况，可以参看罗久蓉：《抗战胜利后教育甄审的理论与实际》，《中央研究院近代史研究所集刊》1993 年第 22 期。

示。甚至到了日寇投降，他还坚持着维持残局，……许多人对此不能理解，实则龙氏是十分聪明的，事已至此，他只有一味装糊涂，才能于无可辩白之处行辩白，以期赢得旧日文化界友朋的‘理解之同情’”①。这种推测，正是王克文所说的“后见之明”，王克文说：“我们所知道的——至少自以为知道的——都是既成的事实。因为我们以已看到一件事的后果，所以上溯其因，就很容易掌握这件事发展的脉络；不过正因为看到了后果，我们有时也会犯下‘倒读历史’的谬误，让后见之明扭曲了我们对一件事的认识。”②

之所以判定薛冰先生的推测为“后见之明”，是因为在当时的情况下，试问谁会预料蒋介石国民政府将对汪政权采取什么态度？留在南京，就意味着冒巨大的生命危险。所以，外逃是当时人的唯一希望。从伪国民政府主席陈公博开始，几乎有能力外逃的人都在外逃。所以说，即使龙真的希望获得友朋的理解，也不必冒着生命危险，留在南京维持残局。况且，如果他自己想保护文化，至少也可以让家里人先逃离南京。但是，他都没有这样做。尽管现在知道，蒋介石后来对汪政权的人没有进行严厉的制裁，除枪毙少数大员陈公博、梁鸿志等人外，大多外逃的人并没有得到严厉的制裁，许多在汪政权中比龙职位更高的人最后都安然无事。如果龙当时选择离开南京，那么，他在后来的岁月里，很可能不必受到刑法的处置以及承受来自各方的巨大压力。

几乎可以断定，龙不畏惧生命危险而选择留在南京保护文物和学校，并非如薛冰所说的求友朋谅解，恐怕还有另外一层原因。这个原因，正是他内心深处的自信，即龙认为自己和汪政权中的其他人是不同的。龙在汪政权中，仅短期从事政治活动，其后一直在学术教育界工作（其策反活动是秘密进行的，国民党无从得知），并不与政客同流合污。而作为一个保护文物、对学校有功的人员，龙更加相信自己不会遭到刑法处置。在他看来，在汪政权中保存文化，同样也是有贡献的。即使得不到蒋介石政府的褒奖，至少不会有罪。这大概是龙当时的心态。正是因为这样，龙非但没有离开南京，还主动正式地发函给国民政府要员叶恭绰，请徐森玉等人前来接受文物。进一步说，龙内心认为学术教育可以与政治不相干涉。所以，他并不畏惧留在南京。

然而，在当时的现实环境中，学术教育真的可以与政治不相干涉吗？现实和龙的判断是截然相反的。他在 1945 年 11 月，先是被请去了解学潮。1946 年 6 月，以“通谋敌国”罪被判十二年有期徒刑。尽管龙在审讯时，一再辩白：自己“未参与会议或机要”。然而，参加不参加机要，在关键时刻有没有保护文物、学校，此时已经并不重要。只要加入了汪政权，就是有罪的。当时也有人认为，龙之所以被判

① 薛冰：《任抛心力作词人》，见薛冰编著：《金陵书话》，南京：东南大学出版社 2001 年版，第 35 页。

② 《孙中山、汪精卫与三次广州政权》，见王克文：《汪精卫·国民党·南京政权》，台北：国史馆 2001 年版，第 33 页。

罪，参加汪政权只是一个借口，根本原因是他得罪了国民党的文化领导何炳松等人。① 但不管怎么样，龙最终还是以参加汪政权而获罪的。无论龙如何认定自己并未参与政治，或希望以单纯从事文化来辩解，都是没有用的。在大多数人的心目中，他参加了汪政权，不管有没有参加政治活动，或者在文化上有着什么样的功绩，他都还是一个政治的罪犯。从政治退守到文化，只不过是从政治上的合作变成文化上的合作，其合作的本质并没有改变。龙榆生在最关键的时刻，坚持文化的价值独立，不受政治约束。这在现实政治面前，不免是个天真的想法。

四、 结语： 徘徊在文化与政治之间

晚清科举制度的取消，使得中国社会许多生活习惯、风俗等都产生巨大改变。对于文人来说，科举的废除切断了法定的走上仕途的程序，读书人的生态由此发生显著的改变。一方面，通俗文化的发展养活了大批中低层小知识分子；另一方面，随着现代学术制度逐渐建立，学术独立也开始逐步实现。这两者使得读书人在政治之外，开始拥有相对独立的文化空间。

但读书人的政治情结绵延数千年，岂能一下子截断。面对现实政治的不如意，读书人更加有理由说服自己寻找进入政治的途径。如大学或研究院的上层知识分子们在享受相对独立的学术空间之时，依然不能忘情政治，很多人一直徘徊在文化与政治之间。国民政府中就有许多学者从政，如翁文灏、吴景超、蒋廷黻、吴文藻等。最著名的莫过于胡适，作为文化领袖人物，他发表过许多政论，并于 1938 年出任中国驻美大使。抗战时期，读书人更以不同的方式投入救亡。很多读书人弃笔从戎，也有一些人主张文化抗战，这不仅包括直接宣传抗战的大批文人，也包括撰写《通鉴胡注表微》、阐发胡三省民族思想的陈垣。

龙榆生正是众多读书人中的一个。抗战来临，他不甘于仅仅以文字报国，希望在政治上有所作为。因为和汪精卫有着较深的交谊以及受其政治思想的吸引，加入汪政权。随即感到绝望，遂转而回到学术教育，希望借此脱离政治。但政治救国之心未死，他利用自己诗词专家的文化身份，暗中帮助中国共产党从事策反郝鹏举的工作。② 当汪政权倒台之际，他认为自己在汪政权中主要从事与政治无涉的文化工作（策反事件在当时是不为外界所知的，包括国民党也一无所知，否则对龙榆生的处罚会截然不同了），对保存文物、学校有着许多贡献，应该可以不受政治的牵连。

---

① 郑国鑫的说法，见张晖：《龙榆生先生年谱》，上海：学林出版社 2001 年版，第 148 页。龙榆生在给张寿平的信中，也提到这层因素，但没有直接点出姓名。见张晖：《龙榆生先生年谱》，上海：学林出版社 2001 年版，第 151 页。

② 龙榆生策反郝鹏举的行为，是否在中共领导下进行？目前没有直接的证据。然而，根据龙榆生在新中国成立后所受到的礼遇，尤其是受到抗战时驻扎在苏北的陈毅元帅的礼遇，相信策反行动或多或少与中共有关。

但最后龙榆生还是以政治获罪，文化身份在关键的时候并没有给予他任何帮助。

傅葆石在讨论孤岛时期上海知识分子的时候，曾撇开政治的是非，指出“他们生活在日据的八年之间，无论做了哪种选择，但却共同上演了一出畏惧、苦难、生存和道德困境的悲剧”①。反观龙榆生在汪政权的几年中，也是同样如此。他既希望在政治上有所作为，又紧紧保住自己文化人的身份不肯放弃。时而迷茫、时而激昂，饱受生存和道德的压力。1947 年，他在监狱中曾取《大智度论》里“山鸡救火”的故事，写成新体歌词，述说自己的心情。歌词后来经过钱仁康谱曲，丰子恺作漫画，广为流传。其中说道：

“死而后已，尽吾心力不彷徨！死而后已，尽吾身力不彷徨！” 2006 · 5

① POSHEK FU. Passivity, resistance, and collaboration: intellectual choicesin occupied Shanghai, 1937 - 1945. Stanford: Stanford University Press, 1993, p. 20.

关注现实·注重审美·减少深刻

——王瑶先生学术精神的启发

□孔庆东

若论学术传承，王瑶先生是我的“师祖”，他在我心中的形象可以说是“高山仰止”。作为一名80年代的北大中文系学生，我有幸不止一次聆听王瑶先生的讲课和讲话，也经常在未名湖边的小路上，看见鹤发童颜的王瑶先生一手扶着车把，一手捏着烟斗，潇洒地骑车而过。但这些并未能缩短我与王瑶先生之间的距离，我在心理上一直觉得他是一位大宗师级的人物，是一种风范的标志。这种感觉有点近于崇拜，但我认为在“有所崇拜”与“无所崇拜”之间不能简单地判定孰是孰非，在一个普遍丧失信仰的时代，也许恰恰是有所崇拜才更接近理性。

所以，要谈王瑶先生的学术精神，我既无资格，也无胆量，许多老一辈学者已经谈得非常全面、非常透辟。我只能在此基础之上谈一点读了这些总结出来的学术精神之后的启发。以下从三方面来表达我的想法。

一、关于学术的“现实关怀”问题

有不少文章和平日的议论中谈到，王瑶先生终生都对政治保持着浓厚的兴趣，每天要在报纸上投入相当多的时间和精力，经常研究政治动态、发表政治见解。有人说他是“不搞政治的政治家”，还有人说他“做学问总带着点逢场作戏的味道”。进一步就推论道：“要是环境好一点，兴趣更专一一点，他一定会做出更大的贡献。”言外之意是说，王瑶先生没有做出足够大的学术贡献，没能成为一名真正的“大学者”，是现实关怀分散了他的精力，影响了他的成就。如果再推论下去，就意味着，要成为大学者，做出大学问，则必须放弃现实关怀；反过来，不放弃现实关怀者，一定成不了大学者，做不出大学问，或者说他的学问和学者身份都是不纯的。

对此，我有一些个人的看法。我认为，一个人到底能做出多大的学问，在根本上制约于他所处的时代。19世纪的科学家，无论环境多么好，兴趣多么专一，也发明不了电视和计算机。时代像一只看不见的手，已经暗中划好了学术成就的上限，能够达到或接近那个上限的，就是那个时代的大学者。其次，一个学者的现实关怀对他的学术成就所起的作用是正数还是负数，与他的学术性质有关。文学属于人文科学，在本质上属于“现实关怀”之学，没有现实关怀的文学研究是违背这一学科的本性的，它不应该被提倡、效法，也不会取得真正的成就。如果说有人这样做取得了比较大的成就，那一定是已经离开了文学研究本身而进入了其他学科领域，那自然另当别论。王瑶先生的学术研究时代是40年代初到80年代末，这半个世纪的中国现实是政治问题压倒一切，王瑶先生所从事的又是文学研究，而且大部分是现代文学研究，如果不关注现实风云，他的学术研究可以断言是无法进行的，也无法达到那样的水平。也许有人认为王瑶先生是在不正常的学术氛围之下被迫去关心政治的，我则认为王瑶先生肯定是自觉的，他的现实关怀对他的学术成就所产生的作用毫无疑问是正数。不但《中国新文学史稿》如此，就是公认代表他最高学术功力的《中古文学史论》，也是以他的人间情怀作为最基本的写作底蕴的。

从王瑶先生的治学，我想到，作为一名研究20世纪中国文学的学人，对于自己的现实关怀，应当理直气壮地肯定，关心政治、关注现实；对于一名文学工作者来说，不应该成为被看不起的理由。我们反对的是把政治与学术混为一谈，反对用学术去图解自己的政治观念或迎合别人的政治观念，反对把政治无条件地凌驾于学术之上。但同样也应该反对把学术无条件地凌驾于一切之上，反对切断学术与现实的一切沟通渠道，反对没有现实意义和价值倾向的所谓“纯学术”。其实，“纯学术”是从来不存在的，某一个时期表面看去十分客观的“纯学术”往往正是无意中迎合了那一时期的政治需求。古今的大学者，不论宋明理学家、乾嘉诸老，还是20世纪的王国维、梁启超、陈寅恪、胡适，都是各有其现实关怀的，这不但没有妨碍他们做出大学问，而且恰恰使他们的学术研究获得了巨大的动力、鲜明的特色以及独立的价值。

总之，我认为现实关怀无害于学术独立，关键在于学者个人是否有足够独立的胆略和能力。一个人如果很容易被现实风云搅乱头脑、干扰学术，那么他即使放弃一切现实关怀，学问恐怕也做不好。王瑶先生就是一个在现实风浪中最大限度地掌稳了学术之舵的出色的学者。现代文学研究界理当为此而骄傲，并为了保持这一骄傲，为了继续掌稳学术之舵而旗帜鲜明地关注现实。

二、关于“历史”和“审美”问题

一些学者的文章已经谈到，王瑶先生主张写文学史应当是“历史的”，而不是“诗的”。但我们在王瑶先生的论著中，在气魄很大的历史框架之下，却随处都可发现“诗的”光芒。精到的分析、凝练的概括、机智的阐释，与丰富的材料和严密的逻辑形成了十分有机的配合，使人感到在文学史家王瑶的背后，还有一个诗人的王瑶。王瑶先生自己并没有强调审美的重要性，但他的文字却让我们感到，他具有出色的对文学作品的鉴赏力，这种鉴赏力是他构建文学史研究的基础。他没有滥用这种审美能力，而是将它与理性结合起来，互相印证，互相激发，从而达到一个较高的学术境界。

这一点启发我想到，我们的文学研究除了是一门学术、一门科学之外，是不是还应具有一点自身的独特性？文学史研究与思想史、学术史、经济史、政治史研究难道只具有研究对象的差异？如果那样，中文系、历史系、哲学系、经济系、政治系、社会学系就完全可以合为一个系。我觉得，文学研究界似乎有很久不提审美问题了，似乎在历史研究中，一切对象都是等值的。我们缺乏一个判别作品优劣的标准——哪怕是非常相对的标准。我们对作品的评价与普通读者的评价相距越来越远，我们的学生对作品越来越能侃却不能说出一篇作品为什么好，我们往往用作品的可分析性来代替了作品的可读性。而随着视野的变换，任何一篇作品的可分析性都可以被激活，于是便造成了我们评价文学史作品的标准混乱。翻开一些作品选，入选作品有的是以当时的轰动效应为标准，有的是以今天的可分析性为标准，有的是以审美价值为标准，有的是以文学史价值为标准。比如经常有类似这样的说法，谈到一篇小说为什么好，答曰它是由若干封书信组成的，或者它运用了一整章的意识流。运用书信体或意识流就一定是好作品吗？文学史研究当然要注重文学史价值，但如果没有审美价值作基础，那文学史价值又怎么靠得住。经常有这样的现象，一篇作品在问世之时毫无影响，后来被收入作者的某个作品集，今天的某个学者运用某种理论，恰好找到了这篇作品作例证，于是这篇作品便成了佳作。这种概念混乱必须得到纠正。如何纠正？

我以为应该重视一下文学史研究者的审美训练。对于年轻的研究者来说，研究小说的是不是自己也试着写一点小说，研究诗歌的是不是也试着写一点诗？目的不在创作，而在于增加一点切身的审美体验。除此之外，文学研究者应该忠实于自己的审美感受，不要把自己根本没有感动的作品说得美不胜收，不要为了印证理论而编造自己没有感受到的东西。同时，还要反对审美鉴赏力上的相对主义观点。有人说一部作品可以怎么看都行，怎么说都有理，角度不同，观点不同。但是，并不是所有的角度都是等价的，人类的审美结构是具有稳定的共性的。如果一个人在现今的时代硬说贾宝玉真心爱的不是林黛玉而是薛宝钗，说祥林嫂的悲剧在于没有参加红色娘子军，说钱锺书的《围城》一点不幽默，那我们只能说这个人的审美能力不够，根本没必要与他讨论什么角度问题。在今天的文学研究界，角度、理论已经开始过剩，需要的是能够用感性来触摸作品的人。一个好的文学研究者，首先应该是一个好的读者，他应该能够得知不同的读者阅读一段相同文字时不同的反应。不能进入作品的人，只能把文学作品当成其他学科的研究材料。历史的观点应该是文学研究的总体要求，而审美的观点则应是文学研究区别于其他研究的灵魂。读一读王瑶先生的《中古文学史论》《〈故事新编〉散论》等，更加增强了我的这一想法。借用关于陶渊明《饮酒》诗中一句的不同版本来说，我相信“悠然望南山”的说法，但我更喜欢“悠然见南山”的意境。

三、 关于文学研究的深度问题

80年代以来的现代文学研究，在研究客体的纵深开掘上取得了有目共睹的累累硕果，在相当多的领域，可以说已经到了“掘地三尺”的程度。这种成就和趣向造成了一定的学术惯性，在许多年青一代的研究者和学生中间，似乎有一种不言而喻的风气，即竞相以学术研究的“深刻性”为尚。这种“深刻性”表现在努力挖掘和升华文本的形而上意义，努力概括和构建作家的思想体系，努力总结和清理某一文学史现象的嬗变脉络，等等。这一学术倾向的积极意义无疑是应该肯定的，但也应看到，过分追求“深刻”也带来了一些弊端。例如不适当地拔高研究对象，看谁研究得“深”，结果失去客观公正性甚至远离材料所提供的可能性。有时为了“深入”和拔高，但材料本身不足以支撑，于是造成滥用新名词新术语新理论，故作高深以饰其浅陋。王瑶先生曾风趣地讽刺这种现象为“性感意识”。对“深刻性”的过分追求，还导致对学术研究中的基本问题和一般性问题的忽视、回避和不屑一顾，这在一定程度上是有害于学术研究的实事求是精神和全面均衡发展的。

我读王瑶先生的论著，感到他的深刻性更多地表现在研究结果上而不是研究姿态上。王瑶先生选取的研究角度，既不以高深吓人，也不以新奇取巧，总是与其研究对象的本质特征保持密切的联系。即便在研究结果上，王瑶先生也并不一定追求“深刻”，一些基本的问题，一般性的问题，他也同样认真地用大量史料去阐发印证。王瑶先生的学术精神更多地表现在能在一般性的现象、一般性的角度、一般性的材料上发现别人所未曾发现的东西，他以雄厚的学术功力去造成“洞见”，而不是为深刻而深刻。他不肯随意运用某种理论来希求别有“洞见”，那种为求“深刻”而深刻的做法，往往是“有洞无见”，所以我们在王瑶先生的学术工作中，在体会他的睿智卓越之外，更体会到他的朴素无华和浑然大气。我想，就现代文学研究目前的状况来看，更需要提倡的已不是深刻，而是朴实无华的基本建设。现代文学研究中的许多基本问题，需要许多人回过头来重新清理和思考。我们应该暂时放弃“深刻”，回到作品本身、回到文学史实本身。

上面三点想法，即关注现实、注重审美、减少深刻，是我由王瑶先生的学术精神所获得的启发。合起来的意思是希望我们的研究能够真正符合现代文学本身。只有高度忠实于自己的研究对象，学术研究才能获得高度的“含金量”。▣ 2005・3

赤子佛心钱理群

□邵燕君

我并不是钱理群老师的嫡传弟子，像我这样的人，在北大内外有一批又一批，一群又一群，只是受影响程度不同而已。记得80年代末的时候一位师兄就说过，钱老师是北大中文系几级学生共同的精神导师。后来，孔庆东师兄（钱老师的第一位硕士研究生）将一篇写钱老师的文章命名为“老钱的灯”，我觉得其实钱老师自己就是那盏灯。这盏灯在80年代虽然明亮但并不特别奇异，这些年来，经过疾风骤雨的吹打和风花雪夜的消磨，它变得如异数一般稀有珍贵。这并不是一盏怀旧的灯，也不是一盏虚幻的灯。多年来，它似乎闪耀着恒定的光芒，但其实燃料是常新的，照亮的黑暗也正是眼前的。每次从钱老师家长谈出来，我都有相同的感觉：天空特别明朗，太阳或者星群格外灿烂。这种感觉让我欣喜而踏实。于是，在经过一些年的精神流浪和世事沉浮之后，我开始重新接近这盏灯，不仅是为了回顾记忆中的光芒，更为了照亮前方的道路。

一

探寻钱老师的精神历程，也就是追溯他的学术历程。钱老师的研究实际上是在“读人”，是“体验”“相遇”，“彼此纠成一团，发生灵魂的共振”。从精神偶像鲁迅，到周作人、曹禺，再到堂吉诃德和哈姆雷特，钱老师带着自己的激情和困惑，与现代文学史乃至世界文学史、思想史上的典型人物碰撞，深入他们灵魂的深处，在体味他们的挣扎困惑的同时，也与他们血肉相合，使自己在这方面的人格充分发展。

钱老师的研究起点是鲁迅，鲁迅也是他整个学术生涯和人生的核心支点。在北大，如果你问钱理群是谁，可能得到的一个最简洁的答复就是“那个讲鲁迅的”。从1985年独立走向讲台给81级的学生讲鲁迅，到2002年正式退休，他在北大连续给二十二届的学生讲了17年的鲁迅，其中还不包括给研究生开设的鲁迅、周作人研究的专题课。正是通过讲鲁迅，钱老师对北大80年代以后入学的相当一批学生基本人生观的奠定产生了重要影响。

80年代钱老师有关鲁迅研究最具突破性的成果是与汪晖先生共同提出的“历史中间物”的概念。在生活中，“历史中间物”意识在他身上最大的体现是牺牲精神。

中文系很多学生都知道，钱老师是最好说话的老师。他的门可以随便敲，他的书可以随便借。我本科毕业论文做的是周作人，钱老师是指导老师。指导的一项重要内容是借书。那时周作人的书还不好买，其实，即使好买我也不会买，因为贵，向老师借似乎是天经地义的事。我记得钱老师翻箱倒柜地给我找书，其中包括他最新的研究成果《周作人传》，当时还没有出版，钱老师给我的是出版社发来的校对稿。很多年后，我有一次和朋友赵婕偶然谈起钱老师。她说，她的硕士学位论文做的是周作人，去向钱老师请教，结果钱老师翻箱倒柜地给她找书。谈到如此相似的一幕，我们感慨良深。我不知道钱老师这辈子给多少学生翻箱倒柜地找过书，那些书有多少不翼而飞了。他为什么这么做？是寄望于我们出更好的研究成果吗？如果是那样，就太让我们感到惭愧了。我想钱老师是只问耕耘不问收获。钱老师对学生的爱就像父母对孩子，他自己没有孩子，对学生确实有这样的移情，而我们也多少有点欺负他。

随着时间的推移，我觉得钱老师的牺牲精神、奉献精神并不仅仅是“历史中间物”的意识，而是有一种“爱无等差”的宗教情怀。让我感受最深的是，钱老师多年来一直花费大量的时间精力给全国各地的普通读者写回信。

这件事我一直知道，但当自己也面临一件类似事情的时候才特别有所触动。有一天我接到一个电子邮件，是一个外地的学生写的，说读到我的一篇写路遥小说《平凡的世界》的文章，他自己正要写关于这篇小说的毕业论文，希望能获得指导，等等。这是一篇我写得很认真也很动感情的文章，里边谈到了“底层关怀”的问题。这位学生也是从这个角度出发写这封信，他自己也正是一位需要关怀的人。但是我想，如果我给他回信，一定会有更多的麻烦，他并不是北大的学生，而且，从文笔来看也未必有什么学术前途，况且我也实在是太忙。于是，我没有给他回信，但是，这件事却挥之不去。我总是在想，像这样的信，也许钱老师每天都会接到，我忙，钱老师不忙吗？我是有沉重的学术压力，但钱老师是在和生命赛跑。他为什么能做到多少年来坚持给读者回信？

在我仔细的追问下，钱老师谈了他写回信的具体情形。他说他接到的读者来信百分之八十都是会回的，有的回得比较晚，甚至可能隔一年才回，但基本会回。这些信回了以后，大部分人都不会再来信了，但也有人会不断写来。对于这些来信，他不是每信必回，有时是来几封回一封，可能也回得比较短，但会把这种方式告诉对方，并且说你的信我都看了。这样，去年（2004年）一年，他共回了100多封信。都是手写，邮寄。

至于为什么能坚持这么做，钱老师说了这样几个原因。

首先，他自己曾在贵州下放了18年，对身处底层人的心情有切身体会。他说，那时他也想给某位著名学者写信，但心理上很自卑，写了好几次，最后还是没有发。“对你来说回封信只是十几分钟的事，对人家来说可能意义很大。”并且，收获也是双方的。且不说在交流中可以结识同道，而且在危难的处境中，也正是大量来自远方陌生人的来信给了他莫大的安慰和鼓励（如2000年是他处境最艰难的一年，这一年他与读者通信最多，达200多封）。

其次，他认为，作为教师首先应该是一个倾听者。年轻人需要找一个倾诉的对象，因为这个社会普遍缺乏爱。他曾接到一个女孩子的信说她想自杀，他立刻回信说千万别自杀，虽然他帮不了什么具体的忙，但想让她知道远方有一个老人可以听她倾诉。

钱老师明确说，在这方面他受到了基督教精神的影响，对生命价值的珍视最后要落实到具体的生命，能帮一个算一个。

钱老师的说法让我很自然地联想到鲁迅在一篇文章中曾写道，现在有一个人快要冻死了，让我选择是脱下棉袄给他穿，还是坐到菩提树下思考普度众生。鲁迅讽刺地说，我立刻选择坐到菩提树下。喜作概念性的思考而缺乏实际性的行动，这大概是知识分子的通病。钱老师的做法是脱下自己的衣服去救一个具体的人。

尽管对钱老师的精神非常感佩，我最后还是没有给那个学生回信。我想，我不是没有“底层关怀”，但我的“底层关怀”基本是在观念层面的，缺乏那种感同身受的痛。于是，在真正需要付出的时候就会吝啬。而且，我的境界也确实没有到达那一步，作为一个普通人，我是爱有等差的。而钱老师，已相当程度上到达了爱无等差的境界。我以为，这是佛的境界。虽然钱老师自己说是受了基督教精神的影响，但我总觉得钱老师身上带有几分佛光。钱老师真是越老越有佛相，他那笑容满面大度宽容的样子，实在像一尊弥勒佛。

二

钱老师的第二个研究对象是周作人。从某种意义上可以说，周作人是鲁迅的“反题”，研究他也是从另一个角度进入鲁迅。学术界有人认为，钱老师周作人研究的影响大于鲁迅研究，他的一传一论（《周作人传》《周作人论》）奠定了周作人研究的基本格局，对后来的研究者产生着持续影响。对钱老师自己来说，周作人研究的一个特殊的意义则在于，它不但使他一向有些偏激峻急的性格有所平衡缓冲，更唤醒了他内心一直被压抑的自由知识分子精神，使他在表明自己鲁迅式的理想主义、英雄主义、浪漫主义的人生选择倾向的同时，对“异己”的选择，有一种真正的宽容——它并不是源于善良，而是基于自由平等的理念，对他人权利的尊重。

钱老师的宽容是出了名的。中文系广泛流传着一句话：“陈平原说好吃的一定是好吃，钱理群说难吃的肯定是难吃。”这句话原本指口味标准，后来演变成学术评判，尤其是在论文答辩过程中对学生学术水平的评判标准："陈平原说好的一定是好，钱理群说不好的肯定是不好。"以示陈老师的"严"和钱老师的"宽"。

尽管钱老师以宽容出名，给我触动最深的却是他在课堂上忏悔自己曾经利用"学术权威"压制学生的事。他说那是一次研究生的口试，一个学生提出一条很怪的思路，阐述了一些观点。"他的思路本来就比较乱，而且还十分自以为是。大概是他那种自以为是的劲儿特别触怒了我，我立刻跳起来，引证了一些材料，运用严密的学术逻辑把他驳得体无完肤。正当我觉得自己大获全胜的时候，我突然在那个学生的眼睛里看到一丝惊恐和不以为然，我立刻心头一震。"钱老师进一步反省自己，"说老实话，一个老师想在学理上驳倒学生是很容易的，因为老师在材料占有和理论训练上明显占有优势。但老师的任务不是利用自己的学术优势去压倒学生，而是从学生可能不成熟的理论中发现有价值的东西，帮助他们完善。"

听完钱老师这番话不久后，我也当了老师。在课堂上我也会和学生辩论，有时也会被一些逻辑不通又自以为是的学生刺激得怒火中烧。每到这个时候，我就会想，一个老师不仅要做到不以势压人，同时也不"以理压人"是多么的不容易。所谓"知识就是权力"，当你拥有更多的知识的时候，要随时警惕由此而来的"霸权意识"，需要一种本质的对他人理解尊重的素质，这样的素质在我们的传统文化中是不易得的。

也是在做这本书通读钱老师所有材料时，我才真正发现，钱老师的家庭背景和中小学教育背景竟然是这么的"现代""西方"，自由民主理念对他的熏陶培养几乎是无形的，深入其血液与骨髓。

钱老师出生于一个现代知识分子的大家庭，父亲钱天鹤先生是中国早期的公派赴美留学生，曾获康奈尔大学农业学硕士学位，是我国现代农学界的先驱。回国后曾主持农业研究所，1940 年出任国民政府农林部常务次长，以农业专家的身份全面襄理战时的全国农政。钱老师的兄弟姐妹八人也各有成就，可谓一门才俊，其中大哥钱宁是科学院院士，公认的中国泥沙研究权威，在国际水利研究界也有很高声誉。钱老师所受教育的中学与小学——南京师范大学附中与附小（原东吴大学后中央大学附中与附小）也都是相当"西化"的学校。在与他同龄的学者中，具有这样教育背景的人是不多见的。

在《有缺憾的价值——关于我的周作人研究》一文里，钱老师说："我在骨子里是一个深受西方思想影响的现代知识分子，在热烈地追求人道、个性的独立与自由这些基本点上，与周作人这类中国现代个人自由主义知识分子是相通的。"正是通过深入的研究，使他长期被扭曲压抑的灵魂得以贯通。

让我好奇的是，在周作人研究中，钱老师身上的另一些被压抑的"自我"因素为什么没有苏醒，这就是所谓"文人雅趣"，"生活的艺术"。

钱老师在生活方面是最不讲究的。在师母还没有调到北京时，他的那间小屋总是很凌乱，吃的也是“永远的煮面条”。后来，钱老师的生活水平逐渐提高了，住处从筒子楼搬到蔚秀园又搬到“枫丹丽舍”“高尚住宅区”，衣着也雅致考究了，以至于大家都觉得钱老师越老越好看了。但我们都知道，这完全是师母的功劳。师母是从小在上海长大的，又是医生，生活习惯既整洁又雅致。在她周到而全面的照顾和管理下，钱老师成为被公认为“生活自理能力很差”的人。

钱老师“怕老婆”在学生间也是有名的。在我的印象里，钱老师对师母是当面诚惶诚恐，背后感恩戴德。他总是笑眯眯地说：“我很享福。”但是，师母多年来为他提供的精致优雅的生活真的内化为他的生活标准或者依赖性需求了吗？大概“钱理群说难吃的肯定是难吃”是最好的回答（其实他们平时的一日三餐是相当讲究的，钱老师所说的“享福”之一便是“在朋友间吃得最好”）。我相信，如果今天再有如当年抗日一样的战争打响，钱老师一定会毫不犹豫地打包南下，而且很快地适应颠沛流离的生活，而丝毫不会像周作人那样因为贪恋北平优裕舒适的生活而影响自己的选择。

有一次吃饭的时候，我问钱老师为什么会赢得诸如“钱理群说难吃的肯定是难吃”这样的考语时，钱老师说：“我没有任何的士大夫趣味。”按说钱老师是最有资格讲究士大夫趣味的，不但父亲是国民政府高官，母亲也出身名门，要说贵族，到他这儿该不止是第三代了，他最早研究的周作人后来成了“小资生活”的祖师爷。我想，钱老师对物质生活“不上心”首先是由于他的精神追求太强大了。钱老师不是不讲究“生活的艺术”，而是他的心力都花费在精神方面了。他很喜欢旅游和摄影，不但家里做装饰的画是他自己拍摄的，还将自己的摄影作品认认真真地编了八个摄影集，并且郑重其事地对很多人说，他的摄影成果可能会大于他的学术成果。钱老师总说，人是精神的动物。在今天这个崇尚物欲的时代，这句话听起来多少有点呼吁的味道。不过，至少认识钱理群的都会由衷地承认：他确实是个精神的动物。

另一方面，不可否认的是，五六十年代社会主义价值观对知识分子精神文化系统进行的全面改造，确实在钱老师身上留下了不可磨灭的影响。对其中“精神奴役”的部分，他始终进行着不屈不挠的反抗，但在倡导“知识分子与工农相结合”这方面，却被他批判性地继承下来，与中国传统读书人的忧患意识和现代知识分子的批判意识结合起来，成为其人生准则中的“人民性”部分。特别是在90年代中期以后，中国社会发生重大转型，社会急剧分层，知识分子也明显分化，当大量的知识分子以专业人士的身份分享社会财富，由小康而中产的时候，钱老师则自觉地走向民间，走向底层，做沉默的大多数的代言人。作为忧心忡忡的知识分子，面对那么多严峻的社会问题，他不可能躲进小楼成一统，做安享太平盛世富贵荣华的社会名流，更不会加入整个社会有意识无意识的物质主义大合唱。所以，钱老师对士大夫生活趣味的拒绝，骨子里是对知识分子忧国忧民的责任感的坚守。也许这样严肃的话题已经不适宜如今的谈话氛围了，于是变成“轶事”，以“段子”的方式流传。

其实，我觉得，钱老师并不是反感士大夫趣味，而是反感士大夫做派，更反对知识分子也加入其内的整个中国社会的物质膜拜大合唱。对于真正的“士大夫趣味”，他还是心仪的。但是承认，经过那番脱胎换骨的改造，自己的趣味已经粗糙了，也就不想再附庸风雅。有一次，在一个很风雅的地方，我“不怀好意”地向钱老师赞叹一些社会名流们的生活多么的“士大夫”，钱老师蹙紧眉头，低下头小声对我说：“他们都是假的！”我听后大笑不止。这么多年来，在我所接触的人中，钱老师是最不受物质风潮影响的人。随着周围的“优雅人士”越来越多起来，钱老师真名士的本色越来越鲜明。

三

进入90年代以后，伴随世界格局的变化和中国社会的转型，中国知识分子整体都面临自我反思和重新选择定位的问题。对于钱老师这样一个公认的理想主义代表人物来说，最核心的问题就是如何面对理想主义，而他的选择也会直接影响到我们如何面对自己内心的理想主义情怀。

1992年完成的《丰富的痛苦——“堂吉诃德”与“哈姆雷特”的东移》（时代文艺出版社1993年版）一书集中体现了钱老师对这一问题进行的深入思考。在经历“丰富的痛苦”之后，钱老师再次确认：“我就是堂吉诃德。”他的选择是义无反顾地坚持理想主义，但同时强调这种理想主义是理性的、低调的、个人的。他多次表示：“我的一切努力，挣扎，尽管耗尽心血，其成效只是小数点零点零零零几，但我确信是正数，这就够了。”在这样的低调里，其实有一种乐观和信心。

很多人都说，文章里的钱理群忧心忡忡，而生活中的钱理群兴致勃勃。钱老师自己也说：“我骨子里的堂吉诃德气，使我迷恋行动，有一种当一名‘战士’的内在冲动。”他身边永远聚集着一批“战友”，一批踏踏实实做事的理想主义者。退休后，钱老师制订了一系列计划，如回母校给中学生讲鲁迅，去南方讲学，编辑《贵州读本》等。后来，这些设想都一一实现了，产生了很大的社会反响，这让人看到了他身体力行的理想主义的可实践性。钱老师曾将他自己生命存在的方式概括为一句话：想大问题，做小事情。就是将思想的天马行空与做事的脚踏实地结合起来，将由于坚守信念而表现出来的思想的彻底、激进，与现实操作的低调行事结合起来。这样做，既可以把自己的信念化作日常生活伦理和具体的行为，使自己的日常生活为理想之光所照耀；同时，理想的追求又可以落实到具体实践中，具有很强的操作性，从而避免了空谈与无所事事。这样，内心就可以在总体的焦虑中获得生活瞬间的踏实感。他的那些计划似乎总不难在现实生活中找到合作者。因而，钱老师有一个乐观的看法：理想主义者虽然在比例上数量极少，但由于中国人口基数很大，绝对数目并不太小。

2004年前后，钱老师又和北京一些大学中的青年志愿者群体建立了联系。据说，到2004年5月，全国各大学已经成立了120个这样的社团，北京地区就已达30多个。这些大学生自发组织起来，利用假期下乡开展支农调研、支教扶贫活动，同时又积极参与城市农民工的法律咨询和他们的子弟教育。可以说，一个“关注农村，塑造自我，建设新乡村”的热潮正在全国悄悄兴起。钱老师说，这对他是一个惊喜的发现，于是，立刻毫不犹豫地给予支持。他向“西部阳光行动”提供捐助，帮助他们在边缘地区建立了五个乡村图书室，还参与了北师大“农民之子”社团组织的“北京市首届打工子弟学校作文竞赛”评选工作。在支持的同时，他也深深地感叹，今天的知识分子，尤其是他这等“资格身份”的知识分子，愿意支持这些年轻人的实在太少了，“他们总是抓住我，也是因为几乎找不到别人”。这样的情形与80年代迥异，倒与“文革”时期有某种意义上的相似之处——那时成熟的知识分子“靠边站”了，时代最严肃的思考落到一些“半大孩子”身上。而这些青年又特别需要理论上的指导。于是，钱老师以“我们需要农村，农村需要我们——中国知识分子‘到农村去’运动的历史回顾与现实思考”为题，在北大、北师大等校作公开演讲，对青年志愿者运动做了历史与理论的阐述，这也是几年来他在北大做的首度公开演讲，引起不小的轰动。钱老师在演讲中指出：“志愿者行动是一个理想主义者的运动。这也是一个国际现象：西方国家、东方国家的知识分子，经过了一个世纪的风风雨雨，大家心中的‘上帝’都死了，都面临一个理想重建、价值重建的任务。今天，还要不要坚持理想主义？如何坚持？理想主义者的出路在哪里？这都是全球性的思考问题，也是全球性的实践课题，同样也是中国知识分子需要结合本土的资源和实际经验来思考和实践探讨的问题。”

他提醒年轻的朋友们，既要清醒地认识到理想主义的有限性，又要保持坚定和乐观的态度，也就是要保持鲁迅先生所提倡的韧性精神：认准一个目标，就不计效果地、不问收获地、持续地、一点一点地做下去。既清醒于个人作为的局限，又相信历史合力的作用，也就是鲁迅说的，“地上本没有路，走的人多了，也便成了路”。

一旦能和志同道合的青年朋友们聚在一起，钱老师就会显得愈加兴致勃勃。我想，在这些青年志愿者中间，钱老师又会成为某种意义上的“精神导师”。甚至觉得，他有可能不是那个逐渐消亡的“孤本”，而是可以燎原的星星之火。

但钱老师似乎并没有那样的乐观。在一次深谈中，钱老师感叹，退休以后这几年他做的事情，表面上轰轰烈烈，但实际上传媒效应大于实际效果。当然，不能说这样的工作没有实际效果，也许会有一种长远的效果，但这样的效果至少和他付出的努力比，是不成比例的。“所以，我也在不断地转移阵地，给人的感觉似乎是一往直前，其实你也可以理解为节节败退。有时‘播下的是龙种，收获的是跳蚤’。这其实是没有办法的事，理想主义实践本就如此，在我们今天的大环境下更会如此，这也是我在没做之前就清楚的。”

“既然清楚为什么还能这么兴致勃勃地做下去呢?”我不禁问。钱老师笑笑没有说话。于是我替他回答:“不这样又能怎么样呢?”他依然没有说话。在苍茫的暮色中,我从他的微笑里切实看到了鲁迅笔下那个过客的形象,宿命地、不能回头地向前走着,即使前面只有坟。

我觉得钱老师从本质上说是一个信徒,虽然并不具体地信某种宗教。鲁迅说中国人有迷信,有狂信,但没有“坚信”,没有非常坚定的信仰。中国人很少是“信而从”,而是“怕而利用”。有一次,我曾问钱老师有没有信仰。他说没有。隔了一会儿又说,可能在生活中已经把鲁迅当成了信仰。鲁迅是他安身立命的精神支撑。在生活的各个阶段中,遇到新的问题,会想鲁迅怎么做,会重读鲁迅,并且总有新的启示。从某种意义上说,鲁迅怎么做,已经内化为一种行为准则——虽然有时觉得自己做不到。

四

在我所认识的人里,我以为钱老师是最可以称为“纯粹”的人。我和不少师友交换过这个看法,得到基本认同。但钱老师自己不喜欢“纯粹”这个词,觉得其中包含着简单化和绝对化倾向。然而我觉得,“纯粹”并不是“单纯”,它是丰富之后的“提纯”。我们每个人都在不同程度上具有丰富性,但大多数人的丰富其实也是斑杂。能够达到“纯粹”的人需要具有超强的“提纯”能力,钱老师就是具有这样能力的人。构成他“提纯”能力的主要有两个核心要素,一个是“不可救药的理想主义”,一个是“永远不老的赤子之心”。

钱老师说,他小学时的梦想是当一名老师,中学时的梦想是做一名儿童文学作家,他人生最后阶段的研究计划是研究儿童文学:“我要看着童话死掉!”

常怀赤子之心的钱老师始终有一种“孩童状态”,这使他与他的精神偶像鲁迅有一种性格气质上的“隔”。听钱老师的课,看钱老师的文章,你会有一种强烈的感觉,他总是那么迫不及待地倾诉,包括他的内疚和忏悔。在他自己编辑的文选里,收集了各种有关他论著的评论,有称道的,更有批评的,甚至有晚辈切中要害的批评和不怀好意者以苛刻的语气指出的切实的硬伤。在那种掏心挖肝滔滔不绝的倾诉背后,其实有一股底气,就是无有不可语人者。他像一个孩子一样怀着对世界本质的信任和对他人的信赖,以至于他所忏悔的“罪恶”都显得那么干净。

有人觉得,钱老师的情怀虽然感人,但他的思想比较“浅”,看人看事多少有点一厢情愿。和鲁迅比起来,钱老师确实不是一起笔就达到了惊人的深度,但他思想的深刻性却是逐渐加深的。尤其是看了他 90 年代中期以后写的文章(如《不容抹杀的思想遗产》《拒绝遗忘:科学总结 20 世纪中国经验的第一步》等)以后,大概谁也不会觉得钱老师在思想上“浅”。他对鲁迅、毛泽东,以及 1957 年中国民间思想者精神脉络的分析，不但鞭辟入里，深入到中国现当代思想最深层的核心，而且，和今天我们面临的问题有着直接的对应性。他的《论“食人”》等文章，揭示了“文革”中“人吃人”的恐怖事实，而且大有掘地三尺“执著如怨鬼”般的劲道。如果以为钱老师对人性的黑暗残酷性缺乏认识，那实在是个误解。

也有人觉得，钱老师的宽容大度是由于不谙世情，有一种率性人的粗疏和善良者的糊涂。这其实也是对他的误解。亲近钱老师的人都知道，他是一个极为敏感细腻的人。这些年来，来自外界大大小小的伤害其实都给他带来了深切的痛苦，只是他照鲁迅所说的那样，自己到树林里舔伤口，不展示给外人罢了。试想，如果不是自己对伤害极为敏感，他又怎么可能每每身居高处却与人群中的最弱者心意相通？对于日常交往的人，钱老师都“心中有数”，正如他的一位弟子所说，“其实什么事都瞒不过钱老师”。他的大肚能容并非大而化之，而是基于对人（即使是故意伤害他的人）的利益动机的体察理解，对其背后社会机制的理性分析，以及对人性弱点的悲悯同情——其中也有他自己性格上的软弱——钱老师承认，在这一点上他不如鲁迅，他不敢和人短兵相接，当街对打，怕溅一身污水，怕与具体的人事纠缠不清，当然也怕一旦对垒起来，攻其一点，不及其余，对彼此都不够公平，乃至过度伤害。他所做的只是发现某人“品质有问题”，就不再与之来往，即使写文章反击，也是批评现象问题，而不涉及具体人事。钱老师不但有知人之明，也有知世之明。在生活中，他有时还给别人当“高参”，指导别人怎么“操作”。但这些“招数”他自己并不使用。他的生活原则恰如他所称道的老舍那样“深通世故，但不世故”。

有人说，钱老师身上的理想主义体现了50年代成长起来的那一代人共同的精神特征。钱老师自己也常说：“我及我的同代人长时间以来是以玫瑰色的眼光来看待人生和世界的。”这样的说法自然有道理，却不能解释，那个时代赋予了那么多人理想主义气质，为什么在他的身上可以那么完整地保留着？其实，在他那代人里，钱老师应该算是受磨难相当深的。中学时期就被迫与作为国民党高官的父兄划清界限，大学期间受到批判，毕业后被发配到贵州18年，其间一位女学生因为同情他遭受迫害以致最后自杀……考入北大研究生后夫妻长期分居，失去做父亲的权利，以后又因触犯各种“戒律”屡次受压，小到博导资格审批受挫，大到全国性的批判，但他的心灵竟何以保持得那么完整，那么纯净？

我想，钱老师的“纯粹”还更来源于他个人的性情气质，他的成长环境和生活环境。正像有人猜测的，钱老师说，他确实有一个“金色的童年”，直到少年时期，他的生活都是十分美好的：衣食无忧，充足的家庭之爱，良好的教育环境，奋发向上的社会氛围……这一切为他的心灵打下一个光明温暖的底子，以至于后来一切的苦难都能被转化为滋养心灵的资源。

不过，在以后漫长的坎坷人生中，钱老师能够始终保持这颗“金色的童心”，则在很大程度上得力于他有一个良好的生活“小环境”，这其中家庭的作用至关重要——也就是师母的作用。谈到这点时，钱老师十分动情。他说，他和师母结婚是在“文革”时期。结婚前，师母答应了他一个十分苛刻的条件，就是要随时准备他可能进监狱。师母是一个现实感很强并且现实生活能力也很强的人，但同时她有着深层的浪漫主义和理想主义情怀，正因为如此，才对钱老师的人生追求和生活方式有着不同寻常的理解和支持。钱老师开玩笑说：“你们可能觉得我怕老婆，但我知道她的牺牲有多大，小事上我当然得让。”我们平时都以为，师母对钱老师的照顾是在生活上，但钱老师说，她对他更大的支持是在心理上的，“她有本事在我处于威压困厄的时候，把日常生活处理得一切如常，似乎什么事都没有发生。事态越是严峻危险，家庭气氛越是宽松平静”。这样一个坚固稳定的心灵港湾对于生性敏感的钱老师实在太重要了，使他可以放心地去向坚硬的世界敞开柔软的胸怀，敢于以鸡蛋去碰石头来播撒生命的种子。

在家庭的力量之外，钱老师还特别看重自然界对心灵的净化作用。他几乎每年都去旅游，而且是自费旅游。旅游对他不是简单的游山玩水、休闲娱乐，而是深入到大自然中与之对话，接受灵魂的淘洗。前不久他还在师母和侄子的陪同下去了一趟西藏，虽然高原反应很强烈，但“感觉很好”。钱老师今年已经66岁高龄了，平时不爱运动，人很胖，患有好几种病。师母的心脏也不好，还安有心脏起搏器。在这种情况下去西藏不能不说是个壮举。我和师母谈起此事时，师母一挥手说：“他非要去嘛，我舍命陪君子!”口吻依然如平常那样略带抱怨和责备，但我现在明白了这份抱怨和责备背后的爱和牺牲，也更明白了钱老师当年在题献给师母的著作《大小舞台之间——曹禺戏剧新论》的后记中写下的那句话的含义：“只要想到她将会默默地与我共同承受一切，我就似乎有了‘底’。‘她是我生命中那棵永远不倒的树。’”

钱老师所说的“小环境”中当然还包括朋友。读钱老师的文章，你经常可以看到的一个词就是“精神兄弟”，这些“精神兄弟”有当年贵州的学生，有北大的师兄弟、同事、学生，有分散在全国各地的读者、朋友。钱老师与人的交往基本上都是精神性的，所谓“君子之交淡如水”。很有趣的是，和他感情最好的朋友，往往是和他志趣、文风迥异的人，但彼此欣赏钦慕。这样的交往平时相忘于江湖，危难时刻可以相濡以沫。

钱老师说，因为有这样一个“小环境”，使他这些年来“内心是温暖”的，“坚持也不那么艰难”，正如2000年10月（此时正是他处境最艰危的时期）他在“长江读书奖”颁奖会上领奖时所说的：“是的，我存在着。我努力着。我们又这样彼此搀扶着——这就够了。”

乐黛云老师（曾做过钱老师的指导老师）说过，钱理群这个人最让人敬佩之处是“既特别外在，又特别内在”，也就是说，他的“纯”是有“底”的。许多人没有看到这层“底”，因此觉得他“浅”；而了解他的人会觉得这不是“浅”，而是善。也许相对于与黑暗共生的恶来说，善本身就显得有点浅吧——其实那不是浅，而是光明和坚定。钱老师也谈到，这个世界本来就是由善恶两种因素构成的，是以“性善”立论还是以“性恶”立论，是“扬恶抑善”还是“扬善抑恶”，本质上不是一个认识论的问题，而是一个价值观的选择问题。在理性的逻辑背后，真正起作用的恐怕是心性使然。我觉得钱老师身上有一种与生俱来的纯真——我称之为“天真”，表现出来的就是“无可救药的理想主义”和“永远不老的赤子之心”。经由这两者的“过滤”和“提纯”，他将一切苦难转化为精神资源，“扬善抑恶”，达到了“纯粹”。

我不想用“高尚”“伟大”这样的词来评价钱老师的“纯粹”。我想“纯粹”对于钱老师首先是一种福气。他观察世界的眼睛背后没有另一双眼睛，无论看得多么深，多么透，却总是一种直视的目光。他的心里除了坦荡还是坦荡，无论痛苦多么丰富，探寻多么深入，都有一个明朗柔软的底子。虽然，由于没有鲁迅那样“以恶抗恶”的强者性格，使他的“扬善抑恶”里多少带有“从善避恶”的成分，但这也正是他的福气——使他经由恐怖苦难的岁月，又饱受世俗风沙的消磨，却始终能朝气蓬勃，充满热忱。这也使他踏出的道路更具有凡人品性，使他的“纯粹”不显寒冷，而是温暖感人。

钱老师的福气也传给了他身边的人。我们都是世俗中人，平时蝇营狗苟，斤斤计较。而当我们面对钱老师的时候，总会拿出自己身上最好的一面。钱老师就是这样一个人，吸引向善之人，感召向善之心。能够接近钱老师的人也是有福的。

在探寻钱老师心灵的过程中，我不知为什么总会想起孔子。虽然孔子一直是钱老师的精神偶像鲁迅的批判对象（不过，就像被钱老师视为知己者的王乾坤先生所说，“刻毒的鲁迅从不轻慢孔夫子的‘不可与言而与之言’‘知其不可为而为之’”。《中国的堂吉诃德们》，《读书》1995 年第 1 期）。但钱老师的性格可能确实更接近孔子。孔子幼年丧父，一生磨难，深通世故，却不失天真。比起老辣的老子，聪明的庄子，孔子对人生的看法更具有肯定性的因素，他堪称中国第一个“不可救药的理想主义者”，鲁迅的“过客”精神也正承继了“知其不可为而为之”的精神血脉。

把自己的老师比作孔子难免有吹捧之嫌。不过，我所说的孔子并不是作为“圣人”的孔子，也不是作为“万世师表”的孔子，而是那个作为深受学生尊敬和爱戴的老师的孔子。一部《论语》就是尊敬和爱戴的追忆，也是尊敬和爱戴的传播。孔子一生奔走天下，真正影响的其实只是他的学生。然而，通过学生的传递，他那些不合时宜的理想，在后世产生了远远大于当时的影响——就让我以此来祝愿钱老师。□ 2005 · 6

静看浮云杂水声

□ 徐南铁

终于有机会拜访罗宗强先生。

我疏于人情来往，平生不习惯主动去拜访人，尤其是未曾谋面的人。但是对于有几十年淡淡书信交往的罗宗强先生，我却一直为未能拜访而感到遗憾。多年前我曾来过一次天津，记得是早晨从北京来，傍晚又赶回北京去看人艺新排的话剧《天下第一楼》。匆匆来去，没有时间作任何探访，留下了一个遗憾。这次到天津特地安排了住一个晚上，出发前我就想好一定要见一见罗老先生。

南开大学西南村的宿舍区路灯昏暗，安静冷清。老先生的家住六楼，电梯直达住房门口。

罗宗强先生今年已经八十二岁，广东人，却基本没有了粤方言口音。同我一样，他有过在赣南一所高等院校任教的经历。尽管前后不同时，他去的时候叫师专，我去的那年已经升格为师院了。但是时光的间隔并不妨碍我的认同，不改变我们因那一所学校而形成的纽带，不影响我对他有格外的亲切感。何况他有那样浓厚的亲和力，让人一见如故。

老先生住房条件还算不错，宽敞、整洁，家具是传统式样。墙上有一些字画。其中一幅紫藤立轴，竟然是他 15 岁时的作品。那是一位中学同学多年的收藏，后来还赠给了他。

他的太太也出来陪我们，老人家也已经年届八十，慈眉善目，满脸都是笑。老两口除脚步稍有蹒跚之外，气色、精神都不错，而且耳聪目明，思维清晰，记忆力也很好。前些年，老两口共同作画，还将花鸟作品印成了册子，也寄给了我一本。

罗宗强先生对我主编的文化批评刊物《粤海风》一直很关注，并有《社会环境与明代后期士人之心态走向》在《粤海风》上刊发。但是让我记忆尤深的，是他有一次回我的约稿时写的信：

南铁先生：

蒙不弃约稿，甚感甚感。

弟对于目前学术之堕落，愤恨悲怆，实有难以言说者。贿赂公行（评博士点、一级学科、中心等等），剽窃成风，浮躁喧哗，深陷泥潭而未见稍为收敛之意。外行之指挥棒，将导引学术走向万劫不复之境地。

当此之时，刊发再多之言论，均为多余，评这评那指挥棒在，学术即无清静之地。

为此，有负先生之嘱。余欲无言，闭门读书以冷眼静观中国之学术走向何方。

匆匆，颂

编安！

弟　宗强　上

三月三十日

信写于2003年，用毛笔所写。年已古稀的老先生在信中非常老派地谦称自己为“弟”，委实让我惶恐不安。信中对知识分子以及学校、学术的腐败痛心疾首，“万劫不复”一词惊心动魄。他的这种担忧和愤慨也是我的深切感受，因而很希望他能在我的杂志上公开发出抨击之声。但是他却不想说什么，因为知道言之无用，懒于像堂吉诃德那样去与风车大战。他的愤懑无言，或许属于一种无可奈何的表态吧？由此我对老先生的感佩由学术而进入品格。

听也在南开大学中文系做教授的朋友李新宇说，老先生填履历表说到自己曾经担任中文系主任的经历，一定要在主任衔头前面加上“民选”二字。“民选”两个字的潜台词很是丰富。他当主任是1991年至1995年的事，他之所以强调“民选”，不知道是否与二十世纪八九十年代之交的形势有关。这种昭示，或许是表明某种立场，或许是珍惜知识分子极为看重的自己的羽毛？

如今流光飞逝，一切成为过去，老先生正与病魔纠结。近日做一较为复杂的肾脏结石手术，还只完成手术的第一阶段，次日要去医院做超声波检查，以确定善后治疗的方案，所以嘱我须今晚去。我告诉他因工作安排的缘故，到他那里的时间可能会晚一些，他说没有关系。

自然要问及他的治疗。我问，学校是否会派车去医院？他说没有这种惯例。而且不需要，打的很方便。

从家里到学校的正门，当年每天要送女儿去那上幼儿园，那时的他只需要步行15分钟。如今需要45分钟。

在这个历史悠久的校园里，他已经消磨了四十多年光阴。

我在那里坐了一个小时左右，老先生不谈学术，只谈人生。关于学术生涯，他说，自从2013年1月，中华书局出版《明代文学思想史》之后，他就没再这样做学问了。《明代文学思想史》是由他主编的“中国文学思想通史”丛书中的一种，分为上下两册，共62万字，花12年工夫写成。老先生曾题签送给我一套。他在该书后记里说：“已到风烛残年，像这样的研究，以后是不会做了。”这也印证了他此前说过的：有生之年若能完成该书的撰写，就感到满足。

他的不再做，定然与日常不得不分精力应付身体状况有大关系。但是谁又能说与社会、与时代没有关系呢？他叹息自己没有机会从青少年时期开始打基础，待到知天命之年才来边打基础边研究。在几本专著的后记里，他都发出悲声：一生荒废，不堪回首！

每个人的荒废，叠加起来就是社会的荒废，演绎了时代的悲剧。

对于一个年轻时代即有志于学，曾经在学术道路上长途跋涉并积聚了丰富经验的人来说，告别学问是一种悲哀。学术之钟就此停摆，人生角色就此转换，这种人生重心的挪移让人唏嘘不已。

2009年夏天，他寄赠《晚学集》给我，那是他70岁之后文章的结集。他在后记里说到书名的来由："有孤灯书卷，未敢懈怠，虽在残年，仍将勤谨学习之意。"但是"晚学"二字，是否也寄寓了他对人生道路的慨叹？他在文末写道："想做点事，才开始，时光就流逝了。"这是一种难以倾诉、更无法挽回的人生伤悲。赣南山陬耗费的那些岁月，是被社会轻易褫夺的，但是谁也不可能予以偿还。

我有意引他谈赣南师专。他是从南开大学硕士毕业去赣州的，时间是1964年。当时他读的文学批评史专业已经取消，这门课也不复存在。同学们作鸟兽散，他则因为赣南离他的老家广东揭阳相对较近而被分配到赣州，算是照顾。有近十年时间，他跋涉在赣南的山水之间搞"中小学教改"，常常在只有五六个学生的村小听老师教拼音。他一直想不通的是，这与自己所学专业有什么干系。

他跟我说到在赣州的两件往事。一是在自己作为"臭老九"的被批判岁月，某日，他蹲在路边向摆地摊的小贩买梨，梨已经秤好，他正站起来掏钱，恰恰几个红卫兵路过。小将们喝道：罗宗强你还有资格吃梨?！其中一人当即飞起一脚，将梨踢得老远。

另一件事是说，他被安排去偏远的山区县寻乌搞教改，连户口都从赣州市迁出去了。那天早晨他准备坐车出发，行李也已经交运，但是突然发现尿血，赶紧到医院看病。医生告诉他，必须立即治疗，不能去寻乌。等三个月治疗完毕，教改的事情因为形势变化取消了。宛如塞翁失马，寻乌已不必再去。

关于第一件事情，他没有加以评说，只是淡淡地回顾。与他在被批斗时挨枪托的打击相比，这当然算不了什么。但事情本身有足够强的说服力，足可以描绘出他当时的生存环境。至于第二件事情，他认为命运不可知，却很重要。不过他谈命运只是感叹而已，没有自怨自艾，也没有愤懑不平。

他告诉我，当时赣南师专的一位美术教师朱坦，如今在上海，出版了一本画册，其中有关于赣州的素描。他从书房把画册拿了出来，站在那里翻页寻找了好一阵子。看来他对赣州依然有感情，毕竟在那里待了十来年。尽管在那里留有许多令他感伤的记忆，他却对那块土地没有一句恶语。在《玄学与魏晋士人心态》的后记里，他不无顾念地写道："那山林，那空山秋夜，那深山里的贫穷淳朴的人民，我却至今未能忘怀。生生不息的生命，无处不在，而这正是精神赖以支撑的甘泉。"

20 世纪 70 年代，他的太太因胸椎结核，开胸三次移植骨头，每次均需卧床半年。有一次，他从赣州回天津照料妻子，自己却也病倒了。他在天津的两个旧同窗见他劳碌辛苦，实在活得艰难，便为其奔走，帮他联络调回南开大学。南开答应了，中文系却没有接收，尽管他是那里毕业的硕士。他只好拂去身上的赣南红土，去南开大学的学报报到，后来才回到中文系任教。那是 1975 年，罗宗强已经四十出头了。

以罗宗强的才情和勤勉，要是十年前起步，或许可以更早就在学术上崭露头角，或许可以取得更加骄人的成就。但是在 20 世纪中期的中国，挣扎、浮沉在世俗生活的波澜之中是知识分子的共同命运。

据罗宗强说，他离开南开大学奔赴赣南时，时任南开大学中文系主任的李何林鼓励他："不要紧，你要是愿意做学问，到哪里都可以做；你要是不愿意做学问，条件再好你也不会做。"道理虽然是这么说，也符合儒家信奉的哲理，但是李何林说这话的时候想必自己也不一定真的相信。此前的 1960 年，河北省文联编的《批判李何林修正主义文艺思想论文集》就已经由百花文艺出版社出版。虽然李何林是 1927 年参加南昌起义并于同年加入中共的老革命、资深学人，却也逃脱不了时代强加的遭遇，也不可能"到哪里都可以做"学问。事实是，从 1951 年到 1959 年 8 年间，李何林能够出版 4 部著作，而接下来 60 年代他却没有一本著作问世，70 年代中期开始有他的著作出版，却也只能是"内部发行"。他对学生说的"不要紧"，恐怕是理想和现实挤压下的言不由衷。

幸好不管怎样说，罗宗强总算可以离开赣南山陬回到天津，而且回到著名的高等学府，回到他熟稔的文化氛围，为他今后的学术起步和发展留下了空间。

刚回到南开的那一段时间，可能算得上是罗宗强人生最为艰苦的岁月。妻子生病卧床，他不得不独力支撑家务，每天中午和晚上下班赶回家，做饭、带孩子、服侍太太吃饭。星期日在家要洗一大堆衣物。那时经济条件不好，要保证太太每天吃一只鸡蛋，就保证不了孩子吃。但也就是在这种艰苦的环境中，他的学术开始起步。

说到那段岁月，罗宗强先生说：尽管又要照顾妻子、孩子，还要尽快踏上学术研究之路，但当时并不觉得苦。我想，这或许就是那一代知识分子的宿命和心灵交响。时代的大浪汹涌，多少人沉入水底，或者被推移到荒凉的岸边，遗弃在野草和芦苇深处。如果罗宗强自我怜惜，在艰难中封闭自己通向学术殿堂的心灵通道，也就不可能在此后的人生航道上激起生命的浪花。

1980 年，回到南开的第五年。当新的阳光普照中国大地，罗宗强出版了《李杜论略》。从此，他在学术道路上的脚步一发而不可收。但是此刻的他已经年近半百了。人生正如他的晚年诗句所形容："待到升平人已老，空留锦囊贮哀辞。"

此后罗宗强的情况，大致都能够从媒体上得知了。他成为中国文学批评史专业的博士研究生导师，学科带头人，致力于研究中国文学批评史和中国古代士人心态史，并开创了文学思想史的课程教育；著有《李杜论略》《隋唐五代文学思想史》《唐诗小史》《玄学与魏晋士人心态》等；获得的学术奖项众多，其中《隋唐五代文学思想史》获得全国高等学校首届人文社会科学优秀成果一等奖；除几十种专著之外，更有许多论文发表。有意思的是，专攻古代的老先生竟然还有《论海子诗中潜流的民族血脉》在《南开学报》上发表，可见他的思想活跃，视野开阔，并不囿于千百年前的风景。

随着学术地位的确立，称赞甚至崇拜早已经司空见惯。但是罗宗强此前的生活道路却鲜见于记载。人们都看到了他手中的鲜艳的花，却不一定知道这捧鲜花经历过的风雨，难以想见它们在孕育过程中随时可能遭遇的凋零、枯萎。这种情状其实很正常，本就是社会和人生的必然。

在《明代文学思想史》的后记里，罗宗强先生说："可自慰的是，我此生努力了，勤勤谨谨，不敢丝毫懈怠。青灯摊书，没有假日也没有娱乐。只是由于处世能力的极度缺乏，谋生无术，积毁销骨，唯一值得庆幸的是，有几个知心朋友，学术路上相伴；有几个出色的而且关心我的学生，不至于感到人生太寂寞。人生不易，但也终于在坎坷、失落、感伤中边走边读，读书，读人生。"

这里所表达的，已经不是学术陈述，而是深沉的人生感慨，令人读去感伤不已，不由掩卷长太息。

罗宗强还在那篇后记里，提及自己一篇悼亡友旧文中说过的话："在这个世界上，我们便是如此匆匆走过，没有一丝痕迹。"他似乎不把自己的学术跋涉和研究成果当作"痕迹"来看。确实，我们每一个人身上满是社会胡乱刻画的道道，自己能够给社会留下的痕迹却微乎其微，完全可以忽略不计。以世俗的眼光看，老先生的学术成就已经可以告慰于人生，告慰于社会，告慰于时代。但他心中的目标显然更为高远，翻山越岭而来的他终于歇息在连续攀登的途中。他已然进入生命的另一重境界，不再从属于某种理念，不再需要努力去得到认可。他是自己的，包括身体、思想、情感。能够顺利回归这种境界当是人生的大幸福。

用老先生的话说，做学问是"凝神寂寞对青灯"的差事，自然需要严肃、严谨。他的灵动的柔情却常常展示在那些学术专著的简短后记里。比如在《魏晋南北朝文学思想史》的后记里，他写道："岁月匆匆，转眼已是暮年时光。人到老年，总喜欢回忆往事。一天劳累之后，坐在窗前，外面是寒夜的萧瑟的白杨，不知为什么，故乡的那一系静静的榕江就又来到眼前。往事如梦又如烟，留下的只有这无尽的温馨与眷念。"这些文字漫溢着松弛与静怡，也流泻着惆怅和感伤。这是罗宗强灵魂深处的脉动，与他的学术文章一起构成了一个学者的立体形象。

就在我去拜访罗宗强先生的两天前，同是南开大学教授的来新夏先生去世。提起此事，在座的人自然不免叹息人生。我还记得来新夏先生曾给《粤海风》寄来一篇悼念亡妻的稿子，感情诚挚深沉，可惜因为与杂志风格有所不合，犹豫再三，终没有刊用，成为一件憾事。如今悼亡之人也已经去了，徒留我们这些后来人坐在这里感慨人生的无常。罗宗强先生说，前些天见到来新夏还是好好的呢。这位著名历史学家、文献学家、图书馆学家比罗宗强年长 10 岁，享年 92 岁。我为来新夏先生的仙逝哀悼，同时也不由衷心祝福罗宗强先生益寿延年。

春夜沉沉。虽然老两口没有倦意，但是想到先生已 80 高龄，想到他明日一早要去医院，面对病痛的一场折磨，我不敢久坐，只能怀着深深的祝福离开。尽管我很希望能在这里多坐一阵子。

下得楼来，春风拂面，却见夜色更浓，宿舍区在昏暗中一片静谧，似乎可以感觉到人生的轨迹，就在这昏暗和春意的融合中默默延伸。

不由想到罗宗强先生的一联诗句：“流光已逝情怀在，静看浮云杂水声。”浮云过眼，流水不回，只有一片安静逗留在心里。◻ 2014. 6

学术生态

陈寅恪的1958年

□ 吴定宇

在陈寅恪一生中，1958年是备受人们关注的年代之一。那么，这一年究竟发生了什么事情？他是如何应对的？这些事情对他的教学、科研与心理有何重大影响？本文钩稽当时的官方文件、报刊文章、档案材料、私人日记和回忆录，试图还原这段历史的真相。

1958年3月11日，《人民日报》发表了曾任毛泽东秘书的中共中央宣传部副部长陈伯达，在国务院科学规划委员会第五次会议上所做“厚今薄古 边学边干”长篇讲话的摘要，透露出毛泽东对“资产阶级”知识分子的看法。紧接着，毛泽东在3月22日成都会议讲话中，公开表态支持陈伯达的报告，“……怕教授，不是藐视他们，而是具有无穷恐惧，马克思主义者恐惧资产阶级教授。近来好些，陈伯达似乎振作起来了——一篇报告，一个通知”①。毛泽东又以轻蔑的口气说：“对于资产阶级教授们的学问，应以狗屁视之，等于乌有、鄙视、藐视、蔑视，等于对英美西方世界的力量和学问应当鄙视、藐视、蔑视一样。”②

为了贯彻最高指示的精神，4月28日的《人民日报》，又发表了中国科学院近代史研究所所长、来自延安的史学家范文澜的大文《历史研究必须厚今薄古》。陈伯达的讲话和范文澜的文章，传达出来自最高领导层的一个重要信息，就是马克思主义史学工作者，必须厚今薄古，占领史学研究的制高点，在学术部门，压倒资产阶级学者。资产阶级教授的学问，如果接受马克思主义、无产阶级的领导，才会有用，否则就是一无是处、一无用处的“狗屁”。这预示着在史学及其他学术研究领域，一场政治上的暴风雨即将来临。

要做“党喇叭”的中国科学院院长郭沫若，领会了毛泽东讲话的意图，闻风而动，身先士卒，带头发起对陈寅恪的批判。在1958年5月16日致北京大学历史系

---

① 毛泽东：《在成都会议上的讲话提纲·在3月22日会议上的讲话提纲》，中央文献出版社编：《建国以来毛泽东文稿》（七），北京：中央文献出版社1992年版，第115－116页。

② 毛泽东：《在成都会议上的讲话提纲·在3月22日会议上的讲话提纲》，中央文献出版社编：《建国以来毛泽东文稿》（七），北京：中央文献出版社1992年版，第118页。

师生的信中，传达出所谓“厚今薄古”，是毛泽东的意见，并点了陈寅恪的名，把他划在资产阶级史学家一边，要人们不要把他“作为不可企及的高峰”，扬言“就如我们今天在钢铁生产等方面十五年内要超过英国一样，在史学研究方面，我们在不太长的时期内，就在资料占有上也要超过陈寅恪”。“陈寅恪办得到的，我们掌握了马克思主义的人为什么办不到？我才不信。”同时，他当仁不让，表示这些话就是当着陈寅恪的面他也敢说。① 远在杭州的夏承焘得到内部消息：“得文学研究所寄跃进规划，以王国维、陈寅恪为批判重点。”② 他所在的大学领导作报告：“今年须批判人物有章太炎、王国维、陈寅恪、郑振铎等五人。”③ 如此看来，陈氏就是这次大批判的箭靶子之一。对他的批判，是一次有组织、有领导的政治围攻。

此时全国大学的校园，几乎都成为大字报的海洋，中山大学也不例外。各单位所召开的批判会就更频繁了。学生们贴出了“拳打老顽固，脚踢假权威”“烈火烧朽骨，神医割毒瘤”之类火药味很浓的大字报，举目皆是，弄得反右运动以来惊魂未定的知识分子，人人自危，稍不留神，就会成为这些政治运动的靶子。在康乐园开展的一个接一个的群众性政治运动，犹如哗哗不断的大风雨，几乎没有一个老教授，不经受风吹雨打的折腾。

学生们给陈寅恪贴的大字报不少。他们连陈所写的论著和文章都没有读懂，甚至根本没有读过，就摭拾起时髦的词句，搬弄流行的观点，无限上纲，给他扣上诸如抱住“陈旧”的观点不放、拒绝思想改造的“老古董”，或者“唯心主义”“反马克思主义”“封建主义”的反动学术权威等多顶大帽子，进行人身攻击。

当时，人民出版社奉上级指示，从北大、北师大、南开、山东大学、中山大学、华东师大等校历史系所贴出的数万张大字报中，精选出近百份大字报结集出版，给我们留下了真实的第一手资料。其中，中大历史系两份揭批陈寅恪的大字报，颇讲究“斗争艺术”，格外引人注目。

一份是以批判孔子出名的中国思想史教授、系主任杨荣国等人署名的《历史系在科学研究上存在的缺点》。这份大字报高明之处，就在于没有点名，但明眼人一看，其大部分内容都涉及陈寅恪，批判锋芒主要指向陈寅恪。另一份《应该拔掉这面白旗——和陈先生商榷关于教学与科学研究问题》，应该说在众多揭批陈氏的大字报中，这是揭批最狠、最有代表性的一份。这份大字报把学术观点与所谓政治观点混为一谈，颠倒黑白、硬把学术上的一家之言，扣上资产阶级的帽子，胡批一通，以达到全盘否定陈氏的史学思想、治学方法及举世公认的学术成就的目的。比如陈氏在讲课中谈到，一切历史都是文化关系，汉族与外族的关系亦是文化输入的

---

① 郭沫若：《关于厚今薄古问题——答北京大学历史系师生的一封信》，《光明日报》，1958 年 6 月 10 日。

② 夏承焘：《夏承焘集》（第 7 册），杭州：浙江教育出版社、浙江古籍出版社 1997 年版，第 696 页。

③ 夏承焘：《夏承焘集》（第 7 册），杭州：浙江教育出版社、浙江古籍出版社 1997 年版，第 703 页。

关系。大字报作者自知功底太浅，不敢正面交锋，却扯出政治的大旗，批判陈氏根本没有提到政治关系，更谈不上经济关系。又如大字报作者批判他的“唐朝道教兴盛论”，大概执笔者自己都没有把这个问题弄明白，批来批去批不出个名堂，无法下台，便讽刺挖苦陈氏对道教在唐朝兴盛原因的分析，“达到了荒谬绝伦的程度，但就是这种分析，竟出于‘大史学家’陈先生之口……是浪费我们的青春”①。这几句罔顾事实的话语，深深刺痛了陈氏的心。也许大字报作者也感到理亏气虚，做得太过分了，收入集子时竟然不敢署上自己的名字，这是两本大字报集中唯一没有署名的大字报。

大批学生贴老师的大字报，师道尊严的美德，遭受亘古未有的践踏。陈寅恪觉得，这些大字报真是以后研究中国现代教育史、文化史、社会史难得的第一手资料。自己无法看大字报，便叫唐筼每天出门去抄，回来以后再念给他听。陈寅恪及其家人，对这种抛档案材料、揭老底、掐头去尾、断章取义、无限上纲的大字报非常反感；更为一些知识分子对大字报所揭发的材料不做抗辩，反倒逆来顺受、屈辱认错而感到痛心。他不能容忍对传统道德的破坏，尤其不能容忍对自己的恶毒谩骂。有一天，深为了解他宁折不弯性格的唐筼，看到大字报中有“这样的作法（指资产阶级史学方法）和在一个僵尸身上穿上华丽的衣服……结果仍不改变其为死人一样”的字句，认为这是人身攻击，当即表示出莫大的愤慨，敢于跑到办公室去向领导和“革命群众”直面提出抗议，维护了陈寅恪的人格尊严。

批判运动的组织者深知要批倒陈寅恪，谈何容易，便四处物色操刀捉笔者。因此，陈寅恪的友人及学生，便面临着参不参加批陈闹剧的艰难抉择。中大的刘节、梁方仲、吴宏聪、高华年、赵仲邑、蒋湘泽等中文、历史系教授，都是清华大学或西南联大的毕业生。他们不但没有贴陈寅恪的大字报，而且还关注着他的处境。中国经济史专家、二级教授梁方仲不顾自己也是被批判的对象，公开劝说过历史系的青年教师不要跟风起哄。他有句名言，“乱拳打不倒老师傅”②。这句话，日后在中大校园成为流传甚广的经典名言。事过半个世纪之后，吴宏聪教授还愤愤地对作者说：“那时我常去校园看大字报。揭发批判陈寅恪的大字报，虽然很多，但都是些琐屑小事，无限上纲。那些写大字报的学生，读书太少，在学术上根本没有资格，也批不到陈寅恪，简直胡闹。”

陈寅恪在外地的大多数友人和学生，顶着压力，不落井下石。在笔者过眼的批陈文章中，尚未发现与他交往甚深的重量级学人来凑热闹。他的大多数学生，如季羡林、吴晗、夏鼐等，也有较高的学术地位和社会地位。他们可以批判别的学人，但要真正批判自己的老师陈寅恪，却不忍下手。与陈氏教过的大多数学生一样，他

① 《应该拔掉这面白旗——和陈先生商榷关于教学与科学研究问题》，人民出版社编辑部编：《历史科学中两条道路的斗争（续辑）》，北京：人民出版社1959年版，第55－61页。

② 参见蔡鸿生：《学境》，香港：博士苑出版社2001年版，第61－62页。

们对“批陈”持不合作的保留态度，选择了沉默以对的方式，没有卖师求荣，或者表态与乃师划清界限。季羡林可算是这类学生的代表。他虽然承认“对这一系列的批和斗，我是心悦诚服的，一点没有感到其中有什么问题。……但是一旦批到了陈寅恪先生头上，我心里却感到不是滋味。虽然经人再三动员，我却始终没有参加到这一场闹剧式的大合唱中去”①。

但他的另一些学生，加入了共产党，确立了新信仰——马列主义。新的信仰，使他们把时髦的理论“驯服工具论”奉为行动的圭臬，从具有独立精神和思想自由的学者，转化为听话的“工具”。作为党员，他们必须遵守纪律，无条件地服从上级的指挥，而从来没有怀疑这种指挥是否正确。作为学生，陈寅恪对他们又有教育、栽培、扶持之恩，对老师的学问、人格，无不钦佩之至。所以，上级交给他们批判陈寅恪的苦差事时，出于各种原因——也许是不得不服从，也许还有那么一点私心杂念，也许出自思想深处的“左”的观念，便充当了不光彩的角色。但长久以来，他们的内心却挣扎在良知与功利的矛盾和痛苦之中。比如最有可能成为陈氏衣钵传人的北大周一良与中大的“岭南才子”，就是这样的典型。

周家与陈家是四代世交。周一良的曾祖父周馥，出自湘军系统，曾任两江总督，与陈寅恪的祖父陈宝箴有所交往。周的祖父周学海的墓志铭，为陈寅恪的父亲陈三立所撰。周的父亲周叔弢，曾在三立老人于南京所办的四益家塾附读，与陈师曾、陈方恪有很深的交情。早在 30 年代，陈寅恪就发现周一良在史学研究上的天赋及其在国学、外语上的深厚功底。周氏在学问上一直得到陈氏的精心指点、培育，在事业上也受到陈氏的大力扶持。1936 年，他未来的夫人邓懿女士考取清华大学中文系研究生，他还特地嘱咐邓，要听陈氏的课。可以说，周一良从陈氏那里所获甚多，每前进一步，都融注着陈氏的心血和精力。陈氏南下广州之后，他们仍有书信来往，间或陈氏还向他寄赠诗作。尔后，随着政治运动的不断开展，他们互通的书信才稀少起来。没想到 1958 年，周一良在北大贴出大字报《挖一下厚古薄今的根》。他在大字报中深挖自己厚古薄今的“根”，竟然是这样的：“陈寅恪先生曾说过先秦两汉史料太少，不易论证；宋以后史料又太多，掌握不全，所以他选择了南北朝隋唐一段，史料多到够论证，但又不至于无法遍读。”这分明是陈氏治学的经验之谈，与所谓“厚古薄今”完全没有关联。不料，周一良笔锋一转：“同志们！这是什么思想？这正是资产阶级史学家一切靠材料的思想，也是从个人成名的观点出发去搞研究的思想！我对于现代史之‘畏’，也就是这种思想，今天我决心要消灭这种‘畏’情绪，正确地对待材料，对待现代史，争取在近现代史方面多做些工作。”② 轻轻易易地把“厚古薄今”的根，挖到昔日恩师身上。幸亏陈氏远在

① 季羡林：《怀旧集》，北京：北京大学出版社 1996 年版，第 200 页。

② 周一良：《挖一下厚古薄今的根》，人民出版社编辑部编：《历史科学中两条道路的斗争》，北京：人民出版社 1958 年版，第 19 页。

广州，没有听说周一良贴过这样的大字报，否则他会非常伤心的。

与此同时，中共北大历史系总支，分配周一良写批判陈氏史学思想的文章，准备交由《光明日报·史学副刊》发表。他明知“是不能够驳倒陈寅恪先生的论点的”①，但还是没有任何考虑和任何顾虑地接受了这个任务。他可能根据那篇大字报的内容，加以扩充，写出批判文章交卷。不过由于稿挤，也许还因为批判不够深刻，未达到上面的要求，结果《光明日报·史学副刊》没有发表他的文章。因此，外面的人以及陈氏本人，都不知道他写过批判陈寅恪的文章。但是他在良心上感到对恩师负了罪，良心对他的谴责与鞭挞，使他愈到晚年，愈感到对不起自己的恩师，愈感到自己罪孽深重，心灵就愈痛苦。经过深刻的反思，他终于大彻大悟。自1988年以来，中大、北大、清华等校，多次举行纪念陈寅恪的研讨活动，他都争取参加，以赎罪愆，还写下多篇追忆恩师的文章，表达深深的怀念之情。1999年11月27—29日，中山大学在广州举行第三次纪念陈寅恪教授国际学术研讨会，重病在身的周一良不能到会，却向会议提交了《向陈先生请罪》。这篇文章不但自我披露了写批陈文章这件鲜为人知的不光彩往事，而且还触及灵魂，做了深深的忏悔。笔者时在会场，当主持人代念完周一良的忏悔书时，会场陆续响起了唏嘘之声——周一良在生命的最后岁月，终于得到学林的谅解。两年后，他不无遗憾地离开了这个复杂的世界。

陈寅恪不知道，恐怕周一良自己都忘记了，作为陈氏的弟子，他一有机会，也在尽可能地保护恩师。著者在中山大学档案馆，发现了一份弥足珍贵的外调材料：周一良针对中山大学有关部门发函调查陈氏的五个问题，一一作了答复的亲笔回函：

关于陈寅恪

周一良　六二·三·十七

（一）关于陈与其父陈三立关系，所知几乎等于零。只知其父为诗人，陈写诗可能受其父影响。

（二）陈兄弟间关系影响不清楚。

（三）陈与俞大维可能在德国同学，以后俞大维又娶陈之妹，关系可能很密切。俞大纲抗战前在伪中研院史语所工作，研究唐史，受陈指导，陈对他影响较大。但抗战后，俞大纲脱离中研院去作生意，恐在学术上没有再发生关系。其他方面关系不详。

（四）陈学术思想受德国史学影响较大，讲究对资料穷本溯源，覈订确切。同时也受德国梵文学研究的影响，喜欢从一部佛经各种不同文字译本的对勘中，找出一些异同。在德时老师似是吕德斯（Luders）。西方的汉学家

---

① 周一良：《向陈先生请罪》，胡守为主编：《陈寅恪与二十世纪中国学术》，杭州：浙江人民出版社2000年版，第10页。

如法国伯希和（Pelliot）对他的学术途径似亦有影响。中国方面，显然他接受了钱大昕等朴学影响，和他同时的王国维可能也影响了他。陈挽王国维诗有句云，“平生风谊师友间”。但他和钱大昕、王国维等不同之处，在于不以考史为满足，而要求解释。他的种族史观、文化史观等，可能与当时德国的史学思想有关。

（五）陈与颜、蒋等人关系不详。他所喜欢的学生或助手有王永兴（太原教育学院）、刘适（现名石泉，在武汉大学）和已去英国（?）的程曦。

在这份回函的末尾，有中共北大历史系总支审查后的批示：

周一良同志是我系副主任、中共党员，所写材料可供参考。

中国共产党北京大学历史系总支部委员会（印）

六二年三月十九日①

这份材料之所以珍贵，就在于它显现了一个良知未泯灭的党员知识分子，在如何应对上级所交付的任务与保护恩师之间的痛苦徘徊。尽管在50年代中期，陈氏不认他做弟子，蒋天枢还在新出版的陈氏著作中，删去了原版本中陈氏与他讨论学术问题的有关段落，但他最终还是选择了保护老师。比如，他对陈氏的家世非常了解，他后来还说过：“由于我父亲和他大哥衡恪（师曾）先生和七弟诗人方恪（彦通）先生都是至交，所以我给陈先生写信总以‘仁丈’和‘晚’为称，不敢冒充受业的学生。”② 周一良何等聪明，在那个特别重视个人政治面貌及阶级成分的年代，为了不给老师在政治上惹麻烦，采取了装糊涂和轻描淡写的手法，以“所知几乎等于零”“不清楚”“不详”“可能”等遁词，回避了对陈氏及其父兄关系的调查。上级领导对这样的答复显然不满意，因而批示的意见，仅仅是“可供参考”而已，而不能以此为据。由此看来，周一良写这份外调材料，是煞费苦心的。

金应熙是陈氏在香港大学教过的学生，聪明过人，博学多才，史学功底深厚，曾被人誉为陈门三大弟子之一。早在青年时代，这位“岭南才子”就接受了马列主义，思想“左倾”。加入中共之后，真诚深信党是伟大、光荣和正确的，同时又因为家庭出身不好，总有一种“原罪”感，想紧跟党走，革新洗面，脱胎换骨。所以，党的任何号召，他都闻风而动，坚决执行。梁羽生在分析他们师门恩怨的由来的深层原因时一语中的，“陈寅恪的史学是‘文化史观’，马列主义的是‘唯物史观’，难以调和”。因此“裂痕恐怕是从某某某（即‘岭南才子’）一成为共产党员就开始了的”③。

毋庸讳言，陈氏看中过金应熙的才学和才华，一度把他看作是名山事业的传人。所以，陈氏明知其在50年代初加入了中共，并且还担任着历史系的领导职务，

① 原件藏于中山大学档案馆。

② 周一良：《毕竟是书生》，北京：北京十月文艺出版社1998年版，第25页。

③ 梁羽生：《笔花六照》（增订版），桂林：广西师范大学出版社2008年版，第92、101页。

但还是把政治信仰与学术思想分开，在1956年接受他担任自己的助手，足见对其重视的程度。正因为如此，在1958年康乐园的大字报海洋中，他贴陈氏的大字报，就尤为引人注目。本来陈氏对师生们贴自己的大字报就很不高兴，对金应熙贴自己的大字报更是生气。但陈氏的心胸并不狭隘，寓所的门，还朝这个“助手”开着——7月6日下午，还让他和刘节来家谈了很久的话。①

问题还不止在这里。这年夏天，上级领导召见金应熙和历史系另外两位青年教师，下达了写批陈文章的任务。据说他们都当场面露难色，因为他们都明白：在学术上，陈氏是批不倒的。但是三人同许多人一样，认为上级领导就是正确的化身，做党的“驯服工具”，又使他们完全没有考虑批判陈氏的任务是不是对的。批判陈氏的任务，拨动了思想中“左倾”的那根弦，使得头脑狂热起来，根本没有去想，陈氏一旦看到他所写的文章，会有怎样的心情。公正地说，他们当时确实没有借批陈氏，以达到某种个人目的的想法，写批陈文章，只不过是在完成上级交代的一件任务而已。如同“文革”初期举国批判“三家村”一样，是时代使得他们做了一件错事。

中共广东省委宣传部主办的《理论与实践》杂志，是当时批判陈氏思想的重要阵地之一。该刊1958年第7期，发表介文《迷信种种》和河山《“博学”与“堆积材料”》两篇短论。前一篇文章，要大家不要迷信资产阶级专家的“金字招牌”。后一篇文章强调“大量堆积材料，并不就等于博学。重材料轻理论，事实上只是资产阶级学者的治学方法，是资产阶级个人主义在治学方法上的表现”②。明眼人一看，就知道这是项庄舞剑，意在沛公。

最有分量的批判文章，是金应熙在1958年9月18日所作、10月5日修改的《批判陈寅恪先生的唯心主义和形而上学的史学方法》。文章下笔不凡，开篇就为这场批判上纲上线地定了调：“认真批判陈寅恪史学方法，对于在历史科学领域中贯彻两条道路的斗争，拔白旗，插红旗，确立马克思列宁主义的阵地，是一项刻不容缓的任务。”接着笔锋轻轻一转，与刚划成右派分子的史学家赵俪生扯上关系，说他们是一路人，“我们批判陈寅恪先生的历史观时，必须着重分析其唯心主义的、形而上学的本质，彻底驳倒赵俪生的谬论”。文章的第一部分，批判了陈氏主观唯心主义的史学方法：“分析史实时，一般多把历史归结为统治阶级中某些集团及其代表人物的活动。这是明显的唯心主义，必然导致错误的结论。”他指出，《唐代政治史述论稿》把唐太宗征高丽失败的原因“夸大了气候条件的作用，……是片面的、不正确的”。又说：“读他的《隋唐制度渊源略论稿》，决不能明了隋唐制度究竟如何变化和为什么变化，而只见到文化、制度随某些封建士大夫家族及个人的来

① 刘节：《刘节日记（1939—1977）》（上），郑州：大象出版社2009年版，第484页。1958年7月6、9、13、14、20日的日记。

② 河山：《“博学”与“堆积材料”》，《理论与实践》1958年第7期。

去而转移。”

陈氏研究历史最重视证据的作用，金应熙却罔顾事实，故意歪曲为“乞怜于一种直觉”，对陈氏尊重证据的一贯做法，进行贬低，“在这种认为要真正了解历史必须依靠‘神游冥想’的主观唯心主义思想指导下，当然谈不上真正的尊重证据”。并举陈氏研究北魏京城的建筑为例，来说明其研究方法“是从自己的假定出发”“迂回求证”，“必然陷入‘大胆假设，小心求证’的主观唯心主义的方法论”。

文章第二部分，依然是先扣帽子，“陈寅恪先生的思想方法是形而上学的”，“对历史的变化和发展，陈先生和我们的看法完全对立”，抨击陈氏所坚持的中国文化本位论，“在今天是比较张之洞写‘劝学篇’的时候更为反动”。又以陈氏《论李栖筠自赵徙卫事》为例，认为陈氏“从表面的外部原因来解释历史是错误的。用这样的方法，可以把两件时间空间相隔遥远的事件随意牵扯起来，这只能是概念游戏，而不是历史科学”。这不能不说是对一个治学严谨的学者的极大侮辱。金应熙笔锋顺势而下，指出“陈先生还有一个突出的错误，就是以次要矛盾来掩盖主要矛盾”。他分析陈氏对汉末和三国的研究时说：“陈先生夸大了这个次要矛盾，把它从主要矛盾割裂开来，结果不但不能抓住问题的中心，连他自己重视的袁绍、曹操间的矛盾发展过程，也不能分析清楚。”

文章第三部分，分析陈氏史学观点和方法形成的原因，沿袭了那套阶级分析方法：联系家庭出身和个人经历，从阶级与阶级斗争的方位着手，来挖根掘源。无奈陈氏的祖父、父亲乃至于其个人历史，都是清清白白的，便归咎于其生长的封建大地主家庭，“是在中国封建文化的传统中培养起来的”。陈氏赴海外留学，也是“接受了一套资产阶级史学方法”。对陈寅恪主张要对古人抱一种同情的态度，提出质问：“究竟是怎样的同情呢？同情谁呢？”然后以陈氏所作《〈王静安先生遗书〉序》中的一段话为例，自问自答，陈寅恪所同情的，“原来正是王国维这样的死抱住封建王朝不放的人物”。

尤有甚者，他硬把陈氏与胡适拉在一起，上纲上线地说：“陈先生的政治思想使他在某些方面还受到胡适派实用主义的毒害。”他发现《〈西游记〉玄奘弟子故事之演变》的考证，“明白采用了胡适派所谓‘历史的方法’，其后在使用‘以诗证史’的方法中，则陷入俞平伯先生等新红学派的窠臼中，混淆了诗歌的艺术性与历史的真实性，仿用研究《红楼梦》考证曹雪芹生平的方法，来考证崔莺莺的籍贯、姓名。特别显著的，是陈先生也有‘大胆假设，小心求证’的实用主义方法，还对中国文化所受西来影响表现了民族虚无主义的倾向”。笔锋又一拐，轻轻巧巧地和批判胡适运动挂上了钩，“批判陈寅恪史学思想，实际上也就是要继续深入肃清实用主义在我国史学界的影响”。文章结尾不忘教育陈寅恪：“白专的路是走不通的，是自误误人。”①

这篇文章的文风，挟政治以压学术，扣帽子以代说理，带有那个时代的鲜明印记。如果抽去那些强词夺理的政治话语，其议论就显得苍白空洞，对陈寅恪史学思想及方法的分析，不但缺乏说服力，而且根本就站不住脚。不过，在当时确是投向陈寅恪的一颗重磅炸弹。它的杀伤力就在于，混淆了视听，对陈寅恪学术成果的肆意贬低与粗暴否定，极大地刺伤了陈寅恪的心——他万万没有想到，平常对他恭敬谦卑、执弟子礼的“岭南才子”，竟然会践踏传统的师德，对自己进行猛烈的攻击。既然要听命于政治，背弃了他所守望的“独立之精神，自由之思想”的主张，在他的门墙里，就再也没有这位“岭南才子”的名字了，而且以后也一直没有原谅过这位“岭南才子”。

这一年第12期的《理论与实践》上，发表了“批陈”的压卷之作——杨荣国的弟子黄宣民的《“教授中的教授”种种》。该文披露1956年秋天，陈寅恪与新入学的学生见面时，问：“你们中间有多少人报考北大的?”一个同学说：“我们是报考中大的。”陈寅恪于是说：“北大也没有什么好货，不是我的朋友，就是我的学生。”然后批判陈氏不问政治、把学术与政治分开的“鬼把戏”，以及凌驾于马克思主义历史科学之上的态度，顽固的封建士大夫立场。这篇文章的矛头所向不仅对准陈寅恪，而且也指向他的崇拜者，对1949年以后流传在他的粉丝中的一种论调——“在历史学方面，陈寅恪先生才是攀登高峰的楷模，郭沫若院长亦恐难与之相比”加以斥责，“真是荒谬之极无以复加”。文章结尾则是点睛之笔“我们要破除迷信，解放思想，拔掉这面飘扬一时的大白旗”②。该文是奉命之作，作者也深知陈氏是批不倒的，但又不得不完成上级交付的任务，从文章中也可看出作者不得已而为之的苦衷。

由于上面的布置，国内的一些报刊也发表了不少批判陈氏的文章。比如，此时的《光明日报》，自反右派斗争之后，撤销了储安平总编辑的职务，转变了办报方向，此时亦成为学术思想界拔白旗、插红旗的重要阵地。不过其主要批判锋芒，是指向北大那批老知识分子。据笔者统计，从1958年4月19日至年底，该报发表批判马寅初新人口论和团团论的文章达31篇，批冯友兰、林庚与陈氏的文章各5篇，批贺麟的文章3篇。

在《光明日报》上所发表批陈的5篇文章中，一位与陈家有三世交情的卞孝萱就占了两篇：第一篇是发表在该报1958年8月17日《文学遗产》第222期上的《与陈寅恪先生商榷〈连昌宫词〉笺证问题》；第二篇是发表在该报1958年12月28日《文学遗产》第241期上的《对陈寅恪〈元白诗笺证稿〉的一些意见》。在短

---

① 金应熙：《批判陈寅恪先生的唯心主义和形而上学的史学方法》，《理论与实践》1958年第10期。凡以上引文，未注明出处者，均出自这篇文章。

② 黄宣民：《“教授中的教授”种种》，《理论与实践》1958年第12期。

短四个月内，这位扬州世家子弟大显身手，连发两发批陈的炮弹，可谓来势凶猛，后台很硬。

先给被批判者扣上一顶帽子，在政治上定性，然后再掐头去尾，断章取义，肆意歪曲，以讽刺挖苦的口气，无限上纲，虚张声势地猛批一通，最后自以为批倒了对方，自鸣得意地收兵，这几乎是大批判文章的固定写法。卞孝萱的两篇批陈文章，使用的也是这种套式。第一篇文章开宗明义就把作者的意图讲清楚了："全国解放将近十年，陈先生的资产阶级立场，唯心主义的观点、方法，基本上还原封未动。因此，这几年陈先生所出版的几部著作，仍然起着传播唯心主义的作用。作为读者之一的我，除了希望陈先生能改变他的立场、观点和方法外，还希望学术界能清除一下陈先生在古代史、古典文学研究领域中所造成的那些消极影响。"然后，批判锋芒直指陈氏对《连昌宫词》的笺证。陈氏从史学角度笺证《连昌宫词》，是为了证明其所具有的史学价值，而不是探讨其思想价值和艺术价值。整本《元白诗笺证稿》均是如此。尚在中年的卞孝萱，似乎没有把这首诗读懂，或者故意歪曲陈氏的本意，指责陈氏"着重于考证'盛事'的有无，以及时间、地点是否正确"，"他着重于谴责诗中某些不符或不完全相符于'正史'的词句，而没有对诗的思想性与艺术性作必要的正确说明"。究其原因，"就在于他与我们持有不同的政治标准与艺术标准"。这就把陈氏的纯学术研究与政治挂上了钩。

卞孝萱的笔锋还扫向陈氏"在笺证中所表现的主观主义与繁琐主义的考证方法"。他以这首诗的写作时间为例，指出陈氏"喜欢把简单的问题搞成复杂的问题""把偶然的事情夸大为必然的事情"。他认为"读了陈先生的考证以后，使人感到，既没有必要，也不解决问题"。他几句话就能说明"作于元和十二年十月平安淮西之后，十三年七月诏讨淄青之前"，而陈氏"兜了许多圈子之后"，"一定要把它说成是'元和十三暮春'所作，就考证说，固然没有足够的根据，对理解作品，没有增加任何帮助，只是浪费了许多笔墨。所以我认为这种考证方法是应该批判的"①。

本来《连昌宫词》作于何时，是个见仁见智的学术问题。卞孝萱不同意陈氏的观点，在正常情况下完全可以争鸣。何况他论证的成诗时间，只是比陈氏的论断更宽泛了一点，也没有把陈氏考证出的时间排除在外。所以，无论是他的考据方法，还是所得出的结论，都不比陈氏高明，根本没有把陈氏的笺证结论驳倒。而且文章逻辑推理不严密，经不起推敲。比如，既然陈氏考证这首诗对读者理解这首诗"没有增加任何帮助"，那么，你的考证就增加帮助了吗？他所发的这发炮弹，明显是一发虚炮。

第二篇文章一开笔也是气势汹汹地、武断地给《元白诗笺证稿》扣上一顶帽

① 卞孝萱：《与陈寅恪先生商榷〈连昌宫词〉笺证问题》，《光明日报》，1958年8月17日。

子，“它不是一本帮助读者去正确理解元、白诗歌的书籍，而是古典文学研究领域中一面需要拔去的白旗”。卞氏写这篇文章，是因为前段时间写过《与陈寅恪先生商榷〈连昌宫词〉笺证问题》之后，意犹未尽，遂“再针对陈先生在《长恨歌》笺证中所表现的资产阶级观点与治学方法，进行一些分析批判”。文章作者以苏联季摩菲耶夫在教科书《文学原理》中所阐发的理论为观照，批判的矛头首先对准“陈先生对《长恨歌》主题思想的歪曲”，指出“他所采取的方法，则是典型的唯心主义的”，认为“所谓‘以诗证史’，就是诱骗读者把优秀的现实主义的文艺作品单纯地看成史料，引导读者不去分析作品的思想内容，而寻章摘句，钻入繁琐的考证迷宫”。文章结尾是作者的点睛之笔，“我们不反对考证，却不能不反对像陈先生这样的考证”①。对《元白诗笺证稿》，从内容到以诗证史的研究方法，都武断地予以粗暴的否定。这两篇文章有一个共同点，那就是强词夺理，议论空洞而又虚张声势。

值得注意的是，两篇文章没有一个“我”字，作者多次使用“我们”怎么怎么、陈氏又怎么怎么的口气说话，显然陈氏不在“我们”之内，而是一个受“我们”批判的他者。而且这一个“们”字大可玩味。“我们”显然是站在正确的一方，是批判者。如果追问一句，“们”字究竟还有谁？就不能不从卞孝萱当时的处境谈起。据金毓黻《静晤室日记》透露，1949 年以后，卞氏原本在银行系统工作，50 年代中期，一次偶然的机会，与中国科学院近代史研究所研究员金毓黻交谈，受到金的赏识。金向所领导提出，并费了九牛二虎之力，才把他借调到所里当金助手。他虽然只有中学文化程度，但思维活跃，领悟力强，自学成才，在所里工作特别勤奋且效率很高，学习特别刻苦，被所长范文澜看中。所以他晚年在谈自己治学和回忆范文澜的文章中，多次对范文澜表示感激。这两篇批陈文章的写作背景怎样？是否由范授意，或者得到范的支持、指点和修改？这个“们”字是否包括范文澜在内？有待日后进一步发掘资料证实。

卞孝萱虽然没有批倒陈氏，给陈氏的伤害，却是感情上的。陈家和他们家本是三代世交。陈宝箴与他的一位族曾祖父，都是咸丰元年恩科举人，两人都先后官拜湖南巡抚。陈三立与他的长辈卞綍昌亦有交情。1948 年卞孝萱以为母做寿、表彰母节的名义给陈氏去信，请题赠贺诗。陈寅恪即赋《寄某某某》以赠。据行家评点，在他家所收到的众多贺寿诗之中，以陈氏这首诗为魁首。以后，他们时有书信往复。没想到这次卞孝萱俨然以“左派”批评家自居，投井下石，与陈氏划清了界限，也终结了两家三代人的交情。卞孝萱比陈氏晚了一辈，以前对陈氏的态度何等谦恭，而在这篇文章中，竟翻脸讥讽陈氏“迂腐可笑”，陈氏怎不感到痛心呢！

不可否认，卞孝萱在文献的整理与古典文学研究方面，也做出不小贡献。他晚

① 卞孝萱：《对陈寅恪〈元白诗笺证稿〉的一些意见》，《光明日报》，1958 年 12 月 28 日。

年在编订一生的研究成果目录时，没有把这两篇批陈文章收进去。是有所反思、悔悟，或是有意回避此事？这给后人留下了想象的空间。令人想不到的是，事过51年之后，即在2009年，他在总结自己60年治学经历的文章《文史互证与唐传奇研究》中说自己“前三十年主要以诗证史，后三十年主要以小说证史”。他把20世纪中国的传奇研究分成两派：一派以鲁迅为代表，“一派另辟蹊径，以陈寅恪、某某某（即他本人——笔者注）为代表”①。这不能不使人疑惑，他在“前三十年”猛烈批判陈氏的“以诗证史”方法，“是形式主义的、反现实主义的研究方法”，如今怎么又自封为与陈氏并肩的“以诗证史”派代表人物？著者读过他的一些论著，内中确实有不少真知灼见，亦受其启发，但其水平是否达到陈氏的地步、可与陈氏同为一学派的代表，还可讨论。只是从著者过目的资料中，迄今为止，除他自己外，似未有别的学者，把他们相提并论过。饶有意思的是，在半个多世纪后，批判者绕很大一个弯，没有为当年的批陈而忏悔，反倒主动把自己与被批判者的主张与成就连在一起，这在学术史上并不多见。

除《光明日报》外，《历史研究》《史学月刊》《新建设》等，都发表了一批火力很猛的批判陈寅恪史学思想、研究方法，以及介绍批陈动态的文章。其声势虽不及三年前讨伐胡适、俞平伯那么浩大，却承袭了批俞伐胡的恶劣文风：肆意歪曲、竭力贬低、强词夺理、无限上纲、全盘否定，大有非把他从史学权威的地位上拉下来不罢休的阵势。

与此同时，中大历史系召开批陈会议的筹备工作，也在紧锣密鼓地进行。这时在历史系担任总支书记的，是一位思想较“左”、资历很老的干部。他对老专家、老教授有很深的成见，在他心目中，这些人都是资产阶级知识分子，是革命的对象，比资产阶级还难改造。他说：“从政策上考虑要把这些人包下来，到现在还没有想通。”他平时组织青年教师了解并汇报老教师的缺点和错误言行，免得他们受老教师“白专道路”的影响；也不让研究生去找老教师。鼓吹“要与老教师划清思想界限，抓紧时机开展斗争，团结工作则由领导上去做”，致使青年教师不敢接触老教师，有的学生与老教师碰面也不打招呼。他为了实现在一年内建成共产主义大学的宏愿，一有机会就想把这些老知识分子扫地出门，甚至在精简机构节约运动中，一下子提出要调走13位教师，占该系老教授总数的65%。②

这位总支书记对老教师的看法，和他制造的青年教师、学生与老教师严重对立的紧张关系，营造了批判陈寅恪的政治氛围。作为他这一级别的干部，未必知道毛泽东在成都会议讲话的内容。但是在陈伯达的讲话要点、范文澜的文章以及郭沫若致北大历史系师生的信发表后，正好与他整老教师的心思一拍即合。他认为，在系

---

① 卞孝萱：《文史互证与唐传奇研究》，《北京大学学报》（哲学社会科学版）2009年第2期。

② 参见中共广东省委中大整风试点工作团　中共中大委员会整风领导小组：“关于中大党委整风试点的第一次报告（1961年5月1日）”，藏于中山大学档案馆。

内围攻陈寅恪的时机到了。只要拔掉陈寅恪这面资产阶级史学界的大白旗，历史系的其他老教授就不在话下了。于是，他跃跃欲试，向校方提出批判陈寅恪的请示报告。

著者从所见的有关档案材料中发现，中共广东省委文教部部长杨康华、因冯乃超生病请假治疗而主持中共中山大学党委会工作的负责人黄焕秋等，从求稳出发，还想保一保陈寅恪。杨康华多次指示，对待陈寅恪的问题要慎重。黄焕秋也表态，不要急于批判。但是领导历史系运动的总支书记认为，贯彻上级这些指示，就打乱了系的计划。于是他组织人马先批判刘节、梁方仲等陈寅恪的学生和崇拜者，以扫清障碍，然后决定在7月13日至14日，两次召开有部分学生参加的全系教工大会，针对陈寅恪在教学和科研中的繁琐考证、史料唯物论、多因素论等等，进行不点名的、背靠背的揭发与批判。

值得一提的是，在批判会召开之前，发生了两件有趣的小事，不应随着时光的流逝而被湮没。一是1938年加入中共的中大党委委员、历史系主任杨荣国，曾有意识地讲："我们党是尊重陈寅恪的，现在尊重，将来也还尊重，这次辩论主要解决我们自己的方向问题。"并通过别人，将这话传入陈寅恪的耳中。① 但在中共历史系总支给中大党委会所提交的报告以及中大党委会据此给中共广东省委宣传部所提交的报告中，却说"两年来陈在政治态度上只有轻微的进步。……对党仍然有严重的保留"，"历史系党总支认为，在整风运动中必须着重扫除陈寅恪的影响。这一步不能做到，则历史系的自觉革命不能胜利完成"②。看来杨氏的表态，恐怕不仅是以其个人身份表态，而历史系党总支向上级党委会所提交的报告，则道出杨氏所说的话的潜台词——那就是"解决我们自己的方向问题"，必须"着重扫除陈寅恪的影响"。

二是时任中文系副主任的业师吴宏聪，在7月13日上午获悉历史系将在下午召开全系的批陈大会，很想将这个消息传达给昔日的老师，使他在心理上有个准备。陈寅恪家中虽有电话，但校内电话通话必须经过学校总机转达，通话内容难保不被泄露出去，对彼此都不利。于是他踱步到陈家门前。陈氏所住的东南区1号，正对着学校办公楼的大门，办公楼进进出出的人很多，其中不少是熟人。宏聪师想乘人不注意溜进陈家，或者等唐筼出来买菜购物，把消息传递进去。正在这时他看见刘节埋着头走来，也不和人打招呼，便急匆匆地直接进入陈家。宏聪师知道刘节会把此事告诉陈氏，便松了口气离开了。

刘节能做到这一点，是很不容易的。据《刘节日记》记载：7月6日"上午系会毕看大字报。下午金应熙来访，与同访陈寅老坐谈久之"。7月9日"上午大会批评我的以复古得解放。下午小组会……"7月13日"上午休息，访陈寅老一谈。

---

① 文件原件藏于中山大学档案馆。

② 文件原件藏于中山大学档案馆。

下午开大会，批评陈寅老思想与学风”。7 月 14 日“上午批判陈寅老大会。下午小组阅读……”① 这几则日记具有极高的史料价值，使我们知道 7 月 6 日下午，刘节与“岭南才子”一同在陈家与陈氏谈了很久的话。谈些什么？是不是“岭南才子”将杨荣国的话转达给了陈，不得而知。但有一点可以肯定，金应熙是历史系的负责人之一，在这次会见中，没有把即将在系里召开批陈大会之事，透露给自己的老师。7 月 9 日刘节在系里遭到大会批斗，但 7 月 13 日，趁上午休息时，冒着再次被批斗的风险到陈家报信。事过 52 年之后的 2010 年夏天，已在垂暮之年的吴宏聪老人与著者谈及此事：“我们几个在中大中文系任教的西南联大学生，像高华年、赵仲邑和我，虽然都很尊敬陈先生，总想为他做点什么，但都不及刘节。”说到这里，他佩服地伸出大拇指赞扬道：“刘节，好样的！真是胆子大，在那个时候还敢去通风报信。”接着不无遗憾地叹了口气：“我当时有顾虑，胆子小了一点，怕人看见，没有做到。”

在那两次批判会上，有一二十个师生发言。他们纷纷指出，在马克思主义以前，不可能有历史唯物主义，驳斥了在群众中流传的陈寅恪有自发的历史唯物主义说法。

说句老实话，由于政治批判代替了学术争鸣，不但没有批倒陈寅恪的史学思想和方法，远远未达到拔掉这面资产阶级史学领域的“大白旗”、消除对他崇拜的目的，反而激起师生们对他的同情。唐筼出去买菜的时候，所碰到的同学都亲切地和她打招呼，使她感到“学生们对我还是很尊重嘛”！会后，历史系党总支的领导们意犹未尽，在 8 月 1 日提交给中大党委的报告中，反映了他们还不放过陈氏所达成的共识，“对陈寅恪的历史学观点必须批判，这是历史界中两条道路的斗争问题”②，并且责成专人写批判文章，于是就有了“岭南才子”等人的大文问世。在 1958 年 8 月学校制定的“中大批判资产阶级学术思想五年规划（草案）”中，也把陈氏等人所主张的史料唯物论、繁琐考证学、多因论等，列为重点批判内容。在给新中国成立十周年献礼的口号下，历史系的领导，组织师生在 9 月份的一个月时间里，写出批判文章 71 篇，其中批判陈氏学术思想的文章，就占了 36 篇，谁是这次大批判的重点，不言自明。③ 批判陈氏竟然成为新中国成立十周年献礼中的“礼品”，真是滑稽可笑到极点。

在这场风狂雨骤的政治运动中，陈寅恪的精神遭受到前所未有的严重伤害。在强大的政治压力下，他还能继续守望学林、守望自己的精神家园吗？

---

① 刘节：《刘节日记（1939—1977）》（上），郑州：大象出版社 2009 年版，第 485 页。1958 年 7 月 6、9、13、14、20 日的日记。

② 见于中共历史系总支：“报告（1958 年 8 月 1 日）”，又见于中共中大党委给中共广东省委宣传部所打的“报告（1958 年 8 月 20 日）”。两份报告在文字上略有不同，但内容一样，均藏于中山大学档案馆。

③ 参见李锦全：《中山大学历史系批判资产阶级学术思想的情况》，《历史研究》1958 年第 10 期。

他没有退缩半步。

陈序经、刘节等人暗中把两次批陈会上的大致情况，转告给他。[①] 自进清华园任教以来，他一直遵循着“师者，所以传道、授业、解惑也”的古训,[②] 敬畏和热爱教师这个职业。但是他做梦都没有想到，“双百”方针提出不久，学校某些管理干部就秉承某些上层官员的意思，破坏尊师重教的传统，发动学生“火烧”“炮轰”、批斗自己的老师，把本来该用功读书的宁静校园，搞成知识分子人人自危的恐怖世界。自己的文化价值观，和辛辛苦苦搞了一辈子的学问，此时竟成了毒害青年学生的资产阶级毒药、大批判的箭靶子、史学研究中的“狗屁”，被否定得一钱不值。

要陈氏放弃自己的守望，改弦更张、阿世从俗，这是根本办不到的事。如果再上课，他还是要讲自己那一套知识体系的内容和方法，下一次政治运动来，这些“狗屁”又会成为被批判的靶子。而且，现在的学生，比昔日的吕步舒厉害得多，自认比教师还高明，无心向学，哪里会有“惑”可“解”？这样的学生谁人愿教？谁人敢教？谁人能教？古人说：“士可杀，不可辱。”他宁肯不教书，也要守望着自己的精神家园，守望着自己的文化价值观，维护学人的人格和尊严。经过思考，陈氏做出一个痛苦的决定，毅然向校方提出“教书30多年，不意贻误青年，现在心有余而力不足，决定不再开课，准备迁出中大”[③]。学校负责人当然不愿他不开课和离开康乐园，多次登门拜访，再三挽留；领导历史系“双反”运动的总支书记，在党内受到严厉批评后，向他检讨、道歉，他才勉强收回退休的要求，同意暂时不搬出校园，但仍然坚持“不再开课”。黄萱曾劝他复课，他沉痛地说：“是他们不要我的东西，不是我不教的。”[④] 这是多么伤心的话啊！

1959年，历史系招收隋唐史专业研究生，系上敦请他担任导师，他感到在学术不自由的政治气氛下，没有一种安全感而加以拒绝。他说：“1956年时把我当专家，1958年说我贻误青年，现在又让我做专家，难保再过些时候又说我贻误青年。”他对肆意进行人身攻击的大字报深恶痛绝，说：“要毛主席、刘主席或周总理给我写书面保证，不出我的大字报我才教书。”毕现出中国传统社会中士的嶙峋硬骨。

对于报刊上的批陈文章，他觉得不值一驳，不予理会。在助手黄萱的帮助下，他抓紧时间、集中精力，撰写生平最后一部学术著作《钱柳因缘诗释证稿》。

自极“左”思潮在全国各高等学校泛滥以来，陈寅恪是中大第一个公开表示不

---

① 刘节：《刘节日记（1939—1977）》（上），郑州：大象出版社2009年版，第486页。1958年7月6、9、13、14、20日的日记。

② 韩愈：《师说》，殷义祥注：《古文观止新注》，北京：人民文学出版社2001年版，第416页。

③ 中山大学党委会：《陈寅恪小传》（1960年1月8日），藏于中山大学档案馆。

④ 黄萱：《怀念陈寅恪教授》，《纪念陈寅恪教授国际学术讨论会文集》，广州：中山大学出版社1989年版，第69页。

上课和拒绝带研究生的教授。据中大中文、历史、数力、物理、生物、地质地理6个系统计，被批判、斗争的非党老教授达32人，占6个系非党老教授69人的46.4%。其中历史系的批判面，在全校居第2位，被批判者占非党教授人数的55%。陈寅恪被批判了3次。大批判挫伤了知识分子的积极性，受到批判的32位资深知识分子，没有一个口服心服。① 党委马副书记在一次会议上承认："中大执行知识分子政策上发生的问题，主要是低估和排挤老教师的倾向，……历史系教改以前有11位老教师开课，教改后剩3人开课，而这3人的开课时数也减少了一半以上。"这就是说，继陈氏之后，历史系又有刘节、梁方仲等7位教授，也采取了不开课的方法，来守望师道和个人人格的尊严。即使是开课的教师，也大多心有余悸，死死板板地按照集体讨论过的教学大纲规定宣讲，不敢越过大纲雷池半步去自由发挥，令学生听起来兴味索然，学起来也没有劲头。

这样一来，教学质量严重下降。比如有一次对文科几个系的四年级学生，进行了一次基本知识测验。据统计，历史系有27个学生参加，只有19人及格，及格率为70.4%；有8人不及格，不及格率为29.6%。从答案中暴露出来的问题及某些错误，令人吃惊——在参加测验的学生中，居然有20人不知道西晋时内迁的是什么少数民族；只有1人知道《资治通鉴》是司马光编的，但把司马光说成是南朝人；还有不少同学，连12个社会主义国家的国名都答不全②……真是学生的基础知识贫弱，政治运动误人。由于积极参加运动耽误了学业，没读多少书，没学到多少本事，学生对毕业以后如何工作，都很担心。一位学生不无悔意地说："毕业了，大学毕业生的招牌很大，但在知识上还是'一穷二白'。"另一个学生也忧心忡忡地说："若分配当政治教师，则感到理论水平低；若分去搞历史，则历史知识不足。"如此看来，这一连串的政治运动，极大地伤害了老知识分子的感情，挫伤了他们工作的积极性，但最终咀嚼这苦果的受害者，还是曾经狂热地批判、斗争过自己老师的学生。这种现象在别的高校普遍存在，中大并非特例。 2014·2

---

① 文件原件藏于中山大学档案馆。

② 文件原件藏于中山大学档案馆。

二十世纪中国文学中的知识分子谱系

□ 张清华

一曲狂想，一幕悲歌。20 世纪中国文学中有一个不幸的知识分子谱系，这个谱系在过去似乎已经被梳理过，但还很不够。没有人将他们联系起来看，更没有人将现实中的和文学中的知识分子看成同一个群体。因为如果不能获得一个整体性眼光的话，也就无法得出有启示意义的结论。钱理群先生有一个很著名的说法，叫作“哈姆莱特和堂吉诃德现象的东移”，这是一个很有意思的发现，研究文学或者研究思想史者就应该这样。没有精神发现的文学研究算什么研究呢？因此这是令人鼓舞的发现。我这里要借用这样一个发现，来谈谈在 20 世纪中国文学中这种现象是如何变迁和“移动”的。

一

鲁迅的《狂人日记》首先就是书写了一个中国式的“多余人”形象。这不是偶然的，只要写到知识分子，写到有点思想和独立意志的人，都会不由自主地产生这样的倾向。“狂人”之所以被视为狂人，既是误读，也是实情。为什么这样说？狂人是被庸众恶意地“矮化”和放逐的，一个有点思想的人通常会共有这样的一个境遇，因为他不能苟同和适应这社会，在这社会上是一个无用之人，一个多余的闲人，只有被嗤笑、放逐甚至管制的份。狂人的表征是妄想症，内里则是对社会的世俗规则的反对和抗拒。他在外观上的确很容易就会被视为精神异常者，偏执和病态的人，但这首先是社会强行压制的结果，是世俗给他打上的标记，是人群的专制对异类的划分和定性，并且具有在道德和人格意义上的贬抑色彩；其次，狂人自己也会真的变疯——被社会命定的处境，会转化为主体暗示性的心理向度与行为逻辑，以至于成为其性格和命运。哈姆莱特就是由佯疯到真疯的，开始他是佯疯，但当他选择了混乱的逻辑和倒错的语言之后，他就一步步走上了深渊之路，错上加错，他先是对自己所爱的人恶语相加，随后又错杀了自己未来的岳丈，最后又和自己所爱的人的哥哥决斗……他的每一步都是由于自己疯狂和混乱的暗示所驱动的，这一切反过来铸就了他的深渊性格和命运。自从奥菲丽亚死后他就真的疯了，因为他作为一个与命运赌博的赌徒已经输光。对于狂人来讲，他的病状的自我体验是源于他深刻和无助的孤独感，孤独转化为了恐惧，并表现为真形一样的病状。当所有的人都声称他是一个病人的时候，当他们都用了异样的眼光看他的时候，他自己也无法不自我怀疑自己是一个病人。

一个走错了房间的人，一个生错了时代的人，一个遭到了嘲笑和捉弄的人，一个惊慌失措的人，一个精神病人——就是这样诞生的。他慢慢地接纳和适应了这样一个角色，无法拒绝。他不能不感到惧怕。一个人对他的歧视只是一种伤害，一群人对他的歧视就是一种扭曲，而一切人对他的歧视则无疑就是毁灭，他怎么能不疯呢?

鲁迅自己就是一个狂人：他既像一个对着羊群和风车作战的堂吉诃德——“寂寞新文苑，平安旧战场；两间余一卒，荷戟独彷徨”“他走进无物之阵，所遇见的都对他一式点头。他知道这点头就是敌人的武器，是杀人不见血的武器……”(《野草·这样的战士》) 多像一个堂吉诃德！他的后半生一直在拿风车和羊群作战，最重要的不是和什么人作战，而是作战本身，至于对象则可以假代和假想；他又是一个哈姆莱特——他的《野草》的语式多像是哈姆莱特的朗诵：“彷徨于明暗之间，我不知道是黄昏还是黎明。我姑且举灰黑的手装作喝干一杯酒，我将在不知道的时候独自远行……”(《野草·影的告别》) 他挥舞着自己的思想之剑，环顾四周，找不到对决的人，悲壮中又显得多么滑稽。的确，没有人比鲁迅更接近一个西方意义上的人文知识分子，更接近于尼采、叔本华，接近于俄罗斯和欧洲文学的精神原型。这在他早期的著作《文化偏至论》和《摩罗诗力说》中，可以说就已经跃然纸上了。

当然，鲁迅的不同寻常之处在于，他的作品总是因为其可以上升到哲学的境地而产生多解，《狂人日记》也一样。这其实也可以理解为鲁迅对“青年”——必将胜于“老年”的一代“新人”——的失望与怀疑。他要确认自己原来这样一个想法的荒唐：青年一定是纯洁的。现在他明白他们的勇敢是短暂的，他们很快就会变得“成熟”，与成年人和老年人一样世俗化，变得狡黠和市侩。实际上也只有未曾世俗化的青年敢于讲出“吃人”这样的话，那时他因为自己的纯洁而说出了惊世骇俗的话，并且敢于声称自己将要与旧世界的法则决裂，但这样的豪情壮志能持续多久？很快他就将在现实的打击面前溃败下来，在被视为“异类”和“狂人”之后收敛自己，最后变成正常人，并且“赴某地候补”。这即是意味着他与现实已达成了完全的妥协，他完成了自己的“成人仪式”，经过了一番挫折，终于适应了社会——与之同流合污了。

鲁迅自己其实终其一生是在反抗这样一个“规律”的，他拒绝让自己世俗化，尽管不能完全达到这样的境地。为了暗示自己这样一种“悲剧处境”，他坚持了自己的“病症”，一方面是与忧郁和愤怒共生的“肺病”；另一方面就是与风车和羊群作战的“佯狂”。他不是完美的，甚至也不是最纯洁和真诚的，但他是一个勇敢者，一个富有牺牲精神的人，一个真正的诗人。

显然，重要的不在于鲁迅的正确，而在于他对西方人文精髓的逼近。有谁是一贯正确的？我们为什么要要求鲁迅正确？如果我们把他当作一个启蒙主义思想者，那么哪一个思想者是纯然正确的？如果我们将他看作一个文学家，那么文学家又谈何正确，有何正确可言？

“多余人”的变形很多，在鲁迅笔下的魏连殳、吕纬甫也庶几近之。郁达夫笔下有“零余者”，也近于多余人，只是这些人物的处境是在异国，而不是像俄国文学中的此类人物一样，是从欧洲回到国内，从自由回到桎梏、从光明回到黑暗之中。他们所表达的是弱小民族在强势文化中的自卑自恋自艾自怨的无助感。这也已经和鲁迅的小说一样，强烈地透示出一个问题，那就是：在中国的现代知识分子中有一种更加软弱、病态、扭曲和渺小的气质。在郁达夫看来，他笔下人物的“性变态”的倾向和颓废的人生观，不是因为他们自己的自甘堕落，而是因为自己祖国的“积弱”，这显然是对自我的刻意美化。把深渊性格和自毁命运归结于祖国是不诚实的，这不是真正的知识分子精神，它不能使这种堕落因此而变得合法化。这表明，现代知识分子的人格从一开始，就已经变态到了极端弱小和虚伪的地步。

钱锺书《围城》中的方鸿渐是典型的“多余人”。这个人物值得好好研究：他于欧洲游学多年，虽然书中说他无所事事，根本没什么真才实学，到末了只是为了应付出钱的岳丈而不得不花钱买了一个“克莱登”的假博士文凭，但这跟小说整个的喜剧化风格有关——钱锺书是刻意要戏弄和讥刺现代中国腐朽的知识界。事实上，方鸿渐在污浊的文化人圈子里仍是一个有廉耻心的知识分子，他的善良和软弱，以及不肯欺世盗名都是明证。但和鲁迅笔下的狂人相比，他已然是一个更加衰变了的灵魂，他对世俗已经没有任何反抗能力和意识，他的原则就是混事和混世，能够保住他稍稍体面一点的生活就很满足。但就是连这一点也很难达到了。

钱锺书写这个人物意图在于表明，“五四”知识分子所希望出现的图景——西方文化进入中国之后应该结出的果实——已全然落空。现代中国与西方文化之间，根本没有实现任何成功的对接，西方文化的主导性价值诸如“德先生”“赛先生”，并未在中国扎根和结果，相反倒是在其边缘处生出一系列的文化怪胎——如同方鸿渐在苏文纨的沙龙和在三闾大学所结识的那些无耻而无行的文人一样，也如同在他的家乡父老面前所作的那篇臭名昭著的演讲中说的一样，“海通以来，西洋文化只有两件在中国长存不灭，一件是鸦片，一件是梅毒……”话是难听幼稚了些，但也道出了真髓。他本人也是这样一个怪胎，一个不愿意与社会同流合污但也同样无所作为的好人和甘于平庸的废物。由愤懑传统、渴望西方文化的“五四”启蒙知识分子，到40年代对西方文化的信念全然崩毁的“智识阶层”，人格和能力都处在梯次下降中，由反抗者的悲剧更进而降解到了湮灭者的悲剧。这不光是方鸿渐自己的失败，也是新文化运动和现代中国知识分子的集体性失败。

二

中国现代知识分子的悲剧在于，他们某种意义上也做了“自己的掘墓人”。因为他们一开始本是革命理念的创造者——是一群北京大学的教授最初宣传了革命，并且由其中的几位关键人物创建了中国共产党。然而随着革命的逻辑不断向前，知识分子的身份开始变得不那么自然和充分合法了，党内的大多数留学苏俄的“西方马克思主义者”渐渐变成了机会主义者，瞿秋白、王明、博古……他们有很专业和正宗的革命理论，但是却不能将革命引向胜利。渐渐地，知识分子变成了革命的同路人，变成了需要团结和改造的对象，变成了具有“原罪”色彩的需要改造思想的“小资产阶级”群体……直至变成了革命的对象。这个过程并不漫长，其完成的时间也就是二三十年的样子。

这很奇怪，也不奇怪。一方面，纯粹知识分子的观念，会在革命的暴力实践中变得苍白和不合时宜，会走向革命的反面——革命不是“温良恭俭让”，革命是一个阶级推翻另一个阶级的暴力行动，革命最终会和知识分子的浪漫主义、人道主义分道扬镳。所以知识分子如果不能及时地转变其价值理念，或者在两种思想观念之间矛盾、游移与彷徨，当然会被抛弃，甚至被甩到对立的一面去。

一切都有一个奇怪而自然的逻辑。就文学来说也近似，其思想和主题的变化就有这样一个轨迹：在“五四”最早的知识分子那里所主张的是“人的文学”；然后很快在文学研究会的作家那里就变成了“为人生的文学”——不要小看这样一个变化，文学的本质已经在转变，由普遍的人性论思想变成了社会学理念；再之后到了20年代后期，经过一群更年轻的激进分子的热情包装，就又变成了“为无产阶级人民大众的文学”，社会学进而变成了阶级论，普遍和抽象的“人生”变成了具体的有区分的“阶级”的人群；再之后就是延安的“为工农兵服务的文学”了，变成了由意识形态规定和政治观念统领的文学。这一步看上去似乎是突兀的，其实一点也不，历史的逻辑在其中自行演变着，不期然就走到了这一步。

走到这一步，“五四”作家的那一套价值理念、文学思想、话语方式就完全失效了。要么变成革命文艺家，要么被彻底打入冷宫，甚至消灭。

文学的轨迹，作家的命运，同上面所说的投身政治的知识分子的命运是异曲同工的，有着相通和相同的逻辑。

有许多被抛到了反面的例证，如果要选一个最典型的，那可以首推王实味。

他是用了一篇叫作“野百合花”的文章，来试图批评现实与其理想之间的反差。说白了，就是其作为一个知识分子对革命的一厢情愿的理解，同革命的现实之间的距离。这个距离令他不解，但又欲说还休，不由生出一些书生气的哀怨和不平。最终，来自其知识分子的一面占了上风，他到底扭扭捏捏地说出了不满，用了非常软弱的方式——遮遮掩掩地假借了两个革命女性在夜晚路上对话，以表明这不是自己说的，而是“从别人那儿听来”的。那内容粗略说来，无非是有点“平等（平均?）主义”和“人道主义”的思想，和从这样的思想出发，对延安现实的不满。

但这还不足以完全说明问题，紧接着而来的是在受到批评之后的态度，一种不老老实实认错、为自己辩解“顽抗”的态度。从否认自己有错，到不得不承认自己有“认识问题”，但不是“存心攻击”……古代知识分子的那种“士可杀不可辱”想法已经大打折扣了，可即便是这样退了又退的表态，也早已于事无补。在那样一种不容辩解和不容置疑的语境中，这一切最终被打上了危险的政治标签。

那样的死是令人畏惧的，不仅仅是那闪亮的砍刀令人胆寒，而且还因为那样的死几乎注定了永世的骂名——他永远不会像许多同样的冤死者那样，得到一个身后的英名，享受鲜花的哀荣和眷慰。他的身后没有一个多么了不起的词语和概念作为支撑，相反还同一些暧昧和可怕的是非纠缠在一起——他曾因此被定为“托派”，并由此获得了一个“反革命奸细”的罪名，这样的概念即使是在它的“源出地”苏联也早已不复存在。即使是在历史已经翻覆的今天，也难有人给出一个最终的说法——一个从未真正有机会攀结到那异国“亲戚”的穷小子，就这样成了代为受过的屈死鬼。王实味，并不是一个绝无争议的英雄，他的名字上几乎可以说是落满了尘埃……

很显然，许多人、许多知识分子是因为迷恋“理念”而走上革命道路的，包括像王实味这样的知识分子。因为革命在他们看来就是要“解放”人的，要还一切没有自由的人以自由。这是理想，也是当然的误解，是把革命的理念“圣化”了，把革命的景象与结果“诗化”了。知识分子有这个毛病，对革命和政治有着与生俱来的狂热。即便是像玛格丽特·杜拉斯那样的人也说，“一个人，如果他不是一个政治家，那他就不是一个知识分子”。但知识分子中的许多，正是为过于简单的理念所害。因为革命作为实践和作为理念是完全不一样的——革命决不是“请客吃饭”，革命本身对一切所谓“好人”和“坏人”的区别，有时必须是非常简单和粗暴的，这种简单和粗暴不但“合理”，而且是无法改变的。无论是法国大革命，还是在俄国、中国和世界任何一个地方的革命，都不会脱出这样的逻辑。在那样的情境中，王实味如何为自己洗刷？他曾经天真地进行争辩，并且十足书生气地坚持自己的观点，结果只能把自己推向深渊。王实味，可能他至死也没有悟出这样一些本来简单得很的道理，他至死也没有明白：自己何以会被打成一个反革命的“奸细”？一个压根就很难知道托洛茨基为何许人也的“土书生”，怎么会成了“托派分子”？

但王实味的确是一步步“变”成了“托派”和“反革命”的，这样一个过程让人震惊：就像曾参岂是杀人者，流言三布慈母惊。在相当漫长的调查、审查过程中，绝大多数人，包括知识分子同行和干部，他们一开始都没有将王实味看成是所谓暗藏的敌人，认为充其量不过是认识问题罢了，而且他在《野百合花》中所揭露的问题的确是存在的，只不过是他表述的方式与认识的分寸有问题。但是在接下来的没完没了的批判斗争会上，经过一次次的统一意见，提高认识，终于越来越多的人“认清”了他的实质，当大多数人被“争取”改变了看法之后，王实味自然就“变”成了反革命。

这是一个固执得近乎愚昧的人，才华对他这样的人来说是灾难；淳朴和认真则是致命伤。可惜的是那么多的弱点都集中在他一个人身上，而更多的人，包括那些我们曾非常尊重的知识分子，甚至同样的诗人、作家——比如艾青、丁玲等等，却早已经变得聪明和富有政治敏感度，他们没有像他那样固执地坚持自己的观点和立场，而是很自然地参与推动了他的“变”的过程。这应该是一个更大的悲剧。不管他们是出于个人的成见或私下的恩怨，还是对政治的屈从，他们那样做，就已经表明了现代知识分子的集体死亡。这其实是一个更大的事件，只是结果一时还隐而未显。他们后来的落难，实际是前者悲剧的延伸，是出于同样的逻辑。他们不过与王实味同样，在本质上也只是“野百合花”而已，王实味是他们共同的影子，车轮滚滚，只不过碾过的时候要有先有后罢了。

但这样的悲剧某种意义上正体现了必然：无论是那些先蹈向悲剧还是后蹈向悲剧的，无论是那些意识到了自己的意义还是至死也未弄明白怎么回事的，无论是以理想的殉道者载入史册的，还是犯下了种种不可原谅的过失的……所有这些悲剧，都是这个群体所必然要付出的代价，而那些高尚者则可以称得上是基督式的牺牲。俄罗斯的思想家别尔嘉耶夫说过：19 世纪俄罗斯的知识分子之所以令人尊敬，不是因为他们有着令人喜悦的过剩的才华，而是因为他们“无原则地爱着他们的祖国和人民”，愿意为他们去下地狱。这是多么伟大的情愫——无条件和无原则的爱。俄国的民粹主义思想和东正教牺牲精神的教养，使他们具备这样了不起的禀赋，而 20 世纪中国的知识分子，虽然在总体上没有达到这样的高度，但他们也用了自己的努力，包括他们的不同形式的代价和牺牲，部分地实践了为改良社会和人生去奋斗的理想意志。

三

相比之下，当代的知识分子形象就更惨淡。他们在一个时期内的命运是原罪加改造，然后就是更变本加厉的孱弱和病态，他们甚至失去了存在的合法性，更不要谈其个人价值的合法了。在其生存的艰难和荒谬方面，张贤亮的小说中塑造的一个叫作章永璘的人物，可谓最有代表性。他在最屈辱的情形下，被迫畸形地生长出一种求生本能——为了多打到一点点稀粥而煞费心思，为了能够混一点面食而设法偷吃糨糊。这种考验在古今中外的知识分子中可以说还从未遭遇过。皮之不存，毛将焉附？生存的基本条件已经丧失，知识分子的优越感、他的赖以显示优雅和教养的基础、他的身份特征本身就已荡然无存。然而这位章永璘就是在这样的条件下，也保持了他作为书生的幻想、癖好、本性和本能——一旦填饱肚子，又开始生出他的“政治与性”的两种幻想与欲望，其表现就是在读《资本论》的同时，也饥渴地寻找荒原上的美女，他很快又找到了“书中自有颜如玉”的幻觉。作者张贤亮也让其实现了这种意愿，让两位仿佛仙界降临的女性，宛若《聊斋》中的鬼狐之女一样的马缨花和黄香久，无条件地爱上他，并为他奉献身体。一个让他找回了书生的自尊——作为“美国饭店”的马缨花，从别的男人那里弄来食物以满足他的需要，全身心地奉献给他，无须谈婚论嫁和承担任何后果的性与爱情；另一个则让他找回了男人的身体，在他失去了男人的能力的时候，黄香久以她的动物性的魅惑力唤起了他的性欲，而当他嫌弃她的不纯洁时又挥之即去。即便是在这样落魄的时候，他的男权意识也不比古代的书生少哪怕一点。

他也是一个“多余人”——但和方鸿渐不一样，章永璘似乎连颓废的权利也没有了，他必须在艰难的环境条件下显示他的生存意志，以及比一般老百姓看起来要高得多的生存智慧。这里作者不经意地竟流露出了可笑而自鸣得意的优越感，虽然这种优越感已实在不能和现代知识分子的那种人格独立意义上的优越感相提并论。

食和色、吃和性都成问题——在过去这一切几曾成为过问题？知识分子要保证其起码的身份，必须是在保证了基本的生存条件之下，当代文学中的知识分子形象之所以更加孱弱和人格低下，与这点有密切的关系。

找回了这一“权利”的人物，是贾平凹《废都》中的主人公，西京的名作家庄之蝶。但找回了物质条件，他却进而丢失了灵魂。和以往任何一个知识分子人物相比，他都更加丑陋和堕落。他已不是一个怀揣高傲和孤僻的唯美加颓废的“多余人”，而是一个真正破罐子破摔的变态了的欲望主义者，一个现代的西门庆。他的喜好是空虚中的声色犬马，但又缺少享乐这一切的勇气，不具备真正的野性与生命力，在一个精神坍塌、物质上升为统治力量的时代里，他试图用肉体的狂欢和对世俗价值的完全认同，来缓解自己内心的虚空与苦闷，但结果却仍是毁灭。

写得最深刻和悲壮的一个多余人形象，应该是一个被忽略了的人物——那就是莫言的《丰乳肥臀》中的上官金童。这个中西两种血缘和文化共同孕育出的“杂种”，在我看来实际是20世纪中国知识分子的化身。他的血缘、性格与弱点表明，他是一个文化冲突与杂交的产物，而他的命运，则更逼近地表明了知识分子在这个世纪里的坎坷与磨难。他身上的一切都是矛盾着的：秉承了“高贵的血统”，却始终是政治和战争环境中难以长大的有“恋母癖”的“精神的幼儿”；敏感而聪慧，却又在暴力的语境中变成了“弱智症”和“失语症”患者；一直试图有所作为，却始终像一个“多余人”一样被抛弃；一个典型的“哈姆莱特式”和“堂吉诃德式”的佯疯者，却被误解和指认为“精神分裂症者”。作家在这一个人物身上寄寓了太多的寓意：他的父亲是流着西方（瑞典）人血液的马洛亚牧师，同时又拥有一个中国（本土）的母亲，这正是20世纪中国知识分子的“文化血统”的象征，显然，它具有“非法”和“高贵”两种矛盾的性质，它的非法性源于中国近代以来遭受西方侵害和掠夺的历史记忆，西方对中国人来说意味着帝国主义、侵略者、野蛮之地等符号；但同时，西方又是现代社会与文明的发源地，是现代思想的诞生地，是中国知识分子向往的地方。这样，当现代中国的社会气候一旦发生微妙变化的时候，他的祸福转化，就仅在一夜之间。

因为莫言施用了一个“人类学障眼法”的缘故，这个人物身上的一些“生物性”被夸大和曲解了，实际上小说所要努力体现的是他身上文化的二元性，这是20世纪中国知识分子的普遍的先天弱点的象征。“杂种”与怪物的嫌疑，已经先天地注定了他的悲剧，来自西方的文化血缘，在赋予了他非凡的气质与外形、基督的精神遗传的同时，也注定了他的按照中国的文化伦理来讲的“身份的可疑”。这一点正是揭示了20世纪中国知识分子共同的不幸困境——二元分裂的出身使他们备受磨难。西方现代的文化与思想资源造就了他们，但他们又寄生在自己的上地上，对本土的民族文化有一种近乎畸形的依恋和弱势心理支配下的自尊。他们要启蒙和拯救自己的人民，却遭受着普遍的误解，这样的处境和身份，犹如鲁迅笔下的“狂人”所隐喻的那样，他本身就已经将自己置于精神深渊，因而也必然表现出软弱和病态的一面——他们没有像俄罗斯知识分子那样的下地狱的决心，却有着相似的深渊般的命运。其实从“狂人”到“零余者”，到方鸿渐、章永璘，再到上官金童，这是一个连续的谱系。他们有着与俄罗斯文学中的“多余人”相似的性格与命运，却更软弱和平庸。

容易被误读的是上官金童的“恋乳癖”和性变态，理解这一点，我认为除了“人类学”和寓言性的视角以外，还应该有另一个角度，即对政治与暴力的厌倦、恐惧与拒绝。因为在某种意义上，男权与政治是同构的，而上官金童对女性世界的认同和拒绝长大的“幼儿倾向”，实际上也可以看作是对政治的逃避，这和他的哈姆莱特式的“佯疯”也是一致的。同时，也可以认为他与中国传统知识分子中的一种“另类”性格有继承关系——比如他也可以看作是一个当代的“贾宝玉式”的人物，他对女性世界的亲和，是表达他对仕途经济和男权世界的厌倦的一个隐喻和象征。

上官金童注定要成为一个悲剧人物，他的诞生本身似乎就是一个错误，这是文化的宿命。他所经历的一切屈辱、误解、贬损和摧残，非常形象地阐释着过去的这个世纪里中国知识分子的惨痛历史。但他在小说中还有另一个作用，即形成了另一条叙事线索和另一个历史的空间——如果说母亲是大地，他则是大地上的行走者；

如果说母亲是恒星，他则是围绕着这恒星转动的行星；如果说母亲是圣母，他则是下地狱的受难者……如果说母亲是第一结构的核心，他则是另一个相衬映相对照的结构的核心。小说悲剧性的诗意在很大程度上得益于这一人物的塑造，他使《丰乳肥臀》变成了一个“民间叙事”与“知识分子”叙事相交合、“历史叙事”与“当代叙事”相交合的双线结构的立体叙事，两条线互相注解交织，从而极大地丰富了作品的历史与美学内涵。从这个意义上说，虽然这个人物的性格是足够病态和懦弱的，但这个形象的丰富内涵却深化和丰富了20世纪中国知识分子的形象谱系。

四

文化弑父的英雄会变成“狂人”、疯子、精神病患者。天才永远是庸众的敌人和陌路者，庸众自然会把他看作精神之异类——《狂人日记》的真正含义应该是在这里；再者，所谓“精神界战士”也并不就是超人，他也有着与常人相同的弱点，比如孤独感会给他带来压力，由于他不得不使用个性化的话语——一如尼采和鲁迅，使用诗性的、隐喻的、类似精神分裂症者的话语，他会陷入一种“深渊式的暗示”，或者说，他会因此产生深渊式的冲动和毁灭式的性格。长期的孤独、愤懑和焦灼，也会使他真的陷入疯狂——鲁迅本人在某种意义上也是这样一个例证。

知识分子就其本质来讲就是这样一类人。

还是从哈姆莱特说起。这个永恒的人性之谜，自从他诞生以来，已出现了无数解释，不过以往人们对于哈姆莱特的性格的认识，只是从一般的人性与社会的角度来理解，其中有代表性和体现某种精神深度的如歌德的说法，认为哈姆莱特是“代表了人类中一种特别的类型——他们的生命活力多半被过分的智力活动所瘫痪”，即“用脑过度，体力日衰”。另外一种观点就是所谓“神经衰弱”（neurasthenia）说，指其性格的优柔寡断。这些说法都令人感到很难从根部做出可信的解释。后来弗洛伊德根据自己的研究，提出了令人震惊的说法，他认为，哈姆莱特的性格表现并非是胆怯和无能的，相反他还曾毫不犹豫地杀死了屏风后的窃听者，以及试图谋害他的两个朝臣。那他为什么不能干脆地除掉杀害他父亲的凶手，当今的奸王克劳狄斯呢？“唯一的解释便是”——“因为这人所做出的正是他自己已经潜抑良久的童年欲望之实现。于是对仇人的恨意被良心的自谴与不安所取代，因为良心告诉他，自己其实比这个杀父娶母的凶手好不了多少”（见《梦的解析》）。无疑，弗洛伊德的这种解释是他所有关于文学的论述中最精彩也是最令人迷惑和争议的。

我现在要谈谈自己的解释：哈姆莱特也许并没有弗洛伊德所说的那样是出于所谓“恋母”和“弑父”的冲动，这个解释深刻但有牵强之处。他的行为逻辑是这样的——他之所以犹豫是为了战胜自我的恐惧和矛盾，他才二十来岁的年纪，才刚刚处涉人世，就遇到这样难以接受的悲剧，父亲遇害，母亲他嫁，自己王权旁落，他的内心陷入了不可名状的惊惧之中。在这种情形下，他实际是用所谓的“思考”来延缓自己“决定”的过程，并用思考来掩饰自己的犹豫不定。他在内心中对自己说，你并非一个胆怯和优柔寡断的人，你之所以迟迟未动，不是因为别的，而是因为你在“思考”，你是一个思想者，你在通过皇室的这一事变来深化你对世界、人性和生命的认识，这不但是一个判断和行动的过程，更是一个经验和认识的过程，一个使自己的人生经验升华的过程……

但他从一开始就错了——不是他错了，而是命运和逻辑做出了悲剧性的安排。他先是佯疯，这使他在走向深刻的同时，也走向了“错乱”——就像一个真正的诗人一样。疯狂的话语使他充满了内心深渊的自我暗示，他恶语伤人，连连做出错误的举动，这一切就像是冥冥之中有一只手安排好了的。“内心的深渊”——我愿意使用这样一个词语，来形容哈姆莱特的命运，所谓“狂人”无非是这样一种情形，他在错误的逻辑下不断地在自我鼓励和暗示自我走向毁灭，他的外表和内心由初始的不一致到最后一致——演化为疯狂与毁灭的命运。对哈姆莱特来说，从佯狂到真狂是一个自动滑移的过程，其中暗含着种种的必然。伟大作家之伟大之处就在于此，他所揭示的世界的可能性，比真实性本身更接近于永恒的真理，更深刻和更具有启示性。

哈姆莱特本质上是一个诗人——实际上他就是莎士比亚自己的影子，或者是莎士比亚对“诗人”或者“知识分子”这样一类人的独异而深邃的理解。他不能不陷入悲剧，因为他自己将自己逼到了与世俗不同，与世界相悖的地步。纯洁是他的禀性，软弱是他的天生性格，糊涂和错误是世界对他的命定，悲剧是他生命中必然的选择。一切都早已经安排好了，没有什么会改变这个先验的宿命与逻辑。

这也就是另一种角色——“闲人”的来历。在欧美文学中，一直反复出现着这样一群人，他们思想丰富但又无所事事，精神复杂但又没有行动的能力。用“生不逢时”或者“走错了房间”来形容他们是准确的，这是一切知识者共同的境遇。他之所以“闲”，不是因为他的无能，而是因为他的独异和不被理解，他与“现实”之间根本不相容。对哈姆莱特来说，他从光明的德国——已经浸润了人文主义曙光的照耀的威登堡大学，回到黑暗的丹麦，犹如从光线强烈的舞台上审视被黑暗遮蔽的台下，或者从强光照射的金色大厅，一下子跌入了黑暗的“铁屋子”（鲁迅语），他成了瞬间的失明者，他来不及对一切做出反应，他不能不成为一个无所作为的傻瓜和废人。

这种“闲”，多数时候还表现为一种“低能综合征”，这使人们想到中国的一句古话，叫作“百无一用是书生”，何其相似乃尔。为什么会低能？还是因为他不能适应现实，这不是什么“觉悟”的低下、“成分”的局限，而是本能。设想如果他在这社会中应付裕如、如鱼得水，那他的书生本色也就早已消泯殆尽了——他早已变成了一个钻营家，一个市侩。正是这样的“闲”，才保持了其书生的气节和意气，其自尊和自爱。某种意义上，“闲”就是不合作，“闲”就是其纯洁性的体现。

所以，以往对俄罗斯文学中的所谓“多余人”形象的认识是浅陋的，甚至那种指摘其“不反抗”的说法也是无道理的，为什么要反抗？那不是书生，而是革命家，不能要求这世界上的书生都去做革命家。

还有一点，如果稍加深思便不难发现，西欧文学中的“闲人”如哈姆莱特、浮士德、唐·璜，甚至约翰·克里斯托夫等等，他们确实偏重于“思想”和“反抗”，但在俄国文学中，这种思想和反抗就逐渐衰退了，尽管也有如在托尔斯泰笔下的那种忏悔者或求索者人物，但更多的却是类似奥勃罗摩夫那样的废物，为什么会这样？只有一个可能的解释，那就是，越是在东方式的和封建专制的国家里，知识分子就越是软弱的。▣ 2007·1

鲁迅心目中文艺家和知识阶层的时代使命

□ 严家炎

1927 年冬天，鲁迅先后做过两次演讲，一次题目叫作“关于知识阶级”，另一次的题目是“文艺与政治的歧途”。两次演讲的角度有所不同，实际上却都接触到了他心目中的文艺家和知识阶层的时代使命，就是要从事“社会批评”和“文明批评”，推动中国社会的不断发展和进步，对当政者尽到监督的责任。

鲁迅说：“我每每觉到文艺和政治时时在冲突之中；文艺和革命原不是相反的，两者之间，倒有不安于现状的同一。唯政治是要维持现状，自然和不安于现状的文艺处在不同的方向。”“政治家最不喜欢人家反抗他的意见，最不喜欢人家要想、要开口。”“文艺家的话其实还是社会的话，他不过感觉灵敏，早感到早说出来……他说得早一点，大家都讨厌他。政治家认定文学家是社会扰乱的煽动者，心想杀掉他，社会就可平安。殊不知杀了文学家，社会还是要革命；俄国的文学家被杀掉的充军的不在少数，革命的火焰不是到处燃着吗？”

鲁迅又说：“革命成功以后，……这时，也许有感觉灵敏的文学家，又感到现状的不满意，又要出来开口。从前文艺家的话，政治革命家原是赞同过；直到革命成功，政治家把从前所反对（的）那些人用过的老法子重新采用起来，在文艺家仍不免于不满意，又非被（政治家）排轧出去不可，或是割掉他的头。”所以，鲁迅认为：“文艺催促社会进化”，而“政治家（却）想不准大家思想”，这就是矛盾和问题的所在。

当鲁迅说这些话的时候，大半个中国已经是国民党的天下，而且清党的大屠杀已进行了半年多。鲁迅的同情是在被抓被杀的青年这一边的。半年前，他在广州中山大学时，曾向学校当局要求营救被捕的学生，没有结果，他就愤而辞去中山大学一切职务，后来在上海定居。因此，当时鲁迅的批评锋芒是鲜明地对着国民党的。在《关于知识阶级》那次讲演中，鲁迅又特意补充了几句：“真的知识阶级是不顾利害的，如想到种种利害，就是假的、冒充的知识阶级；……只是思想运动变成实际的社会运动时，那就危险了。往往反为旧势力所扑灭。中国现在也是如此，……”“但我并不想劝青年得到危险，也不劝他人去做牺牲，……以生命来做利息很小的牺牲，是不值得的。所以我从来不叫人去牺牲……”鲁迅自己，在生命的最后十年，确实是按照自己的主张在行动，他批评各种陈腐、污浊的社会风气和习俗，对群众进行着启蒙，而对当政者的荒唐、腐败和残暴则进行尖锐的揭露。“九·一八”事变后，日军占领中国东北三省，许多团体、许多人士主张团结抗日，国民党当政集团却采取不抵抗主义，让东北军撤退到关内，提出“攘外必先安内”的口号，鲁迅发表《天上地下》《文章与题目》《中国人的生命圈》等杂文，指出国民党“攘外必先安内”的“攘外”不过是一句空话，其实际意义却是“安内而不必攘外”，说得更清楚一点，也就是“迎外以安内”。这些事都是众所周知的。当然，鲁迅同时也注意斗争的策略，但仍坚守应有的原则立场，不害怕牺牲。例如，当杨杏佛因投身人权保障行动而被特务暗杀后，鲁迅就亲自出席哀悼公祭仪式，出门时连家里的钥匙都不带。据史沫特莱（Agnes Smedley）回忆，当鲁迅把《黑暗中国的文艺界的现状》这篇文章送给国外的刊物《新群众》去发表时，关心他的人劝他考虑一下自己的安全，鲁迅也毫不退缩地表示：“那不要紧！有人应该说话，有人应该说出真理。”鲁迅这种态度是异常分明的。

但是，如果把鲁迅所讲的“文艺与政治的歧途”理解得太简单，认为只是鲁迅和国民党的专制政治相对立，那就错了。在30年代，鲁迅和国民党政治存在冲突、对抗，这种理解应该说符合实际。问题在于，仅仅这样理解是很不全面的。鲁迅同其他的政治就没有矛盾、冲突了吗？显然不是，至少，鲁迅说的“文艺与政治的歧途”同我们过去长期强调的“文艺必须服从政治”是唱反调的吧。再比方说，鲁迅在1934年4月30日给曹聚仁的信中说：“倘当（国民党政权）崩溃之际，（我）竟尚幸存，当乞红背心扫上海马路耳。”去世之前的几个月，鲁迅还故作庄重地对冯雪峰说：“你们来到时，我要逃亡，因为（你们）首先要杀的恐怕是我。”① 鲁迅怎么会产生这些预感呢？那绝不是偶然的，是同平常日子里接触的一些思想很“左”、很有霸气的人以及从书本和报纸上了解的苏联一党专政的很恐怖的政治生活有关系的，也同鲁迅不仅关心中国人的命运，而且关心人类命运这种宽广的社会理想有关系。在鲁迅看来，中国除了应该独立富强之外，内部还应该是一种真正平等、每人都能过上人的生活、人与人之间没有压迫的社会。他对阿Q最憎恶、最讨厌的就是革命之后自己要成为压在未庄人头上的统治者，把别人都当作可打、可杀的奴隶这种想法。鲁迅沉重而痛心地说：他很怕中国在二三十年后还有不少阿Q这类人物存在，他把国民党称作一帮阿Q也是出于这一理由。鲁迅过早去世，他没有看到丁玲、艾青、王实味他们想要在解放区推行思想启蒙，结果几乎招致灭顶之灾，鲁迅式杂文在解放区被禁止使用，写了《政治家·艺术家》和《野百合花》的王实味为此还断送了自己的生命。鲁

① 李霁野：《忆鲁迅先生》，《文季月刊》1936年12月号。

迅更没有看到50年代中共的整风、大鸣大放和随之而来的打了四五十万个右派分子的反右运动。罗稷南1957年7月8日在上海中苏友好大厦毛泽东接见文化界、科学界人士时，向毛提出那样的问题，决不是偶然的；而毛泽东之所以那样回答，也可以说是经过深思熟虑的，我甚至认为毛是读过鲁迅《文艺与政治的歧途》这个讲演的。罗稷南问的是："鲁迅如果现在还活着，会怎么样?"毛泽东考虑了一下，然后才回答："如果鲁迅现在还活着，他大概不是关在牢里，就是不说话了。"这件事虽然也有人认为失实，但依然被不少人相信和转述，因为它符合毛的一贯作风。据丁玲回忆，早在1937年刚到延安时期，毛泽东有一次抱着贺子珍生的一岁左右的男孩子，这孩子撒了尿，把毛的长裤尿湿了，毛泽东就问丁玲："丁玲，你说说，这是不是太子尿?"① 毛可能想开个玩笑，但玩笑中却带出了他的帝王思想。毛泽东的词《沁园春·雪》1945年11月在重庆报纸上公开发表时，曾经使不少人——尤其是一些倾向革命、倾向马克思主义的左派人士感到震惊。吴组缃在当年11月29日的日记中记下的感想就很有代表性："毛主(张)一切为大众，于文艺尤主(张)'为老百姓喜闻乐见'。却作这样的词。毛反对个人英雄主义，而词中充满旧的个人英雄主义之气息。看他……与蒋先生争胜，流露出踌躇满志之意。说山河壮丽，所以古今英雄都要争霸，逐鹿，他亦自居于此类英雄之一。这些气味，使我极感不快。"② 吴组缃是1928年起就接受马克思主义的进步知识分子，他说的"极感不快"，就是对毛泽东帝王思想的反感。

我有时想，如果鲁迅当年预言的"文艺和政治的歧途"能在较大范围内发生，如果丁玲、艾青、王实味他们当年在延安发动的思想启蒙运动能够得到中共中央的支持，能够在延安和整个解放区产生一点效果，那么，《东方红》里个人迷信色彩很重的"他是人民的大救星"这类歌词（它和《国际歌》所唱的"从来就没有什么救世主"正好相反）或许不会出现——我之所以要在文末仍不避啰唆，发这番空论，就因为其中似乎确实包含了某种前因后果的深层次关系。邓小平在《党和国家领导制度的改革》一文中说得好：个人迷信和"搞特权，这是封建主义残余影响尚未肃清的表现。旧中国留给我们的，封建专制传统比较多，民主法治传统很少。1949年以后，我们也没有自觉地、系统地建立保障人民民主权利的各项制度，法制很不完备，也很不受重视"。"一九五八年批评反冒进、一九五九年'反右倾'以来，党和国家的民主生活逐渐不正常，一言堂、个人决定重大问题、个人崇拜、个人凌驾于组织之上一类家长制现象，不断滋长。林彪鼓吹'顶峰论'，说毛主席的话是最高指示，这种说法在全党全军全国广为流传。"在这种条件下，"文革"浩劫的发生几乎是必然的，无可避免的。正像小平同志所说，对于中共而言，"这个

---

① 杨桂欣：《"我丁玲就是丁玲!"》，《炎黄春秋》1993年第7期。

② 见吴组缃：《吴组缃日记摘抄（1942年6月—1946年5月）》，《新文学史料》2008年第1期。

教训是极其深刻的"①。

至于对鲁迅这样的伟大作家和文化战士而言，自然是只要自己生存一天，就会为完成时代使命而战斗一天，我深信。

2011 年 8—9 月为纪念鲁迅诞辰 130 周年作。◻ 2012・2

① 《党和国家领导制度的改革》，该文收入《邓小平文选》（第 2 卷），北京：人民出版社 1994 年版。

鲁迅的当代恩怨

□余　杰

20世纪90年代以来，许多当代文学批评家出于为当代文学“正名”、为当代文学批评和研究这门似乎“名不正、言不顺”的学科确立“存在之意义”的目的，开始了轰轰烈烈的“寻找大师”运动。这些已经蜕变为“吹鼓手”的批评家们，希望通过塑造“当代文学之大师”，来实现当代文学对现代文学之超越。他们匆匆忙忙地将王蒙、贾平凹、莫言、余华、刘震云、王朔等作家“定位”成“大师”。某些从事当代文学研究的学者们以为，提升了研究和评论对象的价值，自然也就提升了研究和评论本身的价值。殊不知，这是一种拔苗助长、缘木求鱼的行动，这种可笑的行动恰恰说明他们已然丧失了研究与评论的激情和创造力。与他们的期许截然相反，一个无比真实的事实是：迄今为止，中国当代文学的成就仍然无法与现代文学相提并论，中国当代文学内在的弊病和缺陷，正是在与现代文学的对比中得以彰显。迄今为止，当代文学并未出现一个真正意义上的大师。

20世纪上半叶的中国现代文学史诞生了若干大师级的作家，如鲁迅、郁达夫、沈从文、李劼人、老舍、曹禺、萧红、穆旦等等。毫无疑问，现代文学的最高峰是鲁迅。鲁迅是20世纪20年代以来衡量中国作家艺术成就与思想深度的“标尺”，也是时代文化、政治思潮变迁的“晴雨表”。在一切均被“革命化”的时代，鲁迅遭到了可怕的阉割与扭曲，被当作残酷的权力斗争中的遮羞布；而在全面商业化的20世纪90年代以来，鲁迅则第二次被置身于争论的旋涡之中。“进入90年代以后，物质主义的享乐倾向和商业主义的拜金倾向，使得80年代本来就很脆弱的精神原则（如人道主义原则、创作自由原则、思想解放原则、平等对话原则、介入现实原则、主体重建原则等），几乎在一夜之间，以一些事件的终结为标志，趋于瓦解。商业化的利益原则取代了超功利的价值原则。”① 正是在此背景下，包括当代作家在内的当代知识分子几乎全面“下海”。“下海”之后的当代作家们意识到鲁迅的存在（尤其是其精神的存在）成为他们反崇高、反价值、反真理的“障碍”，因此

① 《崇高的境遇及其他》，李建军：《时代及其文学的敌人》，北京：中国工人出版社2004年版，第259－260页。

“清算鲁迅”势在必行。一时间，“走不近的鲁迅”“无法面对的鲁迅”和“必须打倒的鲁迅”等说法纷纷出笼，“反鲁迅”成为20世纪末、21世纪初的中国文坛的一种“集体狂欢”。

无论反对还是捍卫，无论贬损还是赞美，无论是蔑视还是尊崇，鲁迅都是当代文学中一个绕不开的话题，鲁迅与当代文学的关系亦呈现出一种“剪不断、理还乱”的态势。痞子与贵族、左翼与右翼、民族主义者与自由主义者，都以攻击或皈依的方式向鲁迅寻求文化和精神资源。在世纪末的这场以“非鲁”为标志的“集体狂欢”中，王蒙和王朔的“反鲁言论”最引人注目。“城头变幻二王旗”，王蒙与王朔属于两代人，他们的经历、身份与创作风格均存在较大差异，但在否定鲁迅和“拒绝崇高”上却有惊人的相似之处，两人亦撰文互相声援和支持。讨究两人“反鲁”的内在动因以及对当代中国文学的影响，是一件颇有价值的工作。而在彼岸的台湾，至今仍然坚持极端左翼立场的小说家陈映真，则始终充当着鲁迅的捍卫者的角色，他对鲁迅的解读定格在特殊的意识形态格局之下。陈映真的“鲁迅观”与“二王”形成鲜明对比，其内在的张力也表明海峡两岸文化人截然不同的生存处境。比鲁迅稍稍晚一些的现代作家沈从文和代表着近20年亚洲文学最高成就的日本作家大江健三郎，对鲁迅都有一种特别的亲近感，他们的“鲁迅观”在另外一个时空之中展开，他们眼中的鲁迅是浸润着人道主义的悲悯的鲁迅，这一鲁迅形象可成为王蒙、王朔、陈映真的“鲁迅观”的参照系。

王蒙的鲁迅观：世人都成了鲁迅可不好

在20世纪90年代初的“人文精神讨论”中，“批评痞子文学”与“寻找人文精神”成为一枚硬币的两面。一些坚持人文精神的学者批评说，王朔的痞子文学成为一种精神迷幻药，有效地慰藉了90年代初中国社会普遍的幻灭感。对于这样的批评，王蒙站出来为王朔辩护，在辩护之余还对鲁迅顺刺一笔：“我们的作家都像鲁迅一样就太好了吗？完全不见得。文坛上有一个鲁迅那是非常伟大的事。如果有五十个鲁迅呢？我的天!”① 在《小议大师》一文中，他更是以一种王蒙式的排比和戏拟的修辞手法来消解鲁迅的价值：“例如人们认为鲁迅是大师，提到这个名字就像提到自己精神上的父亲，大师是楷模，大师是先行者，大师是英烈，大师是光辉的旗帜，大师是某种终极关怀与绝对理念的象征，大师是权威，大师不容毁损不容亵渎不容不敬，大师是天一样辽阔的崇敬与热爱的对象，阐释和表达对大师的崇敬本身也是伟大崇高和不容苟且的事业。”② 王蒙不喜欢崇高，遂有“躲避崇高”

---

① 王蒙：《王蒙说》，北京：中央编译出版社1998年版，第300－301页。

② 王蒙：《小议大师》，《南方周末》，2000年1月18日第22版。

之说，但还是朱学勤说得好：“本来就未崇高，又何必‘躲避崇高’？”① 王蒙将攻击鲁迅作为一种“破除偶像”的工作，却假装不知道今日中国真正的偶像崇拜并非鲁迅崇拜，而是领袖崇拜、金钱崇拜和权力崇拜。他一方面否定大师崇拜，另一方面却对别人将自己当作大师来崇拜心安理得地接受。有一个在美国开中餐馆的“文学中年”，在美国组织了一个所谓的“海外作家协会”，每年都发起提名王蒙为诺贝尔文学奖候选人的活动。王蒙本人从来没有加以制止或者声明拒绝，相反这名“作家”却因其钦点而以唯一的海外作家的身份回国参加作协大会。最近坊间还出现了一本王蒙的夫人写的名为“我的先生王蒙”的畅销书，极写老公王蒙如何关爱小猫小狗，此种将老公当大师的写法真是肉麻之至。

那么，鲁迅身上究竟有哪些地方让王蒙先生浑身难受呢？在某种意义上，王蒙的作品确实代表了“浮出水面”的中国当代文学的较高水准，王蒙本人的地位也几乎代表着“文而优则仕”的最高成就——文化部部长、作协第一副主席等官衔不可谓不让大多数文人眼红。王蒙的创作，用文学评论家李建军的话来说就是：“他几乎始终置身体制之中；他平正、通达、热乎、幽默，乐于把事往好处想，乐于把话往好里说，虽然幽默里也含有反讽的锋芒，但那锋芒决不越过宽平中正的界限，知道止于所当止；王蒙不写那种大悲大痛的文字，也很少直接写暴力与死亡的惨痛场面；他的笔是‘止于流血’的。”② 王蒙的为人，用评论家王彬彬的话来说则是“知道什么时候该前进，什么时候应后退；什么时候该发言，什么时候应沉默；什么时候说话应多加谨慎，什么时候说话不妨稍加放肆。知道什么时候既应说话又应顾左右而言他，什么时候既应说话又应单刀直入、痛快淋漓。知道怎样以最小的代价换取最大的收获，怎样以最小的牺牲换取最大的报偿”，堪称“过于聪明的中国作家”的典型。③ 王蒙以“宽容者”自居，他宽容贪官污吏，宽容社会不公，宽容痞子文学，宽容下半身写作，却批评不能宽容的鲁迅。王蒙严厉批评鲁迅的“不宽容”，他本人却从未宽容过那些针对他的批评意见。王蒙曾经将批评过他的王彬彬侮辱为“黑马”生出来的“黑驹”，谁批评他谁的动机便是想出名。如此诛心之论，哪里有半点绅士风度？由此可见，王蒙以“反鲁迅”来“争自由”的说法，其实无比虚伪。

20 世纪 90 年代以来，王蒙从来没有对中国急剧变化的社会现实发言，从来没有对社会不公和弱势群体有任何的关心。相反，他自得其乐地写了不少“喷嚏散文”和“睡衣散文”，对于不愿写此类文章的作家则统统斥为“极端主义”。正是

---

① 《城头变幻二王旗》，朱学勤：《书斋里的革命：朱学勤文选》，长春：长春出版社 1999 年版，第 141 页。

② 《一个问题的两个答案及其他》，李建军：《时代及其文学的敌人》，北京：中国工人出版社 2004 年版，第 328 页。

③ 《过于聪明的中国作家》，王彬彬：《为批评正名》，长春：时代文艺出版社 2000 年版，第 183 页。

在此维度上，王蒙的作品在思想和艺术两方面直线下降，“季节系列”和《青狐》等作品，仅仅是一时的畅销书而已。王蒙的人格缺陷、思想缺陷与艺术缺陷，都深切地表明了中国当代文学的内在危机。从1957年因“误会”而被打成“右派”，到90年代初卷入另一场“误会”——“坚硬的稀粥”事件，王蒙一度被人们认为具有一定的自由倾向，然而这是一个天大的误读。当甘肃夹边沟数以千计不知名的右派在饥荒中悲惨死去的时候，王蒙在新疆的右派生活却因有高层的照顾而“瓜果飘香”。此右派不同于彼右派。正因为这样，王蒙时常作出某种“体制外”的姿态，扮演辉煌的“成功人士”与清高的“隐士”的双重角色。其策略有两个：其一，大谈“人生哲学”，教大众如何“做人”，其“人生哲学”无非就是经过精美的语言包装的“厚黑学”；其二，为以王朔为代表的“反智主义”文化叫好，以猎取所谓“亲民”之形象。正如余秋雨对赵本山的欣赏，王蒙对王朔也大加赞扬。从骨子里看，此四人具有惊人的相似性。而鲁迅恰恰对中国文人身上的奴性进行了最为深刻的揭露和最为猛烈的批判，鲁迅说的很多话，都说到了王蒙的痛处。因此，不否定昔日之鲁迅，则无以成就今日之“王蒙”。王蒙不仅难以面对鲁迅，就连鲁迅欣赏的古人嵇康也看不惯，经过王蒙的一番阐释，嵇康因反抗专制统治者而被杀害也成了自讨苦吃——谁让你的性格“太认真”“和世俗对立起来”“以世俗为污浊”呢?

王蒙担心世人都成了鲁迅，也担心中国若有“五十个鲁迅”会发生“地震”。王蒙的担心是一种杞人忧天，今天的中国不是“鲁迅过剩”的中国，而是“鲁迅精神极度匮乏”的中国。今天的中国不缺少王蒙式的宽容和中庸，不缺少王蒙式的聪明和智慧；缺少的恰恰是鲁迅式的“横眉冷对千夫指，俯首甘为孺子牛”，缺少的恰恰是鲁迅式的肩起闸门和铁屋里的呐喊。王蒙精于盘算的性格近于官僚和商贾，而远离知识分子的独立人格。正如学者房向东所论：“王蒙是幸运的，他没有生活在30年代，以他的世故，以他的聪明，以他对无聊无耻的精神赞助……他若生活在30年代而不被鲁迅‘骂’得狗血喷头，那肯定是文坛奇迹，那鲁迅也将不成其为鲁迅，那鲁迅便成了周作人了。”①

王朔的鲁迅观：他不是一个正经作家

王朔对鲁迅的“挑战”成为世纪之交的一个文化热点。王朔的《我看鲁迅》一文，主要从以下几个方面否定鲁迅的价值与意义：

其一，王朔质疑鲁迅的文学成就，认为鲁迅没有长篇小说，仅仅依靠杂文和短篇小说无法确立在文学史上的地位，“我把小说当‘作家’这一行的防伪标记看待

① 房向东：《相对于“褊狭”的“宽容”——王蒙与鲁迅价值观的歧异》，见高旭东编：《世纪末的鲁迅论争》，北京：东方出版社2001年版，第204页。

的，因为有太多不着调的人在写散文。……我认为鲁迅光靠一堆杂文几个短篇是立不住的，没听说有世界文豪只写过这点东西的。……我坚持认为，一个正经作家，光写短篇总是可疑的，说起来不心虚还要有戳得住的长篇小说，这是练真本事，凭小聪明雕虫小技蒙不过去。”①

王朔的这个观点是靠不住的。此观点流露出了强烈的文体优越感，对小说特别是长篇小说的“文体崇拜”。如果用王朔的这一标尺去衡量，那些散文家和诗人，简直就连“作家”这一名称也不配享有了。在西方古典作家中有蒙田这样的散文大师，在中国现代作家中有梁实秋这样的散文大师，难道他们只是因为选择散文这一文体，其成就便微不足道了吗？在我看来，文体的差异与艺术、思想水准的高下之间并没有直接的联系，一篇一流的散文显然比一部三流的长篇小说有价值。

就小说内部的区别来说，长篇小说与中短篇小说之间的区别仅仅是篇幅的长短不同。小说的价值不在乎长短，而在乎其思想和艺术价值及其独创性。如契诃夫、莫泊桑等作家，即专以短篇而著称，难道他们算不上“正经作家”吗？具体到鲁迅的创作上，鲁迅的中短篇小说，几乎每一篇在艺术形式上都有探索和创新。鲁迅在这些作品中塑造出了数十位个性鲜明而复杂的人物形象，汇集起来堪称民国时代中国社会的一幅《清明上河图》。鲁迅并不需要一部长篇小说为他“撑腰”。更何况，并非每部长篇小说都能像王朔所说的那样“戳得住”，如今每年全国出版数千部长篇小说，绝大多数都是文学垃圾，哪一部的价值能与鲁迅的一个短篇相比呢？在这个长篇小说泛滥成灾的时代，英国作家、诺贝尔文学奖获得者奈保尔曾经说过“长篇小说已经结束了”，“长篇小说是一种用滥了的形式，非常草率随意。人人都在写长篇小说，它很大程度上是一种对以往的长篇小说的无意识的不高明的抄袭。而真正的书是那些流传下来的书，不是抄袭。我要说我宁愿读那些具有独创性的书”②。

其二，王朔武断地批评了鲁迅的小说技巧、人物形象和文学语言。他认为：“鲁迅写小说有时是非常概念的，这在他那部备受推崇的《阿Q正传》中尤为明显。……有一次看严顺开演的同名电影，给我腻着了。严顺开按说是好演员，偏这阿Q怎么这么讨厌，主要是假，没走人物，走的是观念，总觉得是在宣传什么否定什么昭示什么。……回去重读原作，发现鲁迅是当杂文写的这小说，……跟马三立那个‘马大哈’的相声起点差不多。”“老实讲，当时很容易崇拜个谁，《艳阳天》我都觉得好，但是并没觉得鲁迅的小说写得好……鲁迅的小说就显得过于沉闷。……鲁迅那种二三十年代正处于发轫期尚未完全脱离文言文影响的白话文字也有些疙疙瘩瘩，读起来总有些含混。”③

---

① 王朔：《我看鲁迅》，《收获》2000年第2期。

② 维·苏·奈保尔著：《我相信文学的纯洁》，《米格尔大街》，北京：大众文艺出版社2001年版，第196页。

③ 王朔：《我看鲁迅》，《收获》2000年第2期。

王朔的这些论断也是靠不住的。他因为电影演员严顺开没有演好阿 Q 而否定《阿 Q 正传》，这种思维方式简直只有三岁小孩的水平。根据文学名著改编的电影电视作品多如牛毛，其中改编失败者也有不少，难道能因为改编的失败而否定原作的价值吗？王朔批评鲁迅的小说观念先行，其实文学形象的塑造不可能没有作家本人思想观念的渗透，即便王朔自己的作品，所谓“平行于生活”的作品，背后也蕴含着暴力崇拜、虚无主义等王朔式的价值观念，而并非生活的“原生态”。说到语言，鲁迅的语言确实具有历史转型期的特点，有不少半文半白之处。但是，任何一个作家均无法选择自己所生活的时代，亦无法完全超越他所生活的时代。鲁迅的语言有其时代特色，难道也应该由他来负责吗？更何况，那种转型期的文学语言，一切尚未定型，反倒有某种活泼泼的生命力。喜不喜欢这种语言当然是个人的口味使然，但要求鲁迅拔着自己的头发离开地球，显然是强人所难。

其三，王朔还集中攻击了鲁迅的人格。他说：“鲁迅这个人，在太多人和事上看不开，自他去了上海，心无宁日，天天气得半死，写文章也常和小人过不去。愤怒出诗人，你愤怒的对象是多大格局，你的作品也就呈现出多大格局。”①

王朔认为鲁迅不该攻击别人，尤其是不该批评不如他的人，否则便将自己降低到与之同等的水平上。这一批评简直就没有正常的逻辑。关于鲁迅与论敌的关系，孙郁编有《被亵渎的鲁迅》一书，收入若干篇鲁迅论敌所撰写的文章。确实，鲁迅的一生是论战的一生，他的杂文与别人争鸣而发的数量很多。孙郁将鲁迅的论敌大致分为三种：一是针锋相对的攻战，如与章士钊、陈西滢等人的冲突；二是纯属文化论战方面的，如与创造社诸人的论战；三是政治上的，如对北洋军阀、国民党政府以及左联的抨击与批评。孙郁认为：“历史的事实是，鲁迅往往是被动的被人攻击甚多，他几乎从未先施以恶意。……鲁迅的文章……尖刻是有的，但却是庄重的思考，不去顾个人得失。相反，有些攻击鲁迅的人，则变态乃至偏至一极。不看这些反对的文章，真无法懂得，鲁迅何以疾恶如仇，何以有不屈不挠的精神。对抗者是一面镜子，在这镜子里，黑脸白脸，是人是妖，曲直忠邪，是清清楚楚的。”②作为一个独立的自由的“撰稿人”，鲁迅从来没有能力发起对某人的“围剿”，被屡次“围剿”的反倒是鲁迅本人。鲁迅身边没有一个“鲁迅党”，而他的论敌或为现代评论派、新月派、创造社、左联等知识分子群体，或为党、政、军之实力派，他从来都是孤军奋战。这样一位思想界之战士、这样一位“摩罗诗人”，却被王朔嘲讽为“格局小”。我真不知道格局小的究竟是谁。

王朔“主营”长篇小说，善于“码字”，故将长篇小说作为“正经作家”的入场券。他既自命为“顽主”“我是流氓我怕谁”“无知者无畏”，却又斤斤计较“正经作家”的定位，可见流氓仍未做得彻底，流氓仍有被招安的期望。王朔被视为平

① 王朔：《我看鲁迅》，《收获》2000 年第 2 期。

② 孙郁编：《被亵渎的鲁迅·序》，北京：群言出版社 1994 年版，第 3－4 页。

民文学的代表，与王蒙被认为属于自由派知识分子一样，是一个天大的误会。王朔是大院子弟，其作品中渗透的是大院文化，如朱学勤所论：“‘文革’中的一个重要侧面：大院子弟的作恶，如何令人发指，父母受到冲击后，有过一段流出大院的生涯，这是值得同情的。但在这一过程中，在街头闲逛逐渐流氓化，又开始复制他们的祖辈在进入大院以前的文化，而‘文革’后他们摇身一变，又成为社会上的大款、体制内的第三梯队。这个三点一线，对中国近20年的变化影响至远，却始终没有得到清理。”① 王朔作品中饱含着大院文化的毒素，此毒素仍未引起人们的警惕。

这个时代是王朔的时代，而不是鲁迅的时代；这个时代王朔是风光的，鲁迅是寂寞的。李建军在分析王朔为何会走红的时候指出：“王朔的俏皮的油滑和嘲弄一切的游戏和玩主做派，给失去价值观而又充满内心压抑的大众，提供了释放的话语资源和安全通道，满足了享乐时代相当一部分人的消极的心理需要。”② 王朔发现喜欢他的小说的人多，喜欢鲁迅作品的人少，他掌握了“话语权”，而鲁迅早已无法回应了，因此他才放胆辱骂之。王朔有小说《动物凶猛》，有专栏“狗眼看世界”。他对鲁迅的论述正是在此思维下展开：“‘狗眼看人低’，通过把自身卑下化、粗鄙化、恶俗化，以贬低眼中的人，使之与己处于同一水平线上，正是王朔的独特策略。他的反崇高的‘动物’姿态，完成了对鲁迅文学场景的陌生化处理。”③ 而鲁迅，早已预料到会有无数像王朔这样的苍蝇蚊子围绕着他的尸体嗡嗡乱嚷。

陈映真的鲁迅观：一个激越的爱国者

彼岸的台湾，在白色恐怖的年代里，国民党政权将鲁迅著作列为禁书，目录中写着“鲁匪迅”。我在阅读台湾作家陈映真的回忆录时，发现了一个感人的细节：少年陈映真将鲁迅的著作藏在衣柜里，夜深人静的时候才点燃油灯拿出来读。后来，陈映真参与民主运动被捕入狱，其罪名之一便是阅读和散布鲁迅作品。后来，陈映真谈及《呐喊》给予他的影响：“随着年岁的增长，这本破旧的小说集，终于成了我最亲切、最深刻的教师。我于是知道了中国的贫穷、的愚昧、的落后，而这中国就是我的；我于是也知道全心全意去爱这样的中国——苦难的母亲，而当每一个中国的儿女都能起而为中国的自由和新生献上自己，中国就充满了无限的希望和

---

① 《是柏拉图，还是亚里士多德？——关于知识分子的谈话录》，朱学勤：《书斋里的革命：朱学勤文选》，长春：长春出版社1999年版，第437页。

② 《崇高的境遇及其他》，李建军：《时代及其文学的敌人》，北京：中国工人出版社2004年版，第270页。

③ 张伯存：《〈我看鲁迅〉值得商榷》，见陈漱渝编：《谁挑战鲁迅：新时期关于鲁迅的论争》，成都：四川文艺出版社2002年版，第461页。

光明的前途。”① 通过鲁迅的作品，陈映真获得了少年时代的文学和思想的启蒙，自此之后，他确立了作为一名作家和知识分子的使命：“不与说谎者一起说谎，不为独裁暴政粉饰，为千万在天涯海角中沉默地遭受苦刑、逼迫的人说话，为人的自由和正义冒死歌唱和控诉，是作家与生俱来的责任。”②

正如黎湘萍所论，在解严之前的台湾，“虽然有权力的压制与阻挠，但知识者与鲁迅之间，在精神联系上，的确是紧密而未曾间断的。对于鲁迅的阅读，构成了一种民间的思想资源和‘在野’的力量，因而也可以说鲁迅精神得到了‘复活’。鲁迅原是属于旷野的”③。台湾的自由主义传统，以“胡适—殷海光”和“《自由中国》—《美丽岛》”为主流，而以鲁迅精神为潜流。陈映真属于后者的序列，他是一位通过自己的创作部分地将鲁迅精神“复活”了的作家，同时亦遮蔽了另一部分的鲁迅精神。陈映真的多篇小说的母题都是来自鲁迅，如《面摊》《凄惨的无言的嘴》《夜行货车》《赵南栋》等作品，都从鲁迅的《药》《狂人日记》《故乡》中汲取养料。他多次谈及鲁迅的影响堪称“精神之父”的意义：“鲁迅给我的影响是命运性的。在文字上，他的语言、思考，给我很大的影响。至今，我仍然认为鲁迅在艺术上和思想上的成就，至今还没有一位中国作家赶得上他。鲁迅的另一个影响是我对中国的认同。从鲁迅的文字，我理解了现代的、苦难的中国。和我同辈的一小部分人现在有分离主义倾向，我得以自然地免于这个‘疾病’，鲁迅是一个重要因素。”④ 他认为，鲁迅的小说集使他成为一个“充满信心、理解的且不激越的爱国者”。

如果说王蒙、王朔所附和的是中国大陆90年代以来彻底商业化、去价值化的社会背景，为了“与时俱进”，王蒙与王朔这两名分别属于两代人的作家，不约而同地选择了媚俗和“非鲁”的立场；那么，陈映真应对的是政治制度和文化皈依均发生翻天覆地变化的后工业化的台湾社会，在“去中国化”的政治生态和“异化”的精神空间的压力下，陈映真为了将鲁迅“为我所用”，便自觉不自觉地将鲁迅的一部分思想放大，而将另一部分思想忽略。虽然陈映真自称在鲁迅的影响下，成了一名“不激越的爱国者”，但其实他把鲁迅偏颇地理解为一名“激越的爱国者”，并以此为模式塑造自我的形象。

“激越”与“不激越”的区别在于，如何看待本国的历史与文化传统。在此问

---

① 陈映真：《鞭子和提灯》，转引自黎湘萍：《台湾的忧郁：论陈映真的写作与台湾的文学精神》，北京：生活·读书·新知三联书店1994年版，第167页。

② 陈映真：《医学和文学上的几个共同思考》，见《陈映真文集·文论卷》，北京：中国友谊出版公司1998年版，第118页。

③ 黎湘萍：《是莱谟斯，还是罗谟鲁斯？——从海峡两岸“走近鲁迅”的不同方式谈起》，《收获》2000年第3期。

④ 陈映真：《陈映真的自白》，见《陈映真文集·文论卷》，北京：中国友谊出版公司1998年版，第27页。

题上，陈映真与鲁迅距离甚大。日本学者松永正义在80年代即发现，鲁迅所给予陈映真的是与他的爱国主义结合在一起的观察台湾社会的广阔视野和批判力。虽然当时“台湾民族主义”（即分离主义）已经彰显，但陈却“还能具备从全中国的范围来看台湾的视野”。① 直到今天仍然坚持极端左翼思想立场并经常阅读《毛泽东选集》的陈映真，在马克思主义和民族主义的理论框架下看待中国之近代史，其结论自然无比“激越”。

例如，陈映真在谈到义和团运动时指出：“说到‘义和团的悲运’，那是十九世纪西方列强肆意侵侮中国，当衮衮王朝的官僚、滔滔天下的士人在帝国主义淫威下战悚、下跪的时候，中国农民决然而起，以血肉向‘文明’的暴力抗议的，中国历史上第一次现代意义的民族运动。‘义和团的悲运’，不在它反抗外来的压迫，以中国农民的方式表达了中国人民不可侮的尊严。”这一评价显然与大陆的中学历史教科书颇为近似。那么，义和团为何会失败呢？陈映真这样解释说：“‘义和团的悲运’，首先肇因于帝国主义本身，其次，在方法上，是由于中国农民运动普遍存在的前近代的、‘迷信’的性质，再次是由于这个农民运动在方向上和反对农民的清王朝相结托，而造成了民族千古的悲怆。”② 尽管他也承认义和团运动中的“迷信”成分，但基本上还是对其持肯定态度，因为站在“阶级斗争”和“民族斗争”的立场上，义和团无论如何都是“进步”的，都是“反帝反封建”的“民主性的精华”。

然而，鲁迅的看法却与之截然相反，鲁迅并不把自己当作“民族魂”，当他的尸身上被覆盖了书写着“民族魂”三个字的旗帜的时候，恰是这个最无情的民族最多情的时刻。鲁迅是“反义的爱国者”，是民族精神疾病的疗救者，这就注定了他爱国的方式绝不会“激越”。他在批判黄巢、朱元璋、李自成、张献忠、义和团这些“农民起义”的时候，毫不留情面。鲁迅深入分析说，奴才造反做了主子之后，其横暴、残忍和摆架子，又远远在原来的主子之上；而奴才造反失败，必然要疯狂地屠杀和毁坏，自己不能拥有的东西，也不能让别人拥有。对于义和团这场陈映真所说的“中国历史上第一次现代意义上的民族运动”，鲁迅在《热风》中却这样写道：“近来有许多人，在那里竭力提倡打拳。记得先前也曾有过一回，但那时提倡的，是满清王公大臣，现在却是民国的教育家，位分略有不同。至于他们的宗旨，是一是二，局外人便不得而知。”鲁迅又说：“中国人会打拳，外国人不会打拳，有一天见面对打，中国人得胜，是不消说的了。即使不把外国人‘板油扯下’，只消一阵‘乌龙扫地’，也便一齐扫倒，从此不能爬起。尤如现在打仗，总用枪炮。枪

① 松永正义：《透析未来中国文学的一个可能性》，转引自黎湘萍：《台湾的忧郁：论陈映真的写作与台湾的文学精神》，北京：生活·读书·新知三联书店1994年版，第167页。

② 陈映真：《在民族文学的旗帜下团结起来》，见《陈映真文集·文论卷》，北京：中国友谊出版公司1998年版，第431页。

炮这件东西，中国虽然‘古时也已有过’，可是此刻没有了。藤牌操法，又不练习，怎能御得了枪炮？我想（他们不曾说明，这是我的‘管窥蠡测’）：打拳打下去，总可达到‘枪炮打不进’的程度（即内功?）。这件事从前已经试过一次，在一千九百年。可惜那一回真是名誉的完全失败了。且看这一回如何。”①

由此可见，鲁迅是一个真正的“不激越的爱国者”，因而有勇气对国族文化和历史进行最为尖锐的批判，在批判中寻求治疗和重生的可能性；而陈映真则是一个“激越的爱国者”，他未能消化鲁迅国民性批判的思想，也未能积极回应台湾的民主化进程，因而迷失在极端左翼学说和民族主义的雾障之中。从70年代深切关注底层社会的生存状态，到90年代迷恋于若干乌托邦式的宏大叙事，陈映真让人遗憾地越来越远离了真实的鲁迅，尽管他仍然在为鲁迅辩护。

沈从文和大江健三郎的鲁迅观：向他的悲悯慢慢靠近

“鲁迅”以一种特殊的方式存在于当代文学之中，正如钱理群所指出的那样：“人们越来越认识到，‘鲁迅’（鲁迅其人，他的作品）本身即是一个充满着深刻矛盾的、多层次、多侧面的有机体。不同时代、不同层次的读者、研究工作者，都按照各自所处时代的与个人的历史哲学、思想情感、人生体验、心理气质、审美要求，从不同的角度、侧面去接近‘鲁迅’本体，有着自己的发现，阐释，发挥，再创造，由此而构成了一个不断接近‘鲁迅’本体，又不断丰富‘鲁迅’本体的，永远也没有终结的运动过程。也正是在各代人广泛参与的过程中，‘鲁迅’逐渐成为民族共同的精神财富。”② 王蒙、王朔的鲁迅观与陈映真的鲁迅观，或否定或肯定，都以“瞎子摸象”的方式勾画出了他们所理解的鲁迅。在如今文艺理论、文学批评相对沉寂和边缘化的环境下，任何有关鲁迅的话题却都能迅速引起文学界内外强烈的关注与反馈。当代作家中还没有一个人有如此吸引力。这本身就是一个很有意思的现象。我尤其感兴趣的问题是：鲁迅及其思想、文学究竟有没有“当下性”，究竟能为当代文学提供什么样的富于刺激性的精神资源？

比起王蒙、王朔和陈映真来，更加接近鲁迅的是沈从文和大江健三郎。沈从文比鲁迅晚一代，是在五四运动之后成长起来的作家，30年代和40年代是其创作的高峰期。沈从文与鲁迅并无多少直接的交往，其文学理念和政治观点也与鲁迅存在诸多不同。但是，沈从文却在一个更高的精神层面与鲁迅相逢，他对鲁迅的理解比任何一个中国当代作家都更为深刻。而大江健三郎是1994年获得诺贝尔文学奖的日本作家，他在当代日本作家中是坚持“战斗的人道主义”的异数，像鲁迅拷问中国人的灵魂一样，他不懈地对日本人的信仰、灵魂和精神进行拷问。在此意义上，

---

① 鲁迅：《随感录·三十七》，《鲁迅全集》，北京：人民文学出版社（年份不详），第209－210页。

② 钱理群：《心灵的探寻》，北京：北京大学出版社1999年版，第1页。

大江健三郎对鲁迅的理解也比任何一个中国当代作家都更为深刻。

沈从文在40年代写过一篇《学鲁迅》的文章。那时，鲁迅尚未成为“官学”，提倡学习鲁迅并不能获得多少支持和褒奖。1949年之后，当赞美鲁迅成为时髦的时候，连内心仇视鲁迅的周作人也加入了“吃鲁迅饭”的行列，而此时沈从文却保持了沉默。这正是沈从文的可贵之处。因此，沈从文这篇写于40年代初的文章，颇能代表其内心的真实想法。沈从文认为：“几个先驱者工作中，具有实证性及奠基性的成就，鲁迅先生的贡献实明确而永久。”① 他将鲁迅对现代中国的贡献概括为三个方面：“一，于古文学的爬梳整理工作，不作章句之儒，能把握大处。二，于否定现实社会工作，一支笔锋利如刀，用在杂文方面，能直中民族中虚伪，自大，空疏，堕落，依赖，因循种种弱点的要害。强烈憎恶中复一贯有深刻悲悯浸润流注。三，于乡土文学的发轫，作为领路者，使新作家群的笔，从教条观念拘束中脱出，贴近土地，挹取滋养，新文学的发展，进入一新的领域，而描写土地人民成为近二十年文学主流。”② 这三点可谓持平中正之论，不贬低亦无溢美。沈从文的文学圈子与鲁迅并不接近，他的好朋友中甚至有不少人还是鲁迅的论敌，沈从文却能推远拉近地观察鲁迅的成就。“强烈憎恶中复一贯有深刻悲悯浸润流注”，这是对鲁迅所有作品的最为深刻的概括，也是沈从文所追求的一种理想境界。同时，沈从文也颇为赞赏鲁迅之人格，“至于对工作的诚恳，对人的诚恳，一切素朴无华性格，尤足为后来者示范取法”③。所谓“志不同而道合也”，伟大的心灵总是相同的，也只有伟大的心灵方能息息相通。那些卑琐、丑恶的心灵，永远也无法理解何为崇高。这样中肯的评论，不知王蒙、王朔等“反鲁先锋”如何面对之?

日本作家大江健三郎是诺贝尔文学奖得主，拥有这样灿烂的光环之后，他依然极其谦逊地表示：“世界文学中永远不可能被忘却的巨匠是鲁迅先生。在我有生之年，我希望向鲁迅先生靠近，哪怕只能靠近一步也好。”大江的母亲是一名文学爱好者，喜欢阅读鲁迅和郁达夫的作品，还曾专程前去倾听郁达夫的演讲。鲁迅与萨特和加缪一样，对大江的思想影响甚深。鲁迅的思想中有诸多与存在主义相通的部分，这一部分亦打动了深谙法国文学的大江的心灵。对于鲁迅在现代亚洲文学中的地位，大江给予极高的评价：“在我来说，作为世界文学组成部分的亚洲文学就是鲁迅。倘若现在由我来编选此类文集，鲁迅将会被排列在第一位。尽管我开始从事文学活动的时期远远晚于鲁迅先生所生活的时代，而且，早在我出生的翌年他就去世了，我也从不曾想象过自己将来会去写小说，但对于我这个法国文学专业的学生来说，鲁迅却是同时代最为重要的世界文学的作家。这里说到的同时代，是一个非

---

① 沈从文：《学鲁迅》，见《沈从文别集·七色魇》，长沙：岳麓书社1992年版，第220页。

② 沈从文：《学鲁迅》，见《沈从文别集·七色魇》，长沙：岳麓书社1992年版，第220页

③ 沈从文：《学鲁迅》，见《沈从文别集·七色魇》，长沙：岳麓书社1992年版，第220页。

常重要的词汇。”① 与鲁迅一样，作为“国家的敌人”的大江有着深切的世界主义的情怀，他将悲悯给予所有像他的残疾儿子那样的弱小生命。大江发现了鲁迅身上最为宝贵的品质，那就是在无边的黑暗之中保持与黑暗战斗的勇气，在失败的命运面前不丧失人的尊严。在将鲁迅与同时代的日本作家进行比较时，大江指出：“当然，鲁迅进行文学活动的时代，是以我出世前的时期为中心的，而且，还深为侵略性的国家主义所折磨，那个不久后我出世来到的国家的国家主义。然而，那个时期，日本却没有一个作家能够像鲁迅那样备受磨难而不失威严。在我看来，晚于鲁迅开始文学活动的中野重治是日本唯一能够在文学和人品上接近鲁迅的作家。”② 第一流的文学家身上都充满了浓郁的悲剧精神，真正的喜剧背后也是悲剧精神。这也正是鲁迅的《故事新编》这样看似“油滑”的作品，与王朔、王蒙的作品的根本差异。后者只能称为无所事事的“闹剧”。读到曾为敌国的日本的作家对鲁迅居然有如此高山仰止的评价，那些本国的鲁迅的亵渎者和辱骂者们该不该反思一下呢？一个不以自己的天才为荣，却不断地对其贬低、扭曲、侮辱的民族，有何希望可言呢？

大江健三郎是在这样的意义上接近鲁迅的：“20 世纪世界上有许许多多作家、诗人，他们各自表现着本国人民心灵的创伤，他们在作品中所表现的，也在他们的精神和肉体上刻下了印痕。”③ 他坚信：“文学正是这样一项工作，感受矛盾的痛苦，却又不失根本的努力。文学，也必须是这样一项工作，不论它向着过去还是向着未来，都决不忘却，决不丧失注意力。”④ 作为中国人，作为中国的当代作家们，是否应当倾听一下这样的声音呢？失去了痛苦感和崇高感的中国当代文学，又怎么可能凭空掉下一个“大师”来呢？

是的，让我们像沈从文和大江健三郎所说的那样，向鲁迅的悲悯慢慢靠近，那才是深陷于金钱与权力的泥沼中的中国当代文学的苏醒之路。◻ 2005 · 3

---

① 大江健三郎著，叶渭渠主编：《参与世界文学之一环的亚洲文学》，《大江健三郎自选集·序言》，石家庄：河北教育出版社 2001 年版，第 2 页。

② 大江健三郎著，叶渭渠主编：《参与世界文学之一环的亚洲文学》，《大江健三郎自选集·序言》，石家庄：河北教育出版社 2001 年版，第 2－3 页。

③ 大江健三郎著，王新新等译：《时代赋予我主题》，《大江健三郎自选随笔集》，北京：光明日报出版社 2000 年版，第 52 页。

④ 大江健三郎著，王新新等译：《希望与不安同在》，《大江健三郎自选随笔集》，北京：光明日报出版社 2000 年版，第 83 页。

学者何为

□蒋　寅

这个题目有模仿海德格尔的嫌疑，不过每个做学问的入门之前或在门中已久，都会有此一问，故我也就不避嫌了。要问学者何为，首先要问何为学者？在现代社会中，学者是一种人数屈指可数的“少数民族”，他们做的事既没人懂也没人关心。这么说像是故作惊人之语，因为在世界范围内，被视为或称为学者的人并不少——多如牛毛的大学和研究机构，里面都麇集着大批学者。但我并不同意把这些人都算作学者，就像有博士文凭或教授职衔我也并不把他视作知识分子一样。知识分子并不就是有知识的人，学者也不一定就是做研究的人。决定学者本质的不是职业或工作对象而是一种气质，一种喜好琢磨问题，喜好探讨人情物理，喜好追究事物真相，喜好穷极万物本原的气质。在这种气质的驱动下，人最大的生活目标和生活乐趣就是追索真理。以此衡量，还有谁会说学者很多呢？真的是很少的。

不过话说回来，不管我们承认不承认，在大众看来，学者还是很多。报章电视上出头露脸的都是博士、教授、专家，这些人难道能说不是学者吗？这个问题我觉得只有用传统学术观念对学术目的的分析才能说明。孔子说：“古之学者为己，今之学者为人。”（《论语·宪问》）此语古来解说不一，我同意朱熹的看法，觉得程子的解释最简明扼要。他说：“为己，欲得之于己也；为人，欲见知于人也。”又说：“古之学者为己，其终至于成物；今之学者为人，其终至于丧己。”他把学术目的作为区分古今学者的准则，认为古人为学则期于成就自我（用现在的时髦语言来说即自我实现），今人为学则期于成名于世。后来章世纯《留书》进一步申明其义，将二者的区别阐释得更加清楚而具体：“古之学者为己，事归乎实，实归乎惬心；今之学者为人，事归乎名，名归乎缀利。”这实际上正是真学者和假学者的区别。真正的学者，学术目的当然也并不纯是超功利的，它只是超越世俗的功利，而与人生的终极目的联系起来。人生最大的幸福，最根本的意义不就是“惬心”——合乎自己意愿地生活吗？真正的学者，以追索真理为乐趣，颠沛以之，造次以之，学问作为生活方式就成了人生目的的最高实现。所以从根本上说，学问是和世俗的功利相冲突的。世俗意义上的成功决不能成为衡量学者的标准。君不见，许多学者的功成名就之日，也正是他们学术生命枯萎之时。等到主席台前就座，被掌声和闪光灯包围时，他就和学术没什么关系了。唯一的关系就是他担任着学会的主席。

李二曲《四书反身录》卷二云：“一切世味淡得下，方于道味亲切。苟世味不淡，理欲夹杂，则道味亦是世味。淡而不厌，非知道者其孰能之?”实在是很有味道的话。当今真学者少，无非能淡于世味者少罢了。发展的滞后，使我们的商业社会在后工业时代姗姗来迟，物质生活与发达国家的巨大差异使许多从事学术研究的人在作生活道路选择时必须忍受极大的压力，抵抗巨大的物欲诱惑，不少人最终因不能抗拒这种压力和诱惑而下海，或身在曹营心在汉。许多人包括我的一些朋友，都希望将学术目的和人生目的统一起来，但因时世的关系，真正能做到的极少，所以真学者也就凤毛麟角了。

追索真理这一点仿佛是试金石，不仅可以区分真学者和假学者，还可以将学者与思想家、读书人区分开来。首先，从追索真理的方式说，学者对真理的追索是在学问的基础上实现的，从知识和对知识的反思中发现真理；而思想家却不一定很有学问，他们是一种耽于沉思的动物，可以在纯精神的漫游中思考世界和人类本身的问题，凭着过人的感觉和洞察力，发现关于人生和世界的真理。比如神学之类的精神学科和逻辑、数学之类较为抽象的学科都具有这种性质。至于读书人，在日常语言中人们通常是将它与学者混为一谈的，然而这实在是两个相去甚远的概念，除了好学求知一点，两者内涵、外延重叠处极少。简单地说，学者和读书人的区别，不在求知欲本身，而在求知的目的。学者读书是为了弄清问题，有明确的目的和一定的系统性，更重要的学者是使用知识的人。清人袁翼在《古欢斋藏书记》里说：“能藏而不能读，能读而不能用，读而能用矣，施之于词章小技，不能体之于身心家国，有书等于无书。”这是说的藏书家和读书人，能藏能读而不能用。其实这本无可非议，读书人就是这样。而且，对读书人来说，能读书就算不错。有一等追新族，嘴里总是谈论着最新的书，最新的学问，仿佛一部当代文化思想史经纶于腹中。这同样也无可非议，反正他们的目的就在于知道本身，而不在乎要知道什么问题。不过始终读最新的书，值此知识爆炸、信息过剩的时代，势必疲于跟踪热点。也不妨一一浏览，只能读读序跋前言，好在需要的场合作谈助，也为读书之一种。我不少关于新学问的知识就是从这些朋友处获得的，深感这世界真需要有不同的读书人。

如果说整个学者群是人类社会的少数民族，那么人文学者则应该说是世界上的珍稀动物，稀有程度决不亚于大熊猫。因为人文学者相对自然学者来说显得尤为无用。一般说科学家总与发现、发明联系在一起，人们提到科学家总指研究自然科学或工程技术的人。人文科学家的称呼我还没听到过，听起来也很别扭。物理、化学与生活日用密切相关，其价值自不待言，像天体物理之类的，研究的对象虽离我们很遥远，但靠它可以知道什么时候有别的星球和地球相撞，也好早作太空移民的打算，终是大用的。唯独人文科学，研究什么，有什么用呢？

作为一个研究古典文学的学者，我经常受到这样的质问：你的研究有什么用？李白、杜甫、曹雪芹，考证他们的生平，弄清他们一首诗甚至一个字的意思，跟我们有什么关系呢？是啊，我也这么问过自己。在当今这个时代，知识的确不能仅凭自身而获取合法性了，任何知识都需要向消费者证明自己的价值。中国社会科学院五千人，社会上每个人都有权发问，凭什么我们要养着你们？甚至学中文的学生都会有这样的困惑：研究古典文学有什么用？为回答这个问题，我曾经颇费踌躇。我不想用古为今用、弘扬民族文化之类的大道理来解释，那与他们没关系。他们的疑问正起于没关系，宣传部的人是绝不会有这种疑惑的。也许是这个问题困扰我太深了，有一夜我做了个梦，在梦里我轻松地回答了这个问题。因是拂晓做的梦，醒后还记得很清楚。我说："深山老林里的人不知道莫扎特、贝多芬，他们一样生活得很幸福。但听过莫扎特、贝多芬的人就一定会觉得不一样。小而古典文学，大而至于人文科学，都是向社会、为人们提供精神财富的。艺术丰富人们的精神，历史满足人们的好奇心。没有它们生活并不缺少什么，但有了它们就不一样。"不多久，我在一所学校作演讲，恰有学生提出类似问题，我就用上面的话作了回答。这么说虽未见得深刻，却不失为通俗易懂。

当然，如果面对专业的质问，或科学本身的反思，我还应该说，自然科学是关于真假是非的科学，而人文科学是关于价值的科学。自然科学发现、发明了许多有用的东西，人文科学则研究那些东西该怎么用。居里夫人发现了核物质放射带来的巨大能量，这发现本身不具有伦理意义，但后人如何使用核放射的能量却是个重大问题。科学技术的高度发展产生一系列伦理问题，让人重新考虑人文科学、社会科学的意义与价值。而这在大力倡导技术立国、主要由技术官僚操作政治机器的中国似乎还未为人意识到。今天的中国，科学的水平与发达国家相比已不太悬殊，真正水平悬殊的是技术，而更悬殊的是人文科学与社会科学。说到底，科学不能自己转化为技术，技术的实现需要一定的社会条件。而这种条件的形成，在很大程度上依赖于人文科学与社会科学的成熟和发达。就中国的现实而言，制约技术转化的根本问题在于社会分配制度的不合理，而导致这种现状的缘由则是公正、公平及知识产权观念的缺乏，如果社会科学能解决这个问题，就必然会带来技术进步。

进一步说，一旦社会的问题用科学技术无法解决，甚至问题本身就是由科技的发展产生时，人文科学就成了我们最后据有的根本。时下的报章杂志上，"精神的家园"一词出现频度极高。显然，精神的失落是现代化招致的社会普遍问题之一，自神学的信仰和其他的信仰瓦解后，用什么来填充精神世界的价值真空，成了人文科学的核心问题。直到此刻，人文科学者才忽然发现，茫茫世界，芸芸众生，唯有他们是人类精神家园的守护者，是公理和正义的裁量者，是终极价值的承传者和捍卫者。形不满五尺而心雄万丈，身居半室而欲以广厦万间蔽天下寒士。身在西下注，放眼亚非拉……这就是人文学者的心胸和民胞物与的关怀。那种崇高感有时难免显得虚幻可笑，但人们不能不尊敬那份真诚。当然，这里要将一些故作姿态者排除在外，无论在什么时代都有马克思所说的将贫民的乞食袋当作旗帜来挥舞的人。再去掉这部分人，人文学者越发寥若晨星。

以上的问题都还指向学术的社会价值，其实在大多数场合，学术研究作为一种职业还不可避免地要受到指向个人的叩问。对我们这辛苦不少、挣钱不多的人文科学研究，经常有人问：你们这工作有意思吗？我毫不犹豫的肯定回答显然不能消解他们的怀疑。没办法，读书的乐趣天生是难以言传的。我时常庆幸自己选择了一个世界上最好的职业：每当看到做官的朋友心机算尽，谨小慎微，喜怒随人，言不由衷，我就会庆幸自己选择了一个自由自在的职业，不必委曲逢迎；每当看到做生意发财的朋友忙碌不堪，临渊履薄，连吃饭喝酒都变成工作，不得称心时，我就庆幸自己选择了一个顺适性情的职业，独往独来，免于应酬；每当看到退休后的父亲闲得无聊，只能以花鸟虫鱼打发时光时，我就庆幸自己的职业永远没有退休，可以生命不息，读书不止。当今之世，能获得一份与自己兴趣相符的职业，真是莫大的幸福。别人的工作是谋生手段，我的工作就是我理想的生活方式——读书，思考，研究，写作。有赚钱更多的职业，有更清闲的职业，但再没有这样合乎愿望的职业！能成为学者的人，必以求知为人生最大乐趣。吃喝玩乐当然也让我快乐，但更快乐的时候还是坐下来与书本、电脑相对的时候。如果谁几天不看书，就觉得心里空荡荡的，若有所失，那么他就能理解我工作的快乐。

听我说，如果学问成了洪荒中的孤岛，我愿乘最后一叶方舟前去。如果学问成了墓地，我愿作寒夜的守灵人。魔鬼来点最后一个人文学者的名字，我开门答应——

我在。◻ 1998·5-6

知识分子应当承担的道义与责任

□丁 帆

20世纪以来，世界各国的学者们对知识分子的定义可谓不可胜数，就像英国肯特大学社会学教授弗兰克·富里迪在他的著作《知识分子都到哪里去了》① 里的“怎样才是知识分子?”一节所概括的：“有很多对知识分子的定义。他们有时被描绘为文化标准的卫士、一群永远的批评者和异议者、社会的良心。刘易斯·科塞（Lewis Coser）把知识分子定义为‘从来不对现状满意的人’。不过他明白，理解知识分子的最有效的办法，是将其放到思想领域中理解。许多观察家相信，知识分子的一个突出特征是他们处理当今更广泛的问题的能力。鲍曼提出，‘成为知识分子’这句话所意味的，是要超越对自己的职业或艺术流派的偏爱和专注，关注真理、正义和时代趣味这些全球性问题。在爱德华·萨伊德看来，知识分子通过代表一个选区的立场，或者更广泛的民众的立场，来行使他们的职能。‘我的观点是，知识分子是具有表演艺术才能的人，不论是讲话、写作、教育，还是在电视上露面。’最简单然而最有用的知识分子定义之一是西摩·李普塞特（Seymour Lipset）的定义。在李普塞特看来，知识分子是‘所有那些创造、传播和运用文化的人，文化是人的符号性法则，包括艺术、科学和宗教’。不管我们倾向何种定义，成为知识分子与追求思想和追求真理密切相关。”

其实，无论哪个国家的知识分子都应该是具有同一种功能的知识持有者，其定义中的核心价值内涵是永恒不变的——追求真理和维护社会良知是其存在的根本，换言之，其存在的意义决定了他的天职所在——永远为真理与社会良知活着，无论从事什么样的专业，尤其是各个人文学科的专业知识分子，真理与良知都应该是始终笼罩在他们头顶上的那片“灿烂星空”。亦如富里迪在该书中明确表示知识分子的存在不是以他所从事的职业为准绳的道理那样：“成为一个知识分子与谋生的方式无关。刘易斯·科塞提出，知识分子‘为思想而活，而不是靠思想生活’。艾尔曼重复了这一观点，说‘知识分子也许靠思想生活，但他们也必须为思想而活’。

① 弗兰克·富里迪著，戴从容译：《知识分子都到哪里去了》，南京：江苏人民出版社2005年版。以下引文凡是不另出注者，均出自此书。

虽然为一种思想而活这种观念会让读者觉得过于理想化、毫无希望，它却是近几个世纪成千上万人行为的动因。事实上，可以说不论人们对这类理想主义有什么异议，它激励了许多人，使他们看到了在严肃的日常现实之上存在着创造的可能性。”为思想而生存的知识分子无疑是伟大的，但是，这还不能算是真正的知识分子，因为他还没有参与社会实践，因为“成为知识分子意味着社会参与。很难既为思想而活，又不试图去影响社会。这意味着不仅参与到创造性的思想活动中，而且也担负社会责任，选取一种政治立场。不是每个知识分子都有社会参与的天性，但是作为一个群体，知识分子被引向政治生活”。所以，书斋里只能出那种“掉书袋”的书呆子式的知识分子，只有参与到公共领域的社会生活中去，并将自己的知识化为推动人类社会进步的动力，才能称为真正的现代知识分子。所以，“为思想而活着”是知识分子的个体生活方式和行为，而为真理与社会良知活着才是知识分子价值的体现。做学问的最高境界是什么呢？我以为，学问者，乃有学有问，只学不问，充其量是个学究而已，当然，只问不学，也只能是一个盲目无知的言说者。可是，一旦知识分子放弃了社会言说的权利，那么，他的知识积累再多也只能是一种无效的储存，至多是没有丝毫创造能力的知识媒介者而已。

无疑，理想主义就是知识分子精神存在的基础，是支撑知识分子头顶上的那片“灿烂星空”的宗教，是其渴望的“意志自由”（autonomy）的精神栖息地，亦如鲍曼所提出的“‘成为知识分子’这句话所意味的，是要超越对自己的职业或艺术流派的偏爱和专注，关注真理、正义和时代趣味这些全球性问题”。最近几十年来，西方对知识分子的反思已经进入了一个很深的思想哲学与实践的层面，而中国的思想界还处于“这里的黎明静悄悄”的阶段，偶有学者涉及，也不过是“死水微澜”而已，面对前现代落后的封建思想毒害和后现代商品文化的侵蚀，没有知识分子乌托邦精神的中国学界是不可能掀起讨论和践行热潮的。倒是许多消费时代存在着弊端的文化价值观和看似前卫实则错位与陈旧的极“左”思潮却占据了知识分子思想的前沿，大量误植了的西方现代理论漫漶于思想界：比如消弭知识分子的身份认同，为实用社会经济学马首是瞻；比如对启蒙文化价值理念的颠覆，为落后的文明理论张目等等，不一而足。这些被非人道主义与非人性理念所覆盖了的知识界现状其实是一种很可怕的事情，因为它与人类文化正确发展的轨迹俨然是渐行渐远的。

其实，我们也可以借鉴西方学者批评他们那里当下知识分子臣服和投靠商品文化的经验教训，从中或许能够得到一些有益的启示：“即便在最有利于文化发展的时期，知识分子也往往不安于现状。当然也存在着为占统治地位的寡头组织服务的知识界名流。但这类名流很快就转变为拥护者和辩护者，疏远了知识分子的权威。他们很快损害了他们作为知识分子的权威。很难想象在完全遵纪守法的情况下，知识分子的工作能够取得进展，无论保守的还是激进的知识分子都透过原则的三棱镜阐释世界，这些原则永远与实际的社会事务相冲突。前者批评事物的现行状况，目的是开历史的倒车，后者则是为了对它的某些方面加以改进。”毋庸置疑，在这个拜金主义的消费时代，知识分子同样是耐不住寂寞的，他们中的许多人放弃了知识分子的批判性原则，为了一己的私利而出卖了立场与灵魂，但是，这种行径在中国的知识界并没有得到清晰有效的清理与批评，当知识分子缺少了这份应有的羞耻感的时候，那么，启蒙时代和“五四”以来所建立起来的知识分子社会良知的“潜规则”就被打破了，一旦将学术界所不齿的行为看成一种个体生存的合理选择与常态，那么我们离行尸走肉的“平面人”还有多远呢?！也许，这样的西方文化理论经验是有助于比照当下中国文化形态下的知识分子行状的，它也照射出了21世纪文化语境下中国知识分子皮袍下的小来。我一直以为，21世纪以来中国文化的批评者们更多的是“被物化”了，其物化的速度要比西方学术界来得更快更猛烈，他们虽然不是全然的拜物教，但是，商品文化的侵蚀使其变成了一些立场模糊的“思想广告人”，他们甚至用西方的某些后现代的商品化理论直接诠释中国的文化现象，已然成为隐形的“文化交易人”，不管他们从事的是什么职业，我们只要看他们价值立场的朝秦暮楚、浑浑噩噩，就不难看出其在这个物质时代的本质性蜕化。这是知识分子被消费文化同化与赎买的最好例证。

能够让知识分子主动放弃理想主义和启蒙价值立场的根本原因何在呢？或许正如富里迪所言，其创造力和自由意识的消失可能就是因为他们抵挡不住“对待特殊论的拒绝”：“知识分子的创造角色要求他远离任何特定的身份和利益。自现代社会以来，知识分子的权威就来源于他们声称一切言行都是为了社会整体利益。知识分子可以被视为启蒙传统的化身，始终追求代表全人类的立场。皮埃尔·布尔迪厄评论说，通过他们对普适性（universalism）的信奉，现代知识分子‘在对特殊论（particularism）的拒绝中，而且通过对特殊论的拒绝，塑造着自己’。通过为那些超出特定经验的价值——理性、合理、科学、自由辩护，知识分子重新肯定了启蒙运动的独特之处。”为“理性、合理、科学、自由辩护”的勇气来源并非完全是一个知识建构问题，我以为更是一个私利与“社会整体利益”之间的思想角逐和选择问题。其实，有关知识分子的价值立场问题，说到底还是一个常识性的理论认知问题，尤其是对人类经过这几百年现代启蒙以来所形成的符合人类发展，同时也是人性发展的恒定价值，是我们不能轻易颠覆和遮蔽的知识分子的通用守则，偏离这个标准，那他就不是一个真正的人文知识分子。无论现代社会“后”到什么程度，这些被社会实践屡屡证明了的真理却永远是人类精神宝库里的珍贵遗产，因为它是调节人类社会发展中因为人性的扭曲所带来文化弊端的真正动能。

在中国，对于西方“新左派”的认知往往是通过一些中国的理论家们自身对其的片面理解进入理论话语流通渠道的，其中的误读与曲解层出不穷，换言之，西方“新左派”的复杂文化背景与言说语境往往是被遮蔽的，他们是在被误读和曲解中成为中国极“左”思潮盛行的矛和抵御中国思想现代性的盾。其实西方“新左派”

是随着人类历史的进步而创造与延展自己的生命的：“20 世纪 70 年代末至 80 年代初，它逐渐吸收了许多女性主义的论题，对性别关系、公私空间中的文化教育伦理都有所批判，因此产生了第二波的女性主义。其重要的关键点，就是对于社会的公正与平等的坚持，希望能将技术通过科技想象的方式来发展更有意义的、激进的社会改革，也希望通过学科的改造，来让教育和研究更加民主化。在这样的层面上，‘新左派’的论题其实非常繁杂。”① 但是，万变不离其宗，西方的“新左派”的价值观仍然是沿袭站在批判的立场上对公共领域发出自己声音的姿态，其终极目的是为了推动历史发展和人类和平。而中国当下的“极左派”却在移植西方的理论时带有很大的盲目性，所以他们把终极目标定位在回到封建的专制时代，也就是回到极“左”时代的文化语境之中。他们忽略了中西的文化背景的不同，更重要的是，他们删去了知识分子赖以生存的那个亘古不变的永远的批判性，而消除了对当下的批判性，知识分子也就不能称其为公共领域内的知识分子了。

另外，还需值得注意的是，中国当下的极“左”派价值立场的基点是建立在如富里迪所说的“开历史的倒车”的基础上的，尤其明显的是他们对待“文革”的竭力推崇姿态。但是，就是这样一个违反人类文明认知常识的无根理论思潮，居然能够在吃惯了极“左”思潮苦头的中国社会和理论界大行其道，真是令人匪夷所思。正如那个伟人所言：“历史的经验值得注意。”而极“左”的痛苦经验却往往被世人所遗忘，这种健忘将会给民族与国家带来新的看不见的隐形思想灾难。的确，在西方，尤其是像法国那样对中国“文革”既无文化背景了解，又无感性认知的“新左派”“愤青”对那场人类大劫难革命造反情结的乌托邦想象，是很容易传染给中国新一代对“文革”同样无知的青年的，我们不要以为中国已经没有“文革”成活的思想土壤了，恰恰相反，在“后现代”文化语境之中，极“左”的思潮也能与之相对接，并形成一种新型的时代病毒！

还须特别关注的是：“随着 90 年代新局势的形成，在多元文化论述中，早期提倡激进的学者忽然转趋保守，也即出现了‘新自由主义之罪’（new liberal guilt）。‘新自由主义’学者在看到性别论述、多元文化、新兴英文文学和同性恋话语在校园中流行时，他们对新时尚发表言论时的激烈态度，反而趋向于抵制性的保守；为了让各种言论都能自由发声，他们反而阻挡激进的主张。因此‘新自由主义之罪’反而成为‘新左派’的尴尬转向，‘新左派’在面对多元文化发展时，反而成为改革进步的阻力。”② 这是西方的“新左派”的景象，其理论是随着时代的变化而变化的，从激烈到保守，那只不过是一个程度和态度的问题，但是，万变不离其宗的

① 廖炳惠编著：《关键词 200——文学与批评研究的通用词汇编》，南京：江苏教育出版社 2006 年版，第 169 页。

② 廖炳惠编著：《关键词 200——文学与批评研究的通用词汇编》，南京：江苏教育出版社 2006 年版，第 170 页。

是，从康德、黑格尔到马克思的批判精神却是永远不变的价值立场，而非中国“极左派”表现出来的是使人看不懂的价值立场——表面模糊，骨子里反动。其反动的本质就在于，他们不是顺应历史的发展而动，而是在“开历史的倒车”中推行农民起义式的阶级斗争理论，放大和夸张了极“左”思潮在中国现实社会中的理论实用性，其表象的理论合理性博得了一些“高端”和“底层”的赏识与颂扬，于是，他们俨然以一种“代言人”的身份在文化思想界宣示着中国文化的历史走向而自鸣得意。就拿文学批评界来说，最近对共和国60年来的评价就陷入了一个误区，当然，这是有些人自认为的真理所在。我以为，倘若将共和国的历史截为两段的话，那么，他们力主回到前30年的极“左”文化语境之中，而用前30年来否定后30年，这与西方的“新左派”的某些激烈批判者所站的立场相比较，正好是从两极来否定已经成形的启蒙主义文化：一个是站在前现代封建专制立场，即未经过现代文化全面洗礼和渗透的价值立场上来反对启蒙；一个是站在后现代，即已经饱受了资本主义文化的过度优渥而患上了后现代文化腹胀病症的立场上来反对再启蒙。虽然针对的是同一个目标，但是，由于文化历史在地域上形成的文明落差和反差，其价值立场就南辕北辙了。

因此，富里迪说：“并非所有的知识分子都赞同启蒙运动的哲学观点和政治观点。多年来，推动保守知识分子的，是他们对启蒙价值的厌恶。不过，正是在反对启蒙运动的主张、试图维护他们的传统观念时，他们也不得不超越他们特定的经验，而采用一种更世界性的观念。正如启蒙运动是他们仇恨的对象，他们的批评也是启蒙运动的产物。与他们的更激进的对手一样，保守知识分子同样是启蒙运动的结果。”由此可见，无论你是从哪一个角度去阐释自己的观点，你都逃脱不了启蒙主义思想的笼罩，这就是启蒙的思想和方法的魅力所在，就像安泰那样，你不可能拔着自己的头发离开地球，同样，离开了启蒙这个原点，一切的理论都会显得苍白无力而失去了历史的鲜活性和弹力。

面对21世纪突变的文化语境，中国的知识分子究竟应该保持一个什么样的文化姿态，扮演一种什么样的文化角色呢？毫无疑问，这是与西方文化界的知识分子同样面临的无可逃避的文化选择难题：“像其他任何人一样，知识分子常常在压力下妥协、退缩，顺从盛行的文化风气。有时他们会出卖他们的意志自由，以换取舒适的生活，有时他们的理想主义仅仅是掩盖对个人利益的坚决追求。但是，无论单个知识分子的发展轨迹和特性如何，作为一个群体，他们在质疑传统、使社会对那些有助于推进人类进步的理想和价值更加敏感方面，扮演着重要角色。”出现这样的状况并不奇怪，奇怪的却是针对这样的状况，居然在中国的文化思想界听不到抨击的声音。鉴于此，我们可能做些什么，可以做些什么呢?! ◻ 2010 · 5

知识分子能感动中国吗?

□ 沙叶新

我知道，这是一个越来越不相信眼泪的年代，是一个越来越把眼泪视为软弱、视为煽情、视为作秀、视为虚伪的社会，我也曾被别人的眼泪甚至被自己的眼泪欺骗过，比如在那个被称作太阳的领袖陨落之时；但我至今还是经常被生活中足以感动我的人和事动容落泪。前不久看中央电视台的《感动中国》2005年度人物颁奖节目，我又再一次泫然泪下，获奖人物有歌手丛飞、民工魏青刚、村医李春燕、邮递员王顺友等人，我不知道他们是否真的感动了中国，但他们确实感动了我，让我泪流满面，哭得像个孩子。

我也深知民间和网上对媒体有颇多尖锐批评，批评媒体缺乏诚信，尤其批评媒体对重大事情或隐瞒不报，或混淆视听。我同意这些批评，也曾撰文不遗余力地揭露过媒体的欺骗。但我仍然相信在凄冷黑暗的铁屋里，总会有点亮火柴的女孩；面对无冕之皇的华丽新装，总会有说了真话的男孩。尽管火光微小，尽管人微言轻，但他们是不可忽略的存在。因为他们代表了真实和希望，而这是最有生命的。我也曾写过一首诗，最后几句是："即便我受骗一千次、一万次，我也坚信：总有一朵花是香的，总有一片情是真的，总有一滴血是热的，总有一颗心是金的!"正因为有这样的信念和痴情，所以我对感动我的人物毫不掩饰我的泪水，任它夺眶而出。况且我还认识其中的一些人物，比如陈健，很多年前我就在黑龙江逊克县双河见过他，早就闻知他为金训华守墓之事，此事在当时和现在都争议甚大。另一位是这次的颁奖嘉宾徐本禹，他同时也是《感动中国》2004年度人物，我曾想对他和他支教的小学有所表示，但被他婉拒了，他发来的短信至今还很珍惜地保留在我的手机里。他当初和现在都感动过我，所以我毫不怀疑他的真实性。

虽然举国上下的污秽让人透不过气来，但仍然有很多出淤泥而不染的圣洁灵魂。

我还可以举出一些例子。

河北一老人白芳礼，在生命的最后19年，即从他74岁开始，用蹬三轮车积攒的近35万元，陆续资助了300多名贫困学生。他自己的生活如同乞丐，一日三餐经常是两个馒头一碗水。有一年他到南开大学捐款。学校要派车接他，他说不用，可以省下汽油钱给贫困学生买书，自个儿就蹬三轮车到学校了。在捐赠仪式上，老师把这事一说，台下一片哭声。许多贫困生上台从老人手里接过资助款时，双手都在发抖。去年 9 月老人去世了，终年 93 岁。

四川农村一患白血病的女孩佘艳，原是被一农民捡来的奄奄一息的弃婴，非常聪明乖巧，很小就会洗衣烧饭，学习也很刻苦努力，却不幸于 2005 年 5 月患上急性白血病，因家境贫寒以及她的懂事，她决心不再给养父增加无力承担的重负，便放弃治疗，小小年纪就自己安排自己的后事，在病床上偷偷写下遗书，嘱咐后人将世界各地捐赠给她的 57 万元救命钱，分成 7 份，转赠给其他无钱治病的白血病小患者。一群署名“全世界爱你的人”在“我们的孩子佘艳之墓”的墓碑上镌刻着她在人间留下的最后一句话：“我来过，我很乖……”她死时只有 8 岁。

真是感天动地！此时此刻，我在转述以上这一个特别老、一个特别少的两个人的特别感人事迹时，仍然热泪盈眶。我相信他们感动的不只是我一个人。虽然他们不是“年度”人物，但他们是超年度的，至少在我心中永远活着。我的泪在流，心在痛，痛的是中国居然还有这样的事情，竟然让 93 岁的老人踩三轮车助学，让 8 岁的女孩放弃治疗为自己料理后事！这是中国的光荣还是中国的耻辱？

让我感动的大都是极为平凡的人：民工、农民、教师、学生、一般的公务员，都是普通的老百姓。而有些入选《感动中国》的年度人物，我并不那么感动。比如有些官员之所以入选，只是因为在现今的官员队伍中像他这样的官员实在是凤毛麟角，而他的那些“美德”也实在是他的本职工作，是应尽的义务。至于体育冠军的入选，则是把追星当作了“感动”，何况他们的“拼搏”和“贡献”早已得到“荣誉”和“金钱”的巨大补偿。他们入选的更主要原因是政治的需要，是权势的作秀，而入选标准当然也不会离开意识形态的一定之规。这也是历届《感动中国》年度人物的评选中，始终没有知识分子的缘故。

我所说的知识分子不是袁隆平、黄伯云等那些技术型的知识分子，他们当然也是人中之杰，值得尊敬。我说的是“公共知识分子”，是指那些具有公共性、批判性的知识分子，他们除了有自己的专业知识和特殊技能，还能担当道义，介入公共事务，捍卫自由民主，揭露权力黑暗，成为社会良心。这类知识分子难道不存在吗？难道不感人吗？

2004 年一家媒体就曾评选过“影响中国的公共知识分子”，推出 50 人的候选名单，但立即遭到另一家有背景的媒体的打压，于是这一活动就不了了之，销声匿迹。50 人的名单中，是否所有的人都可称为“影响中国的公共知识分子”大可商榷，但其中也确实有人名副其实，当之无愧；确实在某些方面影响过中国，令人感动。当然这类“公共知识分子”绝不止其数。

知识分子可以感动中国，但一些权势者惧怕这样的感动，并且阻止这样的感动，因为他们担心这样的感动会给自己脸上抹黑，而他们所操办的“感动”则能为自己脸上贴金。央视评选这样的“感动”自有醉翁之意，说穿了其实是央视“悲情版”的“春节联欢晚会”。

最近阅读董健先生的《跬步斋读思录续集》，再次证实知识分子的确令人感动。董健先生在书中忧愤于腐败的教育和失魂的大学，主张“立人”为大学之本，开拓精神为崇高使命。这精神为：怀疑的精神、批判的精神、超越的精神、追求真理的执着精神。因此他敢于揭露校园黑幕，敢于在教育大臣面前指陈教育弊端。须知董健先生本人便是大学副校长，他如此放胆直言，乃是自曝家丑，自揭内囊，这是置既得利益于不顾的牺牲，是不惜遭到上司和同僚施压的勇气。董健先生在《世相偶揭》和《招戏剧之魂》等几辑中，还把批判的矛头伸向校园之外，他透视某贪官的心理，揭露金大侠的虚伪，他忧虑流行文化对公民意识的颠覆，呼吁将人类文化精神注入当代文学和当代戏剧中……凡此种种，无一不展示了作者的公共性和批判性，显现出他充沛的人文主义精神。正是这种精神，让我心怀感动。虽然我不敢断定董健先生的这本书能否感动整个中国，但我敢断言，它定能在知识界、在校园内引起共鸣。

董健先生把自己的书斋取名为“跬步斋”，跬步，乃半步之谓。我理解这不是董健先生的谦逊，而是他的诚实，就如他在书中诚实地承认他在大学时于“红”“白”之间的彷徨，诚实地自责他不把以前错误荒谬的文章收入集子中的不坦然。取名“跬步”也是诚实承认他在追求中国进步的道路上只是迈出了半步，还未能大步前进。与那些犹豫彷徨、裹足不前的知识分子相比，董健先生的这种老实态度也令我感动。可是“不积跬步，无以至千里”，我深信董健先生老而弥坚，志在千里，定会大步向前。如果每个知识分子都能像董健先生一样在政治民主的大道上迈出“跬步”，那会是多么惊天动地的力量！◻ 2006・2

学术生态与青年学者的生存境遇

□ 杨　早　施爱东

对话背景：2013 年 3 月 15 日，中国社会科学院文学研究所年仅 36 岁的青年学者张晖去世，让学术界产生了不小的震荡，各媒体也多有报道，形成了一个不大不小的社会话题。有人为其早逝惋惜，有人同情他留下的两岁幼子，也有人感受到坐在学问的冷板凳上那份凄苦和悲凉。我们是否真的如张晖生前所说，真的处在一个学术的“末法时代”？知识分子又是否该坚守那份清冷？由此推及中国青年学者普遍的生存境遇，以及中国学术圈的生态环境，我们能够作出怎样的反思？

中国学术腐败的根源

杨　早：爱东你是从高校出来的，现在在社科院工作，我看你经常批评中国高校的学术管理，是因为跳出三界外，所以敢说话吗？

施爱东：我一向口无遮拦，没到社科院以前我也是这么批评的。一是因为我了解高校的学术管理机制，二是因为客观上中国的学术队伍绝大多数出自高教系统。说到中国的学术腐败，可以说，教育部脱不了干系。正是它各种各样的评价体制，以及扔不完的各种各样的骨头，一方面导致了权力寻租，另一方面导致大多数学者都落入体制的圈套，不得不为了争夺各种以学术名义发出的非学术的利益、荣誉而疲于奔命。

杨　早：高校里流传着一种说法，叫作“项目化生存”，学者的生存都系于项目之上。一位著名大学的文学院院长说过一句话，他说现在这么抢，我们也知道不好，对学术没有益处，可是如果你不抢的话，你连吃屎都吃不上热的！所以你不得不抢，你即使不为个人，为了你所在的集体，你也不得不抢，这是一种恶性竞争，不是良性竞争。一切的关键都在于如何拿下项目，至于拿下来之后，怎么结项，就变成很容易的事情，因为它跟考大学一样，都是严进宽出，进来非常严，但是你怎么都出得去，怎么都能毕业，怎么都能结项。现在高校里的竞争倒是比前几年厉害多了，但是大家觉得还不如前几年呢。因为这种竞争，它是一个逆淘汰，不愿意在这方面动太多心思的学者就被淘汰了。

施爱东： 中国的高校建设，自从新中国成立以来，就日益蜕变成一个官僚化、政治化的学术机构。

杨　早： 中国学术——这里主要说的是人文学科与社会科学，自从有了现代学术之后，在20世纪40年代，基本上中国已经建立起了自己的学术评价体系，而且基本跟世界接轨，不管学术规范还是学术水准，我们跟世界的一线是可以比较的。

施爱东： 从学术本位来说，中国的学术肯定是一直在进步的，也在逐步跟上世界的步伐。毕竟你投入了这么多的钱，学者本身也有向上的内驱力，学术成果也在不断积累，时代总是在向前走的，你要说中国学术完全没有进步，或者退步了，那也是不可能的。但是，从学术体制的角度来说，到底是进步还是退步，那还真的很难说。我对民国的学术体制不是很了解，但是对现有的学术体制是真的失望，官僚化、浮夸、面子工程，诸如此类，千疮百孔。

杨　早： 我们自己会觉得中国学术在逐步跟上世界的步伐，但是很明显，今日海外学者到中国来，他仍然与30年前一样，主要还是买史料，他基本不会看大陆学者的论著，觉得没有什么价值。

施爱东： 那是因为我们的论著太多了，他眼花缭乱，一时间哪分得清哪些是精品哪些是次品？你想想我们有多少人在评职称，每个人都非得要有专著，而且都在比谁的专著多，谁的论文多，那些老外来了，他能买什么呢？看专著论文成堆的，说得不好听，《文心雕龙》它本身也就一本书，你想想，这个研究《文心雕龙》的专著、论文得有多少？至少能堆我们这一个房间吧？大部分论著都是绕来绕去地抄，你抄我的，我抄他的，他又抄你的。你让人家老外来了，他怎么买？他要都买回去，绕来绕去也绕死他。

杨　早： 20世纪40年代以后，中国的学术确实是跟国际脱离太久，中间经历的挫折也比较大，到了80年代，再重新开始，再恢复元气，80年代那帮学者，我们导师那一辈的学者，运气比较好，他前面是空白的，他们直接跨过上一代人，向再上一代人学习，这种状况导致他们当时的上升空间比较大。但是学术发展也是有波峰、有波谷的，开头有一个开放性的空场，空白很多，你只要能填补一块空白，你马上就出来了，但是慢慢的，成果越来越多，学科分得越来越细，发展也越来越平缓以后，它就进入一个收敛期。在收敛期，基本上是出不了大师的，学者要想比前人做得更好，更引人注目，非常非常困难。

施爱东： 要说人的智力，你会相信这一代人的智商，或者是这一代人的努力程度就一定比上一代人差吗？不可能，这是不可能的。有的时候它就是一个时代的特征所决定了的，所谓乱世出英雄嘛，比如像胡适他们那个时代，跟他们平齐的学者，全国就那么多，做得好不好都能留下点印迹。胡适他们那一代人，有一些人的资质其实也是很一般的，他们做的东西并没有多么的出色，好学者和差学者，大家一眼就能看出来。可现在不行了，学者基数太大，你根本看不过来，大家只能比数量，你出了10本书，我出了5本书，数字10和5比起来就方便多了，行，你比我多，你牛。

杨　早： 民国学者中，许多人的学问，今天看来也没什么了不起。

施爱东： 对，可是放到今天就是经典了，为什么？因为在那一个年代，留下来的东西就这么些，可是现在呢？同样的跟他们一样资质的著作，在那个时候，比如说有10本书，你一下子就读完了，本本都有价值。可是现在呢，假设是有一万本，你想从一万本书里面挑10本书，你怎么挑？你没法挑。所以一万本的后果是什么？一万个人，你谁也别想出头。这个时代是不可能有大师的，不是说没有具备大师水准的学者，而是不具备凸显大师的学术氛围。

大陆学术采取论资排辈的方法

杨　早： 今时今日这种情形下，评价一个学者，或者学术成就，最后能够比较的要素是什么呢？资历。资历一定是可以比较的，你哪年进来的？你当这个助研多长时间了？所以现在许多地方评职称的最关键要素就变成了资历和年龄，这个是在学术共同体缺失的情况下，一个不得已的方法。我们无法建立起公正评价学术水平的标准，就只能采取论资排辈的方法。

施爱东： 其实在这一点上，我觉得社科院还算好的。因为我在高校工作过，相比之下，我觉得社科院评职称评项目什么的，相对来说还比较公正，至少来说，受到外在因素的干扰不多。文学所确实积压了一大帮的年轻人职称上不去，张晖也是其中之一，这当然不是说张晖的水平得不到承认，也不是说有什么不公正的问题，文学所的同事们其实一直很看重张晖，主要是没有名额，一个萝卜一个坑，坑满了，萝卜放不下去。

杨　早： 这是历史原因，还有政策变化的影响。以前是不管你这个单位有多少人，每年比如给你两个名额，你就提拔两个人上来，但前两年突然搞了改革，定岗定编了，一定岗定编就发现你这个所的高级职称名额都满了，那就变成说，你要退一个人才能上一个人，这样导致什么？导致我们这个所2009年、2010年一个高级职称都不评，年轻人两年的资历就浪费掉了，生活待遇也总是上不去。

施爱东： 说到待遇，我们的确比普通高校更低一些，这是中国学术行业中很有意思的一种现象，一流高校比二流、三流高校要低，重点高校比普通高校要低。所以待遇最高的反倒是那些地方性的、职业培训类的高校。

杨　早： 但是你这个说法，又会有很多高校教师出来反驳，说他们也不容易。比如说有些高校会要求你评副教授要有省部级课题，很多人都卡在这里，他不是没有专著，不是没有文章，不是没有教学经验，而是没有这个课题，因为课题要抢，他未必抢得到，也未必愿意去抢。所以我们社科院，有一个好处，在课题这方面要求不是很高，但麻烦在于有很多历史问题，因为这是一个老的单位。

施爱东：越是老的单位，越是会论资排辈。资辈为什么会成为一个很重要的价值标准，因为你只有拿年龄跟资历这种标准出来说话，才能够平衡各方面的矛盾。你要是说学术水平，那就很麻烦，大家会吵得不亦乐乎，什么叫作好的学术水平？有些人侧重理论，有些人侧重考据，还有不同的专业，你如何比较？对吧？你要是敢公开说谁谁学问不行，或者说谁谁理论功底差，那就等于彻底否定了这个人的生命意义和价值，他会恨你一辈子，人事关系就会变得特别复杂。大家一辈子就窝在这一个单位，抬头不见低头见，那就非常麻烦了。

当然，也不是说任何时候都得论资排辈，有些人几年十几年没有新的学术成果，大家也是有目共睹的，虽然嘴上不说你，但一到投票的时候，彼此心里还是有数的。起码的公心，多数人还是有的，只是说，不可能事事做到绝对公平。张晖的学术研究做得不错，成果也多，这个大家都知道，文学所也没有亏待过张晖，这是得向社会澄清的一个问题。只有当蛋糕实在切不开、分不匀的时候，就只好拿资辈来说事了，这也是一种能尽量减少矛盾的、简单化的处理方式。

杨　早：这才是体制最让人无奈的地方。谁都没有错，谁都是与人为善，但谁也无法跨越规章的籓篱。有人因为没有名额评不上，有人因为没有参加外语考试评不上，有人因为年资不足评不上，说起来这些都不是学术的标准。年轻人是比较天真热血的，可能会问：难道不该看成果与水平吗？等到他想通了为什么论资排辈，他成熟了，但学术积极性可能已经受到了极大的挫伤。

贫家子弟从事人文学术会拖累整个家庭

施爱东：其实，从事学术研究，尤其是人文科学的学术研究，可以说是注定了贫穷寂寞的。第一，发不了财；第二，出不了名，尤其是得不到当世名声。真正的学术研究，艰深的学术研究一定不是大众所能理解的。多数学者在生前都很难获得认可，不是说完全不能获得认可，而是非常困难，张晖如果不是去世，许多人也不可能了解有这么优秀的一个学者。而且，对于学术成果，尤其前沿学术成果的理解，往往是严重滞后的，许多很好的学者，往往在出成果的当时，尤其是他做出最好成绩的年龄段是得不到认可的。

所以说，学术研究真的不是贫家子弟做的，这是我今天要说的最重要的一个观点。我知道这句话如果说出去，许多人会恨不得打死我。其实我自己也是贫家子弟，当我意识到贫家子弟不适宜做学问的时候，其实我已经没有退路了，硕士毕业的时候，我有很多路可走的时候，我选择了做学问，当我不断地做下去的时候，当我意识到学问不是我的最佳选择的时候，我已经没有退路了，所以我只能够说，这句话是说给尚未选择学问之路的贫家子弟听的。

杨　早：爱东是不是后悔过从事学术研究？

施爱东：后悔，但是后悔对于我来说没什么实际意义。我已经没有退路，我只能够勉力前行。几年前我们研究室曾经讨论过是否将吕微老师的一个博士生留在室里，我虽然不反对，但也没有表态支持，我是持保留态度的。为什么？因为他是贫家子弟，我知道他很努力，也是一个非常不错的、很优秀的小伙子，但是因为他们家太穷了，留在我们单位不合适。你知道我们社科院的工资是很低的，而他的父母又是农村的，不仅无法支持他持续地做学问，可能还指望他读了这么多年书，将来能赚钱补贴点家用呢。可是，他如果留在我们这里，他会非常艰难，他将来要面临娶妻生子，他要在北京买房，而我们社科院的待遇根本不足以负担他的这些需求。但问题是，他本人又很愿意留在我们这个所谓的高端学术机构，你想想，谁不愿意把自己留在高端的学术机构呢？但是就算把他留下来了，他以后怎么办？他的生活怎么办？当时我为什么持保留意见，因为我认为他留在我们单位，于他，于我们，都没有什么好处。

为什么对我们也没什么好处呢？我当时说了一句特别难听的话，我说，你如果留在社科院，注定了不可能有什么大的成就，无论你多聪明多出色多努力，因为你面对的生活压力是那么大，这样一种生活压力，你不可能不去面对，你所面对的生活压力比你所面对的学术压力更大、更迫切、更实际，你必须投入大量的精力去面对生活的困境，你无法全心全意地扑在学术研究上，与其如此，你还不如到地方高校去，他们的待遇更高一些，这也许能改善你和你的家庭生活。

可是，这么优秀的小伙子，他这么努力，这么多年好不容易走到这一步，如果因为他家穷，你就拒绝他留在这里工作，这也太残酷了，社会不能如此不公吧？我如果因为这事反对他留下来，不仅伦理上说不过去，我自己良心上也过不去，我不能这么干。所以，我只能保持一种默认的状态，随大流表态，既不说好，也不说坏，反正就是哈哈哈，嘿嘿嘿。

杨　早：许多贫民子弟都会指望通过“学而优则仕”，通过读书来改变命运。但是读书的成本投入是很高的，尤其是选择了基础学科。你看维舟写张晖的悼文里提到：“得知他想继续深造文史，其父也说了一句：‘你要是考中文系、历史系，那我们栽培你多年的钱也都扔进冷水缸里了。’”3 月 15 日那天我在医院里，一直绷着没哭。到了看见张晖的父亲站在他床前，看着儿子的生命一点一点流失，昏厥过去。我四五年来第一次失声痛哭。

施爱东：“学而优则仕”，那是人们对于科举制度的历史记忆。封建社会在科中之后还能得举，现在教育不是这么回事，科中之后，没有得举的必然结果，越是学而优者，越是不得仕。你考上大学，也得看你读的是什么专业，将来从事什么工作，像我们这种专业、这种单位，想要通过学而优来改变家庭的命运，那是不可能的。所以我说，贫家子弟如果想通过读书改变命运，最好不要选择做学问，尤其是不能选择我们这种寂寞的学问，那样会拖累整个家庭的。

杨　早：如果将前提设定为目前这种体制为不变量，那么我赞同爱东的话，贫家子弟在这种体制下，他很难做得下去，做出发展。那么做学问要不要外来的保障？这是很多人会提出质疑的地方。为什么你们就好像需要比别人更多的保障？还有人拿底层说事儿：你看人家农民工不是更苦吗，还有北漂上漂们不是更苦？

我这里想说一下，这个东西不太一样，因为学术是比较特殊的工种。特殊在于，第一，它是一个比较长期的活儿；第二，它的结果无法确定，并不见得做那么长时间，就一定能出多大成绩，而且很可能你对自己要求越高，你想做得越大，出来成果会更慢。学术成果不是可以计件来衡量的。前一阵子还在跟朋友讨论一个事，说书籍按现在这样算印张来定价、销售，是很可笑的，那是在卖纸。各个领域里面的经典著作，可能只有十来万字，甚至几万字，但足以不朽，也有很多大部头，一点儿用都没有，但是在卖的时候，定价也好，稿费也好，版税也好，显然都是厚的那个占便宜，包括你去报课题，也是厚的结果比较好看。这就出现了一个巨大的反差，变成说你如果自我要求越高，写得越精粹，你最后的回报会越少。基于这种状况，我觉得学问需要有一个外来的支撑。我们看鲁迅的书信，鲁迅后来从广州再到上海定居，但他一直很想回北平去做几年学问，把计划中的中国文学史写完，因为北平的资料比较全，环境也比较舒服，但是鲁迅又不愿意再去教书，那就麻烦了，他回北平，收入从哪里来？鲁迅最后没有回北平，很大程度是因为他在北平没办法得到和上海一样的收入，所以他只好留在上海。

施爱东：拿学者跟农民工比，这种比法特别无聊。要成为一名学者，需要的智力训练和经济投入是非常之大的，古人所谓“十年寒窗”就是了不得的煎熬，但现在的一个博士，至少也得“二十几年的寒窗”才行吧？任何投入，都应该有大致合理的回报。我投资一百万元，收回一万元，我觉得太少，不公，你却教育我说：“为什么不想想那些投资一万元的人，他们的回报只有八千元，比你还少两千元呢！”这是多么无知的比较。对这么无知的人，你都不知道拿什么理来跟他讲。

杨　早：所以我们要明确一点，做学问是需要一定的物质保障的，但在目前这种情况下，又变成了越是真正做学问的人，他得到的物质保障可能会越弱。国家提供的资源不是没有，但是资源目前的倾斜方向是有大问题的，不管是职称还是课题，资源的流向都是不对的。如果资源保持这样的流向方式，那就是爱东说的，贫家子弟不太可能做出好学问，做出来对自己的伤害也很大。

希望有一个良好的制度设计

施爱东：最近复旦大学陈尚君老师在说到各种所谓的“学术计划”与“学术

工程”的时候，有这么一段话，我个人非常赞同：“现在折腾许多的名义，不愿意从面上普遍提升教师的薪资，说穿了还是一种急功近利的行为。同样的钱，普赐民爵一级，没有显著的效应，必要堆成一个塔尖，让极少数所谓精英得道，追求轰动效果。当代无神仙，大牌拿去还得雇人操刀，最后是全体平庸或造假。”其实这样意思的话，陈老师不是第一个说的，也肯定不是最后一个。大家都在呼吁适当提升学术工作者的普遍待遇，不要总是拿什么项目、计划、工程之类的名堂来胁迫学者按时按量完成学术工作。希望国家能给学者们一个相对宽松点的环境，让大家能够心平气和地做学问，而不是急功近利地争项目、赶工程。

杨　早：很难。比如刚才说资源流动有问题，资源如何流动，如何向张晖这样的人倾斜，是一个制度设计的问题，但要改变这个制度设计非常困难。

施爱东：要从根本上改变，目前来说确实也很难。

杨　早：希望有一个好的制度设计，我们这一代学者是等不到了。它不是说政府加强管理的问题，事实上现在国家设立了很多管理制度来防止学者乱用钱，甚至有的时候跟防贼差不多，变成很多人申请到了项目，也不见得幸福，他要花很多的时间去设计怎么用这个钱，有时比拿不到项目还糟糕。学者又特别不爱做这种程序性、事务性的事，没有智力含量，又耽误时间。

这种现象恐怕也是全球性的。我记得有一个哈佛出来的教授，后来跑去做电视了，他的说法就是：我才不要再为了几百美元去报销一堆单子，现在我想怎么用就怎么用。学术经费确实需要有一个控制，但是这个控制也应该有合理的流向，学界自己要建立一个学术共同体来对研究的成果进行评价与导引。有时候民间的学术基金会也能起到这个作用。

人才流动是建立起学科共同体的前提

施爱东：为什么我们的学科共同体对学者没有一点约束力？因为我们都是体制内的学者，都是单位上的人，我们的一切利益和荣誉，都来自单位。单位认你，社会就认你，单位不认你，社会就不认你。学术共同体能有什么作用呢？它既不能给你评职称，也不能给你分房，不能给你提供任何实际的待遇。甚至民间的学术共同体也会要求你为这个共同体提供一些有效的资源，如果你在自己的单位上没有地位，你就没办法给学术共同体提供任何学术资源，这样，你在学术共同体中也不会有多高的地位。

体制内人事制度的弊端必然地限制了学术共同体的作用。我们往往是一个人进到一个单位，就永远在一个单位。举个例子，假设我们文学所现在需要进新人，我们面对的是一些刚刚博士毕业的学生，你现在只能够对他进行预判，他是不是一棵好苗子？他将来能不能做好学问？但这种预判往往是片面的、不准确的。如果你判断错了，假设就像刚才说的，学术是需要给他一个优厚的物质保障，让他来做的，那么，现在问题来了，如果我真给了你优厚的物质保障，你就一定能做出好的成绩吗？万一你做不出来，社会上肯定也会骂，你花了纳税人这么多钱，我们养这么一堆废物干什么呢？对不对？这也是一个问题。你不可能为每一个准备从事学术研究的人预支优厚的生活条件。在你的起步阶段，你还是得靠你自己的家庭来为你投资。

所以我觉得，对于人文社会学科来说，实现人才的充分流动才是促进学术发展最根本的道路。比如说，一个真心想从事学术研究的博士，可以先到一些二流，甚至三流的学校，如果做得好，先到那里改善自己的生活，传播知识，适当的时候，如果真做出成绩来了，再从边缘逐步向中心位移，去到更高级的学术机构。另一方面，应该给予那些高级学术机构更充分的人事权力，他们可以根据自己的需要制定相应的选拔机制。但是，我们现在不是这样，我们都是直接进学生，而且往往是近亲繁殖，导师帮学生留校，一留下就是一辈子，做得好做不好你都在这待着。

杨　早：可是这里又会出现的问题是，毕业后你敢离开北京？一旦离开，你还回得来吗？而且你往往离开时是一个人，回来就得是拖家带口三个人，你回得来吗？所以谁都不敢轻易离开，都要先抢，要卡位。人才的流动受到限制，包括户口的限制，包括档案，捏着你的档案不放。整个一系列的流程都会限制你，使得你举步维艰。

现在中国的情况就是学术资源非常不平均，这些年不但没有好转，而且感觉还在更加恶化集中。我觉得这也特别像北漂上漂的问题，你说你不想当北漂上漂，要逃离北上广，你回家，更糟糕，因为那里都在拼爹，你又没爹可拼，于是就成了“回不去的故乡”和“离不开的北上广”。学术界其实情况差不多，你不留在这里，说实话，以很多地方高校的氛围，学问会更加做不下去。

施爱东：对。这是一个系统工程，我们也只是纸上谈兵。整个大环境不变，事实上谁都提不出什么有效的解决办法。

中国的学术垃圾是世界之最

杨　早：我们很容易想到说，呼吁国家应该加大投入，国家应该保证这些做学问的人的生活。其实我倒觉得可以反过来想，现在更大的问题在于学术领域的市场化不够。

比如说美国读博士学位是没有年限的，你完全可以读完硕士，就去工作，工作到什么时候，觉得钱挣够了，又回来读博士，尤其是人文学科，基本上都是这样。张晖到香港念博士之后，也发过一句感慨，说香港这样一个高度商业化的社会，来做人文学问的，都是绝了别的念头的。据我们观察也是这样。人文学科确实是一个没有可见的物质产出的领域，所以你要是没有巨大的兴趣做后盾，很难有动力做经年累月缺乏物质回报的投入。现在都说人文学者苦，但这个领域里的人也不少，因为进入门槛太低，判断标准又很混乱。如果真正市场化之后，其实肯来做的人不会多，因为认真做人文学问绝对不可能发大财出大名。

施爱东：这就说到另外一个问题，我觉得这个问题其实在中国是非常糟糕的，尤其是对高校教师科研成果的量化管理制度。比如说像张晖这样的人，你根本不用对他施加什么压力，他自己就给自己压了很重的担子。我们社科院其实还是比较宽松的，没有实行量化管理，或者说量化程度比较弱，我们更重视对质的评价。张晖给自己施加了很大压力，他对自己的要求非常之高，可是有一些人，尤其是一些普通高校的教师，根本就没有做学问的资质，许多人只是把学术行业当作一个养家糊口的普通职业。学术界表面上看起来人声鼎沸，可是，学问还真不是人多就能做的。可以这么说，在学术界，我不敢说多，至少50%以上的人根本没有做学问的资质，他们没这个资质，你却硬要他一年出几篇论文，这不是赶鸭子上架吗？

杨　早：我觉得你说的比例还是偏低。中国有那么多高校，可是教书跟做学问并不是一回事，能教书的人一定比能做学问的人多得多。但现在所有高校都在向所谓科研型转化，结果就是学术大跃进。

施爱东：我本来想说80%，为了少招点骂，压低了比例。

杨　早：这种情况是合理的吗？肯定不合理。学术共同体怎么形成？共同体需要有淘汰的机制，比如说有些刊物，或者某些个人，他在整个学界，名声已经很臭了，但如果他能够符合某些需要，他仍然在高位上。要是没有这样的保障呢？这些人根本没人买他的账，大家知道他没学问，但是因为有别的东西保障，他仍然可以耀武扬威，所以有的时候政府的介入并不见得就一定是好事情。

施爱东：这就叫作会哭的孩子有奶吃。对于这些人来说，他必须在这里混下去，那么他怎么办，他就得琢磨如何哭，他要花更多的心思来琢磨杂志社编辑会喜欢什么样的文章，如何才能通过课题申报，如何才能获奖，他把大量的时间精力放在这些诗外功夫上。而对于一些真正的学者，他可能将更多的心思花在如何去钻研问题上，他不愿意为了申报一个东西天天填表，那么，他就没得奶吃。

杨　早：你看这几年评职称的丑闻，去年湖南给评委送钱的事情，各高校的抄袭丑闻、贿赂丑闻，层出不穷。为什么中国学术界的丑闻频出不穷？因为有这些资源，又没有合理的机制分配这些资源。你要，你只能用这些办法去抢。最终变成了劣币驱逐良币，这是典型的逆淘汰。

施爱东：从事学术研究的人太过庞杂，人数太多，这个数量太大了，而且现在的学术体制对于每一个人都有量化考核的要求，这就导致了滥竽充数的学术垃圾的大量生产，那么多的重重复复，抄来抄去的论文，堆得满地都是。当满地都是垃圾的时候，中间有几块金子你是看不见的，都被海量的论文淹没了。中国的学术垃圾之多，当居世界之最。

杨　早：最近我看到一篇文章回忆前北大校长周其凤，说某学院要从海外请学者，但竞争不过别的学校，因为别校给的工资高。周就说了一句话：很简单，你本来要请 20 个人，你只请 10 个人，按双倍工资给他就完了。其实真没有必要请那么多人，一个顶用的学者，可以抵上 10 个，甚至更多不顶用的学者。体制这个事情很复杂，一旦有了这种竞争和评选以后，它就多了一个寻租的空间，然后谁来掌握这个话语权就变成了问题。为什么我说民间基金会相对靠谱？因为民间基金为了保证声誉，不想买一个骂名，会找一些公认比较靠谱的学者来当评审，而且规则也会相对公开透明。有动力去这样做的只有民间基金，政府没有这个动力，因为它自然就有权威感，不用靠这个来赢取公信力，中间的问题就会变得很复杂，所以我倒是觉得在这方面，国家其实可以少介入一点，可能比现在这个样子要更好一些。

真正的学术永远是难以为常人所理解的

杨　早：一个人的一生当然要追求意义，而这个意义是你自己所看重的意义。所以你如果去做一些你自己都觉得意义不大的事情，那实际上是对生命的浪费。但是因为每个人认知的意义不一样，所以说你最后的价值要靠自己来判定。

施爱东：每个人心目中都有自己的一种标准，这个东西跟我们看不起易中天、看不起于丹其实也是一个道理，因为我们都是从学术本位的角度衡量学者，我们会说易中天那怎么能叫学问呢？于丹那怎么能叫学问呢？所以学者，学术共同体内的正统学者，一般都看不起那些明星学者。这对于学术界外的人来说，他会觉得是不可理喻的，他们那么有名，你凭什么看不起人家？你是狐狸吃不到葡萄就说葡萄酸吧？可是他们在学术圈内就是没地位，大家对价值的判断标准不一样。

但是反过来我们可以说，于丹所拥有的口才，她那种流利的表达能力，远在我们大多数人之上，我们，至少我自己是根本没办法跟于丹这种演讲天才相提并论的，完全不在一个档次。于丹有她的独特优势，我听过于丹的演讲，她说话极其连贯，语词非常华丽，简直是出口成章，你把她的东西录下来，她说的每句话都像是我们写出来的一样，句子是完整的，篇章也是完整的，不像我们，可能不断地有一些嗯嗯啊啊之类的语气词，或者重重复复、颠三倒四的东西。

杨　早：啊，这个、那个，是因为我们要想，要选择，她不用想，直接提取。

施爱东：但是对于许多学者来说，他根本不认为口才好是好学者的一个标准，会觉得于丹是一个没有思想的人，她只是一个语言学者，就是一切东西都只是活在自己的语言里面。听起来很美，听完什么也留不下。

我们 2007 年开始讨论于丹，《话题 2007》就是讨论于丹，你认为于丹拿那么多钱，赢得那么多的喝彩，一点都不冤，她就是有这个本事。但是请不要把她放在学术层面来讨论，说她是个学者，或者她对孔子有什么研究，这个就完全说不上，其实这就是正本清源的做法。

施爱东：一个真正的学术工作者，如果要把他的学术思想拿到电视上、大众传媒上去传播，老百姓是接受不了的。学术永远是超越生活的，它不是生活本身。如果一个学术直接就进入到生活本身，变成生活常识了，它就不再是学术了，只能叫知识、常识。学术永远是超前的、难以为常人所理解的。

杨　早：许多人没办法区分什么是学者，什么是文人、知识分子。其实文人和学者很容易区分。当年章太炎就问过这个问题，说文和学怎么区别，鲁迅就回答得很好，他说，“文以增人感”，就是增加你的感受，或者感情；“学以启人思”，启发你去思考。很简单就分开了。

如今把公知的门槛大大降低了

杨　早：公共知识分子在中国是被污名化了的，实际上公共知识分子的一个特点就是他的发言途径，他的发言方式跟一般的知识分子不太一样，但是这并不意味着他可以在自己不懂的领域里乱说话。现在公知也是泛滥化了，好像是个人都叫公知，怎么一个艺人就叫公知了？

施爱东：造成这种误解，媒体是要负很大一部分责任的。

杨　早：这实际上把公知的门槛大大降低了。

施爱东：媒体具有话语霸权，它一出来就是发行量多少多少万份，一天之内就能把一种声音迅速扩散出去。今天我在这里说话，就你听到了，可是媒体发个言，马上就有成千上万的人听到了，看到了，他的声音永远大过你的声音。

杨　早：这个倒不是坏事，我倒不觉得说他的声音大过你的就是坏事，我想说其实问题在于混淆，就是你把本来不属于他的东西给他，更糟糕的是这种混淆，比如说央视这个媒体诡异就诡异在，它既是一个商业媒体，又是一个带有政府性质的机构。比如说，大家认为上过央视的学者就一定是好学者，所以说那么多地方会花钱去请明星学者。

学而优可能成了“傻博士”

杨　早：中国的学术机制，问题很多，所谓的创新和造假也是一个大问题。说白了就跟牛奶一样，你就这么多奶源，但是你要供应这么多人的需求，在你不供应就要倒台的情况下，你肯定只能造假。这里面有一个问题，创新本身空间很小，而从事这个职业的人又这么多，而你又要求每一个人的创新，结果是什么？结果就是弄虚作假，你要弄出一些实际上不存在的东西来，为了创新。

施爱东：当然我们也不排除有些真正的学术良心。我觉得对一些内心强大的学者来说，眼前的名和利都很难诱惑他偏离自己的学术轨道，许多学者是非常执着的。

杨　早：如果你真的对学术的兴趣大到无以复加，那也不会因为五年十年在外面混，就真的不回来做学问了。你要是真的兴趣消失，也无所谓。我要呼吁的是尽可能地放开限制，第一读博士不要限制年龄，第二也不要逼着大家三年、四年就毕业，而是真的实行学分制。我读一年，就出去工作；或是通过资格考试，成为博士候选人，我就出去工作。美国都是这样的，可能我教十几年书，再回来交博士学位论文，再拿博士学位。你干吗非逼着我在三年、四年之内把它拿到呢？有什么好处呢？

施爱东：所谓的读书改变命运，不能狭隘地理解。读书读到一定的程度，学会了一些必要的文化知识、为人处事的方式，以及进入社会参加工作的有效技能以后，我觉得这个时候我们就应该停下来想一想，是不是值得，或者说有没有必要再往下读，再往前走。并不是说只要你一直向前走，多读书就一定能改变命运。很多人错误地理解了读书改变命运，以为书中真有黄金屋，书中真有颜如玉，以为一直读下去，一直读到硕士、博士、博士后，读到了最高你就能改变命运了。恰恰相反，你读到了最高，你可能就是最穷的那类人了。

杨　早：改变是改变，是往哪方面改变，向上改变还是往下改变？

施爱东：对，古代是“学而优则仕”。在官本位的中国，“仕”当然是可以彻底改变你的命运的，可现在是学而优却没有仕可以给你，除非你另外学会了一套诗外功夫。

杨　早：其实这个都一样，哈佛的 MBA 全华尔街都在抢，但哈佛的 DBA 没人要，因为我不需要你有这么高的学问，所以大家一定要想好这个事情，博士现在越来越多，一窝一窝的，这绝对是个大问题，你干吗要读博士？

施爱东：中国的博士可能是最滥的。中国的博士中，很多人是属于根本就没有学术资质的，都是逼上梁山，一条道走到黑的，许多人做个博士学位论文就做傻了，这个完全有可能。“傻博士”这个称呼可不是空穴来风。

现在的博士学位论文也好，学者出的书也好，说句不客气的话，刚才我说 50% 的人没有做学问的资质，现在再加多一句，所谓的学术成果，70% 是根本没有人看的，有些因为是垃圾没人看，甚至有些精品，也没有人看，被淹没了，你看不过来，看不见。

杨　早：学术管理部门一天到晚想着怎么激励和管理。

施爱东：许多高校规定每个教师每年要在核心期刊上发三篇论文，否则这个教职就恐怕保不住。那怎么办呢？我得找找关系去，求人发了这篇论文，否则你说怎么办？生存第一啊！

杨　早：公开地说我们收版面费，而且公开透明地收版面费的，就算好的了，最怕的是背后的那个交易。

施爱东：因此出现一种怪现象，谁来评判学者的学术水平？不是学术共同体，而是一些权威杂志的编辑。学术研究一旦被量化管理，好，你拍出1篇论文来，我拍出2篇论文来，你拍出专业学刊的论文，我拍出权威学刊的论文，论数量我多，论刊物级别我高，你敢说你比我强吗？谁在主宰我们的命运？权威杂志的编辑呗。

杨　早：对啊，比数量比级别就行了，就不用比内容比质量了。

中国学术已经到了快崩溃的地步

施爱东：权威学术期刊如此重要，它能不和钱发生关系吗？钱和学刊的关系已经密切到了什么地步？经常听到有人说，只要你找对人，他甚至可以找人帮你改文章，改到能发。

杨　早：有些是自己操刀帮你改，帮你改得看得过去。

施爱东：许多学术弊端都是教育管理部门的量化管理机制逼出来的。现在中国学术看上去繁花似锦，实际上危机非常大，甚至我觉得都已经到了快要崩溃的地步了。

杨　早：黄钟毁弃，瓦釜雷鸣，然后真正的学问可能就很少人做了，你驱逐来驱逐去，剩下的人就没有真做学问的了，还有一种可能就是转入民间。

现在有不少民间学者，纯粹靠兴趣，不跟体制玩儿，我自己做别的工作，传媒也好，经商也好，无所谓，单靠自己的兴趣来做学问。因为现在的资讯传播确实跟以前不一样了，以前你如果不能利用比如说国家图书馆或者什么研究机构的材料的话，你的学问都做不下去。现在这种材料的广泛与易得，导致任何人想做学问都能做。所以我猜学术民间化的发展趋势会越来越明显。

而且如果说民间的学术基金能慢慢建立起来的话，它有可能会成为另外一种制衡力量。

施爱东：有些学校用“绩效”来管理学者，把学者当作生产线上的企业员工，规定你一年得憋出三篇论文。

杨　早：这是个管理策略。你看有些外企就是把员工分成二十几级三十级，从刚进去的新人，一步步做到高管，层次极多，让你们不断地竞争。所以说这是管理。就是行政化，高校行政化，学术管理企业化。

施爱东：那么，作为已经不能回头的学者，我们应当如何自处？

杨　早：我非常欣赏张晖在去年12月一次座谈会上的发言，他说：“有理想抱负的研究者在学术体制中开展学术活动的时候，会感受到很多不如意之处，甚或有一些较大的不满，但学者没有将这些不满内化为学术研究的动力，提升学术研究中的思考能力，反而是都通过酒桌上的牢骚或者做课题捞钱等简单的方式发泄掉了、转移开了。”

我在接受媒体采访时说过，我也一直这么认为：学术是一条光荣的荆棘之路。刚才关于荆棘的层面我们说得很多了，除了体制的束缚，荆棘还来自它的艰难：想在人类的知识大厦上添砖加瓦，谈何容易！然而这种艰难同时意味着光荣。我自信除了做学问，咱们去做别的很多事都可以获得一定的声名、利益。之所以走上学术之途，我自己是希望做一点跟前人不一样的事，可以不需实验室与团队，可以单兵作战，做点自己感兴趣的研究，人文学科这种可能性比较大。但是也不必给自己太大压力，就像鲁迅说的，如果已经走到悬崖，也没必要跳下去，我们在刺丛里随便走走，也有它的意义。□ 2013・3

注：本文收入本书时已按要求作删节。

中国文人的四种面相

□ 杨春时

自古以来，中国文人大抵追求三种境界：鸿儒、学者、名士。到了现代，受西方文化影响，又产生了另一种类型的知识分子——思想家。这四种境界也成为四种模式，塑造着中国知识分子的人格。

儒是中国古代知识分子的通称，但主要指服膺孔孟学说，以道德教化、辅佐王业为使命的读书人。严格地说儒不是现代意义上的知识分子：儒不是学者，学者是创造知识的，儒是搞意识形态的；儒又不是思想家，思想家是创造新价值观念的，儒则是传统价值的守成者。中国文人以儒为主体，这决定了中国文化的实用理性倾向和保守性质。鸿儒是有成就、有权威（通常为官方认可）的儒者，他们也有渊博的“学问”，但主要是经学知识，对自然科学知识和社会科学知识则知之甚少，并且将其视为雕虫小技而不屑一顾。鸿儒以圣人传人和帝师自命，实际上思想保守、不通时务，更兼愚忠愚孝，是高级奴才、思想和人格上的侏儒。中国历史上有许多声名显赫的鸿儒，儒学宗师孔孟自不必说，董仲舒、司马光、程、朱、陆、王等，他们的“功绩”就是阐释、强化了孔孟之道，其阻滞文化思想进步的负面作用恐怕要比其贡献更大。鸿儒令人敬畏，但绝不可爱，头脑冬烘，古板方正，道学气（往往是假道学）十足，简直是被抽干了血肉的理性木乃伊。中国的鸿儒和西方的神学家，都是一种文化怪胎，绝非正常人格。

清末新政废科举、兴新学，辛亥革命推翻帝制，儒失去立身之基，终于灭绝，而被新型知识分子取代。虽然还有遗老遗少、新儒家等，但已不成气候。但是，鸿儒作为一种文人模式并未灭绝，它又在新的历史条件下塑造出现代鸿儒。中国现代知识分子为了救国救民，投身社会革命，成为革命理论的宣传者、阐释者。及至革命成功，革命导师和领袖的著作被奉为“经典”，一些革命知识分子乃以注经方式研究、阐释经典，于是就有教条主义出现，并且独尊一家之说，禁锢思想，压制创造，遂由革命者变成了现代鸿儒。这些现代鸿儒拒绝接受现代科学知识和价值观念，死守教条，脱离实际，因而成为“左”的思潮的代表人物，在改革年代成为改革的阻力。但是，总的来说，改革开放的洪流已经淘汰了现代鸿儒，并且摧毁了其社会基础，陈腐的说教已经没有人听，这是值得庆幸的大好事。值得注意的是，海内外一批新的鸿儒鼓噪起复兴儒学的浪潮，企图以孔孟之道作为现代中国人的主导思想。尽管明眼人都看出这场闹剧不会得逞，但这种开历史倒车的文化思潮应当给予批判。

前面已经说过，学者不同于鸿儒，《晋书》称："鸿儒硕学，无乏于时。"可见二者有别。儒是文人的主体，学者是文人的支脉。科举考试于经学之外，另设博学鸿词科，算是对学者有限度的承认。学者更接近现代意义上的知识分子。学者以求知为天职，献身学术，淡泊名利，保持着独立人格，远非那班汲汲功名的儒生可比。学者有真才实学，治学严谨，贯通古今，也远非那班头脑冬烘的腐儒可比。学者是中国文化真正的创造者，中国文化典籍浩如烟海，但多为伦理说教，有知识价值的那一部分都是学者的创造。在重伦理、轻知识的文化环境中，仍然有绵延不绝的学者传统，给中国文化保存了一脉生气。《原始思维》一书作者列维—布留尔对中国文化大加贬斥，认为全是经学胡说。但他不知道中国还有司马迁、许慎、刘勰以及张衡、祖冲之、李时珍这样的古代学者，以及章太炎、王国维、陈寅恪、钱锺书等近现代学者。只有这些学者，才堪称中国文化的代表，可惜长期以来他们被轻视、被埋没了。

学者为社会文化发展做出了不可磨灭的贡献，可作为中国文人楷模。但学者也有其短处，一是知识专门化，局限于具体学科领域，往往缺乏贯通天地人生的大智慧、大学问、大思想，他们太多书呆子气，往往与社会隔绝；二是立身严谨、清贫辛劳，未免活得太累、太苦。

旧中国留下一批学者型文人，新中国成立后又培养出一批学者，他们在经济、政治环境都不宽松的条件下，兢兢业业、孜孜矻矻为国家民族奉献一生，真是可敬可叹。及至"文革"结束，改革开放，"臭老九"政治上翻了身，但仍然吃不开，在权势与财富面前，学者形象暗淡无光，虽然社会调查结果显示，学者列为受人尊敬的职业前列，但愿意做学问的人却不多，还是因为他们活得太累、太苦。传统社会是官僚社会，学者没有地位；现代社会是商业社会，学者仍然没有地位。大约社会就是这样，需要有这样一种人，吃的是草，挤出来的是奶和血。学者的奉献与社会的回报远远不对等，唯一可以安慰的是，他们独享求知的快乐，拥有最大的财富——知识。这一点，就是高官大贾也不敢轻慢的。

也许是嫌鸿儒太假道学，学者太苦太累，于是就有了第三种文人——名士。名士是读书人中的非正统派，他们不务经学、不求仕进，而且学不必专、业不必精，但才华过人，更兼本性风流，不受礼法拘束，或忘情山川，或流连诗酒，乃至偷香窃玉、放浪形骸，虽然惊世骇俗，但由于出自真性情，又被过人才华所遮掩，于是无行变成了美谈。名士瞧不起鸿儒，也不愿做学者，李白嘲笑"寻章摘句老雕虫"，陶潜不为五斗米折腰，竹林七贤非圣无法。他们不愿走传统文人的道路，宁愿做社会的边缘人物。不过，名士反潮流，有点像现代西方的嬉皮士，仅限于生活方式上，而不是思想上的异端，他们还不具备造反的思想武器，因而只能抒个人之愤懑，不能颠覆整个文化制度。也正因为名士并无大害，统治者虽不喜欢，但又能容忍，甚至收买笼络，由此也出现不少走终南捷径的假名士。尽管如此，名士毕竟有了自己的一块自由精神领地，他们活得洒脱多了。“五花马，千金裘，呼儿将出换美酒，与尔同销万古愁”，是何等豪爽！“今宵酒醒何处，杨柳岸晓风残月”，又是何等令人神往！“采菊东篱下，悠然见南山”，该是多么超脱！甚至“十年一觉扬州梦，赢得青楼薄幸名”也令人艳羡。无怪乎连那些皓首穷经的腐儒、孤寂苦熬的学者也羡慕名士，甚至也时常作名士状呢。只可惜名士风流一世，甚至名传后世，但无补于当世，既不能安邦治国，又少著书立说，难免虚掷青春才华，最后落得一个“空”字。但真名士大多会留下一些精神财富，特别是文学艺术遗产。他们的特立独行、异端思想往往会在文艺上结出果实，而名士也大抵以文艺才能闻名于世。像杜牧、八大山人、唐伯虎、曹雪芹乃至徐志摩、李敖等都是有巨大艺术成就的真名士。

新中国成立以后，名士绝迹。在“左”的思潮高压下，知识分子脱胎换骨地改造，夹起尾巴做人，安敢风流？改革开放以来，禁锢即松，名士之风大起。大家都不想活得太累，要多一分情趣，少一点束缚。于是玩文学、玩学术、玩人生，潇洒风流不逊古人。只是当今假名士多，真名士少。这些现代名士往往才学不足，更缺少真性情，一玩就露出浅薄来。真名士要有真才学、真性情，至于学者依高官，明星傍大款，作家换情人，恐怕不是真风流，不会留下千古佳话。中国需要有名士，但要真名士，不要假名士。中国的文学艺术既需要严肃的作家来进行深刻的思考，也需要一些有真性情的名士创作出有神韵的作品。由于理性主义的重负，中国作家严肃有余而浪漫不足，人格的解放和性情的自由发展是中国作家和文艺繁荣的首要条件。

思想家作为知识分子的一种模式，不是中国的土产，而是舶来品。中国古代很少有人能称得上思想家，因为思想家最基本的品质是对现实的批判意识，能够创造新的价值观念，犹如学者能够创造新的知识。中国文人没有批判意识，只知道遵守圣人之教。老子、庄子、孔子、墨子等作为中国文化的奠基者，应该有大思想家的地位，可惜到了后代就渐渐绝了种，这是文化专制主义的恶果。孔子作为思想家这个称号也要大打折扣，因为他“述而不作”，多为阐释发扬周文化，独创变革甚少。后来的儒学门徒更等而下之，像退化的马铃薯一样，一代不如一代。因此，中国有鸿儒，有学者，有名士，但缺少思想家。思想家是社会、文化前进的火车头。欧洲走出中世纪，进入近现代文明，除了生产力的发展以外，还依仗出现了一大批思想家，像卢梭、伏尔泰、康德、黑格尔、马克思、尼采、胡塞尔、海德格尔、萨特等。中国封建社会长期停滞，文化变革缓慢，也因为缺少大思想家，缺乏对抗儒学的新思想。及至近现代，西方文化传入，传统文化衰落，就有服膺西方文化的新思想家出现，如康有为、梁启超、孙中山、陈独秀、胡适、鲁迅等。他们呐喊战斗，振聋发聩，几乎颠覆了传统思想，把社会推向变革。中国现代思想家有些先天不足，他们缺乏传统文化的“支援意识”，思想取自外国，奉行“拿来主义”，往往只能阐释宣传新思想，而不能创造新思想。中国难出世界级大思想家，根源也在这里。在“左”的思潮禁锢下，现代迷信盛行，思想被扼杀，更难有思想家出现和存在。顾准也许称得上是唯一的思想家，可惜未及有成就便被扼杀了。思想解放、改革开放，新思想新文化引进，于是像五四运动一样又涌现出大批思想家，他们推动文化变革、社会进步功不可没，只是仍然先天不足，阐释介绍多，创造发明少，思想仍然是外国人的，因此仍未有世界级的大思想家出现。尽管如此，思想的花朵毕竟开放了，在中国深厚肥沃的土地上，它迟早会结出自己的果实，中国的大思想家应当会在不久的未来出现。⧉ 2003・3

单位制度下的文人生态

□张 均

1949年后，文联、作协等文艺机构为文人提供了稳定丰厚的薪金与医疗、教育、住房、差旅等福利保障，“大幅度地提高”了“作家的政治地位、社会地位”。①但单位制度也有力重构了文人主体的身份认同，“形塑”了其自我定位及写作态度。此亦50年代至70年代文学中“心照不宣的协议”②之一。这种身份认同在延安文人建构“人民文学”、重组文坛格局的过程中起到了至关重要的制度性作用。但学界研究基本上都集中在文人与政治意识形态的纠结上。而事实上，由于单位制度与传统文化的结盟，当代文人的身份认同具有缠杂的两重面孔。

一

身份认同（identity）系指个体“在现代社会中塑造成的、以人的自我为轴心展开和运转的、对自我身份的确认”③。这种自我确认，指一个人希望归属何种国家、社会和文化，并在其中承担特定角色、实现特定人生价值。在50年代至70年代，这种约定俗成的确认是个体人生选择与文学版图变化的主要条件。对此，当前研究都有涉及，但都集中在文人与政治的关系，尤其是文人在意识形态压力下从启蒙者转向“被改造者”的身份“调整”上。研究者指出，由于“政治身份（党员、积极分子、工农出生）成为获得权力和利益的资本”④，对于带有小资“原罪”和其他“历史问题”的文人而言，政治忠诚便成为身份认同的关键，“作家被划为国家干部，能享受到相当高的政治地位，分配和享有国家一定的经济资源，工资和稿费都相当高，但其思想意识和阶级属性一直受到怀疑、批判和改造，这带来了他们身

---

① 洪子诚：《问题与方法》，北京：生活·读书·新知三联书店2002年版，第217页。

② 佛克马、蚁布思著，俞国强译：《文学研究与文化参与》，北京：北京大学出版社1996年版，第122页。

③ 王成兵：《当代认同危机的人学解读》，北京：中国社会科学出版社2004年版，第9页。

④ 刘小枫：《现代性社会理论绪论》，上海：上海三联书店1998年版，第431页。

份认同的混乱和焦虑”①。显然，怎样向组织证明自己已完成从“启蒙者”到“被改造者”的身份转变，就成为文人获得接纳的首要问题。而在单位制度下，文人若因不顺从而被放逐，结果将不堪设想。这些观点，不难从余英时“道”“势”之辩中找到渊源。在某种意义上，当代文人对体制、写作对政治的归化，可以理解为“道”对“势”的再度屈服。甚至可推论，当代中国没有真正的“知识分子”，文人们“只不过是各条‘战线’上的士兵，这些‘战线’全都听命于中央政权或代表‘天道’的政治势力的政治号令”②。

这类有关身份认同的主流见解是正确的。其实，对政治的驯服或忠诚，其症结不仅在于社会主义体制，同时亦是科举停废以后知识分子社会功能改变的结果。在古代，儒家知识分子作为“天命”阐释者，可通过学术研究、文学书写赋给政治强权以“天命”，亦有可能削减、褫夺之，恰如研究者所言，“学者——知识分子，他们被排除于政局之外，但还拥有社会威望”，“他可以发表自己的意见，制定其原则，发生实际的影响。这样的人并不试图按照他们自己的利益来控制政治权力，而是提出一系列伦理原则来限制政治的力量。他们所发展的道统体系被绅士接受，并作为其政治活动的规范”③。但民国以来，儒学式微与科举这种“中国社会唯一公认的权威分配装置”④ 的停废，使知识分子作为政治合法性的阐释者、赋予者的传统地位大幅削弱。斐鲁恂指出：“执政者认为他们不需要征询任何人的意见。他们自认为可以自给自足，不必急于获得任何社会团体的道德支持或意见提供……除了统治阶层之外，没有任何社会精英有左右政局的力量。”⑤ 这种地位到共产主义革命则丧失殆尽。毛泽东作为一代英才，自身即是理论造诣颇深的知识分子。在延安时代，他本人已解决革命政权的“道统”问题，他“自为‘以其道易天下者’，‘道’者，个人对改造中国社会和世界所持的理想抱负、志向也”，“毛在整风运动中，依据自己的理想全面改造了至那时为止的中共所有有形和无形的方面，……建起一整套烙有毛泽东个人鲜明印记的中共新传统——其一系列概念和范式在1949年后改变并决定了几亿中国人的思想和行为”⑥。毛泽东兼具“君”“师”角色，无须知识分子来为革命创设“合法性”。知识分子传统功能十去其九：

> 在革命制度下，知识分子被当作可信任的，伟大的社会和文化转换中的必要的合作者。但他们被剥夺了设计的权威。他们变成了和其他人一样的劳动者，他们是能为建设新秩序大厦提供服务的熟练手艺人，而不再是自以为是的

---

① 王本朝：《中国当代文学体制研究》，武汉大学博士学位论文，2005年，第56页。

② 邓晓芒：《当代知识分子的身份意识》，《书屋》2004年第8期。

③ 费孝通著，惠海鸣译：《中国绅士》，北京：中国社会科学出版社2006年版，第16页。

④ 佐藤慎一：《近代中国的知识分子与文明·序章》，南京：江苏人民出版社2006年版。

⑤ 斐鲁恂著，胡祖庆译：《中国人的政治文化》，台北：风云论坛出版社1992年版，第34页。

⑥ 高华：《在“道”与“势”之间：毛泽东为发动延安整风运动所作的准备》，《二十一世纪》1999年第8期。

设计师。①

怎样从“设计师”下移到“熟练手艺人”的角色呢？只有放弃“灵魂深处”的“小资产阶级知识分子的王国”的人，才会被承认为革命者。然而，由于判断标准模糊，党或其他自居为“党”的人，随时都可能质疑或否定某人的政治身份，这使身份有如悬在头顶的达摩克利斯之剑，怎能使出身、思想都颇可疑的文人不感到“混乱和焦虑”呢？

尽管有出身、思想这把达摩克利斯之剑，但文艺界高层领导很少为此烦恼。中宣部和作协领导实皆“小资”出身，陆定一甚至出身无锡大富之家，姚文元父亲姚篷子曾经“脱党”。但他们自从跻身领导岗位后，就不再受到身份困扰，更无人“怀疑”其思想。政界亦如此，“说起来也奇怪，中国共产党的高级领导干部出身于剥削阶级家庭的大有人在。对于高级干部的家庭出身，只要他自己不说出来，绝对不会有人追查”②。这表明，在很多时候，政治纯洁并非身份认同的唯一问题，甚至不是问题。身份问题实存在上下分界。在中低层知识分子（如中小学教师、青年习作者）中，出身和经历的“纯洁”确较重要，构成个人升迁与利益获取的主要资本，但在上层文人中则无足轻重。据材料看，1954 年胡风上呈“三十万言书”意在使毛泽东建立对自己的个人信任，1966 年周扬深感焦虑的是毛泽东的信任既已不可挽回，那么他自 60 年代以后接近的刘少奇、彭真是否有能力保护自己。很明显，在这些事关个人生死荣辱的焦虑中，政治身份考量甚少，使人煎熬的是有权力者的信任。尽管他们知道，如果“倒台”，出身、经历的“纯洁”势必被攻击纷纭（如被指控为“小资”、修正主义者、叛徒、特务之类），但倒不“倒台”本身，与身份“纯洁”却无甚关系。鲁迅说过：“盖天下的事，往往决计问罪在先，而搜集罪状（普通是十条）在后也。”③ 如果不被信任（意味着势力不济），就可能被人“问罪”。身份“在后”，属于“搜集罪状”之列，是事后借口，而非事前决定因素。反之，若获得有权力者的信任，即便身份可疑，亦无问题。典型事例是 1966 年江青举荐姚文元参加“中央文革小组”，陈伯达以姚篷子“脱党”为由反对，毛泽东一笑置之，姚文元照样获得重用。

这就涉及身份认同中被遮蔽的另一重面孔：在权势力量面前，文人如何自我定位。学界常将权势力量与意识形态力量混同，如余英时即将“势”解释为君王所代表的政治权威。实则两者可能重叠，但原则大有差异。权势力量指按照派系原则运作的私人势力，意识形态力量则指“主义”压力，它可能有形地体现于具体人物，也可能无形地隐藏于制度。代表意识形态的具体人物如果秉公持正，不任人唯私，

① 杰罗姆·B. 格里德尔著，单正平译：《知识分子与现代中国》，天津：南开大学出版社 2002 年版，第 329 页。

② 黄秋耘：《风雨年华》，广州：花城出版社 1999 年版，第 202 页。

③ 鲁迅：《三闲集·通信》，《鲁迅全集》（第 4 卷），北京：人民文学出版社 1981 年版。

那么他就不是权势力量。遗憾的是，在中国政治中，派系是基本运作方式，追随者以追随有权力者为晋升秘诀，派系领袖则凭借广泛的私人关系展开政治角逐，为自己和追随者争夺权力和资源。所以，和政治忠诚一样，私人忠诚是身份认同的另一重面孔。

余英时式的“道”“势”之辩包含着对历史的简约处理，不能处理私人忠诚这一身份问题。一来，余英时将“道”理解为知识分子整体承担的理想主义精神。这是部分事实，但“道出多门”才更为常例。同样尊孔孟、崇程朱，但不同学派、不同地域的士大夫的解释，可能很不相同，此派可能不承认彼派。故在儒学作为国家学说的前提下，各派还须通过激烈竞争，才能使己“道”占据国家学说之位置。而在专制制度下，要赢得竞争，逻辑论证用处有限，关键还在于与各种权势力量建立联系。再者，余英时将“势”理解为统治集团整体性的政治权威，亦失于简化。历史上，政治权威较少集中于一个抽象“统治集团”，而多被不同权势力量分享，如帝党、相党、后党、宦党、太子党、藩镇或清流等。其中，帝党时强时弱。士大夫或自成一党，或与他种势力结成一党，也是重要的政治势力。这些势力之间犬牙交错。余英时屡屡谈及的士大夫与君王的抗衡，不能不说是简约的设想。实际上，追求“道”的知识分子，往往需要效忠于某种权势力量或自组势力。而“道”的发展，也取决于这些势力能否在诡谲多变的权力斗争中取胜。

二

私人效忠对象的“势”，未必是君王权威，而是各种权势力量。有志于“道”的文人，若欲提升“道”的竞争能力，则须援结这些势力或自组势力以造“势”。造“势”手段包括：向上取得最高权势（未必是皇帝）的信任，横向援结同级别势力，向下招抚实力不如己的势力。人脉广泛，势力强大，“道”才有真正实现的机会。故“道”“势”之辩，是知识分子面对君王的困惑，更是知识分子在求“道”与造“势”之间的痛苦。当然，这是就朝廷政治而言，置之一般机构里仍然类似。新中国实行单位制度，“道”“势”之辩加剧。在文艺界，文人为确保写作事业（“道”）的发展，除了顺从意识形态外，还须与各种权势“合纵连横”，才能更好地获得资源。而处理与各类势力的关系，须“应权通变”，“世事练达”，有足够机智与策略以“纵横取巧”。① 那么，是做不阿附于人的知识分子，还是做“聪明”的、善于在上司、同僚、下属之间游刃有余的人，即成为文人身份认同的另一重关键所在。如此问题，文人时时横亘于心却又不便形诸笔墨。遗憾的是，今天学界已按“惯例”将知识分子设定为政治“受难者”，此问题亦“不便形诸笔墨”

① 沈从文：《总结·传记部分》，张兆和主编：《沈从文全集》（第27卷），太原：北岳文艺出版社2002年版，第80页。

了。不难想象，如果我们从日记、书信中发现俞平伯、沈从文等人“应权通变”的材料，恐怕很多人难以接受。此亦身份认同中私人忠诚问题久久被遮蔽的原因。然而，晚年参透世态的韦君宜，终于把这一点说得清清楚楚：

> 参加革命之后，竟使我时时面临是否还要做一个正直的人的选择。这使我对于“革命”的伤心远过于为个人命运的伤心。①

“正直”云云，指的不是效忠于共产主义，而是是否要拉帮结派（效忠于人或要人效忠）、发展私人关系。是做“正直的人”还是做“灵活的人”，是做“正身之士”还是做“仰禄之士”，实是理想主义与世俗主义之矛盾。这是当代文人身份认同的第二重面孔。在此问题上，单位制度下的文人有三种选择。

一为“正身之士”。邓晓芒批评当代知识分子“与过去时代的在朝或在野的士大夫并没有实质性的区别”，“中国古代知识分子的出路就是‘仕’”，“不论是儒家还是道家的知识分子，他们的眼光总是盯着政治和官场，不是争宠揽权，就是愤世嫉俗，少有对自然知识和客观真理的探索和研究”②。这自然是苛评。如果“人民”可算比较纯粹的追求，那么当代文人倒不乏真正的“知识分子”。他们生活在写作事业之中，无意挟权自重或援结权势，不甚计较世俗利害。冯雪峰颇具代表性，“他是最没有志气的了，他工作着，他一切为了党，他受埋怨过，然而他没有感伤过，他对于名誉和地位是那样的无睹。那样不会趋炎附势，培植党羽，装腔作势，投机取巧”③。1949 年后，冯雪峰无意仕途，“一心想定居上海，在解放后的安定环境中，专心从事自己的理论研究、现代文学和鲁迅研究，以及各种文体创作”，他表示，“如果组织把我安排在这样的岗位上，是可以为后人留下一点东西的，不至于像鲁迅所批评的那种白蚁，一路吃过去，只留下一些粪便”④。秦兆阳则一心想“把《人民文学》办成像十九世纪俄罗斯的《祖国纪事》和《现代人》那样的一流的文学杂志”⑤，并雄心勃勃地要建立新中国的文学流派。柳青、赵树理、孙犁的文学追求兼具“革命清教徒”色彩。这类作家淡泊名利，有问“道”之情，无造“势”之想，可堪赞美。不过在现实中，恐怕这些行为皆非人情之所乐为。即便胡风也对冯雪峰不以为然，他表示：“抗战后，雪峰就是要搞文艺，要作为一个作家而被承认。他自己说，文艺上的地位不被承认，党内就不会有地位。实际上呢？如果在党内没有地位，文艺上的地位是空的，那是很容易被拿掉的。”⑥ 显然，“正身之士”只能是罕有品类。

二为“仰禄之士”。中国人极少沉湎于信仰，毕竟，理想不能用来生活，“那

---

① 韦君宜：《思痛录·露沙的路》，北京：文化艺术出版社 2003 年版，第 48 页。
② 邓晓芒：《当代知识分子的身份意识》，《书屋》2004 年第 8 期。
③ 丁玲：《风雨中忆萧红》，秦人路、孙玉蓉选编：《文人笔下的文人》，长沙：岳麓书社 1987 年版。
④ 陈早春、万家骥：《冯雪峰评传》，重庆：重庆出版社 1993 年版，第 511 页。
⑤ 王培元：《狷者秦兆阳》，《出版广角》2006 年第 12 期。
⑥ 晓山：《片断的回忆——纪念父亲胡风逝世五周年》，《新文学史料》1990 年第 4 期。

些在其哲学著作中表达了崇高理想的人，一旦真的按这些原则进行生活的话，他就会陷于孤寂或入不敷出的困境之中”①。在中国，较狷介之士更易产生的是另一类人物。鲁迅说：“其实中国自南北朝以来，凡有文人学士，道士和尚，大抵以‘无特操’为特色的。”② 诚哉斯言！鲁迅未亲历1949年政权鼎革时代的人性世相，吴宓却在亲睹。1952年，吴宓在日记中感叹：

> 彼千万好名好利、专图官职之国民党政府人员，本无宗旨与信仰，走越走胡，事齐事楚，恒无所择，惟视环境之推移，向新朝而效忠，既乏节操，自乐从顺，其痛詈前王，雅崇今哲，只为己利。③

其实，“既乏节操”“只为己利”之现象亦是文艺界之常态，如刘白羽、袁水拍、姚文元、于会泳、戚本禹等人物，亦“大抵以‘无特操’为特色”。他们不乏才华，但文学于他们更近于应用技术，可借以升职谋利。他们不会迂腐固守某种“主义”，相反，为利益可随时抛弃或袭用任何理论。巧于揣摸媚迎，是其基本生存技术。据说，姚文元“每天上班后的第一件事，就是看《人民日报》”，“仔细揣摸毛泽东讲的每一句话，以及每一句话中所包含的深层意思”④。姚的发迹与冯雪峰恰成反面，然而在中国，“卑鄙”似更是“成功”的“通行证”。不过，这类“仰禄之士”因丧失道德底线，在文人中认同度同样不高。

三是“通权应变”之士。“正身之士”“仰禄之士”实皆极端现象，文人多取中间状态：既希望坚守文学之“道”，亦希望审时度势，处理好与周边各类势力的关系，营造有利人脉。此类身份追求要“道”“势”兼修，以“势”卫“道”。左翼作家郭沫若、茅盾、胡风、臧克家，党的作家周扬、丁玲、张光年、林默涵、严文井等，右翼作家朱光潜、冯至、钱锺书等，虽在“道”“势”之间侧重有异，但皆力求兼顾两端。周扬比较成功，这固然与毛泽东的器重有关，但更缘于其自我定位：孤立的文学追求是幼稚的，唯有拥有一方势力，自己对《讲话》的阐释才能在竞争中成为“权威”。故在任何时候，他都致力于提升个人势力。对上，他使毛泽东对自己保持漫长信任。对级别相近的官员，他则与之发展良好关系，如陆定一、夏衍等。对下，他则从故旧、学生中扶持各种“干才”，如邵荃麟、林默涵、张光年、郭小川、陈荒煤等，并将他们安插到各要害“位置”。类似文人而兼政客的角色，是当时文人在人事复杂的文坛中的主流身份选择。对此，沦为“旁观者”的沈从文深感不满：

> 一个从事文学的工作者，如自己不能提出些作品来实证问题，倒说作品无所谓，我是无从理解的。到现在为止，文学中的政客，一生从不曾好好在工作

---

① J. 赫伯特·阿休特尔著，黄煜、裘志康译：《权力的媒介》，北京：华夏出版社1989年版，第15页。
② 鲁迅：《准风月谈·吃教》，《鲁迅全集》（第5卷），北京：人民文学出版社1981年版。
③ 吴宓：《吴宓日记续编》（第1册），北京：生活·读书·新知三联书店2006年版，第309页。
④ 霞飞：《姚文元的人生沉浮（上）》，《党史博采（纪实）》2006年第3期。

上有多少努力，只用一作家名分而向上爬，我还是缺少理解；这边爬过了又向另一边爬，我还是缺少理解的。①

然而，以文人而兼具政客“手腕”，才真正适应中国文坛的“土壤”。当然，“道”“势”双修亦不能保证永久成功。以周扬非凡的权变能力，夏衍、林默涵的深通世故，终未能幸免于祸。不过，较之迂腐的冯雪峰、造“势”能力不强的胡风、丁玲，周扬等人还是成功地做到了利益最大化。

三

“道”“势”兼修的身份认同有多方面因由。最要者，乃因派系文化传统与单位制度的“结盟”。1949 年后，随着文艺机构的有序建立，文艺界逐渐被少数有权势的文人所“掌握”。诸如出版、发表、待遇级别、出国考察、年终表扬、体验生活、工作调动、职位升降，在每个具体文艺单位，实际上都演变为少数几个人说了算的胡风谓为“小领袖主义”② 的“局面”。这使依靠、投奔、拉拢之现象骤然泛起。而文艺界大的“山头”之间，为争夺《讲话》的“正宗”阐释权与重要职位也在各自争取力量。对此，不通世故的书生就只能徒叹奈何。“细思中西古今政治文学往史，大率守道从真，博学雄文者，其流辈莫不失败困穷。而诡辩纵横、功利营谋者，往往成巨功、享大名，为当世所尊崇，极人间之荣贵。”③ 其中隐情，可更细言之。

其一，自我保护需要。从消极角度看，“道”“势”兼修是必然的。1949 年后，文艺出版（刊物与出版社）作为稀缺资源，名义上属党所有，实被操纵于不同势力之手，高度“圈子化”了。而且，由于不必考虑市场压力，不必担心作品过差，掌管刊物的权势人物，多视刊物如自家“领地”，刊发作品多以关系远近为标准。亲者多发，疏者少发或不发。职位分配更讲究“门户之别”。故作家要想发表作品、获得提拔，不想办法获致权势人物的好感，无疑非常困难。无名青年或“无所依傍”者，很难出头。1955 年，青年作者杨沫由于缺乏关系，作品迟迟不能发表，深感痛苦。多年后，老鬼这样描述母亲的心境：

心里很烦……看见别人一部作品还没写完，报纸上就大登起来了（如秦兆阳的《两位县委书记》，在《北京日报》上连载了好几天）。而自己的书稿写了 4 年，经过多少遍的修改，迄今完成 8 个月了，还没有人看，就很有一些愁

---

① 沈从文：《总结 · 思想部分》，张兆和主编：《沈从文全集》（第 27 卷），太原：北岳文艺出版社 2002 年版。

② 胡风：《胡风三十万言书》，武汉：湖北人民出版社 2003 年版，第 355 页。

③ 吴宓：《吴宓日记：1943—1945》（第 9 册），北京：生活 · 读书 · 新知三联书店 1999 年版，第 512 页。

闷。母亲曾对父亲说：即使是共产党领导的国家，文艺界还是朝中有人好做官，怨不得有人形成了小集团，互相扶持，又怨不得胡风他们利用了我们这个弱点。但我是讨厌这种行为的，我绝不走任何人的门子。像有的人那样，为了自己的写作事业，竟然可以去抱某些名作家的粗腿，甚至不惜出卖自己的肉体。①

“出卖肉体”云云，杨沫未说明具体当事人。但据当年郭沫若、艾青、沙鸥、聂绀弩、孔厥、陈企霞等名作家、名编辑层出不穷的“感情纠纷”看，女作者“出卖肉体”换取发表机会的事情应不少见。对于难以“出卖肉体”的男作家来说，一旦无权势可凭，情形就更尴尬，譬如“知名”人物赵树理“在（北京）市文联挂副主席的衔儿，竟然出现过他忍无可忍地向一位副秘书长下跪的事，似乎他不懂副主席比副秘书长的官位高，他也不会利用职权处理自己的下级，竟然扑通一声跪倒在地”②。在文艺界，少数人以党的名义垄断有限文学资源，必然发生此类事情。唯“诡辩纵横、功利营谋”、营造势力，才能摆脱此类尴尬。

造“势”的更大作用，在于减少政治风险。愈权高位重者愈如此。这是因为，在单位制度下，领导与被领导者之间出现组织性失衡，领导几可随心所欲加害被领导者，被领导者却无必要抗害能力。二者之间，无异于“狼”“羊”关系。“羊”在“狼”身边，时有被吞食之危险，自然无从谈起事业（“道”）。故“羊”必须结交本单位或其他单位的“狼”，才可增强抗害能力。只有“树朋结党”，才可保护自己。表面看来，当时作家动辄得罪，说错一句话，偶有海外亲戚，都会招来厄运。但实际上，遇害者多“无所依傍”。真正有权势庇护的人，即便真的犯了政治错误，亦往往安然无恙。最典型者，是韦君宜受胡乔木保护不划“右派”事件，③同一事件中的黄秋耘亦因与邵荃麟的旧谊而免祸。1959 年，郭小川遭到“周扬派”报复，若是其他作家遭此祸患，恐怕就流放北大荒了。但郭小川“屹立”不倒，并如愿调至《人民日报》工作。原因并不复杂，仅因郭小川曾任王震将军的秘书，1949 年后与王震仍保持密切交往。相反，作家若完全不事“经营”，不给自己“铺路”“搭桥”，几是自取其败。1957 年，韦君宜、黄秋耘因有权势庇护，安然度过“反右”难关，但《文艺学习》杂志须另有人“承担责任”。于是，作协领导刘白羽将两个无辜者划成“右派”以掩人耳目。其中李兴华系 8341 部队退役军官，但

---

① 老鬼：《母亲杨沫》，武汉：长江文艺出版社 2005 年版，第 74 页。

② 葛翠琳：《魂系何处——老舍的悲剧》，李复威主编：《百年文坛忆录》，北京：北京师范大学出版社 1999 年版。

③ 当事人黄秋耘回忆：“刘白羽对很多事情，要看你的背景、后台怎么样……韦君宜处境比较危险的时候，有很多人攻击她……当时她丈夫杨述去找胡乔木，问他韦君宜有没有危险？胡乔木对他说：‘你放心好了，韦君宜是不会划成右派的。’什么理由呢？胡乔木不讲。杨述回来就到处宣传。这个很起作用。胡乔木已经说了韦君宜不会划右派，那就划不成，不管有什么事。”黄伟经：《文学路上六十年：老作家黄秋耘访谈录（下）》，《新文学史料》1998 年第 2 期。

此“纯洁”政治身份在刘白羽眼中一文不值。“朝中无人”注定了李兴华成为替罪羊。冯雪峰更是无“势”致败的典型。作为参加过长征的老作家、毛泽东早年友人，冯雪峰上不能在中共中央内巩固与毛泽东的友谊，下无兴趣利用权力广置亲信，培植门生，安插弟子，“他没有什么小圈子，虽然说起来也算是一方面的人物，但周围并没有什么阵营。据说，跟他关系比较好的只有少数几个人”①，完全缺乏私人势力。后来一经周扬、夏衍打击，竟无以对抗，束手就擒，彻底毁掉自己的文学生涯。

其二，自我发展需要。积极言之，“势”还可护“道”。对于居高位者，尤需如此。因为权势总可让人获得“法”外特权。1957 年，评论家会昌讽刺说：

> 在精神世界中具有高的或较高的级别的人，的确是值得人“艳羡”的。他们有的是“正确”的化身，虽然参加过，并且领导过反对以资产阶级立场、观点、方法研究《红楼梦》的斗争，但在不久以后，又写出了可以与“群芳开夜宴图说”比美的考证贾宝玉害过斑疹伤害的名文，而不自觉其为自己所曾经大力批判过的思想的追随者。有的“跳出三界外，不在五行中”，尽管所写的书出版之后，出版社曾经接过 1700 封批评的信，然而却没有一封可以发表出来。如果万一泄露了天机，可怎么好呢？没有关系，还可以将载有这种批评的杂志全部收回销毁。有的乱搞男女关系，已经人民法院判处徒刑。但在缓刑之余，依然逍遥法外，高步诗坛，吹着自己“美妙”的芦笛。②

会昌遮遮掩掩，对权势人物有所顾忌。其实，有权势者的特权是普遍的。“势”对于“道”的利好非常明显。一方面，“势”大之后，作家才能不断安插、提携“自己的人”，培植效忠于己的私人势力。黎辛回忆，“周扬与荃麟使用干部没有多考虑老解放区来的‘出生入死’‘白区来的干部没有多少斗争经验’”，“周扬重用的干部，大约是他喜欢与相信的，特别是在斗争中有功绩的”③。周扬任人惟私，但这符合中国政治的事实规则，它可以维护和扩大既得利益，使私我之“道”独霸文坛。另一方面，“势”若坐大，还可提升自己的加害能力，剪除有威胁的对手和不忠诚的下属。周扬在势力发展过程中，对外先后剪除胡风、丁玲、冯雪峰等对手，对内也逐渐“清理”了秦兆阳、李清泉、陈涌、黎辛等一批“背叛者”。

故由消极、积极两方面观之，“道”“势”兼修都是必要的。二者合一，才是“道”之生存秘密。这一点，除少数“迂生”外，多数文人都深谙此理。在他们的身份认同中，“道”“势”兼求，“势”尤不可少。因是，多数作家自始至终都很注意结交有权势的人物，以谋求最佳前途。郭沫若 1949 年后对毛泽东、江青、邓小平“墙

---

① 舒芜口述，许福芦撰写：《舒芜口述自传》，北京：中国社会科学出版社 2002 年版，第 258 页。

② 会昌：《精神世界里的级别》，《长江文艺》1957 年第 7 期。

③ 黎辛：《关于中国作家协会的反右派斗争及其它——〈黄秋耘访谈录〉读后》，《新文学史料》1998 年第 4 期。

头草”式的取媚是生动例子。这类身份选择，注定了作家不可能“做一个正直的人”。当然，“道”“势”兼修必使人陷入世故、圆滑、势利，甚至堕入人格混乱的痛苦。由于势力斗争激烈，经常在一个行将垮台的势力内部出现“反水”。舒芜交出与胡风的私人通信，康濯、玛拉沁夫揭发丁玲，流沙河检举《星星》同人，都是出卖师友的典型行为。此外，“道”“势”兼修，是以“势”卫“道”，还是堕入它的反面：以“道”为伪饰，以“势”为旨归？恐怕亦难以断论。▣ 2010・2

走出民间的沼泽

□ 李新宇

90 年代的文学是多元的。但是，在这多元构成中，知识分子精英话语的迅速分化和由此导致的民间话语的膨胀，毫无疑问是一种整体倾向性的存在。作家纷纷走向民间，理论为之推波助澜，民间话语成为时髦。然而，只要我们稍微睁一下眼睛，就会看到，那并不是一片鲜花盛开的金牧场，而是一片危机四伏的沼泽地。因此，对于文学的民间化趋向，需要的不是欢呼而是足够的警惕。

一、 世纪末文学的民间化倾向

80 年代结束之后，走向民间的倾向已成为相当普遍的存在。新写实小说以写普通人的生活琐事和人生烦恼以及价值取向上与民间大众的贴近领风气之先，比较彻底地实现了小说叙事话语的民间化。先锋小说在进入 90 年代之后迅速发生分化，大多不再以探索和创新为努力方向，而开始向传统的审美意识和表现手法回归，努力写作大众喜闻乐见的作品。80 年代的一批中坚作家纷纷躲避崇高，直面世俗，到民间去寻找精神的憩栖之地。晚生代以各种新特色引人注目，但考察其价值观念与审美意识的构成，却很容易发现他们的种种表现往往都是以迎合市民心理为指归。其他文学样式更不必说，报告文学自进入 90 年代之初就开始以政治秘闻和大人物轶事吸引读者，散文除少数之外已经多是婆娘式的无聊絮叨，电视剧以观众为上帝，当然以观众的审美趣味为编导原则……

这种民间化的走向是全方位的，也是多层次的。

首先，在艺术表现形式上，90 年代的文学整体的运动趋势是向传统性回归。我们知道，明确的语言和有头有尾的故事可以使读者感觉轻松，全知的叙述视角可以使读者免去思考的劳累，简单的结构和明确的因果关系更易于大众读者阅读。于是，作家们开始更多地运用传统的叙事方式。在新时期之初，传统叙事方式曾经被富于革新精神的作家所抛弃，使之成为守旧的象征。先锋小说家曾经以探索为宗旨，使小说形式结构一步步走向复杂化。然而，进入 90 年代之后，传统的叙述方式重新受到作家的青睐，先锋小说家也很自觉地开始反省自己，背离探索的初衷和先锋的使命而开始使用传统叙事方式。余华的《活着》和《许三观卖血记》就是一个突出的标志。它向我们透露的信息是先锋作家终于走出象牙塔，把创作定位于民间大众，它使我们看到，这个时代的作家是如何为了获得更多的读者而在形式上努力地迁就和适应大众。

其次是知识分子精英立场的放弃和大众立场的获取。如果仅仅是语言和形式上的变化并不重要，那不过意味着作品的通俗性。90年代文学呈现给我们的绝不只是这些，而是作家观照生活的角度和立场的民间化。作家们放弃启蒙主义立场，不再以启蒙导师自居，纷纷响应时髦批评的号召，不再居高临下，不再自以为比读者更高明，而是开始与大众站在同一地平线上体验和表现大众的生活。这种变化被一些批评家看作文学的进步，因为据一种解释说，在过去的几十年中，我们的作家在观察生活和表现生活的时候，总是习惯于站在知识分子的精英文化立场上。时髦的批评认为，站在那种“陈旧的”立场上看生活，民间往往是封建的、保守的、落后的，民间的人物往往是阿Q或者陈奂生，他们成了精英知识分子同情和改造的对象。好像这一切都是无法容忍的。90年代的文学好像要彻底结束这一时代，创作和理论的宣言很像是“知识分子统治文坛的现象再也不能继续下去了”。

所以，进入90年代之后，在纷纷远离政治意识形态视角的同时，作家们也匆匆远离知识分子精英话语的立场。90年代的中国作家没有几个人愿意从权威意识形态的视角来观照生活和表现生活，同时，从知识分子精英文化视角来观照生活和反映生活的作家也越来越少，多数作家正在努力获得大众的立场和与他们平行的视角。

再次是在价值观念层面上向民间大众价值的认同。大概已经不需要举例证明，人们早已经熟悉池莉等人的新写实小说完全认同普通市民的情感态度和价值观念的事实。他们写小人物的人生烦恼，写他们对生活无能为力，写他们不得不承认现实并在夹缝中委琐生存的种种无奈，然而，与启蒙主义文学完全不同的是，创作主体对他们只有“哀其不幸”而不再有“怒其不争”。从新写实小说开始，到90年代的新状态和新市民文学，在这一点上大同小异。在新都市文学中，几乎到处都可以看到一种生存大于一切的价值观念。活着成了唯一的目的，为活着而活着，没有比活着本身更高的价值。因此，为生存而采取的各种行为都有其存在的理由。在一些作品中，金钱成了支配一切的杠杆，理想精神和人格追求在它的面前已经不堪一击。仿佛在进入市场去为自己的生存而进行各种搏杀就应该把一切精神价值和人格操守通通踩在脚下。因为精神的支柱是那么软弱无力，而用金钱编织起来的世俗世界是那么美好。大量作品表现了一种市民社会的生活方式与价值选择。一群又一群的作家通过生动的形象和逼真的细节告诉我们乌托邦式的人文理想失落的必然性和民间世俗价值的天经地义。

在各种理论的支持之下，在大潮的裹挟之中，一种新的现象已经特色鲜明：写市民者认同市民价值，写农民者认同农民价值，写下岗工人者满足于表现对下岗工人的同情，写乡镇干部者竭力为乡镇干部辩护，写城市痞子者认同城市痞子，写卖笑女郎者满足于做卖笑女郎的传声筒。面对当代生活中的阿 Q，世纪末的中国作家不再像鲁迅那样哀其不幸并怒其不争，而是既不承认他的不幸，也不认为他有什么“不争”，甚至往往把他看成智者，看作生活的榜样，因为只要离开讨厌的知识分子的那一套价值观念，换个角度看阿 Q，他是那样潇洒，又那样机智，并且善于调节内心的不平，总能找到自我宽慰之路，他的生存哲学正是 90 年代许多中国人正在发扬光大而且应该进一步发扬光大的哲学。

在新都市文学中，一篇又一篇作品都在向人们解说着几种观念：市场经济的准则不能不承认，但最好能给爱情留下点诗意，可是生活就是这样，一切都无可奈何，“爱又如何”？“仅仅有爱情是不能结婚的”。人不可能在幻想中生存，你想过自尊的、清闲的、远离经济大潮的生活，但世界不可能让你顺利地完成你的设计。人首先就是要活着，活着就需要钱，有了钱还需要性的满足，无论如何，理想主义者是可笑的，清高和坚忍无法与经济大潮抗衡，最后都要知道日常生活的真谛。从 1996 年被热情赞美和倡导的所谓“现实主义冲击波”，好像面对现实生活，却不再有现实主义文学所应有的批判精神，那些作品中的乡镇干部、工厂厂长，被着意表现的是他们的艰难。虽然也展示着时代生活中的矛盾和问题，但更多的是对人物的理解，甚至腐败现象和种种污浊也得到了充分的理解与同情。作家们反复告诉我们的是，“大家都不容易”，“他们也是人”，干部也是人，人就难免腐败，贪官污吏有什么值得指责的，以心比心，你难道就不自私？乡长也有老婆孩子，他不贪一点，老婆孩子吃什么？这种“理解万岁”的确是相当民间化了。

如此种种，展示着大面积的民间化走向。大群作家对世俗情怀采取了理解与认同的态度。一些作家完全放弃了知识分子立场，不再以知识分子自居。一些作家虽然仍然站在知识分子的立场上，但也已经放弃了指点迷津的叙事方式。他们不再通过自己的创作而教化民众或者唤醒民众，似乎他们已经明白，知识分子不应该要求每一个人都能够站起来，艰难地为追求主体的确立与生存环境抗争。而且，知识分子已经死了，人已经死了，近代关于人的全部理想都是知识分子虚幻的梦。

面对文学大面积向民间滑动的景观，有人为之欢呼，有人兴高采烈，或积极推动之，或立即追随之。走向民间，成为世纪末文坛的热闹景观。

然而，它是文学的福音吗？

二、 历史的教训： 民间一片沼泽地

回顾 20 世纪中国文学发展的历史，民间话语并不是什么新鲜的事物。新文学

已经一次次走向民间，留下来的却是失败的教训。

严格说来，五四新文学运动是精英知识分子的文学运动，它显示着现代知识分子话语的辉煌胜利。所以，在“五四”文坛上，虽然也有关于“平民文学”“民众文学”的讨论和“到民间去”的口号回响，但是，新文学的开创者们倡导白话文，倡导通俗化，目的在于使新文学更好地承担启蒙的使命，因而不可能为通俗而牺牲掉启蒙之目的。然而，“五四”高潮过后，一些年轻的知识分子激进而浮躁地寻求超越，开始对五四新文学以至新文化进行批判和否定。他们从政治革命的角度出发，开始重新思考个人与群体的关系，由推崇个人转向推崇群体，由要求作家做大众的引导者转向要求作家做大众的崇拜者。他们开始否定“五四”、抵制欧化、放弃启蒙、走向民间。他们高呼：“你们要把自己的生活坚实起来，你们要把文艺的主潮认定！你们应该到兵间去，民间去，工厂间去，革命的漩涡中去！”（郭沫若《革命与文学》）创造社和太阳社发起的革命文学运动主要内容之一就是走向民间，走向工农大众，他们要努力“接近农工大众的用语”，要反映劳动群众的生活，但是，这不是主要的，最值得注意的是他们当时所强调的就是努力获得大众的意识，彻底放弃知识分子的立场而站到大众立场上去。正因为这样，他们才要求作家做大众的留声机器。继之而起的左翼文艺运动更明显地要求民间的立场，以反对个人主义和小资产阶级倾向的名义否定知识分子的精神独立，要求他们彻底地放弃自我而进入民间话语空间。瞿秋白在《普罗大众文艺的现实问题》《“我们”是谁?》等一系列文章中反复强调的就是向大众学习，改造知识分子自我而彻底地获得大众的立场和大众的意识。为此，他尖锐地批评知识分子作家轻视群众和只愿意做群众的先生而不愿意做群众的学生的态度。

这样做的文化结果是有目共睹的。他们否定“五四”精神，否定知识分子的现代启蒙主义，走向民间，迎合大众，貌似以激进的态度对五四新文学进行再革命，事实上却是让新文学回到民间旧文艺的水平，让五四新文学运动所否定的旧内容旧形式东山再起，在客观上完成着被“五四”冲击的旧文化的复辟。从“革命文学”运动到左翼文艺运动，新文学付出的艺术代价也是有目共睹的。走向民间大众，获得大众意识和民间话语，并没有使文学产生出更优秀的作品，而是带来了艺术水平的普遍降低。30 年代初的左翼文艺运动搞得轰轰烈烈，优秀作品却寥寥无几，就是一个有力的证明。

抗战开始，文学开始更大规模、更大面积地走向民间，“民间旧形式的利用”是一个象征性的标志。在民族形式的讨论中，五四新文学再次受到批判和否定，民间的民族形式得以弘扬。也是从这个时期开始，文学的民族化问题被突出强调。民族化和大众化是相互联系的，民族化必然导致大众化，大众化也必然导致民族化，而在现代中国的历史上，民族化与大众化往往都意味着对现代化的抵制和消解。所以，民间旧形式的利用意味着走向民间，同时也意味着走向传统，意味着对五四文学精神的彻底的背离。悲剧性的现代文学历史告诉我们，当时能够认识到问题严重性的只有胡风。当向林冰等人强调继承民间传统形式时，他坚决反对那种认为五四新文艺“割断了历史的优秀传统，割断了人民大众的联系”的论点，坚决反对“民间文艺为中国文学的正宗”的说法。也只有他看到了五四新文艺在实践和理论上“不但和古文相对立，而且也和民间文艺相对立”（《论民族形式问题》）。然而，胡风的结果却只能是完成自己的悲剧形象。此后几十年的时间里，在政治的作用下新文学的发展一步步走向民间，一步步向大众认同，放弃启蒙精神，迎合大众的思想感情，其结果不仅是艺术水平的降低和概念化、公式化、标语口号化作品的盛行，也不仅是以民间的传统文化排斥西方进步文化，而且直接导致了作家主体性的泯灭和知识分子话语权的丧失。强调思想改造，知识分子努力使自己的手变成黑的，使自己的脚也沾上牛屎，使自己的思想感情与劳动大众的思想感情取得一致。这一切与后来“臭老九”的命运，与仅仅因为上过几年中学就必须到农村去接受贫下中农的再教育的知青上山下乡运动，与知识分子地位的沦落，都与走向民间的道路密切相关。

从40年代到70年代，作为民间状态的文化终于战胜旧有的国家权威话语而占据了统治地位。有些人把这一结果看作是“五四”的一个结果，看作是中国知识分子引进西方文化的一个结果。但事实并非如此，应该说，它是民间文化战胜知识分子文化的一个结果，是传统文化战胜西方文化的一个结果。它既战胜了知识分子所倡导的西方文化，又战胜了国家权威意识形态，是民间的一个辉煌胜利。1957年，知识分子话语试图重新走上前台，但政治运动的作用迅速扼杀了这种企图。继之而来的是大跃进民歌运动迅速巩固了民间话语的中心地位。

清理20世纪文学发展的线索，我们不难发现，五四新文化运动高潮过后的半个多世纪里，文学发展过程中一直存在着民间话语和知识分子话语的冲突与对立。这二者的关系是复杂的。民间话语的每一次膨胀都伴随着与政治力量的联合，民间话语的每一次胜利都伴随着知识分子话语的失败。文学每一次走向民间，都是从知识分子自觉的追求开始，而以无可奈何的惨败告终。在20世纪文学史上，民间化的过程也就是民族化的过程，民族化的过程也就是非西方化的过程，非西方化的过程也就是否定五四新文化的过程，也就是一个传统旧文化回归的过程。文学走向民间的历史，也就是文学失掉自身的历史，也就是精英知识分子话语失落的历史，同时也是现代化经历严重挫折的历史。

回顾中国知识分子和新文学刚刚走过的泥泞路，面对民间话语在世纪末的再次膨胀，我们以什么把走向民间看作金光大道?

三、 民间不是伊甸园

一些作家和批评家之所以对民间话语表现出极大的热情并且对其大力张扬，一个很重要的原因在于对民间文化的误识。在不少人的眼里，民间展示着各种伟大之处，比如：它活泼、新鲜、富于生机；它远离权威话语而自由自在；它对权威和对传统的消解力量，等等。于是，它成了边缘化的知识分子可以栖身其中的精神家园。

然而，只要我们认真考察，就会发现这种种认识都是值得怀疑的。

早在寻根文学时期，一些作家就表现出对民间文化的特别偏爱。他们认为，我们民族文化之精华更多地保留在中原规范之外，因而去寻找与传统规范不同的文化形态，纷纷走向民间，采写民风民俗，以期从中发掘充满生机的民族文化。一些作家对荒原峡谷、深山大漠文化状态的描写也是对民间文化进行探寻时向着更为远离规范的民间的一种延伸。以民间文化丰富和发展传统文化，以规范以外的文化补充甚至取代经典所载的规范文化，对于重铸民族文化来说，也许是有益的。但是，应该注意的是：民间文化并非总是充满生机的，恰恰相反，它往往更容易保存的是陈旧与腐朽。不错，在历史的演变中，占统治地位的规范文化在不断发展和流变，而民间文化却变化缓慢，出现了一些与规范文化不同的东西。但是，这种不同之处却不一定富于生机，而往往是更为陈旧的、过去时代的统治阶级的意识形态，是已经被当下时代抛弃了的旧时代的规范文化。

现代中国历史发展的特殊情况更进一步地造成了知识分子精英文化与民间大众文化的差异。我们知道，中国的闭关锁国状态之所以被打破，中国现代文化之所以产生，不是由于本土新萌芽的生长，而是由于外来的冲击。被动现代化已经是国人的共识。几千年的历史已经证明，无论深山大漠还是传统的乡村和市井，都无法自发地产生现代文化。中国的现代文化是在对外开放中产生的。但是，由于伴随西方文化一道进入中国的是西方列强的大炮，它所给予这个民族的屈辱感导致普通民众对文化也像对枪炮一样怀有强烈的抵触和反抗。而且愈是民间，愈是小生产农民，这种抵触心理愈为强烈。这就使得现代文化与民间文化格格不入，很难在民间有生存的空间，而传统旧文化能够在民间保存完好。

因此，对于今天的中国来说，民间的则意味着传统的。走向民间，则意味着走向传统和丧失现代性。

对民间的热情还来自另一种思考：民间是国家权力控制相对薄弱的领域，保存了相对自由活泼的形式，能够比较真实地表达民间世界生活的面貌和下层人民的情绪，就文化形态而言，它能够回避政治意识形态的思维定式，似乎老百姓总是能够用民间的眼光来看待生活现实，保留着古老乡土的那种半原始的自由状态。我以为，这种所谓民间文化的自由状态和独立品格是夸大了的。应该看到，民间话语与权威话语之间，民间文化和政治意识形态之间，联系是非常密切的。它总是不自觉地打着权力话语的印记，根本无法回避政治意识形态的思维定式。看一看农村那些传统观念的自觉维护者，看一看农村那些极左政治的留恋者，看一看今日大众的实际的思想状态，这一切都应该是很清楚的。

民间化的推动者们所描绘的“自由自在”的民间是不存在的。从表面上看，也许民间文化呈现着某种边缘性与自主性。事实上，它的自主性并不是那么大，从历史上看，正统、道统对民间的统治是严密周到的，民间文化在价值层面上不过是正统与道统的民间版本。从现实层面上看，农民的生命状态并不比知识分子舒展，因为他们更多地维护着套在自己脖子上的精神枷锁。民间文化事实上也在非自身力量的影响下发展着。不同之处是它的发展比较缓慢，给人一种无论风云如何变幻我自岿然不动的幻觉。它的一个重要的特点是一锅大杂烩中煮着全部的自发的生机和几千年的全部陈旧和腐朽。然而，生机是微弱的，腐朽却因为长期发酵而气味特别浓烈。它是权威意识形态的天然载体。正如前面所提到的，这个载体的一个突出特点就是它的保守性。如果要寻找过去时态的权威意识形态，民间是最好的保存场所。它的确有其两面性，承载着几千年传统积淀的同时表现着男欢女爱等生命自由意志。然而，只要我们认真考察我们的时代的实际，就不难发现，那种自由意志在民间已经非常微弱。在今日之中国，对生命自由的争取的意志力量已经不主要表现于民间，而是表现在知识分子之中。真正的民间已经成为各种陈旧观念的旧货场，生机已经死灭，活着的只有基本的生存欲望。

在20世纪中国的现代化进程中，最具有历史意义的冲突发生在传统与现代之间。这一冲突又往往最集中也最尖锐地表现于权威话语与知识分子话语的冲突。在这种冲突中，必须注意的是民间话语与政治权威话语往往结成联盟。这种联盟是牢固的，也是持久的，因为权力话语与民间话语之间的矛盾仅仅是政治上的，而在文化基础上，二者之间是相同的。知识分子话语却因更多地承载了外来文化和更多地体现着现代性而成为异己。因此，不可过分看重民间的反抗力量，民间话语中的政治内容的确有时是反对权威意识形态的，但是，正如农民革命的领袖与他们所反对的皇帝在价值观念层面上的同构一样，民间话语与权威意识形态话语也没有质的不同。

一些作家和批评家之所以对民间投以青睐，原因在于把民间当作知识分子最后的家园和安身立命之所。很多人把民间的概念理解为仅仅与权威意识形态对立的空间，认为它是一个包容了知识分子的空间。他们感兴趣的是与“官方”相对的民间。所以，他们认为民间文化空间可以成为一些知识分子疏离政治意识形态后所选择的栖身之所，在那里知识分子可以找到自身的新价值。这就使他们必然地对民间空间给予积极的支持，并且积极参与民间化的推进。一些人没有意识到民间对知识分子自身本性的拒绝这一事实。他们在一个被扩大了的虚幻的民间文化空间中寻找知识分子的位置，在孤独的感觉中寻找精神依靠以缓解内心的孤独和恐惧感。中国文人缺乏独立坚守的能力，总想寻找某种依靠，民间话语空间的发现使他们感觉如同发现了新大陆，特别是又与大众站在一起，更使他们因为感觉身处巨大的群体就不再孤独。然而，只要保持一份清醒，就不会那么踏实。

有两个层次上的问题是需要注意的：其一，眼下的民间已经不是包括知识分子在内的空间，它是非权威的，同时也是非知识分子的。这一点上，民间化的倡导者们表述得非常清楚，不了解这一点，而认为自己既然边缘化就理所当然地属于民间，这是一种非常可怕的疏忽。其二，民间不是知识分子的伊甸园。从某种意义上讲，民间话语和知识分子话语既互相渗透又互相拒绝。它们都是边缘话语，但二者之间关系复杂。民间话语具有极大的包容性，知识分子可以在其中栖身。但是，如果没有清醒的意识，如一些批评家所倡导的那样彻底放弃启蒙立场，就很容易在其中被同化。知识分子作家在讲述民间话语时，的确能够以前所未有的姿态逼近生活的真实，并且从中获得某种民间的生机。但是，这却是一种冒险，因为如果没有强大的自我，如果没有精神立场的坚定性，投宿于民间的知识分子是无法于第二天早晨走出客店的。中国文人大都不具备这种强大的自我，也缺乏精神的坚定性，当他们走向民间时，就很容易对民间价值有更多的认同，并且由于这种认同而导致放弃自己的批判姿态和精英立场。而这种放弃也就是对现代性使命的放弃，也就是对知识分子自身本性的放弃。事实上，现在的文学已经如此。

中国作家的一个严重问题是找不到自己的精神定位。我们的确需要精神家园，但这个家园决不在民间。不是依附于权力，就是依附于民间，这是中国知识分子的悲剧。走出民间的沼泽，建立知识分子自己的话语空间，才是当务之急。□ 1998·9－10

论中国的自由撰稿人

□丁 东 谢 泳

一、 中国自由撰稿人的坎坷历程

在当今中国，自由撰稿人这个概念具有特定的含义，主要指不隶属于固定工作单位，没有固定工资收入，又以写作为职业的经济来源的人。而在英文里，自由撰稿人 freelance 与我们国内通常的理解有所区别，它是指未签约的自由作家。在当今世界上绝大多数国度里，自由撰稿人都是一种正当的职业。在发达国家，作家、记者、学者中占相当比例的是自由撰稿人。他们这种自由表达的传统可以追溯到文艺复兴时代。比如英国诗人弥尔顿就提出了这样的理念："富于自由精神和天才的人，他们显然生来就宜于研究学问，而且是为着学术本身而爱好学术；他们不为金钱和其他的目的，而只为上帝和真理服务；并且追求一种流芳百世的声名和永垂不朽的赞誉，这是上帝和善良的人们对于出版书籍促进人类福利的人乐于赠与的。"自由撰稿人的产生，是伴随着市民社会而来的。较为成熟的市民社会，才有公共空间。而公共空间，是自由撰稿人生存的起码条件。

在中国古代，虽然没有"自由撰稿人"这种称呼，但文人无非两种可能，一是入仕做官，二是在野为民。虽然士的普遍理想是入仕，但隐逸山林的自觉者也不鲜见。还有不少文人入仕不成，于是舞文弄墨，一吐胸中块垒，如曹雪芹、蒲松龄等人笔下的千古不朽之作就是这样产生的。但古代中国还没有形成在野文人卖文为生的社会机制。曹雪芹文章写得那么好，仍然是举家食粥酒常赊，所以，他们与现代意义上的自由撰稿人还是有很大差别的。

自由撰稿人在中国几乎是与现代新闻出版业同时诞生的。自由撰稿人存在的首要条件是一定程度的思想自由和言论自由，而在未有电子媒介之前，思想自由和言论自由的表现就是新闻出版自由。在中国，民间办报是从一些受西方思想影响的进步士绅开始的。1895 年，康有为、梁启超和其他几位具有改良思想的士绅在北京成立了强学会，并创办了《中外纪闻》，由梁启超和他的朋友麦孟华撰写有关时事方面的文章，不久便在北京的士绅官员中广为流传，最多时发行3 000份左右。第二年，在黄遵宪的推荐下，梁启超又开始了他著名的《时务报》笔政生涯。可见，当时已经具备了自由撰稿人的生存空间。光绪三十二年（1906年）颁布的《大清印刷物件专律》中规定："凡欲以记载物件出版发行者，可向出版发行所在之巡警衙门呈请注册，其呈请注册之呈预备两份，并各详细叙明记载物件之名称，或定期出版，或不定期出版，出版发行人之姓名、籍贯及住址，出版发行所所在，有股可分利人之姓名、籍贯及住址，及各种经理人之姓名、住址。"对于违反者的处罚规定为："所科罚锾不得过银一百元，监禁不得过三个月。"20世纪初，西风东渐，在上海等商埠，现代新闻业和出版业已经发展起来，于是出现了一批以自由撰稿为生的文化人。其中从事通俗小说写作者开了以大众文化为主要取向的自由撰稿人的先河，而以宣传社会革命或社会改良、开展启蒙为主旨者则成为以精英文化为主要取向的自由撰稿的先驱。现代商业书局和期刊的出现，也使得文人有可能选择自由撰稿人作为自己的谋生方式。吴福辉在一篇讨论现代期刊的文章中谈道："中国期刊的稿酬正式成为制度，据说始于《小说月报》。该刊1910年创办时，即首订征文条件：'凡投稿中选者，分四等酬谢：甲等每千字五元，乙等每千字四元，丙等每千字三元，丁等每千字二元。'当时的物价，查鲁迅最早1921年的日记，《李太白集》一部四册是2元，三人在广和居吃顿饭是3元，到日本医院看病，初诊费是2元，比较贵的是洋行的领结，一个6角5分，进口皮鞋一双5元4角。可见商务的报酬，足够养育一个勤奋的作家了。"

从新文化运动，一直到40年代末，中国文化舞台上自由撰稿人一直十分活跃。许多大文豪、大学者和著名报人都充当过自由撰稿人这种社会角色。从鲁迅起我们可以列出一个长长的名单。当时民间的书局、报馆可以合法存在。文化人只要愿意，并有一定资金，就可以创办各种形式的报纸、杂志、通讯社。一些职业革命家，也可以靠自由撰稿维持日常生活。夏衍在他的回忆录里谈道："我的生活靠稿费、版税，除了皖南事变后中央要我从桂林撤退到香港，组织上给我买了飞机票，以及一九四六年恩来同志要我去新加坡，组织上给了我一笔旅费之外，我一直是自力更生、卖文为业。"以至于他担任上海市军管领导成员后，被问及每月从组织上领多少小米，竟无法回答。

从50年代初起，所有文化人都被编入单位，成为报社的记者，出版社、杂志社的编辑，电影制片厂、电视台和剧团的编导，国家办的各种研究院所的学者，文联、作协的专业作家，各类院校的教师等等。虽然职业的名称千差万别，但有一点是共同的，那就是对于单位的依附性。工资从单位领，住房靠单位分，职称靠单位评，职务靠单位提，看病靠单位报，出门须单位批……只有主动放弃工资的巴金、主动放弃单位的傅雷和称病回避编入单位的无名氏等极个别的文化人在一定程度上成为"单位人"的例外。自由撰稿人这一社会角色在中国大陆上逐渐消失。

自由撰稿人重新出现的萌芽要追溯到“文革”时期。一些青年知识分子在红卫兵运动期间，曾经自发地办了很多小报，其内容虽然多属幼稚的革命狂热，但也不无精彩的文章。比如遇罗克的《出身论》就发表在《中学文革报》上，而这张小报不过是几个青年学生办起来的。他们在上山下乡等运动中被分散到农村、农场、工厂等非文化部门，在做工种田之余，又拿起笔来。其中一些人，只要能够维持起码的温饱，便把这种自发的写作当成了主业。于是，产生了一批地下文学、地下学术。杨东平在《城市季风》中这样描述：“前红卫兵把他们的组织行为和活动方式也带到农村。在陕西、山西的一些知青点，定期或不定期地出版油印的知青刊物，相互交流和联系。知青之间进行有目的的跨地区的访问、串联和考察。更大量的是通信交流……在每年冬天返回北京之时。在众多的家庭聚会中，他们交流、讨论各自的思想成果。大约在 1970 年冬，在北京知青的‘政治沙龙’中刮起了所谓‘张木生旋风’。张木生是 1965 年自愿到内蒙古插队的北京知青，他的《中国农民问题研究》大胆接触了当时农村的现实，他明确表示反对‘学大寨’，鼓吹‘三自一包’，后来被打成反革命。这可能是这一代人中研究农村问题的最初努力和开端。在冬天的‘沙龙’中传播过和引起重视的思想成果，现大多难以确知，据说，包括赵金兴的《历史哲学》，以及徐浩渊进行的社会调查等等。”多少年之后回过头来看，其中一些作品竟成为中国文学史、思想史上极宝贵的一页。当然，这些作者当时不可能意识到自己已经是一种新社会角色自由撰稿人的萌芽。因为当时不管持什么思想，都不可能通过撰稿本身直接获得经济收入以维持生活。整个“文革”期间，取消了稿费。投稿甚至需要加盖公章，否则编辑部无法为不相识的作者承担政治责任。

自由撰稿人的重新出现始于 70 年代末。当时出现的自发刊物的作者之中就产生了一批具有自觉意义的自由撰稿人。这些自由撰稿人虽然数量不是很大，在当时也没有条件以自由撰稿为生，但自由撰稿人独立的精神品质就是在他们身上开始再生的。80 年代中国知识分子的主流是参与体制内的改革。因而那些在社会上威望较高、影响力较强的知识分子往往寄希望于对政府的改革进程施加积极的影响，其存在方式一般仍是在单位的角色规定内活动，他们的身份仍然是作家协会的作家、研究机关的学者、大学的教授等等。

王小波是从美国留学回来以后，于 1992 年辞去中国人民大学的教职成为自由撰稿人的。他的选择有一种象征意义。虽然他不是最早选择自由撰稿作为生存方式的人，但在自由撰稿人中，他是最有自由知识分子自觉性的一个。他清晰地意识到在目前的生存环境中，选择自由撰稿人的生存所能享受到的思维的乐趣。他的妻子李银河这样回忆：“小波做了自由人后的感觉非常强烈，就是觉得太好了，是那种自由了的感觉。接下来不是有人将自由撰稿人干脆就简称为自由人吗？他想干什么就干什么，用不着按点上班，用不着去处理人事关系。在中国哪个单位都有这些事。小波这个人也不是太擅长人际关系的，所以从他这个人的个性和他需要的时间、需要的生活状态来说，做自由撰稿人是他最喜欢的生活方式。”这是理解王小波人生选择的钥匙。

二、 自由撰稿人的表达空间、 传播空间和市场空间

《沉默的大多数》和《思维的乐趣》，是王小波生前为自己两本随笔集所拟的标题。理解王小波，就不能不先弄清“沉默的大多数”的含义，而“思维的乐趣”，只不过是思想自由的另一种表达方式。他在《思维的乐趣》一文中写道：

谈到思想的乐趣，我就想到了我父亲的遭遇。我父亲是一位哲学教授，在五六十年代从事思维史的研究。在老年时，他告诉我自己一生的学术经历，就如一部恐怖电影。每当他企图立论时，总要在大一统的官方思想体系里找自己的位置，就如一只老母鸡要在一个大搬家的宅院里找地方孵蛋一样。结果他虽然热爱科学而且很努力，在一生中却没有得到思维的乐趣，只收获了无数的恐慌。他一生的探索，只剩下了一些断壁残垣，收到一本名为《逻辑探索》的书里，在他身后出版。众所周知，他那一辈的学人，一辈子能留下一本书就不错。这正是因为在那些年代，有人想把中国人的思想搞得彻底无味。我们这个国家里，只有很少的人觉得思想会有乐趣，却有很多的人感受过思想带来的恐慌……

自由撰稿人的生存，需要一定的表达空间。70 年代末开始的思想解放运动，否定了“两个凡是”，肯定了“实践是检验真理的唯一标准”，进而否定了历史上多次“左”的错误，中国人的思想空前活跃，价值观走向多元化。自由撰稿人在这种背景下得以公开走上舆论舞台。不论是评价历史，还是评价现实；不论是评价思想，还是评价艺术，都已无法退回过去的价值标准。这就为自由撰稿人留下了足以游刃的表达空间。

自由撰稿人群体之所以能够日益扩大，不只要依赖于一定的表达空间，更要依赖于一定的传播空间。传播空间实际上就是市场空间。《北京青年报》的文章估计，全国现有 2 000 多种报纸，“一年用稿量 1 200 亿字”。以全国有 20 万从业记者计，他们“一年也只能写 500 亿字的稿件，还有 700 亿字要依靠社会供稿”。而社会的供稿者大体有三类：一是学者、专家和作家，二是特约记者和通讯员，三是所谓的“自由撰稿人”。“自由撰稿人是稿件市场的产物。最早的自由撰稿人出现在江、浙和辽东半岛的一些小县城，现在条件好的大多已进入北京、上海、广州等信息灵通的大城市。他们多以写报告文学和纪实新闻为主，对象以文艺体育明星为目标，有的还购置了电脑，收集了某一方面比较齐全的资料，所以他们已经变成某一方面新闻写作的权威和专家。他们一般一个月能写几万字的稿件，投稿的命中率也较高，

稿费都在千字百元以上，所以一个月下来，也有几千元的收入。”“报纸如果一年需用外稿700亿字，按千字20元标准计算，共需稿费14亿元，假如其中有1/10是自由撰稿人所写，稿酬为1.4亿元。按一个自由撰稿人一年平均3万元稿费的收入，可以养活4 000多自由撰稿人。如果再加上图书与刊物的用稿，大约可以养活万人的自由撰稿人队伍。从现在看，全国以稿费为生的自由撰稿人估计不足千人，所以随着图书报刊业的进一步繁荣发展，这支队伍还会扩大。”

目前中国大陆的自由撰稿人的创作成果大致可分为四类：大众文化消费品、纯艺术作品、纯学术作品、社会政治见解的独立表达。第一类以大众文化为基本取向，后三类以精英文化为基本取向。

大众文化消费品的表达空间虽然还达不到随心所欲的地步，但他的传播空间和市场空间连意识形态话语也难以望其项背。由于作品的巨大市场效应，这些大众文化消费品的生产者通过自由撰稿取得了可观的经济收入，同时因为接受者的空前广泛，对意识形态亦有无形的消解力。

以精英文化为基本价值取向的自由撰稿人的表达空间虽然并不狭窄，但其传播空间和市场就不能与大众文化的生产者比肩了。目前，中国大陆以精英文化为主要价值取向的自由撰稿人大致有如下几条表达渠道。

其一，出书。一些自由撰稿人已是拥有广泛读者的知名作家。他们的书虽然绝非大众文化，但在市场上仍可盈利，所以出版者积极性很高。自由撰稿者也能获得相应的收入。

其二，在精英文化圈子的刊物上发表。这些刊物在某种意义上具有同人刊物的性质。王小波的不少随笔就是在这种刊物上发表的。

其三，在报纸的副刊、星期刊、周末版上发表。这些报纸版面本身的性质是大众文化。但有一些有眼光的报社，也辟出随笔专版或其他专栏，面向知识分子，用精英文化提高自身的品位，这在无形中也给以精英文化为主要价值取向的自由撰稿人提供了传播空间。

其四，中国的改革开放，打开了许多国内外信息传播的渠道。社会的变迁，已经使知识分子不再视在海外发表文章为畏途。发达国家和地区的一些报刊和出版机构也需要和欢迎来自中国大陆的真实信息。挣国外的稿酬也成为一些自由撰稿人衣食无忧的保障。

还有一些从事影视创作的自由导演，如张元、吴文光等，实际上也是自由撰稿人。

当然，为市场写作并不等于自由。市场规律本身意味着另一种不自由。文化产品的消费者有自己的口味，完全不照顾消费者口味的文化产品是没有市场的。因此，为市场写作本身潜伏着驱使撰稿人媚俗的诱惑。有一位名叫何顿的自由撰稿人曾这样表达自己的选择：“我是一个好作品主义者，绝不愿意生产读者读了就迅速忘记或者根本就读不下去的‘文字垃圾’。我的每一部小说都是抱着极认真的态度去写的，这是因为我确实特别喜欢干文学，而且深深觉得文学是我目前的一切！我要是对文学不认真，我就是彻底背叛自己了。我纯粹是要吃饭才写作，而且不但自己要吃饭，还要靠写作养一个今年要读一年级的女儿，附带还要养老婆，因为老婆工资很低；所以我很勤奋，必须每天写才会有饭吃。我没有工资可拿，我的每一分钱都是面对电脑干出来的，哪里稿费高，我就往哪里跑。”金钱的压力会使许多自由撰稿人为了赚钱，于不知不觉中放弃精神王国的跋涉，而滑入对大众文化消费潮流的拼命迎合之中。这对于以大众文化为价值取向的撰稿人来说顺理成章，但对于以精英文化为价值取向的撰稿人来说，却无异于失去自身。

自由撰稿人在当今中国社会的影响力还比较小，但用发展的眼光看，其意义是不能低估的。

第一，自由撰稿人对于整个新闻出版的变革是一种促进力量，可能促使政府对新闻出版的管理方式进行考虑，作出相应的改革。

第二，自由撰稿人不对某一具体单位负责，这种相对自由使他们有可能代表更广泛的大众的声音，但同时，他们也要负担起相应的道德责任和法律责任。

第三，虽然目前自由撰稿人中有一部分是求职不如意的年轻人，他们成为自由撰稿人有一定的被动性和盲目性。但随着社会发展，这个社会群体将发生变化，被动的成员将转为主动，盲目的成员将转为自觉，一些有成就有名望的学者、作家、记者和编辑也会主动放弃官方提供的待遇，而跻身于自由撰稿人的行列之中，这个群体中很可能还将产生出一批新型的社会活动家、政治家和舆论代表。◻ 1997・12

珞珈山——思想者的摇篮

□ 李明华

一

20 世纪 80 年代，是中国思想界诸家蜂起、激情澎湃的时代。在这思想大潮中，由珞珈学子主办的《青年论坛》杂志，成为一代年轻人指点江山、纵论国是的平台。著名历史学家、时任华中师范学院院长章开沅先生对来访的美国朋友说："你们要了解中国年青一代在思考什么，可以读读《青年论坛》杂志。"时过二十多年，重新翻阅这份仅存续了四个年头、只出版了 14 期的刊物，仍感受到当年理论风云激荡、思想潮流奔涌的盛况；同时，也使我回忆起当年武大诸位师长学友对这份杂志的关心、支持和厚爱。

我于 1982 年武大哲学系毕业后到湖北省社科院《江汉论坛》编辑部工作。不久武大经济系 79 级王一鸣、哲学系 79 级饶建国也来到编辑部，我们成为同事。我们这几届学生，都经历了具有里程碑意义的真理标准大讨论，特别是在武大校园受到爱国强国、改革振兴的浓厚氛围的熏陶，满怀国是民瘼、复兴理想，以及报效祖国的使命感和责任感。我在珞珈山深刻的记忆之一是，在真理标准大讨论中听了哲学系陶德麟先生的演讲，他关于实践标准的翔实论证和严密逻辑，彻底征服了我和其他同学。在那个时期，同学们课余谈论的话题，很多都是关于真理标准、国家前途方面的。

《青年论坛》就是诞生于这个时期，杂志的创刊还有一段历史的机缘。1984 年初，胡德平来到湖北，他的身份是中共中央整党指导工作委员会驻湖北特派员，兼驻湖北联络组副组长。有一次湖北省委宣传部召开有关改革的会议，我和王一鸣参加了。我们见到胡德平在会上，就以两个人的名义给他写了一张纸条，介绍我们的身份和准备办一家研究改革的青年理论刊物的设想，表示希望得到胡德平的支持。在此之前，王一鸣、饶建国等我们这几个"武大帮"，多次商量过办刊的事，并且已先后给湖北省委和社科院党组递交了创办刊物的报告。宣传部会议两天之后，胡德平约我们到联络组下榻的东湖宾馆谈话，非常亲切地询问有关情况，表示支持我们的办刊设想。记得当时还谈到一些细节，包括解决刊号和启动经费等。很快，胡德平给当时主管宣传工作的省委副书记钱运录打了招呼，希望省委支持创办《青年论坛》。钱运录非常热情，刊号立即批了下来，省财政厅拨了 5 万元启动经费（后因经费不够，胡德平通过钱运录又追加了 5 万元）。湖北社科院哲学所的李步楼、贺绍甲，是胡德平在北大读书时的校友，我和王一鸣多次与胡德平见面，就是他们二位居间联系的。

经过物色编辑人员、组稿、编辑文稿、封面设计等紧张工作，《青年论坛》杂志于 1984 年 11 月出版了创刊号。创刊号发表了胡德平的《为自由鸣炮》一文，这在当时是石破天惊、振聋发聩的一炮，《人民日报》《世界经济导报》《新华文摘》等报刊纷纷转载，自由之声传遍中国大地。

杂志是双月刊，14 期杂志共发表 250 多篇文章。“前辈寄语”专栏由李泽厚、章开沅、董辅仁、卓炯、于光远、刘道玉、周韶华、陶军、黎澍等大家撰稿，其他作者，除王若水、杜维明、白桦、冯天瑜、雷祯孝、张志扬（墨哲兰）等年岁稍长一点，几乎全部是 40 岁以下的年轻人，还有不少是在读的大学生。这里列出部分作者名单：周国平、周其仁、冯仑、陈东升、邓晓芒、易中天、丁宁宁、郭齐勇、黄克剑、伍新木、黎鸣、许苏民、赵林、胡平、夏勇、鲁萌、陈家琪、朱正琳、甘阳、郭树清、曹远征、杨念群、梁治平、高伐林、朱征夫、毛振华、李晓明、於可训、蔡崇国（沉扬）、何宪、朱嘉明、杨炼……这些二三十岁的年轻人，其中很多日后都成为理论界、思想界、政界、文学界、企业界的翘楚，名震天下。正是这些作者，使《青年论坛》一纸风行。我们编辑部几位同仁，当时甚至不知天高地厚地设想，“要让《青年论坛》成为各级领导和青年学子的案头必备书”。不过当时杂志影响之大，也超过一般人所想象。有几个事实可以说明：其一，1986 年杂志征订数近 4 万册，而当时各地方办的理论刊物，一般发行量只有 2 000 至 3 000 册，4 万册无疑是个天文数字，而且大部分是高校学生自费订阅（可敬的这些穷学生们!）。我们在 1986 年 5 月号发了“本刊启事”：“本刊 1986 年 1 月号、3 月号及 1985 年合订本已全部售完，请读者一定不要再汇款来。”其二，《青年论坛》在全国各大城市共设立了十几个记者站，这些记者站我们没有给一分钱，全部是年轻人自愿工作（当时还没有“志愿者”这一概念），他们不辞劳苦地为杂志做宣传、开座谈会、组稿、办发行。其三，全国有 50 多家报刊报道、介绍了《青年论坛》。其四，时任中组部副部长李锐看到《青年论坛》杂志，托当时武汉市市长吴官正找编辑部拿了全套刊物送北京（今年 5 月网易上有一张吴官正的照片，他手边是一本《青年论坛》杂志）。

《新华文摘》1985 年第 3 期刊登过一则关于《青年论坛》的介绍：

《青年论坛》是改革潮流中诞生的我国第一家面向广大中青年的社会科学

综合性理论刊物。它是由湖北省社会科学院主办，由一群青年理论工作者负责编辑出版，以改革创新为旗帜，以理论联系实际为特色，探讨马克思主义在当代中国具体化的问题，研究当前青年中带普遍性的各种思潮和重大理论问题，为广大中青年提供讲坛。

《青年论坛》设有改革研究、改革前线的报告、马克思主义与当代中国、中西文化比较、当代社会思潮研究、青年学者小传、各地报刊青年论文文摘等栏目。还有：专门介绍国外社会科学成果的“他山石”专栏；反映青年理论新动向、帮助青年寻找学术同仁的“嘤鸣园”专栏；批判封建主义和其他错误思想的“箭响林”专栏；对传统观点发表不同看法的“反弹琵琶”专栏等。内容活泼轻松，有长久保存价值。

这则介绍表明了《青年论坛》的办刊宗旨。

二

写到这里我的思绪要再回到珞珈山。是武汉大学孕育了这本杂志，武大的校友支撑了这本杂志。

《青年论坛》编辑部的骨干，多数是珞珈山学子。除我和王一鸣外，还有王绍培、陈刚、王振亚。王绍培，是我在老斋舍的室友。我是哲学系 78 级的长者，而绍培入学时才十八九岁。这小伙子聪明过人，很少上课，但成绩不错，不仅写得一手好文章，还下得一手好围棋。毕业后分配到汉阳扁担山旁的一所中等学校任教。调他到编辑部来，还真费了一番周折。从一所偏远的中等学校调动到省社科院，首先是学校不放人，我就找校友帮忙。当时在省委办公厅工作的哲学系 77 级校友梁亚莉、在武汉市人事局工作的哲学系 77 级校友胡继堂，都帮忙做了工作，甚至还请市委主要领导发了话。绍培来到编辑部后，大展其才华，杂志上署名“如搬”“工一”的文章，都是出自他之手，还有几篇重要的编辑部文章，也都有他的参与。《青年论坛》的经历，大概也为王绍培奠定了大半生的职业生涯：他后来做过深圳一家著名刊物《街道》的编辑，现在是《深圳特区报》的主笔。陈刚，武大中文系毕业，一个意气风发的青年诗人，当他把他的诗作拿给我看时，我拍案叫绝，加上他那一手漂亮的硬笔字，我想这文学编辑就是他了。杂志上发表的一些重头的文学稿，基本上都是经他之手组来和编辑的。还有王振亚，武大法语系毕业，留了一脸络腮胡子，也在编辑部工作了一段时间，发挥了不少作用。

稍晚一点来到杂志社的蔡崇国，是我在哲学系的同级师弟，毕业后在一所大学教书，杂志创刊之后，他兼任杂志社副社长，负责创收。蔡崇国不仅搞经济活动，也是一位写手，《青年论坛》上以“沉扬”的名义发表的《论一九五七年》《论一九六六年》等文章就是出自他之手。

还有两位女士必须提到。一是周晓佑，1985 年 7 月来到杂志社，担任副社长，主管杂志发行工作。虽然她到杂志社时还不是武大校友，但杂志停刊后到武大读了政治系插班生，因此也是珞珈山人。周晓佑为杂志的发行立下了汗马功劳，她的到来，使杂志的发行有了根本的好转。记得有一次安排她去吉林大学建记者站和搞发行，那是一个冬天，她和杂志社另一个女孩孙之芯乘火车北上，为了节约经费，她们坐的统舱，在火车上冻得发抖，两人互相抱着取暖，最终圆满地完成了任务。到 1986 年底，当邮局报来订户数达到近 4 万时，周晓佑露出了欣慰的笑容。另外一位是王麓怡，杂志社招聘的编务，她本人不是武大校友，但她是武大老校长王世杰的后人（王世杰曾做过民国政府的外交部部长），我把她也列为珞珈山人。王麓怡不事张扬，踏实做杂志社的细活，编务工作做得十分出色。

还有几位，《青年论坛》的创刊元老、骨干邵学海，以及后来加入的陈兵力、喻承祥等，另有一位对《青年论坛》忠心耿耿、与杂志社共进退的退休老太太黄逸筠（她被聘为杂志社的会计），这几位因与武大没有渊源，此文暂不介绍。

需要特别说明的是，当初杂志社只有我和王一鸣是国家事业编制，可以从社科院领工资，杂志社的性质是自负盈亏（这样才有自主权，可以自行决策和自行招聘工作人员），其他工作人员的吃饭问题是没有保障的。即便如此，全体工作人员的改革激情仍发挥到极致。有些读者看到我们的杂志，感到印刷质量太差，有点像非正式刊物，孰知我们找的是最便宜的印刷厂，以尽量节省成本。

三

下面再说《青年论坛》作者队伍中的武大学子。

编辑部的工作人员，大部分也都是作者。王一鸣任社长兼副主编，执笔写了不少文章，《时间学引论》就是出自他的手笔。杂志上以“韩小年”署名的政论、评论，如《当代中国的主题》《对富裕与公平的思索》等，都是王一鸣与武大哲学系 79 级韩志伟合写的文章。我作为杂志主编，除了确定编辑思路、组织各方稿件外，也写了一些文章，影响较大的有：1986 年 3 月号署名“青平”的《论对资本主义世界的开放》，1986 年 11 月号以“本刊评论员”名义写的《政治体制：改革成败的关键》，以及与王绍培等合写的《马克思主义在中国的命运》（1986 年 3 月号，署名“本刊特约评论员”）等。号称“秀才”的王绍培，在杂志上发表了不少深邃隽永的杂文随笔，他参与写作的评论文章，也都别有文采。中文系毕业的青年诗人陈刚，在杂志上发表了《中国现代诗的现代主义宣言》，对当时喧嚣的诗界产生了重要影响。

由于编辑部成员以武大毕业生为主，与武大有不可分割的联系，加上湖北社科院在东湖边上，离武大不到 3 公里，我们经常骑自行车来来往往，到武大组稿十分便利，所以《青年论坛》的作者很多是武大的师生。更为主要的是，这期间武大校长是当代著名教育家刘道玉，他用改革开放的新教育理念治校，培育了一大批思想活跃、观念先进的学子，珞珈山成为思想解放和创新的摇篮。当时风行一时、反映当代大学生精神风貌的电影《女大学生宿舍》，就是以刘道玉治下的武汉大学校园为背景的，而这部电影的作者，是武大中文系的在读学生喻杉。改革创新的思想观念滋润了《青年论坛》，武大自然地成为杂志的稿源地。

经济体制改革是《青年论坛》的重要内容。经济系青年教师伍新木、陈志龙非常热情地为杂志写稿。伍新木在创刊号上发表了《改革的系统工程和关键》，很有远见地预言了我国改革历程的关键环节，启发了读者的思路。陈志龙分两次在创刊号和1985年第1期上发表了《极富探索性的新经济政策》上篇和下篇，详细介绍了列宁在苏维埃政权刚建立时采取的新经济政策，实际上作者是主张中国改革应采取更灵活、更宽松和更市场化的政策，这在当时是很有见地的。陈天生、陈志龙、伍新木、张在元几位青年教师还联名写了《关于创办内地经济开发区的设想》，这个设想，若干年后在中国各地已成为现实。

经济系的本科生、研究生、毕业生也都积极写稿，杨再平先后写了《方兴未艾气势磅礴——改革综述》《来自垄断的威胁》，表现出敏锐的眼光，特别是后一篇文章，击中了改革的软肋，作者所提出的警示，直到今天还值得我们省思。杂志开设了“国外管理学名著提要”栏目，经济系研究生杜越新在这个栏目中先后介绍了德鲁克的《有效的管理者》、泰罗的《科学管理原理》等著作，这是国内较早对西方管理学的引进。我记得当时开设这个栏目是“因神设庙”，先有杜越新的提议，然后编辑部接受了他的建议，专门为他留出了版面。毕业后分配到国家外经贸部工作的陈东升，在1985年第4期上发表了《关于发展建设经济学的几点浅见》，从这篇文章可以看到陈东升日后成为中国著名企业家的思想端倪。他先后创办了中国嘉德国际拍卖、泰康人寿、宅急送等知名企业，捐给母校的资金数以亿元计，应该是有着特别的商业头脑和价值理念的。

来自经济系的文章还有：卢建的《关于通货膨胀问题的思考》，曹远征的《经济运行失控意味着什么?》，胡昌荣、毛振华的《城市功能的产生和城市产业结构简论》，何宪的《国家资本主义新议》，刘有源的《人才管理体制设想》，余元洲的《改革与国家经济职能》，周铁虹的《城市生态经济系统的空间形式略论》，等等。年轻时写的一篇文章，可能意味着一生的宿命。卢建日后参与中央关于财经问题的决策，是否与那篇通货膨胀的文章有关？曹远征日后成为中银国际首席经济学家，是否早在经济运行失控那篇文章中就已露出端倪？我不得而知。

《青年论坛》为人们所记忆，成为中国改革思想史上的一个事件，以及决定它生死的，却是这样一些内容：呼吁政治体制改革，为自由民主呐喊，高举人文和人道的旗帜。

围绕着自由、民主、公平、正义、政治体制改革、价值观变革等主题，武大学子为《青年论坛》提供了丰富的稿源。前面提到的编辑部几位武大同仁的文章：《当代中国的主题》《政治体制：改革成败的关键》《马克思主义在中国的命运》《论对资本主义世界的开放》《对富裕与公平的思索》等，表明了编辑部的思想倾向。

来自武大的关于这方面的文章还有：啸鸣（李晓明）的《改革中的社会与变革中的价值观》，赵林的《现代人生观的多元化和相对化倾向》，黄克剑的《关于〈关于人的理论的若干问题〉的若干问题》《从狮身人面像到斯芬克斯之谜——关于“人”的痴想》，沉扬（蔡崇国）的《论一九五七年》《论一九六六年》《毛泽东晚年与“文化大革命”》，高伐林的《一个前〈这一代〉编者与一个〈青年论坛〉记者的对话》，朱征夫的《也论马克思主义在中国的命运》，沈晓冰的《现代人的观念》，雷祯孝、王卫思的《当代中国改革者思想状况分析》，於可训的《将自由写在文学的旗帜上》，本刊北京记者站（以武大学子为主）的《刀进喉头》，本刊武大记者站的《挣扎，然后腾飞》，等等。武大之外的作者也有很多这方面的力作，如许苏民的《人的现代化》、王润生的《论社会决策中公正原则的尺度》等，这里不多作介绍。

《青年论坛》所发表的文章中，学术性思辨性最强、文字表述最精彩的是关于诗学、美学、文艺学、西方哲学、文化学方面的篇目。这里有最强的作者队伍：杜维明、邓晓芒、易中天、郭齐勇、赵林、黄克剑、甘阳、陈家琪、张志扬、鲁萌、朱正琳、白桦、周国平、彭富春、杨炼、张汝伦……他们每个人都是一座理论的山峰，聚集在《青年论坛》便成为一脉群山。他们中相当一部分即是武大学子。邓晓芒、易中天合作的《中西美学思想的嬗变与美学方法论的革命》，分上下两篇分别在两期杂志上发表，人们在他们成名之后的作品中仍然会看到这篇文章的影子。之后邓晓芒又在《青年论坛》上发表了《自我意识观念在西方哲学史上的发展述评》，易中天发表了《艺术起源与审美超越》，可以看作是对前文的延伸。在文化研究方面，三十多岁的郭齐勇有着超前的眼界，他在《青年论坛》上发表的《“中国文化”研究的勃兴》和《关于近年来中国文化和中西文化比较研究的评介》，是对“文革”结束之后中国早期“文化热”的高屋建瓴的俯瞰。日后郭齐勇成为中国哲学史界的领军人物，这两篇文章也可以算作是奠基之一。黄克剑当年在武大哲学系读研究生，以强记、善辩、妙笔著名，前述关于人的问题的两篇文章，以及《中国文化的儒学战略——读张之洞〈劝学篇〉》，都是见解独到、文笔犀利之作。另外，还有彭富春的《艺术与情感表现》，周民锋的《试论中西思维方式发展的两条路径及其趋势》《论精神生产》，宋致新的《80 年代的大学毕业歌》等文，都值得一读。由于这篇文章的题目是珞珈山，发表在《青年论坛》上的杜维明、周国平、甘阳、张志扬、冯天瑜（后调入武汉大学任教）等校外大家的佳作，就不便介绍，十分遗憾。

《青年论坛》的200多位作者，我在这里已经遗漏了很多。多年之后，偶遇当年杂志的撰稿人，我便会自豪地说：这是我的作者。

以今天的眼光来看《青年论坛》的青年作者，当然需要有一个客观的评价。青年自有青年的不足，从上述一些文章的题目可以看出，当时思想正处在孕育、启蒙、探索、脱缰阶段，特别是关于自由、民主、政治体制方面的文章，内容主要是振臂呼吁、激情呐喊，表达为国为民、复兴中华的赤子之心，而缺乏冷静的学理学术分析和论证。这正是那个时期一代热血青年的时代特点。关于这个问题，李泽厚在杂志创刊一周年时写的《破“天下达尊”——贺〈青年论坛〉创刊周年》一文中非常尖锐地指出来，但大家就是大家，李泽厚并没有对年轻人求全责备，他看到年轻人的未来是不可估量的，他有着殷切的期待。这是李泽厚第二次为《青年论坛》写文章，第一次是创刊号上的“前辈寄语”，而这篇《破“天下达尊”——贺〈青年论坛〉创刊周年》，除了在《青年论坛》1986年1月号上发表外，同时还在《人民日报》海外版等报刊上发表。依我之见，《破“天下达尊”——贺〈青年论坛〉创刊周年》是李泽厚写得较好的文章之一。

四

在编辑工作之外，有几件事还应该提一提。

前面说到，《青年论坛》在全国各大城市建了十多个记者站，这些全部由志愿者组成的记者站为杂志做出了不可磨灭的贡献。其中北京记者站是最为出色的一个。

北京记者站的第一任站长是陈东升，武汉大学经济系79级毕业生。记者站成员，武大校友有高伐林、曹远征，另外还有《中青报》的季思聪、人民大学的远志明、北京社科所的胡平、《人民日报》的吴学灿等。《青年论坛》上有不少重头文章，都是北京记者站约的稿；我的很多朋友如冯仑、陈恒六等，都是通过记者站认识的；我们到北京找人、办事，都依赖记者站；记者站还筹办了几次非常重要的座谈会；杂志在北京地区的大量发行，记者站功不可没。多年后陈东升在回忆这一段经历时说：

> 我大学毕业时分配到外经贸部工作。当时，湖北有一个学术刊物叫《青年论坛》，我被委任为这份刊物驻北京记者站站长。我每天骑着一辆女式自行车，穿梭于北大、人大、清华、中央党校等单位之间采访，经常是凌晨三四点钟才能回到宿舍。这份兼职工作连一分钱报酬也没有，很累，但我却总是乐呵呵的。

陈东升说这话时的身份是中国嘉德国际拍卖公司的董事长、泰康人寿的董事长、中国赫赫有名的企业家，他没有忘记那段刻骨铭心的青春岁月。今年5月，我到北京参加一个会议，同时也拜访了陈东升。他仍然满怀激情地谈起当时的情景和思潮，当然也谈现在，并送了我两本书：《一锤定音》，陈东升写的关于嘉德的历程；《九二派》，记录了90年代以来，包括陈东升在内的风云一时的中国企业家的群体形象。

北京记者站的第二任站长是高伐林，武汉大学中文系77级毕业生，一位才华横溢的诗人，在80年代就已誉满诗坛，是中国朦胧诗派的元老之一。高伐林当时在团中央宣传部工作，是他把《青年论坛》介绍给团中央，并得到团中央领导李源潮、江洪的批示。记者站举办的几次大型活动，都有高伐林的参与组织，他是《青年论坛》的中坚人物。早在珞珈山读书时，高伐林就是一个学生领袖，著名的全国高校大学生刊物《这一代》创刊号（也是终刊号），即出自他之手。他把《这一代》的浮沉与《青年论坛》的兴起相联系，以自己的亲身经历，写了《一个前〈这一代〉编者与一个〈青年论坛〉记者的对话》，发表在《青年论坛》1986年9月号上。

《青年论坛》1985年第2期发表了一篇报告文学，亚屏、绍培写的《向大海》，文章的主人公是艾路明。黄亚屏、王绍培、艾路明，都是哲学系78级的同窗学友。80年代初的一个夏天，艾路明穿了一条游泳裤，救生圈上绑了一些食品饮料瓶，从武汉的长江边下水，顺流而下，向上海漂去。一帮朋友沿着长江岸边，隔一段路程给他一些补给，陪着他向大海走去。历尽千辛万苦，艾路明终于游到了上海。《向大海》就是记叙的这一段经历。这无异于一场水上长征。艾路明的惊天壮举震撼了80年代的年轻人，昭示了一代英杰的骁勇风貌。但有人说，艾路明只漂了半条长江，要漂就漂全程，那才是英雄。艾路明真是条汉子，1986年，他准备好粮草，打算乘火车去云南，在长江发源地下水，漂完另半条长江。《青年论坛》全体同仁为他的豪迈气概所感动，赞助他一条橡皮艇，以防水中不测。橡皮艇前端写着：青年论坛号。艾路明到云南后，准备从虎跳峡下水，当地人坚决制止了他，只好绕过虎跳峡开始漂流。长江上游不比下游，到处惊涛拍岸，乱石崩云，险滩漩流，风云莫测。晚上在荒野上岸时，甚至碰到狼群，艾路明燃起篝火自卫。每到一处有人烟的地方上岸，艾路明就拿出笔记本让人签字，以示证明路过。冲破万般艰难险阻，朋友们在武汉迎接了艾路明的胜利到达。今天，艾路明已是几家上市公司的董事长，几十万几百万元地捐款给母校，可仍然是一脸的憨厚。前几年我见到他，向他要一张名片，看见他名片上的头衔是洪山区某某村委会主任，原来他为了改变农村面貌，帮助农民增加收入，做了大量工作，农民坚持选他做村委会主任，已经连任两届了。这就是从80年代走过来的一代人，《青年论坛》就是反映了这一代人的风貌。

在这里我忍不住要提到一个人，尽管他不是武大校友。他叫何亚斌，比我小一两岁。何亚斌大学毕业后分配到湖北省统计局工作，在一个偶然的机会看到《青年论坛》杂志，于是爱不释手。他读得十分仔细，看到心爱的杂志上有不少错别字，便不能忍受。其实我这个主编也为杂志的错别字头疼，我在《江汉论坛》做了几年文字工作，深知校对之难。老编辑们常说，校对就像秋风扫落叶一样，错别字扫了还有。针对《青年论坛》的错别字问题，我订了十分严格的经济奖罚制度，记得有一次罚得王振亚快哭起来。但校对是一门专业，需要有长期的文字修养才能胜任，不是你下决心做好就能做好的。正在这时，何亚斌写来一封信，首先表示非常热爱这本杂志，谈了不少心得。然后毫不客气地批评杂志的错别字，并一一指出错在哪一页哪一行，非常认真。最后何亚斌提出，他愿意担任杂志的兼职校对，完全义务，不收分文报酬。我非常高兴认识这位新朋友，立即同意了他的要求。于是编辑部增加了何亚斌这位新成员，校对工作也就主要由他承担。一些年后，他到湖北鹤峰县挂职当县长，后调回省统计局任副局长，我们之间一直保持着亲密的朋友关系。

五

《青年论坛》1987 年 1 月号（总 14 期）于当年初按时出版。其实在 1986 年底杂志就已经编辑好了，出厂后将邮局发行的部分寄运到北京邮政总局，剩下一部分放在编辑部用于零售。我们抓紧完成这些工作，也是因为气氛有些紧张，大家预感到有些什么事情会发生。

1 月，胡耀邦辞去中共中央总书记职务。紧接着，上面来指示，宣布《青年论坛》“停刊整顿”。社科院派出一个工作组，对《青年论坛》逐期逐篇进行审查。根据上面的指示，已发出去的 1 月号杂志要全部追回上缴。在社科院的要求下，我们派邵学海到北京邮政总局截停发行（院里原派一位副院长带邵学海一块去，后副院长临时决定不去）。邵学海磨磨蹭蹭，争取时间，尽可能让邮局把订户的杂志全部发出。到北京后，邵学海找邮局说明此事，邮局工作人员漫不经心，根本不当一回事。邵学海放心了，回社科院也有个交代。武汉这边，我们将放在编辑部的一些杂志连夜转移到东湖路的一间出租屋，地点只有我和周晓佑等少数几个人知道。后来社科院派人搜查，也到东湖路去观察了，一直没有找到“窝藏”的地方。

“停刊整顿”进行了一段时间，编辑部各位也积极准备复刊。不久，北京一位领导人发话：《青年论坛》的后台已经倒了，还整顿什么。意即胡耀邦已经下台，《青年论坛》用不着再整顿了，停刊拉倒。说胡耀邦是《青年论坛》的后台，这是没有事实根据的。如果有这个后台，《青年论坛》经济那么拮据（先后只有 10 万元的老本），一句话不就解决了？事至如此，大家断了复刊的念头，各自寻找出路。这是最痛苦最困难的时期，只有亲身经历过的人才会有深切的感受。

经过大会小会的整顿，我仍然“态度不好”，同时也考虑如何走出下一步。正在此时，郭齐勇劝我报考武大的博士研究生。郭齐勇是我本科时十分佩服的同班师兄，毕业后他继续读硕士，然后留武大任教。这一年他报考了萧箑父先生的博士生，并给我寄来武大博士研究生招生简章。我思量再三，决定报考陶德麟教授的博士生。陶先生当时是武汉大学副校长，国务院学位委员会委员，中国马克思主义哲学界的重镇。而我是被“整顿”者，在当时的政治氛围中，甚至有人不敢和我说话。陶先生是清楚地知道《青年论坛》的境况的，他愿意收我吗？为慎重起见，我拜访了陶先生，说明来意。陶先生一点也没有犹豫地同意我报考，我非常欣慰。这好像是我在大海中快要沉没时，有人递给我一只救生圈，而递救生圈的人本身还冒着风险。这就是武大，这就是珞珈山。

当时还有两位我非常敬重的武大教授，为我报考博士生写了推荐信。一位是萧箑父先生，中国哲学史界的大家，老先生用两页纸密密麻麻地写了推荐意见，不仅肯定了我的学术成绩，还在政治上做了正面评价，后面还盖了私章。另一位是王荫庭教授，中国研究普列汉诺夫的首席专家，我本科学位论文的指导老师，也是我到湖北社科院工作的推荐人，这次又为我写了推荐信，信中对我的学术成果做了很高的评价。这就是武大，这就是珞珈山。

接下来就是抓紧时间复习，日夜兼程，准备考试。整顿的大会小会仍然在开，我则思想开小差温习功课。

意想不到的是，当我以较好的成绩通过考试，并已收到武大研究生院的录取通知书后，社科院却不放人事档案。原因有两个：一是《青年论坛》整顿还没有结束，二是《青年论坛》有一笔官司还没有了结。关于这笔官司，是蔡崇国担任副社长搞创收时，由于经营不善惹下的，当时还在审理中。没有人事档案，我不能到武大报到。眼看已经过了开学日期，事情还没有解决。在省委举办的国庆宴会上，陶德麟先生对省委副书记钱运录说：我招了一个博士生，却不能入学，请钱书记出面。钱运录问：博士生是谁？陶先生说是李明华。钱运录说：哦，那是我的朋友。

1987 年 12 月，我迟到 3 个月，到武大研究生院报到。

三年之后，我背着哲学博士文凭，怀着复杂的心情，告别年迈的母亲和姐姐哥哥弟弟，告别我生活了 41 年的江城武汉，告别珞珈山，举家南下羊城。▣ 2013・5

教育忧思

当代大学精神生态的忧思

□ 王岳川

一、全球化语境中的精神价值失重

当今世界是一个全球化世界。但全球化不是一个同质化的时代，而是一个学会尊重差异性的多元化过程，是东方西方共同组成人类性的过程，也是西方中心主义习惯自己成为多元中的一元的过程。这意味着，全球化使得第三世界发声成为可能。

在全球化语境中，大学知识分子文化语境已经不同于往昔，思想的多元化复杂化，制度与全球化接轨化，文化的差异化与对话化，以及经济全球化所带来的存在心理失衡和价值选择的新可能性，都使当代中国知识分子的读与思、写与言、文化传承、理解与参与的方式，甚至价值判断的尺度等都发生了相当的变化。这种变化的深层原因是全球化与本土化问题。

知识分子是这个时代存在的一批活跃的因子，知识分子思考的对象是这个时代群体中问题的一部分。知识分子是问题的提出者，他需要对时代不断提出问题、反省问题，把怀疑和追问放到优先的地位。在我看来，真正的知识分子应该在“形而中”“形而上”“形而下”三个层面对社会现实加以关注。就“形而中”层面而言，知识分子强调一切文化制度社会都与人的欲望有关，讨论各种欲望及其压抑和敞开问题就触及到人的全面发展、片面发展、片断性异化，社会制度、社会公正以及社会发展方向是否正确，人类远景是否辉煌，人们日常生活的价值，人与人之间的新型关系，人与社会的生态学联系形态等问题。进入“形而上”层面，将引发关于死亡的看法以及此岸彼岸的宗教问题的思考，对理性的设限和对禁忌的设立，以及关于生命终极意义问题的追问等问题。进入“形而下”层面，则关注社会边缘群体、对社会底层处境的思考等。

在全球化语境中，当代知识分子的应答有时候是乏力的。面对诸多相互缠绕的问题，人文知识分子的反思能力和深度正在降低，学术含金量正在下降，出现了一些新的学风问题和生存方式的变化。诸如：心态浮躁，功名心强；门户之见，重学术背后的利益关系；近亲繁殖，论资排辈；学术空疏，不愿意做精深的研究，热衷于在各地不断组织各种会议，发会议纪要，经此形成自己的学术关系网络。

应该说，知识分子尤其是人文知识分子，是世界进程和人类前景的思考者，也是用心灵去对当代复杂问题进行真诚探索的写作者，而不是那种热闹地在各种会议中不断出风头、拉人选、争夺权力，在不同的评比上获取显赫名声的人，更不是那种热衷于经济、大赚其财，夸夸其谈、下海捞钱的知识文化人。中国知识分子有着几千年的自我身份和精神坐标，不应该在经济大潮中将这种文化精神身份的意义放逐了。

世俗化倾向使学术出现了平面化倾向。面对大众文化的兴起，一部分学者注意日常生活，但是在拥抱日常生活、颂扬日常生活时恰恰过多地看到日常生活的合法性，而没有注意到西美尔、海德格尔、西方马克思主义对日常生活中人云亦云状态的批判，以及对日常生活的那种无所驻心的、缺乏反思性的、当下即得的存在状态的批判。有的知识分子开始忘掉原来对日常生活的反省和批判，而是对日常生活和世俗化加以真切地贴近，这使得知识层文化阐释和文化批判功能衰减，现实的利益驱动代替了真正的价值判断。

作为文化创造和传播主体的知识分子，在大学教育再生产中同样存在不少的问题。“五四”一代知识分子除了自己的思想超前和广泛地接纳欧风美雨的民主启蒙思想以外，难能可贵的是，作为当时教育总长的蔡元培先生能把知识分子个体性思考的点滴成果集中推行到整个教育制度上，将思想成果体制化。而今天有的学者的边缘立场使得他们和教育制度离得很远，他们中的一些人无兴趣、无心情也不愿意把自己的思想成果普遍化，因此就出现了一方面是教育问题成堆、教材问题成堆、大学教育学制度问题成堆的现象；另一方面是教育思想原创性正在消失，热衷于一次又一次的评奖、评基地、评重点，人们热衷于反复填表格拉关系。独立的思考不见了，独立的思想转化为中国思想深层次的东西不见了，独立的能够传播出去变成民众的思想同样不多见了。思想和大众文化消费脱节，就像科研与成果的转化脱节一样，人文科研成果就只能束之高阁，变成了文人沙龙里的独白。这无疑是今天的理论思想生产者和大众脱节的一个很重要的原因。

教育浮夸问题和形式主义问题也正在抬头：不注意改进教学质量，不注意教授的学养和生存环境，不注意量才录用而只看表面标签和亲疏关系，不注意中国人文科学的持续下滑现状而一味追求所谓的国际水平，不仅使教育经费浪费很大，而且使教学质量不断下降。空洞地要求学位，而不注重真才实学，使得教育日益形式化、虚拟化、官僚化。如何将教授最有新生命力的思想推广到现代性体制中去，注重学术本身而不是学术以外的东西，使教育不仅成为大学知识延续和传递的枢纽，而且成为关心人性发展的重要维度。这正是当代中国大学教育中一个值得注意的问题，也是21世纪中国教育实施与科技飞跃产生良性循环的基础。

当前教育改革呼声甚高。进入21世纪，教育作为文化生产中最重要的动力性因素，起着支撑文化再生产和人才再生产的重要任务。教育改革关系到“中国形象”的塑造，关系到21世纪中国文化的传承和拓展，值得重视。

二、 当前学术研究中值得注意的学风问题

学术的过分形式化、程式化，其不良后果今后会越来越明显。有些形式化的制度促使了当前这类学术泡沫运动，连带地反映了很多深层问题。一是强行规定副教授、讲师、博士研究生、硕士研究生要在哪几级刊物上发表多少篇文章，要出多少本书——而且用量化的标准统一要求，才能升职。于是人们争相发表文章、出书，作假现象必然多起来。要发表文章和出书，刊物和出版业就热起来，刊物出版一热，就有不少刊物收版面费，现在收版面费的事已经侵入到中央级刊物。这当然也是学术腐败的严重现象。我认为，论文专著的评价应在质量上，而不应在数量上。文化生产的人在弄虚作假，文化阅读的人也就会出问题，而且会形成一种印象：不再读专家的文章。这种一味多产的结果，使学界真正有分量的学者淹没在低水平重复的文化生产中。

因此，学术“清明”的问题应提到议事日程上来。国家教育部门可以思考怎样建立学术创造机制，而不是搞成集团化、基地式的东西，因为这使得不少学术外的东西掺杂进了学术神经，虚报成果、学术抄袭就在这种土壤中愈演愈烈。因此，社科学者人文学者，都应该独立思考和独立进行文化生产。那种大呼隆上的做法，是对学术的戕害。有关部门不要人为地搞那么多基地、重点和中心，什么事都跟钱挂钩。十几个学校争一两个名额，让知识分子为了争一个东西而“功夫在诗外”——有意作假。还是要相信老子的“治大国若烹小鲜”，减少作假的土壤和心态，还是让学者们真正安心平心静心地做学问吧。

值得注意的是，近年来“海归派”学者出的问题较多。也许国家政策过分倾斜——青睐海归派，造成了不少负面影响。加入WTO以后，外企和国企都享有同等待遇，在相同的起跑线上竞争，为何海归派、本土派学者（尤其是人文学者）就不能在同一水平线上？海归派中的有些人不服水土，常常自我膨胀而又底气不足，有人就弄虚作假，不断被揭诸报端，实在令人痛心。这事实上伤了本土学者的心，占学者大多数的本土学者就可能会采取边缘立场、不合作态度，这种知识群体的内伤，后果会很严重。

进一步看，缺乏反思深度和超越性思考的高度，使走向现代化的今天，大学教育中的知识分子培养功能尤其博士研究生、硕士研究生的教育出现了狭窄化、专业化、技术化倾向。“三点成一线”的单调生活，使学习成了机械训练和应付考试的

枯燥过程，生活成为注重实用、只对专业技能感兴趣的单维化生活。在工艺层面的操作和忙乱中，个性和创造性逐渐消隐，在跟着潮流走中心理封闭起来，在重理轻文中使感受力受到压抑，进而导致情绪抑郁、性格孤僻、矜持而不善心灵交流。于是远大的人生抱负渐淡渐消，卓越的眼光和超迈的胸襟逐渐被市侩式的世故虚荣所取代，生命中的无聊感在牢骚、郁闷、无奈中呈现出来。甚至出现了将哲学、文学、史学大师著作丢在一边，而热心于公关学、谋略学、厚黑学的现象。

从文化递进角度看，中国在印刷文明之后，同样也进入了后传播时代。在这种网络传播中，当代中国文化中的世俗化倾向越来越占主导地位，而精英文化却在日常理性中日渐衰颓。如何在经济全球化中为中国文化和人的精神发展定位，成为知识分子的迫切工作。知识分子是问题的提出者，他需要对时代不断提出问题、反省问题，把怀疑和追问放到优先的地位。新的电子群体或电脑空间群体的发展导致感知经验变异并产生新的网络交流空间：传媒文化以其强大力量淹没日渐衰退的书本文化，新的电子阅读方式在文学研究领域引起了变革，电脑写作使文学研究文本永远处于敞开之中而难以完成，网上杂志的增加改变着文学研究的出版合法性条件。不断被阐释的网络文本仅仅对人产生某种暂时性的记忆，不仅改变了文学作品对批评家的存在方式，而且削弱了批评家昔日的重要地位。正如美国学者米勒所说：伴随着民族、国家在全球化中的被整合状况，独立的民族文学研究正在逐渐被多语言的比较文学和全世界文学的研究所取代。这一现象不可忽视。

在价值层面上我赞同的是：我们应该用一个更高、更远的视野来看如今同时态呈现在我们面前的前现代、现代和后现代。我们只可能在神性和兽性之间找到“人性”或“人类性”的基本价值平台。我们在文化转型与文化发展中，只能是尽可能多地遵守不断超越的“人类性”的共同价值和认识，遵循一定的国际审美共识，同时加上通过中国知识分子审理过的中国文化的精华部分的“文化财”（狄尔泰），才有可能组成为21世纪的中国新文化艺术形态。只有这样的差异性和多元化文化的可持续发展，才能维持整个世界精神的文化生态平衡。

今天，在西方中心主义逐渐式微以后，东方文化精神逐渐成为边缘文化对中心文化的校正和互动。当今出现的“生态批评”（Ecocriticism），或者又称为“生态诗学”（Ecopoetics），无疑有中国文化精神的资源整合在其中，即注重当代世界文化精神的生态平衡和文化与自然环境的关系，对诸多复杂的问题有新的透视角度。人文生态问题成为当代问题的汇聚点，有其自身的发展逻辑。在全球化消费主义发展进程中，自然生态和精神生态成为一个问题的两个方面。因为ego（自我）与eco（生态）有着内在的和谐联系，需要均衡发展。然而，在这个日常消费生活的名牌政治社会中，这种和谐却被一再地破坏了。我们需要不断审视全球化文化生态失衡在社会心理和个体心性的健全方面所造成的意义流失，并进而对网络传媒在“文化工业”生产中的正负面功能加以清算，调整大学人文精神生态平衡。

在全球化语境中探讨人的全面发展何以可能的问题，不仅表明“全面”成了问题，而且“发展”也成了问题。事实上，人在这个片断化的时代日益片断化和异化。人们已经从前现代的线性时间观中走出来，进入现代性的当下时间，更进一步进入后现代的时间的空间化——无时间。于是文化远离了贵族化和垄断化，远离了权威性和启蒙性，进入到肉身化、独白化、自恋化、欲望化、比矮化、自贬化、消费化。如何使文化和人的精神绿色生态化地发展，使人在“红色写作”之后，不坠入“白色写作”的怪圈，而是进入“绿色写作”的良性氛围，需要认真地思考和实践。如何使知识分子的分化和片断化的状态转入知识分子的对话化，非中心的圆桌化，文化环境的清洁化和知识分子的前瞻化，实在是全球化语境中保持人的全面发展的关键。□ 2003・2

大学人文教育的几个问题

□ 葛红兵

一

欧美的大学传统是从古希腊的柏拉图在 ACADEMY 建立第一所学园开始的。从柏拉图《理想国》《巴门尼德斯篇》等著作记述的各种研讨、辩难的风格看，学生在 ACADEMY 学习的主要形式是研讨，但研讨没有严格的师生之分，大家平等，是探求真理的同路人。在这些讨论中，老师并不认为自己是有知识的人、教导者，老师只认为自己是知识的助产士（苏格拉底）。从内容看，研讨的范围非常广，但是老师的主要目的是想把大家的目光导向世界的本源、神、纯粹善等抽象的本体论问题，在这里老师并不教学生怎么具体地做人，怎么具体地成事。

在中国，情况恰好相反，中国教育的传统源自孔子，孔子是注重“人伦”和“事功”的，孔子的确是一个很有境界的人，他是一个活得很审美的人，他听音乐会把肉的滋味也忘了，但是，孔子的境界也就是“人”的境界而已，他的学问大多集中在如何处理人际关系上（“人统”）以及如何具体成事上（“事统”），并不教导学生以对知识的抽象兴趣，他不愿意像苏格拉底那样以讨论超越人伦事功之物为使命。子路问孔子怎样服事鬼神，孔子说：“活人还不能服事，怎么能服事死人呢?”子路又问死是怎么回事，孔子说：“生的道理还没有弄清楚，怎么能懂死呢?”孔子关心的是如何“把‘生’搞好，‘活’下去”的道理，而不是“生”与“死”的大道理。另外，孔子和学生的关系是严格的师生关系，《论语》中主要是孔子被称为“子”，其他人都是学生，他们和孔子不是平等讨论“真理”的，而是“侍坐”“问道”的关系。

总的说来，中国思想是内敛的，其标志有这样几个：一是顺从。孔子是把“孝”作为人伦道德的核心范式的。“孝”作为伦理规范，它的要求是什么呢？是顺从，儿子顺从父亲，臣子顺从君主，妻子顺从丈夫……整个社会被孝结构为一个阶梯形的顺从体，而这之中，顺从的核心是个人顺从家庭，子女顺从父母。这导致中国道德思想的第二个特征——中庸。孔子把一个人逾越自己的地位，议论国政大事看成是最大的罪。儒家强调的是每个人都要安分守己，安于自己的身份，守住自己的那份职责就可以了，儒家认为“孝”的礼仪已经给每个人安顿好了位置，逾越这些位置就有罪，就不合礼法，即使你是出于好的动机。三是退避。息事宁人的退避是儒家道德观中的一个核心。孔子和孟子都主张只在“邦有道”时出来做事，用正直的要求来要求自己，而“邦无道”呢？他们都主张退避。一次孔子谈到古代一些不得志的人才，针对自己说道：“我和他们不一样，没有什么可以，也没有什么不可以。”孔子这样说的意思是什么呢？他的意思是，他自己是一个懂得权变的人。孟子后来在评价孔子的时候说“孔子是一个识时务的人”，就是指此点而言的。

中国人的传统思想为什么是这样的呢？因为我们只是止于人事、人心。人心尽到了，人事尽到了，事情也就到头了。当然，中国古代也有很博大的思想，如墨家是讲究“兼爱”的，但是这个兼爱经不住孟子的反驳，为什么呢？因为这个兼爱还是奠基在人事、人心的基础上的，没有超越性。墨家的信徒夷子来找孟子，夷子说：“儒家的学说认为，古代君王的爱护百姓好像爱护婴儿一般，这句话是什么意思呢？我认为是，人与人之间的爱，并没有亲疏厚薄的区别，只是实行起来从父母亲开始。”孟子说：“夷子真的以为人们爱他的侄儿和爱他邻人的婴儿是一样的吗？夷子不过是抓住了这一点：婴儿在地上爬行，快要跌进井里去了，这自然不是婴儿的罪过。这个时候不管是谁家的孩子，无论谁看见了，都会去救的。夷子以为这就是爱无等次亲疏，其实这只是人的恻隐之心罢了。万物只有一个根源，就人来说就是父母，当然以自己的父母为最爱了。”人事的道理都是相对的，所以夷子的道理经不住孟子的反驳。在儒家看来，爱是有条件的，人最亲的爱就是父母，然后才能推己及人，去爱别人。

这样的思考是不是就是“人文”的呢？我认为还不全是，人文思考从根基处说是一种对存在的抽象玄思。实际上，Humanity（“人文”——在中国并没有词源学基础），它的根本性观念是从类的角度来思考人（Human beings considered as a group; the human race），思考人的存在根基，由此才会有下述超越性问题：人的本性、人的本源、人和大自然的关系、人和神的关系、人和人的关系。因为它把人作为类来思考，所以我们说它的思考是超越具体人伦事功，超越有限存在的。从这个角度来讲，“人文”一词的根源在古希腊和罗马（Humanity 在西方也可以解释为 the languages and literatures of ancient Greece and Rome; the classics），它是以古希腊思想及其方式为根基的。

二

西方的现代大学是启蒙运动的产物，19 世纪启蒙主义兴起后，德国建立了世界上第一所现代大学——柏林大学，自然科学和社会科学渐渐地引入了大学教育，它们和人文科学在大学里双峰并置。柏林大学的教育模式深深地影响了蔡元培主持的北京大学，中国真正意义上的现代大学人文教育是从北京大学开始的。

但是，我们不能过分夸大北京大学的人文教育的性质。“五四”时期，中国知识分子打出了两个口号：科学和民主。这两个口号都是事功性的，都不是“人文”（文学、艺术、哲学等）的，特别是在中国当时的情况下，科学和民主是被简单地当作“救国”这个事功的工具来认识的。它没有获得更为根本的“人文”观念（对存在的本源性探究、本体论哲学）的支撑。相反，它的支撑来自“爱国主义”以及与之配套的“反帝主义”，在中国人的心目中，爱国和反帝是一个事物的一体两面，只有反帝才能爱国，对美国等西方国家的仇恨就来自这种教育，某种程度上我们可以说，20世纪成长起来的中国人都是在这种教育中长大的。我曾经说过，中国社会的爱国情绪其实不是由“爱（自己的亲人、国家）”的正面情绪来支撑的，而是由“恨（西方）”这种情绪来支撑的，也因此这种精神体制之下的中国教育必然要以西方为假想敌，一方面是中国人对西方发达国家本能的嫉恨，另一方面是长期对西方世界的妖魔化导致几乎没有中国人能客观公正地认识西方。近代中国人提出“师夷长技以制夷”，也就是“向西方人学习是为了打败西方人”，翻译成具有道德讽刺意味的语言就是“向老师学习是为了打败老师”，这种只讲策略不讲道义的“非道德主义现代化思路”实际上一直主宰着中国社会的现代化进程。这使得中国社会的现代化向着两个方向背道而驰，一方面是经济的不断发展、军事的不断强大，综合国力不断提升；另一方面是对西方的嫉恨也与日俱增。这种嫉恨经过“第一世界与第三世界矛盾”理论的提升，经过中国国内残酷的阶级斗争现实的直观教育，最终发展到了今天这样的局面：人们因为嫉恨而失去了起码的同情心——这是对“以嫉恨为现代化动力”的中国社会之现代化结局的一个最好的注脚。为什么会出现这种情况？我们的人文教育应该反思。

中国现代化的曲折是“师夷长技以制夷”的“非道德主义现代化”的曲折，何以“夷人”的长技（科学和民主）在“夷国”有效，拿到中国效果就是另一番模样呢？其中有一个原因是我们以前很少思考到的——我们缺乏超越的文化基础。民主和科学作为西方人的“长技”在西方的确是有用的，原因是民主作为人与人之间的契约需要有更高形式履约的保障，在西方这履约的保障是人与上帝之约，人们信仰一个上帝，都要向上帝负责，而在中国就没有这样的基础。20世纪中国思想界走得最高远的人是鲁迅，但是，鲁迅并没有走出中国思想的最高境界“虚无”，他的怀疑、绝望、厌恨、“痛打落水狗”等思想就是例证，而整体上看以中国现代文学为例，现代中国并没有出现类似托尔斯泰、陀思妥耶夫斯基那种教人以面向全人类的爱、悲悯、同情的超越的文学家、思想家，中国现代有的是那种主张阶级斗争的作家、歌颂暴力革命的作家、赞美战争的学者，却没有一个像托尔斯泰那样能够超越一国文化的有限视野，用世界的超越的精神来关照地球和人类的思想者，而这正是人文精神和人文教育的问题。

所以，我们不能把“五四”以来北大在人文精神的创造力以及教育能力方面的表现神化，和中国社会的经济建设相比，20世纪以来中国社会人文精神及其教育的发展是滞后的，缺乏整体性理论创新，中国社会在外观上正急速现代化，但是，中国社会并没有同步地建构自己的现代人文精神体系，中国人还没有找到自己的人文家园。

三

“人文”的核心命意是超越个体、超越种族、超越国家，从人类整体甚至宇宙大全的角度思考世界，它是在自然科学和社会科学的边界处开始的一种超越性的思想观和价值观。在当代，“人文”精神的根本命题是由全球化带来的。但是，全球化作为一种普世主义思想在当代中国尚缺乏被正确理解的基础，全球化作为一种现代人文价值观，不仅仅意味着建立世界化共同市场的经济观念，建立以联合国为首的世界政府的政治观念，更主要的是它还意味着把人置于政治之上和国别之上的世界主义人本观念。这种观念，在西方是建立在一元论哲学以及基督教思想的基础上的，一元论哲学追求总体、本源、统一的思维导致对世界一体化的追求，而基督教思想追求的万有归一更是为全球化价值观念奠定了基础；中国哲学是没有本体论关怀的，中国思想中最流行的是怀疑论和相对主义，这种思想状况和中国在宗教信仰上的多神偶像崇拜联系在一起，这些使得中国思想中有家族之爱，有国家之爱，却没有世界之爱；有对等级的崇仰和热衷，却没有对平等和自由之热爱；有对物的爱却没有对人的抽象爱，而没有后者作为基础，就难以理解全球化所暗含的价值观前提。而除了这价值观前提之外，当前的全球化还包含了重新确立人和地球的关系（反人类中心主义）的思想内涵，重新确立国与国之间的关系的思想内涵，重新确立民族文化和世界文化之间的关系（反政治民族主义、文化民族主义、种族民族主义）的思想内涵，进而甚至包含了对人神关系（呼吁世界范围内的宗教现代化改革）的重新理解，而这些无论在什么层面上都是和中国学者的思想传统以及当前见解相抵牾的。

在这种情况下，“全球化”被中国知识分子们理解为是西方跨国资本剥削中国，西方强势文化侵略中国民族文化的机会和借口，就不是什么难以认识的事了。只要在东西方二元思维的基础上，中国思想界就永远不可能理解全球化的真正含义。何以如此？中国思想和精神不利于培养基于世界感情以及人类感情基础之上的现代人文意识。我这里所说的世界感情不是指某一种宗教，而是指那种把全人类联结起来的意识、团结的意识、互爱的意识。在这个前提下，我愿意这样认为：基督教为上述世界宗教意识提供了样板（当然，它还不是我所要的这种意识本身）。在这方面中国思想是匮乏的。圣经《马太福音》中有“论爱仇敌”一节，其中讲道：“你们听见有话说：‘当爱你的邻舍，恨你的仇敌。’只是，我告诉你们，要爱你们的仇敌，为那逼迫你们的祷告，这样就可以作你们天父的儿子；因为他叫日头照好人，也照歹人；降雨给义人，也给不义的人。你们若单爱那爱你们的人，有什么赏赐呢？就是税吏不也是这样行吗？你们若单请你弟兄的安，比人有什么长处呢？就是外邦人不也是这样行的吗？所以，你们要完全，像你们的天父一样。”这是古代拿撒勒的耶稣所阐扬的精神，而对这种精神，绝大多数中国人是不能理解的。基督是用“兄弟之伦”来规范整个世界的，他要所有的人都以弟兄相称，他为自己的门徒洗脚，就是为了让自己的门徒知道所有的人都是平等的，都是兄弟，要互相示爱，因而基督思想中天然地包含着平等、博爱的内容。而儒教是以“父子之伦”来规范世界的，孔子把一切人伦都看作是“父子之伦”的衍生，提倡以“孝”治天下，“父子之伦”是“父要子亡子不得不亡”的不平等、不自由的伦理，这种伦理是不以博爱为原则的，而是以等级主义的服从为原则的，儒家的“仁爱”思想主要包含的是对血缘关系（国家、民族、家族的爱）的认同，是有条件的，因而儒家文化区的知识分子后来也很容易接受“阶级”学说。中国人是强调斗争的民族，民国时期的内战、“文革”的内斗锻造了国人的暴力思维，只要能够达到目的。《水浒传》之所以成为中国人特别爱看的小说，和中国人的嗜血心理不是没有联系的。《水浒传》中的英雄们所杀的人到底有多少是恶贯满盈的贪官污吏呢？实在少得可怜，英雄们多的不过是嗜血的本能和草菅人命的凶性而已。在《水浒传》的视野中中国人怎能区分正义的暴力和不义的暴力呢？在大多数中国人的意识中暴力都是一个东西，要么一味推崇它，“痛打落水狗”“把敌人打翻在地，踏上一只脚”“消灭阶级敌人”“让敌人永世不得翻身”等等；要么是笼统地指斥它。当然，我不是说要用耶稣的精神填补中国思想，我们这个民族是没有一元神的信仰的，现在去生造一个来也是不可能的。

实际上，西方人的精神世界中，神一直有两个，一个是宗教的神，像上帝；一个是哲学的神，像“本源”“存在”“宇宙精神”等等。对于宗教的神，西方人也不是没有抱怨的，尼采就声称要杀死宗教的神，但是，尼采呢？他没有杀死哲学的神，他宣称杀死了上帝，但是依然保持了对哲学神的追求，在《瞧！这个人》中他把自己描述为一位打着灯笼寻找神的人，其实也就是这个意思。什么是哲学的神呢？超越性、绝对性、本源性、完全性。要有对绝对、超越、本源、完全的向往和追求，不要把人当成终极、绝对者。西方人为什么会产生全球化意识呢？因为他们有追求“大全”的意识；绿色和平运动为什么发源于西方？因为他们没有我们这样强烈的“人类中心”意识。讲人事的思想，到爱国、爱家就结束了；讲终极的思想，要到爱全宇宙、爱无限者才结束，这里有很大的不同。我们讲事功，敌人爱的，我们就恨；敌人恨的，我们就爱。我们的思想到我们对敌人的恨就终止了，没有想到在敌人和我们之上，还有一个更高的终极，那个终极要我们更多地学会爱，学会怜悯，学会敬畏生命，敬畏存在。

然而，我所认识到的人文精神，正是从这后一种情况发生而来的。如果说，“人文”精神的诞生始于对生命的同情，始于对暴力的憎恨，始于人类通过对话、交流获得与对手的和解，而不是通过消灭异己分子的肉体来获得自我统一，那么对敌人所受的无辜灾祸报以热烈掌声的国人似乎还处于尚未开化的境地。什么是野蛮呢？没有起码的对于无辜者的同情、对于死难者的怜悯、对于同类者的仁爱，他们失去了一个人起码的是非感——这才是真正的野蛮。人类和动物不同的地方就在这里：人类可以越过自己的血缘、功利，去爱和自己无关的事物（大地、天空、树木、昆虫、鸟兽、他人等等）；人类可以越过一己恩怨去爱自己的竞争对手甚至敌人；更主要的是人类的爱是超越自我的。这正是人之为人的地方，也才是人文精神之为人文精神的地方。中国社会现代化精神，表面上看是在反传统的基础上铸就的，但是骨子里却是另一回事。现代作家对中国古代文言文学没有好感，但是，他们却把《水浒传》《三国演义》这些古代白话小说看成是中国现代白话文学的源头。那么《水浒传》《三国演义》到底是什么样的小说呢？《三国演义》是一部极端推崇和热衷于权术的小说，认为人的权术可以解决天和地间的一切问题，对“公义”“正义”“历史必然”没有什么信念，这是《三国演义》非常突出的问题。在《三国演义》的世界里，只有对人的智慧的信仰，对策略、计谋、阴谋的信仰，对人与人之间的“义气”的信仰，而没有对终极的道德、真理的信仰；《水浒传》对暴力的热衷更是明显，武松杀嫂的描写、李逵活吃人肉的描写等，一个“义”字掩盖了多少冤魂的屈死，掩盖了多少“所谓英雄的嗜血本性”？中国人没有宗教情怀，比如“爱”“同情”等等，所以没有对“暴力”的批判能力。显然，出于对白话语言形式的欣赏，中国现代作家接受了这些小说，这些小说中所透露出来的那种重视权宜之术、信仰暴力的精神也渐渐地被转化成了中国社会现代化的精神资源，在“革命思维”“反帝思维”等中发挥了极端重要的作用。从这个角度，我觉得，中国现代文化没有根本上和封建文化的病态性、暴力性、权术性分道扬镳。

四

我们现在主要是把大学教育的性质定位在知识教育、技能培养上，我们的大学大多是教学功能型的，我们没有把大学当作人文精神的发生和传承器。这种情况不仅发生在理工类大学或者专业中，也发生在文科类大学甚至人文专业中，文学系教学生的大多是文学知识，教师看重的是学生写作、阅读、表达等技能的培养，教育目的是把学生培育成秘书、语文教师、编辑、记者等等，大学文科教育变成了职业培训。但是，实际上大学教育尤其是大学文科教育不仅仅是技能的教育，同时还是价值观的教育，没有价值观教育就没有“人文”教育可言，文科教育和价值观是一而二、二而一的东西，二者合一才能构成人文精神生长的土壤。现在的问题是我们把价值观、思想观教育仅仅理解成政治教育，在大学人文学科中没有充分重视其中爱的教育、善的教育、美的教育等价值内涵，没有注意丰富学生的情感，让学生对人生有更丰富的体验，了解什么是善，教会他们理解亲人之爱、故乡之爱，给他们对自由的渴望，对道德生活的向往；教会他们用勤劳的手段去获得自己更加幸福的美好的生活信念；教会他们用同情、怜悯、爱的眼光看待世界，没有教学生以爱美的心，对自由、对幸福、对人生现代化的理解。

中国要想真正普遍地提高全民的人文素质，就必须从大学教育改革上找突破口。当前，大学文科教材在一些隐性价值观念上是有问题的，许多是跟不上当前的全球化、世界化发展趋势的。例如文艺理论教材中的阶级论命题，再比如，对1949年以后十七年文学作品的再认识问题。革命传统教育是必要的，但是，有些传统在和平时期是要具体分析的，如暴力斗争意识、阶级仇恨意识、个体服从意识等，革命时期的内涵与和平时期的内涵应当有所不同。

我们现在的大学教育死的东西太多，活的东西太少，甚至把古文中许多美好的东西变成死的东西，这是一种悲哀。大学教育的人文内涵没有得到重视，我们要让学生通过教育，了解到自己的人生与社会需要的切合点；通过教育，让学生产生个性化的人生观念，最后形成自我决断、自我选择、自我造就的信念和勇气。教育的结果不是知识，不是道德，而是一种自我的能力，就是说，要让学生用自己的脑子去选择自己的生活方式，选择自己的职业，选择自己独特的人生道路。大学教育应该在这个过程中发挥独特的作用。

大学人文教育不仅应该从内容上加以改进，还要从形式上加以改进，让教学形式本身就是“人文”的。大学教育应该是兄弟式或者朋友式的，应该摆脱传统的师道尊严——等级制的教学方式，要建立一种类似于西方柏拉图对话录那样的对话式的教学，老师要把自己当作一个知识和思想的助产士，而不是强调自己是道德楷模、知识源泉；老师与学生的关系是一种平行关系，大学教育不应是压制或者压迫教育，教育的动力应该来源于学生自己。而且要让他们学好语文，就应该让他们接触社会，让他们到社会中去实践。我相信大学人文教育水平的提高只能来自两方面——大学生人文作品阅读量的积累，以及人文思想观念的成型与个性化，我们的大学教育应该围绕这两方面做文章，而不是舍本求末。▣ 2005 · 6

北大传统与大学文化

□ 温儒敏

北京大学的校训是什么？有人说是“勤奋、严谨、求实、创新”，有人说是“爱国、进步、民主、科学”，还有人说是“思想自由，兼容并包”。到底是哪一种呢？我也不太清楚。记得80年代末，北大大饭厅东侧墙上曾经写有“勤奋、严谨、求实、创新”八个大字，是书法家的作品，每次从那里经过，我都要看上几眼，以为那就是校训了。可是在许多重要场合，如大会挂个横幅，标示的往往是“爱国、进步、民主、科学”。又有人以为这才是校训。我的印象中并没有宣布过什么是北大的校训。

“勤奋、严谨、求实、创新”讲的是治学的要求，值得铭记。而“爱国、进步、民主、科学”呢，概括了北大的追求，北大历来都是爱国进步的先锋，是民主科学的摇篮。但是这两个提法作为校训好像都未能得到师生普遍的认可。为什么？一是涉及面广，是几个普泛性的概念、口号，放到哪个学校都适用，并没有很好地体现北大的个性气质。二是“来路”不明，是谁提出，或者借用了谁的说法？不清楚。很可能就是学校某些领导一时敲定的。这就显得权威性、严肃性不够。三，更主要的是因为北大还有一个蕴含的校训，广为人知，得到“民间”的充分认可，那就是“思想自由，兼容并包”。一说到北大传统、北大精神，大家谈得比较多的还是这两句话。大家无形之中就把这两句话看作北大的校训了。看来北大的校训一直处于模糊、尴尬的状况。

校训往往凝结着一个学校的历史，反映一个学校的文化背景或创建历程，或者体现一个学校办学的宗旨，一种精神的追求。好的校训都是采用格言警句的形式，短小精悍，一目了然，能让人感受一个学校的个性、气质，是校园精神与校园文化的人格化呈现。校训能给师生感召与激励，从学校毕业出去的学生，也会永远记得校训，甚至能昭示他们的人生。好的校训如同一个招牌，那是一个学校的精神标志，能鲜明地标示这个学校的特色与成就。

例如清华的校训“自强不息，厚德载物”，就非常有特点。这两个成语出于《周易》的乾卦与坤卦，呈现天地运行的态势，又诠释符合天地规则的德性。将

“乾”“坤”合一，用传统的思想精华来表述办学育人之道，这校训的文化内涵很深，给人一种庄严阔大的感觉。据说这是梁启超为清华命定的。

我看启功先生为北师大所撰的校训也非常好：“学为人师，行为世范”，很能标示这所师范大学的宗旨。南开大学校训“允公允能、日新月异”，东南大学的校训“止于至善”，都言简意赅，含义丰厚。国外的大学也都注重以富于特色的校训标示各自的办学理念。如哈佛大学的校训是“Let Plato be your friend, and Aristotle, but more let your friend be truth”，中文翻译为“与柏拉图为友，与亚里士多德为友，更要与真理为友”。耶鲁大学的校训是“光明与真理”。都给人很深的印象。

可是，近年来我到过许多大学，看到很多学校新定的校训都是标语口号式，诸如团结、上进、勤奋、多思、严谨、求实、创新之类，类似“北大模式”，大同小异，缺少个性，难以让人警醒、激赏、体味、琢磨，更说不上呈现一个学校的灵魂。这样的校训有没有都无所谓。

回过头来再说说北大校训。如果采用“勤奋、严谨、求实、创新”，或者“爱国、进步、民主、科学”，和清华、北师大等校训相比，确实显得文化含量浅，与我们这所百年名校的精神积淀不相称。所以我还是主张用蔡元培提倡的“思想自由，兼容并包”作为北京大学的校训。这两句话符合上面说的好的校训的特征，能充分体现北大的精神、个性、校格。那么为什么这样一个广为人知、几乎成为北大精神象征的标示语，并没能正式宣布作为北大校训呢？原九三学社副主委、中文系教授金开诚先生十多年前写过一篇短文，也隐约赞同用“兼容并包”作为北大校训，但又有些担心。他说可能有人会这样认为：“‘兼容并包’是特定历史条件下的开明主张，恐怕不能绝对化。拿现在来说，分裂祖国的言论，北大岂能‘容’它？歪理邪说，北大岂能‘包’它？”我觉得这就是过去政治化年代大家熟悉的“上纲上线”了。什么事情往政治上一扯，就很难再容人说话。其实，金先生够谨慎的了，他只建议用“兼容并包”作为校训，前面一句“思想自由”略去了。看来在北大校训问题上有些人是有心结的，生怕一提“思想自由”就是政治自由化，讲到“兼容并包”就难免包容政治上反动的东西。这种思想禁忌几乎成了“集体无意识”。其实，只要认真研究一下“思想自由，兼容并包”，看看其历史内涵与文化积淀，就大可不必如此紧张。我不妨就借校训问题，回顾一下北大的历史，特别是“思想自由，兼容并包”的来路，让我们感受北大传统的血脉。

北大的前身京师大学堂通常被看作是我国第一所现代形态的大学，其实这个所谓“现代形态”时间有些提前了。1898 年建校之后，有十多年时间，很难说就是现代的大学。当时文科基本上是桐城派与“文选”派的天下，学生则以官员或者官宦子弟居多，都是抱着升官发财的目的来上学的，学校风气相当陈腐而且保守。学生称呼老师不是叫老师、教授，而是“大人”“老爷”，老师可以放纵赌博、嫖妓，当时北大甚至被民间加以“赌窟”“探艳团”的恶名。中间有一段时间几乎就办不下去了。直到 1916 年，北大才转变风气，真正朝着现代大学的方向来办学。这是因为来了蔡元培先生担任校长。蔡元培开门见山，在就任校长的演讲中提出三点要求，可以看作是北大精神的第一道闪光。蔡先生说，第一，大学是相对独立的学术研究的机构；第二，学生不应当“专己守残”，意思是既要专精又要博雅，注重人格修养；第三，大学应当有思想学术的自由。他画龙点睛，说了这样一句关键的话：“此思想自由之通则，而大学所以为大也。”

蔡元培主政北大之后，校风好转，教师学生道德水准得到提高。当时北大教师当中成立过一个叫“进德会”的团体，要求会员不嫖、不赌、不娶妾，还有不当官吏、不做议员，等等，居然拥有 1 000 多名会员。但蔡元培的理想不只是整顿道德，而且要仿照西方先进大学的通例，办一所中国的现代的大学。他的第一件事情，就是“循思想自由言论自由之公例”，放开胸怀，聘用各方才俊。这就使北大任用教员着眼于学问，不受政治、派系或者其他非学术因素干扰，只要有学问，言之成理，哪怕观点对立，都可以在北大立足。当时北大只聘用了一些所谓旧派人物，诸如刘师培、黄侃、林损、辜鸿铭、马叙伦等，他们比较倾向于现在说的文化保守主义，后来他们还站到了新文化运动的对立面。同时北大也引进了陈独秀、胡适、李大钊、钱玄同、周作人、鲁迅等一批激进的改革的人物。

这里说说蔡元培聘请陈独秀的史实，看看我们老校长的气度胸襟。蔡元培 1 月 4 日到北大上任，1 月 11 日就呈请教育部聘任陈独秀出任文科学长。蔡元培与陈独秀政治信仰不一样，个性也迥然不同。陈独秀是“炮筒子”，你看他那篇《文学革命论》，声称要拖十八门大炮为前驱者助阵，他说话写文章就是这样锋芒逼人。而蔡元培却外圆内方，是绅士加传统优雅文人的那种气质。但蔡元培赏识陈独秀的锐气，当然还有他在青年中的影响，他是翻阅了十余本《新青年》后决意要聘陈的。为了礼聘比他小十多岁的陈独秀，蔡校长亲自去陈的住处拜访，一趟趟“多顾茅庐”。陈习惯熬夜，起床很晚，蔡元培几次登门陈公都还在梦中见周公，蔡老先生就耐心地坐在门口的一只小板凳上，等待陈独秀醒来。

年轻气盛的陈独秀开始并不领情。他志向大得很，哪里肯“屈身”当一个教师？何况那时他正在专心办《新青年》杂志，编辑部又在上海。但蔡的诚意和气度最终还是感动了陈独秀，使他决定将《新青年》搬到北京来办。这可是一个重大的历史契机。有了《新青年》与北大的结合，也就有了新文化运动和五四运动。

在蔡元培礼聘陈独秀后，陈又推举胡适进北大当教授。胡适当时才 20 多岁，“海归”派，可是博士学位还没拿到，是陈独秀看到他的文章，欣赏他的才情眼光，得到蔡元培赞许后，才决定请他来北大的。后来胡适成为新文化运动的主将之一。胡适在他的纪念文章里曾提到，如果没有蔡元培，他的一生很可能会在一家二三流报刊的编辑生涯中度过。

我讲这段佳话，是为了说明蔡元培“思想自由，兼容并包”的办学理念。蔡元培决心以这八个字来塑造北大，使这所大学能够“囊括大典，网罗众家”，行“思想自由之通则”。除了聘用旧派与新派的人物，北大那时还汇集了许多非常有学问有特色的学者，例如马寅初、陶履恭、王星拱、陈大齐等，他们后来都成为各个学科领域的开创性角色。北大在很短时间内就聚集了当时中国最有学问、最有思想、最有激情与抱负的一批知识分子，形成了各种学派、思潮与主义交锋的一个平台。各种新的思潮包括马克思主义、社会主义、人道主义、无政府主义、新村主义、托尔斯泰主义、易卜生主义等等，纷纷亮相北大，各种文化社团风起云涌。那种问难质疑、坐而论道的自由学风，也由此形成，成为北大异于其他大学、吸引一代代学子的独特传统。

北大汇集了各色人物，大都是有个性的角色，彼此学术理路和文化立场都不一样，怎么才能相安无事，有竞争，又有协和呢？什么机制在起作用？那主要就是教授治校。这是蔡元培主政北大期间做的第二件大事：建立起教授会和评议会。这些措施是仿效德国大学的管理方法。当时的评议会由全体教授推选，凡学校章程规矩及重大事项（如开放女禁，给予女生同等入学权利），都要经评议会同意。

但是具体来说，“思想自由，兼容并包”这两句话到底出自哪里？让我再从头说来吧。

当陈独秀、胡适等人通过《新青年》杂志大力推进新思潮，最终形成反对封建专制主义及其衰腐的伦理道德的新文化运动时，遭到了文化保守派的猛烈反抗。当时反对新文化运动的主将一是原北大校长严复，另一就是著名翻译家林纾，都是当时文化界举足轻重的角色，而且他们对中国近代文化是有过重要贡献的。当时林纾旗帜鲜明地反对新文化、新思潮，尽管他自己 20 多年前也主张过改革，但此时转向保守，认为只有抵制西方的影响，回归古代文化与伦理，才能救中国。林纾用古文翻译西方文学作品 180 多种，是当时的大师级人物，他看到胡适一班人提倡白话文写作，是深恶痛绝的，所以他把矛头直接指向北大。1919 年 2 月林纾在上海《新申报》上发表两篇小说，用一些化名影射陈独秀、胡适与钱玄同，甚至进行人格侮辱。当时有些读者认为林纾是借小说暗示要求军阀政府干预北大行政。林纾还在报上发表公开信《致蔡元培书》，控诉北大“尽废古书，行用土语”，“覆孔孟，铲伦常”，“尽反常轨，侈为不经之谈，……令人心丧弊，已在无可挽救之时，……而中国之命如属丝矣”。林纾严厉警告蔡元培搞教育勿“趋怪走奇”，误国误民。蔡元培当即在《公言报》上复函，这封信被广为引用，事实上成为新文化运动的有力支持。信中驳斥了林纾对北大所谓“覆孔孟，铲伦常”，以及“尽废古书”的谣言，不符实际，鲜明地提出这样的办学理念：“对于学说，仿世界各大学通例，循思想自由原则，取兼容并包主义，……无论为何种学派，苟其言之成理，持之有故，尚不达自然淘汰之运命者，虽彼此相反，而悉听其自由发展。”

这就是“思想自由，兼容并包”的来路。

我们可以这样看，如果没有这种学术自由、对不同思潮学派宽大包容的胸怀，也就没有北京大学，没有五四新文化运动，甚至也没有马克思主义在中国最初的立足之地。没有蔡元培这种办学理念，像陈独秀、李大钊甚至还有后来的毛泽东这些共产党人，他们能够拥有最初发言的平台吗？现代科学民主思潮以及马克思主义社会主义思潮，正是依赖北大这种自由的宽容的学术环境才得以诞生和成长。我们不能忘本了！不能一提到“思想自由”，仿佛就是洪水猛兽；一提到“兼容并包”，就说那是特定历史条件下的产物，是资产阶级的东西！那就把好东西都推出去了，多么可惜！

“思想自由，兼容并包”并不只是蔡元培一人的思想，而是中国现代大学出现的代表性思想，或者说，是北大之所以成为北大的精神资源。这100多年来，北大这个名字这么响亮，跟北大思想自由的宽容的校风很有关系，这已经成为一种传统，虽然也有过许多阻挠与挫折，但多少还是艰难地传承下来了。

一个学校除了有大师，有大楼，还要有校园故事，有许多能成为一代代学生不断传说下去的故事。北大总有许多性情中人，许多有风骨个性的学者，他们的故事往往就负载着积淀着北大的精神传统。比如辜鸿铭，长衫马褂留辫子，还满口“牛津腔”讲《论语》。太怪了，但有学问，而且他的某些见解在事实上对“五四”新思潮激进的一面有牵制作用，或者说，起到某种结构性的平衡作用。虽然他是个反对新文化的保守人物，但在一代代传说中，又成为一位有个性有主见的怪才，大家都觉得应当容纳这样的人物。这就是一种理念的传承。

又如马寅初，当过北大校长，却那么“死心眼”，认准了自己经过研究的学问观点，主张控制人口增长，即使面对众多大批判，哪怕是巨大的政治压力，自知年近80，寡不敌众，也要单枪匹马，出来应战，直至战死为止。如果当时当局能听取这位学者的意见，也就不至于弄到人口膨胀十多亿才着急实施计划生育了。从政治角度看，马寅初先生真是“不识时务”，但在北大居然有这样坚持真理不畏权贵的校长，也是独特的风景。许多诸如此类有学问有个性的学者，他们成为北大精神的支柱。不要小看这些校园故事，一代代北大人所接受的传统滋养，很多就是从中获益的。北大是个多故事的地方，也是传统深厚的精神高地。当一种校风形成，代代相传，就是一股无形的力量。在这种氛围之中，人们比较宽容，尽可能给学者自由发挥的空间。这里不是没有矛盾，也肯定会受到外界各种压力，但多数人都一心向学，也比较习惯给他人以空间，缝隙就比较多，一般情况下不至于被逼到墙角，化解外界压力的可能性也比较多。这正是北大可爱的地方。

我有两件亲身经历的事情，可说明北大的自由宽松学风之宝贵。

现在都讲量化管理，学校管理部门权力很大，往往就用某些规矩把老师学生给卡死，不得动弹了。你要申请职称晋级，引进人才，或者研究生毕业，教授说了多少理由不管用，管理部门只认表上的数字。北大现在也是量化管理，但相对不会那么死板，有时给留个活口。我在一篇文章中就写过这样一件事。1981 年夏天，北大中文系“文革”后招收的第一届研究生要毕业了，我们都在进行紧张的论文答辩。同学中有一位是做“南社”的，是季镇淮先生指导的学生，文才出众，读书极多，有点“名士派”味道，可是论文准备得比较仓促，季先生不满意，怎么办？要是现在，可能凑合过去算了。可是季先生不想凑合，但又必须尊重程序，便打算邀请中国社科院的杨天石做答辩委员。杨专攻近代史，对“南社”很有研究，现在还是研究蒋介石的非常著名的专家，但当时还没有高级职称，按说不能参与答辩的。大概季先生认为懂“南社”的行家难找，而随便找一位专家又怕提不出具体意见，就亲自到学校研究生处询问，看能否破格让杨某参与答辩。故事便发生在这里了。你看我们的管理部门研究生处怎么回答？一句话：“您老认为可以就可以了。”这句话很“经典”呀，可以看出对于教授的尊重，也可看出教学管理不搞一刀切，这就是管理水平，是北大的自由宽容。当然，这自由宽容的另一面，却又是严谨的。答辩时杨某果然提出许多尖锐而中肯的意见，并投了反对票，结果差 2 票论文没有通过。季先生对杨某投反对票还是很赞赏的。有意思的是，杨某也是季先生的学生。对杨某来说，季先生有知遇之恩了，如今被恩师请来答辩，却又投恩师学生的反对票。而季先生呢，也不会因为师生关系不错，或者其他非学术因素，就放宽论文答辩评价的尺码。1981 年我们那一届中文系研究生 6 个专业 19 人答辩，居然有 3 人没有通过，确实非常严格。学风自由，却又严谨，这种事情大概也只有在秉承学术的尊严的环境中，才能得到理解。

再说另一件事，也是我亲历的。十多年前中文系一位年轻的有才华的老师编了一本关于中学语文改革的书，书中收入很多各种报刊上批评应试教育以及目前教育界状况的文章，有些文章批评得很厉害，有些话说得比较出格，有违宣传口径。于是有人写信告状，矛头指向中文系的另一位年长的著名学者。因为这位学者给这本书作了序言。某高层领导接到告状，就在一次会上点名严厉批评了北大以及那位教授，据说还拍了桌子，说这样的老师还能评为“十佳教师”？当时学校领导很紧张，连夜开会了解情况，商量怎么办。我担任中文系主任，也被叫去开会。既然高层领导都发怒了，此事看来是不能没有反应的。当基本情况弄清楚后，我认为那本书确实在政治上有错，但还属于学术讨论范围，何况对人的处理必须非常慎重。我把自己的意见说了，学校领导也就认可了。学校派人找那位老师谈话，然后我们写了个简报说事情已经处理，大家都提高了觉悟，就送上去完了。为了保护那位“闯祸”的年轻教师，中文系有意把他派去出国。后来社会上传说纷纭，说那位教授如何受到处分，以致提前让他退休，等等。其实，我告诉大家，他们两位都毫发未损，没有受到任何处分。如果换一个学校，如果领导只对上负责，那两位老师可就倒霉了。因为是在北大，我们大家习惯或者潜意识都有一些“思想自由”的愿望吧，或者大家还是比较尊重学问吧，就把那样的事情都“敷衍”过去了。这背后就有传统的力量。

所以我觉得北大之所以思想始终比较活跃，也比较具有批评精神，北大的学术空气之所以比较自由，以至于形成一种特别的与其他学校很不相同的氛围，就是因为有从蔡元培开始不断培育的“思想自由，兼容并包”的办学传统。从这个意义上说，不管承认不承认，“思想自由，兼容并包”就是北大最主要的精神传统，也理所当然可以成为北大的校训。我建议校领导敢于正视这一事实，旗帜鲜明地正式宣布这就是北大的校训。至于有些人担心“思想自由”这个提法，我们可以向他们说明：第一，当初正是靠“思想自由”这个护身符，北大才成为中国马克思主义发祥地的，哪怕是感念传统恩惠，也不应回避这个词。第二，我们讲“思想自由”主要是指学术活动，是学术思想的自由。这样解释既符合实际，又解除了某些人的习惯性疑虑。如果有人一定要抠字眼，那就是不讲理了。即使换成“民主、科学”，他也可能会质疑是“谁的民主”？是资产阶级的民主吗？那就扯不清了。我们应当通过校训的明确化，对全校师生进行北大传统的教育，增加我们学校的凝聚力。这是我作为一位老师的愿望，同时也是我对北大传统的理解。

我还想结合当前实际，谈谈对如何传承北大精神的一些想法。很自然我们会反观现今北大以及其他许多大学的状况；那些大学的“通病”，在传统的烛照下，会显得如此严重，让人焦虑。

首先应当承认，这十多年来，高等教育规模扩大，中国已经成为世界上大学教育规模最大的国家之一。从精英教育走向大众教育，更多年轻人有机会上大学，这是巨大的成就。但是，从多数大学目前的情况看，前进中也出现新的问题，甚至是“通病”，我把它概括为“四弊”：

一是市场化。这种趋向日益严重，对大学教育产生致命的伤害。原因是教育投入仍然严重不足，教育资源分配越来越不均。每年“两会”都有代表提案，要求加大对教育的投入。这些年基础教育的投入的确增加了，但高等教育欠账很多。这是关键问题。国家投入不够，学校要自己去赚钱，不少大学只好不断扩招，靠获取学费来维持运行。还有就是“创收”（这个词对于学校来说很不好），办各种班，赚了一些钱，可是风气坏了，人心野了，老师哪有心思教学？现在学校的商业气氛越来越浓，越来越世俗、庸俗。市场化对于教育特别是大学教育的伤害是很大的。北大这些年市场化、商业化冲击也很严重。有几个院系不办班创收的？美其名曰服务社会，当然也给学校补贴了一些资金缺口，可是校风搞乱了。你们进校园看看，太热闹了，到处都是广告横幅，什么班都可以进来办，而且很多都是老板班、赚钱班。谁有钱都可以在北大找到讲台。结果弄得大学生刚进来就心急火燎，急于找各种赚钱门道。什么时候能让北大重新找回“博雅”的气氛呢？

再说老师的心态也受到影响。我们许多教授往往都身兼数职，很少时间真正放在教学上、放在学生的学习上。师资外流现象非常严重，更严重的是败坏了校风。

北大有些院系教师的收入非常高，甚至可能比某些基础学科教师的收入高出十几倍甚至几十倍。如果说要吸引外国教员，报酬高一些是应该的。而且MBA之类办班收益丰厚，给学校增加了收入，是解决经费不足的途径之一，容许一部分老师“先富起来”，多拿一些钱也无可厚非。问题是不能没有管理，否则有些教授可能就是为钱上课，而且造成校内贫富不均，两极分化严重，学校成了市场，人心搞得很势利，既不利于校风建设，也不利于学科建设。

学校争相办各种班“创收”，是我们中国大陆办大学的一个现象，世界各国如此急功近利办班创收的，恐怕以中国为最。虽然这也可以为学校筹集一些资金，给老师增加收入，但弊病是很大的。对此必须清醒。我看学校应当有些平衡，适当抑制，否则学校彻底市场化了，弊害无穷。

二是平面化。大学越来越失去个性特色，就是平面化、均质化了。原因之一是都搞大而全，都在升格，原有的一些传统特点就丢失了。吉林大学几乎把长春的主要几个大学全都合并了，规模之大，令人感叹：不是吉林大学在长春，而是长春在吉大了。于是吉大自己原有的水平也扯平了，特色淡化了。武汉原来有个水利学院，还有个测绘学院，都是非常有特色的，我上中学时就知道，现在合并到武汉大学，融合成一块了，文章发表的指标上去了，可是特色也不见了。北大幸亏没有和清华合并，否则我们也没有必要在这里讨论蔡元培了。大学办学个性与特色的丢失，是个大问题，现在都“平面化”了。

三是官场化。现在是按照官场那一套给学校管理人员套行政级别，学校也有所谓副部级、正厅级等之分，动机也未必是坏的，可能是为了帮助学校争取资源吧。但后果很不好，助长学校的官本位风气。政府部门有些上不去的官员，就去大学做校长、书记，还不是促使学校越来越官本位？有的教授争着去当处长，这有点可悲。不是处长不重要，是这种风气不适合学校。管理对于学校教学科研的运行不可或缺，非常重要，但管理不等于领导，而是服务教学科研（不是服务教师）。管理做好了应当很有成就感，但管理不应当是当官。我到过一些学校，看到有些支部书记的权力都很大，可以支配院长、系主任，一级一级官阶很鲜明，在各种场合会看到人们互称官衔，就像在政府机关里面一样。我当中文系主任多年，系里很少称呼我“温主任”的，那样称呼会让我不舒服。北大这方面相对好一些，但许多大学的官本位已经到了非常严重的地步。只要有一官半职，地位就比教授、老师、学生要高，甚至动辄可以决定他们的命运。在这样一个体制下面，怎么可能会有“思想自由，兼容并包”的学风?!

四是多动症。过去搞运动，反复折腾，是“多动”。现在也“多动”，是不断改革、创新，不断搞什么“战略”“工程”之类，名堂、花样让下面目不暇接。意图可能是好的，可是效果值得怀疑。教育有滞后性，不能老是变动，有些试验要跟踪多年才能下结论。比如北大搞实验班，搞了几轮，搞不下去了，也没有总结，我称之为“无疾而终”。接着又搞“元培学院”，也是着急出经验，弄到现在全国都在模仿。北大本科教育还是比较成功的吧，为什么要大动干戈？即使试验，也要有个过程，有跟踪。我们都有点沉不住气，老想改革，就是不愿意下功夫。比如北大教师到底在本科教育上面下了多少力气？这才是大问题。上级主管部门往往为了显示政绩，搞“教育的 GDP”，所以“多动”。但学校应当有自己的主心骨，尽量抑制“多动”。我担任北大中文系主任 9 年，全国大学的中文系几乎全都“升级”为学院了，我说不必去跟风，即使要变学院，那也等全国的中文系都“升级”完了我们再升格吧。现在全都“升级”了，这里还是岿然不动。我不当系主任了，以后北大中文系是否升级为文学院，也就不可逆料了。我们大可不必在“名堂”上下功夫。针对“多动”，我们这些年提倡“守正创新”，在比较艰难的条件下，教学科研以及课程建设还是维持在较好的水平。这也得益于北大的宽容，校方没有逼着我们“多动”。“守正创新”也是针对浮躁的学风。北大和其他许多大学都有好的传统需要守成，不要动不动就改变它，也不要急于创新，天天改革。在许多情况下，改良比改革更切实。办教育和办工厂不一样，教育需要积累，不宜变动太过频繁。我们把“守正”放在“创新”前面，是想说明继承优良学术传统的重要性、基础性，不赞成浮躁的教育“大跃进”。我们能做的不过是要坚守最基本的人文道德精神，并且将之付诸积极的建设。

以上四个问题我们平时也都谈得很多了。怎么改变？我也没有更多好的主意。有时我也觉得很无奈。我想我们只能温习传承好的传统，用传统的力量来抵制不良风气，逐步创造条件，建立完善的机制，争取和保证大学的学术空气的自由、民主、活跃、宽容。所谓建设一流大学，讲了多少年了，北大的确下了很大力气，建了许多大楼，硬件可以说接近甚至超越一流了。可是我们的教学质量是否往上走了？科研成果是否往上走了？还有，这个大学对于社会的贡献以及她的声誉，是增加和提升了，还是减少与下降了？都可以讨论。这里我稍微展开说说对现代大学文化的理解，反过来可以观照前面说的我们大学的“通病”。

大学文化有什么特征？就是有相对的独立性和自主性。大学对于校园以外的社会、对于政府，都是相对独立的。国立大学要从社会上拿钱，政府拨款，但不一定就要放弃这种相对的独立性。不是思想库吗？不是学术思想自由吗？如果什么都听上级部门的，上级出台政策你做图解发挥就可以了，不容许有不同声音，不容许多种可能性的探究，也不重视那些超越现实的基础性研究，那么还要大学干什么？把政府的顾问班子以及宣传部门等机构尽量扩编就是了。可见，让大学有学术思想的相对独立，是办好大学的基本前提。蔡元培强调“思想自由，兼容并包”，核心就是让大学从金钱权势中保持相对的超越。学者也是人，如果放到名利场上，跟金钱、权势挂上钩，他们可能也就免不了要受到金钱权势的左右与牵制，学术研究就可能失去自主性。一个社会之所以要有大学，就是希望保留那么一块相对超越现实利害关系的地方，养那么一批学者来独立思考、批判、论辩。这是社会长远发展的需要。钱是重要的，没有钱办不了大学，可是拿了钱不等于放弃大学的功能。

大学文化和社会主流、时尚要适当保持距离，社会上流行的东西，校园里不一定都跟进；相反，对于流行、世俗的潮流，大学往往是有质疑、批评的。就是说，社会必须有一个地方比较超越、清醒，不完全被瞬息万变的时事所左右，这对社会保持平衡和长远发展是必要的。世界形势变化莫测，人心与人性都有难以把握的时候，这时相对超越的大学的作用就显出来了。在欧美，许多著名大学都总是弥漫着浓厚的反思与质疑的空气。许多教授总是以怀疑、批判的眼光看待社会流行事物，他们教给学生的也是如何在现实世界面前独立思考。知识分子的主要功能就是独立思考，为社会把脉。大学是思想库，是人类各种智慧集中的地方。各种学科的交叉以及各种学术观点的交锋，包括许多所谓“深刻的片面”，总是可以对社会生活当中那些偏至的东西，以及人性中非理性的难以把握的东西起到纠偏、牵制、平衡的作用。当年小布什和他的宣传机器对伊拉克的情况做了过火的描述，多数国民都义愤填膺主张惩罚萨达姆，美国大学里的某些知识分子则从另外的角度谨慎看待这件事，反对用战争手段解决问题，认为这终究达不到目的。这些清醒之士比较了解伊斯兰文化及其社会心理模式，知道阿拉伯人为何与美国人如此结仇，作为学者他们超越一些，把问题前前后后看得仔细一些，不会轻易被流行的宣传、舆论或者群众情绪所左右。这就是大学的作用嘛！如果当时能参考采纳这些意见，理性一些，弯路也就可能少一些。

同样的道理，我们在前面讲到马寅初时，也证实了。如果容许马寅初这样一些知识分子多一些超越性的独立思考，能听取一些不同的声音，中国人口就不至于一度失控，后来也就不至于采取那么艰难的计划生育政策来补救，以致几代人付出巨大的代价。1958 年大跃进，以及后来“文革”，北大很多人都是主动卷进极“左”的时代潮流中的。“文革”中北大、清华的写作班子“梁效”，对国家民族都是个祸害呀，当时那些参与其中的学者居然变得那样疯狂。为什么？那时的北大很难有独立思考的空间，完全绑在主流政治的战车上了。于是我们一些院士级的教授也赞同“除四害”，消灭麻雀，也相信水稻亩产可以过万斤。因为他们那时只有阐释既定政策的权利，而不容许独立思考。可见，大学保持适当的独立性对于一个社会来说，是多么重要。这就是大学文化的魅力和它的价值所在。可是现在我们的大学文化越来越媚俗、时尚，只强调服务社会，紧跟市场，校园和外边没有什么区别。什么流行的东西都想先到北大来造势，有钱就可以在北大闹腾。你们看看校园里挂的那些标语横幅，还有许多所谓的名人讲座，其实很多都和金钱有关。这些流行的甚至有拜金主义的东西在校园里如此张扬，搅乱了正常的教学秩序，制造庸俗势利的风气，对于学生身心发展非常不利。

最好的大学总是精神高地，有她的格调，气度，魅力。北大90年校庆时编过一本书——《精神的魅力》，百年校庆时又编过一本《精神的魅力》的续集，很受欢迎。大家可以看一看。里边那些文章讲到北大许多有趣的事情，都和这所大学那种特有的精神气质有关。有些大学学生毕业后对母校没有很多感情，这样的大学是失败的。而有些大学学生走出校园多少年了，仍然会恋念他们大学里有过的青春岁月，这样的大学是成功的。大学以培育人为第一要义，年轻学子在大学期间不只是接受专业教育，更重要的还是人格素养的培养，是眼界的开阔，是思想力的锻造，一个学校在精神上对于学生的熏陶浸染，可能是根本的，是给终身发展打底子的。大学应当注重良好学术氛围的营造，重博雅教育、人生教育。现在很多学校太过注重实际利益，前面说的市场化、商业化味道太浓，校园成为为升官发财做准备的地方，精神层面的东西受到压抑，学生变得非常实际，一进来就是为了以后找个舒服体面赚钱的职业，甚至一开始就为职业焦虑，哪里还有什么理想、抱负？他们看到老师一个个都在名利场中奔波，哪里还有什么精神的追求？这样的状况和大学精神是违背的，和北大蔡元培那种办学不为升官发财的理念也是违背的。我希望北大不至于丢失她的传统，她的精神的魅力。大学的精神应当对社会有筛选、过滤、引导的作用，前面说的要保持相对的独立，也有这方面的意思。

我还要特别说说一个观点，就是大学必须重视基础性的研究。这也是大学文化。大学当然也有应用学科，这些学科与社会经济发展、科技发展直接相关，非常重要。全国2 000多所大学，绝大多数都是以应用学科为主的。这是国计民生的需要，其重要性现在看来用不着去强调，因为社会呀、政府呀都很重视，愿意往这些实用的学科投入。而在往市场化转型的过程中，整个社会都变得很实际、很势利，你看每年高考，有多少家长愿意孩子考文史哲数理化的，都奔金融呀、管理呀、生物科技呀等应用性学科去了。这也正常，这些学科也重要，这是大势所趋，不用强调都在重视应用学科了。问题是又有些偏，有些失衡，基础学科越来越边缘化，不被重视，甚至无人问津了。基础学科不能像应用学科那样能迅速地为社会现实服务，也不能直接“变现”赚钱，好像“无用”，其实是有“大用”。基础学科的研究往往关系到社会的根本问题，关系到文化中较高的部分。应用学科要长远发展，也必须有坚实的基础性研究垫底。温家宝总理参加上海一个以工科为主的大学的校庆时说过，大学必须有一流的文科、一流的理科，才有一流的工科。这是非常有见地的。这些年几乎绝大多数大学的应用学科发展都很快，规模不断扩张，可是基础学科得不到重视。我觉得要调整一下。凡是大学应当有某些基础学科，纯工科大学也应当有基础性研究的课程与人才。而最好的大学一定是文理并重，甚至主要精力就是发展基础学科的。北大历来就是文理并重，以基础学科显示特色与实力，特别是文史哲、数理化等学科，在全国几乎都是打头阵的。北大的贡献，北大的出名，首先就是基础学科研究与人才培养。其实老清华以及国内其他著名大学，都是这样的。国外的著名大学无一例外都很重视基础学科。大家都知道，欧美的一些著名大学里往往有两类学院，一个是 college，一个是 school 。college 主要就是文学院和理学院。文学院的基本学科是文、史、哲、语言学、经济学、人类学、社会学等等。理学院通常包括数理化。只有这些基础学科专业组成的文理学院才称为 college，而其他偏向应用学科的都归到 school，包括医学院、法学院、商学院、政府学院等等。在那些著名的大学，也就是所谓研究型大学吧，其核心、主干部分都是基础学科组成的 college。博士课程的大部分也都在 college 里，school 里很少。文理学院学生较少，但教授职位反而较多。西方那些好的大学都是非常重视基础研究的，这是现代大学文化的特点。

不是说应用学科不重要，而是说应用学科与基础学科的功能不太一样，大学应当有所区分，而且适当平衡。像现在我们这样过于轻视基础学科，是非常短视的行为，绝对不是大学之道。社会上人心趋向现实利益，偏重应用学科，这是很正常的。但是大学和大学的主管部门必须进行调整、平衡。一个社会若要长远健全发展，一定要在对眼前利益的追求之外，还有对长远利益的思考和关照；在考虑满足当下的功利性需要的同时，一定需要有对人类根本目的的思考。而这些思考，主要就表现在人文学术和自然科学当中的基础研究当中。在某种意义上讲，人类之所以要办大学，就是要在社会普遍追求眼前利益的潮流之外，留出另外一种精神的也是物质的空间，一片“干净土”，用于净化、调节、平衡社会心理思潮与利益冲动，思考人类的根本问题，制衡眼前利益与长远利益的关系。大学可以有不同层次，各个学科功能不同，彼此很难说有高下之分，但只要是大学，培养人才，就不能只是当着职业培训所来办。可惜现在连清华北大都快办成“职业培训所”了。这种风气很不利于人才培养。

当然，我的这些认识只是从一个学者与老师的角度看问题，其他人员，比如学校管理人员或者官员，自然也会有他们的角度，大家彼此多一些沟通，实事求是，取长补短，那就很好了。但愿不再是“不说白不说，说了也白说”。

基于以上的认识，我觉得年轻人进入北大应当清醒地看待个人发展的问题。第一，要有自己的学术方向及计划，一定不要陷入“项目化”生活里边。所谓“项目化”生活，是对现在没完没了争做各种项目的描述，特别是那些很可能只是泡沫、没有多少学术价值的项目，不断对付着做，是在浪费人生，浪费资源。年轻的老师不申请项目是不可能的，因为现有学术生产管理体制有这种量化要求，特别是理科与工科的研究，往往就是通过项目来实行的。但即使做项目也要清醒，它不一定就代表自己的学术方向，不能过分冲击自己的学术方向与计划。这就是必要的平衡。如果项目刚好与自己的计划兴趣合一，那就是很幸福的事情了。对你们来说，一开始就很清高，也不现实，但起码不要一开始就随波逐流，与世沉浮，失去自己的人生目标。第二，只要衣食无忧，对那些身外之物的关注与投入不必过分。比如职称，终究都会有的，车子、房子等等，也都会有的，所差也就是早几年晚几年，有些事情可以争取，但不必为之焦虑。第三，一定要讲好课，当个好老师。给学生上课是教师的本分，这方面不应当分心。现在北大很多人当上教授就整天过“项目化”生活了，很少给本科生上课，是不正常的，也不合北大的传统。我近三十年几乎每隔一年就要给本科生上课，上个学期还给一年级上基础课。上课应当很有成就感，这是本分。◻ 2009・5

清华传统何在

□ 王铁藩

新千年伊始，90 年清华，这所中国高校的“巨无霸”，正春风得意马蹄疾地朝着世界一流大学的目标迅跑！

为了达成这一目标，清华做了详尽的规划：要在什么时候，使多少个学科达到国内领先水平，多少个学科达到国际先进水平；要在哪年之前，拥有多少名在国际上有影响力的学术大师，多少名中国科学院、中国工程院院士；还要让多少万平方米的建筑，在清华园内拔地而起……在所有这些物质的规划之外，还有一个十分响亮的口号——“继承和发扬清华的优秀传统”。

一位外国著名大学的校长说过：“一个一流大学不仅要有一流的教授和学者，有才华出众的学生和最好的仪器设备，它还必须有自己的个性，一种在传统、过去的成就、价值标准和学术水平基础上建立起来的个性。”① 清华提出这样的目标和口号，在战略和战术上都是极高明的。

然而，清华有传统吗？

提出这样的问题，也许会令人困惑不解。90 年了，在清华园这片木草葳蕤、英才荟萃的土地上，可以称得上传统的事情不是太多太多了吗？她的学术自由、民主管理、教授治校；她的通才教育、中西会通、文理工并举；她的三育并进、全面人格、Sportsmanship 与 Teamwork（公平竞赛与团队精神）；她的严谨治学、严格考试、严肃纪律；以及近 50 年来的教育为无产阶级政治服务，教育与生产劳动相结合；“又红又专”“双肩挑”“两种人会师”；工科的孤独一支、“工农兵上管改”“六厂二校”级的革命大批判，等等。这些，不都明摆着是清华的传统吗？

不可否认，上述所列，无不在一定时期、一定阶段，对清华大学的存在与发展起了十分重要的作用，有的甚至是决定性的作用。在这些传统中，不乏闪亮的珠玑，将其串联起来，也许能成就一条璀璨夺目的“传统”之链。然而，不幸的是，这粒粒珠玑在 90 年的动荡不安乃至天翻地覆中没能串联起来——有的夭折了，有

① 转引自庄丽君主编：《世纪清华》，北京：光明日报出版社 1998 年版，第 455 页。

的散落了，有的自生自灭了，有的被抛弃了，我们不得不面对走过漫长岁月的清华园凄然地发问：清华的传统在哪里？这绝不是无病呻吟，更不是危言耸听，君不见，如今在谈论清华传统的言论和文章中，可以找到的纵贯90年的东西，充其量也不过是“学风严谨”吗？令人遗憾的是，就连这四个字也禁不住历史的拷问——除非将十年浩劫付于忘川。

即便不如此，也让人心酸——“学风严谨”，这仅仅是一所稍稍像点样子的学校必备的素质，用这样的泛泛之言来概括那本当是个性鲜明、内涵丰富、人所共识、世代相传的传统，不是太可怜、太单薄、太苍白了吗？谁都不愿相信，清华的传统是如此的贫瘠，谁都希望，泱泱清华留下来的不是无奈和尴尬。然而，清华的历史就是这样，而传统永远无法脱离历史存在。

清华大学缘于1909年（宣统元年）9月设立的游美学务处肄业馆，由当时的外务部与学部共管。1910年12月，外务部、学部奏请宣统改名清华学堂，并于次年（1911年）4月获准。自此，清华大学的校历正式开始。不过，在1925年添设大学部之前，清华仅仅是一个留美预备班。虽然时任校长的曹云祥认为学生的程度已经相当于美国大学二三年级，而且自留美学务处设立以来的这些年里，诸如梅贻琦、胡适、蒋梦麟、竺可桢、郭秉文这样一代学人从清华学堂走出去，又从美国走了回来，并成为对中国教育事业做出卓越贡献的巨人，但作为清华学堂，她“之成立，实导源于庚子之役……不幸之中，清华独幸而获受国耻之赐。既享特别权利，自当负特别义务”①。这个“义务”就是向美国派送留学生。为了适应这样的义务，她的历任校长清一色的都是外务部的官僚；她所设的科目和援用的教授方法，都是使学生可以直接升入美国大学；她所关注的，是如何了解异邦的风俗习惯，以便学生出去后对美国的生活有所适应；这些无论如何谈不上是一般的大学教育。

这期间，于1911年和1914年先后制定了《清华学堂章程》与《清华学校近章》，虽说是“参合中国及美国中学以上办法”，但从它的入学年龄（12岁）、学程（8年）和所设科目看，大体相当于略高于中学的水平，或者是介乎于中学与大专之间，有些不伦不类。有人认为，这两个章程包罗了从宗旨、学程、课目、入学、考试、收费、毕业乃至体育卫生等内容，因此它领先将教育纳入依法管理的轨道。其实不然，自1901年清朝开始宪政改革以来，从美、英、日、德、法等列强，移植了大量的法律法规，其中就有《学堂章程》，清华的章程顶多加了点比较具体的中西合璧的内容。

而且，由于清华学堂（学校）属学部与外交部共管，两部对清华的着眼点也多有不同，加之军阀连年混战，政府不断改组，清华校长也跟着走马灯似的更换，从

① 清华大学校史研究室编：《清华大学史料选编》（第1卷），北京：清华大学出版社1994年版，第35页。

1911 年到 1928 年，竟然换了 17 任，任期短的只有三个月，多数不到一年，有的甚至没有到任就被学生拒绝，所以有“清华为十余年来内讧外侮连年交迫之国耻纪念碑”① 之说。在这样的背景下，清华学堂能够维持下来并在清华园内修葺庭院，建造楼宇，整治山石草木、溪流水泊，形成了绵延恒久的清华景观已属难能可贵，至于要她在高等教育领域有什么更大的建树，要她给后人遗留下来什么可兹借鉴的东西就真有些勉为其难了。

在清华园，真正称得上缔造传统的校长，当推罗家伦、梅贻琦和蒋南翔三位。

1928 年 8 月，国民党政府接管清华园，清华正式被命名为国立清华大学，同时任命罗家伦为校长，因此，认真地说，罗家伦是清华大学的首任校长。

据当时进入罗家伦“四人班子”的冯友兰称，罗家伦在清华办了四件大事：第一，提高教师地位，清算了外交部官僚重职员轻教师的“传统”；第二，提高了中国课程的地位，得以与西洋课程同等对待；第三，降低了洋人的地位，中国教师可以与他们平起平坐；第四，开解女禁，招收女生，在全国各大学中开了个先例。冯先生认为这四件事，是清华乃至中国学术走向独立发展道路的开端。②

客观地说，这四件事的确带有一定的开创性，特别是使清华名正言顺地跨入正规大学的行列，但是冯先生的上述赞誉，她却当之有愧。事实是，罗家伦的这些创举并没有取得清华师生的认同，以至于罗家伦在清华园没有待满三年就“请辞”而去。

关于罗家伦的辞职有各种说法，比如蒋介石在与冯（玉祥）、阎（锡山）的战事中失北，罗家伦不满于清华基金管理体制，等等，这些都可能是原因之一、之二，但是，最根本的原因，是罗家伦的这些事绩都是夹杂在他所推行的“党化”教育中进行的。

下面摘录一段当时学生对罗家伦的写照：“罗家伦前年宣誓就职的那天……宣布了四大化的演辞。当时我听着还觉得有点意思，虽然有一点夸大和吹法螺的语气，不过出了大礼堂就听到了许多讥笑的言谈。罗氏就职之后好像使我们记得最清楚的就是他要从军事训练上，实行他的纪律化（四大化之一）的政策。于是马大队长也请来了，制服也做好了，组织大纲也宣布了，在初次下操的那天，罗先生好不耀武扬威地、挂着武装带，登着大皮靴，‘达、达’地在操场走来走去检阅我们这一群毫无兴趣的小兵。这个时候，大家以为罗先生真正想要把清华大学改成一个兵士训练学校了。并且在宣布军事训练规章时，同时宣布了很多的规章，什么‘立正’‘小过’‘大过’……的罚规很多。这些严厉的罚规，并不能使我们这几百个学生帖耳顺服，反而使我们对于他发生了很深的厌恶心，因此罗先生来校不久，就

---

① 清华大学校史研究室编：《清华大学史料选编》（第 1 卷），北京：清华大学出版社 1994 年版，第 35 页。

② 庄丽君主编：《世纪清华》，北京：光明日报出版社 1998 年版，第 31 – 32 页。

得了不少不名誉的绰号。”①

少年（时年31岁）气盛的罗家伦，在推行为“党国培养建设人才”的“党化”教育过程中，常依仗自己担任过蒋介石幕僚，唯我独尊、颐指气使，自然招来了许多怨谤，以致在清华园酝酿出驱罗风潮，加之蒋介石在华北的失势，罗家伦只好收起自己在清华园开拓一番新天地的雄心壮志，黯然而去。罗家伦自清华去职一年半后，担任了南京中央大学的校长，把一个解散后恢复的大学搞得有声有色，显示了他的办学才能，也许正是清华园的遭遇让他成熟起来。罗家伦之于清华是有功的，他尽速离开清华也是有益的——给梅贻琦留下了更多的时间与空间。

罗家伦走后不到一年的时间里，清华园又相继发生了“拒乔（乔万选）”“驱吴（吴南轩）”风波，其中蒋介石亲自遴选的吴南轩（原国民党中央政治学校副主任）居然演出了一场挟持清华校印，躲到东交民巷遥控清华的闹剧。在此期间，清华学生会一再发表了清华校长人选标准：①无党派色彩；②学识渊博；③人格高尚；④确能发展清华；⑤声望卓著。这样苛刻的条件自然使不少人望而却步，执掌清华之任最终只能落在梅贻琦身上。

1931年12月，梅贻琦主政清华，而且一任17年之久，这是关键时期的众望所归，更是他人格魅力与学识造诣的水到渠成。梅贻琦毕业于天津南开中学，是清华学堂首届赴美留学的学生，1909年10月赴美，1914年自美国吴士脱大学毕业，1915年到清华任教，1925年作为物理系“首席教授”被教授会选任教务长。他洞悉国情，深谙清华底里，熟知美国教育的好与坏，并得益于其师张伯苓新鲜的中国办学经验；加上他作风民主、谨言慎行、务实而不张扬，因此得以兼容古今、会通中西、博采众长，把在清华园已经孕育、实施多年的东西，加以修订补充，并提升到一个新的高度。

清华在这个时期的成绩是显赫的，将其说成为清华历史的辉煌甚至鼎盛时期也不过。看看这个时期培养出来的学生吧：钱锺书、曹禺、林庚、乔冠华、王铁崖、赵九章、王竹溪、季羡林、吴晗、夏鼐、钱伟长、彭桓武、费孝通、吴恩裕、钱三强、何泽慧、王大珩、段学复、林家翘、邓稼先、朱光亚……我国现代学界泰斗几乎囊括其中！而与我们沾点边的诺贝尔奖得主杨振宁、李政道也是从梅贻琦主持常务的西南联大走向世界的。

这样的成绩的取得显然不是偶然的，它正是多少年来的清华教育经验的结晶，要说有什么规律性的东西可以总结，最闪光的当数这么几条：

一是“学术自由”。梅贻琦上任之时，正逢国民党推行三民主义教育的高峰，但他不仅不照本宣科，重复“党义”，而且总是尽可能将来自国民党政府的干预排除在外，为师生保留了一角自由清新的学术天地。他常鼓励学子“思想要独

① 清华大学校史研究室编：《清华大学史料选编》（第2卷），北京：清华大学出版社1994年版，第83页。

立，态度要谦虚，不要盲从，不要躁进”；他把“无所不思，无所不言”作为学术自由的原则，并认为要实现大学“新民”（改造社会）的重任，则“势不能不超越几分现实……势不能为一时一地之所限制”，他还旗帜鲜明地指出：“其‘无所不思’之中，必有一部分为不合时宜之思；其‘无所不言’之中，亦必有一部分为不合时宜之言；亦正惟其所思所言，不尽合时宜，及或有合于将来，而新文化之因素胥于是生，进步之机缘胥于是启，而新民之大业胥于是奠其基矣。”① 1945 年 11 月 5 日，梅贻琦与闻一多、吴晗、潘光旦“谈政局及校局颇久”后在日记里写了这样一段话，就是这一思想的总结：“余对政治无深研究，于共产主义亦无大认识，但颇怀疑；对于校局则以为应追随蔡孑民先生兼容并包之态度，以克尽学术自由之使命。昔日之所谓新旧，今日之所谓左右，其在学校，应均予以自由探讨之机会，情况正同。此昔日北大之为北大，而将来清华之为清华，正应于此注意也。”②

二是“民主管理”。梅贻琦自 1925 年被选任清华教务长，即致力于学校管理的民主化、制度化。做一校之长后，不但没有大权独揽，而且不顾其权力必然要受到削减的可能，“变本加厉”地完善了清华前期制定的各种规章制度，确立了“评议会”“教授会”和“校务会”的地位，把学校管理纳入既有权力制衡，又有功能配合的法治轨道。朱自清教授当年是这样评价梅贻琦的：“清华的民主制度，可以说诞生于十八年……但是这个制度究竟还是很脆弱的，若是没有一位同情的校长的话。梅月涵先生是难得的这样一位校长……他使清华在这七八年里发展成一个比较健全的民主组织。同仁都能安心工作。他使同仁觉着学校是我们大家的，谁都有一份儿。”③ 梅贻琦挂在嘴边的一句话，是“吾从众”，并且把自己称为京剧里的“王帽”，意思是，虽然锦袍玉带，前拥后呼，其实并非主角。这些话并不仅仅是梅贻琦的自谦，而是真正将自己纳入了民主管理的体制之中。尤其在西南联大时期，所谓“八年之久，合作无间；同无妨异，异不害同；五色交辉，相得益彰；八音合奏，终和且平”④ 正是得益于民主管理这一原则的贯彻，才使得具有不同历史、不同学风、不同人物的三所名校，成为非常时期人才辈出的洪炉。

三是“教授治校”。梅贻琦对教授的尊重是有口皆碑的，近年来他那句“大学者，非有大楼之谓也，有大师之谓也”的名言更是不胫而走。梅贻琦之尊重教授不仅仅是注重他们作为“匠”的作用，即所谓教书育人的工具；而是特别注重于

---

① 梅贻琦：《大学一解》，转引自涂又光：《中国高等教育史》，武汉：湖北教育出版社 1997 年版，第 352 页。

② 清华大学校史研究室编：《清华人物志》（第 3 辑），北京：清华大学出版社 1995 年版，第 19 页。

③ 朱自清：《清华的民主制度》，转引自清华大学校史研究室编：《清华人物志》（第 3 辑），北京：清华大学出版社 1995 年版，第 10 页。

④ 《联大纪念碑碑文》，转引自清华大学校史研究室编：《清华人物志》（第 3 辑），北京：清华大学出版社 1995 年版，第 16 页。

“师”的作用，使教授在确定学校大政方针上有职有权，并用制度将这一不可或缺的作用，纳入了学校管理体制，简而言之，就是教授治校。有了这样的“政策”，一时间清华园里大师云集，下面是 1936 年清华部分教师名单：潘光旦、冯友兰、朱自清、陈寅恪、闻一多、俞平伯、余冠英、吴宓、叶公超、金岳霖、贺麟、张岱年、吴晗、吴有训、叶企孙、赵中尧、任之恭、周培元、熊庆来、张奚若、顾毓秀、施嘉炀、戴芳澜……有了他们掌舵，清华何愁不得发展？在他们的悉心调教下，清华何愁出不了好学生？

四是“通才教育”。当时考进清华的学生都会与录取通知书一起接到一张通告，告知，“本校第一年文理法三院不分院系……工学院分院不分系”。这是清华进行“通才教育”的一大举措。这样独树一帜的做法在当时也是众说纷纭的，有人把它与“专业教育”对立起来，认为通才教育就是“万金油”；有人甚至称它为“（游美）预科之借尸还魂”。但是梅贻琦坚持下来了，其后果正如当时辩论中拥戴者所说的那样：“虽然同其他大学同年级的课程比较起来，似乎有点相形见绌，然而最后的结果，我们是绝对不弱于他们。”梅贻琦的主张与专业人才的培养毫无相悖之处，相反，当时的清华对各院系所规定的必修课的学习是极其注意的，她曾明文规定，凡必修学程不及格，须于次年重修；隔年重修者，不给学分，而没有学分是无论如何是拿不到毕业文凭的。当时每逢毕业时节，总有高达三分之一以上的清华应届学子因此向隅而泣，可见通才教育决不是懒者的天堂。她的真谛，是把所有学生作为“人才”来培养，给予人文、科学诸方面的教育，而不是“制造”犹如“机器”般的专才。

以上所举四端，如若假以时日，足以锻造出绵延恒久的清华传统来，但遗憾的是，历史给予梅贻琦和他那一代教育家的时间不仅太短，而且是那么的兵荒马乱。外战八年，内战三年，开头的六年，也是在内外战交织中度过的，用清华后任校长蒋南翔当时的那句名言说：“现在，一切幻想，都给铁的事实粉碎了！安心读书吗？华北之大，已经安放不得一张平静的书桌了！”① 以致梅贻琦们不得不辗转跋涉数千里，到西南边陲的昆明、蒙自去支撑教业。

下面节录两段当时清华园和西南联大的情景，其时的困苦与艰难可略见一斑：

> 清华园仍为敌人占作伤兵医院……图书馆之出纳部分为会客室，阅览室为食堂。书库内藏书，西文书之贵重部分被掠一空，运往敌国；中文部分近年出版之各种期刊，悉遭焚毁。其他中西典籍，于去秋扫数移至伪北京大学，于是插架琳琅之书库，已告一空矣。生物馆之东半已沦为马厩，后进课室，为酒排间。化学馆所受摧残最烈。工学院全部机器，被运去南口修理厂，专供敌人修械之用。新南院住宅区，竟成妓馆。旧工友零散，留者仅二人，旋被逼一再输

① 《清华大学救国会告全国民众书》，转引自中国高等教育学会、清华大学编：《蒋南翔文集》（上卷），清华大学出版社 1998 年版，第 75 页。

血，死于非命。①

“去年八月十四日，联大自建校舍遭敌机大批轰炸，落弹至数十枚之多，其间凡常委办公室及事务组、出纳组、图书馆书库一部分、理院试验室数间均被炸平，学生宿舍亦有四分之一被毁……去年八月十日至十五日为敌机进袭昆明最猛烈之时期，而十四日一日似专为摧残我联大而来……”② 在这次轰炸中，清华在昆明的办事处落弹甚多，梅贻琦与家人所住院落“直接中一巨弹，至全部倾圮”。

虽然在同仇敌忾的精神的支撑中，“校舍被炸之下，弦诵之声，未尝一日或辍……”但毫无疑问的是，当时那些教育精英们不得不把大宗的时间、精力用于应对这样惨烈的灾难，以致难以在教育、治学、研修方面再有高深精尖的建树。

外战尚未熄灭，内战的烽火早已硝烟四起，西南联大从大后方冶炼抗日英才的洪炉，转而成为国共斗争前沿的“民主堡垒”，梅贻琦们还没有从“刚毅坚卓”（西南联大校训）的抗日教育中腾出手来，就又陷入了上下周旋、左右为难的尴尬境地。

梅贻琦在抗战胜利前夕留下了这样一段文字：“在这风雨飘摇之秋，清华正好像一个船，飘流在惊涛骇浪之中，有人正赶上负驾驶它的责任，此人必不应退却，必不应畏缩，只有鼓起勇气，坚忍前进，虽然此时使人有长夜漫漫之感，但我们相信不久就要天明风定，到那时我们把这船好好地开回清华园，到那时他才能向清华的同人校友说一句‘幸告无罪’。”③ 人们可以告慰这位老校长的，是他终于“功德圆满”地将清华这艘船好好地开回了清华园。不过，历史对梅贻琦太过吝啬了，以致无缘在他的“涉世三十三年之母校得以重新奠定于清华水木之间”后，与同人校友一起，使清华“有一番簇新之发展”。他或许已经预感到了什么，每每读到这段平实无华的文字时，总令人倍生凄然。

1948 年 12 月 14 日梅贻琦与清华园诀别。还有 15 天，就是他虚岁 60 寿辰，据说，吴晗等清华校友从解放区发回电报，一面为校长贺寿，一面劝他留下；同学们甚至组织队伍到校长住处齐呼挽留梅校长的口号。但梅贻琦没有留下，他还是走了，他是只身离开清华园的，然而，他似乎带走了一切。在梅贻琦走后不久，他所代表的那个清华就被冠以“旧清华”的代号写进了历史的长卷，那一串没有来得及锻造成链的珠玑也随之散落尘埃。

梅贻琦的后任，是他的 1932 届的学生蒋南翔。

蒋南翔于 1952 年岁末来到他阔别 17 年的清华园时，“拉郎配”似的“院系调

---

① 清华大学校史研究室编：《清华大学史料选编》（第 3 卷上），北京：清华大学出版社 1994 年版，第 31 页。

② 清华大学校史研究室编：《清华大学史料选编》（第 3 卷上），北京：清华大学出版社 1994 年版，第 32 页。

③ 清华大学校史研究室编：《清华大学史料选编》（第 3 卷上），北京：清华大学出版社 1994 年版，第 47 页。

整”已经基本完成，清华在这次调整中虽然有进有出，但曾经“三擎天下”的文、理、工被调整出去两擎，剩下的一擎也被按照苏联的模式，依样画葫芦，划分成知识面极其狭窄的专业，以适应高速度地培养将（匠）才的需要，一向被称颂为清华支柱的“文、理、工并举”的局面连同她的“通才教育”至此彻底终结。作为教育家的蒋南翔虽然对此颇有微词，而且在他的努力下，清华保持了多科工业大学的模式，没有被“专家”改造为单一的土水建工程学院；然而，就改造旧清华而言，作为革命者的蒋南翔，也认为这样的教育革命仅仅是开始。

蒋南翔不愧为一位无私的革命者，他对自己母校的评价和定性旗帜绝对鲜明，他曾斩钉截铁地说，旧清华就是“一所打着国耻烙印、适应美帝国主义需要的封建买办的贵族化学校，一所亲美、崇美、媚美的典型的资产阶级大学……”① 这样的大学，自然比起他所认为的那些“为统治阶级服务”“放任、放纵青年的个性”“教育的无计划、无政府状态”“先生愿教什么就教什么，学生愿学什么就学什么”的旧中国的大学还要恶劣得多，因此，1952 年 12 月 31 日，他在清华教职员工及学生代表欢迎他就任清华校长的会上，开明宗义地道出了自己主政清华的纲领：“清华大学当前迫切任务是要深入教育改革，破除英美资产阶级的旧教育传统，逐步地把自己改造成为社会主义的新型工业大学。要做到这一点，当然必须经过艰巨复杂的斗争。”②

至今令人不甚明白的是，为什么蒋南翔对清华乃至我国近代高等教育采取如此全盘否定的态度？这与他自己在民主革命时期指导全国学生运动时的观点和立场也是大相径庭的。他曾于 1945 年在延安《解放日报》上发表了一篇纪念“五四”的文章——《论当前的学生运动》。在那里，他热情地讴歌了辛亥革命以后我国大学教育的“辉煌产物”“深厚传统”和“宝贵的精神遗产”，他写道：“我国自民国初年开始创立正规大学以后，在蔡元培先生的苦心创导下，就在全国大学教育中相当普遍地培植起自由研究的学术空气，千岩竞秀，万壑争流，这种自由研究自由讨论的学风，对于多少世代以来蜷伏在封建枷锁下面的我国落后的思想界和学术界，尽了莫大的推动作用。‘五四’以来在我国思想中有着重大历史意义的几次大论战，如文言与白话的论战，‘科学人生观’的论战，以及‘中国社会性质’的论战等等，无一不是学术自由下面的辉煌产物。假使说自辛亥革命以后我国真有什么值得称道的建树的话，那么我国大学教育中‘学术自由’的深厚传统，应该是其中之一。这是我国教育事业上最可宝贵的精神遗产，直到今天，还值得我们加以尊

① 中国高等教育学会、清华大学编：《蒋南翔文集》（下卷），北京：清华大学出版社 1998 年版，第 848 页。

② 中国高等教育学会、清华大学编：《蒋南翔文集》（上卷），北京：清华大学出版社 1998 年版，第 433 页。

重。”① 然而曾几何时，当他走上中国高等教育的领导岗位时，这些估计、评价和称许全然不复存在了。

蒋南翔所领导的“新清华”，对“旧清华”的否定的确是十分“干净彻底”的。笔者是1954年秋进入清华园就读的，除了山水、树木、楼宇之外已经很难寻觅到旧清华的踪迹，这里举两个小小的例子就可略见一斑了。在第一教学楼西北，有一方立有石碑的空地，是学生们时常流连的处所，但直到20世纪90年代，谁也不知道那尊绿苔斑驳的石碑竟然是王国维的纪念碑，而王国维又曾与梁启超、赵元任、陈寅恪一起并列为清华园名噪一时的国学四大导师！至于梅贻琦的名字，也很少有人知晓，笔者也是从一次课间的窃窃私语中有所闻的，因为那堂课的老师，正是回国不久的梅贻琦的儿子梅祖彦。

由于把对旧清华的否定提高到了清算“资产阶级旧的教育传统”的高度，所以政治运动就成为最有效的肃清流毒的方式方法了。

1935年毕业于旧清华、曾在新清华担任过教务长和副校长的钱伟长，1993年撰写了他的《八十自述》，其中有这么一段：“我主张大学教育应以打好基础、培养学生的自学能力为主，工科学生要有理科基础；大学专业不应分得过细，不能设想许多知识都要在学校里由教师一一讲过，因为学生毕业后在实际工作中遇到的问题是复杂多样的，科技还在日新月异地发展更新着，学生更需要具有自己分析问题和解决问题的能力。我认为工程师必然是在长期建设工作的实践中锻炼成长的，不可能在大学的‘摇篮’里培育出来。”② 毋庸讳言，钱先生这里阐述的主张，的确“渗透”着旧清华那种“通才教育”的想法和观点；而且，当时钱先生正值壮年，话锋文锋都不像现在这般温和，特别是那句“工程师……不可能在大学的‘摇篮’里培育出来”的话，与当时新清华把自己作为“工程师的摇篮”的目标，更是有些针锋相对的味道。不过，无论话语如何的针锋相对，或者由此而引发的矛盾需要多么语重心长地来谈（1957年有媒体以“语重心长谈矛盾”的标题来报道钱伟长的上述想法），但有一点应该肯定，它属于学术范围，应该而且必须通过自由的学术讨论来解决。然而，此时的清华园已经容不得学术自由了。钱伟长继续写道：“这些主张，当时不合乎时兴的社会潮流。因此，在清华大学里引发了一场历时3个月之久的大辩论。为了回答各方面的责难，我在1957年1月31日的《人民日报》上发表了‘高等工业学校的培养目标问题’一文……接着就是1957年6月的反右运动，没有想到这种教育思想论争，竟以政治结论而告终，我被错划为右派，撤消一切职务，停止一切工作，保留教授，从一级降为三级。儿子竟也受到牵连，虽高考成绩优异而‘不予录取’，被分配到

---

① 中国高等教育学会、清华大学编：《蒋南翔文集》（上卷），北京：清华大学出版社1998年版，第160页。

② 清华校友总会编：《校友文稿资料选编》（第5辑），北京：清华大学出版社1999年版，第72页。

工厂当搬运工。"①

当年遭此厄运的远非钱先生一人，那些抱怨教授干杂活者、声言有职无权者、提倡独立思考者、主张借鉴 MIT（麻省理工）者、非议苏联专家者、长叹往昔如何如何者，都被一一扣上鼓吹教授治校、鼓动旧清华借尸还魂、鼓噪资产阶级自由民主的帽子，最终归结于反党反社会主义而被划入资产阶级右派的行列。自此，那些在旧清华经过多少年的孕育、滋生、繁衍和逐渐趋于成熟的有益的思想和做法，就如此这般地在接踵而至的一次次政治运动中，被荡涤得干干净净。

诚然，蒋南翔在领导新清华肃清旧清华英美资产阶级教育传统的过程中，也在不同场合谈及继承的问题，但多是泛泛而谈，唯一比较具体的，是这样表述的："……我们也不否认旧清华在严格要求等技术性方面有可取的地方，要批判地加以继承……"②

笔者无法猜度蒋南翔对这些"技术性方面"加以"批判"的具体所指，但有一点是明确的，那就是蒋南翔对旧清华保持"严格"的手段或者后果——高淘汰率，绝对是不认同的。他屡屡告诫说，在社会主义的今天，绝对不可效法。旧清华的淘汰率的确很高，举蒋南翔所在的八级为例，入学学生人数（包括历年插班生）为 384 人，而毕业时还剩 243 人，淘汰 141 人，淘汰率高达 37%！新清华的精确的淘汰率不得而知，按一般大学而言，在千分之几的数量级上；现今，有的清华在校生坦然承认："四年本科只读了'一两本'专业书，还都是在一二年级看的，早就忘得一干二净。"③ 因而屡屡有人呼吁：中国高等教育再不改变"进门难，出门易"的现状，将难以培养高素质的人才。即便是在"共识"最多的"严格"这一点上，新清华与旧清华也并不是"接轨"的。新清华根本不把旧清华的"严格"当作"蔚然成风"的传统来继承，而仅仅视为必须"批判"后才可"继承"的"技术性方面"。因此，在本文开始，笔者曾提到的、世人谈及清华传统时使用频率最高的语言——"学风严谨"在新、旧清华之间也没有多少传承关系。

新清华的历史已经超过了旧清华，那么，她形成自己的传统了吗？

冠以"新"的清华的这 50 多年间，学校的地理规模至少翻了一番，人员更有了数倍于旧清华的增长，在培养专业人才方面也作出了堪称巨大的贡献。这 50 多年，除了上述的"院系调整"，大致可以分为三个时期：蒋南翔主政的 13 年半，"文革"及其余韵 12 年和改革开放以来。这三个时期各有"建树"，这三个时期也互为否定，以至于难以形成一种人所共识的、绵延传承的、具有自身特色的模式来。在这一点上，新清华甚至比旧清华更为捉襟见肘。

---

① 清华校友总会编：《校友文稿资料选编》（第 5 辑），北京：清华大学出版社 1999 年版，第 72 页。

② 中国高等教育学会、清华大学编：《蒋南翔文集》（下卷），北京：清华大学出版社 1998 年版，第 872 页。

③ 于洋主编：《水木清华》，北京：中国物资出版社 1999 年版，第 371 页。

蒋南翔主政清华园以来最为关心的，是他的学生们的政治方向，他曾赞同过“红是正负号，专是绝对值”这样的口号，并说，一个登山队员，如果政治不好，就会知难而退；一个航空员，如果政治不好，就会驾机逃跑，以此比喻来鼓励和警戒他的学生。与此同时，他也曾为他们精心设计政治课，并亲自走上讲台，讲授《马克思主义哲学原理》和《自然辩证法》，切望从理论的层面上端正学生们的世界观，从而解决在政治的大风大浪中正确把握方向的问题，总之，蒋南翔在这方面真可谓用心良苦。

蒋南翔在清华园可意追求的目标，是培养“又红又专”的专业人才，是追求人才的专业化与政治化的高度结合，在这方面，他做了许多开创性的工作。他提出了“双肩挑”和“两种人会师”的口号；他首创的“政治辅导员”制度更成为其他高校学生政治工作制度之滥觞。

必须指出的是，蒋南翔所提倡的“双肩挑”和“两种人会师”，虽然概念上不外乎“一个肩膀挑政治，一个肩膀挑业务”和“政治干部与业务人员的结合（会师）”，但与后来遍及大、中、小学乃至各行各业的“又红又专”是有区别的。后者是对一般人的基本要求，而前者则是要培养具有特殊素质的人才。“又红又专”犹如一座新型人才的金字塔，它的尖端就是“双肩挑”，而政治辅导员正是“双肩挑”的必经之途。

据记载：“1953 年 1、2 月间，从三年级学生中首次选拔 25 名政治辅导员。蒋南翔亲自逐个审查学习成绩，不是优良的就不要，并在他家亲自主持第一次会议，鼓励大家‘年轻时做些思想政治工作，学些马列主义理论，将对终生有益’。随后，每年都从高年级学生党员中选拔一些新辅导员，补充学生的政工干部队伍。后来也有一部分辅导员由青年教师中的党员担任。”① 蒋南翔对政治辅导员不仅事必躬亲，而且钟爱有加，他要求学校行政部门说：“他们（政治辅导员）毕业的时候，学校可以负责向人事部门介绍，分配给他们最好的工作。”②

同时，蒋南翔也明确反对过“只红不专”和“先红后专”的时髦说法，也曾多次对党内干部说：“我们相信我们能够培养出一批国际有名望的专家。我们能否培养出林家翘这样的科学家？培养不出，我们只好承认领导失败。”③

但是，无论就“红”的目标，还是就“专”的目标而言，他都并没有如愿。

“文革”时期的清华，是新清华最为“风光”的历史时期。从这里找到了打倒刘少奇的第一个突破口；从这里杀出了第一支“红卫兵”；工农兵从这里踏上了对

① 刘克选、方明东主编：《北大与清华：中国两所著名高等学府的历史与风格》，北京：国家行政学院出版社 1998 年版，第 536 页。

② 中国高等教育学会、清华大学编：《蒋南翔文集》（上卷），北京：清华大学出版社 1998 年版，第 477 页。

③ 清华大学校史研究室编：《清华人物志》（第 3 辑），北京：清华大学出版社 1995 年版，第 52 页。

大学“上管改”的历史舞台；“蒯司令”“梁效”“六厂二校”……新清华从来没有像现在这样“出成果，出经验，出人才”！

“文革”对蒋南翔的否定，要比蒋南翔对梅贻琦的否定来得更彻底，他主政新清华的13年半不仅被指称为“十七年黑线”中的最黑，他本人也被列入“黑帮”的另册；当年肃清梅贻琦流毒的时刻，毕竟还保留了一点礼仪上的“对事不对人”，而革命群众之对蒋南翔，则是连同他吃豆芽掐根这样纯系个人习惯的私事，也要紧抓不放，作为资产阶级腐化堕落的靶子来抽打。作为一位职业革命家来说，这些考验他是经得起的，即便随后身陷囹圄，他也无悔无怨。1969 年中秋，被“监护”的蒋南翔自吟《钗头凤》一首，表明了他的气节：

月当头，又中秋，玉兔默窥庭前柳。
西风促，秋叶落，欲笺心事，孰诉衷曲？
莫！莫！莫！
身虽囚，心如旧，“俯首甘为孺子牛”。
傲霜菊，耐萧肃，清寒自守，素质永笃。
乐！乐！乐！

然而，使蒋南翔墨面的，是新清华的学子们面对汹涌而来的“文革”，大都失去了正确的政治方向。特别是他曾寄予厚望的“双肩挑”们，在过去的历次政治运动中，个个都是“中坚力量”，而刚一涉水“文革”，就几乎无一例外地没顶为“五分加绵羊”的“修正主义黑苗子”。更有为数不少者竟然攀缘而上，成了“革命大批判”的急先锋！

1980 年，此时蒋南翔已经离开清华大学校长岗位 14 年了，他对自己曾经如此孜孜以求的目标说了这样的话：“基本方向恐怕还是应该又红又专。不过十七年没有做到，口头上说是又红又专，实际做的是以红代专。这个我们应该冲破它。”①这番话应该说是对他自身工作的理性的总结了。遗憾的是，如同梅贻琦一样，历史再没有给蒋南翔回到清华园的机会，人们再无缘看到，当随后而来的经济大潮涌向清华园时，他将在清华园有什么样的“冲破”了。

今日的清华园，呈现出两次否定后的复归的迹象，最突出的，是人文院系的重建和“寄托的一代”（GRE，GMAT，TOEFL）的出现，而后者更令人想起清华的“史前期”（游美学务处肄业馆）。这样的选择也许是无可厚非的，但它伴随着一迭声的“继承传统”而出现，就不能不令人觉得惊讶甚而疑虑了，它将要继承的是何时何代的传统？90 年清华，发生在清华园里更多的是动荡与否定，除了她的水清木华之外何曾有过真正的文明的传承？

百年方可树人，一所以树人为己任的学校，岂止是百年可以树得起来的？环顾

① 中国高等教育学会、清华大学编：《蒋南翔文集》（下卷），北京：清华大学出版社 1998 年版，第 1001 页。

左右大学之林，麻省理工 140 年，耶鲁 300 年，哈佛 365 年，剑桥 775 年，牛津 905 年，就连我们的近邻东京大学和加尔各答大学也分别有 124 年和 156 年的历史！胡适先生在北京大学建校 50 年时写过这样一段文字："全欧洲大概至少有五十个大学是五百年前创立的……美国独立建国不过是一百六七十年前的事；可是这个新国家里满二百年的大学已有好几个。所以在世界大学的发达史上，刚满五十岁的北京大学真是一个小弟弟，怎么配发帖子做生日，惊动朋友赶来道喜呢？"① 北京大学已经是小弟弟了，何况晚他十余年的清华。清华还很年轻，她的当务之急，是实实在在地把清华园内已经写进历史长卷的、即将写进历史长卷的和生动活泼于眼前的珠玑拣拾出来，而不是沉湎于连自己都说不清的传统中。唯其如此，传统才会氤氲蜿蜒、水到渠成。这就是清华在向她的百年迈进时，首先应该做的事。◻ 2001 · 3

① 胡适著，姜义华主编：《胡适学术文集·教育》，北京：中华书局 1998 年版，第 294 页。

在哈佛做访问教授

□ 李欧梵

我在正式受聘任教哈佛之前，先来访问过两次，每次一学期，以便做一个最后决定。

第一次访问时间是1992年秋季，次年秋季再由西岸回来访问一学期，直到1994年才正式上任。因为每次访问时间都不长，所以由系方安排住在学生宿舍的一套专为访问学者居住的客房，令我大开眼界。原来哈佛本科生的宿舍设备如此奢华，简直像一个小学校。哈佛的学生宿舍叫作“舍院”（House），指的并非一间房屋，而是一个住宿单位和团体，往往由数幢房子组成：除宿舍外尚有餐厅、交谊厅（称之为Junior Common Room和Senior Common Room）两种，前者供学生用，后者供学者和客人用。舍监（House Master）住屋、各种客房和供住舍研究生的居所；有的还备有小剧场、钢琴室、小教堂、图书馆和花园草地。学生住在这里，衣食住行有人照料，外加研究生辅助教学和解决疑难，而且每周定期由舍监开茶会或宴会，每学期必有一次盛大餐会，由学生邀请自己喜欢的教授参加。到了圣诞节前夕和春季学期快告终时更有舞会和各种娱乐节目。各个宿舍风格不同，各出奇招，譬如我所属的Lowell House每年冬季都举行一次华尔兹舞会，先教学生跳，然后舞会在晚上九时开始，由大型的“哈佛—蕾克列夫交响乐团”伴奏，我就曾在此逍遥过数次，展露我的“不凡”舞技。Adams House艺术气息浓厚，早把一间地下游泳池改为小剧院，有一次学生演出《孽子》，特邀白先勇来观赏；中国内地的第六代导演带片来演，也由此舍院的舍监亲自招待。

舍院的舍监都是德高望重的哈佛教授，全家住宿，和学生打成一片。赵元任先生的女公子赵如兰教授就曾做过舍监。在舍监指导之下，各位舍研究生把本科生的生活照顾得无微不至，务期达到相濡以沫的人文教育效果。这种生活教育环境，是其他州立大学无法比拟的，也是哈佛这种“常春藤联盟”大学的特色，显然保留了一种贵族的传统，收费当然昂贵。所以我一向认为：哈佛给予学生的四年教育和其他顶尖学校（如芝加哥）差不多，但除此之外更重要的是在宿舍中体验到的生活教育，这是其他学校无法——也没有这种雄厚的资源——提供的。我访问哈佛印象最深的就是这种宿舍生活。

妙的是我以前做了八年研究生，却从来没有真正过过这种“哈佛生活方式”，直到我当了二十年教授后，重返母校，却又从本科生做起，住在宿舍里，和两三百位年轻人同食同寝，真是感受良多。最后决定正式返校任教，除了学术原因外，其实是我从一开始就喜欢这种人文教育，觉得它恰合孤味，而与洛杉矶的野蛮的市侩文化也恰成对比。

记得第一次住进“北舍”（North House）（原是蕾克列夫女校的校舍之一）之后不久，就收到舍监的请柬，邀我参加他的茶会。我依约赴会时，心中不觉有点嘀咕：在这里我没有熟人，也不知道舍监是谁，贸然赴会，是否会受到典型东部人的冷漠待遇？记得在此之前我曾在洛杉矶参加过一次酒会，全场杯觥交错，酒酣自然，却没有一个人理我，整整两个多小时，这是一次最大的羞辱，因为这是我在这个亚洲人聚居的西部大城市第一次感受到种族歧视！

我对美国东部学校，本有成见，因为在普林斯顿任教四年的经验，使我深深体会到这个东部贵族学校的“势利”，甚至还有一位教授向我说：“你看来就不像一个普林斯顿样子的人！”所以当我离开时曾发誓再也不要回到东部，有机会只有西征，好马绝不吃回头草！却不料二十年后又回来了。哈佛是否比普林斯顿更势利、更老大？我是否感受到了？至少在加州没有等级观念，州立大学更犹如“人民公社”，不会觉得自己低人一等。所以从“西部人”的眼光看来，哈佛一定等级森严，一入侯门深似海。

事后思来，那一场平凡的舍院欢迎酒会竟然产生决定性的作用！

我悄悄走进舍监住房的客厅，早已挤满了人，我一个都不认识。刚进门不久，就有一个年轻的女学生很大方地走过来，主动伸出手来和我握手，面带笑容地说：“你就是李教授吧，欢迎，欢迎！”我当时真是受宠若惊，几乎脸都红了。说来没有人会相信，在洛杉矶住了四年，我的“自我形象”几乎降到自惭形秽的地步，别人个个四肢发达，唯独我是个文弱书生，甚至在老婆眼中也不是人，四年下来我的男性“自尊心”竟然荡然无存，觉得自己竟无魅力，即使有一肚子的学问，也不会有女子多看我一眼，因为洛杉矶就是一座金钱堆砌出来的“肌肉城”，身体不健美，不开名牌汽车，你就是吃不开！我积了一肚子的怨气，只好一股脑儿把它升华成学问，全盘灌输给我的研究生，心中觉得也只有我那几个研究生尊敬我、体贴我。

不料这一位哈佛本科生在几秒之间治愈了我的心理病，让我又回到了二十多年前在哈佛体验过的生活，顿时感到自己至少年轻了十岁，精神抖擞，于是和室内的客人闲聊起来，大家有说有笑。而且我又发现年轻的和年老的打成一片，而我并不那么老！不久舍监——一位面孔慈祥的化学系教授——就走上来自我介绍，又向我介绍其他客人，原来我就是主客之一，而这种茶会的目的就是让学生得以见到和该舍有关系的教授、学者和贵宾。就在那一个时刻，我才感觉到原来做一个哈佛教授还蛮吃香的!

当然，对于任何一位访问教授，最重要的还是“主人”——邀请我来做访问的哈佛远东语言文化系——的态度和安排。系方教中国文学的有两位知名学者：韩南和欧文（Stephen Owen），后者故意用一个“胡人”姓名作他的中文名：宇文所安。他俩一个教小说，一个教诗词，相得益彰。请我来哈佛，当然是为了补足中国文学领域的一大缺陷——现代文学。哈佛的汉学传统历史悠久，在我做研究生时代，系里教授中国文学的只有海涛尔（Robert Hightower）和 Achilles Fang（方志彤）二人，后来加上语言学方面的赵如兰和梅祖麟，这几位教授——特别是后二者——都待我甚好，但毕竟都不是现代文学领域的学者，其实在 20 世纪 60 年代的美国汉学界，除了夏志清教授外，根本没有人注意到现代文学，甚至偏见极深，认为自《红楼梦》之后就没有中国文学可言。方教授是韩国人，教学极为严谨，曾写过一篇有关胡适和美国新诗中的意象派的论文。他一向不苟言笑，也令我畏惧不前。海涛尔教授是研究中国传统诗词的权威，后来曾与叶嘉莹女士合作研究，可见其功力之深。然而他也一同不理现代文学，后来他从斯坦福请来了韩南教授教小说和“通俗文学”（vernacular literature）后，局面才开始逐渐改观。韩南教授非但学养扎实，而且宽宏大度，海涛尔教授退休后，他请来原在耶鲁任教的欧文，二人配合无间，而且都对现代文学无敌意。再加上系里其他同事——特别是我当年的同学兼老友杜维明——的支持，终于说动了校方先创立一个现代文学资深教授的职位，再把我请来，真可谓礼遇有加。我在感激之余，又觉得实应由王德威升任此职，德威已经在哈佛教现代文学，卓然有成，但他的职位还是所谓“初任”，而且从来没有“永久职”（tenure），他当然急欲求去，而且怂恿我来哈佛，因为他说这是“虚位以待”，但我仍感不安，加上当时的妻子蓝蓝在加大洛杉矶分校舞蹈系任教，事业刚开始，我也不忍心离开，所以决定先来哈佛访问试试看。然而，自从那一次茶会后，我的内心却早已下了决定，后来蓝蓝也鼓励我接受哈佛的教职，并且她已放弃洛杉矶加大的好职位到东部的康州学院（Connecticut College）舞蹈系任系主任，一切安排就绪，我当然就接受了。

然而从学术立场而言，韩南和欧文二教授对我的知遇仍然是我决定来哈佛的主要原因。我曾在另一篇长文《韩南教授的活学活用与为人》（附于他最近出版的中文著作《中国近代小说的兴起》作为后记）中详述他对我的种种教导和我们的友谊，此处不赘。欧文教授更是一个奇人，而且是绝顶的天才，他虽研究古诗而且著作等身，但对现代文学也有兴趣，却因写了一篇对北岛诗的书评而遭受围攻。我初抵哈佛访问时，正值这篇书评发表不久，我对之也有批评。他请我到哈佛的精英学会（Society of Fellows）的餐厅（设于学生宿舍 Eliot House）去吃晚餐，并介绍我认识在座的几位著名文学教授。饭吃完了，两杯红酒下肚，我就和他为北岛的诗辩论起来，两人舌战一个多小时，我被他说服了，两人从此也成了好友。我并非因为他不喜欢北岛的诗而和他辩论，我们谈的是在目前的后现代境况中诗人是否可以不受全球化的影响问题；他说北岛的诗读来如英译，我说哪个非欧美的诗人仍能维护传统、不受“英译”的影响？他举出一个土耳其诗人的名字，我于是反问他：“难道你不也是看的英文译本？”他却冷冷地说：“不，是土耳其文，我妈妈是土耳其人，她教过我这国的文字。”我这才服气。即使他对北岛有偏见，我也无所谓，又有多少汉学家知道土耳其文？

欧文和我成了酒友，平时两人见面不多，但往往在酒会中谈笑甚欢。我初来访问不久，在一次酒会上他向我吐了真言（当时他可能已经半醉）：“Leo，我们请你来，是要你做我们中国文学方面的主轴，现代文学非常重要，你来了，我愿意和你搭配。”他说的大意如此，但我听后却万分感动又不安，所以也回他说：“我是一个team player，搭配的应该是我！”至今我仍然坚持这个主张。近年来申请到哈佛来念现代文学的学生越来越多，几占申请学生的一半（内地来申请的尤多），我认为这是一个反常的现象。在美国教中国文学，仍应以传统为主，打下基础后，对现代文学的研究更有益处。我一向自居边缘，也自认做的是“边缘学问”，但我这种“边缘”最愿意和“主流”的知音者搭配，因此我则可合纵连横，作各种跨越，何乐而不为？我最不喜欢的就是唯我独尊的学问，所以得以与韩南和欧文合作无间，相处十分愉快，到了今年暑假我提早退休临走时，两人非但拨冗参加我的退休会，而且真的是依依难舍。在晚餐宴会上我极力怂恿欧文“烤”（roast）我一顿，开个玩笑，他于是不慌不忙地站起来说：“Leo是个懒人，没有想到来哈佛会这么忙，不过我们还是狠狠地征用了他七八年的宝贵光阴，才让他溜走了……”我听后差一点流下泪来。◻ 2005 · 5

"跑点" 跑掉了大学之魂

□董　健

在腐败空气之下，中国的官场里有"跑官"热。应该说，"跑"出来的官大都是贪官，因为他要按照同样的"逻辑"、同样的"游戏规则"捞回"跑"掉的本钱。而且其中的大多数并不讲什么"收支平衡"，捞足本钱之后，是还要捞下去的——其恶既已至于敢"跑官"的境地，他下边还有什么不敢干的呢？

在同样的腐败空气之下，中国的大学里则兴起了"跑点"之风。什么叫"跑点"呢？就是在硕士、博士学位授予点（简称硕士点、博士点）的申报、评审过程中，除正常程序之外，还得外加一把"火"——四处拉关系、找路子、走后门，把功夫用在与建立学位点全然无关的非学术的活动上。黄宗羲揭露明末"取士之弊"时就说过"势不得不杂以贿赂请托"的话。他指的是"跑官"，这位颇看重大学之独立精神与学术之尊严的思想家，恐怕没有想到在他痛斥明朝末年"取士之弊"的342年之后，他所深恶痛绝的"贿赂请托"的吏治腐败之气已经浸染到了当今的大学里。每到"跑点"季节，本就经多年折腾而孱弱无比的我国教育与学术界简直被歪风邪气搅得尘埃满天。许多大学都派出"跑点"的特使，充当此种角色者有校长、院长、系主任，以及那些"关系熟""有门路"的教授们，等等。所到之处，不是大摆宴席，就是登门拜访，送出重礼——或钱或物。一切对建点能说得上话的人，都要打点到。近年"跑点"又有新招，把非学术的勾当包上一层学术外衣，如请"讲学"、请出席"学术会议"等，借机送上"红包"，以达到"贿赂请托"的目的。

按照教育部文件的说法，"跑点"当然是违规的。在教育界、学术界广大人士的心目中，这样做也是十分令人厌恶的。然而在实际上，这却是大多数申报者都不敢不做、不得不做的一件事。有一位参与过"跑点"的教授告诉我："没有办法，你进了狼群就得学狼叫。"这就是黄宗羲所说的"势不得不"的"势"。事情到了已成"势"，到了人人厌恶之而又人人不得不为之的程度，就很令国人悲哀，很值得我们想一想、问一问了。中国的大学得了什么病？病到了什么程度？

我个人认为，"跑点"只是一个表面现象。从实质上说，它标志着中国大学的蜕变，说明了中国大学的深层的腐败。在“跑点”的热潮中全国跑掉了多少钱？恐怕没有人统计过。不用说，这一笔不小的花销，是本来就不富余的教育经费的大浪费。然而更可虑的还不在钱物之费，而在助长着一种“势”的增长。什么“势”？大学腐败之势也。

无约束、无监督的权力，是一切腐败之根。这一点从“跑点”上也看得很清楚。教育主管部门掌握着大学各学科学位授予点的评审、分布、确定的权力，而学位授予点的多少又成为各校接受评估的指标与获取资源配置的依据。这样，上不上、上多少硕士点、博士点，对各大学来说就是一件非同小可的事。只要评审程序中稍有因权力干预而造成的漏洞，“贿赂请托”的勾当便会随之发生。也就是说，一旦权力压迫学术，学术向权力低头，“跑点”之风便会兴起。“跑点”的目标是以学术之外的“关系”替代学术为本的裁判。这就是腐败。如果说“跑”出来的官大都是贪官，那么“跑”出来的“点”也不会在学术水平上是真正够格的。这一点，我想了解内情的人是心中有数的。大学之病，首先病在一种异己权力的干预与压迫上，还病在大学本身的校长、教授们都接受了、认同了这种异己权力的干预。

大学本应是一方净土，一块纯洁的学术圣地，它讲究的是思想、精神、人格，依凭的是科学、理性与真理的追求。在这里，学术独立，真理至尊；在这里，思想自由，精神有容；在这里，立人为本，人格为上；在这里，融通今古，唯求创新。因此，大学成为国家和民族文化的最高标识。一个国家最高学府的生存状态与精神风貌，往往就是这个国家的生存状态与精神风貌的缩影。古人大抵也懂得这个道理，故“四书”之一的《大学》有“大学之道，在明明德，在亲（新）民，在止于至善”之论。黄宗羲的看法更加高明，他认为天下真理不是出自最高权力的中心——朝廷，而是出自最高学术的中心——大学（“天子之所是未必是，天子之所非未必非，天子亦遂不敢自为是非，而公其是非于学校”）。这个思想相当新，可以说是现代大学理念在中国的一个发轫。我们但凡有一点这样的大学理念，也不至于把我国大学弄到目前这种令人啼笑皆非的苦巴巴的“依附相”——“跑点”正是“依附相”的一种可耻的表现。这种苦巴巴的“依附”，使得一个大学校长有时可以在主管部门的一位处长面前像孙子一样低声下气。这个令国人感到耻辱的文化秩序大颠倒！

20 世纪 90 年代以来，这种挥之不去的“依附性”使得中国大学受社会腐败之风的浸染日重，中国大学似乎在一步步地向着商场、官场的样子蜕变。商重“钱”，官重“权”，在这两者相勾结所形成的一种新官僚机制的压迫下，知识分子的良知、正义、真诚、理性等等这些可贵的品格都不得不无奈地屈服，所谓“学术”便成了权势者的工具与花瓶。以前的“左”是“左”在权的力量的显示上，还没有钱这一翼。如今二者皆备，紧相配合，钱助权势，权增钱威，这就力大无比，谁也抗不住了。要建学科点就得去“跑”，使学术向权力下跪。记得20世纪70年代末80年代初，学位制刚刚恢复的时候，大学各学科硕士点、博士点的申报、审批均还比较正常。那时乘思想解放之风，“左”倾势力受抑制，重商主义也还不强，在大学里看重的是学术质量与学人品格，在评硕士点、博士点中靠贿赂请托是拉不到选票的。也偶有拉关系、走后门的小动作，那是一定要受到惩罚的。我那时曾看到过一份文件通报批评某大学并撤销了其申报资格，仅仅是因为他们向某评委赠送小小人参一支。反观今日的“跑点”者，出手何其“大方”！动作何其张扬、肆无忌惮！“权”与“钱”的勾结何其紧密！

显然，风气是从1989年之后变坏的。大学的失魂与“跑点”的加剧是同步进行的。“政治风波”的震荡使思想解放的成果步步丧失，“左”风大炽，学科评议组（尤其是文科学科评议组）受“左”的官僚控制而“换血”，其学术评议的可靠性、权威性大大降低了。这样，主管部门的“权”就更加坚挺了。譬如北京师范大学的童庆炳教授申报博导资格，就是由当时国家教委的一位负责人亲自出面强行拉下来的，理由是他有“自由化”问题。学科评议组的专家们只不过是权力的工具而已。这事在今天看来，所谓“自由化”问题是荒唐可笑的，童庆炳教授也早以他的成绩证明了他的优秀，那位官儿只能卡他一次，并不能卡他一世。但在当时，却深刻暴露了极“左”势力利用手中之权压迫学术的事实。在同样的背景之下，吉林大学的著名哲学家高清海教授的博导资格也曾被强行剥夺过。在1991年冬，我在寒冷的长春听过国家教委负责人的“训话”：如高清海者，都不能当博导。然而第二年邓小平南方讲话一发表，那些“左”倾官儿们的“气”都一下子短了不少。

正当“左”的权势者再一次受到抑制之时，“钱”派出特使来慰他的“失落”之苦了。学术的正义没有得到伸张的机会，“贿赂请托”者们却大摇大摆地登台表演了。“权”与“钱”组成了新的压制学术的联盟。在这方面，南方某大学的一位副校长真称得上是“跑点”的“开拓者”与“奠基人”。那是1992年，这位副校长带着贵重的礼品满天飞，以“糖衣炮弹”击中了不少手中有权（包括说话权、指导权、投票权等）的人。这位“跑点”的大使终获全胜，使得该上的点上不了，不该上的点却上了。首例“跑点”成功，影响十分巨大。不服者有之，非议者有之，痛斥学术腐败者有之，惊叹其在腐败之路上“先行一步”者亦有之。不管怎么说，首先你得“认”！要“认”这个不合理却现实的存在。自此之后，除了北大等极少数“腰杆子硬”的大学之外，哪个敢不“跑点”？于是，这十多年来，“跑点”成了习惯，“跑点”成了惯例，“跑点”成了不可或缺的一道“程序”，甚至成了评议的“预演”。谁不“跑”，谁就觉得少了一“课”，心中无底。“跑”是第一位的工作，至于“跑”到之后，博士点如何建设、加强，如何培养出优秀人才来，倒是在其次了。有一家费五六年之功，终于“跑”到了一个博士点，但随即人去点空，只剩下了一个空招牌。十多年来，我国的博士点越来越多，而博士生的质量却越来越低。同时，随着博士点的剧增，博导也越来越多，其学术质量不用说也越来越低了。所有这一切与“跑点”同时膨胀起来的泡沫一样的东西，淹没了大学之魂，淹没了学人的品格。

然而面对“跑点”之风贸然喊停又似乎是一种颇为莽撞而又不切实际的事。因为这是体制之病，病根不除，病状就难以消失。不过，部分地、局部地对“跑点”之风进行打击，还是有些积极意义的。例如，在2005年的评审中，有一家“跑点”的大学，因做得太露骨、太张扬而被多方检举，终于被评议组否决了。这当然是大快人心之事，说明评议组的学术道德底线还没有完全垮掉。但是，少数栽了的，并不足以警示大多数的“跑点”者。这就像少数锒铛入狱的贪官并不能使大多数的贪官停止自己的贪赃枉法一样。

教育主管部门手中的“权”是不是太多了些？多给大学自身一些学术上的自主权，恐怕是杜绝“跑点”的一个较好的出路。可是，那些“跑点”的得利者舍得吗？□ 2006 · 1

学科级别对当今中国学术的双重影响

□ 王泉根

一、 两类学科级别

当代中国学术研究的兴衰消长，受制于诸多学术的外部与内部因素，当我们兴味十足地讨论诸如如何加强学术原创、规范学术体制、拒绝学术腐败等话题时，我们却忽视了一个关系到当今中国学术全局性的问题：学科级别。事实上，学科级别已成为左右今日中国学术研究与学科建设的一双看不见的手，一把利弊对峙的双刃剑。级别是国人的最爱。当官的有省别部、地司级、县处级，据说庙里的和尚也有处级、科级的不同待遇。因而给中国的学科划分级别，并用以影响学术，自然也就是情理之中的中国特色了。

现行的学科级别由两个不同的系统制定，一是国务院学位委员会办公室，实际上就是教育部的学位管理与研究生教育司（一套班子两块牌子）；二是国家社科基金与社科院系统。按照现行学科级别分类，所有学科分成学科门类、一级学科与二级学科（三级学科实际上是二级学科下属的研究方向）。国务院学位办也即由教育部制定的学科级别，名谓《授予博士、硕士学位和培养研究生的学科、专业目录》（以下简称《教育部目录》），于 1997 年调整实施，至今已整整十年。此目录将所有学科分为 12 个学科门类，即哲学、经济学、法学、教育学、文学、历史学、理学、工学、农学、医学、军事学、管理学；12 个学科门类下面再分为 88 个一级学科和 381 个二级学科。试以文学门类为例，文学门类下面设中国语言文学、外国语言文学、新闻传播学和艺术学 4 个一级学科，29 个二级学科。再具体到中国语言文学一级学科，下设 8 个二级学科，即文艺学、语言学与应用语言学、汉语言文字学、中国古典文献学、中国古代文学、中国现当代文学、中国少数民族语言文学、比较文学与世界文学。

而由国家社科基金与社科院系统制定的学科级别分类（以下简称《社科院目录》）则有另一套目录。根据 2007 年度《国家社会科学基金项目申报数据代码表》

的信息，文科共分为以下 22 个一级学科：马列、科社（科学社会主义），党史、党建，哲学，理论经济，应用经济，统计学，政治学，法学，社会学，人口学，民族问题研究，国际问题研究，中国历史，世界历史，考古学，宗教学，中国文学，外国文学，语言学，新闻学，图书馆、情报与文献学，体育学（按：教育学、艺术学另有独立的分类）。如果我们将《社科院目录》与《教育部目录》相对比，就会发现，前者的学科分类更具体，更注重学术研究的针对性与当下性。再来具体分析文学学科，《教育部目录》将中国文学与语言学合并为一个一级学科，下面仅设文艺学等 8 个二级学科；而《社科院目录》则分为中国文学、语言学两个独立的一级学科，21 个二级学科。其中中国文学下设 11 个二级学科，分别是文学理论、文艺美学、文学批评、古代文学、近代文学、现代文学、各体文学、民间文学、儿童文学、少数民族文学、中国文学其他学科。

二、 学科级别已成为左右今日中国学术命运的指挥棒

以上就是由两个不同系统制定实施的学科级别与分类。当今中国原创学术产品（学术论文与专著）的生产者，主要集中在高校与社科院，而高校则是生产大户。因而《教育部目录》制定的那个学科级别，直接决定着今日中国高校学术研究与学科建设的生存发展；而《社科院目录》制定的学科级别，则对申报国家社科基金项目关系重大。

学科级别的核心是二级学科，二级学科的有与无，直接决定着学科的生死存亡。作为高校教师，笔者对此体验实在是太深刻了。这具体表现在：

第一，是各地高校向教育部申报博士点、硕士点的唯一“法定”依据。只有上了《教育部目录》中的二级学科，才可以申报博士点、硕士点，否则连申报的资质都没有。这就如同餐馆里的菜单，菜单上没有列出这道菜，你自然没有办法点。因而在高校内部，大家又形象地把《教育部目录》称为“菜单”。

第二，是申报各类社科基金项目的依据。相对而言，《社科院目录》设置的二级学科比较多，比较合理，因而各学科专业都能在每年申报的“国家社科基金项目课题指南”中找到自己的项目。而《教育部目录》制定的二级学科则很少，如中国语言文学仅有 8 个二级学科，致使很多学科专业无法申报研究项目。在“教育部社科基金项目课题指南”中，几乎找不到大学语文、民间文学、儿童文学，这就在无形之中剥夺了这些学科的生存权与发展权。

第三，是各高校申报国家重点学科、重点研究基地等的唯一“法定”依据。教育部实施的国家重点学科，每五年重新评定、申报一次，今年正是重新评定、申报的年份，因而各地高校（主要是重点大学）正在为此而忙碌。重新评定、申报的国家重点学科就是根据《教育部目录》中制定的那个二级学科，目录上有，就可申

报；没有，就不能申报。一旦申报成功，该学科不但可以得到巨额科研经费，而且在教学科研人员编制、科研办公用房等方面都会得到诸多好处。由此足见这个学科级别关系之重大了。本人所在的北师大文学院全院教师，前一阵子正在根据《教育部目录》中国语言文学下面的8个二级学科，反复讨论、排序，最后确定申报成功希望最大的二级学科。

第四，是各高校开设本科生课程的依据。凡是成为二级学科的都是本科生的必修课程，否则最多也只是选修课。

第五，是设置教研室的依据。例如，中国民间文学以前是二级学科，因而不少高校的中文系都曾设有民间文学教研室。但自新的《教育部目录》颁布以后，由于排斥了民间文学二级学科的地位，于是民间文学教研室就已成了明日黄花的历史记忆。

第六，是各高校人事部门制定教师岗位（教授、副教授）、定编定岗的依据，以及设置院、系、所的依据。因而二级学科的有与无，又直接关系到高校教师的职称评定、聘任与上岗、下岗，关系到每位教师的切身利益。由此足见二级学科的有与无实在是太重要了！

三、 学科级别对学科的双重影响

如上所述，正由于学科专业的设置直接关系到学术研究与学科建设的方方面面，关系到广大学术从业人员的切身利益，因而这双看不见的手实质上就在左右、指挥、整合、影响着今日中国的学术与学科。这种影响是双重的，既有积极的一面，也有消极的一面。

（一）正面——积极促进学术研究与学科建设

凡是列上了《教育部目录》的学科，自然就有了生存发展的机遇与空间。“菜单”上有，学术研究、学科建设就有目标，有奔头，有“法定”依据，有户口，有了该学科生存发展的充分合法性、合理性，这就如同吃了定心丸。例如，当心理学成为一级学科时，心理学系统的学术从业人员可谓普天同庆，并将此评为“20世纪中国心理学十件大事”，《光明日报》作为头条新闻（见2001年8月21日《光明日报》B1版）刊发：“不久前，中国心理学会组织专家评选了二十世纪对中国心理学发展有重大影响的十件大事”，其中之一是“心理学被国务院学位委员会确定为国家一级学科，这表明心理学被正式列入我国主要学科建设系列”。又如《光明日报》2005年4月26日刊发的《设立马克思主义一级学科意义重大》一文，从三个方面论述了“教育部决定设立马克思主义一级学科，这是我国学科建设中具有战略意义的一件大事”。

由于博士点的多少、一级学科授予权的多少现在已成为衡量一所大学地位与办学实力的重要评价指标，因而几乎所有大学尤其是还没有取得博士点的大学校长，在其任上，都会使出浑身解数，为争取更多的博士点，或为争取博士点“零的突破”，绞尽脑汁，四处奔走，积极创造条件，这在高校内部被形象地称为“跑点”。如上所述，凡可以申报的博士点，都必须是《教育部目录》上已开列的二级学科。因而二级学科的设置，势必会积极促进该学科的建设发展。有条件要上，没有条件创造条件也要上。有的高校正是通过博士点的“零的突破”促进了相关学科的发展。如沈阳师范大学，不惜重金从北京聘请了孟繁华、贺绍俊、刘纳等著名现当代文学研究家去该校任教，目的正是为了实现博士点“零的突破”。虽然现在沈阳师范大学还没有拿到博士点，但该校的中国现当代文学二级学科的实力已得到了超常规的发展。

（二）负面——严重束缚学科的生存发展

道理很简单，事实也很清楚，凡是《教育部目录》上没有被列为二级学科的，这些学科就被剥夺了生存发展的空间与权利，似乎成了另类学科、野生学科、不入流的学科。就中国语言文学而言，由于《教育部目录》设置的不合理性，致使一些学科面临生存极度艰难的尴尬状态，最典型的是大学语文、民间文学、儿童文学。

有学者认为，我国大学人文教育的长期缺失，实为结构性缺失。这种结构性缺失的重要表征之一，就是大学语文处境尴尬，生存艰难。在“文革”结束之初恢复高考后的1978年，在时任南京大学校长匡亚明先生和复旦大学校长苏步青先生卓有远见的倡导下，全国各高校纷纷开设大学语文课程，目的有四：①提高大学生的汉语水平和运用能力；②传承传统文化精髓；③提升精神文明；④在改革开放的时代背景下，用中国优秀的传统文化影响世界。以今观之，此四端依然有着极强的现实意义。但使人费解的是，如此重要的大学语文，教育部却从来没有考虑过要将它列为独立学科，“菜单”上一直找不到它。由于大学语文不是独立的二级学科，因而在高校，教授大学语文的老师不但难以申报科研项目，连评职称都成问题，这在无形中自然“矮人一截”。由此造成恶性循环，能力强的教师不愿教大学语文，于是只好指派刚刚毕业的年轻教师去应付。年轻教师“过渡”几年以后，就迫不及待地纷纷“转岗”，其教学效果可想而知。这就势必造成大学本科生人文教育素质的缺失，学文科的母语水平停留在高三阶段，学理工科的写不通科研报告。现在虽然有北大温儒敏、北师大王宁、上海交大夏中义等教授在努力倡导大学语文，编写新版教材，但正如有论者所言，只要大学语文不能列为独立的二级学科，光有温儒敏等教授的奉献精神，还是回天乏术，大学语文的尴尬局面还会继续下去。

民间文学的发现与民间文学学科的创建是“五四”新文化运动的一个重大成果，二十世纪七八十年代，我国民间文学学科又得到长足发展，当时民间文学是独立的二级学科，不少高校的中文系设有民间文学教研室，或有专任教师。1988年，我国民间文学泰斗与“民俗学之父”钟敬文先生领衔的北京师范大学中国民间文学学科被评为国家重点学科。1996 年该学科又被列为教育部“211 工程”重点建设项目。但万万没有想到的是，1997 年重新调整颁布的《教育部目录》取消了民间文学二级学科的地位，将民间文学从中国语言文学一级学科中排除了出去。这件事在北师大犹如引发了一场“学术地震”，民间文学连二级学科都不是了，那还谈什么“国家重点学科”？北师大急了，钟敬文先生急了。后来北师大中文系将国务院学位办评估处（也即教育部有关处室）的官员请到中文系，上午由钟老（当时钟老已 94 岁高龄）向他们讲民间文学的重要性，下午又由启功先生向他们讲古典文献学的重要性。他们这才明白原来民间文学是这么一回事，而不是北师大“因人设庙”(原以为北师大因有钟老在，才将民间文学作为重点学科)。但当时学科设置已经确定，无法更改，最后采取一个折中的补救办法：在社会学一级学科门下的民俗学二级学科中，加一括号，注明“含民间文学”。正因有此一变，故从 1997 年《教育部目录》公布实施以来，民间文学已不再由中国语言文学一级学科管辖，而是归属到了社会学一级学科门下。但社会学研究范围十分庞大，有超过 100 个分支学科，因而“民俗学（含民间文学）”在社会学圈内相对不受重视。这给民间文学学科建设带来了极大的负面影响，出现了“山阴不管、会稽不收”的尴尬局面。以前开设民间文学的各地高校中文系教师被迫纷纷“下岗”或“转岗”（改上民俗学），造成师资严重流失。著名民间文学研究专家刘锡诚先生和刘守华先生曾先后发表《为民间文学的生存向国家学位委员会进一言》与《困境中挣扎的民间文学学科》，痛心地指出由于受《教育部目录》变动的冲击，中国的民间文学学科地位“不仅倒退到了 1942 年延安文艺座谈会之前，甚至倒退到了‘五四’新文化运动之前”，读了不禁使人“以手抚膺坐长叹”。时代已进入了 21 世纪，中国民间文学学科怎么反而连生存权都被剥夺了呢？为了拯救民间文学学科，2001 年 7 月 4 日，年届百岁高寿的钟敬文先生躺在北京友谊医院的病床上，给国务院学位办评估处的官员写信，要求将民俗学升格为一级学科。因为只有将民俗学升格为一级学科，括号中所含的民间文学才能重新恢复为二级学科。病床上的钟老，握着颤抖的笔，生怕写不好字，先在别的纸上试写了几次，最后才在信上签名，当时在场的人看了都不禁落泪，而这也成了钟老的绝笔（钟老于 2002 年 1 月 10 日与世长辞，享年 100 岁）。笔者因当时担任北师大中文系的行政工作，因而至今还保存着钟老签名的这封书信的复印件，它已成了民间文学学科生死存亡之战的见证。如今，钟老离世已经五年，但民间文学学科还是没有脱离尴尬处境，还在那里苦苦挣扎，根本原因还是因为教育部没有恢复其独立的二级学科地位！

时见报刊上有文章批评今天的年轻人热衷于过“洋人节”，对我们民族自己的传统节日感情淡漠。批评虽中肯，但问题是：我们的大学教育又向年轻人传授过多少民族传统文化知识？一个连民间文学学科都可以取消了的民族，怎么可以责怪年轻人爱过“洋人节”而淡忘传统节日呢？如果我们的大学教育再不恢复民间文学学科，恐怕我们的下一代真会集体“失忆”，忘却民族传统了。

假如说民间文学因曾有钟敬文先生这面大旗的存在，日子还算好过的话，那么儿童文学学科的地位可以说是长期受气，长期以来求爷爷告奶奶，争取生存权、发展权。好在《社科院目录》中将儿童文学列为二级学科，因而每年的国家社科基金项目都会有儿童文学。但主宰学科命运的主要还是《教育部目录》。由于《教育部目录》长期以来不把儿童文学作为独立的二级学科，因而儿童文学一直处于艰难挣扎的窘境。今年已83岁高龄的浙江师范大学著名儿童文学研究家蒋风教授做了一辈子儿童文学教学研究，他的最大梦想是能培养儿童文学专业的博士生，但到晚年还是好梦难圆。盖因儿童文学至今还不是二级学科，浙江师范大学的儿童文学学科也就没有资格申报博士点。

由于儿童文学被剥夺了二级学科的设置，其后果不但是对高校学科建设造成巨大损失，更严重的是直接影响到亿万少年儿童的健康成长。众所周知，儿童文学关系着未来一代的人性基础与国民素质，被人们形象地称为文学的“希望工程”“铸魂工程”。在西方欧美乃至日本等国，儿童文学一直是高校必开的学科之一，分布在文学、语言学、教育学、图书馆学等院系，同时早就独立培养儿童文学专业的博士生、硕士生。即使在我国台湾省，儿童文学也是师范院校文理科学生必选的课程。但由于我们的《教育部目录》中长期未将儿童文学列为独立的二级学科，因而各地高校包括最应该开设这门课程的师范院校中文系、教育系，由于缺乏师资，居然可以让这门课程长期空缺。其后果是从师范院校毕业出去直接任教的广大中小学语文教师，在他们的知识结构中，99%缺失儿童文学的构成，不知道儿童文学为何物，不知道哪些作家作品是真正优秀的儿童文学，不知道童话的艺术特征，更不知道如何向学生推荐中外儿童文学，用经典名著去抵制那些低俗、黄色、暴力的读物，用人类优秀的文学资源去滋润、优化学生的心灵。具有“悖论”意味的是，一方面儿童文学学科长期无法在高校生存；而另一方面，根据教育部近年颁布的中小学语文新课程标准的精神，大量儿童文学作家作品正被源源不断地作为语文课程资源与课外必读书目。据统计，以现行人民教育出版社、北师大出版社出版的小学语文教科书为例，儿童文学作品就占了总篇目的80%以上，语文课文的“儿童文学化”已成为一种必然趋势。因而如何尽快提升广大中小学语文教师的儿童文学素养，已成为当今语文教学改革必须突破的“瓶颈”。为什么我国的少儿读物长期以来被铺天盖地的日本、韩国动漫以及什么“流氓兔”“鸡皮疙瘩”之类的读物所垄断？为什么我国的少儿出版、少儿传媒、少儿教学等直接影响到中华民族下一代国民素质的行业从业人员素质不高，人才严重短缺？这都与我国高校尤其是师范院校长期不开设、不重视青少年文化与儿童文学课程密切相关；而其根子，则是教育部有关部门至今还没有想过要把儿童文学作为独立的二级学科加以扶持发展。

一方面是社会急需，另一方面还在那里苦苦挣扎，这就是当下中国儿童文学学科的处境。虽然北师大、上海师大、浙师大等少数高校也在招收儿童文学研究生，但那只是挂在中国现当代文学二级学科名下，作为一个研究方向培养的。北师大因有中国语言文学一级学科授权，已从 2005 年起自行设置儿童文学为二级学科，因而可以独立招收培养儿童文学专业硕士生（博士生仍在中国现当代文学）。但全国高校也仅有北师大一家而已。如何改变儿童文学学科的地位，这已成了中国儿童文学教学研究界从业人员的一块多年心病，83 岁的蒋风教授曾为此写文章四处呼吁，但至今还是“泥牛入海”。

四、 学科级别的反思与对策

学术研究与学科建设离不开有效的学术管理，因而给学科分级分类，自然有其科学性、合理性。从“文革”结束至今，我国不断建立和完善学科级别及其有效管理制度，从整体上说对学术研究和学科建设发挥了巨大的促进作用。现在的问题是，有关主管部门尤其是《教育部目录》，应充分正视学科级别存在的问题，及时加以调整修订，尤其是学科级别不应成为决定中国学术命运的“二十二条军规”，不应成为左右今日中国学术走向的指挥棒，而应成为“指路标”。指路标是起参考作用、引导作用的。指路标要多，有关部门应根据社会发展需要和学科现状，及时提出增列社会急需而又有发展潜力的新兴学科、交叉学科、边缘学科，供学界参考。同时，以前被忽视、被抹杀的确应加以扶持的学科，如上文所述的大学语文、民间文学、儿童文学等学科，应及时增列上《教育部目录》。

我认为，教育部应借鉴社会劳动保障部的做法。社会劳动保障部根据社会发展的需要与客观实际已出现的现状，不定期地向全社会公布新出现的职业、职称，供社会各界参考、选择。教育部也应根据社会发展和学科建设的需要，向学术界、教育界不定期公布新出现的或应发展的学科专业名称，鼓励大家为新兴学科的建设发展献计献策，做出贡献。

使人欣慰的是，今年上半年教育部、国务院学位办已决定修改、调整《教育部目录》，并委托有关高校调研、提供相关学科专业的调整方案。笔者所在的北师大文学院荣幸地接受了“中国语言文学”一级学科的调整方案。据悉，已经呈报上去的调整方案，充分重视二级学科的社会需求现状与可持续发展，除了要求将民间文学、儿童文学重新恢复为独立的二级学科外，还提出新增加语文学（含大学语文）、文学传播学、国际汉语教学等数个二级学科。倘若教育部、国务院学位办真能采纳北师大文学院的这一方案，那么，完全可以预期，中国语言文学的学术研究与学科建设必将迎来一个良性发展的大好时光。

我们有理由期待这一愿景。□ 2007・6

反思 “孔子学院”

□单　纯

西方国家在近代的全球化过程中经历了殖民、奴隶贸易、垄断生产和消费市场、传教和兴办文化教育事业这样几个明显的阶段。特别是进入结束东西方意识形态冲突的时期，西方几个主要的大国在近代世界各地兴办大学的基础上，开始了更新换代的各种规模和层次的文化教育的全球拓展活动，使世界各发展中国家和地区不仅成为他们物质产品、资本产品及技术转让和管理方式的消费市场，而且也成了巩固和扩展这些市场所必需的文化教育和价值观念的消费市场。西方的生活方式、教育理念、文化教育制度、宗教信仰、价值观、社会认同标准、大众传媒消费、文化娱乐消费、企业管理和政治制度等等，都成了国际思想文化消费市场的垄断力量，使冷战结束之后的全球化时代的物质产品和精神产品的国际消费市场呈现出明显的“剪刀差效应”。

以美国在中东地区所制定的政策和实际的竞争地位来看，在“二战”结束后的一段时期内，为了排挤欧洲老牌帝国主义在这一地区的历史垄断地位，美国在政治上积极支持这里欲求独立的阿拉伯民族，暗中促成他们发展成为独立的民族国家，并在文化教育方面资助他们，使他们逐渐接受美国式的政治和文化理念。到 20 世纪末，美国通过各种渠道在中东地区开办培育高层次的、亲善美国政治和文化精英的大学，如美国埃及大学、美国贝鲁特大学和美国迪拜大学等，在一个有着基督教与伊斯兰教长期冲突并遭受过基督教世界长期殖民的地区培育出了亲美的政府和精英阶层，并逐渐将这些影响渗透到社会大众，奠定了美国在中东地区的政治、经济和文化生活中的调停人地位，也为美国在国际经济和政治市场的竞争奠定了目前还难以动摇的基础。在世界其他国家和地区，美国所施行的这种经济、军事、政治和教育文化的竞争策略也在发挥着不可忽视的效用，如我们所知的欧洲“马歇尔计划”和亚洲的“麦克阿瑟改革”。

经历了三十年改革开放的中国，是一个有着悠久的文明传统而且又在迅速和平崛起的大国。我们在参与全球化的进程中，需要有很长一段必要的历史时期以“廉价劳动力”（cheap labor）的物质产品去参与国际市场的竞争，并谋求自己的稳步发展。但是我们民族两千多年来所积累起来的思想文化资源在现代社会中的转向和开放，特别是参与国际教育文化市场的竞争中却明显地滞后于我们的物质生产产品。这部分精神文化产品的开发、转化和参与国际同产品市场的竞争，将有利于提升我们的物质生产产品的文化附加值，培育亲善的国际贸易和交往的人文环境，为我们全面参与国际市场的竞争确立可持续的发展方向。西方社会特别是美国社会从近代资本主义的兴起和基督教的新教改革之间的联系中发现了精神文化资源对于人类发展和交流的特殊意义，所以强调“新教精神”（the Spirit of WASP）作为其社会全面发展的一种不可或缺的精神资源，它包含敬业、友善、忠诚、自由、进取等一些基本价值，它们都被浓缩在美国新教移民的价值观中，其象征就是美元上印着的“我们信赖上帝”（In God We Trust）。这种宗教价值观是美国人所谓的核心价值，它伴随着美元的“票面价值”（surface value）在全世界流通，为美国在全球的竞争营造有利的社会政治环境和精神文化环境。而中华民族在与世界的交往中也积累了丰富的物质和精神文化资源，“沙漠丝绸之路”时期，我们的丝绸和儒家思想都是当时世界的高端产品，“海上丝绸之路”时期，我们的瓷器和新儒学及佛教也是当时世界的高端产品，竞争力和市场都为世界瞩目。当今我们参与全球化的市场竞争，也开始提倡高附加值的物质产品与和谐社会的思想文化理念，而这两种资源在中国传统文化和智慧的中国人身上都是十分丰富的，开发它们并将其转化为现实的物质产品和精神产品既是势在必行的也是前景广阔的。

目前，在全世界以合作的形式开办并以培训汉语为目的的“孔子学院”已迅速发展至数百所，而按规划到2010年时将达到500所，这对于提升中华民族的文化形象自然是有益的。但同时也应该注意，短期语言培训的项目在通行的国际文教市场上仍然是属于粗放型的低附加值产品，它对于提升一个民族或国家的软实力、营造良好的国际贸易环境和增加异质文明体系之间的相互了解和认同所能发挥的作用也还很有限，而且西方社会被广泛认为是一个“二级传播”（two-step communication）的文化信息消费社会，以知识阶层为代表的社会成为全体社会的“意见领袖”（opinion leaders），这些“意见领袖”往往就是那些高文化知识附加值的消费者、传播者和指引者，他们的主要精神消费品是凝聚着丰富的人文价值信息的书籍、学术研讨会、大学的讲座和课程、学术刊物、网络产品和各种广泛的思想议题。这些“软性”思想饮料在单一的语言培训中难以开发和营销，因此，“孔子学院”无论是在开发目的、合作平台和运行机制上都仍然处于一种“高成本低产出”的弱势竞争状态，而西方社会向世界推销的文化教育产品却处于强势竞争状态，单一的语言培训如“莎士比亚学院”或“歌德学院”在其产品中的地位相当有限，相反，它们是将优势资源集中到在国外办综合大学，资助高端的多学科的国际学术思想交流，输出代表本民族强势文化传统的政治、宗教、经济学、哲学、法学和管理学课程，创办国际校区，选派并资助各种渠道的专家学者向海外推销本民族的思想和精神产品方面，营造了国际交流中的优势竞争文化氛围，也极大地增加了西方传统的物质消费品的文化品牌价值。这些情况值得中国有关方面密切关注。就历史传统和思想精神的内涵来看，以儒释道为代表的中华文化蕴含着极其丰富的“软资源”，西方社会在结束了“意识形态冷战”的冲突之后又面临着宗教价值方面的“文明冲突”的挑战，中国则从结束“阶级斗争为纲”转向了“创建和谐社会”的非凡历史时期，相比较起来，我们的“贵和”“德邻”“仁爱”“诚信”等传统思想资源的优势逐渐凸现，其在转向世界文教思想市场上的优势明显，市场份额潜力巨大。因此，应调动国内各种因素积极开发我们的优势精神文化产品，增加精神文化产品的国际竞争力，逐步扭转精神文化产品国际贸易巨额逆差的局面，争取协调好国家硬实力和软实力的综合平衡发展。◻ 2009 · 1

中国高校教师的身份危机

□ 孙绍先

中国高校教师，特别是教授们，在人们的心目中一直是身份优越的“精神贵族”和“社会精英”，社会舆论诸如什么“人类灵魂工程师”的美誉，“红烛”“园丁”之类的称颂，加之传统文化“尊师重教”和“师道尊严”的文化遗传，都强化着这种社会认同感。

十年“文革”对于高校教师的精神来说是难以愈合的创伤，但是随后“科教兴国”的国家发展战略和高考规模的不断升级，包括倡导设立教师节，在20世纪70年代末以后形式上为高校教师恢复了社会地位和尊严。

然而，中国高校教师更大的精神劫难却出现在高等教育事实上的产业化过程中。在这个势不可挡的进程中，高校教师一方面被管理法则还原为“打工者”；另一方面被市场法则还原为知识交易的“卖方”。传统“师道尊严”的根基正在被一点点掏空。眼下高校日益严重的“学术泡沫”和“学术腐败”也与这两种趋势有极大的关系。这一劫如何过去，的确成了难以预测的问题。

如今，中国高校教师，特别是中青年教师像夹在三明治中的馅，咀嚼着越来越严峻的上挤下压的滋味。他们正在丧失原有尊贵职业的身份，也许将来的中国高校教师与“卖东西的”不再有什么区别。

被监管的 “打工者”

中国高校的管理正在经历着由传统的“以人为本”向“规范化管理”的急速转变。

需要特别指出的是传统高校的“以人为本”。这个“人本”并不包括学校的学生和教辅管理人员，学生在传统高校的教学与管理中没有多少发言权，教辅管理人员也是如此。高校的管理是“围着教授转”：“上什么课”“讲什么”“如何讲”“讲多少”“如何考试”“要谁做助手”，甚至“在哪里讲”都是教授一个人说了算。这个所谓的“传统”其实也是从西方高校移植过来的。那时的教授可能不被官员看重，但为社会舆论推崇，成为引领时代精神潮流的标志性人物。五四新文化运动之所以吸引了众多青年学子献身其中，一批大学教授的言传身教功不可没。例如李大钊、陈独秀、鲁迅、胡适、蔡元培、闻一多、陈寅恪等等。这种大学的人本传统在“文革”中饱受摧残后，终于到 20 世纪 90 年代，香火中断。大学教授终归成为凡人的普通职业，迅即由“自我良心型”职业改造成“被监管型”职业。

但是，许多大学教授并没有意识到大学教师已不再是道德优越的“良心型职业”，仍然觉得自己占据着民族和时代的精神制高点。客观地说，宣传舆论在此起了一定的误导作用，致使部分大学教师以为社会上喊得震天价响的口号“尊重知识，尊重人才”就是尊重大学教授。部分教授心理错位比较严重，常常借管理上、机遇上的一些小事把无名火撒在校长或院长们头上。比较说来，越是大牌教授或“海归”学者与学校管理系统的摩擦越多。

什么是规范化管理呢？

从目前各高校的管理模式来看，所谓“规范化”就是把所有的考核与管理指标做定性与定量化处理，试图建立一个“客观公正”而不以某一个人的意志为转移的，甚至可以直接用微机和软件来管理和考核的体系。说到底这更多考虑的还是管理者的方便。在这种规范化管理模式下，不仅一般教师的职业自主空间越来越狭窄，就是教授的个人选择空间也被大大地压缩了。

国家教育部是高校规范化管理的积极推动者。在兴师动众地对各高校的评估过程中，教育部拟定了定性定量的三级考核标准体系，其针对的就是高校的管理模式，并根据评估结果对所在院校进行多方面的奖惩。除此之外，教育部利用控制在手里的稀缺资源和权力资源，如科研立项、学位点授予、新专业建立、招生调控等手段，促使各高校向规范化管理的方向趋近。

教育部对高校教学与学科管理的控制权到了什么程度呢？举个例子来说：一个本科专业的所有公共基础课和专业基础课都由它所控制的专业委员会规定好了，少开一门都不行。

对高校教师精神生态影响最为关键的专业职务晋升一途，当下也完全操控在所谓规范化管理过程中。有如下已经被量化或正在被量化的因素深深介入了对大学教师的晋升评价体系：

1. 教学工作量

这是最容易量化的指标。各高校对教师的周课时都有明确的数量要求。一般在 6～12 学时之间，越是地方大学、新建大学和民办大学，教师的课时定额越高。据说有的已经达到 20 节以上。而在 10 年前，大学教师的工作量定额很少，许多教师可以隔一个学期上一门课。教师有更多的时间读书写文章，同时论文与著作的成文时间很长，可以用千锤百炼来形容。那时也是学术泡沫较少的时期。教师工作量的直线上升，其内在动因当然是降低教学成本的经济性驱动力。当教师的劳动实际上已被视为学校运行的成本因素后，加大教师工作量就成了各高校的必然冲动。

2. 论著数量和等级

按照教师的职称，规定每一个教师一年必须发表若干篇论文（大部分院校还有字数要求，一般在3 000字以上）和著作，否则在考评与晋升过程中将受到惩罚。高校教师发表论著的数量与质量，与高校的声誉息息相关。高校的声誉则是吸引考生和学校向社会推销毕业生的主要依托。

论著等级与质量又是一件令管理者头疼的事，特别是人文与社科论文，就论著本身的价值定一个大家都能接受的标准出来，简直比登天还难。于是，在规范化管理的大政方针指导下，不得不对其进行简单化处理：按刊物或出版社的级别确定文章的等级。那么刊物和出版社的级别又如何界定呢？不得不再进行简单化处理：按刊物的隶属关系分成中央级和地方级。已经嗅到市场化的气味的刊物和出版社，自然不会放过赚钱的机会，大部分刊物和出版社开始收取版面费。这个收费标准自然也按中央级和地方级“自定”了。据说有的所谓“国家权威级刊物”的版面费已经达到一个字一元钱的地步。

众多地方刊物不甘心收费的边缘化处境，刊物编辑行业推出了“核心期刊”或“权威期刊”标准，很多地方院校在评价体系当中采纳了这个标准。

出版社卖书号的问题一部分就表现在这里，但由于学术类书籍没有政策性风险，出版社往往乐于出售他们的书号。

3. 科研立项的等级与金额

科研立项不仅在高校教师考评体系中的位置越来越重要，同时也是学位点申报的最重要的指标之一。由此成为对相关学校声誉最具杀伤力的指标。各大专院校对国家级课题的争夺已到白热化的程度。因此，每个评委都负有为本单位拉项目的神圣使命。各类国家级评委会明里暗里的“灯下黑”和“老鼠仓”现象已经到了无所顾忌的程度。有专家对近年国家级“863”计划进行了分析对比，发现80%的“863”项目都给了“863”评委所在单位。

数量很大的边缘院校和非评委所在院校，不得不为争夺所剩无几的项目而费尽心机。每到评审季节，各评委住处车马盈门，各种邀请、礼品纷至沓来。一些院校的科研管理部门甚至在北京租房设办事处，专门跑教育部和评委的关系。

可以说，如今各级科研课题的评审已经不是单纯学术水平和学术梯队的比较。高校教师已经无法按照传统的“两耳不闻窗外事”的方式一门心思做学问。“懂关系”“有门路”是时代对高校教师提出的新要求。但对此十分不适应的教师还是很多。

近两年科研经费标准又像山一样压在教师头上。相当多的高校出台了许多政策，没有高等级科研立项或立项经费少的教师，不能招研究生；不能当博导；甚至不能晋升职称。

那些拿到项目的教授在精神上也不得不认同单位“学术品牌”的前提因素，无形中强化了单位对高校人才的精神控制力量。

4. 获奖情况

评奖过滥以及暗箱操作等弊端时人多有揭露，在此不想多说。只是这样一个结果仍对高校教师的升迁有重要的制约作用。特别是省、部级以上的专业和政治奖励对教师的个人前途会产生重大影响。这已经成为政府和教育行政管理部门引导干预高校教师行为心理的重要手段。

用经济手段调动教师的积极性已经是高校的常规管理办法，所谓“奖勤罚懒”。就这一点来说，眼下的高校管理与公司管理已没有多大区别。每一个高校都有一本厚厚的规章制度和管理文件汇编，对教师的日常“规训”不仅表现在课堂纪律方面，而且越来越侵入教师的精神心理层面。

规范化管理从目前运行的情况看，无论是微观效果，还是宏观前途都问题多多，对高校教师的精神心理更是构成了巨大的压力。人文科学的传统个性与个人化研究，几乎被挤压成了生产流水线。在高速膨胀的日益宏大精密的管理体系面前，作为个体的教师相对变得渺小无助。高校教师在这样一个大背景下，越来越觉得自己是一个“打工者”。

传统教育理念认为：知识的代际传递有不可抹杀的个性与个人特征（尤其是人文知识系统），因此，教授是中心；现在的高校管理理念则认定所有知识必定有一个客观周密的体系，所有从事该知识教育的人，都必须服从其无可置疑的客观性要求。因此，管理是中心。北京大学前一段闹得沸沸扬扬的改革风潮，大约就是这两种理念激烈冲突的结果。

中国高校教师在多重社会原因的作用下，已经告别了学术的大师时代，现在充其量说有一些技能高手。这反过来又给了高校管理者在“规范化管理”大帽子下钳制教师学术与思想个性的机会。

教育部和各高校管理者，一方面高举“规范化管理”的大旗；另一方面又追随主流舆论唱响“以人为本”的管理理念。我实在看不出这两者有多少调和的余地。事实证明，凡是在“规范化管理”的地方，“以人为本”都是虚而又虚的装饰。就像有了生产流水线的工厂就不可能以工人为本一样。

随时会被投诉的知识商品的提供者

新中国的大学生一直到20世纪90年代，都是不必缴费上学的；相反，对家庭困难者国家还给予补贴。那时的大学生都知道自己是时代的幸运儿，跨进高校的门槛不仅意味着未来有了十分稳定的工作，而且成了令人羡慕的“国家干部”。他们把对国家和社会感激的一部分献给了自己的老师，那是高校师生关系最密切、教学关系最和谐的一段时光，至今仍让人怀念。

从中国传统的教育观念上看，教师被尊为“师父”，是扩大了的传统人伦关系中的“三父”之一，享有学生及其家长的充分敬重（就连太子也要在形式上行拜师礼）。知识的接受方绝没有购买知识服务的想法，钱财与礼物不过是报答老师“授业”“解惑”之恩的“小意思”。学生只能也只有感激这一种方式可以表达，所谓“一日为师，终身为父”。这也是传统中国知识分子在专制等级社会中心理平衡的一剂重要补药。

大学改成收费制之后，学生及其家长的心态发生了变化。花费了“巨资”（对中国大部分家庭来说，大学学费和杂费是一项巨资）上大学的学生，自然觉得自己是教育资源和教学产品的购买者；作为购买者他们自然要求产品质量；对于觉得不合格的教学产品，他们自然有了要投诉的冲动。最近，南京艺术学院的一个研究生，将母校告到鼓楼区法院，请求法院支持她索回所缴学费。诉讼理由是：读了3年，却没学到应有的知识。法院已经受理了这个案子。看来社会主流舆论已经将高等教育视为一种市场契约关系。教师成了卖方市场的知识产品的提供者，这对传统的师生关系是一场前所未有的颠覆。遵循市场法则，他们之间的关系不仅应该是平等的，而且作为教育服务的购买方还在心理与权益上优于教育服务的提供方，不是有“顾客就是上帝”的市场服务格言吗？

对教学质量的监控已经是高校管理中一个很棘手的难题。谁来评判教师的教学质量呢？依靠职能部门和院系领导听课，覆盖面小，标准依然难以精确。很多院校于是用学生打分的办法对教师的教学质量进行评定。这有其公平的一面。但是也要看到，学生对教师的授课水平未必能形成客观完整的理解，特别是在课程刚刚结束之际。对一位老师教学水平的评判学生往往需要很长的时间来咀嚼，甚至毕业后走向社会之后才会有更深刻的体会；而不少讲课内容肤浅，但课堂气氛活跃的老师往往在当时得了高分，更不用说那些为讨好学生而在讲台上油腔滑调的教师了。这种事例其实很多。据说陈寅恪曾经把一门课讲得最后只剩下一个学生。如果老先生在今天的中国高校，早就被解聘了。

学校作为教学的监管者和教学产品真正的卖方，自然很关注教育服务购买方的情绪。他们并不反对由学生来主导对教师的评价。武汉工学院新近作出决定：新教师能否上岗须由学生投票决定。“5名武汉工业学院计算机系的新教师日前通过公开授课，接受计算机系30名学生代表和院系领导、专业教师组成的评委会评审。若半数以上的学生代表认为‘不合格’，无论其他两部分评委的评价结果如何，该教师都不得上岗。”① 校方表示此项改革措施今后将适用于对所有教师的考评。将高校教师职业生杀予夺大权直接交给学生，这在中国教育史上称得上是“从来未有之变局”。一旦铺

---

① 《武汉工学院新教师能否上岗须由学生投票决定》，新华网，2004年12月5日。

开，对高校教师精神冲击之剧烈可想而知。“文革”期间，工农兵大学生对所在高校实行“上”“管”“改”式改造，受到当时权力意识形态的强力支持，并最终因这种意识形态的解体而消解。当下初露端倪的大学生对高校教师职业评判，则导入了方兴未艾的市场消费主义法则，一旦实施恐怕再无回头之路。

在关注学生对教师的考评这一市场力量形成的回路时，我们还要关注另一个同样是由市场力量形成的回路，即学校对毕业生的推销。10 年前，中国的高校几乎不必为自己学生的毕业出路操心。那时由于国内总人口的毛入学率很低，大学生属于供不应求的“紧俏商品”。然而随着高校迅速扩招以及国内人才市场的形成，大学毕业生寻找自己认为合适的工作越来越困难。学校的品牌和学生质量成为高校人才市场的中枢神经。“从严治校”成了从教育部到各高校管理者的共识。而所谓“从严治校”具体操作起来，就是利用各类考试和考级将学生的等级和合格标准用分数加以标记。

为了使本校毕业生的分数标记取信于人才市场，越来越多的学校开始强化考试制度。有的学校将英语过级与学位证书相连；有的学校规定考试作弊勒令退学；有的学校规定每门课的考试成绩必须有一定比例的不合格率；更多的学校规定了学生不合格课程门数的惩罚措施：从失去学位证书到退学。这当然是为了生产合格产品的必要手段。问题是这些严格措施不是在教师认同的基础上由专业或学术角度自主实施的，而是教师在制度的压力下被迫实行的，这使相当多的教师在精神上有强烈的不被信任感。于是相当一部分压力又转移到教师身上。不配合学校规定的教师也要受到相应的惩罚。学校对教师和学生的这种双重规范化管理，客观上加剧了师生关系的摩擦，是当今师生关系冷漠化、利害关系化的重要原因。

何去何从

虽然教育部一再否认教育应该产业化，但实际上教育产业化的浪潮已势不可挡。

把责任都推在教育部身上也不公平，中国高校教师的身份危机主要是时势使然，中国作家头上的光环消退得比高校教师更早，他们当中的大部分人已经主动或被动地丧失了“单位”（各级“作家协会”）人资格，成为文化市场的自由“打工者”。但与其相比，高校教师的身份失落很可能更彻底。作家毕竟由此摆脱了单位管理权力的控制，教师则面临着市场法则与权力宰制的双重精神压力。

张鸣在《中国新闻周刊》上发表的文章中对中国高校有一个苛刻的比喻：“有些大学就像一个衙门，教师不过是三班衙役，跑腿站班都归你；机关人员是书吏，多少有点收发文牍的权力；而学生则是那些交钱送粮或者调皮捣蛋的良民和刁民。这里既没有多少赢利的问题，也基本用不着讲究效率和办学质量问题。领导虽然说是要爱民如子，但实际上打板子挨处罚的都是老百姓。”①

显而易见，中国高校教师无法摆脱单位的控制。他们或许应该及早放下精神贵族的架子接受单位——大学“打工者”的身份。

从国外高校的管理模式，特别是发达国家的大学来看：大部分学校仍然坚持了以教授为中心的教学科研管理方式。英美德日等国大学主要以定岗的“责任教授”为中心，组成学科梯队。责任教授集人事权、财权于一身，既是教学科研的带头人也是微观教学管理的枢纽，同时为教学质量对学校和公众负责。在聘在岗期间，责任教授享有很大的管理权力。由在岗责任教授组成的学校教授委员会则对学校的重大决策，甚至对校长人选行使监督与否决权。为了保证权威教授或大牌学者的学术地位，不少欧美大学特别设立了“终身教授”的岗位。其用意便是让这部分精英学者超越于种种以时间为单位的考核式管理，保持其学术精神的独立性与完整性。

这种模式自然也有其不可避免的缺陷，比如可能出现对中青年教师的专业压制；出现精英学者的学术专制与僵化现象，等等。但欧美大学之所以仍然坚持这种制度，显然是认为这种负面影响不足以瓦解它所带来的好处。

曾在美国访学的学者在比较两国间的高等教育时一针见血地指出：“在美国，一流大学的本科教育都是基础学科性质的，也就是我们前面所说的三大领域，以数理化生为主的自然科学，以社会政治经济心理为主的社会科学，以及以文史哲为主的人文学科。而现在国内所谓的热门专业，在国外都是属于‘职业学院’，比如商学院、新闻学院、法学院、医学院等等。”② 美国一流大学的本科教育在大学二三年级单单只分文理两类，学生要经过类似的“通识教育”（Liberal Education）之后才能选定自己真正喜欢的专业。显然，这在中国是行不通的。原因很简单，中国的家长不答应。他们在社会急剧市场化的背景下处心积虑地设计子女的职业出路，已经形成了社会上什么职业热门就逼着子女报考什么专业的心理定式。一方面，中国高等教育的设计者已经丧失了对抗这种短视“民意”的勇气；另一方面，中国传统强大的人伦关系使大多数的高中生仍被社会视为“孩子”而不得不听命于家长的安排，尽管他们已经到了或者接近法定的成人年龄。

应试教育与市场化有着天然的亲和力，“考试经济”“教育产业”在没有行政命令的支持下如此的势不可挡，很能说明问题。如今，从上到下谁都看出了应试教育的种种弊端，可就是拿不出改变这种局面的好办法。这就使中国高等教育的专业改革陷入两难之中。而这种无所适从的惶惑感注定要传递到教师身上。

我们要问的是：

这是中国高校可能的发展形势中最好的一种吗？

为了规模的扩张和毛入学率的提高我们应该付出这么大的代价吗？□ 2005 · 3

① 张鸣：《是什么让北大教授们集体不满》，《中国新闻周刊》2005 年第 1 期。

② 孙向晨：《大学教育何以为大学教育》，《文景》2004 年第 4 期。

不让人快乐的中国教育

□ 章启群

全中国的每一个家长可以真实地调查一下，问问自己的孩子是否快乐。

如果有调查，我对于这个调查的结果持悲观态度。

在实际生活中，每个家长都在为自己的孩子操心。可是，他们操的是什么“心”呢？吃好，穿好，睡好，但更重要的是学习好。可是，我们是否关心过孩子是否快乐呢？

学习不好的孩子，在目前的社会氛围中是不可能快乐的，这不言而喻。那么，学习好的孩子是否快乐呢？也不见得。因为他们同样也是忍辱负重，在文山题海中挣扎，在各种考试中拼搏。如果学习好的和学习不好的孩子都不会快乐，那么，我们就会面临一个可怕的现实：没有孩子是快乐的。

一个国家，一个民族，一个社会，在整体上所有的孩子（学龄前除外）都不能快乐，这个国家、民族、社会还有希望吗？

我认为造成这个现象的，就是当下的中国教育！

伤害“大多数”的中国教育

每天晨光熹微，当很多人还在梦中的时候，身着各种校服的中小学生便奔波在马路上。他们或骑着自行车风风火火奔向校园，或在公共汽车站焦急地等待。在农村，中小学生每天和父兄们同时走出家门，甚至跋山涉水来到学校，风雨无阻。他们背负着家长期待的目光，承载着自己前途的重压，奔波在学校与家的两点一线之间。作为社会群体，当下中国最辛苦的除了农民、农民工，就数他们。

小学生向重点中学冲刺，中学生向大学冲刺，他们都像火线上的士兵，时刻准备着刺刀见红。他们在繁重的课程和作业的重压下喘息，在各种各样的考试前打拼。他们每天的睡眠基本不足，甚至周末还有奥数、英语、艺术、美术等各种补习。只有熬到高考过后，金榜题名，才能脱离苦海，苦尽甘来。

然而，这只是一小部分人。对于大部分人来说，尽管他们如此辛劳，也未必能够考上大学，特别是理想的大学。而问题的关键还在于，对于这部分不能上大学的“大多数”，学校老师、教育界甚至学生家长，真正关注他们吗？了解他们吗？

现在社会和媒体对于中小学生关注的主要是以下几类：一是学习优秀的学生，诸如高考的状元、奥林匹克竞赛的奖牌得主、“哈佛女孩”等等；其次是一些具有特殊禀赋的学生，如写小说的、鼓捣电脑的、有发明创造以及体育和艺术特长的等等；剩下的就是出了事的“另类”：偷盗抢劫、杀人放火等作奸犯科的。而对于那些普普通通的“大多数”，社会和媒体是沉默的。这些普普通通的“大多数”不仅仅是被媒体遗忘了，实际上也被社会包括自己的学校和家庭遗忘了。

升学率仍然是每个中小学追求的目标。为了追求升学率，中学里的优秀师资主要用在少数可能上大学的学生身上。我们的中学就是为这些少数人服务的，质言之，就是为这些少数人办的。大多数可能上不了大学的学生，基本上没有进入中学教育的视野。学校对于他们的基本态度是得过且过，维持到毕业了事。当然，前提是不能出事、犯法。

更为严重的是，这些被认为不能上大学的学生，不仅没有优秀教师的教育和辅导，甚至受到歧视。全国的中学都分为重点和非重点，重点中学也分成各种班。这种划分本身就造成了一种歧视。大多数非重点中学、非重点班的学生就像以前划分的阶级成分一样，他们的身份就是低人一等的标志。他们受到的压力不仅是学习方面的，而且很多是人格和权利方面的。在社会上他们也是属于被忽略不计的人群，见人自觉矮三分。甚至在自己的家人面前也没有自信，不敢抬头。在这样的环境中，他们的心理极容易被扭曲。因此，这些学生极容易自暴自弃。他们的生活和学习就是一个字：熬！中学生中犯罪的，可能主要就是这种学生。有些教员抱怨这些学生难以管理。试想在这种生存的状况下，一个学生如何可能健康向上、积极进取？

我们知道，中学阶段正是一个人世界观、人生观形成的时期。这种恶劣的学习环境会给这些大多数学生的世界观、人生观产生什么样的影响？他们将来回忆自己中学时代的生活，是充满自豪，还是不堪回首？我们设想一下，这样的“大多数”将来进入社会，会热爱自己的母校，会热爱这个社会吗？他们将会用什么来回报母校和社会呢？

学习成绩的好坏，并非完全能够取决于自己的态度和愿望，尤其是在当前中国高考的恶性竞争下。个人的努力和勤奋可以弥补某些不足，但不能决定一切。

应该说，一个人的天赋是有限的，而且每个人的天赋是不同的。科学家也许没有经商的本领，哲学家也少有从政的才能。在书本知识的学习中，差异是肯定存在的。并不是所有的人都能够学好数、理、化以及人文社会科学知识，这就像不是每个人都可以在奥运会上得金牌一样。我们不可能让每个学生都成为科学家、文学家、哲学家或杰出人物。反过来，天才只是少数人，大多数都是普通人。因此，有些学生学习成绩不好，不完全是他们自己的过错。我们不能仅仅为了少数有能力上大学的学生而遗忘了大多数没有能力上大学的学生，更不能让这个“大多数”带着心灵的创伤和扭曲的心理走出校门。这样，即使我们培养了少数的精英，却伤害了大多数。这种负面影响对于个人是影响一生，对于社会则影响到道德伦理、社会风气甚至犯罪等多个领域，其危害性是难以估计的。

日前出现的中学生蒋多多“自杀式高考”的现象，实质上是对于我们中学教育这种情况的一种抗争。教育应该是一种整体的教育。任何教育都是把育人放在第一位的。只要我们培养出具有健康人格和良好品行的人，发挥每个人自己的潜能，我们的中小学教育就是极大的成功。而让走出校门的“大多数”成为这个社会冷漠无情甚至是具有对抗心理的公民，是中小学教育真正的失败。

不断有大学生自杀的中国教育

我们的中小学在伤害了不能上大学的“大多数”以外，对于能够上大学的“少数”又进行了怎样的教育？

一个中小学生，只要学习成绩好，就一切都好；学习成绩差，就一切完蛋。因此，在中小学里，学习优秀的学生是学校的宠儿、学校的骄傲。导致这种现象出现的，主要是对中小学教育衡量标准的单一化和绝对化，即把学习成绩当作衡量一个学生全部素质和能力的唯一标准。

这种标准也会影响到社会和家庭。如果孩子学习好，就是社会和家庭里的好孩子、乖宝宝，即使有些其他缺点也不在意，譬如任性、自私、懒惰等。如果学习不好，就是坏孩子，即使有很多其他优点也不能获得社会和家长的赞赏，譬如节俭、勤劳、乐于助人等等。这样，那些上大学的孩子不仅是学校和老师的宠儿，也是社会和家庭的宠儿。他们是伴随着阳光、鲜花和掌声一路进入大学的。

但是，聪明不能代替道德，智力不能代替良知。孩子在成长过程中没有受到很好的品德教育，肯定是一种缺憾。有些孩子在成长的过程中逐渐自己觉悟，在良知和德行方面慢慢健全。有些孩子则因此而碰壁，甚至走上极端。

因此，现在的中国大学生，特别是名牌大学的学生，在刚刚进入大学的时候几乎都有不适应的过程，几乎都有失落的感觉。他们具有受宠和被惯孩子的全部心理特征。他们的致命弱点，就是没有经历挫折，难以承受打击。这样，在大学里发生的有些事件，社会上觉得不可思议，而实际上则不是偶然的。

为什么经过千辛万苦考到大学还不好好学习？为什么还要干一些小偷小摸的勾当？为什么还要自杀？我们的家长、老师、教育工作者和全社会的人们应该好好思考这些问题！

大学生自杀人数这几年正呈上升趋势。因为，现在的大学生基本上都是第一代独生子女。他们的成长环境独特，心理明显脆弱。

大学里发生的这些事情，根源都在中小学。

当然，不能说我们的中小学没有德育和素质教育。但是，在高考的指挥棒下，在升学率仍然是衡量中小学教育硬指标的情况下，我们的德育和素质教育怎么可能落到实处？我们的德育和素质教育如何有效？与分数相比，与人为善、助人为乐等等这些东西能值几何？

分数是硬道理，德育和素质教育只能是花拳绣腿。

无缘诺贝尔奖的中国教育

我们的教育从小学、中学到大学，压倒的重心是学习知识。家长和全社会集中关注的也是孩子的分数。即使这种教育在德育和素质教育方面付出了巨大的代价似乎也在所不惜。因为，家长希望孩子以此出人头地，耀祖光宗，国家需要以此多出人才。

可是，我们的人才培养出来了吗？

当然，在现在中国社会中有成千上万的人才，他们活跃在政治、经济、军事、科技、文化等各个方面。而且，我们的社会也蒸蒸日上，不仅经济持续发展，国力增强，科学技术也有长足发展。我们的“神六”不也上天了吗？

然而奇怪的是，我们为什么不能获得诺贝尔奖？说到诺贝尔奖，触到现在中国人的痛处，也是中国人的心病。不管怎么说，它是代表当代科学发展的一个标志。

中国人不是没有获得过诺贝尔奖。杨振宁、李政道就是西南联大的学生。还有美籍华人丁肇中、朱棣文以及现在中国台湾的李远哲。也有中国人获得菲尔兹奖：丘成桐和陶哲轩。但是，这些人的一个共同点就是，他们所受的教育与我们现在的小学、中学、大学无关。

为什么我们现行的小学、中学、大学没有培养出诺贝尔奖得主？

是否我们的出国留学生数量少？肯定不是。近十几年来，仅北大每年出国留学的就在300人之上，这个数字远远超出了杨振宁、李政道时代的留学生。在现在成千上万的留学生、洋博士中，有几个尖端人才？

是否由于十年“文革”耽误了孩子？大概也不是。“文革”1976年结束，距今整整30年。1976年一个6岁的孩子今年已经36岁。从6岁开始上小学，他们可以受到新时期完整的教育。要是正常的话，他们应该能够获得诺贝尔奖了。因为杨振宁获奖时35岁，李政道33岁，丘成桐31岁，今年的菲尔兹奖得主陶哲轩也是31岁。在大陆受过教育的30岁到40岁的中国人大约在一亿以上，为什么没有一个能获得诺贝尔奖？

那么，是我们国家或社会和家庭对于孩子投入不够？可能更不是。我们每个家庭对于孩子几乎是尽其所能，我们的国家对于教育的投入至少比西南联大要强多了。

更奇怪的是，“五四”那一代人，不仅出现了文化巨人和杰出的人文、社会科学家，还出现了一大批杰出的自然科学家。这些科学家，例如华罗庚、周培源、陈省身、竺可桢、茅以升、钱学森、李四光、严济慈、苏步青等，在各自领域都是全球科学界的翘楚和领军人物。而他们做出代表性成果的也都在30多岁。30年来，我们培养出这样的科学家了吗？有几个这样的科学家？

那么，我们的教育究竟出了什么问题？作出完全的回答很难。但是，我们可以知道，我们的前辈至少没有像现在的中小学生们那样，在课程和作业的重负下喘息，在各种补习班下呻吟，在各种竞赛和考试中玩命！

科学创造的一个根本的动力就是兴趣。如果没有兴趣就不会有科学的创造。在考场上身经百战的现在的中小学生们，当他们进入大学或者熬到博士的时候，他们对于科学还有真正的兴趣吗？他们是利用自己的知识来谋生、过好日子，还是一如既往，保持一种旺盛的、纯粹的兴趣在不断地进行科学探索和创造呢？（可以做个调查：那些中学的数理化奥林匹克金奖得主现在的职业是否与科学研究有关）

中国作为一个大国，需要有自己完整的科学研究队伍。中国不可能完全从外国引进最尖端的科技人才。如果我们的教育还是这样不能培养人才（实质上是在毁灭人才），国家未来怎么办？

民间投入乏力的中国教育

当下的中国教育人们概括为应试教育。教育的种种弊病也似乎是由“应试”而来。不错，小学要为升中学服务，中学要为升大学服务。高考是个独木桥，我们必须要过。只要躲不过高考，成绩、分数就是硬道理，其他都是软道理。但废除高考，国家的教育怎么办？那样不又是“文革”了吗？因此，人们似乎找到一种借口甚至安慰：高考不是完美的，但它是不可替代的。由此产生的种种问题，人们认为都是“不完美”的必然产物。可见，整治中国教育的种种弊端，最根本的还是从高考上思考、下手。

高考能否废除？现阶段当然不能。上大学当然要考试。但是，要考试未必就一定要玩命，未必要让孩子从上学的第一天起就在头顶悬上达摩克斯之剑。

如何让高考成为一种人生路上顺畅的通道，而不是一道人人提心吊胆的鬼门关，这是我们思考的入口处。

我认为，中国高考残酷竞争的最根本原因，是中国的大学太少了，尤其是名牌大学太少了。设想，如果中学生上大学的比例达到75% ~80%或者更高，上名牌大学的比例达到30% ~40%或者更高，高考就不会这样玩命了。

问题在于，中国怎么可能办那么多的大学？

首先是政府没有那么多的钱。中国政府对于教育的投入虽然逐年加大，可是按照我们以上设想的大学数量当然远远不够。

然而，中国的民间却具有充足的教育财力。可惜，由于目前的教育现状，这种民间的教育财力却转移到海外，投向其他国家和地区。我们估算一下，现在一个在英国、加拿大、澳大利亚等地读大学的孩子，每年的费用约为人民币 20 万元。如果每年出去 1 万人，就是 20 亿元。如果每人 4 年毕业，大约每年就有 4 万人在读，我们每年就有 80 亿元人民币流出。这个数字还不包括读中学和研究生的，1 万人平均每个省、市就 300 多人，估计不会夸大。

1998 年以后，中国政府加大了对北大和清华投入的力度，每年每校划拨 6 亿元人民币，据说占全国高等教育投入的六分之一。那么当时全国的高等教育国家投入只有 72 亿元人民币，还不到 80 亿元。这笔流入海外的教育经费可以办十几个北大或清华！而且，这些在海外学习的孩子的学校，绝大多数没有北大和清华的学习、科研条件好。

因此，利用民间的资金办教育是一条非常有价值而且可行的思路。实际上，世界各国的教育几乎都有民间捐助，美国、英国的名牌大学基本上都是私立的。可见，堵死了民间的教育投入，我们的教育不可能办好。

其次是师资。中国的大学教师与学生的比例在全世界是较小的。如果进行有效的整合（排除掉毫无意义的会议、琐事、杂务），像北大、清华现有的师资可以办两三个北大和清华。而且，中国现在的退休制度是一刀切，退休的教师里面也有很大的潜力。同时，近年来海外学成回国的人也不断增多，甚至很多在国内找不到适合的教职。办法可能还有许多。

不过有人要问：中国现在不是有民办的小学、中学、大学吗？为什么不能缓解高考的压力？

简单说，我们说的民间教育，或者说全世界的民间教育投资，与中国大陆现在的民办教育风马牛不相及。它们本质的不同在于：真正的教育投入是非盈利的，而中国大陆现在的民办教育都是盈利的。古今中外没有人通过办教育、办学校赚钱，而现在的中国民办学校都在赚钱！因此，现在的中国民间学校实质上就是公司。这样的学校不是按照教育的规律办学，而是按照市场的经济规律办学。它不可能让教育家来管理，而是让企业家来管理。

可以看出，现有的中国大陆民办中小学（打工子弟学校可能除外），与国家的中小学竞争的是升学率。它们提高自己的升学率，结果就是降低国家中小学的升学率。也就是说，它们的目的是挤出国家中小学上大学的学生。除此之外这些民办学校对于社会没有任何贡献。而现有的中国大陆民办大学招收的都是高考落榜的学生，同时在教学条件和师资力量上与公办大学无法相比。因此，它既不可能成气候，也不能培养出真正的杰出人才。

因此，让中国民间的教育资金进入中国教育，是不可能通过当下的中国大陆民办学校实现的。

实现民间资金进入国家教育，唯有改革现有的教育制度。其中最根本的是打破国家垄断教育的体制，在办学、招生的根本制度上作出改革。例如让民办学校进入高考统一招生，或者让全部高等学校自主招生。同时也应该与税收制度改革相配套，建立民间的教育基金会，让民间资金自然、合理地流入教育。这是全世界尤其是发达国家办教育的共同经验，我们无法绕过去。

引进这个机制对于现有学校也是一个巨大的冲击。现有的中国大陆公办学校，还是计划经济体制下的最后一块堡垒。改革它的弊端，也只有通过市场竞争的机制才能实现。就像我们的国家企业改革一样，在引入市场竞争的机制后，一切垄断带来的企业惰性、机构臃肿、低效率等问题都迎刃而解。中国的小学、中学、大学的各种弊端，在真正的中国私立小学、中学、大学出现时，会得到彻底的改变。因为不这样，它就不能生存。

当然，拯救我们的孩子，拯救中国教育，还有很多相关的事情要做。譬如，要改变人们狭隘的望子成龙观念，要树立平等的人格尊严，要宣传普通劳动的价值和意义……

但是在目前，改革中国的教育体制，是最重要、最迫切的。

1977 年，邓小平毅然决定恢复高考。现在，我们需要同样的勇气和魄力对僵化的中国教育体制开刀！

十年树木，百年树人。如果再这样耗下去，我们这个民族、国家还指望谁？

2006・6

校长和制度谁更重要?

□ 周然毅

谈到大学的管理，很多人至今对蔡元培、蒋梦麟、梅贻琦、张伯苓、竺可桢这些昔日的大学校长们怀念不已。的确，在中国，一个大学的兴衰与校长的人品胸襟及办学思想极有关联。

一个大学校长首先应该是学者。即使不是一流的学者，也应该是二流学者。一个简单的道理是，不是学者，没有体验过做学问的艰辛，便很难理解学者、关心学者、尊重学者；学者的特点是独立思维，不人云亦云，以这种思维去办学，自然会既尊重大学之共性，又力争办出个性、办出特色。在这一点上，中国大学曾经有过很好的传统，早期的大学校长几乎都是赫赫有名的大学问家，以至于几十年后人们提起的时候仍亲切地称之为“×××校长”，不像今天的许多大学校长是什么都不是的“几不像”：你说他是学者吧，可又没有什么拿得出手的研究成果；你说他是政客吧，但他又有“教授”头衔，不过，认真一看就明白了，原来是个“管理教授”。

其次，大学校长应该是教育家，有自己的教育思想和办学理念。回顾那些有名的大学校长，哪一个没有令人称道的办学思想？北大校长蔡元培的办学思想是“循思想自由原则，取兼容并包主义”。清华校长梅贻琦说：“一个大学之所以为大学，全在于有没有好教授。……大学者，非谓有大楼之谓也，有大师之谓也。”① 所以我们不难理解旧时清华怎么会出现了那么多的“大师”。南开校长张伯苓提出了著名的“公能教育思想”，即“培养学生爱国爱群之公德，与夫服务社会之能力”，并把“允公允能、日新月异”定为南开校训。② 浙大校长竺可桢说大学是“求是”之所，“君子盖有举世非之而不顾，千百世非之而不顾者，亦求其是而已矣，岂以一时之毁誉而动其心哉，此为我校求是精神之精义”。“求是”乃成为浙大之校训。即使在抗战时期，浙大成为“流亡大学”，竺可桢也未改变“求是”理念：“大学

---

① 梅贻琦：《就职演说》，黄延复、马相武编：《梅贻琦与清华大学》，太原：山西教育出版社1995年版。

② 张伯苓著，崔国良编：《张伯苓教育论著选》，北京：人民教育出版社1997年版，第310页。

是社会之光，不应随波逐流”，“乱世道德堕落，历史上均是，但大学犹如海上灯塔，吾人不能于此时（抗战时期）降落道德之标准”。① 燕京大学的校训是“因真理得自由以服务”。看看那个时代的大学校训，就知其校长是有思想的教育家。再看看今天许多大学的校训都是些“团结、勤奋、求实、创新”之类，师范院校则都是“为师为学、求实求新”“学高为师、身正为范”之类的玩意，千篇一律，毫无特色，索然寡味，可见今天的大学校长们已经没有什么创造性的办学思想了。我曾经翻阅过一本叫作《中国大学校长访谈录》的书，收录了报社记者对100多位大学校长的访谈。应该说，被访谈的校长基本代表了中国高校校长的水平。遗憾的是，在这本被称为“质量相当高”的访谈录里，我们却没有发现多少可以值得称道的教育思想，尽管大家都雄心勃勃地表决心要争创一流，但总让人感觉到是你抄袭我、我抄袭你，或者都在根据同一个模式办学，真不知道这些校长们拿什么来“创一流”。当然，今天的大学校长中也不乏可圈可点之人，比如以延揽人才著称的湖南师范大学前任校长张楚廷，以高扬人文教育大旗著称的华中理工大学校长杨叔子，尽管他们的教育思想无法与蔡元培等前贤比肩，但在大学校长普遍思想贫乏的今天，他们的那么一点“异样”就足以鹤立鸡群了。我常常感到困惑，历史在前进，新中国成立以后，教育家怎么就绝迹了呢？其实不难理解，就像其他学科领域再也没有出现过大家一样，多年来，我们的教育就是用一个模式来铸造人，哪里能培养出思想家呢？

再次，作为大学校长，应该具有极强的人格魅力。用流行的话说要德才兼备，如果说学术成就和教育思想是大学校长必备之“才”的话，良好的个人品行及开阔的胸襟便是大学校长应有之“德”。大学校长的人格魅力源于对学校的责任感和对教职员工以及学生的关爱。有资料这样记述燕京大学校长司徒雷登的为人：“司徒雷登把燕大看作是自己的毕生事业，以校为家，很注意与教职员工和学生的关系，时时处处表示对他们的尊重和关爱。每年新生入学，他必在未名湖畔的临湖轩举行茶会或设宴招待；在校园里遇到学生，总要亲切地问候交谈；如有需要他帮助解决的问题，他会尽力帮助解决；许多教职员或学生结婚时，请他做证婚人并在他的住所举行婚礼；日寇占领北平后他曾设法营救被捕学生，也曾协助学生投奔解放区，……他好像是燕京大学这个大家庭里的家长。”② 燕京大学“上上下下前前后后，总有上千上万的人，这上千上万的人的生、婚、病、死四件大事里，都短不了他。为婴孩施洗的是他，证婚的是他，丧礼主仪的也是他。你添了一个孩子，害一场病，过一次生日，死一个亲人，第一封短简是他寄的，第一盆鲜花是他送的，第一个欢迎微笑，第一句真挚的慰语，都是从他来的……”③ 尽管这些记载不排除溢

---

① 转引自郭汾阳：《何谓“大学”》，《中国青年研究》1997年第4期。

② 庄景止：《五十年的梦——司徒雷登在中国最后的时日》，《书摘》1999年第4期。

③ 《燕大友声》1936年第2卷第9期。

美的可能，但是基本事实是可信的。像司徒雷登这样的大学校长恐怕今天已经不再有了。今天的大学校长已经高高在上，且不说普通学生难得一睹尊容，便是教师，也难得“亲近”了。也正因为如此，湖南师范大学前任校长张楚廷把分给自己的住房让给住房困难的教授，每有教授调离都要亲自送别，这些便被传为佳话。

蔡元培时期的北大之所以成绩斐然，除了改革措施得力之外，也得益于蔡元培的人格力量。“在北大的自由主义传统中，最为人们津津乐道、传为佳话的就是蔡元培先生的‘兼容并包’。”校长蒋梦麟先生曾这样描述当时的情形：“保守派、维新派和激进派，都同样有机会争一日之短长。背后拖着长辫，心里眷恋帝制的老先生与思想激进的新人物并坐讨论，同席笑谑。教室里，座谈会上，社交场合里，到处讨论着知识、文化、家庭、社会关系和政治制度等等问题。”（《苦难与风流》，北方文艺出版社 1987 年版）由此可见当时在靠蔡元培先生的人格力量所搭起的人格平台上各种思想、各种流派、各色人等翩翩起舞的盛况。而蔡先生在五四运动中积极营救被捕学生、不与“恶政治”合作的“不合作宣言”，亦颇为后人称道。1957 年，倔强的北大学生林昭被划为“右派”，送去劳教，但拒不认罪，曾写信愤怒地质问北大领导：“当年蔡元培先生在‘北大’任教时，曾慨然向北洋军阀政府去保释‘五四’被捕的学生，你们呢？……”① 今天的一些大学，文科学者当校长便发展一番文科，理科学者当校长又重视一番理科，弄得学校像打摆子一样。20 世纪 80 年代，一所历史上有名的以文史见长的大学，因为理科学者当校长，重点发展理科，结果，文史专业渐趋衰落，到 90 年代初，梯队青黄不接，学术水平大降，已经危机频频了。回想蔡先生“兼容并包”的人品与胸襟，确实令人肃然起敬。

一校之长的人格力量是巨大的，尤其是对于有知恩图报传统文化心理的中国知识分子来说，一位好的校长就是一种无形的向心力和凝聚力。有人这样形容竺可桢之于浙江大学的重要性，苏步青说：“凡是竺校长要我干的事，我都干。”谭其骧说：“我相信，浙大若能像竺老当校长时那样继续办下去，我是不会离开浙大的。”② 正是有了这样的校长，在抗战期间极为艰苦的环境下，10 年间（1936—1946），浙江大学由 4 个学院 16 个系增至 7 个学院 27 个系，并建立了 5 个研究所，教授由 70 名增至 201 名，在校学生由 512 名增至 2 171 名，③ 使浙大由普通地方大学变成“东方的剑桥”。抗战时期西南联大的成功也与三位校长的人格力量不无关系。1937 年，平津沦陷后，国立北京大学、国立清华大学和私立南开大学迁至昆明，组成国立西南联合大学，前后共计 8 年，为战时中国培养了大批人才。本来三校联合，教育部任命了三位常务委员，即北大校长蒋梦麟、清华校长梅贻琦、南开

---

① 邱隐帆：《林昭，一个不屈的灵魂》，陈明洋等：《真相》，广州：南方日报出版社 1999 年版，第 115 页。

② 转引自郭汾阳：《何谓“大学”》，《中国青年研究》1997 年第 4 期。

③ 张汝伦：《人文主义的大学理念与现代社会》，《天涯》1997 年第 3 期。

校长张伯苓，由三人轮流担任主席。但张伯苓因在重庆另有任事，便将自己的职责委托给蒋梦麟，蒋梦麟则常年不到昆明，将两副担子委托给了梅贻琦，于是，常委会主席一职就落到了梅贻琦的肩上。梅贻琦与联大教授同甘共苦，成为后人的美谈。按规定，梅贻琦可以配备一台汽车和一名司机，但为了节省经费，梅贻琦先是辞退了司机，改由自己驾车，后来干脆连汽车也停用了。1941 年夏天，他出差去重庆，买好回程机票后恰遇有邮政车开往昆明，于是退掉机票乘邮车返回，为学校节省了 200 余元路费。梅贻琦的 4 个子女都在联大上学，有一次，教育部补助联大学生，梅却不让自己的子女领取补助。① 正是因为梅贻琦的人格力量和教授治校的管理制度，使西南联大在极其艰苦的条件下延揽了大量的人才，创造了中国高等教育的奇迹。看一看这样的办学奇迹，想一想在办学条件不知优越多少倍的今天，我们的许多大学还在靠给求职者签订服务期限合同，否则要赔款多少多少来维持教师队伍的“稳定”，今天的大学校长们难道不应该好好反思吗？

今天，蔡元培、蒋梦麟、梅贻琦、张伯苓、竺可桢这些教育家、大学校长的名字，仍然令我等听来如雷贯耳，一个根本的原因就是他们之后再没有出现教育家，再没有出现可以与他们比肩的大学校长！为什么 50 年来竟出不了一位堪称教育家的大学校长？是中国没有人才吗？美籍华人学者潘毓刚教授曾经意味深长地说：“中国有没有人才？回答是肯定的。中国即使一万人里出一个人才，也比外国的人才多。……关键是要有一个健全的体制。如果没有健全的体制，即使有人才也发挥不了作用。”② 不是因为没有人才，而是我们的体制太不利于人才脱颖而出。有人尖锐地指出了现行校长任命制度的弊端：“大学校长、副校长的任命权集中于中央各部门（包括教育部）。由此，高校成为行政机关的附属。校长主要对上负责。在这种体制下，往往最适于做校长的人不一定能得到上级认可。而上级任命的校长往往并不是最佳校长人选。……实际上，在高校这样的智力密集区，采取民主竞选校长或教授委员会投票选举校长的条件早已成熟。中央部门没有必要介入校长的产生过程。实际上往往是越管越乱，越管越死。……目前由于校长的行政色彩，往往不少人想做校长不是因为它是一种责任，而是因为它是一种权力，是一种待遇。”③ 严格地说，政府任命的校长只是“政府”的官员，而不是“大学”的校长，政府的官员首先当然是对政府负责，人品好一点的可以在对上级负责的同时兼顾大学，而人品不佳者则只把大学当成加官晋爵的一站。大学的校长应该由大学认可，由代表大学的教授会选举产生后，由大学举办者发文聘任，而不是“任命”。“聘任”与“任命”的含义是不同的，“聘任”含有“我请你来管理这所大学”的商量语

---

① 参见李书磊：《1942：走向民间》，济南：山东教育出版社 1998 年版，第 71 – 73 页。

② 潘毓刚：《也谈中国科技教育体制的改革》，张劲夫主编：《海外学者论中国》，北京：华夏出版社 1994 年版，第 139 页。

③ 顾海兵：《高等教育的集权式管理体制应当彻底改革》，《中国改革报》，1998 年 10 月 15 日。

气，而“任命”则是“我让你来管理这所大学”的命令或施舍语气。两种不同语气下的校长，自然会在唯大学还是唯上上作出选择。一般说来，通过教授会选举产生出来的校长都会对大学负责，把办大学当成一种事业来对待。同时，教授会也有弹劾校长、罢免校长的权力。此外，应该废除大学一切行政人员，包括校长、书记的行政级别，实行一套独立的、区别于党政机关的干部制度，实行严格的任期制，在位时可以享受一定的待遇，任期满后就是一个普通的职员，不再享受什么厅局级之类的待遇。

正如我们所知，人类历史上治理国家的方式只有两种：法治和人治。从理论上说，在法治的社会里，法律至高无上，政治的清明与否，并不取决于谁来做官，而取决于是否有健全的法制，而在人治的国度，虽然也有种种法律，但往往权大于法，有法不依，政治是否清明，常常取决于谁来做官即官员的人品如何。几千年的中国历史无疑是一部“人治”的历史，人治的历史里虽然不乏公正廉洁的好官，但却有太多的专制和黑暗。于是世世代代，对明君、清官的期盼和对昏君、贪官的抨击便成为中国老百姓的集体无意识。无疑，大学的管理也是如此。虽然蔡元培、竺可桢们都是中国高等教育史上难得的优秀校长，但是，他们对大学的管理毕竟属于“人治”，靠他们个人的人格力量所搭起的人格平台是极其脆弱的。事实证明，随着他们的离去，这种人格力量消失，人格平台也就出现裂痕，最终土崩瓦解，他们所开创的那个大学的黄金时代也从此一去不返。

所以，对于一所大学来说，校长是重要的，但校长又是靠不住的。“一切有权力的人都容易滥用权力，这是一条万古不易的经验。有权力的人们使用权力到遇有界限的地方才停住。……要防止滥用权力，就必须以权力约束权力。”① 中国国有企业的“厂长负责制”之所以失败，导致国有企业的普遍不景气，就是因为对厂长的权力缺乏有效的制约，从而使厂长负责制成了变相的家长制，一人说了算，这个教训是深刻的。因此，对于校长的权力也应该有所约束。牛津大学副校长科林·卢卡斯说：“大学是追求真理的民主机构，为了这样做，它们必须是一个民主机构。”② 比之人格平台，更为稳定、可靠的是建立制度平台，即建立民主治校、教授治校的制度平台，由“人治”走向“法治”。国外的一些大学就是这样做的。据美国伯克利加州大学原校长、中国科学院外籍院士田长霖介绍，伯克利加州大学的教授会的权力是非常大的，整个学校的学术政策和规划全部指派给教授会，“校长、副校长、院长、副院长、系主任，基本上都是受董事会的委托，执行教授会制定的学术方针和规划，去做行政方面的推动和执行”。教授会由学校的全体教授组成，由于人多，不可能有效地执行、运用权力，因此又成立很多委员会，各委员会的成员由委员委员会指派。委员委员会相当于常务委员会，有六七个成员，这六七个成

---

① 孟德斯鸠：《论法的精神》，北京：商务印书馆 1978 年版，第 154 页。

② 连清川：《大学的将来和现在》，《南方周末》，1998 年 5 月 15 日。

员是从全校教授中普选出来的。每个委员会有五至十五位成员，权力非常大，比如经费预算委员会可以决定哪一个系给多少教授名额，科研委员会负责校内科研经费分配，教学委员会负责全校课程设置、教学内容安排、学时学分分配，学术规划委员会负责整个学校、学院、系的发展方向规划，学校的行政系统无权干涉，即使一些方案是校、院或系里提出来的，也必须由教授委员会裁定。教授会制定整个学术方针、规划政策及评聘任命教师，行政机构中的校长只有3%的决定权。教授会和校长行政系统是两个永远相互斗争、相互制约的机构。田长霖认为，这两个系统非常好，是该校成功的一个方面。① 田长霖说："学校应该听取多种不同的声音。过去我是教授会的主要成员，在教授会的时候我一直说我们校长、副校长的缺点，说他们脱离群众。一旦我做了副校长，比较了解校长、副校长的困难和他们所遇到的问题，我反而去和教授会吵，说他们根本就不懂，后来我不做副校长，又回教授会，我又开始批评校长。现在我做了校长，教授会也在批评我。这没有什么关系，我们都应有一个很宽宏的胸怀，善于听取不同的声音。听学生、听教授、听各种职员的不同声音，而且去改进我们的工作，绝对不要给别人穿小鞋，去报复人家，这些都是很不好的。"②

其实，对于中国大学来说，"教授治校"并不是陌生的东西。回顾中国现代大学教育的历史，大家比较一致的看法是，虽然中国的现代大学教育起步较晚，但起点较高，很快便能与西方大学接轨。主要原因就是那时办大学的人，很能将西方大学先进的管理方法"拿来"，为我所用。有些东西，直到今天仍不过时，比如蔡元培推行美育、重视文理渗透、改年级制为选科制的思想与实践，梅贻琦的人文教育和通才教育思想与实践仍然是我们今天的奋斗目标。想一想现在的大学校长、书记们也一趟一趟地往国外跑，却没见学到什么东西，也难怪，那时办大学的人多是学贯中西的大家，而如今的校长、书记们很多连外语都说不上两句，出国不过是公费观光旅游而已，还能指望他们学到人家什么好的经验！

"教授治校"在旧时的北大和清华即已发展得较为完善，而且在两校的发展中起到了重要的作用。在中国现代大学教育史上，最早提出并实践教授治校主张的当属蔡元培。蔡元培在德国留学期间发现，德国的大学管理十分民主。校长和各科学长每年更迭一次，由教授会公选，校长由各科教授按年轮流担任，全校从不会因为没有校长而出现问题。因此，他回国后，极力主张仿德国大学制度，实行民主治校。1912年，他在《大学令》中提出："大学设评议会，以各科学长及各科教授互选若干人为会员，大学校长可随时召集评议会，自为议长。"并对评议会的职权作了规定。出任北大校长后，蔡元培改革北大过去由校长独揽大权，一切校务均由校

① 田长霖：《美国重点高校的学术行政管理》，张劲夫主编：《海外学者论中国》，北京：华夏出版社1994年版，第240－245页。

② 田长霖：《21世纪高等教育的改革与发展》，《世界教育信息》1997年第1期。

长与学监主任、庶务主任等少数几人办理，连各科学长都无权参与的管理模式，推行教授治校。设立评议会，作为全校的最高立法机构和权力机构，凡学校法规、学科的设立与废止、课程的增减与改革、聘请新的教授等重要事项，均须经评议会审核通过后，方可实施。评议会由评议员组成，校长是当然的议长。评议员包括各科学长和主任教员、各科本预科教授各 2 人，由教授自行互选，任期一年。1917 年底，全校共推选出评议员 19 人。各学科（学系）亦设教授会，规划各学科的工作，学科教授会主任由各学科教授互选，任期 2 年。蔡元培此举的目的是改善学校管理体制，将权力下放，把推动学校发展的责任交给教授，调动教授的积极性，增强教授的责任感和主人意识，充分利用教授的智慧，让真正懂得学术的人来管理学校。后来的事实证明，蔡元培的改革，提高了行政效率和教学质量，促进了学校的快速发展。五四运动中，蔡元培迫于军阀势力压迫，离职出京，北大虽群龙无首，运动此起彼伏，但秩序井然，就是因为蔡元培建立的评议会和教授会起了积极的作用，正如一位学生所言："蔡校长迫而南下，幸有本校评议会、教授会共维校务，而同人等亦各本素日之修养照常力学，故未致以一人之去而令全校瓦解。"①

清华大学也有教授治校的传统。早期中国大学的体制是校长治校，教授治学，1928 年以前的清华即遵此制。当时虽亦仿美国大学设教授会和评议会，但其仅为校长的咨询机构，权力甚小。1928 年，罗家伦入主清华，次年改校、系两级制为校、院、系三级制。按大学组织法，院长应由校长全权任命，但教授会认为院长系学术领导，校长应根据教授会的选举结果任命，后经协商，双方作了让步，改由教授会每院选出两名院长人选，校长择一任命，这一办法后来成为清华的传统，直至 1948 年底。1929 年 4 月，罗家伦辞职，后复职。1930 年，罗家伦被驱逐出校。是年，阎锡山派乔万选任校长，但乔乘汽车上任时被学生拒之门外。1931 年，教育部任命吴南轩为校长。这样，从 1929 年到 1931 年，清华基本上处于校长职权瘫痪状态。在此形势下，教授会的权力大大巩固、加强，教授治校的格局形成。1929 年通过的《国立清华大学规程》规定，教授会的职责是审议教课及研究事业改进方案、学风改进方案、学生考试成绩及学位授予事宜。实际上教授会的权力大大超过了此范围，比如在院长任命上，已形成教授会选二、校长择一任命的制度，校长聘任讲师、教授亦须经教授会同意。评议会由校长、教务长、秘书长、各院院长及教授会互选出来的 7 名评议员组成，负责议决学校重要章制、预算、建筑及其他重要设备、各系的设立与废止等事项。学校的权力机构实际上由教授会、评议会和校务会三方组成，以评议会的权力最大，可以看作是教授会的核心机构，而校务会则成了评议会的执行机构。吴南轩到清华后，不经教授会选举即任命了文、理、法三院院长，被任命的三位教授因未经教授会选举而拒绝上任。吴便从校外聘请了文学院院

① 周天度：《蔡元培传》，北京：人民出版社 1984 年版，第 120－123、191 页。

长，并指定教务长兼任法学院院长，又弄来教育部令，解散聘任委员会，将校章中教师“由校长得聘任委员会之同意后聘任之”改为“由院长商请校长聘任之”，此举遭到清华教授与学生的强烈反对。1931 年 5 月 28 日，教授会通过决议请教育部撤换吴南轩，并恢复清华旧制，否则全体教授将于大考后离校。学生会也两次召开代表会，历数吴的劣迹，并决议全体同学整队前往吴南轩以及他任命的教务长、秘书长、学院院长住宅，请其即日离校。在此情况下，教育部不得不于 7 月 3 日下令由翁文灏代理校务，翁推荐清华原教务长、时在美任留学生监督的梅贻琦接任校长，梅于 12 月 3 日回国上任。① 梅贻琦上任后，坚决站在教授一边，维护和强化了教授治校的制度，继蔡元培之后创造了又一个成功的办学模式。这一模式即使在抗战中的西南联大也丝毫没有削弱。

今天，当我们提起战时西南联大，仍对其创造的教育奇迹感叹不已。它不仅培养了杨振宁、李政道等大批自然科学家，同时培养了何炳棣、邹傥、王浩等人文学家。1955 年中国科学院自然科学部 473 名委员中有 118 名出身于西南联大，占 24.9%。② 西南联大的成功固然与领导者的素质与人品有关，但更重要的是自始至终坚持教授治校的原则。联大的校务会议由校长、秘书长、教务长、训导长、各院院长及教授会互选的 12 名代表组成，实际上相当于清华的评议会，行使决策、立法、审议职权。教授代表每年秋季开学后由教授会选举一次，8 年中从未间断。由三校校长组成的联大常委会负责执行校务会议的各项决议，因故不能执行或有意见的也不能擅自更改，必须交校务会议复议，复议决定为最后决定。③

回头看看过去中国大学的辉煌，不能不让人感叹：假如北大和清华在 50 年代以后能够一如既往地按照当时已经基本稳定下来的教授治校方式来管理、发展的话，今天绝对已经成为世界一流大学，哪里还用得着像现在这样去“争创一流”呢？同时，北大、清华已成制度的教授治校模式之所以能够毁于一旦，也说明要实行教授治校，还需要宽松的外部环境。

历史的教训值得注意。按鲁迅先生的说法，好的经验，我们先把它“拿来”，为我所用，不管这经验是西方的，还是我们先人的。这里不存在“全盘西化”“厚古薄今”的问题。□ 2001 · 3

---

① 参见李书磊：《1942：走向民间》，济南：山东教育出版社 1998 年版，第 76 – 79 页。

② 黄志洵：《西南联大与中国自然科学家》，《百科知识》1986 年第 7 期。

③ 参见李书磊：《1942：走向民间》，济南：山东教育出版社 1998 年版，第 80 页。

跋：纪念与告别

□ 徐南铁

从《粤海风》105 期的 1 000 余万字里面选文章编书，陷入割爱之难。所有的文章都是自己一篇篇看过、挑选过，经手发表出来的，字里行间有作者与编者的相互认同，至少有基本的一致。不少文章的背后还有一些直白或深藏的故事，比如文章的来历、当时的背景、与作者的渊源、发表之后或赞同或批评的反响。那些给作者及编者带来的种种影响或后果，形成了一个个后续或延伸的链接，耐人寻味，发人深思。

我总觉得，挑选文章出集子是杂志文化立场和文化追求的集中反映，是编者趟过时间之河以后与作者的再度相遇和共鸣，也是杂志对读者的再一次推荐和提醒。敢于并且能够选出这么多篇文章来出集子，算得上是一种文化自信的展示。以此回望，也就不枉我们在编刊过程中的种种不容易了。那些曾经的字斟句酌、投鼠忌器，那些一再的掂量轻重和揣摸时宜，还有发稿时难免的痛苦抉择、印出来之后常有的惴惴不安，决不是“为他人做嫁衣裳”就能够一言以蔽之的。作为时代的报告，作为岁月的告慰，作为存在的依据，也作为《粤海风》的告一段落，这四本书在这浮泛不安的社会里自有清音，成为我主编《粤海风》百余期杂志留存的一个缩影，一个交代，也成为人生的纪念和职场的告别。

这里选的文章取材不同，角度有别，长短不一，风格各异，但它们所蕴含的人文精神却是一致的。作者仰望历史的天空，放眼脚下的大地，心怀由挚爱而生出的种种感念，包括难言的愤懑与深深的忧伤。他们的文章是《粤海风》办刊理念的呈现，携带着《粤海风》办刊风格的印记。也正是这些文章，铺垫和延伸着《粤海风》办刊理想的道路。百期《粤海风》的存在，或许本身就是一个偶然。而偶然不是常态，最终还是要向必然回归。林林总总的往事走不出我们这种刊物的宿命空间，《粤海风》只不过是当代清明上河图中一个极微小的局部。但正是因为这些作者和这些文章，风过留痕，《粤海风》在人们心目中留下了思想文化探索道路上的跋涉脚印。

在惋惜许多未被入选文章的同时，我还不由想到一些没能够在《粤海风》亮相的文章。它们有的甚至是在杂志已经印好之后而不得不撤下来的，杂志因而重印。曾有一篇来稿认为，中国20世纪的第一次启蒙是失败的。一位有关同志追问：关于此事上面是怎么说的？他要求编辑部查找中央文件对照。这样的故事，我只能把它当作历史的悲喜剧来看。

曾经，一位做教授的朋友告诉我，他在某全文期刊网上看到近期的《粤海风》，但是他在该期发表的一篇关于鲁迅的文章却找不到，竟然被从中剔除了。他对“全文”网的“不全文”感慨万端，却也万般无奈。此事给我的感觉是，自己就好像足球比赛的中场队员，对方球员带球晃过了我，却有后卫队员立即补位，进行拦截。回头望望，深感我们的防线很强大。而且难以避免的是，这四本书中的一些文章也是“不全文”。

很感欣慰的是，我为这四本书延请四位文化大家作序，无不欣然命笔。最先找的是邵燕祥先生，是他建议我多找几个人来写。只是四篇序中的两篇已被杂志登载时，书稿还在几家出版社辗转，前程未卜。

《粤海风》出满100期的2014年，我主编了这套《粤海风文丛》凡七本，有三本已在2014年春夏问世，包括我为各期杂志写的卷首语结集《迎面有声》。2015年春天，我离开了《粤海风》社长兼主编的位子。不断有人问：杂志是否延续你的风格？我说这不是我关心的事情。我只是付出了18年心血，编辑出版了105期杂志而已。我现在创办了微信公众号《记忆》和《粤海述评》，每天推送原创文章，宛如当年编杂志，却享受着新媒体的乐趣。

从我接手改版、主编《粤海风》，到这四本书的最终出版，时间正好20年。衷心感谢暨南大学出版社的李战女士，这位少年时即熏陶于北大的才女让我欣慰感知：出版界还是有人坚持文化担当、拥有事业激情的。

在这里我还要记下这些名字：潘英伟、易文翔、刘平辉、王威廉、傅修海、陈桥生、谢长林、萧宿荣、唐宁……他们伴随杂志历程留下的或深或浅的不同印迹，也留在了我的心里。

注：书中每篇文章末尾的数字，是该文发表的年份和期数。